JENS LAPIDUS

VIP-RUMMET

Wahlström & Widstrand

Wahlström & Widstrand
www.wwd.se

Tryck: Bookwell AB, Finland 2014
ISBN 978-91-46-22545-4

Hårddisken

(Åtta år tidigare)

Tystnaden som uppstod när Cecilia stängde av motorn kändes en kort stund som ett slags lugn. Sedan suckade hon högt. Hon hade aldrig varit så långt ifrån lugn som nu.

Bilen stod parkerad på grusplanen utanför Lillans dagis.

I vanliga fall skulle hon ha rafsat åt sig sin väska, som brukade ligga i mittkonsolens förvaringsutrymme, och skyndat iväg för att hämta sin dotter. Alltid på språng, alltid med huvudet fyllt av nästa punkt på schemat.

Men under de senaste veckorna hade det blivit olidligt. Livspusslet var inget pussel längre, det var en jordbävning som hotade att vräka ner henne och familjen i kaos och förnedring.

I dag borde hon verkligen kasta sig ur bilen för att hämta sina barn, de var i fara. I stället lutade hon sig bakåt och satt kvar. Tystnaden var skön, och på det här stället skulle ingen som hon kände passera och undra varför hon tog en tupplur i bilen klockan fyra på eftermiddagen.

Men hon kunde inte blunda.

Hon var rädd för vad hon skulle se på insidan av ögonlocken.

För ungefär en timme sedan hade något hänt som förändrade allt. Igen.

Hon hade promenerat från Kungsholmen mot T-Centralen för att ta tunnelbanan till jobbet. Hon hade sagt till sin chef att hon skulle på ett läkarbesök på grund av ryggont.

Det regnade lätt och vattendropparna stack henne i ansiktet som små nålar. Pölarna på gatan såg ut som mörka blanka fläckar.

Hon passerade Stadshuset och räknade till sju turistbussar som stod parkerade utanför. En grupp kvinnor, som alla var klädda i täckjackor så tjocka att de såg ut som en grupp polarforskare, hade samlats runt en guide.

De stod tätt packade med sina uppfällda paraplyer som en gemensam sköld mot vädret.

Cecilia gick över gatan för att slippa tränga sig fram. När hon fortsatte småspringa på andra sidan fick hon en underlig känsla. Tio meter bakom henne korsade en man med långt neddragen vintermössa också gatan. Även han rörde sig hastigt. Hade hon inte sett den mannen stå och röka utanför 7-Eleven mitt emot BUP-mottagningen? Som om han väntade på något. Väntade på att hon skulle komma ut?

Just då ringde hennes mobiltelefon. Dolt nummer.

»Har jag kommit till Cecilia Emanuelsson?«

Det var en man som talade.

»Ja, det är jag.«

»Bra. Jag ville bara säga så här: Vi har din man.«

»Vad säger du?«

»Vänd dig om.«

Cecilia snodde runt, längre bort såg hon turisterna röra sig in mot Stadshusets stora entré. Hon sökte med blicken. På andra sidan gatan promenerade en kostymklädd man med paraply i handen. Sedan såg hon honom, mannen med vintermössan. Han stod ett stenkast ifrån henne och lutade sig mot en lyktstolpe. Regnet tycktes inte bekomma honom. Han tryckte en mobiltelefon mot örat. När han såg att hon upptäckt honom höll han upp den, nästan som om han vinkade med den.

Sedan hörde hon honom säga i luren: »Var tyst nu och lyssna. Det är mycket enkelt. Mats är hos oss. Och vi har koll på allt du gör. Om du eller nån annan går till polisen så dödar vi honom. Jag ville bara att du skulle veta det.«

Hon borde slänga upp bildörren nu och springa och och hämta Lillan och Benjamin. Sedan åka till Arlanda för att ta första bästa flyg till sina föräldrar. Att ringa polisen var inget alternativ förrän hon funderat igenom vad det som hänt betydde. Dessutom ville hon ha barnen på en trygg plats först, långt ifrån Stockholm.

Ändå förmådde hon inte gå ur bilen.

Hon tänkte på hur det hade blivit så här.

18 januari

Skorna: Zegna.

Smokingen: Corneliani.

Skjortan: Fray.

Philip Schale var *top notch* i kväll – oslagbar.

Hela outfiten: trettiotvå tusen hos Hans Allde – exklusive skjortan, som för övrigt var måttbeställd direkt från Italien.

Han hade fått den plus tre vanliga jobbskjortor för en vecka sedan. Sea Island Quality, two fold-bomull, äkta pärlemor i knapparna, handsydda detaljer i armvecken och vid kragen. Landat på nittonhundra euro. Det var som hittat.

Men nu: någon hade spillt ner hans smoking och skjorta med öl. Eller kanske en drink. Eller var det vatten? Grejen var att han inte ens mindes hur det hade hänt. Han mindes inte *var* det hade hänt. Han visste bara att han kände något fuktigt tränga igenom super 120-ullen.

Philip tittade sig omkring. Lördagskväll på stans hetaste ställe. Dansgolvet i vip-rummet på Clara's var överfullt.

Axel syntes inte till. Kanske hade han gått hem direkt efter middagen – det var allmänt känt att han hataade välgörenhetsgrejer.

Carl däremot vevade armen ute på dansgolvet: hans svettiga panna reflekterade strobbarnas ljusstötar som en spegel.

Och Ian – Philip vände på huvudet – just det, han satt ju bredvid honom här vid drinkbordet.

Kavajslagen på smokingen slickade Ians nacke – som en reklambild för Brionis vintersäsong. Flugans knut var fortfarande perfekt trots att klockan var kvart över fyra. Han hade alltid varit mån om sådant där, Ian.

Ian böjde sig fram och halvskrek i hans öra: »Sorry, jag betalar kemtvätten. Inga problem.«

Det var alltså hans fel.

»Det är en schyst skjorta du har där. Du vet, nittiofem procent av pöbeln här inne äger inte en made-to-measure-skjorta. Och femtio procent vet säkert inte ens vad Fray är. Fattiga lata idioter.«

Philip förstod inte vad Ian pratade om. Kanske hade han fått i sig för mycket, kanske var det bara en avledningsmanöver på grund av att han drällt ner honom, eller så var det bara som vanligt.

Ur högtalarna: Avicii pumpade vertikal rytm.

I näsborrarna: kolan drev den horisontella känslan – golvet liksom vred sig runt sin egen axel. Philip hade dragit en näsa böjd över bordet för tjugo minuter sedan. Det här var special-specialavdelningen: vip-rummet – ingen hade brytt sig.

So wake me up when it's all over. Folk sjöng med som galningar, grymtade som grisar. Studsade upp och ner, klängde sig fast vid känslan av sorglöshet.

Ian böjde sig fram igen. »Kolla på dem. Lättköpta. Enkelspåriga. I-di-o-ter.«

Philip orkade inte lyssna på neggandet. Han tog en sipp av drinken. Citronsmaken kändes fräsch – han tog en klunk till, försökte fokusera på dansgolvet.

Det var någon där ute som han kände igen.

Stroboskopet sprutade andra bilder i hans huvud. Mötet han hade varit på tidigare i dag – private banking, Fernström & Qvist, knarrande ekparkett och träpanel längs väggarna. Gratislunch plus en krispig sancerre. K-märkta salar och fasader. Bankkillen med rosa Salvatore Ferragamo-slips och grått ansikte som försökte lära honom om investeringar.

Det stämde att han hade en viss överlikviditet i vissa av bolagen. Men andra investeringar blödde.

Framför allt försökte de tuta i honom att han borde byta förvaltare och rådgivare. Men hade ens familj haft samma bank i sextio år bytte man inte hur som helst, det borde de veta. Ändå hade Philip lyssnat artigt, han ville inte göra bankpojken ledsen, plus att han hade ju faktiskt gått dit av en anledning. Han visste bara inte om skälet var att han ville ha en bättre bank eller något annat.

Han skymtade henne igen. Någonstans, tjejen han hade träffat för några veckor sedan. Hennes blick sökte hans. Han mindes inte exakt hennes namn, men kanske var det Nina eller Anina.

Ut över dansgolvet: rök sprutade. Carl dansade med två brudar och åmade sig som en akrobat.

I ljusskenet från en spot uppfattade han hennes ansikte igen, liksom upplöst i havet av människor, hon var en del av dimman, en del av hela det här stället. Ändå såg han den tydligt: hennes blick.

Hon hade varit babblig, snackat på om allt hon skulle göra när hon var klar med studierna. Han mindes inte vad det var hon pluggat. Hon hade pratat om vilka hon kände och inte kände, om vilka dörrvakter som var schysta och vilka som bara var i branschen på grund av sin sadistiska läggning.

Och nu: hennes ögon tydliga.

Han sa inget till Ian.

Den stora reklamskärmen uppe på Scandic Anglais-huset visade något om skidkläder. Snön i filmen var så ljus att Philip vände bort ansiktet.

Var någonstans var alla?

Stället hade stängt. Ian hade dragit – fan, det var ju han som supit ner honom och fått honom att stanna kvar.

Philip måste hem. Han tittade efter taxi.

Det var kallt.

De små pixlarna som bildade reklamskärmen lyste som strålkastare över honom. Han ville bara blunda. Lägga sig ner.

Vila en stund.

Några personer kom emot honom.

Han spejade ut över gatan, snart måste en bil komma.

Någon stötte till honom.

»*Ey*, du.«

Det var en kort kille med svart mössa långt neddragen över huvudet och halsduken en bit upp över munnen.

Philip tog ett steg åt sidan. »Ursäkta«, sa han, mest på rutin.

Killen vände om. »Har du problem, eller?«

Sväng i steget gånger tusen.

»Pratar ni med mig?« undrade Philip.

»Har du problem eller, frågade jag. Du knuffade mig just.«

Killen kom närmare.

»Nej, det måste ha varit ett misstag. Jag väntar bara på taxi.«

»Håll käften. Du har feta problem.«

»Nej, jag vet inte ...«

Slaget träffade Philip över ögat.

Han tog sig för ansiktet och skrek till.

Samtidigt märkte han att killen var nära honom nu.

Han försökte backa.

Då tog någon tag i honom bakifrån.

Han försökte slita sig loss, vränga med kroppen och sparka med benen. Men det hjälpte inte. Någon eller några höll honom för hårt.

Sedan kom en av männen fram mot honom.

Ett föremål i handen: ett vapen.

Mannen tryckte pistolen mot hans mage, och ställde sig ännu närmare.

Han böjde sig fram mot Philips ansikte. Det kändes konstigt vid örat. Philip förstod med ens. Mannen slickade på hans örsnibb.

»Gillar du det här? Det gör du, va?« Rösten var nära, ändå så främmande.

De pressade honom framåt. Han räknade till fyra personer. Alla med mörka kläder och mössor eller luvor långt framdragna över sina huvuden. De måste uppfattas som en mycket konstig grupp när de gick Birger Jarlsgatan ner. Det var bara det att det inte fanns många ute så här dags som kunde se dem.

Han visste inte exakt vad klockan var, mer än att inga ställen i Stockholm fick ha öppet längre än till fem. På några platser såg han ensamma personer sitta hukande i portar och på bänkar, antagligen hade de kräkts och ville bara nyktra till innan de begav sig hemåt.

Männen sa ingenting. De gick tätt inpå honom, som om de var hans livvakter. I ryggen kände han hela tiden vapnets hårda mynning.

Kanske visste han vad det här handlade om.

De tryckte honom framåt.

Förde honom med sig.

Vart ledde de honom?

De passerade Riche på vänster sida. Lamporna där inne var släckta och stolarna stod uppställda på borden. De sista dörrvakterna hade uppenbarligen gått hem, för det syntes inte en människa någonstans. Philip tänkte på arbetsluncherna han brukade ta där. Deras biff Rydberg var fin.

Men inte nu – nu var ingenting fint.

De fortsatte mot Nybroplan. Några tomma taxibilar kretsade omkring i väntan på sådana som han. Kroggäster som hängt sig kvar.

Han funderade på att försöka ropa eller vinka. Men det verkade idiotiskt. Vilka de här männen än var så hade de ett vapen riktat mot hans rygg. Han kunde inte göra någonting utan att gambla med sitt liv.

Han kände svetten rinna längs pannan trots kylan. Illamåendet kröp som en orm i magen.

De gick över gatan och ställde sig vid det lilla biljettbåset för turistbåtarna. Här var det mörkare, gatlyktornas sken nådde inte ända hit. Berzelii park låg svart på andra sidan. Trädens ensamma grenar sträckte sig upp mot den mulna natthimlen och den smutsiga snön väntade på morgonens långsamma ljus.

»Kliv ner«, sa mannen som höll i vapnet.

Philip förstod först inte vad han menade.

Sedan gestikulerade en av de andra männen ner mot kajkanten.

De ville att han skulle klättra ner på isen.

»Nej, nej. Det går inte.«

»Kliv ner, sa jag.«

»Ni är galna. Isen håller aldrig. Jag kommer att drunkna.«

Mannen med vapnet gick runt honom och ställde sig mitt emot. Han tog upp vapnet igen och pressade det mot Philips mage.

Nu är det slut, tänkte han. Gör det inte, gör det inte. Orden dunkade i honom.

Mannen sa, som om det var den självklaraste saken i världen: »Nu går du ut.«

Philip kände hur benen började skaka. Ändå satte han sig på huk på kajkanten och hasade ner. Det var säkert två meter ner till isen. Han släppte taget och landade på den hala ytan.

Det knakade. Han tittade ner. Isen såg fuktig och skör ut.

Han tänkte på barndomens skridskolektioner på Östermalms IP. Där var det säkert, där var det fast mark under isbanan.

Han hade ingen aning om hur tunn den här isen faktiskt var, men han visste att det inte hade varit den sortens vinter som gör is stabil.

Det här var lika med självmord.

»Det går inte. Snälla.«

Mannen hade stoppat ner sitt vapen. Han och de tre andra stod med händerna i fickorna och glodde ner på honom från kajkanten.

»Gå längre ut«, sa han.

21 januari

Det var en klarblå dag. En dag som gjorde att många stockholmare tyckte att det faktiskt var värt att de tre tidigare månaderna hade bestått av grått och grinigt snöslask.

Dejan såg fram emot resan, inte bara för den han skulle träffa när han var framme. Han älskade att köra bil.

Han tog av handskarna och vred om nyckeln. Bilen startade med ett ryck. Ratten var kall som om den varit gjord av metall, så han höll den bara med högerhandens yttersta fingerspetsar. Ändå frös han. På nyare modeller fanns det rattvärmare, men nu fick det duga att vrida upp luftkonditioneringen på högsta effekt och vänta på att värmen skulle fylla kupén.

Han hade lånat kärran av Tomas eftersom hans vanliga bil var totalkvaddad efter en seriekrock i förra veckan. Men det här var faktiskt också en BMW, i 5-serien dessutom, så han hade ingen anledning att klaga. Det fanns människor som körde japanskt eller Opel.

Han gled norrut längs E4:an. Om någon skulle ha väckt honom mitt i natten och bett honom rabbla de här förorterna baklänges skulle han ha klarat det på första försöket.

Lite senare tog han av mot E18. Nu körde han genom Stockholms norra delar. Det här var däremot inte hans område.

En bit före Åkersberga svängde han av mot Österåkeranstalten. De hade byggt om sedan han var här senast. Det var bara att erkänna – de senaste åren hade besöken blivit färre än de borde.

Han tänkte på Teddy, de pratade inte så ofta nu för tiden heller. Teddy, eller Najdan som han egentligen hette – som blivit Nalle, som blivit Teddy – klarade sig själv, sa han. Och Dejan tvekade inte en sekund, Teddy hade *alltid* klarat sig själv. Under hela deras uppväxt, genom alla jobb de gjort. Teddy bad aldrig om hjälp.

För många år sedan hade han, Teddy och Adam plockats in för några inbrott i konferensgårdar. De hade snott viner och champagne för över en och en halv mille – ett bra jobb. Det var snorenkelt att ta sig in genom köksingången till de där ställena. Och koderna till själva vinkällarna fick de av en av städarna som hade lite spelproblem.

Polisen hade hållit mer än sju förhör med Dejan, kört snäll snut/elak snut, hittat på dna-bevisning som inte fanns och försökt spela ut dem mot varandra: »Adam har sagt att du hämtade en bil hos honom den kvällen«, »Teddy säger att du lånade hans telefon«, och så vidare. Det var kvalificerat kuksnack, men det visste han inte då. Det blev mer än tre månader i häktet med fulla restriktioner, trots att han inte var mer än sjutton år gammal. Han hade inte fått prata med sina föräldrar en enda gång, det var konstant sexton grader kallt inomhus och en snubbe i cellen bredvid började skrika persiska könsord klockan åtta varje kväll och höll på tills frukostvagnen kom. *Koskesh.* Dejan lärde sig i alla fall ett bra ord, horkarl.

Det hade tagit på krafterna. Insulinkänningarna när han inte pallade äta den äckliga maten eller de vägrade låta honom gå ut och röra på sig i buren. Illamåendet, kräkningarna och springet på toaletten för att få pissa. Egentligen hette det hypoglykemi, lågt blodsocker. Det var det finaste ordet han kunde, men samtidigt det fulaste, en effekt av hans sjukdom.

Han ville komma hem, inte bara för att kunna behandla sin diabetes. Han ville slippa mardrömmarna och de stela lederna. Han ville äta en kebabrulle med extra vitlökssås och kunna röka när han själv valde. Han ville få en kram av mamma.

Så han hade börjat prata, det var ju första gången han satt så.

När han släpptes fick han veta att Adam också spillt.

Men en av dem hade stängt munnen och andats genom näsan, inte kvittrat en mening, inte sagt ett skit. De hade hållit kvar honom ända fram till rättegången, fast Dejan och Adam blivit försatta på fri fot långt tidigare. De hade hållit kvar honom så länge att när de väl blev fällda för grov stöld hade han redan suttit av sin tid i häktet med råge, utan att en enda gång få träffa eller prata med någon annan människa än polisförhörsledaren och sin advokat.

Teddy.

Han berättade efteråt att han klarat tiden genom att göra hundra armhävningar tre gånger per dag och läsa böcker timmarna där emellan.

Sedan den dagen visste de, *allihop*, även om de aldrig sa något öppet. En av dem var en riktig hårding.

Och det var inte bara det. Han hade läst *böcker*, hade han sagt. Han var sådan: ibland pratade Teddy som sin pappa, eller som en lärare.

Han var av ett annat material.

Dejan svängde ner på den mindre vägen. Villorna radade upp sig men låg glesare när han närmade sig anstaltsområdet. Det var dåligt med snö här ute, precis som i stan. Vägen slingrade sig in i skogen och bara för skojs skull ökade han trycket på gaspedalen.

Granarnas konturer suddades ut när han fokuserade på kurvorna. Det här var livet. Och nu hoppades han att det skulle bli ännu bättre. Teddy var en person som hade brukat få grejer att hända, inte bara genom sina nävar. Han satte saker i rullning genom sättet han tänkte.

Snart skulle Dejan vara framme vid anstalten och plocka upp sin bäste vän. Stockholms hårdaste man.

Najdan »Teddy« Maksumic skulle mucka efter åtta år.

Det var en fin dag.

*

Klicket i låset var nästan ohörbart, men för Teddy var det ett starkt ljud, ett ljud som han hade väntat på ofattbart länge. Han öppnade metalldörren och det slog honom hur lätt den kändes, nästan som om den var gjord av papper.

Han klev ut och kisade mot ljuset. En meter ovanför hans huvud satt den runda övervakningskameran, han visste att de tittade på honom inne på centralvakten nu. Förhoppningsvis önskade de, i alla fall några av dem, att det här skulle fungera. Att det här skulle bli bra.

Motorn lät som på en trasig traktor fast det inte ens var en diesel och avgaserna bolmade mot himlen som från en majbrasa. Metalliclacken och 18-tumsfälgarna hade för länge sedan tappat sin glans och den ena backspegeln var av någon anledning tejpad. Teddy kunde inte låta bli att undra om den här bilen verkligen skulle hålla hela vägen till Södertälje. Kanske skulle den tappa ett hjul någonstans i höjd med Tumba eller bara stillsamt rossla till och dö så att de blev sittande i timmar i minusgraderna.

Jag hämtas upp i en *profilbil*, tänkte han medan han närmade sig rökmolnet. Min bästa vän på utsidan plockar upp mig i en jävla profilbil.

Bildörren öppnades och Dejan klev ur. Kragen på hans mörkblå jacka var uppfälld och det stod Hugo Boss med orange bokstäver i nacken. Hans leende var brett som om han vunnit sitt livs spelvinst på travet i dag, men samtidigt såg han sliten ut och i stället för bröstmusklerna som brukade puta ut genom tröjan bullade jackan ut nedtill.

»*My friend*«, skrek Dejan.

De omfamnade varandra och höll kvar i några sekunder. Inne på kåken var beröring mellan de intagna och deras besök strikt förbjudet sedan några år, men det var historia nu.

Teddy kände hans andedräkt mot sin hals, och med allvarligare röst sa Dejan: »Välkommen ut, mannen.«

De tittade på varandra. Dejans ögon var mörka, undrande, samtidigt pliriga.

Sedan kom travsmilet tillbaka. »Du ser för jävla bra ut.«

»Du med«, ljög Teddy.

Teddy pekade på bilen och log. »Men kunde du inte ha hämtat upp mig i ett lite mer representativt färdmedel? Det är ju såna här bilar de stoppar bara för att de har en kriminell profil. Gamla sunkiga finbilar.«

Dejan stängde bagageluckan. »Den är inte min. Jag har kvaddat min vanliga kärra och lånat den här av Tomas. Och en Beamer är alltid en Beamer, det var väl ett av dina ordspråk, om jag inte minns fel.«

»Ja, men inte rostbrun och med ett avgasrör som behöver ett eget flak.«

»Nä, men då kan vi väl ta din Lexus då.« Dejan låtsades se sig omkring och flinade. »Eller har du parkerat för långt härifrån?«

Teddy skrattade till samtidigt som han tänkte på henne igen.

Han undrade hur det skulle ha varit om Sara hade hämtat honom i stället.

Dejan höll förvånande nog hastighetsbegränsningen på motorvägen. Teddy undrade nästan om han hade förändrats, men sen började han snacka om BMW:s nya X6:a och kinesiska kopior på dopingpreparat.

När de passerade Hallunda började de prata om alla de andra från tiden innan han dömdes. Vännerna. Eller vad skulle han kalla dem?

Alexander hade lugnat sig, köpt radhus i Stuvsta, skaffat fru, skilt sig och skaffat en ny fru. Nu hade han tre barn, ett med vardera kärring och ett som han haft länge, sedan tonåren.

Tomas hade blivit Dejans nye vapendragare efter att Alex blivit en Svensson. Men det var inte samma sak som förr, försäkrade Dejan.

Ivan körde på i samma hjulspår som för åtta år sedan, men ännu högre upp i hierarkin. Mest inriktade han sig på den verkliga högmarginalbusinessen. Dealarna styrdes alltmer från Belgrad eller Montenegro direkt, de förhandlade med kartellerna själva nu, och det behövdes alltid folk som organiserade på plats.

»Men jag kan inte vara lika petig som han. Jag gör allt som ger bra pengar just nu«, sa Dejan. »Jag är fortfarande för bra på att bränna stålar. Plus en till grej. Min skuld till *Kum* har ökat. Det är jävligt jobbigt, faktiskt, restaurang Solberget som jag skötte åt honom sket sig så in åt helvete.«

Teddy betraktade sig själv i backspegeln. Håret var mörkblont och snaggat, ögonen stora och grönbruna, det hade stått melerade i passet när han var yngre. Näsan var trubbig och läpparna fylliga, och så länge han höll munnen stängd såg man inte hålet som gapade svart. En av tänderna i underkäken hade börjat krångla på anstalten och eftersom han inte hade råd med rotfyllning och det inte heller gick att få ordentlig tandvård inne, bestämdes det att den skulle dras ut. Han försökte le mot spegeln. Han såg faktiskt ganska snäll ut.

Han hade tänkt på den här resan många gånger. Vem som skulle hämta upp honom, vad de skulle prata om, hur han skulle vända sig om med jämna mellanrum och se ut över ytan av skog och bebyggelse som låg mellan honom och kåken som försvann längre bort för varje minut.

*

Emelies rum låg på sjunde våningen och det gick att se långt i dag, ända bort till Södermalm. Tinnarna och tornen på Laurinska huset och Mariahissen avtecknade sig mot resten av staden, och ännu längre bort såg hon Globen, rund och vit som en bortsparkad fotboll.

Ingen här hade sitt hem där, i de södra delarna. Delägarna på Leijon advokatbyrå bodde antingen i villaförorter som Saltsjöbaden eller Djursholm, eller så hade de våningar på Östermalm eller i City. De biträdande juristerna däremot bodde, med undantag för dem som redan var födda med pengar, antingen i Vasastan eller på Kungsholmen. Men alla *ville* de till Östermalm.

Emelie bodde på Rörstrandsgatan och kanske ville hon också till den flotta stadsdelen. Fast egentligen spelade det ingen roll vad hon ville och inte ville, hon visste vad hon *förväntades* vilja.

Hennes rumskamrat var inne i dag.

Josephine hade varit här tre år längre än Emelie och var färdig advokat sedan länge. Om några månader skulle Emelie också ha erövrat titeln, hon måste bara få ihop referenserna. Det var mest en fråga om att få tid till all ansökningsformalia.

Egentligen fanns det andra biträdande jurister som varit här ungefär lika länge som hon, men av någon anledning tyckte delägarna att de anställda skulle sitta uppdelade efter kön. Ungefär som om det var ett omklädningsrum de jobbade i.

Emelie tittade ner på avtalsutkasten som låg utspridda på skrivbordet. Hennes händer var torra på grund av vintervädret och alla handlingar som det här jobbet krävde att hon bläddrade i. På byrån hette det att man tillämpade elektronisk akthållning, men det slutade ändå med att alla skrev ut allt och sedan drunknade i papper.

Hon sparade ner en ny version av avtalsutkastet, döpte det till Shareholder Agreement v 2.3, och slutade skriva på datorn.

»Josephine, kan inte jag få låna lite av din handkräm?«

De flesta av hennes vänner verkade smörja händer och ansikte morgon, middag, kväll och typ ett tiotal gånger där emellan med diverse krämer och lotions som säkert kostade mer per dag än vad de lade på mat. Men Emelie pallade bara inte. Det kändes som slöseri med tid och hon njöt inte riktigt av själva insmörjningen. Ändå satt hon nu och irriterade sig på sina fnasiga nagelband.

Josephine slängde över en grön tub. Det stod L'Occitane på den.

Jossan var en experternas expert. Varje gång hon kom från toaletten tvättade hon sig först med alkogel – »för att undvika *germs*« – sedan smorde hon länge med handkräm och sist toppade hon med lipgloss. På något sätt verkade Jossan tycka att läpparna blev trista av att vistas i ett wc-utrymme längre än trettio sekunder.

Emelie kände magen rumla till. Hon var verkligen nervös. Om en timme skulle hon bli utvärderad på det årliga mötet som de kallade för utvecklingssamtal.

Hon fortsatte skriva på aktieägaravtalet. Det gällde ett nätspelsbolag, typ poker och betting. Ägarna skulle ta in nytt kapital och det viktiga var att de kunde göra en exit utan strul i framtiden. När köparen med stort K i ordets absolut mest monetära bemärkelse dök upp, spelade det ingen roll om det var en riskkapitalist eller en industriell spelare. Då måste alla med på båten. Ingen förvärvare ville ha små fjärtiga enprocentsägare som tjafsade emot.

Josephine packade ihop sin väska, hon var på väg till ett möte, sedan skulle hon gå hem för dagen.

»Du säger ingenting, men hur känns det?«

Emelie var snart klar men behövde redovisa avtalet för den ansvarige delägaren, Magnus Hassel, någon gång senare det här dygnet. Men det var inte det som Jossan frågade om, det visste hon.

»Jag vet inte, jag är nog färdig med det här om några timmar. Men Magnus sitter i telefonkonferens med San Francisco så jag har ingen aning om när han kan ta emot mig.«

»Jag menar utvecklingssamtalet.«

»Det känns helt okej«, försökte Emelie säga med så cool röst som möjligt.

Josephine flinade. »När jag hade varit här ungefär lika länge som du brukade jag vara avundsjuk på städarna.«

»Städarna?«

»Ja, och vaktmästarna. Jag hade räknat ut att städarna tjänade en komma fyra gånger mer än vad jag då gjorde per timme. Det är nog samma sak för dig, så mycket som du jobbar. Kan du inte ta upp det med delägarna på samtalet?«

Emelie kontemplerade en kort stund vad hennes rumskamrat hade sagt.

Josephine skrattade och tog på sig sin kappa.

»Jag skojar ju bara. Jag tror det kommer att gå bra för dig«, sa hon och lämnade Emelie ensam med aktieägaravtalet.

Två delägare och hon.

Anders Henriksson var en fyrtioåttaårig ärkegeek som nyligen gift om sig med en tjugosjuårig sekreterare, låtsades att han var trettio, och fortfarande trodde att Icona Pop var ett italienskt årgångsvin – det visste Emelie eftersom Jossan diskuterat saken med honom på förra sommarfesten. Samtidigt var han en av Sveriges absolut ledande experter på Mergers and Acquisitions. Listan kunde göras lång på affärerna han rott i hamn och jättebolagen han företrätt. I senaste uppdateringen av Legal 500 var han listad som en *Leading*

Individual, det vill säga ett av de åtta namn som ansågs tyngst i Sverige på det mest lukrativa av de juridiska områdena.

Magnus Hassel var femtioett år och så vitt hon kände till en vanlig familjefar. Han var extremt konstintresserad och hade mer eller mindre klätt byråns väggar med olika verk de senaste åren. Magnus var också listad på de viktigaste rankinglistorna och hade deltagit i de stora striderna: hopslagningen av apoteken, utförsäljningen av vården. Nedmonteringen av välfärdsstaten, som Emelies mamma skulle ha uttryckt det.

»Så, Emelie, hur tycker du att det går?« frågade Anders.

De satt inte i något av mötesrummen, utan inne hos Anders. Han hade en liten fåtöljgrupp i ena hörnet av sitt rum. På golvet låg en äkta matta i rödbrunt, glittrande silke. Emelie försökte tänka på Jossans uppmuntrande kommentar.

»Jag tycker att det går bra. Jag trivs och har riktigt kul samtidigt. Jag har lärt mig jättemycket, men också fått mer ansvar. Det känns bra.«

»Fint. Tycker du att du har fått arbeta med sånt som du förväntat dig?«

»Absolut, jag får hela tiden mer egna ärenden, och delar av ärenden som jag sköter själv.«

Så där höll det på i femton minuter. Gemytlig utvärdering och klappar på axeln. Sedan kom de viktiga frågorna.

»Och debiteringen då, hur tycker du att du ligger till med den?« frågade Magnus.

»Jag tror att jag hade två tusen timmar förra året, så jag känner mig nöjd med den.«

»Mmm, men nöjd ska man aldrig vara, eller hur, Emelie?«

»Nej, jag siktar mot stjärnorna.«

»Precis. Vi har tittat lite på dina timmar och vi har vissa tankar, kan jag säga.«

Emelie kände hur hon svettades i handflatorna.

»Du var med i Projekt Classic förra året, det var extremt lätt att få ihop bra med timmar där. Vad hade du gjort om du inte hamnat i det ärendet?«

»Jag tänker mig att det hade funnits andra stora ärenden. Projekt Twin, till exempel.«

»Nej, du hade inte plockats in där, de behövde mer seniora biträdande jurister och skattefolk. Så jag undrar fortfarande vad du hade gjort.«

Magnus satt med båda händerna i knäet. Anders såg också avslappnad ut. Båda två väntade på hennes svar.

»Jag hade jobbat på ordentligt i andra mindre ärenden. Det hade kanske blivit ännu fler timmar på kontoret för att få ihop den debiterbara tiden, men det hade fungerat.«

Magnus lutade sig fram. »Nä du, Emelie. Sanningen är att du inte har en aning om vad du skulle ha gjort. Inte sant?«

Emelie visste inte vad hon förväntades svara.

»Det är viktigt att du kommer ihåg. Eller hur?«

Han log snett.

»För här på Leijons är vi beroende av varandra. Och alla är beroende av oss som ackvirerar mål. Förstår du? Du hade *tur* förra året. Det var ett bra år för alla. Men nu börjar allvaret, lilla vän.«

Emelie försökte le tillbaka. »Jag förstår vad du menar.«

»Det vet jag inte om du gör. Men vi förväntar oss att du lägger i en extra växel.«

Magnus slutade le. Hans ögon glittrade fortfarande.

*

Han hann inte ens ta av sig jackan förrän Linda kastade sig runt halsen på honom.

»Teddy, Teddy, jag är så glad att se dig. Kom in. Kom in i vardagsrummet.«

Hon kramade honom inte, mer hängde sig på honom som ett litet barn som använder en stor man som klätterställning. Hennes sätt att röra sig och prata påminde om deras mamma, det var den där ryckigheten i rörelserna, som om hon överraskade sig själv gång på gång.

Lindas hall såg ut som den alltid hade gjort. På väggarna hängde två inramade fotoplanscher, den ena föreställde en bro i New York, den andra var en gammal bild på Ada-bron i Belgrad. Han antog att hon tyckte symboliken var stark. New York och Belgrad, det var hennes två favoritstäder.

Teddy tog av sig skorna. Han visste att Linda ville ha det så. Dejan däremot behöll sina svarta läderskor på och klev in efter honom.

Det var här han skulle sova i natt, eller snarare: det var här Teddy antagligen skulle bo den närmaste tiden.

Linda öppnade vardagsrumsdörren.

Alla där inne tittade på honom: pappa, Lindas son Nikola, Darko och hans nuvarande sambo. De som verkligen väntat på honom, brytt sig, hälsat på och ringt under de här åren. Hans familj.

Ändå var det som om en plats var tom. Han visste vem han också hade velat ha där.

Vardagsrummet lystes upp av två golvlampor med vit skärm på vardera sidan soffan, en taklampa vars ljus verkade vara neddimrat och mängder av små färgglada ljuslyktor med värmeljus i. I de två fönstren hängde julstjärnor kvar sedan december, Teddy undrade varför hon inte tagit ner dem.

På bordet stod två flaskor Freixenet och sju vinglas.

»Nu måste vi fira.«

Linda hällde upp det mousserande vinet och höjde sitt glas. »För ditt nya liv, Teddy. Min lille bror.«

De betraktade honom. Bubblorna gnistrade i glasen som små briljanter på väg mot ytan. Hon hade det hemtrevligt här, med alla de olika lamporna och en fin matta på golvet.

»Skål«, sa han.

Darko ställde ner sitt glas på bordet, det smällde till, som om han ville ge extra tryck åt sitt leende. »Välkommen ut.«

»Tack.«

»Du kan inte förstå hur vi har längtat efter dig.«

»Inte mer än jag har längtat ut.«

»Det är slut på det nu. Eller hur?«

»Det ska det vara.«

Teddy var glad att se honom. Darko bodde i Malmö och hade uppenbarligen kommit ända hit för att fira att Teddy muckade.

»Vi har förberett ett litet kit åt dig.«

Linda lyfte fram en korg och ställde upp på bordet. »Här har vi din komma ut-korg. I den har vi lagt nya kalsonger och strumpor, Nikolas gamla telefon som du kan få använda, ett busskort som vi fyllt med två hundra kronor, en flaska rödvin och dina gamla träningskläder. Sen stoppade jag ner ett presentkort på Åhléns också. Bra, va?«

Teddy tog tag i korgen och ögnade igenom den. »Ni är underbara.«

Linda nickade och såg rödögd ut.

Pappa Bojan gick fram med långsamma steg. Han hade en röd stickad tröja på sig som såg noppig ut, och vid halsen stack en skjortkrage fram som en gång i tiden säkert hade varit vit, men som nu påminde om smör i färgen. Han lade armen om Teddy. Det var inte en riktig kram, snarare en hastig klapp på axeln. Antagligen var det det närmaste kroppskontakt hans far hade kommit sedan mamma gått bort.

»*Dobrodošao, moj sin*«, sa han med betoning på *sin*, och tittade rakt in i Teddys ögon. »*Živeli.*«

»Tack, pappa.« Han ville inte prata serbiska, det var inte så att han inte förstod det, men det var inte hans språk.

Pappa fortsatte låsa hans blick, utan att säga något mer. De andra i rummet väntade. Teddy såg i ögonvrån hur Nikola bytte fot, den ende som inte klarade av att stå helt stilla.

»Du är min son, och kommer alltid att vara min son«, sa pappa till slut. »Mamma hade varit glad för din skull.«

Senare på kvällen, när han klädde av sig, kände han att hans kläder luktade fränt, billigt tvättmedel. Det påminde honom om kåken.

Förutom pengarna han haft i kartongen på anstalten hade han tjugoåtta tusen i kontanter som låg i ett kuvert och två gamla guldlänkar från tiden före. Men det skulle inte räcka långt.

Ett nytt liv.

Han studerade sig själv i spegeln som hängde på väggen. Ärret över buken syntes som en svag linje, kanske var det lite rödare än vanligt. Han mindes ljudet av skottet, hur han först trott att de sköt i luften.

Han tänkte låta det tre millimeter trimmade håret växa nu. Rakad hjässa hade bara varit den enkla frisyrlösningen där inne.

Han lade sig i sängen men hade hela tiden en känsla av att någon när som helst kunde storma in i lägenheten och skada Nikola eller Linda. Det var som om väggarna och dörrarna i det här huset inte var gjorda av annat än gips, som om de bara stod där som tunna kulisser. Antagligen var det bara larv, en av de där nojorna som nyutsläppta fick. Han hade hört om det av andra, känslan av att inte ha skyddande murar och låsta ståldörrar omkring sig. Mucksjuka, kallades det.

Han satte sig upp på sängkanten.

Stirrade rakt ut i mörkret.

Han var sjuk av frihet.

5 februari

Alltid ett fyllt glas bredvid sängen: en helig princip. Philip kände efter med handen. Sval, ren yta. Skönt.

Och piller. Alltid piller. Han knäckte ut två tabletter Zoloft och sköljde ner med vattnet. Peta i sig piller skulle han kunna göra med förbundna ögon om så krävdes.

Ändå: för många bilder i huvudet. Jobbsammanträden. Möten med banken. Alla som ville ha pengar. Sängen i lägenheten. Slaget i ansiktet. Den knakande isen. Den schysta läkaren på Karolinska som suturerat honom, som det hette. Stephanie som tjatade om att hon ville veta vad som hänt.

Han förstod henne – det hörde ju inte direkt till vanligheterna att han eller någon av hans kamrater kom hem blåslagen i ansiktet. Och då visste hon ändå inte om att han stått på Nybrovikens tunna is i mer än femton minuter.

Till slut hade männen på kajkanten gått därifrån och han hade lagt sig ner på mage på isen och kravlat sig in.

Han hade aldrig varit så rädd i hela sitt liv. Men den verkliga dödsångesten hade kommit först när han bäddat ner sig i sängen hemma. Han hade darrat i ett helt dygn.

Egentligen skulle han bara vilja ställa sig på balkongen och skrika rakt ut. Vråla tills lungorna exploderade och huvudet sprängdes. Men det skulle knappast uppskattas av grannarna. Och kanske skulle någon av hans vänner eller hans föräldrar få reda på en sådan grej. Hamiltons i samma hus kunde höra, eller gubben Wachtmeister som bodde över gatan: Philip verkar inte må bra. Philip skränar. Philip gråter.

Mamma och pappa måste ha sett tecknen tidigare, på den tiden när han bodde hemma. Ringarna under hans ögon, ljudet när han spelade tevespel hela nätterna. Pillerkartorna på hans skrivbord, de små påsarna i papperskorgen. Men de hade kört sitt race. Och på något sätt hade Philip uppskattat det, han ville fortsätta ha det så. En uppdelning mellan honom och dem, ett tryggt avstånd. De: borta på fester, bjudningar, drinkar, resor, jobb. Han: hemma med barnflickan, sin lillasyster, kompisarna, någon annan. Oftast: ensam.

Värdelös.

Han satte sig upp i sängen. En aning bättre i huvudet nu. Täcket hade glidit ner i påslakanet. Han försökte dra det tillrätta utan att behöva stå upp. Han tittade på en av klockorna som han lagt på nattygsbordet: Cartier Santos, 44 millimeter stor urtavla. Köpt på Nymans Ur för fem månader sedan. Den var i titan.

Då: klockan en triumf. Materialet: svart, matt, dyrt. Ändå subtilt. Ett bevis på vem han var.

Nu: han hade köpt en Patek Philippe i förra veckan. Cartiern hade börjat kännas trött.

Hon var kvart över tio.

Han måste gå upp. Måste ge sig i kast med dagen. Ingen fick veta att han inte somnade förrän klockan fyra i natt på grund av tankarna. Ingen fick veta om att det fanns en annan Philip i Philip.

Den som balanserade på en knivsegg, så nära att falla ner i mörkret.

Han tog upp sin Ipad och kollade igenom de tjugo nya mejlen. Det mesta var sådant som andra skulle få hantera, men han ville ha kontroll.

Sedan klickade han in sig på Facebook. Hans senaste inlägg var gjort i början av veckan. En bild från ett dansgolv på någon Sture-planskrog: ljusstrålar i rök. Han själv med en flaska i handen. Han kände sig äcklad.

Det låg ett nytt meddelande i hans inbox.

Profilbilden på avsändaren var en vit rödögd kanin.

»Jag tänker på dig oftare än jag vill. Du är min, Philip. Vi två är för evigt sammanfogade. Nu har jag fått reda på ännu mer. Det måste sluta. Jag kommer till dig snart, Philip. Snart. Din/AA«

Han klickade på de olika ikonerna i Facebook.

Den våta tunna isen: han såg den framför sig igen.

Den krackelerade under hans fötter.

12 februari

Rummet var svart.

Teddy satte sig upp och trevade efter sänglampan.

Al Pacino blängde ner på honom från *Scarface*-planschen på väggen. Tony Montana satt vid sitt skrivbord med en guldklocka på armen och ett kristallglas med whisky på bordet. Man visste att han hade en fin hustru i sitt liv och att det gick oerhört bra, ändå såg fårorna i kinderna djupare ut än de gjort på Teddys pappa efter mammas bortgång. Svärtan i Montanas blick sköt ut från bilden, och även i dunklet i Nikolas sovrum uppfattade Teddy mörkret. Det här var inte scenen när det låg en enorm hög med kokain på skrivbordet och Montana, helt depraverad och nedgången, doppade ansiktet i pudret, det här var innan. Montana på höjden av sin knarkkarriär – och ändå, redan då: natten i honom.

I bokhyllan fanns två inramade fotografier. På det ena stod Linda i studentmössa och klarblå sommarklänning, hon såg glad ut. Teddy mindes mottagningen efteråt hemma hos pappa. Ett år senare hade Nikola fötts, då var pappa inte lika nöjd längre. Linda skulle ju ha studerat på universitet eller högskola.

Det andra fotografiet föreställde hela familjen. Mamma, pappa, Linda, Darko och han själv, det var taget i Belgrad när de var små. Stenmuren i bakgrunden, med en enorm lila rhododendron som såg ut att vara hundratals år gammal. Teddy var bara elva år då, ändå mindes han den sommaren tydligt. Varje eftermiddag hade han, Darko och pappa satt sig på Café Biblioteka medan mamma och Linda strosade runt på sitt håll. Pappa hade ätit nötköttssallad med karamelliserad lök och rökt enorma mängder Drina, de inhemska cigaretterna. De hade pratat böcker, fotboll och matlagning, och pappas ansikte hade lyst av värme när han tittade på dem.

Nu fokuserade han på sin fars blick på fotografiet. Teddy måste besöka honom snart.

Men nu borde han bara somna om.

Natten hade alltid varit hans vän.

Förr.

Han skulle behöva räta upp sin ekonomi mycket snart. De tjugoåtta tusen kronorna och guldlänkarna skulle inte räcka till ens hälften av vad han behövde. Bara att ta om körkortet – teorikurs, körlektioner och uppkörning – skulle urholka den reserven snabbare än han hann säga ordet lön. Framför allt måste han ordna ett eget boende, och under tiden tänkte han envisas med att betala sin del av hyran till Linda.

Presentkortet på Åhléns hade gått till en ryggsäck och ett par vinterskor. Allt annat han hade just nu var lånat. Helvete: till och med hans kalsonger var någon annans eftersom de tre paren han hade fått av Linda nu låg i tvätten.

Han tänkte på konversationen han hade haft med Dejan i går.

»Hur är du med varmt stål nu för tiden?« hade kompisen frågat när de satt ensamma på en lunchrestaurang på Södermalm.

Teddy andades in luft genom näsan. Dejan hade varit hans vapendragare ända sedan högstadiet. Om han var som han varit innan Teddy åkt in så var han en bra vän. Han var lojal och galet underhållande, men för att vara ärlig mot resten av Sverige skulle man kanske tillägga: Dejan var inte bara galet rolig, han var galet instabil också.

»Jag skjuter inte längre.«

Dejan såg frågande ut. »För att du inte hållit i ett vapen på åtta år? Känner du dig ovan?«

»Nej, ovan blir jag aldrig, det vet du. Men det är slut på sånt för mig nu. Slut på vapen.«

»Men hur tränad är du då? Kan du ta tag i situationer där det behövs lite så att säga ... kroppslig kontakt?«

»Jag gör inte sånt heller längre.«

Dejan hade lutat sig bakåt i stolen och suttit tyst. Han rörde sig långsamt, svängde huvudet fram och tillbaka som en sömnig dinosaurie. Hans Burberryrutiga halsduk hängde löst runt halsen och kragen på hans pikétröja var uppfälld som vanligt.

»Och körkort, hur är det med det?«

»De drog in det när jag åkte in. Men jag tänker fixa ett nytt så fort jag kan.«

»Åh fan. Inte vapen, inte använda knogarna. Inte köra bil. Teddy, berätta för mig, vad finns det du *kan* göra då?«

»Jag är grym på utomhusmöbler.«

Dejan höjde ögonbrynen.

»Jag har sysslat en hel del med finsnickeri de senaste åren, både på Hall och Österåker. Jag skämtar inte, alltså. Soffor, pallar, fågelholkar. Jag har snickrat sju av de fjorton bänkarna de just har ställt ut i Hellasgården.«

Dejan drack av sin Coke Zero. Förr i världen hade han klunkat Cola Light – men syftet hade varit detsamma, att inte höja sitt blodsocker.

Dejan förstod så klart att problemen hopade sig. Kronofogden låg redan på angående gamla skulder i allmänna och enskilda mål, som det hette. Med vit lön skulle de ta så mycket de kunde från Teddys bankkonto, utan att fråga. Oavsett vilket jobb han fick skulle han få leva på existensminimum tills arbetslusten ruttnat för länge sedan.

Men det fanns farligare saker där ute. I går hade Linda gett Teddy en lapp med ett telefonnummer. Tydligen hade någon ringt, hon visste inte vem det var.

Han ringde numret.

»Ja«, svarade någon i andra ändan.

Han tyckte sig känna igen rösten.

»Hej, jag heter Teddy och nån på det här numret ville att jag skulle ringa.«

»Ja, ja, är det du. Bra att du ringer. Vi hörde att du var ute. Och jag som inte trodde du skulle mucka förrän nästa år.«

En lätt släpighet i rösten, mannen på andra sidan talade långsamt men sluddrigt som en UFC-fighter på presskonferens.

»Jag är ute nu. Vem pratar jag med?«

»Men det är ju Morgan ju. Du kommer väl ihåg mig? Mogge Viking, campingmannen. *The big fat camping lord*. Hallå liksom?«

Teddy förstod vad det här handlade om. Morgan Östling hette personen på andra sidan. Snubben hade bott på Solvalla camping då för åtta år sedan, och varit känd för sina stissiga symptom. Om inte Mogge Viking fick göra något med sina händer – snyta sig, klia sig, fippla med sin mobil – kunde han få spel och bli okontrollerat våldsam. Då och då anlitades han av folk för att utföra saker, ta in något i landet, driva in någon skuld. Han var enligt alla regler en man på botten, en man som andra garvade åt. Men han hade ett trumfkort, nästan bokstavligt talat. Mogge Viking spelade kort en gång i veckan på Krukans spelklubb med Robert Hillström. Och Robert Hillström var inte vem som helst.

Hillström ansågs vara mannen bakom Marlboroupplägget, och nu snackade man om att han körde samma upplägg fast på elektronikgrejer. Import av miljontals cigaretter från lågprisländer i och utanför Europa till olika bolag där halvpundare satt som målvakter, där lagren råkade ut för brand, stölder eller fuktskador och varorna försvann eller förstördes på olika sätt. Poängen var att ingen punktskatt betalades för cigaretterna och ibland fick bolagen till och med ut försäkringsersättning. Samtidigt visste alla som visste något, att ciggen såldes i varenda tobaksbutik i Mellansverige. På kåken sa man att Hillström var god för över hundra miljoner.

Teddy hade hört snacket och alltid lyssnat extra noggrant, precis innan han åkte in hade han nämligen ordnat några cashgångare åt Hillström.

»Du vet han Johnny Olsson som du kände, minns du? Den där finniga jäveln.«

»Jag minns. Hurså?«

Teddy anade vart det här var på väg, det var inte bra.

»Han dömdes ju för några år sen.«

»*Några* år sen? Det var fem, sex år sen, eller mer. Eller hur?«

»Mmm, och det var ju du som fixade honom. Han fick tre år för medhjälp till grovt skattebrott.«

»Jag fixade honom *tre år* innan dess, ja. Vad är det du vill, egentligen?«

»Han golade ner halva organisationen, sju personer dömdes. Till och med jag dömdes. Visste du det? Jag satt ett år på grund av din jävla Johnny Olsson.«

Teddy hade hört ryktena, men aldrig orkat rota mer i det.

»Så vad vill du?«

»Jag vill ingenting, jag har kommit över min irritation, men det finns andra som har synpunkter. Det förstår du väl?«

Teddy hade inga problem med att förstå. Han visste reglerna.

Johnny Olsson, cashgångaren som Teddy ordnat, hade dessutom sumpat tvåhundra tusen av Hillströms pengar när han greps. Men golningen var tio gånger värre. Nu måste någon ta sitt ansvar. Det tyckte i alla fall Mogge Vikings uppdragsgivare.

Teddy tog ett djupt andetag. »Ni får ta och ge er. Det där är historia. Hälsa honom det. Han kan glömma det.«

Men inuti förstod han redan hur läget var. Mogge Viking skulle aldrig ringa om inte Hillström menade allvar.

Och Marlborokungen ville uppenbarligen ha sina stålar, tvåhundra tusen kronor. Och markera mot tjallare och folk som *anlitade* tjallare.

Mogge hade hållit sig lugn. »Softa nu, Teddy. Jag säger bara så här, *nån* måste ta sitt ansvar. Och om inte nån gör det, så kommer det bara att bli tråkigheter för nån. Det förstår ju du också.«

Teddy försökte slappna av.

Det var omöjligt.

*

Porsche Carrera 911 Turbo. Kupade säten, Porsches eget Communication System, allt i rött läder – handtagen, ratten, till och med handbromsen. De fem runda visarna i instrumentbrädan andades nyklassisk perfektion.

På väg till Arlanda: han och Stephanie.

Hela hennes familj skulle till Mauritius i fjorton dagar för att fira att pappan fyllde sextio.

Steffi hade pladdrat om den här lilla trippen non stop de senaste veckorna.

Philip förstod – det rörde sig om Deluxe med stort D – även om han skulle ha tagit det lite lugnare med pratet.

Det var inte vilket litet Vinghotell som helst de skulle till. Four Seasons, Anahita Garden Royal Residence Villa på femton hundra kvadrat, egen infinity pool och tropisk trädgård, separata badrum till alla rum med panoramautsikt över lagunen. Nummer tre på Condé Nast Travellers lista över Top Luxury Resorts of the World. All Inclusive så klart. Och framför allt: egen butler.

Stephanie hade klappat händerna av förtjusning när hennes mamma ringde och berättade. Vinkla solstolarna, lägg skumpan på kylning, skicka in pedikyrteamet – Anahita, här kommer jag!

Det ironiska: i en veckas tid hade hon gnuggat in sig med brun-utan-sol för att inte se blek ut där nere.

I natt hade de faktiskt sovit tillsammans hos Stephanie, hon ville packa in i det sista. Våningen på Kommendörsgatan hade hon fått av sina föräldrar i tjugoårspresent fyra månader tidigare. De brukade sova hos varandra någon kväll i veckan, oftast hos honom. Men han kunde inte ha henne där för ofta, det blev för jobbigt av olika skäl. Piller, snortrör, telefonnummer och annat som måste städas undan.

»Ska jag ha den här, den här eller den här baddräkten? Och den här We Are Handsome är ju helt *gorgeous*, eller hur?« frågade hon Philip när han låg i hennes säng och försökte koncentrera sig på att hålla ångesten borta en liten stund till. Han hade nyss slunkit in på toaletten för att svälja två Zoloft men slökollade nu på *Mad Men*.

E4:an så här dags: lite trafik. Klockan var halv åtta på kvällen. Rusningstrafiken var över för länge sedan.

911:an spann som en tigerunge. Egentligen borde han inte använda den på vinterunderlag, den tog mycket stryk. Fast å andra sidan, hade man den näst finaste Porschen som gick att få utanför tävlingsbanan så ville man ju köra oavsett årstid.

»Jag var hos Rolf i går«, sa Stephanie som uppenbarligen ville prata om sitt favoritsamtalsämne: sig själv.

Hon hade ljust slingat hår som alltid var uppsatt i tofs förutom om det var fest, kalas eller familjemiddag, då fönade hon det i en timme tills det svallade som på Blake Lively. Fyra eller fem dagar i veckan tränade hon på Balance, hon funderade själv på att bli PT, brukade hon säga.

Philip tyckte att nageln på hans pekfinger irriterade, den var inte ordentligt klippt i ena kanten. Han gjorde en mental notering om att fila ner den när han kom tillbaka till stan.

»Vi pratade mycket om den här resan, det har vi gjort de senaste gångerna. Han frågade hur jag kände med allt, nu när vi faktiskt ska åka. Nu kanske mamma och jag kan prata för en gångs skull, jag menar prata ordentligt. Eller hur?«

Philip försökte se ut som om han verkligen måste koncentrera sig på vägen och körningen. Men egentligen krafsade han med tummen på den där pekfingernageln.

»Ja, det blir ju skönt för dig.«

»Du vet, sen jag flyttade till Kommendörsgatan så pratar hon och jag knappt. Jag ringer och vill berätta om nåt prov eller höra om hon vill titta på nya Ralph Lauren-kollektionen, 'ja, ja, du får prata med pappa', säger hon bara. Jag vet inte vad som har hänt. Ska pappa vara intresserad av en klädkollektion? Rolf säger att jag måste klippa navelsträngen, bli självständig. Han föreslår att jag ska börja med osteopati.«

Philip svängde upp på avfarten från Arlanda.

Han hade lämnat Steffi vid ingången, hämtat en vagn och lastat på hennes väskor. Men han hade inte följt med till check in-disken. Han orkade inte träffa hennes föräldrar just då, och skyllde på risken för parkeringsböter.

Han funderade på en investering som han tittat på tidigare under dagen. En presentation från ett konsumentlåneinstitut som behövde pengar. De lånade ut till privatpersoner, mest via sms, utan säkerhet, på kort tid. Att låna fem tusen kronor i två veckor kostade tusen kronor i ränta, och så vidare. Det kunde bli upp till fem hundra procent i ränta på årsbasis. CashFinans kallade de sin grej. De hade ett underbart kassaflöde och en fin tillströmning av kunder. Men de behövde kapital för att växa.

Han måste kolla en extra vända på balansräkningen och risken för kreditförluster. Kanske kunde han få med Ian på idén, beroende på hur hans senaste Fluxoventinvestering hade gått.

Problemet med Ian var att han var en jävel på att räkna, men helt borta när det gällde det exekutiva. Killen öste pengar på revisorer, advokater och andra konsulter bara för att han inte fixade de praktiska grejerna. I de tre affärer Philip hittills gjort tillsammans med Ian, hade han nästan fått vara något slags mamma. Ian visste inte ens hur man ändrade styrelse i Bolagsverkets register. Ibland undrade Philip hur det skulle gå.

Han tänkte på brunchen i går.

T-Baren på Hotel Diplomat var alltid full med rätt sorts människor. Perfekt ställe för *people-watching*, *net-working*, *cluster-building*.

De brukade ses där.

Inredningen var najs. Stolarna ordentliga, mjuka, mer som små fåtöljer. Fönstren ut mot Strandvägen var stora. Gubbar i lodenrock och kravatt med små taxar framför sig, ryska turister i gigantiska pälsar med extra vulgokänsla och tjejer i blonderat hår uppsatt i tofs trippade förbi på rad.

På bordet: kakfat i tre nivåer med nybakade scones, vispat smör och brittisk marmelad. Egg Benedict, blinier med Kalixlöjrom, bacon och chorizo. Och så den lilla vasen med något i som såg ut som gröna fluffiga golfbollar, men som antagligen var fina snittblommor.

Lollo hade stirrat stint på honom när han dragit ut fåtöljen och satt sig. Han hoppades att han inte såg lika bakfull ut som han var.

»Vi har inte horror-tema här i dag.«

Philip sa ingenting, i stället vinkade han efter servitrisen. Det här var ju en grabb-brunch, en tradition. Att ta med flickkompisar sabbade alltid feelingen lite grann, fast Lollo var en rätt kul typ så det var okej.

Philip reste sig mödosamt och gick fram till henne, han pussade henne på kinderna. Hon vek demonstrativt undan ansiktet för att undvika hans andedräkt.

»Jomen, jag ser bättre ut än kadavret där borta i alla fall«, sa han och pekade mot Ian.

Ian höjde sitt glas. Hans manschettknappar i platina, formade som knutar, blänkte i ljuset från fönstret. »Jag är glad att se dig också, Philip. Alltid lika trevligt.«

Bredvid Ian satt Carl Lewenskiöld som Philip åkt till New York med i somras. De skulle träffa några investerare, mest judar och två unga killar från västkusten, Silicon Valley, men i slutändan hade det mest blivit festande – The Ritz var ett bra hotell med *heltäckande* service. De hittade pengarna på annat håll när de kom hem.

Bredvid Carl satt Axel Nilsson vars föräldrar var goda vänner till Philips. Och bredvid Axel satt alltså Lollo, också hon från skolan. Vid bordet satt dessutom fyra andra killar som han kände sedan gammalt.

Philip beställde en cappuccino och en Mimosa.

Ian drack upp det sista ur sin Bloody Mary och ställde ner den på bordet. Det stod redan två urdruckna glas framför honom. »Jag har suttit med de här tomma glasen i tjugo minuter nu. De kommer tydligen inte och hämtar tomma glas på det här stället.«

»So?«

»Vet du vad det bevisar?«

Philip skakade på huvudet. »Att de är för snåla på personalen?«

»Jag säger så här. Det enda stället där du kan daga med klass är London eller NYC, här är alla såna luffare.«

Två timmar efter att han lämnat av Stephanie väntade han fortfarande. Försökte titta på teve. *Bonde söker fru*-liknande grejer på alla kanaler. Idiot söker idiot: en ny programidé kanske?

Han försökte surfa, kolla lite hemsidor för konsumentkrediter, konkurrenter till CashFinans. Han kollade några andra jobbgrejer på datorn också: beräkningar, mejl, rapporter.

Han petade och tryckte. Poppade ut en tablett. Igen: Zoloft, hans vän.

Han öppnade kylen och tog en Red Bull.

Tankarna måste bort. Han kunde inte ha det så här.

Han kände sig orolig. Ensam. Bortglömd.

Ingen brydde sig om honom egentligen. Ingen såg honom för den han var. Svarta minnesbilder drog genom huvudet. Skrik. Magont. Hopknipna ögon.

Han tryckte ut andra piller, svalde dem med hjälp av de sista klunkarna låtsassötad energidryck.

Han gick fram och tillbaka. Tittade genom fönstret. Knappade på mobilen. Drog ett sms till Ian: »Skulle du ha tid att titta på ett projekt jag har? Det heter CashFinans. Kollade deras ÅR, sjukt bra kassaflöde.«

Sedan tänkte han på Ians tillkortakommanden igen. För några veckor sedan hade han beklagat sig och sagt att han ville anställa en assistent bara för att sköta preliminärskatteinbetalningarna i hans svenska holdingbolag. Det var ju bara att fylla i några siffror och sköta det genom bankens hemsida, men sådant kunde tydligen inte Ian.

Philip lade sig på sängen, men reste på sig direkt och drog ner rullgardinen.

Lade sig igen.

Kröp ihop i fosterställning.

Väntade på att tabletterna skulle kicka in.

Väntade på någon form av stillhet.

Det plingade på dörren.

Märkligt, de brukade ju alltid ringa på mobilen innan.

Han klev upp. Öppnade dörren.

Det var mörkt i trapphuset.

Han skymtade några personer, men såg inte deras ansikten.

De hade något på sina huvuden. Små hål för ögonen. Ännu mindre hål för näsan att andas i.

Personen längst fram tog ett kliv mot honom. Philip hann inte se vad som hände.

Något drogs över hans huvud – en tygpåse eller kasse av något slag.

Philip drog efter andan. Det var svart. Han försökte slita bort tyget.

Någon höll i hans armar.

Han vred på sig, försökte bryta sig loss.

Någon höll i hans kropp.

De drog med sig honom ner på golvet.

Tänkte de slå honom igen? Var det här samma killar?

Han kände hur hans händer spändes mot varandra. De virade något runt hans handleder, det gjorde ont. Han spjärnade emot.

Det var redan försent.

Han kunde inte röra händerna, armarna.

Han låg ner, väntade på slagen och sparkarna.

»Vad fan vill ni?« vrålade han.

Inget svar.

Någon drog i hans ben, han kände hur de fjättrade hans fötter också.

»Vad vill ni?«

Tystnad.

Mörkret pressade på.

Men inga slag.

Inga sparkar.

Han hörde sina egna snabba korta andetag.

Det var fuktigt inne i påsen.

Hårddisken

Det hade börjat för exakt sju veckor sedan.

Precis när Cecilia hade stängt dörren om påklädningsrummets galonbyxor och övergivna strumpor ringde hennes granne på mobiltelefonen.

»Det är så konstigt det här, men jag tror att det brinner i er lägenhet.«

»Vad säger du för nåt?«

»Det brinner, jag står här på balkongen och tittar mot er våning och det kommer rök från köket. Jag har ringt efter brandkåren. Jag hoppas verkligen att ingen är hemma.«

När hon kom till gatan stod där redan två brandbilar och rödgula avspärrningar var uppsatta. Hon kramade Lillan hårt i sin famn samtidigt som brandmännen sprang ut och in i porten med smutsiga ansikten. Ovanför köksfönstret och vardagsrumsfönstret såg hon svarta sotmärken på ytterväggarna och bakom avspärrningarna kände hon igen ansiktena på flera grannar.

En brandman som presenterade sig som insatsledare kom fram till henne och förklarade så gott han kunde. Det första han berättade gjorde att allt annat bleknade i jämförelse.

Hennes man, Mats, hade varit hemma. Brandmansstyrkan hade hittat honom medvetslös på golvet i sovrummet, kanske hade han fallit, kanske hade han försökt krypa lågt för att undvika gasutvecklingen. Som tur var hade de fått ut honom fort och kunnat konstatera att han levde. Ambulans hade redan varit här och hämtat honom. Mer än så visste inte insatsledaren just nu.

Hon undrade vad han hade gjort hemma så här mitt på dagen. Han brukade aldrig komma hem förrän tidigast klockan sex.

Efter en stund lugnade det sig på gatan, grannarna skingrades när lågorna inte slickade husväggarna längre.

Insatsledaren kom fram till Cecilia igen. »Han är på Huddinge sjukhus, och han kommer att klara sig. Sköterskan ringde mig just. Han har andats in mycket rök och gas, men de var positiva.«

»Det låter bra. Verkligen.«

»Vi har släckt allt där uppe nu, men kommer att skicka en olycksutredare i morgon som får titta på hur det här kunde hända. Har du nån aning?«

»Nej, absolut inte. Men vi har haft problem med elen till diskmaskinen.«

»Ja, då kan det röra sig om en kortslutning eller liknande, men som sagt, vi tittar på det i morgon.«

Hon stod kvar framför insatsledaren och betraktade honom. Hans orange kläder var smutsiga, tunga fåror skar över kinderna och håret som stack fram under hjälmen var tovigt. Ansiktet påminde om någon, kanske Keith Richards.

Hon ville något, men kunde inte komma på vad. Det var som att det pockade på hennes uppmärksamhet, något ytterligare som hon ville få sagt.

»Kan jag få se lägenheten?« sa hon till slut.

I hallen hängde kläderna där kläderna alltid hängde, skorna stod i skostället och det enda som antydde vad som inträffat var svärtan i taket och ett tunt lager av aska på hallbyrån och spegeln. Det var som om någon flamberat halltaket, men i övrigt bara hällt lite damm på valda delar av inredningen.

De gick vidare in mot köket. Det luktade brasa.

»Vi tror alltså att det började här inne. Som du ser har både brand- och rökutvecklingen varit kraftig. Det har också blivit ganska stora vattenskador för grannarna, men det är inget du ska oroa dig för nu. Plast har smält, ert köksbord, ja, du ser ju själv …«

Det var en märklig syn. Väggarna var i vanliga fall Stockholmsvita, det vill säga äggskalsfärgade, och alla skåpluckor och lådor, vitvaror och köksö, gick i samma nyans. De ville ha det minimalistiskt, inga krusiduller, som Mats brukade säga. Men nu, nu var allt detta svart eller grått. Nästan som om någon bestämt sig för att visa deras smak i negativ.

Lukten var skarp, och först drog hon efter andan, men när hon gjorde det blev det bara värre. Det stank valborgsmässobål blandat med bränt gummi.

»Du kanske borde ta på dig den där«, sa brandmannen och pekade på gasmasken han gett henne.

De stod så en stund, tysta bredvid varandra, och granskade förödelsen. Taket hade flagnat och var kolsvart, hyllorna ovanför diskmaskinen var helt utbrända och porslinet som stått där inne hade rasat ner och krossats när hyllplanen brunnit. På golvet syntes något slags sörja av brandsläckarpulver, vatten och aska.

»Vill du se nåt annat rum?«

Det ville hon. Insatsledaren visade henne mot sovrummet.

Mats hade alltså hittats på golvet där inne. Hon kunde fortfarande inte förstå vad han gjort hemma vid den här tiden.

När hon kikade in såg hon att det var mindre förstört där, ingen direkt brand hade härjat där, men taket och de övre delarna av väggarna var mörka. Hon tog av sig gasmasken.

Brandmannen pekade på dörren och sa: »Rökutvecklingen blev kraftig i det här rummet eftersom dörren till barnens rum, vardagsrummet och ut till farstun var stängda. Hit in var enda stället dit röken kunde ta vägen.«

Hon tog några ytterligare steg in i sovrummet. Brandmannen stod kvar i hallen, han pratade med någon i sin walkie-talkie.

Hon kände direkt att något var fel, något var inte som det skulle här inne.

Sängöverkastet var täckt av aska som gjorde att det såg mörkblått ut i stället för rosa. Dörrarna till garderoberna var stängda, förhoppningsvis hade kläderna där inne klarat sig, eller var det naivt att tro det? På hennes nattygsbord låg till och med boken av Arne Dahl, med bokmärket instucket precis där hon slutat läsa kvällen innan.

Sedan såg hon vad det var som var annorlunda. På det lilla arbetsbordet under fönstret stod en dator. Det var en laptop, med skärmen uppfälld.

Han hade en stationär dator på jobbet, det visste hon. Men den här bärbara, den hade hon aldrig sett förut.

Hon gick fram till arbetsbordet och fingrade på den. Kunde den tillhöra någon av brandmännen?

Nej, på tangenterna låg aska som ett tunt lager grå snö. Den måste ha stått här när det brann i köket.

Den borstade metallen kändes sträv och kall. Skärmen var mörk.

Den konstiga känslan kröp i henne.

Hon vände sig om, insatsledaren var inte där, men hon hörde hans röst ute i hallen.

Hon tryckte ner mellanslagstangenten och skärmen lystes upp.

Det var det sjukaste hon sett.

15 februari

Linda var irriterad när hon tillredde sin espresso på morgonen, det märktes som vanligt på hennes rörelser. Hon öppnade skåpluckan med ett ryck, rev upp ena långsidan på kaffekartongen och pressade ner ampullen i bryggaren med en smäll.

Nikola hade inte kommit hem i natt. Han hade bara skickat ett sms vid åttatiden på kvällen och sagt att han tänkte sova hos en kompis.

Det var fortfarande inte läge att berätta för henne om samtalet med Mogge Viking för några dagar sedan, även om det nästan var det enda Teddy kunde tänka på.

Han ville inte heller ta upp det med Dejan. Han kunde i och för sig säkert hjälpa till, men det skulle ha sitt pris. Och det priset ville inte Teddy betala.

»Jag skyller inte på dig, Teddy. Det här med att inte komma hem ordentligt startade för länge sen«, sa Linda.

»Vill du att jag försöker prata med honom?«

Hon fortsatte tugga på sin fralla som om hon var i andra tankar. Sedan sa hon, »Om han inte lyssnar på mig, så lyssnar han väl inte på dig.«

»Men när blev det så här?«

»Jag minns inte. Är det här nåt slags förhör, eller?«

Hon reste på sig med koppen i handen, drack en sista klunk kaffe och ställde ner den på bordet med en smäll.

På förmiddagen tog han en snabb promenad i ett par skor som han lånat i Nikolas garderob. Teddys gamla träningskläder som legat i Lindas välkomstkorg skulle inte klara det nollgradiga vädret, i stället lånade han en fleecetröja och vindjacka, också av Nikola.

På eftermiddagen tänkte han besöka pappa.

Vid sportfältet utanför Wasaskolan mötte han en äldre man som rastade hunden och några joggare som trotsade det kyliga vädret.

Han hade inte varit i det här området på över tio år. Geneta, Södertälje, där han hade växt upp. På grusplanen hade han spelat så många fotbollsmatcher att de flöt ihop till en oändlig frispark i minnet. Det enda som stack ut var när Dejan mitt i toppmatchen i division fyra skallade en spelare i andra laget.

Nu fanns det en till plan här, Teddy skrapade undan lite snöslask med foten, det var konstgräs.

Ingen av hans gamla polares familjer bodde kvar. Dejans familj hade flyttat -95, Alex familj några år senare. Han undrade hur det var för Nikola att bo här. Linda hade berättat att han talade syrianska nästan felfritt.

Hägerstensvägen var en relativt ny adress för Bojan. Teddy hade inte varit där förut, trots att pappa flyttat hit för ett år sedan. Pappa hade inte direkt bjudit in honom, så det hade aldrig blivit tillfälle på någon av permissionerna.

Bojan hade fått för sig att Södertälje inte var någon bra plats längre. Trots att han bott där hela sitt vuxna liv och att hans dotter och barnbarn fortfarande bodde där.

»*Jebiga*. Jag är svensk«, sa han. »Och om svenskarna flyttar ut från Sö'tälje, så gör jag det också.«

Det var ironiskt, bara en inbiten Södertäljebo uttalade stadens namn som Bojan.

På brevlådeinkastet hade Bojan satt upp en papperslapp med texten »Ingen reklam alls, tack«. Teddy kunde inte låta bli att le åt det också. Det normala sättet att skriva ett sådant meddelande hade varit utan att använda ordet »alls«. Men så hade hans pappa alltid varit en tydlig person. Menade han *ingen* reklam, så menade han ingen reklam *över huvud taget*.

Pappa var klädd i ett par mjukisbyxor och en blå skjorta som hängde utanför byxorna. På fötterna hade han vita tubsockor och tofflor.

»Najdan, hur mår du?«

Han böjde sig ner och drog upp ena strumpan som hasat ner.

»Är det kallt ute?«

»Inte så farligt. Har du inte varit ute i dag?«

»Nej, kan jag så låter jag bli. Så här års är det minst fem, sex grader plus hemma.«

Teddy hängde av sig sin blöta jacka. »För det första så är det plus en grad här i dag, så det är inte så illa. För det andra undrar jag vad du menar med hemma?«

»Belgrad, så klart.«

»Du har bott här i snart fyrtio år.«

»Ja, men hemma är alltid hemma.«

»Men var det inte du som sa till mig att du flyttade från Sö'tälje eftersom du är svensk?«

Bojan log. »Vad pratar du om? Jag är ju svensk, men hemma är alltid Belgrad.«

De gick till köket.

Bojan drog fötterna efter sig. Hans pappa, som alltid varit kraften själv, som lärt honom redan som femåring att alltid sträcka på ryggen, höja blicken och inte vika undan för någon, lufsade fram som en åldrad pensionär.

Teddy satte sig vid köksbordet samtidigt som Bojan ställde sig vid spisen och började göra sitt *turska kafa*.

»Vill du ha mycket eller lite socker?«

»Gör som du vill ha det, pappa.«

Bojan hällde kallt vatten och socker i *džezvan* och ställde den på plattan. Så länge Teddy kunde minnas hade pappa gjort sitt kaffe på samma sätt och i samma traditionella kastrull med höga kanter, en liten pip och långt handtag. Han undrade om mamma druckit sitt kaffe upphällt från just den där kastrullen.

»Så vad gör du nu för tiden, pojke?«

»Jag har inte ens varit ute i en månad.«

Bojan hällde över en liten del av det kokande sockervattnet i en kopp och fyllde på *džezvan* med kaffepulver som han sakta rörde runt tills det började koka igen. Han verkade inte vilja prata om att det här var första gången på åtta år som Teddy var hemma hos honom. Teddy orkade heller inte älta.

»Jag minns när du var liten«, sa Bojan. »Du brukade sitta på den höga pallen bakom kassan i restaurangen och hälsa på gästerna. Du charmade alla, min pojk. Du kanske ska satsa på den branschen.«

Teddy tänkte på sin fars resa. Bojan hade kommit till Sverige i slutet av sjuttiotalet, tjugosju år gammal. Han hade teknisk examen från en högskola i Belgrad och hade därefter jobbat på mekanisk verkstad i Novi Sad i några år. När kompisarna försvann en efter en på grund av erbjudanden från svenska industriföretag bestämde sig Bojan för att pröva, han också. Han tillhörde den sista vågen med arbetskraftsinvandrare till det kalla välfärdslandet i norr. Sedan dess hade Sverige slutat ta in folk av hans kaliber, brukade han säga.

Bojan började på Scania-Vabis i Södertälje och skruvade ihop motorerna till Stockholms busspark. Några år senare träffade han mamma som jobbade på ekonomiavdelningen. Hon kom från Sundsvall. Linda föddes året därpå. Teddy ett och ett halvt år senare. Darko kom sist.

Men tiderna blev svårare, i mitten på åttiotalet började Scania skära ner på folk. Samtidigt hade flera av pappas kamrater insett att det fanns mer pengar i att driva pizzeria eller restaurang än att slava för storindustrin. Bojan började hos sin bästa vän, de drev en lunchrestaurang i ett industriområde i Solna. Sammanlagt reste han fyra timmar varje dag till och från jobbet, men han övervägde aldrig att flytta från Södertälje. Då dög det i varje fall för honom.

Bojan rörde stilla i kastrullen. När kaffet kokat upp ställde han den på diskbänken och hällde sedan tillbaka sockervattnet som han tidigare hällt över i koppen. Han täckte över *džezvan* med en tallrik och lät det dra.

»Kom, vi tar kaffet i vardagsrummet.«

Samma rutiner som förr, pappas kaffe skulle drickas i vardagsrummet och hällas upp där inne framför gästerna.

Han böjde sig ner igen och drog upp ena strumpan innan han satte sig i fåtöljen. Teddy slog sig ner mitt emot i tresitssoffan av läder.

»Pappa, vet du egentligen vem jag var?«

»Lyssna, min son, jag hade mitt och du hade ditt. Det var inte alltid så lätt, ska du veta. Jag hade Linda, Darko och dig att tänka på, kan du ens förstå vad det betyder att vara ensam med tre barn? Samtidigt höll jag i restaurangen varje dag, och sen efter alla år kom de jävla *pička* Skatteverket och sänkte mig.«

»Jag beundrar dig för att du tog hand om oss, det vet du. Men visste du vem jag var?«

Teddy visste inte varför han tog upp det här. De hade aldrig haft en sådan här diskussion förut, men han kunde inte låta bli.

Bojan tog en klunk av kaffet. »Det är ingen idé att vi pratar om sånt nu. Det är bra att vi ses, bara. Du vet att det är årsdagen efter mamma den tjugonde?«

»Så klart.«

Teddy lutade sig tillbaka och såg sig omkring. Det såg ut som i den gamla lägenheten i Södertälje, på ena väggen hängde två sablar som pappa alltid hade påstått kom från slaget om Novi Pazar år 1912. På den andra väggen satt en tavla som kom från mammas barndomshem.

»Då skulle jag bli glad om du ville komma hit och tända ett ljus för henne.«

De fortsatte sörpla på kaffet. Bojan berättade om hur bra allt gick för Linda och Darko, sedan pratade han lite om sina olika affärer, som på det stora hela verkade gå åt helvete.

Teddy reste på sig.

»Pappa, jag måste gå. Tack för kaffet. Vi får ses snart igen.«

»Min pojke, ska du inte ta och flytta hit till Örnsberg?«

»Vi får se, jag bor hos Linda just nu.«

»Vad hände med den där Sara då?«

Teddy knöt sina skor, det var inte hans pappas sak att börja prata om Sara.

Bojan sa: »Har du försökt få kontakt med henne?«

»Inte än.«

»Du borde försöka. Alla behöver en kvinna vid sin sida, i alla fall i din ålder.«

Teddy öppnade dörren och gick ut.

16 februari

De sjutton pärmarna skulle vara genomgångna och klara inom fyrtioåtta timmar. Dessutom måste Emelie hinna upprätta en rapport över de eventuella juridiska risker hon upptäckte i någon av de drygt tvåtusen femhundra sidorna. Det kallades för due diligence, eller DD, men det korrekta svenska ordet var företagsgenomlysning. Ett klassiskt uppdrag för en som jobbat snart tre år på byrå.

DD: det gick rykten om byråer som gått i sank för att de missat så kallade Change of Control-klausuler, det vill säga avtalsbestämmelser som gjorde att kontraktet slutade gälla om ägandet ändrades. Det värsta hon hört om var för några år sedan när Sveriges största mobiltelefonkedja skulle säljas. Advokatbyrån Werner Hansson & Partners missade C of C-klausulen i kontraktet med en av leverantörerna – det hade kanske inte varit katastrof om det inte varit för att leverantören i fråga råkat vara ett litet bolag som hette Samsung. Köparen torskade rätten att sälja de mobiltelefonerna. Vad skulle man säga? Sorry, vår jurist bommade just den punkten i avtalet, vi är hemskt ledsna. Butikskedjan har tyvärr blivit värd en halv miljard mindre. Tack för det, Werner Hansson & Partners.

Emelie hade tagit en kopia på pärmarnas innehållsförteckningar och bockade systematiskt av punkt efter punkt när de var färdiggranskade.

Josephine satt vid sitt skrivbord. Hon var precis hemkommen från London där hon tillsammans med en delägare hade förhandlat en affär för ett svenskt industriföretag. Jossan hade babblat om resan i säkert en vecka innan, men när de väl landat hade hon inte varit utanför mötes- eller hotellrummet mer än två timmar. Det var i taxin från och till Heathrow.

»Och jag som hade tänkt köpa en ny väska till mig själv, och faktiskt en till dig också.«

»Till mig?«

»Ja, jag tänkte att du behöver uppdatera dig. Det finns finare saker än DKNY. Har du sett Alexander Wang eller Céline till exempel?«

Emelie såg väskor som något nödvändigt ont. Ändå blev hon irriterad på kommentaren.

»Vill du att jag berättar om London?« frågade Jossan ironiskt.

»Gör gärna det«, sa Emelie. Josephine var för kul för att vara sur på i längden.

»En black cab får inte ta mer än trettio pund från Heathrow, man äter inget annat än smörgås och kuddarna på hotellen är stenhårda. Det är allt jag vet, tyvärr.«

Josephine bearbetade sina händer med det hon klämt ut ur en handkrämstub samtidigt som hon berättade. Förhandlingarna med britterna hade havererat på en telefonkonferens för tre timmar sedan och klienten hade då beordrat dem att lägga ner pennorna. Men hon satt ändå kvar här.

»Jag börjar bli som alla andra – byrån är mitt hem mer än min lägenhet. Så nu kan du fråga mig om du behöver hjälp med nåt. Jag har gjort så många DD:s att jag funderat på att byta mellannamn. Duegren i stället för Dahlgren, vad tycker du om det?«

»Det skulle vara snyggt på dig. Väldigt Londonish, liksom.«

»Lyssna, jag kan det här med due diligence, säger jag ju. Egentligen finns det bara tre områden där ingen köpare vill ta risk, som är de verkliga juridiska bomberna, som du måste upptäcka innan klienten får dem i knäet. Det handlar om miljörisker, produktansvar och skattegrejer. Allt annat är faktiskt mest lull-lull, kom ihåg det, Emelie. Men vi här har inget emot att blåsa upp det, vi måste ju debitera timmar, eller hur?«

Emelie skrattade till. Hon hade inga planer på att göra något annat än att kontrollera vartenda avtal och dokument noggrant, oavsett vad Jossan sa.

Det ringde på hennes telefon. Emelie lyfte på luren och hörde en av sekreterarnas röster. »Kan du komma in till Magnus en stund?«

»Absolut, när?«

»Gärna asap.«

Emelie lade på och skakade på huvudet.

Jossan sa: »Kanske lördags- och söndagsjobb efter att du är klar med DD:n? Försöker du fortfarande dejta den där killen?«

»Ja, Felix.«

»Säg till honom att ni kan ses igen om typ tre veckor då.«

En av sakerna som Emelie uppskattade med Leijons var att dörrarna i princip alltid stod öppna, förutom när det pågick möten. Även om arbetstakten var sjukligt tuff, servicenivån fanatisk och expertkompetensen något av den högsta i landet – så var det bara att släntra in och fråga vad som helst när man behövde hjälp.

Magnus stod upp och tittade ut genom fönstret. Han bad henne stänga dörren det första han gjorde.

Hon tänkte på utvecklingssamtalet för några veckor sedan. De hade tryckt till henne. När hon kommit ut därifrån hade hon bara velat åka hem, knäppa på Netflix och dra en filt över sig. Men i stället hade hon ringt Jossan som förklarat att det inte var så farligt.

»Bit ihop bara, och visa dem aldrig att du tar illa upp. Vill du ta en bellini med mig senare i kväll?«

På väggarna hängde tavlor och på de låga bokhyllorna stod olika mer eller mindre kryptiska konstverk. Magnus tyckte verkligen om contemporary art, som han brukade säga. Emelie visste att de flesta av verken var av kända svenska konstnärer. Karin Mamma Andersson, Ragna Berlin och allt vad de hette. Emelie, Jossan och flera andra bitisar hade googlat flera gånger.

Men alla var inte inhemska tavlor.

Mitt på väggen, nästan som inramad av de andra verken, hängde den enklaste målningen. Ett antal prickar i olika färger var målade i cirkelformade mönster på vit bakgrund. Det var uppenbart, tänkte hon när hon såg på den, att vem som helst skulle ha kunnat göra den, till och med hon själv. Det hade tydligen konstnären Damien Hirst också fattat, för det var inte han som hade målat verket, i stället hade han en stab av anställda som tillverkade pricktavlorna åt honom.

Magnus vände sig om. Han var oklanderligt klädd som vanligt, men hans stil var också en aning *too much*. En mörkgrå kostym, inget fel på det, men slipsen var klargul och puffen i bröstfickan var rosa. Dessutom glänste hans bakåtstrukna hår av vax eller någon liknande produkt, och det var ett problem i sig. I Magnus ålder fick man gärna ha något i håret, men med så många gråa hår skulle det banne mig inte glänsa som på en sjuttonåring.

»Slå dig ner.« Magnus satte sig själv i sin specialbeställda kontorsstol som mer liknade en spindel än något man satt på. Han hade aldrig med ett ord nämnt sina kommentarer under utvecklingssamtalet, trots att de haft flera jobbmöten sedan dess.

»Har du mycket att göra nu?«

Hon anade vad som skulle komma. En liten förfrågan om att hjälpa till med ett avtal eller ett uppstartsmöte – jättekrock med DD:n hon just nu höll på med. Och hon som hatade att säga nej.

»Jag har relativt mycket just nu, sitter med DD:n i Projekt Ray Signal som ska vara klar till i övermorgon«, sa hon men tillade: »Är det nåt du behöver hjälp med?«

Magnus lutade sig fram över skrivbordet och sänkte rösten, trots att dörren var stängd. Det han nu tänkte säga var tydligen känsligt.

»Det är ett speciellt ärende. Du har aldrig gjort nåt liknande, det kan jag garantera. Och jag, jag har verkligen aldrig gjort nåt liknande.«

Magnus var ödmjuk ibland, det fick hon ge honom.

I kontrast till sitt utseende hade han ett lugnt sätt att prata. Ändå kände hon sig aldrig helt bekväm med honom. Hon var osäker på varför det var på det sättet, på papperet var han superpresterande men han var också i grunden snäll och sa aldrig nej till att ge henne råd. Men det var ändå något. Emelie tänkte att det hängde samman med att Magnus aldrig verkade känna sig helt avslappnad med sig själv.

»Så här är det. Jag fick just ett samtal från en god vän till mig, Carl-Johan Schale. Det har hänt nåt, tror de, och om de har rätt är det ett fruktansvärt familjeproblem, och de behöver vår hjälp. Jag tänkte att du och jag skulle köra det här ihop, kanske behöver vi nån mer.«

»Absolut. Så det är inget affärsrättsligt?«

»Så långt ifrån man kan komma.«

»Är det nåt arvsrättsligt, eller en vårdnadstvist?«

»Nej, inget sånt.«

»Är det ett brottmål?«

»Det här är speciellt. Jag vill att du förstår det redan nu. Och det handlar om nära vänner till mig. Annars skulle jag aldrig åta mig nåt sånt här.«

»Jag förstår.« Emelie visste att det betydde förtur framför andra ärenden, men hon undrade ändå hur hon skulle hinna med.

»Innan jag berättar vad det rör sig om vill jag att du förstår att i det här ärendet håller vi tystnadsplikten till och med internt. Förstår du, det här får du inte prata med de andra delägarna om, det här får du inte ens knysta om till Josephine. Yppandeförbud råder.«

Den stängda dörren, den låga rösten, att det rörde sig om ett förtursärende. Och nu det här – yppandeförbud.

Magnus började berätta vad det handlade om.

Emelie tittade på pricktavlan igen. En kort sekund tycktes cirkelmönstret rotera långsamt bakom Magnus. En färgglad jättegloria. En förvirrad ängel som nedstigit mitt i vantrons huvudkontor.

*

Teddy klev av pendeltåget på T-Centralen och gick långsamt mot tunneln som ledde till tunnelbanans perronger. Han hade gott om tid, arbetsförmedlingen var hans enda projekt i dag. Några sekunder stannade han till och studerade den myllrande hopen som rörde sig mot rulltrapporna. Vågade han sig ner där? Under de åtta åren inne hade han sett max femton personer samtidigt, och då för det mesta lugnt sittande i ett gemenskapsrum eller matrum bakom galler och höga murar.

Han måste försöka ringa henne i dag, nu.

Sara.

Han ryckte till. Ett ljud hördes från hans ficka.

»*Det här är polisen, lägg dig ner på marken.*«

Teddy plockade upp telefonen, Nikola hade valt polisröster som ringsignal. Teddy måste få den ändrad så fort som möjligt.

»Godd mörning.«

Det var Mogge Viking.

»God morgon. Jag trodde jag var tydlig med dig när du ringde häromdagen?« Det var lika bra att gå rakt på sak med de här killarna.

»Jag framförde dina åsikter till Hillström, att det är hans problem, inte ditt. Vet du vad han sa?«

»Nej.«

»Att från och med nu gäller ränta också, det blir trehundra tusen.«

»Det finns inte.«

»Det finns, det finns, det kan jag lova dig att det gör.«

Morgans glättighet försvann med ens, han blev farlig på rösten.

»Betala inom sju dagar.«

Sedan lade han på.

Husen uppe på berget ovanför Liljeholmstorget försvann i dimman som lagt sig över den här mulna dagen. Det var en mjuk övergång som gjorde att jorden nästan omärkligt gick över i himmel. Kanske var det molnen som liksom sänkte sig över staden, som om Stockholm höll på att bli en del av en annan värld.

Nu måste han göra det.

Han höll mobiltelefonen i ena handen och lappen med telefonnumret i den andra, Saras telefonnummer, som han hade fått från nummerupplysningen. Han slog numret långsamt och tryckte på grön knapp.

Signalerna gick fram. En, två, tre.

Fyra, fem, sex.

En telefonsvarare gick på. Det var hennes röst. Teddy hade inte hört den på flera år, men den lät precis som senast de talat på telefon. Lika ljus och mjuk.

»Hej, det här är Saras telefonsvarare. Lämna ett meddelande efter signalen så ringer jag upp dig så fort jag kan.«

Pip.

Handläggaren, Isa, eller arbetsförmedlaren som hon tydligen kallades, satt bakom ett skrivbord i ljust trä. Det såg likadant ut här inne som i det rum där han träffat henne senast. Golvet var i linoleum, väggarna täcktes av vit strukturtapet och stolarna var av plast. Allt här förutom bordet påminde om fängelset, inklusive Isa. Det här var inget personligt rum, inte Isas eget rum, det var en mötescell, en plats utan fönster ut mot verkligheten.

Isa knappade på sin dator. »Jag har tittat lite på din handlingsplan, och jag tycker att den ser bra ut. Cv:n är du också klar med, fick du hjälp med den?«

»Lite.«

»Ja, man behöver människor omkring sig som kan stödja.«

Teddy väntade på vad som skulle komma, och försökte under tiden bara se snäll ut.

»Har du börjat söka jobben som vi pratade om?«

Han studerade henne. Hon såg ut att vara runt fyrtio år men var klädd som en blandning mellan hippie och dam. Röda och turkosa sjalar verkade vara hennes grej, samtidigt som hon hade små pärlörhängen i öronen. Förra gången hade hon haft ett slags lila kaftan men på ringfingret bar hon en enkel guldring med en infattad briljant.

»Javisst, jag har sökt sju bygg- och anläggningsjobb, men fått nej på alla.«

»Det var ju inte bra. Men det finns andra jobb i den kategorin. Snöröjning och takskottning brukar vara bra så här års.«

»Jag är trettiotre år. Det där är inte kvalificerade arbeten. Men jag kan snickra och jag kan restaurangbranschen.«

Han hörde ventilationen surra tyst i bakgrunden.

Isa blickade ner på sina papper. »Ja, men de jobben är inte så lätta att få, vet du. Hur känner du för att jobba inom vård och omsorg?«

Det var inget fel på henne, hon gjorde sitt jobb, även om hon pratade för mycket. Det var bara det att Teddy inte förstod vad han egentligen gjorde här.

Han hade ingen arbetslivserfarenhet, och han hade ett *åtta år* stort hål i sin cv. Han måste fixa fram trehundra tusen på några dagar till en psykopatisk cigarettsmugglare. Det han kallat jobb i sitt tidigare liv var sådant som gav minst fyra års fängelse.

»Jag ska försöka söka så mycket som möjligt, men det känns inte bra när de inte ens besvarar breven.«

De pratade en stund om olika sätt att presentera sig och möjliga yrkeskategorier.

»Det ska nog gå bra«, sa Isa till slut. »Rom byggdes inte på en dag, som man brukar säga. Eller hur?«

Teddy satt tyst.

»Du får söka vidare. Det tar ofta ett halvår för mina klienter innan de får jobb. Det är helt normalt. Inget att oroa sig för. Sån är situationen nu för tiden.«

Isa sköt bak stolen och reste på sig. På datorn syntes skärmsläckarens bild, en kritvit sandstrand med palmer. Kanske borde han lyssna på Dejan, han hade tjatat om att han ville åka till Thailand och kränga hus.

De skakade hand.

Teddy öppnade dörren.

Hur hade han kunnat tro att det skulle gå lätt?

Hillström ville ha sitt om sju dagar.

Ett halvår.

Han hade ett missat samtal på sin telefon. Han ville inte få fler obehagliga överraskningar så han ringde nummerupplysningen och kollade vart numret gick. Det var ett växelnummer till en advokatbyrå som han aldrig hört talas om.

Leijons.

*

Det var becksvart i Tumba, fast klockan bara var tjugo över fyra. Så här års gick folk till jobbet innan solen gått upp och när de skulle hämta sina ungar på dagis vid halvfemtiden var det mörkt igen. Solen fick de försöka se under lunchpausen, om den behagade visa sig genom de snömulna himlarna.

Dejan var glad att han inte var nio-till-femmare: han såg sig som en solens man. Men å andra sidan brukade han inte vakna förrän tidigast klockan tio på förmiddagen och då var det alltid ljust, oavsett årstid.

Han ringde på dörrklockan framför sig. Bakom honom stod Tomas.

Inifrån villan hördes dörrsignalens långa trudelutt, och ljudet av steg som kom närmare.

En överviktig man med fett hår och skäggstubb öppnade. Han hette Rodjo, men Dejan föredrog sitt eget smeknamn på honom: Tjocko.

»Vad fan gör du här?« Tjockos ögon var uppspärrade, fast Dejan tänkte att det knappt märktes på grund av att de var så djupt inbäddade i ansiktsfett. Vissa män som såg ut som grisar var verkligen grisar.

»Det vet du«, sa han och satte sin känga innanför dörren.

Hallen var mörk och stökig och gruset på golvet knastrade under hans sulor. Här verkade man inte ta av sig skorna i onödan så det kunde omöjligt vara ett problem att han drog med sig lite blötsnö in.

Mannen stannade i hallen. Men Dejan tittade sig omkring. Till höger låg köket.

Det här var så jävla irriterande. Han hade andra grejer att greja med, det här var småpotatis som i vanliga fall inte låg på hans bord.

»Kan du inte sätta på lite kaffe?«

Tjocko pustade och gick in i köket. Varenda skåplucka och bänk var träfärgade. Även golvet, panelerna på väggarna och luckorna framför kylen och frysen var i furu. Till och med bordet och stolarna såg ut att komma från samma träd.

Tjocko öppnade en burk och skopade upp kaffe i en pressbryggare.

»Kan man få en macka också, jag är jävligt hungrig.«

Det var mer än sant – han behövde få i sig något snabbt. Han kände sin egen kropp, och åt han inte inom femton minuter skulle han få blodsockerfall. Dåligt fokus, huvudvärk, i värsta fall medvetslöshet och kramp. Det sistnämnda hade hänt honom säkert tio gånger, men nu var det några år sedan sist.

Tjocko rotade i ett skafferi. Grejernas etiketter såg ut att ha tio år på nacken. Till sist fiskade han fram två knäckebrödsskivor.

»Sätt dig ner«, sa Dejan när Tjocko ställt fram tallriken med brödet framför honom.

»Varför? Vad vill ni egentligen?«

Tjocko satte sig på en av köksstolarna.

»Lägg upp händerna på bordet, tack.«

»Men vad fan! Skärpning. Säg vad ni vill.«

Tomas ställde sig bakom mannen, nära. Böjde sig ner och väste: »Gör bara som Dejan säger. Det är ingen fara.«

Tjocko lade långsamt upp sin ena hand på bordet. På underarmen syntes två tatuerade sifferkombinationer. Antagligen var det hans ungars personnummer.

Dejan tog upp sin batong som han hade i jackfickan och slog till över handen med full kraft.

Tjocko vrålade.

»Din lilla fitta!« skrek Dejan.

Tjocko slet i handen, men Dejan höll den i ett järngrepp.

Tjocko slet mer och mer. Till sist släppte Dejan. Tjocko föll bakåt på stolen och dråsade i golvet.

Dejan lugnade sig direkt. Antingen var det här det han behövt få göra, eller så var det att hans blodsocker började stabilisera sig.

»Du, jag måste verkligen gå och pissa. Kan du prata lite med honom, Tomas?«

Inifrån badrummet hörde han hur Tjocko jämrade sig. Han förtjänade det. Sin första fru hade han golvat utanför en restaurang i Huddinge så att hon bröt tre revben. Det hette att hon halkat på en isfläck, men Rodjo-tjockot fick sex månader för smällen. Sin andra fru, som han importerat från Thailand, hade han nypt och skadat med en hovtång över halva kroppen, inklusive i underlivet. Det hette att hon gjort det själv för att sätta dit honom – kvinnan ifråga drog tillbaka sin anmälan och lämnade landet efter att någon skickat henne bilder på hennes treåring.

Fruboxare var as.

För det andra hade han varit skyldig *Kum* en jävla massa deg i över ett år. Det rörde sig om skulder för en travhäst som han köpt av Gudfadern.

Dejan lät sin pisstråle blöta ner toalettsitsen och halva golvet. Sedan tvättade han händerna och gick ut.

Tjocko satt mot väggen. Handen som Dejan dunkat till var klarröd och han blödde från näsan.

»Slå mig inte mer.«

Dejan böjde sig ner och tog tag i hans feta hår.

»Din skuld har växt nu.«

»Jag ger er allt jag har.«

»Bra«, sa Dejan och släppte honom. »Sätt på dig skorna.«

Mannen satte på sig en jacka och tog på sig sina kängor. Blodet droppade från hans näsa som från en dåligt åtvriden kran.

»Nu får du ta och nypa tag om snoken, du riskerar att bloda ner mina skor. Och du borde dammsuga din hall. Det knastrar ju för fan som i en sandlåda här.«

På väg från Tumba fick Dejan nästan dåligt samvete. Han borde inte köra sådana här grejer när han inte skött sitt insulin. Det var viktigt att han inte klantade till det, då skulle allt annat han pysslade med nu också kunna balla ur.

Han tänkte på Teddy förr i tiden. Den där gången när han hade fått för sig att en kille raggade på en tjej som han spanat på hela kvällen. De hade varit på Kharma vid Stureplan och dragit några shots och varsin lina inne på toaletten. Teddy hade steppat rakt fram till snubben och frågat om han ville ta det vid baren eller utanför i parken. Killen tittade på honom utan att förstå, men det gjorde bara Teddy ännu mer lack. Han vände sig mot Dejan, han mindes tydligt Teddys svarta blick. »Den här snubben fattar inte svenska, verkar det som.« Sedan drog han en rak höger i killens ansikte. Snubben föll raklång. Teddy började sparka på honom; en, två, tre stenhårda kickar. Killen försökte skydda huvudet med armarna. Fyra, fem, sex sparkar mot bröstkorgen och huvudet. Teddy matade på. Dejan skrek på honom att nu räckte det, men det hjälpte inte. Teddy var som en galen hund. Till slut fick Dejan knuffa bort honom med all sin kraft, och sedan dra honom från stället.

Han måste ringa Teddy nu och kolla hur han egentligen mådde.

Han tog upp telefonen och slog snabbnumret.

»Tjena, det är jag.«

»Vad gör du?« Teddy var kort på rösten. Det kändes nästan ännu jobbigare än det dåliga samvetet för att han överreagerat så mot Tjocko.

Dejan försökte låta så glad som möjligt.

»Jag och Tomas har varit och fixat en Audi S7:a till mig.«

»Trevligt.«

»Yes, indeed. Så jag kör ingen profilbil längre. Nöjd nu?«

Dejan tittade på Tomas i passagerarsätet. Hans skalliga huvud blänkte och han såg ut att svettas på överläppen. Det var inget fel på honom, även om han var lite seg ibland. Men han tänkte på hur Teddy varit, då när det begav sig – en hjärna som skulle ha löst Tjockoproblemet hundra gånger elegantare än han själv just gjort.

»Du, jag pratade med Ivan som pratade med *Kum* i går. Inga jobberbjudanden just nu, tyvärr.«

»Fy fan.«

»Nu har jag sagt det till dig i alla fall. Är du fortfarande säker på att du inte kan tänka dig lite av den gamla typen av grejer? Jag behöver massor med hjälp.«

»Jag är säker.«

Dejan drog efter andan, Teddy var inte densamma som förr. Han var lugnare nu, och det var bra, men samtidigt var det som att han hade en annan attityd. En tydlighet i rösten.

»Är du där? Du är så tyst.«

»Sorry. Det är bara det att Arbetsförmedlingen går åt helvete.«

»Åh fan.«

»De kör mig bak och fram. Påstår att det kommer ta ett halvår att få jobb.«

»De bryr sig inte om dig, trodde du att de skulle göra det?«

»Dejan ...«

De tystnade. Dejan pillade på knapparna för luftkonditionering, drog handen över lädret ovanpå instrumentbrädan. Den här bilen var premium, S-klass och allt.

Teddy sa: »Men jag hade ett annat skumt samtal alldeles nyss. En jurist som hette Emelie från en advokatbyrå som ville hjälpa mig med skuldsanering. Jag sa att jag inte hade råd.«

»Du borde gå dit.«

»Det är för dyrt, garanterat.«

»Teddy, du är min vän. Jag kan hjälpa dig att betala, om du tror att det är en bra grej för dig.«

»Och var kommer de pengarna ifrån då?«

Dejan suckade inombords.

*

Han låg stilla. Benen uppdragna i fosterställning. Hans händer var bojade bakom hans rygg med något och fötterna var snörda med buntband. Värken dunkade i hand- och fotlederna, om han rörde på sig sved det. Samtidigt domnade hans armar om han inte bytte ställning med jämna mellanrum. De hade satt en tejpbit för hans mun, och det gjorde ont i kinden.

En lätt huvudvärk malde. Han behövde sina mediciner. Bulan i bakhuvudet hade svällt.

Philip var inte säker, men trodde att han hade legat här i närmare fyra dygn nu.

Golvet var hårt, klinkers. Det var kolmörkt, mycket mörkare än han trott att det kunde bli i ett rum. Ändå hade han efter bara några sekunder förstått att det här var badrummet. Det var något med lukten, något med det ekande ljudet som han kände igen. Sedan hade han känt sig fram. Toalettstolen, handfatet, handdukstorken, det rådde ingen tvekan.

Blixtar i skallen. Allt var så overkligt. De hade övermannat honom där i hallen. Mörkret i påsen över huvudet hade förvirrat honom. De hade jobbat professionellt och snabbt. Tyst och ordlöst.

Han fattade inte hur det kunde ha hänt just honom och just här.

Dörren hade öppnats bara någon timme efter överfallet. Först hade han inte sett någonting. Motljuset stack i ögonen.

Några sekunder: sedan uppfattade han personen som klev in i rummet. Det var inte solljus som strömmade in bakom, snarare skenet från två lampor. De verkade ha riktat dem mot honom.

Ett par mörka byxor, en mörk tröja och en keps på huvudet.

Personen hade böjt sig ner. Han skulle aldrig glömma den synen. Underdelen av ansiktet täcktes av ett grin så stort att det skulle gå att få in två knytnävar i den käften. Enorma tänder med blottade tandhalsar och röda läppar. Ett leende som påminde mer om en tecknad joker än om en levande varelse. Men det var inte någon riktig människas leende heller: det här var något slags halsduk eller sjal med ett headfacetryck på. Ett sätt att dölja nederdelen av ansiktet som samtidigt såg så obehagligt ut att Philip kände hur hans mage nästan vändes ut och in.

Personen ställde ner en påse, och sa åt honom att dricka. Det var en PET-flaska med något som såg ut som en skvätt vatten i botten. Philip undrade vad den egentligen innehöll. Kanske skulle det vara skönt om de tänkte droga honom.

Jokeransiktet drog bort tejpbiten från hans mun.

»Snälla, berätta vad ni vill så ordnar jag det«, bad han och försökte sätta sig upp.

Personen höll fram flaskan. Philip drack stora klunkar.

»Snälla, jag kan betala, jag kommer inte att anmäla er. Jag lovar.«

»Tyst nu.« Rösten lät som en mans, men helt säker var Philip inte.

»Snälla, jag ber dig. Släpp ut mig härifrån, jag belönar dig.«

»Det viktigaste på den här platsen är att du är tyst. Jag vill nu ha koden till din bankdosa.«

»Snälla ...«

»Koden, inget gnäll. Fattar du dåligt?« Rösten i ett annat tonläge.

Philip sänkte huvudet, tystnade. Han hade inte ens kunnat uppfatta om det var en ljushårig eller mörkhårig person som stod böjd över honom. Kepsen skymde håret och motljuset gjorde det svårt att se nyanser.

Jokerfejset böjde sig med ens ner över honom och knuffade honom mot golvet. Han trillade bakåt.

Jokern låg över honom nu. Armarna bakom hans rygg kändes som om de höll på att gå av. Philip kände hans tyngd mot sin kropp.

Såg hans blixtrande ögon.

Sedan såg han att Jokerfejset höll upp något mot hans ansikte.

Det var en mattkniv med gult plastskaft.

»Du måste vara tyst, det är det enda jag vill lära dig.«

Smärtan i kinden var skarp, och han skrek till. Men Jokern satte en hand för hans mun, och drog på tejpen igen.

»Ett ljud till och jag snittar femton centimeter längre ner nästa gång.«

Philip satte sig långsamt upp. Han tryckte kinden mot sin egen axel. Det våta blodet droppade ner.

Han grät.

Han kände att han var nära att kräkas.

Ibland tänkte han på att försöka rispa upp buntbanden som fjättrade hans ben och händer. Han kunde kanske använda handdukskroken eller något i badrumsskåpet. Men vad skulle hända om de såg vad han höll på med? De hade redan visat att de saknade gränser.

Ibland hade han försökt lyssna efter ljud. Då och då hörde han något som lät som en radio eller musik från högtalaren på en mobiltelefon.

Vem skulle upptäcka att han var borta? Steffi var den som han oftast hade kontakt med och hon var bortrest. Hon skulle säkert undra varför han inte svarade när hon försökte ringa, men hon var inte den som skulle ringa polisen bara för att han inte gick att nå på några dagar. Och i övrigt? Möjligen Ian då, de sågs ganska ofta på jobbet. Men å andra sidan hade de redan på ett tidigt stadium varit överens om att de skulle ha helt fria arbetstider och dessutom satsade de mestadels på egna projekt. Ian skulle inte heller reagera bara för att Philip inte dök upp på kontoret den här veckan.

Han tänkte igen på första dygnet de haft honom.

Några timmar efter att Jokeransiktet skurit honom och frågat om hans bankdosa, hade han kommit tillbaka. Han hörde låset i dörren. Samma lampors bländande ljus.

Han ryggade tillbaka.

Personen drog fram en stol till dörröppningen.

Philip skymtade en annan person bakom, med rånarluva över ansiktet.

Jokerfejset rev bort tejpen över Philips mun.

»Sätt dig upp.«

Philip lutade sig mot väggen och försökte häva sig upp. »Snälla, ta bort de här buntbanden, det funkar inte med dem. Jag kan inte tänka, det börjar göra för ont.«

Ingen reaktion.

Jokeransiktet hade satt sig ner. »Din jävla bankdosa funkar inte.«

»Vad säger du?«

»Jag säger att vi vill ha tio miljoner kronor av dig och vi har försökt föra över skiten, men det går inte.«

Philips hjärta började bulta. Det var ett sjukt belopp. Ändå måste han koncentrera sig nu, fick inte snöa in på summan.

»Men det borde väl gå«, sa han tyst.

»Det är åt helvete. Det här skulle ju gå fort.«

Philip försökte minnas. Han hade en aktiehandelsdepå med mestadels svenska börsnoterade aktier på cirka tio miljoner kronor. Det borde också finnas ungefär åtta miljoner i reda pengar på det vanliga bankkontot och på olika sparkonton. Dessutom hade han en kapitalförsäkring registrerad på Irland med värdepapper, aktier och fonder, med ett värde på ungefär tjugo miljoner, men för att se den krävdes som tur var andra inloggningsuppgifter. Sedan ägde han aktier i några mindre onoterade bolag, egna såddinvesteringar, som inte syntes på bankens hemsida. Och de riktigt stora summorna låg ju på konton som tillhörde hans företag och i de investeringar som gjorts där, men det var konton som han inte kontrollerade direkt. Dosorna låg hos hans redovisningsfirma.

Han borde alltså ha åtminstone åtta miljoner i likvida medel, och ännu mer i ganska snabbt realiserbara tillgångar. Men här verkade problemet vara bankernas regler.

»Vad har hänt då?« frågade han till slut.

Det såg nästan ut som om Jokeransiktet skakade.

»Jag blir helt tokig alltså. Jag kan inte sån här skit. Din fitta till bank har nån jävla automatisk spärr på alla utlandsöverföringar utanför EU som är på mer än tjugo tusen euro. Sen vill de också att man registrerar vart pengarna ska, så om de ska till Thailand måste man fylla i massa blanketter och försäkringar. Det är ett jävla helvete de har hittat på.«

Philip satt på helspänn.

Jokeransiktet sa: »Du har fan lurat oss.«

18 februari

En av receptionisterna ringde och meddelade att klienten kommit.

Med tanke på att hon hade fyra timmar kvar innan DD-rapporten skulle levereras borde hon verkligen inte träffa den här mannen just nu. Men Magnus hade varit tydlig.

Dessutom visste hon redan att det skulle bli en bra rapport. Hon hade inte hittat så pass allvarliga juridiska problem att klienten skulle blåsa av affären, men tillräckligt läskiga för att de skulle utgöra hårdammunition i slutförhandlingen om priset på köpeobjektet, det vill säga bolaget. Det skulle leda till nya garantier, ökad escrow och kanske en hold-back. Med andra ord: klienten skulle behöva Leijon advokatbyrå ännu mer innan de kunde *closa* den här dealen.

Receptionen var en av firmans stoltheter.

Leijon advokatbyrå ville spela på samma planhalva som London-firmorna, men inte de så kallade drakarna med flera tusen advokater, Allen & Overy, Linklaters, Clifford Chance och allt vad de hette. Snarare de något mindre, som Slaughter and May, Parabis och Stewarts Law, det vill säga de som hade den högsta PEP:n – *Profit per Equity Partner*. Där ett delägarskap i princip betydde en årlig utdelning i klass med den för en amerikansk börs-vd.

Golvet bestod av stora plattor i gotländsk kalksten och väggarna var klädda med träpanel. Det var inte en gammal brittiskinspirerad panel, utan snarare en matt, jämn vägg i björk. Receptionsdisken var gjord i ett stycke mörkgrå granit och för det mesta var den bemannad med en receptionist. Tanken var att den skulle symbolisera det svenska urberget, stabilitet och tradition på en och samma gång.

Längs den högra väggen stod några minimalistiska läderfåtöljer i klassisk Poul Kjærholm-design. På små bord låg Dagens Industri, Veckans Affärer och några internationella affärsmagasin prydligt hopvikta.

Den här receptionen skulle inte kunna misstas för någon svensk landsortsbyrå med bonniga allmänpraktiserande advokater, men signalerade inte heller den ekande tomheten hos en storbyrå. När klienten klivit in genom den till synes anspråkslösa ekdörren på våning sju skulle hon eller han bara förnimma med alla sinnen att vederbörande befann sig på en av Europas främsta advokatfirmor. Det här var en boutiquebyrå i sin elegantaste form.

I en av designfåtöljerna satt en man. Han såg ut att vara i trettioårsåldern. Han var bred och hade en vindjacka på sig som såg för tunn ut för vädret utanför. Bredvid honom på golvet stod en ryggsäck. När han reste på sig såg Emelie hur lång han faktiskt var.

»Hej, välkommen. Jag heter Emelie Jansson. Det var jag som ringde dig.«

Mannen lade ner en tidning på bordet och sträckte fram handen. »Tack. Najdan, men du kan kalla mig för Teddy.«

Hans handslag var lite för hårt.

Han släppte henne aldrig med blicken.

Hissen plingade till och dörrarna stängdes.

»Usch, vad vädret är trist i dag«, sa Emelie.

»Ja.«

»Men vi får väl hoppas på lite fin snö innan vintern är slut.«

»Mmm.«

»Har du varit här förut?«

»Nej.«

Hon gav upp där. Resan från våning sju till våning tio tog bara nio sekunder.

Utsikten från Emelies rum några våningar ner var fin, men nu var de högst upp, på konferens- och klientrumsavdelningen. Härifrån, genom panoramafönstren, var utsikten inte bara fin, den var makalös. Gärdets gasklockor skymtade som mörka silhuetter längst bort, de markerade tydligt var gränsen gick för innerstan – en definition som mer än någon annan styrde fastighetspriserna i Stockholm. Antingen låg du innanför eller så var du billig.

Hon sneglade på mannen bredvid sig för att se om han reagerade på utsikten. Han verkade studera sitt eget knä.

De satte sig i ett av de mindre mötesrummen, som alla hade småtöntiga namn. Det här hette Gården.

Hon sköt enligt kutymen över sitt visitkort till honom. Han höll det i handen utan att verka veta va han skulle göra av det. Hon tänkte på vissa av de äldre delägarna som hade vikregler för korten. Ett personligt överlämnat visitkort skulle vikas i övre högerkanten.

»Som jag sa på telefon så har jag förstått att du skulle behöva hjälp med skuldsanering.«

Najdan, Teddy, eller vad han nu hette, stoppade hennes visitkort i sin plånbok.

»Av vem fick du den informationen?«

Det uppstod en kort tystnad när Emelie funderade på vad hon skulle svara. Det här var så långt ifrån hennes vanliga typ av ärende och klient hon kunde komma. Hon hade bara haft en vag uppfattning om vad skuldsanering innebar innan Magnus bett henne kontakta den här klienten och erbjuda honom byråns tjänster.

Oftast handlade det om människor utan ordentliga inkomster som stod i skuld till flera fordringsägare på grund av konsumtionslån. Genom kronofogden kunde man då göra upp ett avbetalningsprogram. Fordringsägarna fick gå med på att bara få igen tjugo procent av sina fordringar – det var i alla fall mer än noll – och gäldenären fick gå med på att leva på existensminimum i fem, sex år.

»En av de ansvariga delägarna här vill gärna försöka hjälpa dig. Och jag är hans biträdande jurist, så jag står till din tjänst.«

Teddy sträckte sig efter en flaska mineralvatten som stod på en bricka på bordet. Han sa ingenting, bara öppnade flaskan och hällde upp innehållet i ett glas. Bruset var allt som hördes.

»Varför vill han hjälpa mig?« frågade han sedan.

Det hade Emelie också undrat. Men Magnus hade redan instruerat henne om vad hon skulle svara.

»Vi gör en del så kallade pro bono-arbeten ibland. Jag vet inte hur min delägare fick höra talas om just din situation, men det är viktigt för en byrå som vår att också bidra till samhället, och jag kan garantera dig att du kommer att få bästa service.«

»Jaha. Men då kan jag lägga korten på bordet direkt, så får vi se vart det leder.«

Emelie granskade mannen framför sig igen. Han saknade en tand i underkäken.

»Jag har suttit på anstalt i åtta år och har just kommit ut.«

Hon hajade till. Hon visste att i princip alla i Sverige blev villkorligt frigivna efter två tredjedelar av avtjänat straff. Åtta år på anstalt innebar med andra ord att Teddy hade dömts till tolv år. Ett tolvårigt fängelsestraff – det var inte många brott som gav det. Hon undrade varför det var så viktigt för Magnus att hjälpa just den här mannen.

Teddy berättade kort om sina problem med att få jobb och att han levde på sin systers välvilja. »Och skulderna, ja, de är där de är.«

Hon ställde följdfrågor. Om skuldernas storlek, hur de var fördelade, hur gamla de var, om han visste vilka fordringsägarna var. De fyllde i en blankett tillsammans. Han verkade inte det minsta glad.

Den grå dimman utanför liksom tryckte mot fönstren. Stockholms pyrande ånga nådde ända till finrummen här uppe.

När de var klara såg hon på honom.

»Det var en grej till också. Delägaren, Magnus Hassel, vill träffa dig personligen.«

Magnus slips var klarröd i dag, dimplen i slipsknuten var perfekt. Näsduken i bröstfickan lila.

Han skakade hand med Teddy och satte sig ner. Emelie satt kvar på sin stol. Magnus snurrade som så ofta en penna mellan fingrarna.

»Vi känner ju inte varandra, men jag sysslar i vanliga fall med M&A, Mergers and Acquisitions, vi hjälper till att köpa, sälja och slå ihop företag. Vi var till exempel med när Adaxtra togs från börsen i våras. Vi är Nordens elfte största advokatbyrå. Vi strävar egentligen bara efter att vara lojala med våra klienter och bidra till deras välstånd.«

Emelie tänkte på skrytet som brukade kablas ut internt. Byrån hade blivit vald till årets transaktionsbyrå fyra gånger under de senaste tio åren av Legal 500 och *Client Choice Award for Sweden*. Magnus var själv nämnd som *Highly recommendable* i The Yearly Lawyer.

Teddy hängde med huvudet. Han verkade inte ens lyssna. Emelie undrade vad det var för fel på den här mannen. Ouppmärksam. Ointresserad. Otacksam.

Magnus knäppte händerna framför sig. Kavajens ärmar gled upp och blottade hans manschettknappar. De var formade som ett M och ett H, i rent guld.

Emelie kände igen rörelsen, han gjorde så när han ville understryka att något var viktigt.

»Det är så här, Najdan, att jag undrar om du vill hjälpa mig och Emelie med ett ärende.«

Emelie ryckte till för andra gången i dag. Magnus brukade vara rak, men tydligen inte nu. Han hade inte sagt någonting till henne om att han ville anlita Teddy. Skuldsaneringshjälpen måste bara ha varit en förevändning.

»Det gäller en förmodat försvunnen person«, fortsatte Magnus. Sedan stannade han upp, som för att kontrollera att Teddy lyssnade.

Teddy sa ingenting, men hade i vart fall lyft blicken.

»Vi vet inte exakt hur länge den här personen har varit borta, men mellan tre och sex dygn. Vi vet inte vart han har tagit vägen. Hans föräldrar oroar ihjäl sig, som du säkert förstår. Vi misstänker att han har förts bort.«

Teddy avbröt abrupt. »Och varför det, om jag får fråga?«

»Ja, alltså, jag menar att han har blivit kidnappad. Jag kan inte gå in på detaljer på det här stadiet, är jag rädd. Du förstår, den här familjen har det ganska gott ställt, för att uttrycka det försiktigt.«

»Och varför vill du att *jag* hjälper till?«

Magnus sköt ut stolen från bordet och lutade sig bakåt. Han tittade upp i taket, ungefär som om han funderade på vad han skulle svara, men det kunde lika gärna bara vara ett spel.

»Det är jävligt brådis, för att vara rakt på sak, polisstatistik pekar på att om nån varit försvunnen i mer än fyrtioåtta timmar ökar risken för dödsfall med det dubbla. Det är ju fruktansvärt. Emelie jobbar på det här också, så du blir inte ensam.«

»Jag tror inte att du svarade på min fråga. Och det verkar ju också som om ni redan har en duktig person som håller på.«

»Absolut, men vi behöver dig.«

»Varför?«

»Jag ska vara helt ärlig med dig, det här är så pass viktigt att det inte finns anledning att hymla. Det finns nån form av koppling till Södertälje här. Den försvunne personen misshandlades några veckor innan han försvann av nån eller några som vi tror kommer därifrån.«

»Det finns andra från Södertälje som kan hjälpa er.«

Magnus lutade sig fram över sitt skrivbord. »Teddy, jag tror att du förstår varför du vore perfekt för det här. Du vet själv, jag behöver inte säga det. Eller hur?«

»Jag vet vad du tänker.«

»Då så, då förstår du mig. Och då vet du varför vi behöver dig.«

Emelie kunde inte hålla sig längre. Hon vred försiktigt på huvudet för att se hur Teddy reagerade. Han fortsatte att stirra rakt fram.

»Då måste jag informera dig om att jag inte jobbar så längre.«

Magnus stängde munnen, som om orden tagit slut för honom.

»Ring polisen i stället«, sa Teddy.

Pennan vippade fram och tillbaka i Magnus hand.

»Nej, det vore fint om du kunde lyssna några sekunder till på mig. Jag förstår att du har all anledning att sköta om ditt liv just nu, och att det kan vara förvirrande att ha suttit på anstalt så länge. Men familjen vågar absolut inte anmäla det här till polisen. Det är väl känt att polismyndigheten läcker smaskiga historier till medierna, det vet ju du också. Och om det här kommer ut så kan möjligheterna att hitta grabben försvåras och den eller de som har tagit honom kan stressas att göra något oöverlagt. Det är för farligt, jag har själv avrått dem. Minns du kidnappningen av Sebastian Andersson?«

»Så klart. Den känner väl alla till?«

»Jag råkar känna hans far privat också. Han sa till mig att det största misstaget de gjorde var att gå till polisen.«

»För att de läckte.«

»Ja, och då började vår kära kvällspress följa polisens arbete så att kidnapparna kunde omgruppera sig. Dessutom kartlade de familjen Anderssons tillgångar med ännu större precision. Kidnapparna höjde lösensumman med trettio miljoner. Allt gick fel. Sebastian Anderssons kropp har aldrig hittats.«

»Men de har väl specialenheter inom polisen för sånt här?«

Emelie hörde hur Magnus stol knakade när han böjde sig fram ännu längre.

»Det är möjligt, men nu rör det en familj av Anderssons kaliber. Det vill säga högvilt för pressen. Sånt kan inte ens deras specialenheter hålla tyst om. Det räcker med en enda liten girig dum polis, så är allt ute.«

Teddy kommenterade inte Magnus utläggning.

»Enligt den information jag har fått är du fortfarande exceptionell, och ditt kontaktnät är stort.«

»Inte bland dina vänner, skulle jag tro.«

»Det må vara. Men jag tror att du skulle kunna bidra till det här ärendet. Och för att vara rak, det finns inga tidsmarginaler att spela med. Sen kan jag ju nämna att du själv väljer hur du vill ha ersättningen, så att säga.«

Magnus blinkade övertydligt med ena ögat.

Emelie gillade inte det här – svarta pengar.

Teddy ställde sig upp. »Det här är inte nåt för mig, är jag rädd.«

Magnus reste också på sig. »Vänta, Teddy, jag vill säga att du behövs. Du är nödvändig här.«

Teddy skakade artigt Magnus hand. »Du känner inte mig.«

Sedan vände han sig mot Emelie och skakade hennes hand också. »Inte du heller.«

De sa ingenting till varandra när de väntade på hissen. När hissdörrarna öppnades sa Emelie: »Du hittar ner själv, va?«

Det var menat som ett skämt, men Teddy stirrade på henne som om hon var en idiot.

Hon gick tillbaka till mötesrummet efter att hissen börjat åka ner.

Lukten av Teddy hängde kvar. Billig deodorant och svett.

»Ska jag ens fortsätta hjälpa honom med skuldsaneringen?« frågade Emelie och stängde dörren bakom sig.

Magnus hade ställt sig upp och tittade ut genom fönstret.

»Den är oviktig så länge han inte hjälper oss. Kidnappningsärendet går före allt.«

»Varför vill du ha med just honom?«

»Han kan det här och han passar för oss på ett viktigt sätt. Alla jag pratat med säger det. Alltifrån mina gamla kursare som är brottmålsadvokater nu för tiden till länspolismästaren. Jag pratade med henne i förrgår, utan att nämna några detaljer så klart.«

Emelie kunde inte låta bli att säga: »Jag tycker att det är tveksamt. Du vet att han dömdes till tolv års fängelse?«

»Absolut, det är en av anledningarna till att jag vill ha med honom.«

*

På kvällen ville Linda gå ut och äta nere i Södertälje centrum. Teddy misstänkte att hon ville muntra upp honom. Och då kände hon fortfarande inte till att han nyligen blivit skyldig en cigarettlord några hundra lax. Eller så ville hon muntra upp sig själv. Trots att Nikola tydligen hade ringt och sagt att allt var okej med honom hade han fortfarande inte kommit hem.

De promenerade dit. Det kändes fräscht; även om det skulle

ta en halvtimme att komma fram var det frihet att gå till fots dit man ville.

Teddy tänkte på en natt för några dagar sedan, innan Nikola bestämt sig för att inte komma hem. Han hade inte kunnat sova, utan hade satt sig i vardagsrummet och tittat på teve. Det äcklade honom egentligen, på anstalten hade han glott så mycket på dumburken de första åren att det nästan kom teveprogram ur öronen på honom. Ändå satt han kvar.

Vid halvtretiden hörde han att ytterdörren öppnades. Någon fumlade efter en klädhängare och skor togs av.

Sedan tysta trippande steg. Nikola tittade in i vardagsrummet.

»Är du nykter, Nikola?«

Nikola stod stilla i någon sekund, sedan svajade han till och ramlade nästan innan han satte sig i soffan.

»Så där«, svarade han. »Vad gör du?«

»Njuter av friheten.«

»Det gör du rätt i.«

»Tack. Sen väntar jag på dig också.«

»Det är lugnt, du behöver inte vänta.«

»Bra. Jag ska snart gå och lägga mig. Är du inte trött?«

»Så där. Jag är speedad. Brukar ha svårt att somna, faktiskt.«

»Vill du hellre sova i ditt eget rum? Jag har inget emot att ligga på soffan här ute.«

»Nej, nej. Du ska sova i en riktig säng. Det är du värd. Men jag behöver bara sitta här en stund och komma ner.«

Teddy såg Nikolas ögon, de var som två svarta prickar som var mörkare än mörkret i resten av rummet. Han kunde inte vara aspackad, han sluddrade inte.

»Läser du några böcker nu för tiden?« frågade Teddy.

Han skymtade ett leende på Nikolas läppar.

»Börja inte som morfar. Han ger mig en ny bok varje gång vi ses, men den enda jag läst är den om Zlatan.«

Från högtalarna hördes grekisk folkmusik och på tegelväggarna satt målningar av Poseidon, Dionysos och andra grekiska gudar och halvgudar. Teddy mindes hur pappa läst om dem för honom när han var barn.

Medusa var en klassisk grek.

»Under tiden du satt inne har thaimat blivit jättetrendigt, till och med korvkioskerna är omgjorda till wokställen. Men jag älskar, och kommer alltid att älska, grekiskt.«

Teddy kom ihåg den här restaurangen, de brukade gå hit när mamma levde.

De hängde av sig ytterkläderna och satte sig vid bordet. Linda hade bokat, fast det verkade knappast ha behövts. Stället var halvtomt.

Hon beställde vitlöksbröd, tzatziki och fetaost till förrätt. Teddy tog ingenting.

De pratade om pappa som egentligen inte klarade så bra att bo själv längre. Han hade glömt en platta på spisen häromdagen.

»Han är ju för fan bara sextiofem år«, sa Linda.

»Ja, men vissa sliter livet hårdare på«, svarade Teddy.

Till huvudrätt beställde hon en souvlaki och Teddy tog en bifteki, det var det billigaste de hade på menyn.

»Jag blev erbjuden ett jobb i dag«, sa han när maten kom in. »Det första sen jag kom ut, egentligen.«

Linda stannade upp med gaffeln halvvägs till munnen. »Det är ju toppen, gud vad kul. Vad är det för nåt?«

Teddy förklarade i korta ordalag det han visste, att en affärsjuridisk advokatbyrå ville ha hans hjälp att hitta en försvunnen person.

»Vad erbjöd de för arvode då?«

Linda kunde verkligen de rätta orden inom vissa områden.

»Vi kom aldrig så långt.«

»Varför?«

»Jag tackade nej.«

»Varför då?« Besvikelsen i hennes röst var så tydlig att några personer vid bordet bredvid vände sig om.

Han böjde sig fram och sänkte rösten. »Det är inte min grej. Jag vet inte hur den här advokaten har fått tag på mitt namn, men de tror att jag är mitt gamla jag. Och jag gör inte sånt längre.«

»Men arvodet då? Pengar är ju ändå pengar.«

»Nej, det här kommer från fel håll på nåt sätt, från mitt förra liv.«

Hon vickade huvudet fram och tillbaka, ungefär som om hon analyserade det han just sagt.

Linda propsade på att de skulle ha dessert. De väntade under tystnad.

Efter några minuter plingade det till i hennes telefon. Hon tog upp den.

»Helvete, Teddy. Vad håller du på med?«

»Vad pratar du om?«

Linda höll fram mobilen.

Teddy kunde läsa sms:et på skärmen tydligt: *Be honom betala i tid. Annars får han välja vem vi tar först, din son eller er pappa. Hälsn / Mogge V.*

Lindas ögon var uppspärrade.

Teddy kunde inte möta dem. Han iakttog en av bilderna på väggen i stället. Den föreställde en man med vingar på skorna.

Hermes – var det så han hette? Tjuvarnas beskyddare. Den som efter döden leder människans själ till underjorden.

Han var inte Teddys gud längre.

*

Jokeransiktet stod ovanför honom och lamporna i bakgrunden lyste på Philip.

Han ryggade tillbaka igen. Det hade han gjort varje gång de senaste dagarna så fort dörren öppnats. Såret hade slutat blöda ganska snart, men minnet av Jokeransiktets ansikte så nära hans och den brännande smärtan i kinden bleknade inte.

Det sved till när tejpen drogs bort.

»Jag måste få äta nåt«, mumlade han.

»Ja, men du har ju fått äta.«

»Nåt annat än bröd.«

»Snart. Hunger är dåligt. Jag gör inte det här för att du ska lida, tro mig.«

»Varför ...?«

»Pengar, Philip. Jag behöver pengar. Det är det enda det handlar om. Och jag var lovad att det skulle gå fort. Nu är det helt fuckat.«

Philip visste inte vad han skulle tro, han var trött. Ändå kände han sig lugnare av orden om mat. Snart skulle han få något att äta, kanske skulle det ge kraft. Då lossade de buntbanden några minuter och han fick också klara av sina behov i hinken som de ställt in.

Han hade försökt fortsätta lyssna genom dörren under dygnen som gått sedan den här galna människan skar honom.

Ibland hade ljudet av musik avbrutits av röster. För det mesta var de så tysta att han inte hörde vad som sades, men några gånger hade han hört ett mer upprört tonläge.

Han kunde aldrig urskilja den andres röst, bara Jokeransiktets. Men det räckte.

»Det här skulle bara ta några timmar, max en dag, det lovade du.«

»Ja, men nu har han varit här i snart sex dar, och du har fortfarande inte klurat ut hur överföringarna ska ske. Det enda du skulle sköta var att få över pengarna och så lyckas du inte ens med det.«

»Det här är för fan en lägenhet, folk kan höra. Jag löser det på mitt sätt om du inte kommer på nåt.«

Philip undrade vad de var för ena, på något sätt hade de ju inte fattat hur bankväsendet i Europa funkade nu för tiden.

Och nu stod Jokeransiktet här inne och ville prata.

Jag löser det på mitt sätt. Philip hörde hans hetsiga ord eka i huvudet.

»Nu måste du se till att vi får våra pengar. Sexton miljoner.«

»Sa ni inte tio?«

»Nu är det sexton, för allt strul och all risk som vi tar när det drar ut på tiden. Och för att vi sett att det finns på dina konton.«

Philip kände huvudvärken tillta. »Men då måste värdepapper säljas. Det tar bara längre tid för er.«

»Då får det göra det. Oroa dig inte, du ska få komma härifrån. Men först måste du berätta för mig hur vi får över pengarna.«

»Men jag har ingen aning.«

»Då får du tänka till.«

»Men ...«

Jokerfejset kom närmare. Philip såg två rynkor mellan hans ögon. Skulle han kunna känna igen den här personen vid en vittneskonfrontation, om det någonsin blev aktuellt? Han måste hålla huvudet så kallt det gick nu.

Jokeransiktet tog upp något i handen, det såg ut som ett verktyg.

»Vi måste hjälpas åt i det här, Philip.«

Philip förstod försent. Hur kunde han ha varit så dum?

Han slängde sig bakåt och försökte kräla på mage längre in i badrummet.

Jokeransiktet höjde verktyget.

Philip kände att han redan hade tagit tag i en av hans armar.

Den böjdes i en onaturlig vinkel. Såret i kinden sved.

Det såg ut som en sax eller en sekatör. Jokeransiktet gjorde en snabb rörelse och böjde sig ner över honom. I samma stund kände Philip en omänsklig smärta i sitt lillfinger.

Ett klick. Han förstod vad som skett.

Han vrålade. »Aj, aj, aj.«

Jokerfejset höll upp sin handflata.

I dunklet kunde Philip se toppen av sitt eget blodiga lillfinger.

Nu var Jokeransiktets röst aggressiv. »Jag ska fan ha mina pengar. Jag gör inte det här jobbet gratis, det förstår du väl. Kom på hur pengarna kan föras över. Jag ger dig en timme.«

Jokerfejset slängde in en bit avrivet hushållspapper.

Dörren stängdes.

Mörkret var kompakt igen.

Philip kräktes. Han höll om sitt stympade lillfinger med papperet.

Han försökte koncentrera sig.

Han måste komma på något.

Han måste få över sexton miljoner kronor.

På kåken

(fyra år tidigare)

De äldre manliga kriminalvårdarna tjatade om att tiderna var annorlunda. De sa att för tio år sedan fanns det bara två kvinnliga plitar på hela Hall och båda var sådana hårdflator att de inte var rädda för någonting, inte ens hepatiten som var utspridd bland de intagna då. Fem år senare hade en av dem, Kim, i och för sig gift sig med en av buset, så hon kunde inte ha varit jättelesbisk, men ändå, sa de. Hon hade fortfarande kortklippt hår med snedbena och en inbiten förkärlek för Dr. Martens.

I dag var nästan hälften av alla som jobbade inom kriminalvården kvinnor. Tiderna förändras, sa de gamla plitarna igen, det är inget fel med det. Men vad ska vi göra om det blir upplopp? Ringa polisen? Ringa efter Kim med stålhättorna?

Trots den nya könsfördelningen blev det alltid en viss uppståndelse när en tjejplit började på avdelningen. Var det dessutom någon under trettio som såg okej ut, kunde en nästan fnissig stämning uppstå bland grabbarna.

Under Teddys fjärde år inne började två kvinnliga plitar i C-huset, Emma och Sara. Båda var i tjugofemårsåldern, och båda var söta.

Det hade handlat om att skapa sig ett liv inne – han hade fyra år kvar att sitta för grejen som skitit sig så inåt helvete.

Just då hängde han mest med två killar, Jimmy »Tagg« Eriksson och Loke Odenson.

Tagg kände han sedan de suttit på Kumla de inledande utvärderingsmånaderna. Han var dömd för grovt rån mot en kontantdepå utanför Eskilstuna. Han och några andra snubbar från Stockholm hade förberett sig minutiöst, de hade till och med provkört flyktbilen längs de olika rutterna. De kom över mer än arton miljoner kronor, en stor summa för fyra killar från hooden.

De var proffs, de låg lågt de första veckorna. Höll sig hemma i sina lägenheter och kollade på offantligt mycket porr och superhjältefilmer. De åkte inte ner på stan, lät bli champagnen, stod inte och skrek på borden på någon glassig nattklubb kring Stureplan eller spenderade trettio lax per kväll på tjejer.

Ändå sket det sig. En av killarna blev stoppad i en rutinkontroll två veckor senare. Killen måste ha uppträtt hypernervöst, för av någon anledning bestämde sig trafikpolisen för att titta i den avlånga bagen som han höll på att stuva in i sin bil: den var fylld med vapenattrapper. Resten var historia – vapenattrapperna överensstämde med de vapen som rånarna höll i på övervakningsfilmerna och på attrapperna hittades också dna från Tagg. Snuten började nysta: de gjorde husrannsakan, hittade hans dator, tömde den hos sina it-forensiker, hittade spår av insättningar till en hyresvärd i Eskilstuna, kontaktade hyresvärden och visade bilder på Tagg: »Har du sett den här personen?« Ja, hyresvärden kände väl igen honom, Tagg plus tre andra hade hyrt en lägenhet i hans hus, mitt emot värdedepån.

Men som Tagg sa: »Cashen hittar de aldrig, den är så bra gömd att jag knappt själv minns var. Jag fick fem mill och de tar sex år. Jag hade aldrig kunnat tjäna ihop den summan på den tiden på nåt vanligt kneg. Värt varenda dag, varenda minut.«

Teddy uppskattade hans positiva livssyn.

Loke däremot var en helt annan typ av snubbe. Han hade fått två år för fildelningsbrott. Tydligen hade han administrerat någon form av hemsida där folk olagligt kunde ladda ner filmer och musik. Det rörde sig om miljontals användare världen över. Loke hade erkänt sin inblandning under rättegångarna, men kämpat mot åklagaren mer som en politiker. Teddy förstod sig inte på det där, han hade aldrig varit en datanörd.

Loke platsade inte på anstalten, i synnerhet som den var säkerhetsklassad. Det var märkligt att de placerade en tjugosjuårig hackare med trådtunna bleka armar och en lätt läspning, tillsammans med knarkhandlare, gängmedlemmar från Malmös ghetton och multikriminella från Stockholms förorter, men av någon anledning ansågs han vara rymningsbenägen. Kanske hade det att göra med

Lokes hårda utfall i rättssalen, eller på alla supporters han hade på utsidan.

Hur som helst så blev han Taggs vän på Hall, de delade intresset för digitala grejer. Och alla som var Taggs vänner var Teddys vänner. Han tyckte om killen.

En gång hade Loke råkat kalla en ditflyttad intern vid namn Ibbe Salah för »en fjärtig nolla«. Problemet var att Salah, förutom att vara dömd för grov misshandel och grovt vapenbrott, var Sergeant at Arms i det relativt nybildade men galet aggressiva gänget Scorpio Sweden. Loke blev inkallad till Salahs rum och beordrades att betala hundra tusen i böter för sin kommentar. Loke vägrade, han trodde att det gick att snacka sig ur det på samma sätt som han kunde välta omkull vem som helst med sin svada, men nästa dag fick han människobajs i maten. En dag senare trampade någon på hans fot av så kallat misstag så att stortån och båtbenet krossades. Då började han förstå.

Tre dagar senare samlades de på Teddys rum. Salah, Loke, Teddy och två av Salahs killar – det var dags att förhandla.

Teddy ansågs vara en veteran på avdelningen och alla visste att han var en hederns man, en som aldrig startade bråk i onödan.

I slutändan fixade han så att Loke fick betala fem tusen till Scorpiomedlemmens anstaltskonto. Teddy trodde att Loke skulle vara bitter och irriterad, men det blev tvärtom. Sedan den dagen var Loke Odenson evigt lojal med Teddy.

De satt med kortlekarna – alltid två i Mulle – utdelade framför sig. Teddy spelade lag med Tagg, och Loke körde i dag med Salica, som egentligen inte brukade spela med dem. Åtta kort på handen och åtta kort på bordet. Runt de andra borden satt andra intagna och spelade, så i vanliga fall höll folk sig lugna här.

Men inte i dag. De nya plitarna, Sara och Emma, var i gemenskapsrummet. De satt i en av sofforna med varsin kopp kaffe i handen och såg vilsna ut.

Det var nog inte bara Teddy som undrade vad de gjorde där.

De intagna skötte för det mesta sig själva, de lagade sin egen mat, dukade, städade. Vissa var ansvariga för pingisen, kortlekarna och spelen. Andra valde att jobba i verkstaden eller i sina celler. Personal höll till i vakt- och övervakningsrummen. Allt var digitaliserat, kameraövervakat, automatiserat. Mänsklig kontakt mellan fångvaktarna och de intagna hade rationaliserats bort för länge sedan. Den vanligaste formen av kommunikation mellan dem var plitarnas sprakande röster i högtalarna.

Tagg lade ner sin hand med kort på bordet och flinade. »Ska vi testa dem lite när vi är klara?«

Teddy flinade han med. »Alla måste testas.«

Teddy ställde sig mitt emot kvinnorna i soffan.

Det var lågt i tak här, som i alla utrymmen på anstalten, och lysrören gav ett kallt sken. Golvet var i ljusbrunt linoleummaterial och kändes aldrig riktigt rent, trots att många bara använde tofflor. Träborden satt fastskruvade i golvet, precis som stolarna – det var länge sedan nu, men det hände att det blev upprört på de här ställena ibland, Hall var ett av de tre hårdast bevakade fängelserna i Sverige.

»Välkomna till Hall, vi kanske inte har det bästa kaffet, men vi har absolut den bästa personalen. Eller hur?«

Han log sitt bästa leende, även om han visste att Tagg och Loke tyckte att han såg ut som en varg då.

Emma log tillbaka. »Tack, Emma heter jag. Vad heter ni?«

De presenterade sig, utbytte artighetsfraser, försökte vara roliga. De pratade om fotbollsmatchen mellan plitarna och de intagna, vilka nya filmer som fanns i lånevagnen, det fina vädret.

De här tjejerna skulle bli perfekta, tänkte Teddy.

»Det kan jag säga er, många här inne blir lite störda när det är tjugofem grader ute och badväder och man tvingas sitta här«, sa Tagg.

Emma och Sara nickade och sa att de förstod.

»Hur jobbar ni i sommar då?« frågade Teddy.

Sara sa: »Jag jobbar hela juli och augusti, men sen kommer jag jobba deltid, jag ska börja plugga kriminologi vid sidan om.«

Teddy försökte också le. »Jag undrar om de kommer ha nån kurs om mig då?«

De skrattade.

Dagarna gick. Teddy och Tagg bearbetade tjejerna så gott det gick. Glada tillrop när de sågs i vaktkuren, breda leenden när de passerade dem på rastgården, korta schysta konversationer när tillfälle gavs i matsalen.

Det var samma system för alla plitar här inne. Antingen var du den medgörliga, easy-going-typen, vännen som kunde hjälpa till, som inte var *mot* de intagna. Eller så var du paragrafryttaren, nej-sägaren, översittaren som skulle få fiender och en trist arbetsdag med tjafs och ständiga diskussioner.

Men de som tillhörde den förstnämnda gruppen blev oftast resurser i slutändan. Det stannade inte vid det extra telefonsamtalet eller den utökade besökstiden, utan ledde till krav på insmugglade mobiler, narkotika, rymningshjälp. Hade du väl gett lillfingret kunde du vara säker på att vargarna skulle försöka äta resten av armen också.

Teddy och Tagg hade båda suttit tillräckligt länge för att förstå spelets regler. Gick de på för hårt och uppenbart skulle andra plitar eller intagna reagera. De förstnämnda skulle varna tjejerna, försöka ha samtal med dem. De sistnämnda skulle kanske bli svartsjuka.

Så de fortsatte med sin metod. Bara vara glada, trevliga och kortfattade.

Några dagar senare såg de tjejplitarna när de skulle städa upp i en av cellerna där en snubbe suttit som just fått knall. Killen hade hamnat i bråk med en annan intagen i korridoren, slipat en tandborste och dragit tre snabba i antagonistens mage.

»Badväder i dag?« Det var den 15 juni och solen sken.

Sara och Emma gick fram emot dem. De hade på sig sedvanliga blå byxor med sidfickor, det kraftiga bältet med nyckelknippor och passerkort och kriminalvårdens blå kortärmade skjorta.

»Ja, det är fint ute. När har ni utgång i dag?«

»Snart«, sa Teddy, »men jag tänkte fråga er en grej. Det är ju midsommar om några dagar. Ni kan tänka er hur tragiskt det är för oss att fira det här inne. Vi försöker festa till lite på vårt sätt, ofta får vi sill till lunch, men det är ungefär så långt vi kommer. Det är pisstrist. Ni skulle inte kunna göra oss en liten, liten tjänst. För sommarens skull?«

Sara och Emma stod nära dem nu. Det var tomt i korridoren förutom de fyra. Ändå sänkte han rösten. »Ni skulle inte kunna hälla över lite lättöl i en plastflaska och ta med till mig, Tagg och Loke på midsommarafton? Bara lättöl alltså. Snälla.«

Han väntade. Försökte läsa deras ansikten samtidigt som han såg så oförarglig ut han bara kunde.

19 februari

Emelie slog på högtalartelefonen. Magnus röst: »Gumman, kan du komma in hit en stund?«

Alla manliga advokater var »lilla gubben« för Magnus, oavsett om de var femton år äldre än han, och de kvinnliga var antingen »gumman« eller »sötnos«.

Emelie tog upp ett kollegieblock och reste på sig. Hon tänkte på det där utvecklingssamtalet igen. Det var upp till bevis nu.

Klockan var halv tio. Josephine hade inte kommit än, det var därför hon använt högtalarfunktionen. Den störde annars hennes rumskamrat, plus att det här ärendet ville ju Magnus ha extra konfidentiellt.

Hon gick över till hans rum.

Magnus satt med telefonluren i ena handen.

»Stäng dörren bakom dig«, sa han. »Jag tänkte ringa upp Carl-Johan och Catharina Schale, Philips föräldrar, på högtalartelefonen och ville att du skulle vara med. Det har hänt nåt nu för en stund sen, nåt mycket oroväckande.«

»Vad?«

»Jag vet inte exakt, har bara fått ett sms. Sätt dig ner.«

Hon var oerhört glad att hon hade rott i land DD-rapporten, och dessutom med den äran. De sista timmarnas arbete hade varit galna. Klienten skulle bli nöjd, det visste hon. Men darrningarna i hennes kropp hade gått över först i morse.

Hon var van att hantera olika juridiska frågeställningar där hon inte hade någon tidigare erfarenhet. Så var det på mellanstora byråer, juristerna förväntades serva klienterna och svara på alla deras frågor, men de kunde inte ha experter inom varje enskilt rättsområde som till exempel jättarna Mannheimer Swartling och Vinge. Fast det här, att söka efter en försvunnen person – det var inte ett nytt *juridiskt* fält. Det var en helt ny typ av uppdrag, ett annat jobb. För henne var det som att landa på Mars.

Hennes spontana reaktion hade varit densamma som Teddys, trots att de verkade olika varandra på alla sätt hon kunde komma på. Att de borde gå till polisen. Men Magnus hade förklarat föräldrarnas vägran på samma sätt för henne och åter påmint om Sebastian Andersson-händelsen, då kidnapparna hade kunnat följa polisens utredning dag för dag i Expressen.

»Det handlar om kändisfaktorn. Om inte Schales vore de de är skulle jag lita mer på polisen.«

När de inlett ärendet hade hon frågat Magnus var han ville att hon skulle börja. Han svarade: »Det var så länge sen jag sysslade med juridik på det sättet, så det är du bättre lämpad än jag att komma på.«

»Men det här är ju egentligen inte juridik.«

»Nej, du har rätt.«

Någon mer diskussion i frågan blev det inte. Det var klassisk delägarhandledning, de skötte relationen med klienten, men själva jobbet fick någon annan göra.

I stället googlade hon runt, sökte på polisens och vissa ideella organisationers hemsidor. Missing People och Saknade Barn. Där fanns allmänna riktlinjer.

– Vet du var personen befann sig senast?

– Har du tillgång till personens telefon-/internetbank? Ta reda på när personen använde sitt kort senast, för att se om det har varit i bruk.

– Ring runt till sjukhus i området för att kontrollera om personen är där.

Magnus hade berättat för henne hur det hela hade uppdagats.

Om allt varit som vanligt skulle Philips föräldrar inte ha reagerat så fort som de gjorde. Enligt Carl-Johan och Catharina Schale pratade de inte alltför ofta på telefon med sin son. De träffade honom då och då, men inte heller det särskilt frekvent. Visserligen satt Carl-

Johan i styrelsen i ett av sonens bolag, men det innebar sällan några möten. Philip hade absolut kunnat vara borta några dagar utan att de skulle ha märkt det.

Men slumpen hade spelat in. Carl-Johan hade köpt ett nytt hagelgevär och fått ett infall att han skulle ge sitt gamla vapen till sin son. Han hade traskat över till Philip för ungefär en vecka sedan och ringt på hemma hos honom, men Philip hade inte öppnat. Carl-Johan, som fortfarande ville göra överlämnandet till en spännande överraskning, skrev i stället en lapp och lade i sonens brevlåda.

Phippen lille, jag håller dig så kär. Därför ska du få mitt gamla ... För jag vill att du njuter. När du är ute och ... Ring farsgubben!

Det var så pass olikt Carl-Johan att göra en sådan sak att Philip borde ha ringt redan samma kväll, så fort han sett lappen. Men kanske sov han hos sin flickvän. Kanske såg han inte lappen förrän kvällen därpå? Eller nästa? Men sedan började Carl-Johan tycka att det var märkligt. Varför hörde inte Philip av sig?

Carl-Johan ville verkligen prata om sin gamla dunderbössa med sin son. Han hade försökt ringa, men Philips telefon var avstängd. Och på kontoret svarade han inte heller. Och när han av en slump kopplades till Ian, hade inte heller han någon aning om var Philip höll hus.

Det var då Carl-Johan och Catharina Schale börjat ana oråd. Men säkra kunde de ju inte vara.

Dagen därpå hade de av en slump stött på Axel Nilsson, Philips vän. Han berättade att Philip blivit misshandlad för några veckor sedan. Enligt Axel hade Philip sagt att de som gjorde det kom från Södertälje.

Det var då de hade bestämt sig.

När de inte hade fått tag på Philip på flera dagar, och efter att de tagit sig in i hans våning med hjälp av låssmed, hade de kontaktat Magnus Hassel. De kände honom även privat, och de behövde hans råd.

Emelie hade ringt till samtliga sjukhus i Sverige och frågat. Vissa svarade att han inte var inlagd, vissa att de inte hade något tillstånd att bryta patientsekretessen. Emelie frågade: »Men vi vet ju inte var han är, vi oroar oss. Och så säger ni att han kanske bara inte lämnat samtycke till att ni berättar?«

Sköterskan på Sahlgrenska sjukhuset, i det här fallet, svarade som de flesta andra. »Såna är reglerna. Om inte patienten ger oss tillstånd kan vi inte säga nånting.«

Emelie gav sig inte. »Får jag fråga rent hypotetiskt då. *Om* han finns hos er, skulle du då kunna framföra en hälsning att han ringer till sin pappa?«

Sköterskan var tyst en kort stund. »Hypotetiskt?«

»Ja, alltså *om* han är hos er. Så be honom ringa.«

»Okej.«

»Ber du honom ringa så fort som möjligt?«

»Det behövs nog inte.«

Det räckte för Emelie – på det sjukhuset låg han i alla fall inte.

Hon hade fortfarande inte en aning om i vilken ända hon skulle nysta. Hon var jurist, inte någon privatdetektiv.

Men i går, efter att den där märkliga Teddy hade lämnat dem, och samtidigt som hon jobbade som en galning för att göra klart DD-rapporten, hade hon fått en idé.

Jossan hade berättat att hennes farbror var polis. Det var ett långskott, en chansning på en chansning, men hon måste försöka. Emelie sa som det var.

»Jag skulle behöva prata med en polis, nån som skulle kunna informera mig om några grejer, och då kom jag att tänka på din farbror.«

Jossan lät nästan ironisk: »Jaha«, sa hon och betonade sista a:et länge. Kanske var det framfusigt av henne att fråga. »Har det med ditt nya ärende att göra?«

Inspektör Johnny Swanell hade sett ut precis som Emelie tänkte sig en polis. Han var kortklippt och hade något naivt i blicken, samtidigt ett lugn som osade kontroll. Runt handleden satt en pulsklocka. Han var klädd i rutig skjorta, robusta svarta kängor och en svart Arc'teryx vindjacka. Vad var det med svenskar och funktionskläder, undrade Emelie. Folk såg ut som om de skulle bestiga Kebnekaise bara de skulle till affären och köpa mjölk.

De hade satt sig på Espresso House i Nacka Forum-gallerian. Johnny bodde i närheten. Klockan var sju och många av butikerna stängde. Kaféerna och restaurangerna hade öppet två timmar till, sedan skulle det vara stendött här inne.

En nästan tom galleria – Emelie tyckte att det låg något olycksbådande över den.

Johnny sörplade på en kopp te och skar en bit blåbärspaj med gaffeln.

»Min brorsdotter brukar inte ringa mig så ofta, så när hon ringer och säger att nåt är bråttom, då tar jag det på allvar.«

»Jag är tacksam att du kunde komma loss med så här kort varsel. Jag är ännu mer tacksam över att du över huvud taget ville ses. Vi känner ju inte varandra.«

»Nej, men Jossan är en supertjej.«

Emelie tittade sig omkring i kaféet för att försäkra sig om att ingen satt i närheten. Det var bara två andra bord som var upptagna och de låg längre bort.

»Jag är alltså kollega med Josephine och håller på med ett ganska speciellt ärende. Min gissning är att du kommer att rekommendera mig att gå till er, men då kan jag säga direkt att det kan jag inte göra i nuläget. Så då vet du det.«

»Okej, jag har inte sagt nåt än. Vad gäller saken?«

»Vi hjälper till att söka efter en förmodat försvunnen person. Det kan röra sig om kidnappning, men också om nåt annat, våldsbrott eller nån olycka. Jag skulle behöva höra en erfaren polismans synpunkter på mitt uppdrag. Jossan har berättat att du anses vara en riktig stjärna och snart kommissarie. Hon säger att alla älskar dig.«

Hon smörade så gott det gick, det kunde inte skada.

Johnny sörplade ännu mer på sitt te.

»Du får nog berätta lite mer vad det här rör sig om, så att jag förstår.«

Emelie hade inte väntat sig något annat. Varför skulle en polisman, med uppgift att utreda och beivra brott, med skyldighet att *anmäla* och rapportera brott, vilja hjälpa henne utan att få reda på vad det rörde sig om? Han borde bara ta upp en polisanmälan, inget mer.

»Jag kan tyvärr inte berätta så mycket. Du får ta det för vad det är, nåt namn eller nåt som gör att du kan ta reda på vem jag pratar om kommer du inte att få. Det jag kan säga är att en person, som är förmögen, har varit försvunnen i runt en vecka.«

Hon berättade kort vad de visste.

Han iakttog henne när hon var klar. Lyfte tekoppen igen, men höll hela tiden blicken fäst vid henne, samtidigt som han drack.

»Får jag fråga dig en sak?«

»Ja.«

»Vad i hela friden håller ni på med egentligen?«

»Vad menar du?«

»Det du berättar om måste ni gå till polisen med, det förstår du ju själv. Ni kan inte hålla på och leka dagisdetektiver själva, det är livsfarligt.«

Emelie andades in djupt. Det fick bära eller brista.

»Det är inte läge att diskutera det nu. Jag är bunden av mina klienters vilja, det vill säga den försvunne mannens föräldrar. De är helt enkelt rädda för er.«

»Rädda för oss?«

»Ja, och du vet nog varför. Det är allmänt känt att ni läcker som durkslag till medierna när det gäller kända personer, och det kan äventyra möjligheterna att hitta deras barn. Om det nu är kidnappning det är fråga om.«

»Jaha, du menar så.«

»Precis. Så om du inte kan hjälpa mig så får jag lov att tacka för din tid. Men jag kan lova dig att vi har resurser till vårt förfogande och att vi samarbetar med en egen utredningsfirma, Redwood Security, som kan det här. Det handlar om att hjälpa en människa som sannolikt är i fara. Vill du inte det, får vi säga adjö. Jag står för blåbärspajen.«

En och en halv timme senare hade hon satt sig i en taxi på väg tillbaka till stan. Hon var trött. DD-rapporten hade sugit musten ur henne. Och hon var inte säker på att hon hade blivit mycket klokare av mötet med Johnny Swanell.

Han hade vänt på en femöring. Kanske hade han bara velat testa henne, kanske hade han faktiskt förstått vad hon sa och dragit sina egna slutsatser. Det var bättre att försöka hjälpa än att göra ingenting.

Det visade sig att han arbetat på roteln för grova våldsbrott i Söderorts polismästardistrikt under tio års tid. De hade utrett och löst en rad misstänkta människorov, men vissa hade visat sig vara rena olyckor.

Han gav henne en mängd tips.

»Ta reda på alla vuxna personer som träffat honom de senaste månaderna. Utred hans ekonomi. Kontrollera medieexponering och eventuella offentliga framträdanden. Kontrollera alla bolag som han varit aktiv i, granska alla ideella engagemang som han deltagit i, gör en vandelsprövning. Gå igenom om det finns domar eller andra misstankar om brott. Ta reda på alla affärer som offret gjort de senaste åren, inklusive privata transaktioner som köp av bostadsrätter eller fastigheter.«

Eller med andra ord: gör en DD på Philip.

Och gör det fort.

»Det här är inte Algeriet eller Colombia, snittiden för en kidnappning i Europa är inte mer än tio dagar. Löser man den inte innan dess, händer ofta nåt olyckligt. Om det nu ens *är* en kidnappning.«

Hon försökte tänka enligt Johnnys instruktioner.

När hon kom hem den kvällen ringde hon föräldrarna. Hon

googlade och sökte på nätet. Hon beställde ut gamla klasslistor och information om Philips studiekamrater från Stockholms universitet. Men hon tog inte kontakt med någon, det hela var för känsligt än så länge.

Ändå: hon gjorde vad hon kunde för att ringa in honom.

Philip Schale var tjugoåtta år gammal, några år yngre än hon själv. Han hade växt upp på Östermalm i Stockholm, bott i föräldrarnas våning till dess att han flyttade hemifrån. I grundskolan gick han på Nilssons och sedan på Individuella gymnasiet. Båda var gamla privatskolor som funnits långt innan skolsystemet i Sverige avreglerades, när det bara fanns tre fria gymnasier i Stockholm förutom riksinternaten: Individuella, Franska och Kristofferskolan i Bromma. Men sedan tjugo år tillbaka var skolsystemet helt privatiserat. Vem som helst kunde sätta upp en skola, marknadsföra sig och få elever. Och fick man elever fick man pengar. Det hade blivit en vinstmaskin att driva skolor, enligt den vanliga ekonomiska kalkylen: låga kostnader, säkra intäkter. Emelies mamma var djupt kritisk, i synnerhet sedan en av de stora skolkoncernerna gått i konkurs. Men å andra sidan, vad var hon inte djupt kritisk till i det nya Sverige?

Efter gymnasiet hade Philip läst en kurs på ett privat institut för att få bättre resultat på högskoleprovet, hans gymnasiebetyg var alldeles för låga för att han skulle komma in på något universitet. Samtidigt hade han gjort sin första investering. En av hans pappas anställdas söner, en sjuttonårig datakille som hette Kevin Andersson, hade på fritiden programmerat en tjänst för bildöverföring mellan mobiltelefoner. Philip bolagiserade allt, fixade avtal som reglerade det hela och stoppade in femhundra tusen. De kallade det Pixel Flow. Nio månader senare sålde de bolaget till ett riskkapitalistbolag för trettio gånger pengarna, Philip tjänade sina första egna miljoner på affären. Hur mycket pojken Andersson som kommit på det hela fick, framgick inte av de papper som Emelie hunnit läsa. Hon noterade dock att bildöverföringsidén tydligen var stendöd i dag, andra tekniker hade tagit över. Hon tänkte på vad hennes pappa skulle ha sagt: »Det här nya går fortare än hockey.« Exakt vad han menade med »det här nya« var alltid en smula oklart.

Efter två försök fick Philip tillräckligt höga poäng på högskoleprovet och började läsa ekonomi på Stockholms universitet. Men tydligen hade han bara klarat en tredjedel av tentorna där. Största delen av tiden verkade han ha fortsatt ägna åt sina affärer.

Magnus kontorsrum. Några papper låg framför honom på skrivbordet. På dem låg en stor patron, kanske till en granatkastare – Magnus använde den som brevpress.

Han ringde upp Philips föräldrar.

»Hej, nu har jag Emelie med mig här också. Förklara vad som har hänt.«

Carl-Johan Schales röst lät burkig i högtalaren.

»Jag talade för en stund sen med Patric Öhrn, det är vår och även Philips bankman. Philip kontaktade honom för nån timme sen.«

»Vad sa han?«

Carl-Johan darrade på rösten och tog några andetag innan han kunde fortsätta. Emelie funderade på om han skulle klara det här.

»Han sa att Philip ringt honom och sagt att han ville föra över sexton miljoner kronor nu på direkten.«

»Å fan. Har du meddelat Redwood?«

Det var Magnus som hade rekommenderat familjen Schale att också anlita Redwood Security.

»Nej«, svarade Carl-Johan.

»Då gör jag det, det är lika bra att de får samma information som vi så fort som möjligt. Vi måste träffa er bankman omgående. Kan du skicka hans telefonnummer?«

»Men vad ska vi göra? Då verkar det alltså vara nåt hemskt som har hänt, som vi misstänkt hela tiden. Vi har aldrig ens funderat på att nåt sånt här skulle kunna hända. Det här är så svårt. Titti är helt förtvivlad.«

Emelie tyckte att det lät som om Carl-Johan höll tillbaka gråten på andra sidan.

När Magnus talade var det med stadig och lugn röst. En viktig egenskap för en duktig advokat var att alltid låta säker på sin sak.

»För det första vet vi ännu inte om han är utsatt för något brott. För det andra vill jag säga att ni måste se Philips samtal till er bankman som nåt positivt. Han lever och det här handlar på något sätt om pengar. Vi måste ta det här en vända till för att förstå vad det rör sig om. Jag vill att Emelie pratar med er igen. Och vi behöver titta igenom Philips våning en gång till. Sen behöver vi en telefonlista med hans samtal de senaste dagarna och en lista över kreditkortsköp. Emelie kan komma upp till er så snart som möjligt så kan ni skriva på en fullmakt och så ordnar vi det på direkten. Ni måste också fundera på om ni vill att vi kontaktar Philips flickvän eller nån av hans bekanta.«

De pratade några minuter till. Under tiden kom ett mejl med kontaktuppgifter till Patric Öhrn, familjens privata bankman. Magnus öppnade det samtidigt som han förklarade att de även ville titta i Philips bil.

»Vi vet inte var den är«, sa Carl-Johan.

»Inte?«

»Nej, han har ett garage, men där står den inte.«

»Okej, då får vi undersöka det.«

»Och pengarna då, hur ska vi göra med pengarna?«

Magnus lät som om han andades Prozac när han svarade. Emelie undrade hur han kunde vara så cool.

»Jag återkommer med en rekommendation efter att jag har träffat er bankman. Men just nu ska han inte göra nånting. Lita på mig, Carl-Johan. Vi löser det här.«

Magnus höll kvar handen på telefonen en stund efter att de avslutat samtalet.

»Det är för jävligt. Det här är bra folk.«

Sedan vände han sig till Emelie. »Tar du tag i detta?«

»Ska jag åka över till dem nu?«

Magnus lutade huvudet bakåt, som om han ville studera taket.

»Vad är det för människor som gör sånt här?«

»Ja, det är galet.«

»Det är inte bara galet. Det är helt åt helvete.«

Emelie visste inte vad hon skulle säga.

Magnus sa: »Åk till dem.«

»Jag åker nu på direkten.«

»Ja, men du åker inte ensam«, sa Magnus. »Ring Teddy.«

»Jag förstår inte vad vi ska med honom till, faktiskt. Och han var ganska tydlig med att han inte ville.«

»Du har inte förstått, Emelie. Vi fungerar inte så. Vi är Leijon advokatbyrå. Vi använder bara de bästa.«

*

Dörren öppnades i hallen. Han hörde Dejan hänga av sig jackan.

»Tjenare, Teddypojken min. Här måste vädras, känner jag. Ligger du fortfarande i soffan?« Dejan kom in i vardagsrummet. Han såg sliten och trött ut, med mörka ringar under ögonen djupa fåror i pannan. Han verkade fortfarande vara en aning packad.

»Jag väntar på att *du* ska komma hem. Och sen tänkte jag ta en promenad.«

»Promenad? Har du ätit frukost än då?«

»Nej.«

»Då ska du sluta larva dig. Frukosten är det viktigaste målet mat på hela dagen. Fråga mig, jag har diabetes.«

Han hade sovit hos sin gamle vän i natt.

I går kväll hade Lindas humör svängt totalt efter hotmeddelandet från Mogge Viking.

Hennes son gjorde samma dåliga livsval som Teddy, han dyrkade Teddy. Morbrodern var den han alltid hänvisade till i sina bråk med henne. Den person som hon fick höra att han hänvisade till ute på stan när han ville något. Hon hade fått rapporter från lärare, socialtjänsten och polisen om hur det kunde låta: »Jag är Teddys systerson, vet du vem han är?« »Skämtar du med mig? Det här ska Teddy få veta.«

Och enligt Linda hade det eskalerat sedan Teddy kommit ut. Nu var inte Teddy bara förebilden. Han var Gud.

Men hotet från Viking blev spiken i kistan.

Teddy hade dragit in Linda och Nikola i sitt gamla liv.

Hon ville ha svar på varför han inte varnat henne innan han flyttat hem till dem. Varför han inte hade löst sina gamla tvister. Varför han var den han *var*.

Teddy hade försökt lugna henne, men det blev bara värre i takt med antalet vinglas hon tömde.

Sedan kom dödsstöten. Hon sa: »Jag vill att du flyttar ut, några dagar i alla fall. Du kan kanske sova hos Dejan eller Alex eller nån av dina andra kompisar.«

Teddy slöt ögonen.

»Det behöver bli lugn och ro hemma«, fortsatte hon irriterat. »Och jag måste skydda min familj.«

»Jag förstår, jag förstår«, var det enda han kom på att säga, fast han inte förstod på vilket sätt hon trodde att det skulle bli säkrare utan honom.

När han försiktigt försökte få henne att betala notan så att de kunde gå därifrån, skrek hon: »Jag behöver få hem min son till ett hem som inte är bebott av en gangster!«

De andra gästerna stirrade. Linda verkade inte ens tänka på att hon var på en restaurang, hon gapade och grät om vartannat. Och mellan hulkningarna: »Du måste betala den där skulden, Teddy, det måste du.«

Till slut kom kökschefen ut och bad dem gå därifrån. Teddy hängde Lindas kappa över hennes axlar och ledde henne ut.

Han tänkte inte gräla. Linda hade gjort tillräckligt för honom.

När han lämnat av henne vid porten ringde han Dejan.

»Jag behöver ändå ta en promenad«, sa Teddy.

»Jag bjuder på brunch inklusive återställare i stället. Du behöver muntras upp, vad sägs om en Bloody Mary i all enkelhet, eller ett glas champagne. Sen kan jag till exempel berätta om lite intressanta grejer som just hänt mig, jag tänker på mina liggerier i natt. Alltså jag är i ett stim just nu, jag får mer arsle än sitsen på tjejtoaletten på Sturecompagniet får på en hel helg.«

»Jag är glad för din skull, kul att höra att ditt liv är kukcentrerat just nu. Mitt är pisscentrerat.«

»Ibland måste man ha lite tur.«

Han funderade igen på att berätta för Dejan om bråket med Linda i går, eller skulden som Moggejäveln försökte begära in. Men han ville inte få Dejan på dåligt humör, och dessutom visste han fortfarande inte hur en sådan sak kunde sluta.

Om fyra dagar *måste* han betala till Mogge Viking. Han hade ingen aning om vad han skulle göra. Låna pengar av Linda? Men Linda hade just slängt ut honom och hon hade nog inte ens så att det räckte till hälften, och då måste hon antagligen sälja sin bil.

Borde han råna banker och hoppas på att de klena kontantkassorna de tydligen hade nu för tiden skulle räcka? Eller borde han försöka tala direkt med *Kum* trots allt, höra om han kunde ta sig ett snack med Hillström själv. Nej, det var fel väg att gå. Av samma skäl som han inte ville få hjälp av Dejan.

Han önskade att dagen bara kunde gå i lugn och ro.

»Det funkar inte att tro på turen för mig«, svarade han Dejan. »Senast jag räknade med röta var när jag hamnade i grejen som gjorde att jag fick sitta åtta år. Det var vad turen gjorde för mig.«

»Nej, det var inte senaste gången du litade på turen. Du förstår inte. Man räknar med röta varje dag flera gånger. Så mycket som vi pysslar med. Varje gång du går under ett hustak med istappar räknar du med att ingen trillar ner. Varje gång du tar en öl chansar du på att ingen har stoppat nån skit i den. Förstår du hur jag menar?«

Dejan hade just satt sig på stolen mitt emot honom. Han verkade vilja prata mer om vad tur var. Men det ringde på Teddys mobil.

En ung kvinnas röst. »Hej, det är Emelie.«

Han förstod inte vem det var.

»Alltså Emelie som hjälper dig med skuldsaneringen. Har du tid att prata nån minut?«

»Absolut, hela dagen om du vill.«

»Nej, så mycket tid har vi inte. Det här måste påbörjas direkt. Magnus vill ha dig med.«

»Jag har sagt det jag har att säga.«

»Jo, men det har hänt lite saker. Familjen fick ett samtal från en person på banken nu på morgonen. Personen vi letar efter försöker ta ut mycket stora summor från sina konton. Så nu vet vi att det handlar om nån form av utpressningssituation.«

»Och hur vet ni att den här personen inte bara vill ha lite pengar för att åka till solen, lämna det här kalla landet där folk inte ens kan få en bostad?«

»Tro mig, vi är övertygade om att det handlar om nån form av brott. Men det kan jag inte förklara på telefon.«

»Jag är inte rätt person för er.«

Emelie tystnade i andra ändan. Teddy väntade på att hon skulle avsluta samtalet.

I stället sa hon: »Det är bråttom nu, du kan inte hålla på och säga nej nej, det funkar inte. Vad ska du göra i stället den här veckan, hade du tänkt dig? Slita på arbetsförmedlingens väntrumsbänkar så att du kan få ett jobb om fyra månader där kronofogden kommer att ta sjuttio procent från dig? Du får fan ta dig samman och hjälpa till med det här!«

Han hade inte väntat sig det här. Juristflickan skällde mer eller mindre ut honom efter noter. Han borde prata med henne på sitt gamla sätt. Han borde slänga på luren i hennes örhängsbeprydda lilla öra. I stället höll han kvar telefonen.

»Ta det lite lugnt«, var det enda han kunde få fram.

Men Emelie tog det inte lugnt. »Möt oss om trettio minuter på byrån.«

Teddy var tyst.

»Och du, en sak till«, sa Emelie. »Du får femtio tusen i arvode per dag och bonus om du är med och löser det hela.«

Där kom det igen, ordet som Linda nämnt. *Arvode.*

Dejan tittade på Teddy efter att han lagt på och såg ut som att han försökte förstå vad samtalet just handlat om.

»Vad var det där om? Gick du just under ett tak med istappar?« frågade han och reste på sig, gick fram och öppnade fönstret.

Teddy sa: »Nej, jag drack just en öl. Men jag tror att nån kanske lagt skit i den.«

*

Det första man som besökare slogs av när man klev in i våningen var förmodligen att man stod öga mot öga med en zebra. Att ha ett uppstoppat zebrahuvud på väggen var inte direkt vanligt i Stockholmsvåningar, även om det så klart förekom hos människor som var intresserade av riktig jakt. Att ha en hel zebra med en och en halv meter i mankhöjd stående i hallen måste däremot vara unikt.

Carl-Johan Schale hade fällt djuret i Namibia för mer än femton år sedan. På samma resa hade han bland annat nedlagt en leopard. Han hade betalat över fyrtio tusen kronor på fältpreparering av troféer, leverans till konservator i Windhoek och hemtransport. Svenska myndigheter hade en massa skitregler, förbud och trams för sig. Men han fick hem zebran och leopardhuvudet på sitt eget sätt, ingen tog ju någon skada av det. Ibland måste estetiken få gå före byråkratin.

Han tittade i den stora spegeln i hallen och rättade till slipsen och strök bort ett hårstrå på kavajens slag. De runda glasögonen var nya, och i vanliga fall tyckte han om hur han såg ut i dem. Men inte i dag. Hans gråa hår låg kammat bakåt. Det hade gått så fort, tänkte han, att få den här hårfärgen.

Han kunde inte gå till kontoret, men han hade faktiskt varit på väg, trots att Titti motsatt sig det. Men det var före samtalet från Patric Öhrn. Nu var det omöjligt.

Det var inte så att han inte brydde sig om vad som hände. Tvärtom, han brydde sig så mycket att det gjorde ont i honom, att han inte kunde tänka klart. Han hade fått någon form av darrningsattack efter samtalet med Patric och legat och skakat på golvet i köket i fem minuter. Det var bara det att han hade hoppats att jobbet skulle få honom att tänka på något annat i några timmar. Men som sagt, absolut inte nu.

I teverummet satt en man som skickats från Redwood för att vara deras stöd.

Titti satt i soffan i det som Carl-Johan kallade rökrummet och grät och halvsov om vartannat. Hon hade förklarat redan i går att hon inte var intresserad av att prata med något slags väktare som lekte terapeut.

Han hade gjort henne en kopp grönt te för en timme sedan, men den hade hon inte rört. Carl-Johan kunde förstå henne, han skulle vilja bete sig likadant just nu. Han skulle vilja ta fyra stora glas whisky och två Alvedon, ta av sig kläderna och krypa ner under ett varmt täcke. Han tänkte på leken som Philip brukat leka när han var fyra år gammal: täckerum, kallade han den. Det gick ut på att bygga kojor med olika rum av täckena i hans och Mammas säng. Titti gillade det inte, hon tyckte inte om när barnen var i deras säng. Men Carl-Johan hade lekt med ibland, krupit in under de uppuffade duntäckena och hört Philip kikna av skratt.

Han ville tillbaka dit. Till sorglösheten. Men han var mannen i den här familjen. Om han inte tog ansvar nu, när skulle han då göra det?

Samtidigt kunde de inte vara ensamma i det här. Trots att han tillbringat morgonen i telefonsamtal och trots att Rasmus, Tobias eller vad sjutton han nu hette satt med en dator i knäet i teverummet och ansågs vara tillgänglig, så kände han sig isolerad. Det var *han* nu, ingen annan kände det han kände. Ingen annan brydde sig på det sättet han gjorde.

Bara han. Ensam.

Det ringde på porttelefonen, ett kort ihållande ljud som aldrig tidigare stört honom, men nu var det som att det irriterade trumhinnan på ett närmast outhärdligt sätt. Han småsprang fram till knapparna och tryckte på högtalaren, i ögonvrån såg han hur Redwoodresursen kom ut från teverummet.

Det var den där lilla juristen, Emelies, röst där nere. Efter att han gett henne koden rätade han till slipsen än en gång och vände sig till Rasmus, som han kanske hette. »Det är ingen fara, det är från advokatbyrån.«

Han öppnade dörren innan Emelie hunnit ringa på dörrklockan. Hon hade mörkblont hår som hon kammat i en snedbena bakom öronen. De gröna ögonen, som såg intelligenta ut, hade hon målat för mycket och de höga klackarna var tjocka, de såg inte eleganta ut.

Han hjälpte henne av med kappan, även den i en tunn billigare kvalitet. Hon var propert klädd. Den svarta tröjan under kavajen var i vanlig enkel bomull, inte merinoull eller kashmir. Kavajen, också den svart, var inte heller av något mondänare snitt. Materialet andades medelklass.

Carl-Johan fick rysningar av ordet. Det här landet hade ockuperats av människor som nästan stolt titulerade sig så, men vad var det som var så medel med dem? De kontrollerade ju hela samhället.

Dessutom tycktes de anse att eftersom de var så många hade de rätt att kräva vad som helst. Borde det inte vara tvärtom? Att de som tillförde något eller vars familjer i generationer hade tillfört något, var de som hade rätt att begära något i gengäld.

Rättigheter, ekonomisk och social trygghet, som det hette. Det var naturligtvis viktiga delar i ett bra Sverige. Men det fick inte gå för långt. Rätt att alla skulle få gifta sig med vem de ville. Rätt att ladda ner vad de ville från internet. Rätt att trakassera ett kungahus som inte gjort en fluga förnär på århundraden. Rätt att bygga böneutropstorn där kvinnofientlig propaganda skulle skrikas ut fem gånger per dag. Rätt att få jobb, samtidigt som man krävde ersättning när man inte ville jobba.

Skatteverket attackerade personer som investerat enorma summor och tillämpat lagen för att inte betala mer skatt än de behövde, samtidigt som alla själva ville anlita svart hemhjälp så fort de fick chansen. Man försökte lägga ner skolor som fostrat framgångsrika personer i generationer, och medierna hånade gråtande barn bara för att deras föräldrar hade råd att betala skolpengen.

Det värsta var hur avundsjukan tycktes ha blivit bränslet. I det här landet var det förbjudet att lyckas, men ännu värre tycktes det vara att säkerställa att även ens barn lyckades.

Medelklassen: det var deras fel att det som hände nu hände. De bar ansvaret för Philip. De läste tidningarna som rotat i hans liv.

Men han släppte allt det nu, när han stirrade på Emelie i hallen. Och det var egentligen inte hon som drog hans uppmärksamhet till sig. Det var mannen som stod bredvid henne.

Han var lång och klädd i något slags vindjacka som mer såg ut att passa på en uteliggare. Den var grådaskig, antagligen av smuts eller av för många tvättar, och skrynklig som om den legat hopvikt i en kartong i många år. Hans hår var snaggat, vilket i sig var otrevligt. En man utan frisyr var också en man utan finess, det var ett av Carl-Johans egna ordspråk.

»Hej, Carl-Johan, hur mår du?« sa Emelie.

En kort sekund förstod han knappt vad hon frågade. Han bara fortsatte stirra på mannen, som passade sämre in här än de litauiska hantverkarna brukade göra.

Sedan sa han: »Jag har mått bättre. Det här är fruktansvärt. Men kom in, för all del. Det är bra att du och ...« Han vände sig mot den långe mannen: »Hur var namnet?«

»Jag heter Najdan, men du kan kalla mig Teddy.«

Mannen räckte fram handen, det var den sortens oartiga handslag som kändes i hela kroppen.

Carl-Johan ledde dem till biblioteket.

Mannen som kommit med Emelie tog inte av sig sin jacka.

*

Han hade väntat.

Väntat på att fingret skulle sluta blöda – vilket det också gjort några timmar efter att Jokeransiktet klippt av det.

Han hade väntat på att den där sjuka jäveln skulle komma tillbaka och skada honom ännu mer. Han låg med örat nära dörren och lyssnade. Så fort han hörde ljud kände han hur magen krängde. Men det var bara Jokerfejset som pratade med någon på telefon.

Philip kunde uppfatta enstaka ord som »snuten«, »kilogram« och »gymmet«. Han hörde inga fler diskussioner med någon annan i rummet utanför.

Efter att Jokerjäveln hade kapat hans finger hade han legat och gråtit tyst i rummet. Men sedan hade han tvingat sig till koncentration, och det var då han hade kommit på att han skulle kontakta Patric. Kanske, kanske skulle de släppa honom om det fungerade. Det här verkade ju bara röra sig om pengar, faktiskt.

När han föreslagit för Jokeransiktet att han skulle ringa sin bankman personligen hade han bara stängt dörren och gått ut. Philip hörde hur han talade tyst med någon, antagligen i telefon. Sedan hade han kommit tillbaka och velat bestämma exakt vad Philip skulle säga till Patric Öhrn.

Det var också Philip som kommit på idén att han kunde försöka ta fram ett fejkat köpekontrakt – han förstod att Patric skulle tycka att det lät märkligt annars, att Philip skulle köpa en våning för sexton miljoner kontant utan att visa upp ett enda papper. Ännu hade de inte tagit fram något sådant låtsaskontrakt som han kunde skriva på och skicka in.

Han såg det som en fördel. Så länge han inte fyllt i och skrivit under något, behövde de honom i livet.

Därför fanns det en annan, ännu viktigare, sak som han också väntade på.

En idé hade växt fram, en plan.

Ett sätt att kanske komma härifrån.

De hade tagit av honom tejpbiten över munnen inför samtalet med bankmannen.

Men de hade satt tillbaka den slarvigt.

Han lade örat mot dörren och lyssnade igen.

Först hörde han den ständigt spelande musiken. Det kunde inte vara någon radiokanal för han hörde ingen reklam eller röster som pratade. Bara elektroniska sound som lät som sedvanlig house. Kanske var det David Guetta, kanske Daft Punk.

Efter någon halvtimme tystnade ljuden. Han hörde ingen dörr slå igen, men det verkade helt dött utanför.

Då satte han igång.

Det måste fortfarande vara förmiddag, för samtalet med Patric hade skett vid niotiden på morgonen. Philip hade sett klockan på Jokerfejsets telefon när han ringde. Förhoppningsvis var någon hemma i huset som skulle kunna höra hans desperation.

»Snälla hjälp mig! Jag är kidnappad!« skrek han.

Ingenting hände.

Han visste att det inte var särskilt lyhört här. Faktum var att det var en egenskap han tittat efter när han valt den här bostaden.

Ändå fortsatte han. Möjligtvis hade kidnapparna lämnat stället, när han hejdade sig i några sekunder hörde han fortfarande inga ljud därutifrån. Eller så ingick det i deras taktik att nonchalera honom. Egentligen spelade det ingen roll, ju längre han fick föra oväsen desto bättre.

»Banden skaver, snälla, kan nån lätta på banden. Hallå. De håller mig fången!«

Det var inte svårt att frammana gråten. Senast i natt, när de klippt av hans finger, hade tårarna varit äkta.

Dessutom hade han sedan dess låtit bli att dricka skiten som de försökte få i honom från PET-flaskor. I stället slickade han i sig droppar ur kranen. Han hoppades på att de utgick från att han inte klarade av att ta sig upp till handfatet med händerna bakbundna, men han lyckades skruva på vattenkranen med näsan.

Ju mer han tänkte på det, desto mer verkade själva kidnappningen inte ha varit särskilt välplanerad – de tog honom i och för sig när Stephanie var bortrest, men därefter hade de inte direkt agerat skarpt. De tycktes inte ha förutsett bankens spärrar. De höll honom i en våning, och inte på någon mer undangömd plats – kanske var det för att de trott att det här skulle gå snabbt. De spikade inte heller in honom i en låda, som Philip visste att man gjort med offren vid andra svenska kidnappningar.

Han fortsatte att skrika.

*

Längs rummets ena vägg stod platsbyggda bokhyllor, så mycket kunde Teddy konstatera med sina kåksnickarkunskaper. Här fanns inget från Ikea så långt ögat nådde. Böckerna i hyllorna såg mestadels gamla ut, en hel rad utgjordes av Nationalencyklopedins stora blå bland som alla såg likadana ut. Det stod också ett antal inramade fotografier i mellanrummen mellan böckerna. Längst ner, mot golvet, hade pocketböcker radats upp: det var John Grisham, Jan Guillou och en del andra deckarförfattare. Inga av de böcker han själv brukade läsa.

Ovanpå ena bokhyllan satt en uppstoppad uggla och blickade ner på dem, på den andra väggen fanns ett antal troféer uppsatta, mest älg och mindre horn. Teddy antog att det var rådjur, men han såg också ett buffelhuvud, några gaseller eller vad det nu var och ett leopardhuvud. Det stod också ett naturtroget vildsvin på golvet, och utanför i hallen hade han sett en hel uppstoppad zebra. Carl-Johan Schale verkade verkligen tycka om att visa vad han hade dödat.

Carl-Johan gestikulerade mot en fåtölj och han slog sig ner.

Emelie satte sig också, i en kraftigt blommönstrad soffa som såg extremt djup och inte särskilt bekväm ut. Hon försvann nästan i den och såg ut som en liten docka som någon placerat där för prydnads skull.

Carl-Johan satte sig långsamt i den andra fåtöljen. Han var ganska kort till växten och var klädd i grå flanellkavaj, mörkbruna manchesterbyxor, vit skjorta och mörkgrön slips. På fötterna hade han loafers med små tofsar. Teddy själv däremot satt i strumplästen. Emelie, noterade han, hade behållit ytterskorna på.

Carl-Johans ångest strömmade från honom, nästan fysiskt. Det var något med hur han rörde sig och hans blanka panna. Teddy hade känt hans fuktiga handflator när de skakade hand. Han tyckte med ens oerhört synd om den här mannen. Carl-Johans son var bortrövad och Teddy visste bättre än många andra hur det kunde sluta.

»Ni ville ha en fullmakt från mig för att kunna kontakta telefonoperatören?« sa pappan.

»Ja, precis. Vi vill få ut listorna över Philips sms och telefonsamtal den senaste tiden«, sa Emelie och halade upp ett annat papper ur sin väska. »Vi ville inte mejla eftersom vi ändå behöver din originalunderskrift och jag tänkte att det här går fortare. Dessutom skulle vi vilja tala med er om några saker.«

»Okej. Har ni pratat med Patric än?«

»Ja, Magnus har talat med Patric kort och vi ska träffas snart, han kommer till oss. Han skulle bara kontrollera med banken vilken information han kunde få ut om telefonsamtalet från Philip.«

Det här var overkligt, Teddy hade inte ens varit ute i en månad och nu satt han här, ändå inblandad i ett brott. På ett annat sätt än tidigare och från en helt annan vinkel, men ändå. Han funderade på om han hade ansträngt sig på rätt sätt, sökt tillräckligt många jobb. Om han hade försökt nog.

*

Emelie tyckte egentligen inte om att ha klientmöten på någon annan plats än i byråns mötes- och konferensrum. Undantaget var möjligen andra advokatbyråers klientutrymmen. Att sitta hemma hos någon och diskutera känsliga och hemliga ärenden blev lätt kladdigt och en oprofessionell stämning kunde smyga sig in. Men det här var ju så klart ett annorlunda ärende på alla sätt.

Hon fortsatte prata med Carl-Johan. »Det är ett av Philips företag som står på abonnemanget för hans telefon, men du sitter också i styrelsen i det och har firmateckningsrätt.«

»Ja.«

»Jag kommer att lämna in fullmakten när vi är klara här och begära samtliga telefonlistor. Jag vet redan att ni inte har hittat hans telefon, vare sig i lägenheten eller på kontoret.«

»Nej, just det, ingen telefon, den fanns inte i våningen. Och inte på kontoret heller. Men han har en Iphone tror jag, det har jag sett på abonnemangsuppgifterna.«

»Vet du om det är en Iphone 5 eller nyare?«

»Ingen aning. Men är en 5:a bra, eller?«

»Det kan det vara. Det är nämligen så att då har han förmodligen automatiskt nåt som heter Icloud, det är en molntjänst som även kan innefatta det som heter Hitta min Iphone.«

»Är det vad det låter som?«

»Precis, en funktion som gör att den som har en viss kod kan ta reda på var nånstans telefonen befinner sig just nu. Men Ipad, fanns det nån sån?«

»Det är den där surfplattan?«

»Just det.«

»Det fanns en sån i våningen. Ni har inte frågat tidigare.«

»Jag vet. Kan jag få titta på den?«

Carl-Johan reste på sig, faktiskt med viss stuns i steget.

Hon och Teddy satt tysta och väntade.

Efter en stund sa han med låg röst: »Du verkar klara det här själv, du ställer frågor som en polis.«

»Vi får se.«

Teddy sa: »Men du verkar inte veta så mycket om sånt här. Varför har ni inte tagit in Ipaden än?«

»Jag vet inte. Jag tänkte inte på den förrän i dag.«

»Okej. Men det är en annan sak du ska veta om mobiltelefoner och telefonlistor.«

Emelie förstod inte varför Teddy försökte spela allan. Hon hade sett hans egen mobiltelefon. Den liknade mest ett arkeologiskt fynd.

»Ska du klaga mer, tänkte du?« frågade hon.

Teddy grinade i ett överdrivet leende. Den tomma platsen i hans undre tandrad fick honom att se äldre ut.

Carl-Johan kom tillbaka med en Ipad i handen.

Emelie tog emot den och strök med fingret över plattan. Öppnade olika appar och ikoner.

Det gick fort att konstatera det viktigaste. »Han har inte Hitta min Iphone, det betyder att vi inte kan hitta hans telefon genom det systemet. Då kvarstår trafikspecifikationen som vi får ut genom fullmakten.«

Carl-Johan slöt ögonen.

Emelie sa: »Och jag inväntar Magnus tankar kring eventuella överföringar tills vi har träffat er bankman.«

Hon nickade mot Teddy. Hon visste hur hon skulle säga det här. »Jag har inte riktigt förklarat detaljerna kring Teddy. Vi har anlitat honom för att hjälpa oss. Han har ett gediget kontaktnät och stora erfarenheter av den typ av kriminalitet som vi måste räkna med att det kan röra sig om.«

Carl-Johan fortsatte sitta framåtböjd, det såg ut som om han hade ont. Ont i magen och ont i själen.

»Jag tror att Teddy skulle behöva prata lite med dig. Själv vill jag komma iväg till Telephonica nu, så fort som möjligt. Tror ni det fungerar?«

*

Medan Emelie granskat Philips Ipad hade Teddy suttit tyst och bara tittat sig omkring. Själv skulle han ha varit som en neandertalare med den där apparaten. Inne på kåken var inte mobiltelefoner tillåtna, än mindre datorer eller surfplattor. Kriminalvården var livrädd att någon skulle kunna ha kontakt med världen utanför. I stället arbetade man efter principen att isolering var bättre för de intagnas återanpassning till samhället än möjligheter att ha kontakt med familj, släkt och vänner.

Han iakttog bokhyllorna igen och granskade två inramade fotografier som stod i dem. Han såg Philip i blazer med guldfärgade knappar och välkammat hår vid någon form av skolavslutning. Han såg ut att vara i sextonårsåldern. Den andra bilden föreställde en ung kvinna. Teddy kisade och försökte se flickans ansikte närmare från sin plats i fåtöljen. Till slut lyckades han fokusera: tjejen måste vara Philips syster eller nära släkting. Hon hade samma stora ögon och lätt uppåtpekande näsa. Hennes hår var inte lika ljust som Philips men hennes hårfäste var en kopia av hans.

När Emelie hade rest på sig sökte Teddy Carl-Johans blick.

»Jag har några frågor att ställa. Det är för att få en bild av Philip.«

Carl-Johan svarade entonigt. »Ja, fråga på du bara.«

»Men det bästa vore om din fru var med också, tillsammans vet ni mer än bara en av er. Skulle du kunna höra med henne om hon orkar?«

Catharina Schale slog sig ner i soffan där Emelie just suttit. Hon verkade veta hur man skulle tas med den här sittmöbeln och behövde inte ta hjälp av armarna för att placera sig rätt. Men det var inte bara vana – hon hade en tydlig grace i kroppen, ryggen var rak och hakan rörde sig inte en millimeter från sin vågräta vinkel.

Teddy presenterade sig och frågade hur hon mådde. Det var överflödigt. Ansiktet var rödflammigt, ögonen fortfarande blöta och de vandrade av och an mellan olika punkter i rummet och fönstret, där hon ibland fastnade med blicken och bara tycktes stirra långt bort.

»Det som har hänt Philip kan mycket väl ha att göra med hans vanliga liv på nåt sätt«, sa Teddy.

Catharina lutade armbågen mot soffkanten och satte handen under sin haka. »Och vad har du för erfarenhet av den här typen av ärenden?«

Teddy kände sin mage rumla till. Han måste få deras förtroende nu, annars skulle det här bli svårt.

Han talade stilla. »Lita på mig, jag kan det här bättre än nån annan. Och jag förstår att ni känner er maktlösa. Det ni genomgår måste vara nåt av det värsta en familj kan råka ut för. Men jag säger som Winston Churchill, det är lätt att bara se svårigheter, men vi måste vara optimister och se möjligheter i varje svårighet. Vi kommer att lösa det här.«

Han märkte hur Catharinas axlar sänktes, hon slappnade av.

»Ja, det låter bra. Det här är så hemskt.«

Teddy mötte hennes blick. »Jag fortsätter då«, sa han. »Jag undrar vad Philip arbetade med?«

»Han jobbade hårt. Ni har väl redan informerats om vad han sysslade med, investeringar av olika slag. Det där känner Magnus och Emelie till.«

»Hur länge hade han jobbat?«

»Låt mig se ... fyra år, ungefär«, svarade Carl-Johan.

»Var studerade han?«

»Här i Stockholm. Han har faktiskt nån enstaka tenta kvar, tror jag, men det har ju gått bra för honom ändå. Ärligt talat, vad ska man med de där studierna till? Philip är väl ett lysande bevis på att det som krävs är lite jävlaranamma«, sa Carl-Johan.

»Har han några kamrater som ni känner till från universitetet?«

Föräldrarna tittade på varandra.

Catharina sa: »Inte som jag känner till, faktiskt. Pappa?«

»Nej, jag vet inte heller om några direkt.«

»Var ligger hans kontor nånstans?«

»De sitter nere vid Stureplan.«

»Har de anställda?«

»Två, tror jag.«

»Okej, har ni gett namnen på dem till Emelie?«

»Självklart.«

»Och kunder, affärsbekanta, affärspartners? Har ni namn på dessa?«

»Inte egentligen. Ingen har frågat oss heller, behövs det verkligen?«

»Det kan behövas.«

»Ja, då får vi fråga Clarera om det, det är redovisningsfirman som jag använder, den använder Philip också, tror jag. Men ni måste fråga på rätt sätt. Vi måste också fundera på att höra med Ian Crona.«

Carl-Johan förklarade kort vem Ian var.

»Bra. Och andra vänner, vilka är det?«

»De flesta är gamla vänner från skoltiden, alltså grundskolan. Och jag är rädd att några av dem kan börja undra vart Philip har tagit vägen, det skulle vara katastrof.«

»Jag förstår att det är känsligt. Men vi måste överväga det här noggrant. Jag tror att vi kan komma att behöva prata med Ian Crona, till exempel. Låt oss diskutera saken med Magnus.«

»Jag vet inte. Philips vänner är alla bra pojkar, men tänk om de blir så oroade av ett samtal att de går till polisen?«

»Sant. Men om de inte får tag på sin kompis och ringer och ringer och går hem till honom utan att han öppnar, och så vidare, så går de kanske till snuten ändå.«

Teddy tyckte sig se hur Carl-Johan och Catharina stannade upp och granskade honom igen.

Han ställde ytterligare några frågor om kamraterna. Skrev ner deras namn och relation till Philip. Sedan frågade han: »Vad gör Philip mer med sin tid förutom att jobba?«

»Han umgås med sina vänner, skulle jag tro. Som de flesta.«

»Och gör vadå?«

»Det som unga gör i dag. De äter middagar, går på restaurang, brunchar, reser.«

Teddy begrundade svaret en kort stund, det var fåordigt, väldigt vagt. Samtidigt kunde han inte låta bli att jämföra med sina egna senaste år.

»Han har en flicka också.«

»Och vem är hon, känner ni henne?«

»Personligen har jag bara träffat henne en gång, av en slump. De har inte varit tillsammans särskilt länge, några månader. Men nu är hon bortrest, tror jag.«

Catharina flikade in: »Hon är söt. En bra flicka, får jag känslan av, hon kan inte ha med det här att göra.«

»Nej, det är det ingen som tror«, sa Teddy, »men hon kanske har uppfattat nåt som är viktigt. Var är hon?«

»Magnus har informerat mig om att hon är på Mauritius«, sa Carl-Johan, som nu tog över samtalet igen. »Men ni kan inte ringa henne. Jag har fått det intrycket av flickan, hon klarar inte mycket, den där.«

»Jag förstår. Vet ni om Philip har blivit vän med några nya människor de senaste månaderna?«

»Inte som jag känner till«, svarade Carl-Johan. »Men säker kan jag inte vara.«

»Vet ni om han har haft hantverkare hemma eller i övrigt haft kontakt med personer som kan ha haft tillträde till hans lägenhet eller bankdosa?«

»Inte vad jag vet.«

»Har Philip några fiender?«

Det var första gången som Carl-Johan tittade upp och mötte hans blick en längre stund.

»Nej, det tror jag verkligen inte. Philip är en bra pojke. Han skulle aldrig göra ens en fluga förnär, han är inte sån. Han är världens bästa grabb. Vad skulle det vara för fiender?«

»Inte vet jag, nån han retat upp. Nån som tycker att han gjort nåt elakt nån gång? Nån som han uttryckt ringaktning för? Det kan vara vem som helst.«

»Nej, som jag sa, han är inte sån.«

»Har han berättat om nåt som skulle kunna tyda på att nåt märkligt, konstigt, ovanligt hänt honom på sistone?«

»Inte vad jag minns.«

»Nåt som skulle kunna tyda på att nån bevakat honom?«

»Nej, det känner jag inte till.«

»Kan han ha hållit på med droger eller nåt annat i den stilen?«

»Det tror jag absolut inte.«

»Känner ni till att han blev misshandlad för några veckor sen?«

»Ja, det var nåt som hände utanför en nattklubb, nån invandrarman från Södertälje gav sig på Philip helt oprovocerat. Philip fick en ordentlig fläskläpp och fick sy ett stygn i ögonbrynet«, sa Catharina.

»Hände nåt mer? Blev han hotad? Sa de nåt?«

»Inte vad vi vet.«

»Men det här fick ni höra från Axel Nilsson?«

»Just det.«

Catharina Schale verkade tänka efter. Hon bytte ställning i soffan två gånger, och varje gång rasslade hennes guldarmband.

Hennes hår var blonderat och ordentligt fixat, inga hårstrån som spretade, trots att hennes vardag av förståeliga skäl måste vara kraftigt rubbad. Hon såg smal och vältränad ut och hennes ansikte, som nu återfått en mer normal ton, var brunbränt och välbehållet. Hennes ålder var svårbedömd, men hon måste vara minst femtiofem år gammal. Uppenbarligen brydde hon sig om sitt yttre.

Teddy väntade på att Carl-Johan skulle bryta in igen. Men han sa ingenting mer.

»Vi har i vart fall inte hört av polisen angående misshandeln.«

»Nej, men det säger egentligen ingenting. Ni är ju inte målsägande eller vittnen. Nämnde Axel om nån av Philips andra kamrater var med när det hände?«

»Nej.«

»Nåt annat vittne?«

»Inte vad vi vet, men tydligen hade Philip fått hjälp av nån från krogen.«

»Jaha, det var nytt för mig. Vet ni av vem?«

»Tyvärr. Axel visste tydligen inte heller.«

»En annan fråga: har Philip syskon?«

»En syster, Caroline«, svarade Carl-Johan.

»Bor hon här i Stockholm?«

»Nej, och vad har hon med det här att göra?«

»Kan hon veta nåt, står hon och Philip varandra nära?«

»Nej, det kan man inte säga. Hon har aldrig varit en nära person, om man säger som så.«

»Skulle jag kunna få hennes telefonnummer?«

Teddy såg det tydligt, fast Carl-Johan försökte dölja det. Philips pappa sneglade mot Catharina och skakade på huvudet.

De sa nästan i munnen på varandra: »Vi har inte hennes nummer.«

*

Soffan i biblioteket kostade antagligen mer än hela möblemanget i hennes föräldrahem tillsammans. Men det spelade ingen roll – Emelie hade fortfarande ont i ryggen efter den yogaliknande ställning hon tvingats inta.

Nu stod hon i hallen och hade just avslutat ett kortare telefonsamtal med Magnus – Philips bankman skulle komma till advokatbyrån och träffa dem.

Zebran stirrade på henne. Hon väntade på taxin som hon beställt.

Hon hörde Teddys och föräldrarnas röster inifrån biblioteket.

Först var de hårda och monotona. Misstron mot honom var tydlig och han verkade inte förstå hur man talade till dem. Hon hoppades att han inte körde någon fånig gangsterstil med dem. Men sedan hände något, rösterna blev mjukare och atmosfären verkade ha lättat där inne. Hon undrade vad han hade sagt, hur han hade betett sig för att vinna deras förtroende.

På väggarna hängde lampetter och två stora tavlor. Det var ett annat stuk än på Magnus moderna verk – de här föreställde svenska djur, en räv och en ripa som sprang i snö. Hon undrade vad zebran tyckte om sällskapet.

Medan hon fortsatte vänta på taxin funderade hon på vad Carl-Johan och hans fru tänkte om henne.

Emelie tvivlade aldrig på de stora frågorna, på att hon kunde nå dit hon ville, att hon skulle kunna komma hur långt som helst i karriären med hjälp av sin intelligens, människokännedom och viljestyrka. Det var i det lilla hon såg frågetecken, i det mellanmänskliga. Hur man skulle bete sig mot andra, hur hon uppfattades, varför hon inte hade så många vänner. Ibland var det som om hon såg sig själv från sidan, som om hon inte kunde låta bli att iaktta och analysera samtidigt som hon försökte lära känna en annan människa. Som att hon försökte anpassa sig efter hur hon trodde att hon *borde* vara.

Hon funderade på att ta en titt i Philips gamla rum, men just då ringde taxichauffören och sa att han var där.

Precis när hon skulle öppna ytterdörren kom Teddy ut.

»Ville du verkligen inte höra vad jag hade att säga om telefonlistorna?«

»Kan du ringa mig i taxin, den väntar där nere nu. Du som tydligen är sån telefonexpert vet väl det? Du kan använda din telefon på det sättet.«

»Vill du veta eller inte?«

»Okej, vad är det då?«

»Du ska inte bara ha telefonlistor från operatören. Du måste få ut mastuppkopplingar också. På telefonlistorna ser du bara vilka nummer som har ringt in till Philip och som han har ringt ut till. Men på mastuppkopplingslistorna går det också att se mot vilken telefonmast Philips telefon kopplat upp sig varje gång. Då kan vi följa telefonen geografiskt. Det är ett av polisens standardverktyg.«

»Okej, tack. Jag ska be om sådana listor också. En sak bara. Kläm inte sönder deras händer när du säger hej då.«

I taxin lade hon Philips Ipad i knäet.

Hon gick in på hans Facebooksida. Från Ipaden behövdes inget lösenord, hon loggades in automatiskt. Redan i går hade hon mejlat en begäran till Facebooks nordiska huvudkontor om att få ut all information om hans konto, det vill säga chattloggar, information om vänner, med mera. Men hon var rätt säker på att de skulle vägra, de gav inte ut information till andra än polismyndigheten.

»De verkar i alla fall vara jävligt generösa med att dela med sig av privat information när det gäller amerikanska spaningsmyndigheter«, hade Magnus kommenterat saken.

Philips profilfotografi var relativt försiktigt, en mörk bild på honom i någon klubblokal eller på en restaurang. Upplösningen var dålig.

Han hade 748 vänner. Det senaste meddelandet till honom var från en person som hette Fredric Lönn, det stod: »Tack för drinktipset, den var schuuukt god.«

Emelie scrollade genom vännerna. Hon kände igen en del namn, men det var inte så underligt. De var personer som var ungefär lika gamla som hon, bodde i samma stad och jobbade med affärer, fast på olika sätt. Några av Philips fb-vänner jobbade dessutom på advokatbyråer.

En av killarna kände hon till och med från juristlinjen. Han ansågs vara överduktig och partnermaterial ända ut i fingerspetsarna. Efter några år på en byrå visste alla där vem som var *on track* och inte. Leijons var inget undantag. Det stod ingenstans i byråns informationsmaterial, på hemsidan eller i broschyrerna man delade ut till hungriga sistaårsstudenter på universiteten – men principen som tillämpades var *up or out*. I korthet innebar det att om du inte blev uppflyttad i lönestegen, om de inte bekräftade att du fortfarande var på väg uppåt, så förväntades du se dig om efter ett annat jobb. Byrån sa aldrig upp dig, det skulle kunna ge *bad will*. Du måste agera på egen hand. Hände inget skulle vidarebefordrade jobbannonser börja dimpa ner i din inbox, inga meddelanden i övrigt, bara annonsen: »Volvo söker bolagsjurist med erfarenhet av företagsförvärv.« »AstraZeneca söker jurist till chefsbefattning på compliance-avdelningen.«

Upp eller ut – principen var enkel. Passade du inte för att nå den högsta nivån, måste du lämna. Många tyckte att det var ett rått system, men Emelie hade egentligen inget emot det. Premissen för en sådan här byrås överlevnad var enkel: alla måste leverera på topp.

Det var luringarna som var svåra.

Hon tänkte på en annan kille som varit på byrån: Oliver. Han hade bara varit tjugotre år när han gått ut juristlinjen som kurstvåa. Det var osedvanligt, de flesta ägnade sig åt något annat åtminstone ett år mellan gymnasiet och universitetet – åkte och pluggade franska i Paris, gjorde lumpen, läste något konstnärligt ämne. Men inte Oliver, han visste vad han ville och hade dessutom fått hoppa över en klass i grundskolan. För honom stod det mellan Leijons och någon Londonbyrå. Sämre än så tänkte han inte acceptera.

Första året på byrån var han med i åtta transaktioner, han slog rekord i debiterad tid för en förstaåring, tretusen etthundra timmar. Han jobbade fyrtioåtta av årets femtiotvå helger, han tog inte ut mer än fyra dagars semester, han var på kontoret både juldagen, midsommarafton och nyårsdagen.

Han gjorde allt rätt, han var både socialt och juridiskt kompetent. Han satt med i festkommittén, blev fadderansvarig för de nyanställda sitt andra år, medverkade i en festskrift till professor Jan Friedman om garantier i aktieöverlåtelseavtal. År tre skickade de honom på secondment, ett slags utbyte, till Clifford Chance i London. Det var en signal att de satsade på honom. Fjärde året satte han nytt rekord: tretusen sexhundra timmar i debiterad tid. Det var *unheard of* i Stockholm. I praktiken innebar det att han snittade sexton timmar på jobbet, varje dag, inklusive lördag och söndag, året runt. De ansvariga delägarna bedyrade att Oliver var på rätt väg, att han skulle bli delägare – om ett obestämt antal år. De sa att han var *on track*, att han levererade helt i enlighet med deras förväntningar.

Sitt sjätte år på byrån basade han över fusionen mellan Nordiabanken och Bank Swedea, över tio advokater jobbade sex månader non stop med transaktionen. Byrån fakturerade elva miljoner euro på ärendet. Oliver betraktades av de juniora juristerna som en övermänniska, en halvgud. Vissa misstänkte att han hade en hemlig övernattningslägenhet någonstans på byrån. Ingen såg honom någonsin gå hem.

År åtta sa de: Vi har otur med konjunkturen, inte just i år.

År nio sa de: Bara ett år till. Bara ett endaste år.

Oliver fick lunginflammation, han jobbade sina åttiotimmarsveckor ändå. Rattade Black Rock Partners investering i den svenska sjukvården halvhög på hostmedicin och Citodon.

Oliver fick stressrelaterad psoriasis över händerna och i ansiktet. Han trappade absolut inte ner på takten, det enda som märktes var att han ständigt hade en tub salva på rummet.

Olivers mamma dog, han missade begravningen: det var closing i försäljningen av Hexval Englander AB.

Och hela tiden visste de att det inte skulle bli han, de planerade aldrig att göra honom till partner. De hade redan bestämt sig. De ville bara åt hans *commitment*, hans fakturerbara timmar. Hans liv.

År tio undrade Oliver vad som hände. De sa inget öppet. Men annonser från Ericsson och Investor började rinna till i hans e-postlåda.

Emelie jobbade med Oliver i några ärenden månaderna innan han slutade. Hans ögon var utan lyster, utslagen på hans armar och händer var blodiga. Han var trettiofyra år gammal, men såg ut som femtiofem.

Emelie rullade nedåt i tidslinjen på Philips Facebooksida. Han verkade inte ha varit så aktiv själv. På hans logg fanns inlägg från Stephanie, Ian Crona, Axel Nilsson, Carl Lewenskiöld och andra, ett besked från en grupp för cigarrfantaster, ett inlägg från en Louise Ericsson om att en våning på Östermalm hyrdes ut under våren, inlägg från olika bekanta om fester, utekvällar, jakthelger.

Det fanns mycket att göra här, gå igenom hans vänner, inlägg och meddelanden de senaste månaderna.

Hon gick in på hans privata inbox.

Ett antal meddelanden av samma karaktär som de på loggen. Fester, restaurangbesök, jaktweekends utanför Uppsala, champagneflaskor som beställts och skulle recenseras i efterhand, skämt om brudar som de raggat på, diskussioner om älgstudsare. Hon försökte förstå. DUBBELSTUDSARE, Italiensk, svs hammerless, fabrikat: Stanley Stoltz/Piotti, modell Extra Lyx, kal.470. 310 000 kronor.

Kanske var det någon som sålde till Philip. Avsändaren hette John Hamilton. Hon tänkte på att den här situationen upptäckts av pappan när han velat överraska med sin gamla bössa.

Sedan fastnade hennes ögon på ett meddelande. Det var skickat i mitten av januari. Avsändaren kallade sig Anton Antonson och hade ett fotografi på en albinokanin som profilbild.

Det stod: »Jag tänker på dig oftare än jag vill. Du är min, Philip. Vi två är för evigt sammanfogade. Nu har jag fått reda på ännu mer. Det måste sluta. Jag kommer till dig snart, Philip. Snart. Din/AA«

Hårddisken

Mats halvsatt med ryggdelen av sjukhussängen uppfälld. Hans ben och kropp var täckta av lakan, så Cecilia såg inte hur hans hud såg ut, men läkaren hade förklarat.

»Han har främst första gradens brännskador, blåsor och rodnad, men även andra gradens skador på händer och armar. Han ska ligga i torra rena lakan och vi ger honom viss smärtlindring med kylande gel. Framför allt

har han vad vi kallar inhalationsskador, han har andats in giftiga gaser och brandrök.«

Mats hade varit intuberad, dels på grund av skadorna i halsen och på slemhinnorna, dels för vätskeersättningens skull, men nu var slangarna borta.

Läkaren sa att han kunde drabbas av ångest och motorisk oro. Han hade lågt blodtryck och fick smärtstillande medel. Cecilia undrade vad motorisk oro betydde – han verkade vara som vanligt, men kanske att han andades lugnare.

Barnen tyckte inte om att bo på hotellet, den första dagens nyfikenhet över bubbelfunktionen i badkaret och de små chipspåsarna ovanför minibaren var över. De ville hem till sina leksaker och tevespel, och de ville träffa pappa.

Men det fanns inget hem just nu. Och frågan var om det fanns någon far heller.

Efter att ha lämnat Lillan på dagis första dagen efter branden, åkte hon ut till sjukhuset. Hon hade sjukskrivit sig resten av veckan, hennes arbetsgivare förstod, sa hon.

Mats sov hela den dagen, men framåt eftermiddagen var han vaken en kort stund.

De sa ingenting till varandra. Han hade antagligen för ont i halsen och dessutom var han fullproppad med smärtstillande.

Och hon?

Hon visste inte vad hon skulle säga.

Anade han vad hon sett i hans dator?

På en bricka bredvid sängen stod sjukhusmaten orörd och ett glas med saft. Cecilia höll glaset och såg hur han långsamt sög upp den röda drycken genom sugröret.

»Det är skönt för halsen«, sa han innan han lade sig ner och somnade om.

I dag mådde han bättre. Han var vaken när hon kom in i rummet på förmiddagen. Ett eget rum, som tur var. Sveriges forna stolthet sjukvården var inte mycket att hurra för nu för tiden. Det hade Cecilia fått erfara när hennes mor bröt lårbenet förra hösten. Hon hade fått dela rum med tre andra, varav två halvgalningar som skrek nätterna igenom. Och själva operationen fick hon vänta på i mer än tre veckor, dessutom gick den så dåligt att hon var tvungen att opereras om efter att ha väntat ytterligare en vecka.

Hon satte sig långsamt på stolen, den stod kvar där hon lämnat den i går, framskjuten bredvid sängen.

På väggen hängde en målning som föreställde en sjö med skog runtomkring. Solen gick ner över träden och himlen var röd-orange. Den kunde säkert inge ro hos många betraktare, men för Cecilia påminde färgerna på himlen om hennes mardrömmar.

Hon svalde. Hon hade funderat varje minut på hur hon skulle säga det här. Men just nu kändes det inte bara som att hon inte visste hur hon skulle formulera sig, hon kände att hon inte ens kunde prata.

Hon svalde igen.

De hade varit gifta i sju år, men ett par i tio. Han hade kanske inte varit den mest engagerade pappan, men alltid tillräckligt närvarande. Och alltid kärleksfull mot henne, även om sexlivet inte varit vad det var den första sommaren.

Mats tittade på henne från sängen.

»Hur mår du?« sa han med svag röst.

Hon måste säga det. Om det inte kom nu, var hon osäker på om hon någonsin skulle klara det. En tyngd pressade mot hennes bröst. Ett yttre tryck sänkte sig över hennes huvud. Det var som om hennes ansikte, panna, bakhuvud och mun var av metall. Ändå måste det komma nu.

»Jag såg din dator hemma när jag kom in i lägenheten.«

Ingenting i Mats blick.

»Den var uppfälld och jag såg bilder på skärmen. Och andra bilder i datorn.«

Han vände bort huvudet.

Cecilia hörde pipandet från någon alarmknapp ute i korridoren.

Mats sa: »Jag tror att det var de som satte eld på våningen.«

* * *

Han hade haft rätt. De kunde inte ha honom i lägenheten när han vrålade som en stucken gris. De hade klantat sig med tejpen och han hade lyckats skava bort den mot toalettlockets kant. Väggarna var tjocka här, och han visste att grannarna inte var lättstörda, men så som han skrek borde ändå risken finnas att någon av dem ringde på för att be om lite tystnad, eller helt enkelt ringde polisen. Alternativet för kidnapparna var att göra något åt situationen.

Det ingick också i hans plan.

Dörren flög upp, Philip hade inte ens hört nyckelljuden den här gången. Två personer kom in. Nu i rånarluvor i stället för märkliga scarfar över nedre delen av ansiktet, men antagligen var det Jokerfejset och den andra. Fast helt säker var han inte.

Den ena böjde sig ner och tog tag om hans ben, och Philip försökte slappna av. Spela lealös. Sedan kom den andra fram, när de såg att han var lugn, och tog tag i hans axlar. De bar honom. Ut ur badrummet. Genom hallen. De höll honom som en hoprullad matta, i varsin ända. Han kände hur de lugnade sig när de märkte hur borta han verkade. Han lät huvudet rulla fram och tillbaka som om han var packad på vin och hög på gräs samtidigt. Hans rumpa släpade nästan i marken.

När de öppnade dörren mot trapphuset attackerade han. Det var den mest lämpade platsen, där skulle förhoppningsvis någon granne höra.

Med en häftig rörelse drog han ihop kroppen och slet loss sina ben. Hans underkropp dunsade i golvet. Samtidigt tog han sats och sparkade med full kraft en av dem mot smalbenen. Kidnapparen snubblade bakåt, och Philip kunde också dra loss sin överkropp, han dråsade i golvet med hela kroppen. Armarnas konstiga vinkel smärtade, men han kunde inte tänka på det nu. Han rullade runt och hamnade på knä på golvet.

De skrek inte. Men han såg på hur de rörde sig att det här stressade dem.

Han började ropa igen.

»Hallå, hallå, de har kidnappat mig! Hjälp. Hjälp!«

Den första kom tillbaka och försökte få ett grepp om hans överkropp. De ramlade in i hallen. Den andra rörde sig bakom Philip och han såg i ögonvrån hur dörren slängdes igen.

Han fortsatte att skrika. »Hjälp, hjälp. Ring polisen. Någon. Hjälp!«

Den första låg på rygg, och höll på att resa sig. Men innan kidnapparen var uppe kastade sig Philip fram med överkroppen och skallade mot personens haka. Han kände hur hans pannben slog in i något som inte var lika hårt.

Kidnappare nummer två slängde sig över honom bakifrån och försökte få ner honom på golvet.

Philip krängde med kroppen. Stötte med benen.

Han var vild.

Han var förvånad över att han inte tappat balansen.

Aldrig igen. De skulle inte ta honom.

Kaos.

En av dem slog honom i huvudet.

Han såg stjärnor. Golvet sviktade.

Ändå var han starkare än han själv trott. Definitivt mer alert än de hade anat. Utan drycken i kroppen som de försökt tuta i honom.

Kidnapparen slog honom igen.

Det såg ut som en batong.

För brutala – de var för brutala.

Och han – han var som en mask i jämförelse. Buntbanden hindrade alla möjligheter till flykt.

Han kände deras armar överallt. Som kvällen när de hade tagit honom. Den tysta effektiviteten. Målmedvetenheten.

De stoppade in något i hans mun, tejpade över den igen och drog något över hans huvud.

Han fick panik. Kände hur näsan rann, hur han ville hosta, spy upp trasan i munnen.

De släpade honom nedför trapporna.

Han andades häftigt.

Kräktes. Hans gom fylldes av spya. Baguettebitar, vatten, magsaft.
Han trodde hans huvud skulle sprängas. Han försökte sparka.
Han svalde.
De tryckte ner honom i något, kanske en baklucka.
Han spydde igen. Det sprutade genom näsborrarna.
Frätte.
Han grät. Hulkade.
Försökte banka med fötterna mot insidan.
Hyperventilerade.
Han låg hopkrupen. Som en fälld och passad rådjursbock.
Nej, det fick inte sluta så här.
Någon måste ha sett vad de gjort.
Han tog sats, sparkade igen.

*

»Han tyckte nog att det var pinsamt, det skulle jag ha tyckt i alla fall«, sa Carl-Johan. »Så därför berättade han antagligen inget för oss.«

Teddy hade fortsatt fråga vad de visste om misshandeln. Det var inte mycket.

I stället ställde han några frågor om systern. Hon bodde tydligen i London och jobbade på något laboratorium. Hon var tre år yngre än Philip. De lovade att de skulle ordna telefonnummer och mejladress till henne, men de ville inte i nuläget att vare sig han, Emelie eller Magnus tog kontakt.

Teddy försökte diskutera Philips ekonomiska situation.

Carl-Johan sa: »Ja, du kan ju läsa artikeln i Aftonbladet.«

Teddy reagerade. »Har det varit skriverier om Philip?«

»Inte överdrivet mycket. Men för ungefär tre veckor sedan hade de en löpsedel om att 'Dessa är de rikaste under fyrtio i din stadsdel'. Det var en sån där fruktansvärd lista på människor som lyckats, deras förmögenheter och i vilken församling de var skrivna. Det där är idioti, det är tidningen och alla som vill läsa sån skit som bär skulden för det som har hänt nu.«

»Känner Magnus och Emelie till det här?«

»Ja, ja.«

»Och hur stor är Philips förmögenhet?«

Då tyckte Catharina uppenbarligen att det blev för närgånget, hon sa: »Sånt där är det bättre om Magnus tar tag i.«

När han pratat klart med föräldrarna visste han inte vart han skulle ta vägen. Vardagsrummet hemma hos Dejan var inte ett värdigt alternativ just nu och även om Magnus Hassel hade sagt att han kunde få använda ett rum på advokatbyrån kändes det som ett fullkomligt overkligt ställe att hålla till på.

Emelie hade sagt att de skulle träffa familjen Schales bankman i dag, men Teddy visste varken när eller var. Det var en privat grej han ville göra först, så egentligen var det bra med tid över.

Han gick ut på Narvavägen samtidigt som han försökte ringa Magnus och Emelie, utan att nå dem.

Det var kanske lika bra det. Han behövde fundera lite. Frågan var om han ens ville prata mer med den där stöddiga lilla juristtjejen. Hon verkade ta honom för begåvningshandikappad, när det i själva verket var hon som inte ens förstod grunderna i det här.

De hade mött honom båda två på advokatbyrån. Magnus leende var så brett att Teddy först trodde att han just vunnit högsta vinsten på triss, sedan insåg han att högsta vinsten antagligen inte var så värst mycket pengar för en sådan som Magnus. Han var bara glad att Teddy var där.

Magnus hade bett honom skriva på ett sekretessavtal och innerligt skakat hans hand.

»Jag är så tacksam, Teddy.«

Sedan lämnade han honom med Emelie.

Hon rätade till en bunt papper som låg framför henne på bordet.

»Magnus vill att du och jag sköter det här.«

»Jag har förstått det.«

»Men du ska främst rapportera till mig, så kan jag diskutera åtgärder med honom.«

»Så förstod jag det inte riktigt.«

»Nej, men så är det. Nu tänkte jag berätta för dig vad det handlar om. I femton minuter, sen ska vi åka till Schales och träffa dem.«

»Okej.«

»Och du, en grej till. Magnus förväntar sig stordåd.«

Teddy började promenera ner mot vattnet och Hotel Diplomat, ett av ställena som Philip tydligen brukade vara på.

Han svängde vid Djurgårdsbron och fortsatte på Strandvägen. På ett tak arbetade snöskottare, och killarna som stod nere på gatan för att bevaka att snön och isklumparna inte rasade ner på förbipasserande skrek upp på spanska. Teddy kände till den här branschen inifrån; efter ett antal tokigt snörika vintrar hade det blivit *big business* att skotta tak. Och det var inte en jävel av de här timarbetande snubbarna som ville skatta bort halva sin lön. På kåken hade vissa så kallade sofistikerade busar knappt sysslat med annat än att planera upplägg för svartjobbarna. Sätta upp bolag efter bolag, skicka falska fakturor så att takskottarbolagen hade en kostnad att visa upp i bokföringen, köra runt pengarna i världen, Estland och Dubai, sedan ut med samma kostnad ur fakturabolaget i kontanter och vidare i kuvert till snubbarna. Tvättbolagen tog femton procent av den totala omsättningen. En nederbördsrik vinter blev det snabbt lika mycket deg som snö.

Nu måste han försöka ringa sitt eget samtal, och faktiskt öppna munnen. Han hade aldrig lämnat meddelande på hennes telefonsvarare. Däremot hade han tänkt ut säkert tjugo olika saker han ville säga.

Han kunde hennes nummer i huvudet.

Signalerna gick fram.

Sedan kom en röst. »Sara.«

Ingen telefonsvarare, nu var det på riktigt.

Han hörde ett svagt brus i telefonen.

»Hallå?« sa Sara. »Är det nån där?«

Bruset i telefonen tilltog, eller var det i hans huvud?

»Det är jag, Teddy.«

Bruset var kvar. Sara var tyst.

»Hur mår du?«

Hon andades mellan varje ord. »Jag mår bra.« Lång andningspaus. »Hur är det med dig?«

»Jag har muckat.«

»Ja, just det, du är ute nu. Härligt eller?«

»Livet leker nästan.«

»Det kan vara så.«

»Ja.«

»Ja.«

»Mmm.«

»Okej.«

»Du, jag ville bara höra att allt var bra med dig.«

»Allt är bra. Jättebra.«

»Bor du kvar i Stockholm?«

»Absolut, i Solna. Det är lugnt här, men ändå nära stan.«

»Det låter bra.«

»Ja.«

»Vad jobbar du med då?«

»Inget just nu. Men, Teddy?«

»Ja.«

»Jag vet inte hur jag ska säga det här på ett snyggt sätt, men jag lever mitt liv nu. Du och jag var för länge sen och jag måste ... jag måste be dig att inte ringa mig så här igen. Kan du lova mig det?«

»Vadå?«

»Att du inte hör av dig igen.«

»Jag vet inte ...«

»Jo, det måste du lova.«

»Kanske, jag ville bara kolla läget.«

»Bra, och läget är bra med mig. Och jag hoppas detsamma med dig, verkligen.«

»Ja.«

»Jag måste sluta nu. Hej då.«
»Hej då.«

Det ringde på den fasta telefonen.

Magnus lyfte på luren. Sedan tittade han på var och en i rummet.

»Patric Öhrn, bankmannen, är här nu. Han kommer upp om några minuter.«

Mötesrummet på Leijon advokatbyrå var större än det Teddy suttit i senast. Mitt på bordet stod en högtalartelefon och några anteckningsblock låg utspridda. Stuckaturen i taket var tjock och den modernistiska taklampans mässingsarmar hängde ner som snötyngda grenar från ett träd.

Magnus hade ringt in Teddy för en halvtimme sedan, och det hade inte tagit honom mer än tio minuter att promenera hit.

Han satt bredvid Emelie som satt bredvid Magnus. Bänkad på andra sidan satt en man som bara presenterat sig som Jan från säkerhetsbolaget Redwood Security. Han hade inte sagt sitt efternamn.

Jans mun påminde om ett streck som någon ritat med hjälp av linjal. Runt armen hade han en robust klocka och den blå skjortan och kavajen var för skrynklig för att sitta på en kontorsslav, ändå tillräckligt propra för att göra ett korrekt intryck. Han luktade så mycket exsnut att det hade känts på en kilometers avstånd.

Jan blängde på Teddy som om han var en smittsam sjukdom.

Magnus sa: ”Jan här kommer att vara vårt operativa stöd ute på fältet. Sen har Redwood också placerat en man hemma hos familjen Schale.”

”Vi brukar göra så, för att de ska känna sig trygga och ha fullt stöd dygnet runt”, fyllde Jan i.

”Ser ni en riskbild mot resten av familjen?” frågade Emelie.

Jan tittade ner i sina papper som om han inte hört henne.

Teddy tänkte att han verkade vara lika grinig mot Emelie som mot honom.

Dörren öppnades och en späd man som såg ut att vara i fyrtioårsåldern kom in. Det var Patric Öhrn. Klädd i det förväntade, en kritstrecksrandig kostym, vit skjorta och en lila slips med små djur på. Han gick runt bordet och skakade hand med alla.

»Tack för att du kunde komma in så fort. Vill du ha lite kaffe?« frågade Magnus.

Bankmannen såg uppenbart obekväm ut, han vred sina händer och tittade från den ena till den andra. Teddy kunde bara tänka sig hur han kände. Han med sina fina kunder och så kallade vinstmässiga portföljer. Nu hade han hamnat mitt i Teddys före detta värld.

Fast bara kanske – Teddy fick påminna sig om att det ju faktiskt enkom var på grund av den här mannen som de över huvud taget misstänkte brott.

Magnus förklarade kort vilka de var, men han sa inget närmare om ärendet i övrigt.

»Du har redan gått igenom det här med bankens ledningsgrupp, förstår jag.«

»Ja, nu precis innan jag kom hit. Jag skulle aldrig ens funderat på att tala med utomstående om våra kunders angelägenheter annars. Vi iakttar alltid högsta diskretion för våra kunders räkning. Det gäller i alla lägen.«

»Bra, men familjen har öppnat för det här.«

»Ja.«

»Och som du förstår kan detta röra sig om att en viktig kund är utsatt för mycket allvarlig utpressning av nåt slag. Du förstår att min klient, det vill säga familjen Schale, inte vill blanda in polisen i det här läget?«

»Jag är informerad om det, ja.«

»Och så vitt jag förstår av Claes är ledningsgruppen på banken också införstådd med detta.«

»Ja.«

»Men de är inte införstådda med detaljerna i ärendet.«

»Nej.«

»Bra, då är allt som vår huvudman vill ha det. Får jag be att du skriver under det här.«

Magnus sköt över ett papper mot bankmannen. Teddy såg inte vad det var, men antog att Patric Öhrn lovade tystnad, eller på annat sätt garanterade att vad han sagt stämde.

»Jag kan tyvärr inte skriva på, är jag rädd. Jag kan inte binda mig vid annan sekretess än den vi har i banken. Jag följer bankens regler och kundens önskemål.«

Magnus verkade inte ta det så hårt. »Då får jag prata med Claes senare.«

Det var uppenbart att Magnus hade personliga kontakter i banken, som han inte tänkte tveka att utnyttja.

»Berätta nu vad som hände«, fortsatte han.

»Jag blev alltså uppringd av Philip Schale i morse. Jag har varit chef för hans och även hans familjs *private banker-team* i ungefär fem år, men de har varit hos banken mycket längre än så. Vi hjälper dem med den långsiktiga kapitalförvaltningen, en hel del skattefrågor och praktisk hantering som till exempel köp av fast egendom. När det gäller mer aktiva placeringar har framför allt Carl-Johan hjälp av en annan rådgivare. Philip sa att han behövde göra ett uttag på sexton miljoner kronor för att köpa en våning.«

»Finns samtalet inspelat?«

»Ja, som tur är, vi spelar in de flesta samtal.«

»Fint, kan vi lyssna på det nu?«

Patric såg något mindre spänd ut. Han plockade upp en dator ur sin väska och ställde upp två små högtalare på bordet. Han klickade på några program och det susade i högtalarna.

»Hej, det är Philip.«

»Nämen tjenare, Philip, hur mår du?«

Teddy kände knappt igen Patric Öhrns röst, den var så mycket ljusare och gladare än nu.

»Jag mår okej. Hur är det med dig?«

»Finfint.«

»Jo, jag ska fatta mig kort ... ehhh ... jag har hittat en fantastisk våning som jag vill köpa. Verkligen läcker, precis vad jag har letat efter. Och det är bråttom, om affären ska gå i lås måste jag betala omedelbart. Så jag skulle vilja att du hjälper mig att få fram likvida medel så fort som möjligt.«

»Absolut, vad trevligt. Var ligger våningen, om man får fråga?«

»Ehh ... Karlavägen. En vindsvåning med femton meter lång takterrass, helt underbar. Och jag har redan skrivit på kontraktet, så nu finns ingen återvändo, he he.«

»Toppen. Hur mycket ska jag föra över?«

»Sexton miljoner.«

»Sexton miljoner?«

»Yes.«

»Men alltså, hur stor är handpenningen som ska föras över nu?«

»Det är ingen ... ehh ... handpenning. Det här är en så unik deal att jag betalar hela köpeskillingen på ett bräde. Sexton miljoner. Och Patric, det måste ske snabbt, annars torskar jag den här våningen.«

»Jag förstår. Det ska väl gå att ordna. Skulle du kunna skicka en kopia på kontraktet bara. Dra ett mejl med en pdf, så tar jag tag i det här på direkten.«

»Kopia på kontraktet, behövs verkligen det?«

»Jag tror att det är bäst, vi brukar ta in det vid våningsköp.«

»Ja, men det är ... brådis nu, Patric. Kan jag skicka det senare?«

»Du kan väl kolla hur fort du kan få fram en kopia? Det vore ändå bäst.«

» ... men kan du föra över i dag?«

»Säkert, skicka kopian bara, så fixar jag allt.«

»Okej, jag ordnar det. Inga problem. Men under tiden kan du få kontonummer så att du kan förbereda allt. Det här måste gå fort, förstår du.«

»Det ordnar jag. Vart ska pengarna?«

Teddy noterade ett avlägset ljud i bakgrunden, det lät som motorbuller, en lastbil eller liknande som startade.

»Det är ett konto i Bank of Ayudhya, i Thailand.«

»Bank of Ay...?«

»A-Y-U-D-H-Y-A. Kontonumret är 384993443-332. IBAN är 43844934.«

»Oj, kan du upprepa det är du snäll.«

»Kontonummer: 384993443-332. IBAN: 43844934.«

»En gång till, snälla.«

Philip gick igenom siffrorna ytterligare en gång.

»Fint. Det är lite pappersfix bara, men det bör inte ta lång tid. Då väntar jag på kopian på kontraktet, då.«

»Jag ska ordna det.«

»Toppen, då säger vi så. Och grattis till våningsköpet!«

Patric Öhrn slog av sin dator.

Det uppstod en tystnad i rummet, som om ingen av dem visste vad de skulle säga.

Efter en stund sa Magnus: »Bra att du bad om kontraktet, mycket bra.«

»Jag vet inte, men det var nåt som inte stämde, det kände jag redan då. För det första så har Philip just flyttat, han köpte en våning på Östermalmsgatan för mindre än ett år sen, jag hjälpte honom då. För det andra så tyckte jag att upplägget lät konstigt, jag har aldrig hört talas om ett våningsköp där man erlägger allt på en gång. Man tecknar kontrakt, binder sig genom att betala handpenning, sen betalar man själva köpeskillingen i samband med att man får tillträde till objektet. Allt annat är ju idiotiskt. Dessutom har han inte sexton miljoner i likvida medel och det vet han om. Han skulle ju givetvis kunna få fram summan, men då måste han sälja värdepapper eller annat och det brukar han inte vilja göra.«

Patric Öhrn gjorde en paus och petade ut en prilla från överläppen, sedan plockade han upp en dosa, öppnade locket och lade in en ny. Det var General Classic, Teddy såg hur hans fingrar blev kladdiga av snuset. Han tänkte: Advokater som får ut mastuppkopplingslistor och private bankers som snusar. Sverige har förändrats.

»Har det kommit nåt kontrakt?«

»Nej, inte än.«

»Har du fört över några pengar till det där thailändska kontot än då?«

»Nej, för av en slump ringde Carl-Johan mig en kort stund senare i ett annat ärende och jag sa 'vad kul, jag hörde att Philip ska köpa en större våning', och då förklarade han att det hela antagligen var ett misstag och nu sitter jag här med er.«

Emelie hade antecknat frenetiskt under samtalet. »Tack Patric, får jag ställa ytterligare några frågor?«

»Inga problem.«

»Har det skett några andra anmärkningsvärda betalningar från Philips konton på senaste tiden?«

»Inte vad jag kan minnas. Men han är ju en, hur ska jag uttrycka mig, spenderare. Ibland köper han en bil, ibland annat. Men jag tittar ju inte i detalj på hans kontoutdrag, det är hans ensak.«

»Kan ni få information från Bank of Ayudhya om vem som är kontoinnehavare?«

»Egentligen inte, är jag rädd, Sverige har inte såna avtal med Thailand. Jag har redan kontrollerat den saken med vår Asian desk.«

»Jag förstår. Kan ni se om det gjorts några misslyckade försök att föra över pengar de senaste dagarna?«

»Ja, jag tittade på det och kunde notera att han försökt tömma sitt konto genom att använda bankdosan och skicka pengarna till samma thailändska konto. Men vi har olika spärrar för sånt när det rör större belopp. Dels måste man ange kontoinnehavaren, vilket måste bekräftas av den utländska banken, dels är det en fördröjning på några dygn. Så han fick bara över nitton tusen euro, det är gränsen innan spärrarna slår till.«

Magnus och Emelie fortsatte att ställa frågor om vad Patric visste om Philips olika affärsverksamheter. På det stora hela kände han inte till några detaljer om någon av investeringarna.

När de var klara tittade sig bankmannen omkring som om han väntade på tillstånd att få gå därifrån.

Magnus sa: »Då så, stort tack för att du kom. Och du förstår, som sagt, känsligheten i detta.«

Patric Öhrn nickade, reste sig och strök ut vecken på sina byxor. »Det är inte kul det här.«

Magnus penna fladdrade mellan hans fingrar som en fjärilsvinge.

»Jag skulle vilja veta några saker till, om det går bra«, sa Teddy.

Patric stod kvar.

Magnus penna föll ner på bordet.

»Hörde du nån annan människa i bakgrunden? Jag kunde inte höra det, men du kanske hade bättre ljud.«

»Inte vad jag tänkte på. Jag tror att ljudkvaliteten är ungefär densamma.«

»Nån som pratade eller viskade, eller nån annan röst på nåt sätt?«

»Ehh, kanske, tror inte det. Jag är inte säker.«

»Och hur uppfattade du Philip? Jag känner ju inte honom, men kan du berätta igen, så detaljerat som möjligt, om det var nåt som var märkligt med honom?«

Patric stönade tyst. »Det är svårt, jag brukar inte tänka på sånt. Men kanske var det som att han sökte efter orden, som om han dröjde för länge med det han sa. Jag tycker man kan höra det när han snackar om kontraktet. Sen är han nästan sluddrig i talet också, jag får ju be honom upprepa kontonumret i Thailand flera gånger.«

»Om jag säger att jag tror att nån drogat honom, skulle det kunna vara så?«

Bankmannen svettades i pannan.

»Ja, jag tror att du har rätt. Precis så lät han.«

När Patric Öhrn gått därifrån satt de kvar en stund och diskuterade vägen framåt. Magnus delade ut telefon- och mastuppkopplingslistorna som Emelie fått ut. Jan, exsnuten som ville vara hemlig, sa: »Hur fick du ut dem, mastuppkopplingslistorna alltså? Såna får de bara lämna ut till polis- eller tullmyndigheten.«

Emelie log ett snett leende och sneglade på Magnus.

»Vi biträdde Telephonica när de togs från börsen i våras. Alla inom management fick fina incitamentsprogram. Eller hur, Emelie? Man kan säga att de var skyldiga oss en gentjänst.«

Teddy tänkte på att de inte ens känt till att de här listorna fanns förrän han berättat det. Men han sa inget.

Sedan berättade Emelie om det konstiga meddelandet hon hittat i Philips Ipad.

»Det fanns också en del arga meddelanden från Kevin Andersson«, sa hon.

»Vem är det?«

»Kevin är grabben som kom på Pixel Flow. De gjorde båda en fin ekonomisk resa där, det var bara det att Philips var ungefär sjutton gånger bättre än Kevins.«

Teddy gjorde en mental notering medan Emelie berättade om Philips första investering.

Samtidigt kände han hela tiden instinktivt att det var något som lirade falskt här, något som inte stämde. Han visste inte vad det var – mer än att det var något.

På kåken

De fick varsitt smeknamn. Emma kallade de för Fixaren och Sara blev Färskingen.

Fixaren eftersom Emma ändå fixat skivan.

Färskingen för att hon kändes just som det, Sara var en riktig nybörjare.

Teddy och Tagg hade fått varsin PET-flaska med öl till midsommar. Det betydde egentligen inte så mycket mer än att de fått känna beskan i sina munnar för första gången på åratal. Loke hade i och för sig bryggt egen öl i en skurhink gömd i tvättstugan för två månader sedan, men det var så vidrigt att det var tveksamt om det ens kunde klassas som en dryck.

Det som betydde något var gesten.

Men bara från Emma.

När de stått där i korridoren och frågat om den lilla tjänsten hade hon inte slagit ner blicken en sekund, ögonen hade gnistrat.

»Jag kan nog ordna nåt till er på midsommarafton. Lättöl är ju inget man blir full på.«

Sara däremot hade tittat ner i golvet. »Nä, men Emma, jag tror inte att vi borde ...«

Efter någon minut hade Sara vänt på klacken och gått därifrån. Emma tittade efter henne och försökte förklara.

»Jag har jobbat på Kumla tidigare, men Sara, hon är ju helt ny och läser på universitet och så, hon förstår inte så mycket.«

Efteråt hade Tagg velat att de skulle kalla henne Bitchen eller Grinfittan, men fick någon i plitledningen reda på ett sådant öknamn kunde det bli strul. Medlingssamtal, kuratorbesök, och i värsta fall indragna förmåner som till exempel kiosktillståndet, tillgången till bokvagnen. Det var onödigt.

Två veckor senare frågade de Emma om hon kunde fixa en laddare till en mobiltelefon. Tagg hade fått en minimal Samsunglur insmugglad under ett besök för några veckor sedan, men utan laddare. Batteriet behövde fyllas på nu.

Hon ordnade det på mindre än två dagar.

Veckan därpå tog hon in en usb-sticka, hon var den enda som inte verkade fatta att den var proppad med hårdporrfilmer som de använde låne-Xboxen för att flukta på i timmar.

Ytterligare någon vecka senare plockade hon in ett inplastat kuvert. Det innehöll tjugo gram röka och Tagg och Teddy skyllde på kraftig förkylning för att kunna ligga inne på rummet hela dagen, höga som fjortonåringar som prövar för första gången.

Sara däremot såg de inte mycket av. Hon jobbade som vanligt, det visste Teddy. Han skymtade henne genom spegelglasen in till vaktrummet, såg henne genom luckan på celldörren när det var dags för stängning på kvällen och försökte heja på henne när hon kom förbi en av verkstäderna. Men aldrig tillsammans med Emma, alltid med andra plitar.

Det var en varm dag på rastgården i slutet av juli. Tagg satt på isol som straff för att de hade upptäckt att han hade haft mobiltelefon och laddare gömda i en urgröpning i sängstommen i sitt rum. Loke hade gemenskapstjänst i köket.

Fängelsegården var en uppdelad plats som vanligt. MC-gängens killar höll sig mest till varandra men var inga omöjliga typer, Teddy var vän med några av dem. Syrianerna var likadana, helst snackade de med varandra, men de var inga dåliga snubbar. De fattade att det fanns en värld runtomkring dem, dessutom kände Teddy en hel del folk från Södertälje. Araberna och gambianerna höll sig mer på sin kant, de sistnämnda talade ofta risig svenska trots att de kunde ha varit här i åratal och skött horse-businessen. Det fanns andra gäng också: Black Cobra, Lejon, Original Gangsters och så vidare. De flesta var unga killar som hade lång väg kvar att gå innan de lugnat ner sig tillräckligt. Sedan fanns de serbiska serberna, det vill säga de som inte snackade svenska, och andra utlänningar, litauerna, ryssarna. Slutligen de ensamma halvgalningarna. Farsan som slagit ihjäl sin dotter för att hon inte ville gifta sig med någon tjugo år äldre man i hemlandet, snubben som dragit en kniv i sin sambos nacke för att hon vägrade berätta var spriten låg gömd. De hörde inte hemma någonstans, de borde sitta på andra anstalter.

Teddy satt på en av bänkarnas ryggstöd och njöt av solen. Det var hans favoritplats, över östra muren kunde man se trädtoppar, fortfarande med djupgröna friska blad. Om några månader skulle han få sin första permis. Han skulle få se hela träd, inte bara topparna.

»Hej, vad tänker du på då?«

Han vände sig om. Det var Sara som på något sätt gått fram till honom utan att han hört eller sett henne. Vad gjorde hon här? Att plitar knallade runt på rastgården ensamma hörde till ovanligheterna, några månader tidigare hade en kriminalvårdare till och med blivit grovt misshandlad här.

»Jag njuter av sommaren och drömmer mig bort.«

Saras axlar såg spända ut. Hennes hår satt uppsatt med hårspännen längs sidorna. Hon stod kvar mitt emot honom utan att säga något.

Teddy såg att hon hade ett litet asiatiskt tecken tatuerat bakom ena örat, det hade han inte noterat tidigare.

»Har du gaddat dig nyligen?«

»Nej«, sa hon och log, »men jag brukar ha håret över.«

»Vad betyder det?«

»Det är kinesiska och betyder mod.«

»Betyder det att du *behöver* mod, eller att du *har* mod?«

»Både och, tror jag. Bara att jobba här tycker jag tyder på visst mod. Men sen behöver jag extra styrka också ibland, när jag ska göra svåra saker.«

Hon mötte hans blick för länge för att det här bara skulle vara en normal konversation.

»Ni måste sluta be Emma om saker.«

Teddy hasade ner på bänkens sits. »Vad pratar du om?«

»Du vet vad jag pratar om. Hon har blivit er åsna, och det kan bara sluta på ett sätt.«

»Vad bryr du dig om det? Det är inte din business om Emma vill vara vänlig mot oss eller inte.«

»Det är visst min business. Jag känner henne och hon är min vän. Hon vill inte det här egentligen. Hon vill bara ha bra stämning på jobbet och bli omtyckt. Men du ska veta att hon har kämpat för det här arbetet, hon har drömt halva sitt liv om att få jobba inom kriminalvården. Skulle hon torska på de här grejerna är hon körd.«

Teddy reste på sig. »Du måste lära dig en sak om livet i den del av världen som jag kommer ifrån. Varje människa ansvarar för sina handlingar, och det är ingen annans sak att lägga sig i. Förstår du? Den enkla principen har alltid gällt här inne.«

Han började gå därifrån.

Sara stod kvar, men han hörde henne säga: »Teddy, du förstår vad jag pratar om. Jag vet att du håller med mig innerst inne. Sluta med det ni gör. Om inte för Emmas skull, så för min.«

Långt där borta, över östra muren, såg han fortfarande det högsta trädets topp.

* * *

De svarta sätena i de röd- och guldfärgade båsen var antagligen av fejkläder. Kristallkronorna som hängde i taket och över den breda balkongkonstruktionen var förmodligen också på låtsas och borden var säkert egentligen från Ikea men svartlackerade. Man hade monterat ishinkar för champagne och andra kylda flaskor i dem. Bardisken var över tolv meter lång med ljusa hyllor längs väggen och spritflaskor som lystes upp bakifrån. Whiskyns bärnstensglans, curaçaons gröna sken, cassisens mörkröda nyans.

Tagg hade varit ute längre än Teddy, så han hade bättre koll på stan. Han hade förklarat att på natten var den här klubben Stockholms mest eftertraktade. Den hette Clara's.

Men nu, klockan tre på eftermiddagen, när stället var stendött, såg disken minst sagt trött ut. I taket lyste de små strålkastarna som bleka stjärnor och svängdörrarna gnisslade när de öppnades.

Tagg sa redan när de klev in att han tyckte krognissen som stod och torkade av kring flaskorna såg töntig ut.

Teddy kunde hålla med. Killens panna var skrynklig som på en pensionär trots att han inte kunde vara mer än tjugofem. Dessutom hade han ett fånigt armband av flätade läderremmar runt handleden, fast det såg de inte förrän han kom nära, så därför var det rynkorna som störde honom från början.

Tagg väste: »Man får inte en andra chans att göra ett första intryck här i världen – den här killen kör ett vem-tror-du-att-du-är-fejs. Och det är inte okej.«

Krognissen gick in bakom den långa baren. Han hade en trasa i ena handen och sin mobil i andra.

Teddy gick fram. »Hej, du jobbar här, antar jag?«

Bartendern kollade på honom och rynkade pannan ännu mer.

»Ja, men vi har stängt nu.«

»Jag förstår, men jag tänkte bara ställa lite frågor, om det är okej. Inget konstigt.«

»Jag tror det är bättre att ni kontaktar Daniel Yalda, han är informationsansvarig här hos oss.«

Teddy stod kvar någon meter från baren. Tagg viskade i hans öra. »Gå fram, Teddy, närmare, gå fram.«

Men Teddy sa bara: »Bra, då ska jag ringa honom senare. Men det är så att det här är väldigt brådskande, så nu när vi är här kanske jag kan ställa några frågor till dig?«

Krognissen vred huvudet åt ena sidan, ungefär som om han stretchade nacken. Han svarade inte.

Teddy hade ringt Tagg för fyrtio minuter sedan och frågat om han kunde följa med. Det var första gången de sågs sedan Teddy kommit ut. Han skämdes över att behöva ringa så här och be om en tjänst.

»Jag tror att jag kan behöva lite backup, skulle du kunna hänga med? Det vore jättegulligt, det tar inte mer än en halvtimme.«

»Teddy, jag är född gullig.«

Och nu stod de här. Teddy hade gått in först, han frontade, han tog inte ett nej för ett nej, han försökte pressa den här lilla killen på andra sidan bardisken, på samma sätt som Tagg antagligen förväntade sig.

»Jobbade du här den näst sista helgen i januari?«

»Som jag sa, det är bättre om ni vänder er till vår informationsansvarige.«

»Men du kan väl bara svara på om du jobbade då?«

»Jag vet faktiskt inte.«

»Men ni har väl ett schema?«

»Det har vi.«

»Vem sköter det då?«

»Det gör jag, för det mesta.«

»Så du har hand om schemat, men vet inte om du jobbade den näst sista helgen i januari? Hör du inte hur det låter?«

»Okej, okej, jag tror att jag jobbade då.«

»Jobbade du på lördagen?«

Snubben lyfte upp mobiltelefonen. »Nu ringer jag snart vår ordningsvakt så får ni gå härifrån.«

»Alltså, det här är viktigt ...«

»Jag orkar inte med dig längre, jag har sagt vad som gäller. Gå nu.«

Då klev Tagg fram. Teddy hann inte stoppa honom.

»Du är ju bara för mycket, min kompis tar inte sånt här. Tror du han ska slicka dina skosulor också eller? Lite värdighet kan du fan visa en människa som suttit inspärrad i åtta år.«

Krognissen nonchalerade honom. »Stick härifrån nu. Båda två.«

Teddy gick runt bardisken.

På insidan stod glas, skålar med lime och citroner, en större mixer, ett ställ med knivar, och vid vasken shakers, stavmixers, juicesilar och ännu fler bargrejer. Dessutom hinkar för kylda champagneflaskor.

Han tog tag i krognissens skjorta och tryckte upp honom mot bardisken.

Han stirrade in i hans ögon.

Krognissen blängde tillbaka.

Teddy kände hur adrenalinet pumpade.

Ett knä i magen på den här jiddrande jäveln, tänkte han. En dansk skalle över näsan.

Han drog bak huvudet. Tog sats. Förberedde sig på blodet som skulle spruta.

Sedan släppte han taget. Han darrade i hela kroppen. Vad hade han just varit nära att göra?

Han backade, tog två steg tillbaka.

Men det var försent. Tagg hade klivit upp bredvid honom. Och han höll en shaker i handen.

Han slog med full kraft shakern i krognissens rynkor.

Killen föll ner på golvet.

Han skrek, men Tagg lyfte upp honom och hyschade med ett finger för munnen.

»Håll käften nu.«

Nissens ögon var uppspärrade. Han blödde från näsan. Tagg rev av en bit papper från en rulle som stod i närheten och gav killen att trycka upp i ena näsborren.

Teddy lade en hand på hans axel. »Ta det lugnt, för fan.«

Tagg struntade i honom. Han tyckte väl att det var dags för Teddy att komma tillbaka till verkligheten.

Tagg tog tag om killens kinder.

»Nu tar du och svarar på min väns frågor.«

Killen väste något. »Du är för fan sjuk i huvudet. Jag säger ingenting. Du kommer att råka illa ut för det här.«

Tagg klämde åt om kinderna på honom. »Du får softa ner. Och om du inte svarar på frågorna så blir jag tvungen att göra en liten cocktail, är jag rädd.«

Han tog tag i killens hand samtidigt som han öppnade locket på mixern.

Nissen fortsatte vara stöddig. »Du skulle inte kunna lura ett barn med det där.«

Tagg svarade inte utan pressade in något slags spärr som gjorde att han kunde köra mixern utan lock. Sedan tryckte han på knappen. Mixerns knivblad gick igång med ett ihållande surr. Killen ryckte i sin hand.

Teddy tog tag i Taggs arm. »Vi släpper det här nu, Tagg.«

Han ryckte loss sin arm och sköt undan Teddy med sin fria hand. »Vänta, det här går fort.« Han vände sig mot nissen. »Till skillnad från dig, min vän«, sa han och höll stenhårt i krognissens handled, »är jag ingen skådespelare.«

Och då brast det för killen. Hans gråt kom okontrollerat, han pep och slet i sin hand. Och Tagg släppte.

Han hade vunnit.

»Berätta nu bara.«

Nissen satte sig ner på golvet och lutade ryggen mot bardisken. Han andades tungt. Rynkorna var där igen.

*

Rymningsförsöket hade verkligen gått åt helvete. Ändå hade han inte låtit en tår falla i panik sedan dess. Han hade inte ens vikt sig dubbel och hulkat i sitt eget knä.

Rispan i kinden hade blivit till en tunn sårskorpa. Och han kände faktiskt knappt av fingret, det borde vara cirka ett dygn sedan de klippte av det. Kanske var det pillrens förtjänst. Han var så pass förtrogen med olika smärtstillande preparat att han förstod att det var något sådant de slängde in, och med bra krut i. Kanske Citodon eller Tramadol. Eller så var det bara att den dunkande smärtan avtagit på samma sätt som med ett vanligt skrubbsår, fast en tredjedel av hans lillfinger inte längre fanns.

Han visste inte mycket om den nya platsen dit de flyttat honom. Ett mörkt rum som var kallt och luktade som om dörren varit stängd för länge. Och trägolv.

Samtidigt som de slitit av honom det han hade för ögonen och munnen och slängt in några piller och en baguette, hade han sett sig omkring. Han låg på en madrass. Här fanns inga möbler, inget fönster vad han kunde se, ingenting på väggarna förutom några plankor på ena kortsidan. Ingen kran som han försiktigt kunde dricka ur.

De hade åkt någon knapp timme innan de släpat ut honom. Men vid det laget hade han varit så pass groggy att han inte mindes mycket.

Han hade inte hört dem prata i bilen, kanske satt de tysta eller så viskade de till varandra där framme. Det enda han förstått var en kommentar från den som han trodde var Jokeransiktet när de öppnade bakluckan.

»Nu är jag fan glad att det här har tagit tid, annars skulle vi inte ha kunnat fixa det här stället.«

Han måste hålla sig lugn, fick inte falla igenom och börja skrika och banka i väggen som han gjort i lägenheten. Papperet runt fingret skulle lossna och blodet skulle börja spruta igen. Han skulle dunka sitt huvud mot dörren tills han inte orkade mer, och han behövde ransonera sina krafter.

De hade inte bemödat sig om att tejpa hans mun här. Alltså måste det vara ett ställe där ingen kunde höra honom.

På något sätt var han förvånad över att han klarade det här. Men kanske fanns det i honom. Kanske var det han upplevde nu inte så främmande, inte så annorlunda från det som han upplevt då, förr.

Och pillren.

Han visste inte exakt hur gammal han varit. Men det var någon gång i sjuan eller åttan. Gymnastiklektionen hade hållits utomhus den dagen, på Östermalms IP:s fotbollsplan. Det var en fin plan, välskött gräs med riktiga fotbollsmål. Ändå var fotboll något som de flesta av hans kamrater egentligen inte brydde sig om. Fotboll var på något sätt för pöbeln.

Men Philip gillade det. Kanske inte så mycket att spela själv, men Djurgårdens matcher på Stadion lockade alltid. Nästa termin hade han tänkt skaffa säsongskort.

De var svettiga när de återvände till duschrummet. Tjejerna hade sprungit stafetter i stället, vid sidan av planen.

Philip, Calle, Axel och en till kille pratade om *American Pie*. The Stifmeister var så rolig. De fattade inte allt, men de älskade filmen ändå.

De duschade snabbt. Stämningen var som vanligt: lite pisksnärtar med handdukarna, några knuffar på det hala golvet, många, många bögskämt.

Sedan kom Ian in i omklädningsrummet. Han hade inte varit med och spelat. Han var förkyld, hade han förklarat för Lasse, gymnastikläraren. Förkyld – vad var det för skitsnack? Ian var aldrig med på idrottslektionerna, alltid hade han någon ursäkt.

Axel hade tjatat om det redan innan. »Om du är så jävla fin att du ska vara ledig, varför kommer du in här då?«

»Jag är inte ledig, jag kunde bara inte vara med och spela.«

»Är du sosse eller?«

Klen, snobbig, sosse.

»Bring out the gimp!« ropade Axel.

Axel, Carl och Philip grabbade tag i Ian, slet ner honom på golvet, släpade in honom i duschutrymmet där de var utom synhåll om någon skulle öppna dörren till omklädningsrummet. Philip stod i dörröppningen till duscharna. En kort sekund tänkte han att det var synd om Ian. Men nej, han fick ju egentligen bara vad han bad om.

Axel och Carl höll ner honom på det blöta golvet, han skrek, hans kläder blev våta. Men han var för klen, den jäveln. Calle slet av honom shortsen.

Philip sa: »Axel, hämta din sprej.«

De höll fast honom. Han grät, hulkade. Axel kom tillbaka med en sprejdeodorant. Philip tog den.

»Vi måste tydligen lära dig lite saker.«

Ian vrålade.

Philip sprejade med deodoranten. I ansiktet, på kuken, in där bak.

Han såg Ians uppspärrade ögon titta upp på honom från golvet.

Det var inte första gången, och inte sista. Det visste han.

De var tvungna att läxa upp Ian.

*

Teddy satt ensam i ett av advokatbyråns mötesrum. Den halvätna pastasalladen tänkte han inte avsluta. Magnus hade låtit en sekreterare hämta den till honom, men den smakade faktiskt värre än kåkmat.

Han väntade på Emelie och tre kamrater till Philip som tydligen blivit ombedda att komma dit av Carl-Johan.

Framför sig på bordet hade han de utskrivna telefon- och mastuppkopplingslistorna som han suttit med de senaste timmarna, men tankarna vandrade åt andra håll.

Krognissen, som hette Robin, hade börjat prata efter att Tagg gett sig på honom ordentligt. Han tänkte också på sin egen reaktion. Hur nära han hade varit att släppa kontrollen.

Robin hade berättat att det hade hänt en grej efter stängning på lördagen den näst sista helgen i januari. De tände alltid ljusen och stängde av musiken prick klockan fem, annars fick de problem med myndigheterna.

Just den natten hade en kille som han kände igen sedan tidigare bänkat sig med en flaska öl i ett av båsen. Robin försökte få iväg honom – det hände att han fick tillkalla vakterna för att köra ut bångstyriga gäster.

Till slut hade han lyckats övertala killen, Robin skulle hjälpa honom till en taxi.

Ute på gatan stod några människor. Robin hade inte hunnit uppfatta mycket mer än att de attackerade killen. Han gick ner på alla fyra, men ställde sig sedan upp. Robin höll sig en bit bort. Sedan hade de marscherat iväg med honom bort längs Birger Jarlsgatan.

»Ringde du polisen?«

»Nej, faktiskt inte, vi vill inte ha massa dålig uppmärksamhet i närheten av klubben. Men jag följde efter dem på avstånd. Och jag såg hur de höll på borta vid Nybroviken. Efter typ en kvart stack killarna därifrån och jag gick fram. Då stod killen där ensam.«

Själva misshandeln hade ju Philips föräldrar redan känt till. Men det här med Nybroviken var nytt, det lät konstigt.

»Verkade killarna känna honom?« frågade Teddy.

»Ingen aning.«

»Övervakningskameror, finns det?«

»Ja, det finns, men inspelningarna raderas efter fyrtioåtta timmar. De sparas bara om polisen begär det.«

»Okej. Så vad gjorde du sen?«

»Jag bara väntade. Killen var benhård på att han bara ville ha en taxi. Så jag stannade tills han hoppat in i en bil för att åka till sjukhuset. Han behövde nog sy ett stygn eller två över ögonbrynet. Kanske fixa näsan också.«

»Kom han till sjukhuset då?«

»Ja, det tror jag.«

Teddy vände sig om mot Tagg. »Han ljuger om nåt, den här lilla jäveln, det är nåt han inte säger.«

Tagg reste på sig.

Robin stönade. »Nej, snälla. Jag glömde säga att han stod på isen när jag kom dit.«

»Va?«

»Ja, de måste ha tvingat ut honom på isen. Helt jävla livsfarligt, alltså, eftersom den var jättetunn. Så jag lade ut räddningsstegen till honom, den stod bredvid biljettbåset.«

Isen, tänkte Teddy, och att de väntat på honom utanför.

Det här var inte bara en vanlig gatumisshandel.

Dörren öppnades och Emelie kom in.

»De är där nere nu«, sa hon och satte sig ner.

»Hans vänner?«

»Ja, hans vänner och affärspartners. Allt på samma gång. De verkar vara ett tajt gäng, de här killarna.«

Teddy tyckte att hon nästan verkade uppsluppen. Han undrade om hon fått fram något av intresse och skulle precis fråga när det knackade på dörren igen. Emelie reste sig, samtidigt som hon pekade på Teddys sallad. »Är du klar med den där?«

Hon slängde den i papperskorgen åt honom, och öppnade sedan dörren.

Männen som klev in hälsade alla på Emelie och Teddy med fasta handslag. De satte sig ner på andra sidan bordet.

De måste undra vad det här handlade om.

Den som presenterat sig som Ian hade roströda manchesterbyxor och en mörkblå kavaj med en gul näsduk i kavajfickan. Håret låg slickat bakåt i en perfekt frisyr där varje hårstrå verkade ha kammats individuellt.

Axel, den andre av männen, var klädd i en kritstrecksrandig kostym, med vit skjorta och blå slips som såg ut att vara av ylle, slipsknuten var perfekt. Teddy själv hade kanske haft slips på sig vid fem tillfällen i livet, mammas begravning var det som kom upp först i minnet.

Den tredje killen, Carl, hade mörkblå kostym men ingen slips. Hans skor glänste i belysningen från de små strålkastarna i taket. Teddy undrade hur han kunde hålla dem så fräscha med tanke på snöslasket utomhus.

Han antog att de alla jobbade med pengar på ett eller annat sätt.

Emelie tog till orda. »Det här kanske verkar lite konstigt, att ni blir hitkallade på det här sättet. Men vi är glada att ni kunde komma med så kort varsel. Jag heter alltså Emelie Jansson.« Hon sköt över tre visitkort och några papper till var och en av dem.

Teddy iakttog de tre unga männen. De lyssnade uppmärksamt på Emelie, samtidigt som deras ansikten var väldigt avslappnade, som om det hon berättade inte rörde dem. Brickan med kaffekoppar och vattenglas stod framför henne. De hade alla tackat nej, de ville väl härifrån så fort som möjligt.

Emelie berättade som det var, att Philip var försvunnen sedan ett antal dagar, de visste inte exakt hur länge, och att de misstänkte att ett brott låg bakom. Sedan bad hon dem skriva under handlingen som hon just gett dem.

De tre männen satt fortfarande tysta, men nu verkade de ta in vad hon sagt, deras miner var mer spända.

Axel lyfte på huvudet efter några sekunder.

»Det är ju fruktansvärt. Vet ni mer om vad som har hänt?«

»Tyvärr kan jag inte gå in på det. Det vi vill diskutera med er är om ni vet nånting.«

»Jag fick faktiskt ett sms från Philip, i förrgår tror jag att det var, att han är sjuk, typ halsfluss.«

Ian instämde. »Jag har fått ett liknande meddelande.«

Axel spärrade upp ögonen. »Så vad kan *vi* göra?«

»Ni ska inte göra nånting«, fortsatte Emelie. »Bara informera oss om ni vet nåt som kan vara av intresse, hålla ögon och öron öppna efter sånt som kan vara viktigt. Och om ni får frågor om var Philip är nånstans så har han åkt till Spanien för att golfa.«

»Men han är ingen golfare.«

»Men nu säger vi så.«

Philips tre vänner tittade upp på Emelie, med något som Teddy inte kunde tolka som annat än förvåning i ögonen.

»Är det nån mer som ni känner till som undrat vart Philip tagit vägen?« fortsatte hon.

Axel tittade på sin klocka, den var stor, kanske var det en Rolex. Han verkade beräkna hur mycket mer tid han hade att ge det här mötet.

»Jag vet i alla fall ingenting som kan vara till nytta för er. Jag har inte tänkt på nåt konstigt den senaste tiden. Däremot undrar jag om ni har pratat med hans flickvän, Stephanie?«

Emelie satt med armarna i kors. »Nej, inte vi. Hon är bortrest.

Men Carl-Johan eller Catharina har ringt henne och berättat att Philip åkt iväg till Spanien där det är dålig täckning på mobilen. Det är extremt viktigt att det här inte läcker till media och förstör möjligheterna att hitta Philip.«

Axel gjorde ett smackande ljud med munnen.

»Jo, men när löser ni det här då?«

Teddy böjde sig långsamt fram över bordet.

»Vi vet inte. Och vi förstår dig, Axel, det här är inte lätt. Men kan jag få ställa några frågor till er?«

Han väntade inte på svar. »Var du eller nån av er med Philip den 11 eller 12 februari?«

»Ingen aning«, sa Axel.

»Men vad tror du då?«

»Jag vet faktiskt inte.«

»Har du ingen kalender?«

»Jo, men jag skriver väl inte ner exakt allt privat umgänge jag har.«

Teddy böjde sig fram över bordet och tog tag i Axels hand. Killen ryckte till, men det var ingen idé. Teddy höll honom stenhårt och stirrade honom stint i ögonen. Axel grimaserade, men sa inget. Teddy såg uttrycket av smärta i hans ansikte och han kände benen i Axels fingrar knaka.

»Det vore bra om du kunde anstränga dig lite.«

Emelie satt stilla.

Axel böjde sig också fram över bordet, för att minska spänningen i handen.

»Jag vet ju inte vad jag gjorde då«, nästan kved han.

»Men du kan kanske kolla i kalendern ändå, så kanske minnet friskas upp av andra saker du gjorde den dagen.«

Ian och Carl satt knäpptysta bredvid. De tog upp sina mobiltelefoner och började bläddra i dem. Teddy tänkte: om de här killarna var Philips bästa vänner, då hade han inga vänner.

Han klämde åt lite till. Axels ansikte såg blekt ut.

»Nu får vi lugna ner oss«, sa Emelie med överdrivet tydlig röst.

Teddy släppte greppet. Axel drog hastigt tillbaka sin hand och masserade den med andra handen.

»Jag var i London den helgen på en svensexa. Och Axel, du var med då«, sa Carl snabbt.

»Bobos sexa, just det. Då vet ni det.«

Ian pillade på skärmen på sin telefon. »Jag tror inte jag var med Philip de dagarna heller.«

Teddy tänkte inte kommentera Emelies inhopp. Han koncentrerade sig på de så kallade kamraterna.

Han sa: »Min nästa fråga är om det var nån av er som var med honom på lördagskvällen näst sista helgen i januari?«

De tre killarna på andra sidan bordet plockade fram sina mobiltelefoner igen.

Axel såg ut att anstränga sig att minnas. »Jag har inget i kalendern, men vi var ute på kvällen den 18 januari, faktiskt. Jag kommer ihåg det nu. Jag har ett sms här från Phippen, vid ett-tiden den kvällen: 'Kom till gubbrummet.' Det måste vara Sturecompagniet.«

»Gick ni nån annanstans efter Sturecompagniet?«

»Nej, vi stannade där till stängning.«

»Och var gick Philip sen då?«

»Hem, antar jag. Och då åkte han på stryk, det berättade han för mig senare.«

»Jo, vi känner till det. Vad exakt berättade han?«

»Inte mycket.«

Axel redogjorde kort för vad Philip berättat, innan han sa: »Jag vet inte mer om den där händelsen.«

»Men hur visste Philip att gärningsmännen var från Södertälje?«

Axel himlade med ögonen. »Hur ska jag veta det. Han sa så bara.«

»Så senast du såg honom var vid klockan fem, vid stängning?«

»Ja.«

»Men Sturecompagniet stänger väl vid tre?«

»Eh, ja, det kanske det gör.«

»Så såg du honom vid tre eller fem?«

»Vi gick till ett annat ställe, efter att Sturecompagniet stängt.«

»Vilket var det då?«

»Jag kommer inte riktigt ihåg.«

»Det här var ju bara några veckor sen.«

»Ja, men du vet, jag är ute ofta. Jag tror att vi gick till Clara's, vip-rummet.«

»Men Clara's släpper inte in folk efter klockan tre. Jag har pratat med en krognisse där.«

Det var något som inte var som det skulle, inte bara att den här Axel slirade när han berättade.

Axel suckade. »Okej, jag ska vara helt ärlig. Jag hade druckit mycket. Jag minns inga detaljer från den kvällen. Tyvärr.«

De andra killarna och Emelie blängde på honom.

Teddy hörde det dämpade ljudet av ett samtal som måste pågå i något av de angränsande mötesrummen. Det gick inte att höra vad som sades.

Dörren öppnades och Magnus klev in. Han tittade sig omkring och uppfattade ögonblickets tystnad.

»Hej hej. Magnus Hassel heter jag. Jag är ledsen att jag är sen.«

Teddy ignorerade honom, och det verkade Magnus märka för han väntade med att kliva fram och skaka hand.

Teddy sa: »Hur berusad var Philip?«

»Inte så. Inte som jag.«

»Hade han tagit droger?«

Axel mötte Teddys blick. Hans ögon var gröna och klara. Teddy tänkte på Linda, hon brukade säga att man kunde utvärdera människor på deras ögon. Han visste vad hon skulle ha sagt om Axel – han hade inte snälla ögon, inte alls.

Axel sa: »Jag vet inte. Ingen aning.«

»Då så, då har jag inga fler frågor«, sa Teddy och lutade sig tillbaka.

Stämningen lättade något i mötesrummet. Magnus gick runt och hälsade på Philips kamrater.

Men Teddy hade en viktig sak kvar att klara av.

Han ställde sig upp och tog tag i vattenkaraffen. »Kan jag bjuda på nåt att dricka?«

Han kände Emelies blick bakifrån, hon hade ju redan erbjudit dem vatten och kaffe. Men Teddy väntade inte på svar utan hällde upp vattnet i tre glas. Sedan stod han kvar och tittade uppfordrande på de unga männen. De tog alla varsin klunk från sina glas, Teddy föreställde sig att de åtminstone blev lite stressade av att han vägrade sätta sig förrän de druckit.

Magnus förklarade kort ungefär samma sak som Emelie redan gått igenom, på typiskt delägarmanér – upprepa det redan sagda men på ett mer myndigt sätt.

Allt kändes bra igen. Nästan.

Men Teddy visste. Något var fel.

De rundade av mötet, och Emelie följde dem ut.

Teddy började samla ihop deras glas och lade vart och ett av dem i varsin plastpåse som han hade hämtat i receptionen.

Klockan var åtta.

*

Vad hade den där idioten Teddy för problem, tänkte Emelie, medan hon visade Philips tre vänner vägen ut. När de varit hos Carl-Johan och Catharina Schale hade han ju uppenbarligen förmått anpassa sig, men inte nu.

Varför kunde han inte ha låtit henne ta hand om de här killarna, människor som hon garanterat förstod sig bättre på än han? Teddy var bara en unken kåkfarare som varit borta från verkligheten i åtta år. En förvuxen förortsgangster som aldrig, vare sig före eller efter att han åkt in i fängelse, skulle vinna förtroende hos Philips vänner. Även om de var unga så var de några att räkna med i det här samhället. Teddy var mindre än en nolla i jämförelse.

Dessutom riskerade han att skapa så pass dålig stämning att de gick till polisen eller vägrade samarbeta, trots att de kanske visste eller fick reda på något som kunde vara viktigt. Hon måste ta upp det med Magnus så snart tillfälle gavs. Och så fort hon fick tid tänkte hon beställa ut domen mot Teddy. Den borde vara offentlig, även om den säkert låg i något dammigt arkiv.

Hon väntade tålmodigt medan Axel, Carl och Ian tog på sig sina galoscher, kashmirhalsdukar och mörkblå och grå rockar som hängde i besöksgarderoben. De skakade hennes hand innan de till sist tog på sig sina handskar i peccaryskinn. De sa inte mycket, de hade förstått att från och med att de trädde ut ur mötesrummet skulle det inte pratas öppet om det här ärendet på något sätt.

Axel sa: »Jag hör av mig om jag kommer på nåt.«

Han öppnade hissdörren och klev in, Carl följde efter.

Ian vände sig mot de andra två. »Å nej alltså, jag tror att jag glömde min mobil där inne. Gå ni, så hörs vi sen. Jag måste ändå iväg till kontoret igen efter det här.«

Teddy och Magnus satt kvar i mötesrummet när Emelie och Ian kom in. Hennes blick for snabbt över bordet och golvet, men hon såg ingen mobiltelefon.

Ian gjorde ingen ansats att leta efter någon heller.

»Jag berättade inte allt när de andra var med«, sa han i stället.

Han hade deras odelade uppmärksamhet nu.

»Jag vet varför Philip trodde att de som misshandlade honom den där helgen i slutet av januari kom från Södertälje.«

»Du kan väl slå dig ner en stund?« sa Teddy.

Ian hängde rocken över stolen och satte sig tungt.

»Jag var med Philip tidigare under kvällen. Axel var också med. Phippen stannade kvar själv på Clara's. Eller själv och själv, han känner många där, så han är aldrig ensam. Sen ringde han mig dagen efter och berättade om det där.«

»Vad hade hänt?«

Ian berättade ungefär samma sak som Robin, krognissen gjort.

Men sedan sa han: »Det hängde ihop med nåt annat, tror jag. Philip sa att han hade fått skumma telefonsamtal några gånger. Nån som ringde och hotade, skrek och gapade om att han skulle åka på stryk.«

»Visste han varför?«

»Jag tror att det hade med nån tjej att göra.«

»Nån tjej?«

»Ja, de var förbannade för att han pratat med nån tjej, och det fick han inte göra, för det var deras tjej. Och hon kommer från Södertälje. Ungefär så.«

»Vet du vem det var?«

»Ingen aning. Men de hade träffats fler gånger, tror jag.«

»Hur träffades de?«

»På krogen, antar jag.«

»Kan Axel eller Carl veta?«

»Det tror jag inte. De vet nog bara om att han åkte på smäll, men inte det där med tjejen.«

Ian fortsatte berätta så gott han kunde om vad Philip sagt. Det var olika okända personer som ringt honom dagarna innan, och det hade rört sig om två, tre samtal.

Emelie satt spänd som en fiolsträng, livrädd att Teddy skulle börja köra samma korsförhörsstil som han nyss gjort med Axel. Kanske borde hon bryta in och styra upp det här. Eller så borde Magnus göra det.

»Det är en annan sak också«, sa Ian.

»Vad?«

»Jag har också fått hot. Och nu när ni har berättat om vad ni tror kan ha hänt Phippen så blir jag riktigt orolig.«

»Berätta mer.«

»Jag har fått två obehagliga telefonsamtal. I det första var det nån som pratade på, om ni ursäktar, blattesvenska, som bara ringde och skrek. Ungefär, 'vi ska knulla din morsa, vi ska knulla din morsa'. Jag försökte fråga vad problemet var, då gapade han ännu mer, 'din svenska horunge, din fega jävel', och så vidare. Jag orkade inte lyssna, ärligt talat så tänkte jag att han hade ringt fel. Men sen kom ett till samtal några dar senare, det här var i slutet på januari, och då var det nån som pratade lugnare. Jag vet inte om det var samma person, men fortfarande nån som inte kunde snacka ren svenska. Det hette att jag och min äckliga vän skulle dö, att de skulle skära olika kroppsdelar av oss. Vi stod på deras lista. Och för ungefär en vecka sen blev det otäckt. När jag kom hem hade nån lämnat en påse med avföring i mitt brevinkast. Alltså, för mig är det uppenbart nu att de här samtalen hänger ihop med vad som har hänt Phippen.«

»Pratade du med Philip om det här?«

»Lite grann, vi skämtade mest bort det. Men att jag fick en påse med skit vet han inte om, för nu är han ju försvunnen. Och jag borde ha polisanmält alltihop, det inser jag ju.«

Nu klev Magnus in i samtalet. Han ställde följdfrågor om när samtalen kommit, hur långa de varit, om det fanns några nummer, men Ian sa att båda gångerna hade det varit dolt. Han frågade om Ian sparat brevet och påsen men Ian sa att han slängt båda två. Magnus undrade om Ian visste vem det kunde vara som låg bakom det här.

Ian bara skakade på huvudet och Emelie tyckte att hon för första gången såg rädsla i hans ögon, de liksom spärrades upp. Det var som att han fick hålla tillbaka något. Kanske en rysning, kanske tårar.

»Jag har ingen aning. Men du vet, jag träffar mycket folk i mitt jobb, jag träffar mycket folk på krogen. Jag är alltid artig och trevlig, men vem vet, ibland kanske nån uppfattar mig som överdrivet självsäker eller kaxig. Jag är inte alltid jättenykter när jag är ute. Men det är ingenting jag vet, det är bara teorier.«

De fortsatte att ställa frågor till honom. Om han hade berättat det här för någon annan, om han fått några andra märkliga meddelanden, på Facebook, sms eller mejl, om han upplevt att någon blivit förbannad på honom i något annat sammanhang de senaste månaderna. Ian svarade nekande på allt.

»Alltså, vad vet ni om vad som hänt Phippen egentligen? Det här känns inte bra alls för mig heller. Jag vet inte vad jag ska göra, borde jag skaffa bevakning eller lämna landet?«

Magnus försökte lugna honom. »Vi vet inte exakt än. Och du måste vara vaksam, jag kan rekommendera Redwood Security om du vill ha hjälp. Men för allt i världen, gå inte till polisen ännu.«

Han reste på sig, det var dags att avsluta det här mötet. Ian ställde sig också upp. Men han tog inte på sig rocken omedelbart. Han bara stod där, tyst, med nedslagna ögon, och en kort sekund tyckte

Emelie att det såg ut som att han svajade till, som att han skulle falla och slå i golvet.

Teddy reste också på sig och gick fram mot Ian. »Du, jag har en fråga till.«

Emelie undrade vad som skulle komma nu. Allt hade ju gått så smidigt hittills.

»Varför ljuger Axel om kvällen då Philip blev misshandlad?«

Ian vände upp ansiktet. »Jag kan bara komma på en anledning.«

»Vad?«

»Jag tror faktiskt inte att han ljuger.«

»Men han vill inte redogöra för vad ni gjorde.«

»Axel var inte bara full den där kvällen. Han var hög som en giraff på kokain och säkert en massa annan skit också. Jag tror inte ens han minns att han varit med Philip. Han vill hellre mörka det än att berätta om sina problem.«

*

Snön låg hårt packad på trottoaren, men på sina ställen, där värme läckte ut från huskropparna och stuprännor droppade vatten, var den förvandlad till is – livsfarliga fläckar för pensionärer, oppmärksamma fotvandrare eller stroppar som valde att gå i läderskor med tunn sula trots väderförhållandena. Sådana kryllade det för övrigt av här utanför advokatbyrån, fast klockan var nio på kvällen.

Teddy gick mot tunnelbanenedgången. Mycket hade hänt i dag, samtidigt hade bara en sak hänt i *hans* liv – samtalet med Sara. Och nu var han på väg till Dejans soffa liksom.

Eller var han det?

Han klev av vid Solna centrums tunnelbanestation, och gick mot den bortre uppgången. I rulltrappan stod han still och lät sig föras upp ur djupet, ur de mörka tunnlarnas värld, utan att försöka tänka på någonting. Blå linjen låg längst ner i Stockholms tunnelbanenät, rulltrapporna därifrån var alltid långa.

Reklamen visade bilder på de senaste telefonabonnemangsformerna. Fria sms, fria samtal, fri surf, sammanfattningsvis: total frihet – bara du låser dig vid oss i 36 månader.

Utanför stationsbyggnaden stod de röda bussarna uppradade, chaufförerna frös i sina förarsäten i väntan på att tidtabellerna skulle ge dem rätten att stänga dörrarna och bege sig ut på Solnas gator.

Teddy insåg att han hade tagit fel uppgång, han hittade inte här. Och för en kort sekund ångrade han det här infallet, han borde ha åkt hem till Dejan i stället.

Efter att Philips kamrater hade gått hade han, Emelie och Magnus suttit kvar en halvtimme och summerat dagen.

Teddy hade egentligen velat ta upp Emelies beteende, hur hon lagt sig i hans hantering av Axel, men han höll igen. Den lilla juristen var ingen som skulle få störa honom, trots att hon var en bitch av rang och uppenbarligen en jättefärsking på den här typen av jobb.

Huvudspåret i kidnappningsdramat var naturligtvis isincidenten, men han hade känt det tidigare, något var konstigt. Varför skulle man slå och nästan dränka en kille för att sedan återvända fyra veckor senare och kidnappa honom? Varför inte kidnappa honom direkt i så fall. Det verkade också onödigt riskfyllt att tvinga ut någon på isen mitt i centrala Stockholm – visserligen på natten, men ändå. Så jobbade i vart fall inga proffs. Han undrade om det här *bara* rörde pengar.

Det fanns också något annat i det här – någonting. Philips så kallade vänner höll inne med information. De litade inte på varandra. De litade inte på honom. De litade inte ens på Magnus.

Teddy kollade på A4-sidan han hade i handen, det var en kartbild som en receptionist på byrån hjälpt honom att skriva ut. Här någonstans måste det ligga. Enligt internet bodde Sara nu för tiden i en villa. Det lät olikt henne, Teddy hade ett minne av att hon sagt till honom att hon älskade staden, att hon skulle törsta ihjäl utan möjligheten till en hygglig cappuccino.

Snön var vitare på Tottvägen, men de hade plogat upp den i små vallar som såg ut som extra trottoarkanter.

Nummer sju. Teddy stannade till.

Han stod på andra sidan gatan och blickade mot tvåvåningsvillan med ett vitt staket runt. Fasaden var i rödmålad puts. Det lyste i fönstren på undervåningen och han såg krukväxter och gardiner.

En vindil blåste genom villaområdet, Teddy drog upp luvan på sin jacka. Han frös, darrade i hela kroppen. Samtidigt var han osäker på om det bara var kylan som påverkade honom.

Då såg han henne. Sara.

Hon hade klippt av sig sitt långa hår men i övrigt var hon sig lik. Den tydliga näsan, de fylliga läpparna och den höga pannan.

Hon gick av och an och bar på något. Först såg Teddy inte vad det var. Sedan insåg han att hon hade ett barn på armen, en liten baby, han försökte bedöma åldern. Kanske var den ett halvår gammal. Barnet klamrade sig fast vid henne och hon gungade det stilla fram och tillbaka. Hennes mun rörde sig som om hon sjöng något.

Sedan vände hon på huvudet och tittade mot honom.

Han log mot henne där han stod ute på gatan och undrade vad hon tänkte. Hon verkade inte bli rädd, fortsatte bara att se rakt på honom. Men hennes blick var frånvarande, den liksom gick rakt igenom honom.

Då förstod han att Sara inte alls upptäckt honom, antagligen såg hon bara sin egen spegelbild, eller mörkret utanför.

Sedan skymtade han under några sekunder en man längre in i rummet.

Mannen pratade med Sara, såg det ut som, för hon vände sig bort från fönstret.

Han lade armen om hennes rygg och tog sedan barnet i sin famn.

De försvann båda längre in i huset.

Mörkret vällde fram.

Han måste bort.

*

När hon satte nyckeln i överlåset märkte hon att det redan var upplåst. Emelie undrade om hon glömt låsa i morse, eller om det var någon som öppnat det senare.

Hon ställde ner sin väska och sköt försiktigt upp dörren. Halllampan var tänd och så hade hon definitivt inte lämnat det när hon gick.

När hon kom in i hallen förstod hon på ljudet vad det var fråga om. Felix satt i soffan och framför honom på soffbordet stod hans dator uppfälld. Hon visste vad han gjorde, han var galen i en fantasyserie som hette *Game of Thrones* och det var den som rullade på skärmen nu. Hela säsongen låg på en usb-sticka som han fått från en kompis som laddat ner den från nätet. För några veckor sedan, när Felix pratat om serien, använde han ordet kärlek för att beskriva sina känslor.

Det fanns få saker som Emelie var mer ointresserad av än fantasy. Möjligen science fiction då – till och med vampyr- och erotikgenren lockade mer. Men det spelade i och för sig ingen roll. Hon hade aldrig tid med teveserier, hur mycket alla än snackade om *Girls*, *Mad Men* eller *House of Cards*.

Hon satte sig bredvid honom i soffan. Det knakade lätt om den, den hade ingått i arvegodset från mormor, en Carl Malmsten i rosa tyg som egentligen behövdes bytas eftersom det var så slitet.

»Vad gör du här?«

»Jag tänkte bara utnyttja att du i onsdags gav mig nycklarna hit för första gången.«

»Felix, du måste gå hem.«

Han pausade filmen mitt i en scen genom att trycka på mellanslagstangenten. På skärmen stod en dvärgvuxen man i riddarrustning och höll i ett svärd och såg fånig ut.

»Men varför då? Du sa ju att vi skulle sova ihop i natt?«

»Det hade varit mysigt, verkligen. Men jag måste jobba.«

»Nu?«

Klockan på datorn visade 23.34.

»Ja, nu.«

»Men kan jag inte bara sitta här och vänta på dig då? Jag kan se ett avsnitt till, inga problem. Jag kan kolla hela natten på den här serien.«

»Nej, det är ingen idé. Jag måste jobba, jag har svinmycket att göra.«

»Men kom igen, det är lugnt. Jag tycker bara att det är trevligt att jag har fått nyckeln. Jag kan gå och lägga mig själv medan du jobbar, så äter vi mysig frukost i morgon.«

»*I'm sorry*, men det funkar inte.« Hon lade handen på hans lår. »Jag kan inte jobba över huvud taget om du är här. Vi kan väl ses till helgen i stället?«

Emelie satte sig i köket och spred ut papperen och föremålen framför sig.

Hon hade varit i Philips våning på Östermalmsgatan i går. Redwood hade varit där tidigare samma dag och gjort sin brottsplatsundersökning.

Hon hade arbetat sig igenom rum för rum.

Vardagsrummet och köket hade gått fort. Det fanns knappt några bestick, tallrikar eller köksredskap i köket. Emelie tänkte att Philip nog oftast åt ute. Vardagsrummet var sparsamt men elegant möblerat. Den stora sammetssoffan, en fåtölj i gammalt läder och ett soffbord i glas under vilket det låg ett antal magasin: Icon, Café, Veckans Affärer och ett antal utländska: Vanity Fair, Wired, Forbes.

Det var Carl-Johan som hade varit där och öppnat för henne, de hade satt in ett nytt lås efter att de brutit upp dörren. Han satt kvar i köket.

På golvet låg en stor enfärgad beige matta. Teven var på minst 60 tum, och såg tunnare ut än den vita målarfärgen på väggen. Det hängde två enorma inramade fotografier där inne, ovanför soffan. Det ena föreställde Kate Moss från sidan, naken, endast iförd boots. Det andra var mer obskyrt, en mörk skog med en rödklädd flicka längst ner i bilden.

Hon gick in i arbetsrummet.

En rad med spotlights i taket, en golvlampa – AJ – som stod bakom en fåtölj och en liten rund lampa som såg ut som ett glödande klot i den inbyggda bokhyllan.

På väggen satt ytterligare ett stort svartvitt fotografi. Det föreställde fyra bistra män som kom gående på en strandpromenad. De var klädda i ljusa kostymer och slips, men alla runtomkring satt i badkläder. USA – sextio- eller sjuttiotal. Kanske var mannen i mitten en relativt ung Frank Sinatra.

För övrigt fanns i rummet ett vitt skrivbord i modernt snitt, en skrivbordshurts på hjul och en skrivbordsstol som påminde om Magnus ultraavancerade multifunktionsstol. Bordsytan var i princip helt ren så när som på ett inramat fotografi och ett pennställ.

Hon började titta igenom bokhyllan. På den översta hyllan mest Lee Child-deckare och Leif GW Perssons böcker. På de undre var det fullt av engelsk managementlitteratur, entreprenörshistorier och ekonomiböcker. Hon drog ut några av dem och ögnade igenom titlarna: *The Effective Executive*, *The Power of Full Engagement*, *The Machine that Changed the World*.

Hon såg också ett antal jakt- och vapentidningar och i en hylla låg en Djurgårdshalsduk och en DIF-keps.

På det understa hyllplanet stod en stor Iphonehögtalare från Bang & Olufsen som såg ut som ett torn med balkonger högst upp. Själva telefonen saknades, det hade Jan redan berättat för henne.

Hon vände sig mot skrivbordet. Hon drog ut lådorna i hurtsen och tömde dem. Radade upp laddare till mobiltelefoner och datorer, lösa papper, pennor, tändare, gem och häftklamrar, ett pass, porträttfotografier på Philip – antagligen för att användas i pass eller till id-kort – tre par Ray-Ban-solglasögon i olika modeller, visitkort, kvitton, två klockor – en grön och en blå – båda av märket Triwa, och två klocketuier. Emelie öppnade dem. I det ena låg en Cartierklocka i platina. Det andra etuiet var tomt, men det stod Patek Philippe med silvriga bokstäver på utsidan.

Hon tittade på föremålen som hon lagt upp på skrivbordet. Hon visste inte vad hon letade efter, men hon visste att hon måste söka grundligt.

Hon tog upp fotografiet i handen. På ramen syntes damm.

Kortet måste vara taget i Alperna någonstans. Philip satt i en blå uppknäppt skaljacka med solglasögon i pannan och lutade sig bakåt. I bakgrunden syntes snö och åkare i grälla färger. Han var röd i ansiktet, tydligen hade han inte skyddat sig mot solen tillräckligt. Det kunde inte vara hans första dag på resan. I handen höll han ett glas öl.

Sedan skruvade hon upp belysningen till max och böjde sig ner och tittade bakom bokhyllan, under hurtsen och fåtöljen. Hon rullade till och med upp mattan och inspekterade listen längs med golvet. Ett av Johnny Swanells tips: var noggrannare än noggrann. När du tycker att du kollat allt, kolla på ett nytt ställe.

Hon tittade ner i papperskorgen. Där låg några papper som såg ut som reklam. Hon tog upp dem och lade dem bredvid de andra sakerna hon hittat.

Philip verkade inte förvara mycket här.

Emelie gick in i sovrummet som hon passerat tidigare. Fönstret var stort, gardinerna fördragna. Sängen var bred och hade ett överkast med mönster efter The Union Jack. Hon tände de små AJ-lamporna som var av samma snitt som golvlampan i arbetsrummet. På det ena nattygsbordet låg några tuber med hudkrämer. Emelie tänkte på Jossan.

De inbyggda garderoberna gick från golv till tak och på golvet låg en heltäckningsmatta. Hon kom på sig själv med att tänka att det var en bra idé för sovrum – mysigt liksom.

Bakom sig hörde hon ett ljud. Hon vände sig om och såg Carl-Johan stå där och titta.

»Hittade du nåt i arbetsrummet?«

Hon kunde inte avgöra om hans blick var nyfiken eller kritisk.

»Nej, jag tror inte det. Men allt måste gås igenom noggrant, även om Jan redan har varit här. Jag måste nog rota lite här inne också. Och det kan ta en stund.«

Carl-Johan slog ut med armen. »Gör vad du vill.«

Han stod kvar.

Det luktade parfym i sovrummet, kanske hade flickvännen lämnat kvar några kläder.

Emelie öppnade garderoberna, en efter en.

Hon hittade inget förutom exklusiva kläder.

Hon vände sig mot Carl-Johan.

»Det kanske är bäst om jag får jobba själv en liten stund.«

Pappan vände och gick tillbaka till vardagsrummet. Han mumlade något där borta. Emelie hörde inte vad han sa.

Hon kände sig som en inbrottstjuv. Hon rev igenom kostymer, skjortor och byxor, skakade dem och kände i fram- och bakfickor. Hon sökte under kudden, täcket och madrassen.

Nej, hon kände sig inte som en inbrottstjuv. Hon kände sig mer som en fängelsevakt som går igenom en intagens cell.

Hon tittade under sängen, ställde sig på fåtöljen och kollade inuti golvlampan, tittade i nattygsborden – där låg några servetter, en deckare av Michael Connelly och några kondomer.

Hon tyckte inte att hon hittade något av intresse.

Ändå låg allt framför henne nu. Telefon- och mastuppkopplingslistorna. Taxikvitton som de hämtat in från hans kontor. Föremålen och papperen som hon tagit med sig från Philips skrivbord och även det hon hittat i hans papperskorg. Reklamutskick, brev från fondförvaltare och festinbjudningar, andra kvitton, två till synes gamla mobiltelefoner, nyckelknippor och några tidningar.

Hon sökte mönster. Hon sökte i Philips liv månaderna före försvinnandet. Folk hade fortsatt att ringa samtal till hans abonnemang även efter den 12 februari. Även om telefonen för det mesta hade varit avstängd efter det datumet tydde det på att Philip antingen kidnappats senare än de hittills hade trott, att telefonen hade fortsatt att vara påslagen ibland fast han befann sig i fångenskap eller att kidnapparna medvetet använt den för att förvilla eventuellt sökande.

Teddy trodde på det sistnämnda alternativet eftersom alla dessa samtal var extremt korta. Inget var längre än tolv sekunder. Men luren verkade i varje fall ha varit i rörelse – någon bar med sig Philips telefon.

Ett visst mönster gick att utläsa i telefonens geografiska rörelser.

Från tiden före den 12 februari rörde den sig oftast kring fyra geografiska punkter: en mast som satt vid Karlavägen, en som satt vid Stureplan, en placerad på Kommendörsgatan, och en mast som satt vid Högbergsgatan, på Södermalm. Under tiden efter den 12 februari var det samma master, med undantag för Kommendörsgatan.

Den första masten var enkel att tolka, den täckte Philips lägenhet på Östermalmsgatan. Varje gång han befann sig i sin egen våning eller i närheten av denna och ringde eller tog emot samtal kopplade telefonen upp sig mot den masten. Den andra var också relativt självklar – så fort Philip använde telefonen på eller i närheten av sitt kontor användes denna mast. Även den tredje masten på Kommendörsgatan var enkel, där bodde Stephanie. Men den fjärde masten gäckade henne. Vad gjorde Philip på eller i närheten av Högbergsgatan i snitt två gånger i veckan?

Oftast hade telefonen varit där på kvällarna, men vid enstaka tillfällen även mitt på dagen.

Hon skrev ner alla datum och tider på ett separat papper. Nitton tillfällen under perioden november till den 11 februari. Tre tillfällen efter den 12 februari. Hon granskade hans båda kalendrar på varje datum.

Sedan bläddrade hon fram numret i sina kontakter och ringde till Carl-Johan.

Det hann inte gå fram mer än en halv signal innan han svarade.

»Hej, det är Emelie, ursäkta att jag ringer så sent.«

»Har det hänt nåt?«

»Nej, egentligen inte.«

»Så?«

»Jag sitter med mastuppkopplingslistorna och har jämfört med lite andra grejer.«

»Och?«

»Jag undrar om du vet om Philip har nån anledning att befinna sig i närheten av Högbergsgatan?« Emelie förklarade kort vad hon kommit fram till.

»Jag har ingen aning«, sa Carl-Johan.

»Kan han ha nån bekant som bor där?«

»Näe, hörrudu, jag tror inte nån av hans vänner bor på Södermalm. Det är inte så vanligt.«

Emelie tänkte att det nog stämde, efter att ha träffat Philips vänner i dag skulle hon bli ytterst förvånad om någon av dem ens reste söder om Slussen utan att ta med pass och karta.

»Nån affärskollega kanske, kan det finnas nån sån?«

»Det tror jag inte heller. Inte vad jag har hört. Men omöjligt är det ju inte. Ni kanske kan höra efter med Ian?«

Carl-Johan tystnade.

Emelie funderade på att avsluta samtalet. Klockan var halv ett.

Carl-Johan sa: »Emelie, kan du svara mig på en sak bara?«

»Absolut.«

»Kommer ni att lösa det här? Vad tror du? Var helt ärlig mot mig.«

Emelie ville bara trösta honom, få honom att sova lite lugnare åtminstone denna natt.

»Jag är säker på att det här löser sig.«

»Men hur?«

»På nåt sätt. Jag lovar.«

*

Mörker.

Han skulle inte ens ha kunnat se handen framför sig i rummet. Dessutom: han kunde inte känna den – hans händer, stasade, fattiga på cirkulation. Fanns de kvar? Eller hade buntbanden grävt sig in i köttet och skavt av dem, utan att han märkte det? Han kände inte ens lillfingret just nu.

I mörkret. Den instängda lukten.

Det var omöjligt att sova. Philip låg med ryggen och armarna mot väggen. Kylan kröp in genom tröjan som en feberfrossa som invaderar kroppen. Han måste ha varit här minst ett halvt dygn nu.

Han vred på sig, drog upp låren mot magen. Sökte med munnen

efter de smärtstillande pillren som Jokeransiktet slängt in till honom. Svalde två stycken.

Han behövde inte det här.

Han: uppfostrats till att existera på ytan av livet, ungefär som sådana där grönsaker som växer över jorden utan rötter. Det var inte hans grej att gräva ner sig.

Han visste inte om de som hade honom hade skickat iväg kontraktet. Men det fanns ingen anledning för dem att dröja, nu när han skrivit på det. Möjligtvis tänkte de chansa på att Patric förde över pengarna ändå, utan kontrakt. Det var inte omöjligt att det blev så – men då var de idioter.

De sa inget. De öppnade inte dörren. De tvingade inte ens i honom något spetsat vatten. Fast det kanske var bra. Han behövde vara klarare i huvudet. Det räckte med pillren.

Ja, jag behöver vara extra fokuserad från och med nu, tänkte han.

För han hade en grej.

Han hade tagit en sak.

Något som kanske kunde få honom härifrån.

Stället var tyst. Han undrade om kidnapparna ens var där.

Kanske låste de och åkte hem på kvällen, lämnade honom själv här, som vilka arbetare som helst – nu stänger vi för i dag, nu åker vi och hämtar på dagis och äter middag med familjen.

Han hade lyssnat här också. Men här hördes inte några bilar, bussar eller ljud av flygplan på samma sätt som i lägenheten. Han hörde inga ringsignaler eller ljud från teveapparater eller musikanläggningar. Han hörde inte ens några dörrar öppnas eller stängas.

Han hade försökt hålla koll på hur bilen svängt, hur långt de hade kört, hur många dörrar hade han hört öppnas, hur många nycklar han hade hört vridas om. Han hade försökt vara uppmärksam – men just nu kom han inte ihåg någonting.

Han måste iväg härifrån.

Och nu hade han en ny plan.

Chansen hade dykt upp för några timmar sedan, då de äntligen bett honom skriva under det fejkade kontraktet. Han antog att rymningsförsöket och flytten av honom hade gjort att det tagit längre tid att ta fram. Kanske hade han varit en idiot.

»Vill ni att det ska se ut som min handskrift får ni lossa på buntbanden«, sa han med svag röst till Jokerfejset.

Han kom tillbaka med en sax några sekunder senare.

»Snällt«, sa Philip. Han försökte läsa övre delen av Jokerfejsets ansikte – fanns det något drag av medmänsklighet där? Kanske han hade tyckt att det kändes bra att minska Philips lidande. Men nej, den märkliga bandanan och motljuset förhindrade varje försök att tolka hans minspel.

Ljuset räckte för att se texten på papperet. Dessutom visste han numera hur det såg ut där inne nu, var madrassen låg, var hinken stod, hur väggen med plankorna såg ut.

Vad han måste göra.

Pennan var en Bic i metall med en klämma upptill för att kunna fästa den i en skjortficka, kavajinnerficka eller kring en bunt papper.

Han lade dokumentet i knäet.

»Det här går inte, jag behöver nåt hårt underlag.«

De var uppenbarligen trygga med att han inte kunde göra något så länge hans ben var hopsnörda med buntbanden. Jokeransiktet försvann ut ur rummet. Philips händer var fria nu.

Han låtsades massera sitt lillfinger. Samtidigt tog han tag med högerhandens fingrar om klämman på pennan. I en rörelse böjde han den uppåt tills den bröts av. Det knäppte till, men Philip hostade på samma gång. Han lät den falla ner på madrassen. Det hördes ingenting. Han såg den ligga där och satte sitt ena knä över den.

Han hörde Jokergrinet prassla någonstans där ute.

Sedan kom han tillbaka med ett magasin, Vi Bilägare.

Philip lade tidningen under kontraktet och skrev sin namnunderskrift.

»Skickar ni det nu?« frågade han.

Jokermannen böjde sig ner över honom. Egentligen såg han inte så konstig ut, om man bortsåg från grinet som var tryckt på scarfens utsida. Philip kunde inte urskilja hans ögonfärg i motljuset, men ögonen såg runda och nyfikna ut. Han hade rynkor i pannan som ännu inte hunnit bli djupa som på en äldre människa. Han undrade hur gammal den här personen kunde vara. Trettio? Fyrtio?

»Du är inte helt oschyst i alla fall«, sa Philip och försökte le.

Jokeransiktet glodde ner på honom igen.

»Jag vill dig inget illa.«

»Tack för att du tog upp buntbanden.«

»De ska på snart igen. Jag känner dig nu, vi tar inga risker.«

»Hur många är ni egentligen, jag är ju så borta?«

Philip försökte spela på sin egen underlägsenhet.

»Det spelar ingen roll. Fast det är jag som gör skitgörat.«

»Är ni vänner?«

»Vänner?« Kanske hörde han Jokeransiktet skratta till. »Vi är så långt ifrån vänner man kan komma.«

Nu låg han där och pillade bakom ryggen på den lilla metallbiten från pennan.

Den var ungefär fyra centimeter lång och en halv centimeter bred. Antagligen var den gjord i aluminium eller någon form av stål. Den var sval i hans hand. Ena ändan var rundad, men den andra, där han brutit av den, var skarp och ojämn.

Han drog med pekfingertoppen över den ojämna sidan. Det raspade.

Hans plan.

Han var en som *gjorde* saker.

*

Alla lampor var släckta hemma hos Emelie, förutom kökslampan. Ljuset bildade en ö av aktivitet på ett bord, i en lägenhet, i ett hus där antagligen alla andra sov.

Hon hade övervägt att ringa Ian Crona, men struntat i det. Det var inte bara för att det var sent, Teddys beteende och sätt att prata med Philips vänner hade framkallat en konstig atmosfär. Hon ville låta den svalna.

Greppet han hade tagit om Axels hand – vad var det för jävla sätt att skapa förtroende och goda relationer?

Teddy var en buffel, och i morgon tänkte hon prata med Magnus om honom. Om han inte lugnade sig kunde hon inte fortsätta det här så kallade samarbetet.

Hon hade lagt taxikvittona och mastuppkopplingslistorna åt sidan, behöll bara blocket med sina sammanfattande punkter framför sig. Nu granskade hon i stället de övriga papperen och sakerna som hon tagit med sig från Philips våning.

Hon började med kvittona: En Ipad, manschettknappar från Le Bon Marché för femton hundra euro, ett par John Lobb-skor från London för åtta hundra pund, mängder av restaurangnotor – Teatergrillen, Strandvägen 1, Boqueria, Riche – Tom Ford-solglasögon, handskar från Hestrabutiken på Norrlandsgatan, ett Gucciskärp, ett armband från Bottega Veneta för sex tusen kronor. Det var bara vanlig hederlig extremlyxkonsumtion – hon hittade egentligen ingenting av intresse.

Hon lade upp festinbjudningarna. En gällde en invigning av den nya nattklubben på Café Café med hemlig gästartist. En annan lanseringen av nya Audi A6, med exklusiv provkörning. En tredje nyöppnandet av Hotell Étoile och den nya guldbaren. Resten av inbjudningarna rörde liknande tillställningar: barer, krogar, klubbar, vip-rum.

Hon lade dem åt sidan.

Det slog henne att de inte hittat någon bankdosa hemma hos Philip. Hon undrade om han hade haft den på sig när han kidnappades eller om han tagits hemma hos sig själv och de plockat med sig den. Redwood hade varit där och inte hittat spår av några andra än Philip själv och Stephanie.

Vad fanns det kvar att titta igenom? Några tidningar, lite reklamutskick som antagligen hade kommit i brevlådan, ett antal ekonomipapper.

Den där Teddy, tänkte hon igen – hon kunde inte släppa hans sätt att hantera det här jobbet. Utan att Emelie egentligen förstod varför så tog hon upp telefonen och ringde honom.

Fem signaler gick fram utan svar. Emelie funderade på att lägga på, han sov väl som alla andra så här dags. Så konstig var Teddy kanske inte ändå.

Men just då svarade han.

»Det är Emelie.«

»Jag hör det. Du tycker inte att du ringer en smula sent?«

»Sov du?«

»Nej.«

»Vad gör du?«

»Samma som du, antar jag.«

»Du vet inte vad jag gör.«

Teddy sa: »Nä, men jag gissar, jag drar slutsatser helt enkelt. Själv sitter jag med telefonlistorna och mastuppkopplingarna och försöker förstå. Är det inte det du gör just nu också?«

»Kommer du fram till nåt då?«

Emelie visste fortfarande inte vad han var dömd för, men på något sätt ville han ju ta sig ur sitt förflutna, ta sig upp, det hade hon förstått. Annars hade det inte funnits någon anledning för honom att ansöka om skuldsanering.

En blixtfundering: Hon ville *också* upp. Men upp till *vad*?

Hon sa: »Jag ringer för att jag vill att du tar det lugnt i fortsättningen med Philips vänner och andra personer som kan vara viktiga. Om du vill jobba vidare med det här ärendet, vill säga. Din attityd riskerar att få hela skiten att haverera.«

Teddy var tyst. Emelie undrade om han förstått vad hon sagt.

»Antingen får jag jobba med det här på mitt sätt, eller så är jag inte intresserad«, sa han sedan.

»Men förstår du inte?«

»Jag diskuterar inte mina metoder med dig. Om Magnus inte är nöjd får han höra av sig. Förstår *du*?«

Luften gick ur henne. Magnus hade ju varit tydlig med att han ville ha med Teddy. Hon förstod fortfarande inte varför, men det gick inte att argumentera med den här kåkfararen just nu. Magnus fick faktiskt ta tag i det i morgon.

»Det är sent«, sa Teddy. »Du borde gå och lägga dig och vila nu. Vi behöver båda extra krafter.«

Han hade egentligen rätt, men det var en till sak hon ville fråga. Han fick ta det som han ville.

»Vad satt du egentligen i fängelse för?«

Det blev tyst i andra ändan. Hon tänkte på samtalet med Carl-Johan för en stund sedan. Det var verkligen, verkligen synd om Philips föräldrar nu.

Teddy sa: »Klockan är ett. Sa jag inte att du borde gå och lägga dig?«

»Och min fråga?«

»Sov nu. Du verkar behöva det.«

»Och du då, behöver inte du sova?«

»De ogudaktiga få ingen frid, säger Herren.«

Reklamutskicken och finanspapperen låg kvar framför henne på bordet. Det kliade i ögonen, hon borde göra som Teddy sagt och gå till sängs. Men några minuter till kunde hon ändå lägga på det här.

Det verkade mest röra sig om vanliga brevlådeutskick.

Köp en MacBook Pro med Retinaskärm. Börja prenumerera på Militär Historia, få den rafflande boken om Navy Seals gratis. Beställ nya Porschefälgar i dag så får du fyra för priset av tre.

Då såg hon det. På erbjudandet om fälgarna satt en adressetikett. Utskicket hade skickats till en Jarl Poljonen, Fatbursgatan 22. Varför stod den adressen på ett reklamutskick som låg hemma hos Philip?

Fatbursgatan 22. Hon knappade in adressen i sin telefons kartfunktion – det låg ungefär sextio meter från telefonmasten på Högbergsgatan.

Hon lade ner reklamutskicket på bordet igen.

Hon hade hittat en adress som stämde med var Philips telefon hade varit.

*

Alla dörrar i huset var vanliga trädörrar, säkerhetsklass 2. På brevinkastet på just den här dörren stod namnet J Poljonen.

»Den här klarar ungefär tio minuters angrepp med bräckjärn och huggmejsel. Men har du en kofot eller borrmaskin går det fortare.«

Emelie blängde på honom. »Jag tänker inte fråga dig varför du vet sånt.«

De stod i farstun utanför lägenhetsdörren på Fatbursgatan 22. Klockan var snart två på natten. Emelie hade ringt upp Teddy igen, kort efter att de avslutat sitt samtal. Hon berättade att hon kanske hade fått fram adressen där Philip kunde ha varit de gånger som han kopplat upp sig mot masten vid Högbergsgatan. Han hörde motviljan i hennes röst och hon bedyrade att hon sökt Magnus först, inte honom.

Men nu var de här.

Tillsammans.

Porten hade varit låst, men eftersom han kommit dit före henne hade han löst det på sitt eget sätt. De här husen var byggda någon gång i början på nittiotalet, och alla såg likadana ut, beige, grå, bruna färger, trista balkonger och plåtdetaljer. Det var som om de lyft upp någon förort och ställt ner den här, mitt i staden, men utan fruktstånden och alla de små butikerna som sålde telefonkort. Känslan av arkitektonisk homogenitet var densamma, spåren av fantasi lika frånvarande, kvaliteten på bygget lika kass – ett ryck med båda händerna så hade han slitit upp dörren.

Teddy ringde på dörrklockan och ett ilsket surrande hördes inifrån lägenheten, men ingenting hände. Det var i och för sig inte så konstigt, Jarl Poljonen, eller vem som nu bodde i lägenheten, låg väl och sov så här dags.

Han fortsatte att ringa på och i avbrotten mellan ringningarna knackade Emelie på dörren. Förr eller senare måste någon i lägenheten vakna, om det fanns någon där.

Emelie böjde sig ner, grävde i sin väska och tog fram två nyckelknippor.

»De här hittade jag hemma hos Philip.«

Hon stack in den längre nyckeln i polislåset, men den fungerade inte.

Hon prövade med de andra nycklarna, ingen av dem passade i låsen.

Teddy fick en konstig känsla. Han klev fram och tog tag i dörrhandtaget.

Dörren var inte låst.

Emelie iakttog honom storögt.

Han sket i vad hon tänkte om honom.

Han drog upp dörren och klev in.

I hallen saknades lampa, Teddy trevade sig fram i halvmörkret medan Emelie lyste med ficklampsfunktionen på sin mobiltelefon. Hon hade ropat: »Är det nån hemma här?« så fort hon stängt dörren bakom dem, men tystnaden var lika kompakt som när de ringt på dörrklockan.

Det luktade instängt och ostädat, som om gammal mat låg framme någonstans, eller som om någon glömt att spola på toaletten.

Till slut hittade Teddy en strömbrytare, den satt i köket, och när han tände den insåg han hur liten lägenheten var. Ett rum och kök. Sedan tände han alla lampor han kunde hitta, och förstod hur ointresserad den som bodde här var av heminredning.

Hallmattan låg ihoprullad i bortre ändan av hallen, det var en plastig sak som säkert varit gräll en gång i tiden men som nu påminde om färgen på ett stampat jordgolv. Det hängde inga kläder på hängarna och stod inga skor på golvet. En hallspegel var lutad mot väggen.

Kökets möblemang bestod av två pinnstolar och ett rangligt träbord. På bordet stod en askkopp utan fimpar, två tomma pizzakartonger och en halvt urdrucken flaska whisky, Lagavulin. Kylskåpet var tomt sånär som på fyra burkar Red Bull, och i frysen hittade de tre Gorbypiroger.

De drog ut lådor och öppnade skåp, men även här verkade lägenhetsinnehavaren vara lagd åt det sparsmakade hållet. Det fanns ett fåtal gafflar och knivar, fyra tallrikar och sju glas. Ingenting mer. Inte ens en trasa att torka av ytor med.

Teddy öppnade skåpet under vasken, där fanns en sopkorg med en plastpåse i. Han tog ur påsen och höll upp den under kökslampan: lite papper, två tomma burkar Red Bull. Han rotade runt med handen och såg fler saker. Tuggummipapper, två taxikvitton, några reklamutskick, lite hopknycklad tejp och en Gorbyförpackning. Han hittade även tre smala påsar med texten Fentanyl Sandoz. Påsarna var tomma.

Emelie stod bredvid honom hela tiden.

»Vad tror du?« sa hon efter att han pillat klart på skräpet.

»Det här är intressant«, sa Teddy med låg röst och pekade på påsarna. »Och nu får du tala tystare.«

»Varför?«

»Nån kan ha lämnat kvar avlyssningsutrustning här. Det är inte ovanligt att de gör det. För att bli varnade.«

Han höll tillbaka impulsen att säga något elakt till henne. Hon hade ändå tagit ett steg tillbaka när hon hade ringt upp honom igen.

De gick in i det kombinerade sov- och vardagsrummet. I taket hängde en ensam glödlampa som ännu inte blivit riktigt ljus och på golvet stod två höga lampor som verkade trasiga.

»En bluff som Sverige verkar ha köpt rakt av medan jag satt inne är de här lågenergilamporna.«

»De är miljövänliga, du vet. Har du hört talas om miljön?«

»Du behöver inte var sarkastisk. Det tar ju femton minuter innan de lyser ordentligt. Befolkningen lever redan i halvmörker i det här landet, vi behöver ljus, inte tvärtom.«

De tittade sig omkring.

I ena hörnet stod en dubbelsäng som såg ut att vara av bättre kvalitet, den hade tjock plymå och bäddmadrass. Lakanen var däremot inte lika fräscha, de var till hälften upprivna och solkiga. Täcket låg i en hög vid fotändan. Emelie böjde sig ner och tog tag i det.

»Nej«, viskade Teddy. »Gör inget med täcket, det kan finnas en massa spår där som vi inte ser med ögonen.«

Bredvid sängen stod en bokhylla, den ramade in sängen som en liten avdelningsvägg. Men det stod inga böcker i den, i stället verkade den tjäna som ett förstorat nattygsbord. Teddy plockade fram ett paket cigaretter, tändare, ett paket kondomer, några tabletter som låg utspridda, en karta med Zoloft. Det låg också två pennor och ett par handklovar i hyllan.

Emelies ögon var smala springor.

»Tycker du vi ska gå härifrån?« frågade Teddy tyst.

Emelie pekade mot en stor spegel på väggen. »Den som bor här verkar vara fåfäng.«

Hon ville uppenbarligen inte avbryta det här besöket. Han pekade med handen i stället, i taket satt också en spegel uppsatt.

»Den som bor här verkar gilla att se sig själv in action ur alla vinklar.«

Resten av rummet var möblerat med en tvåsittssoffa, en fåtölj och ett soffbord i glas. Det stod en teve på en bänk mitt emot möblerna. Väggarna var tomma och det saknades kuddar, filtar eller något annat som hade kunnat göra rummet någorlunda trivsamt.

På soffbordet stod en rengöringssprej. Där låg också en papperslapp med diverse klotteranteckningar på. Det såg ut som siffror, konstiga webbadresser, lösryckta ord och små teckningar – sådana som man gör när man har tråkigt.

Teddy strök med pekfingret över glasskivan, när han granskade sin fingerspets kunde han konstatera att den var ren.

Sedan böjde han sig ner. Det låg ett vykort på golvet.

Han plockade upp det och försökte läsa den kladdiga handstilen. Det tråkiga ljuset hade tagit sig och glödlampan lyste med normal styrka. Det var adresserat till Poljonen på den här adressen. Poststämpeln var Stockholm.

Det stod: »Du är min, Philip, glöm inte det. Och jag har sagt till dig att sluta. Din/AA«

Teddy tittade upp på Emelie. Hon såg trött ut och hårtestarna som hela dagen suttit noggrant bakom öronen hade rasat ner på sidorna.

Han vände på vykortet och hon böjde sig fram. På framsidan fanns en bild på en vit rödögd kanin.

Teddy sa med låg röst: »Jan – som inte vill säga sitt efternamn – eller nån annan från Redwood, får komma hit i morgon när det är dagsljus och göra en ordentlig undersökning. Och det här vykortet måste analyseras.«

Han gick ut i köket igen. Han lade upp Fentanylpåsarna vid sidan av resten av soporna. Sedan tog han upp den hopknycklade tejpbiten och började veckla ut den.

»Han har hållits här.«

»Philip?«

»Ja, så klart. Jag kan inte säga hur länge, eller från vilket datum, men de har hållit honom fången här.«

»Varför?«

»Fentanylpåsarna. Vet du vad Fentanyl är?«

»Ingen aning, men det kan vi kolla i Fass.«

»Det behövs inte. Jag vet vad det här är, ser du här, här står det depåplåster. Det här är ett slags plåster som används vid svår smärta. Man sätter det direkt på huden och sen avger det en massa morfin eller vad det nu är. Den vanligaste bieffekten är sjuklig trötthet. Tre tomma påsar i soporna. Sätter du tre såna här plåster på en normalvuxen människa kan du fira nyår två decimeter från personens öra och han kommer inte ens vända sig i sömnen. Såna här grejer använder proffs.«

»Jag förstår, men hur vet du att Philip har hållits här? Den som bor här kan ju ha använt plåstren för eget, helt normalt, bruk.«

»Nej, morfinplåster räcker kanske inte som bevis. Men kolla här.«

Teddy höll ut den bruna tejpen, den var knögglig men han hade lyckats veckla ut den nästan helt.

»Ser du?«

»Nej. Tejp?«

»Ja, tejp. Men titta närmare.«

Emelie böjde sig fram. »Berätta i stället. Jag ser inget.«

»Små, små hårstrån på klistersidan. Det är inte hårstrån från en människas huvud eller från ett djur. Det är inte heller pubeshår eller tygfibrer. De här småhåren liknar mer skäggstubb. Min gissning är att den här tejpen har suttit över nån människas, troligen Philips, mun.«

Emelie såg inte trött ut längre.

»Vi får ta det här med Magnus i morgon. Hur tidigt går du upp?«

»Om fyra och en halv timme.«

Ett läte skar genom tystnaden. Det var ett bekant men ändå överraskande ljud.

Någon knackade på lägenhetens dörr.

Hårddisken

Dag fyra efter branden.

Cecilias mamma och pappa hade kommit ner från Umeå. De hade tagit in på samma hotell och tänkte stanna i alla fall veckan ut. Egentligen hade de inte behövt komma. Barnen fortsatte på skola och dagis som vanligt, och hotellet var ett väldigt bekvämt sätt att bo med dem. De hade fått matcheckar från försäkringsbolaget att äta frukost och middag för. Visst, Benjamin hade inte sina tevespel och Lillan inte sina leksaker, men andra föräldrar var förstående och lät dem följa med deras ungar hem efter träning och dagis. Cecilia plockade upp dem till middagen, som de åt i hotellets restaurang. Sedan fanns det hur många olika kanaler på teven som helst för Benjamin att titta på medan Lillan byggde kojor i dubbelsängen.

Men mamma och pappa ville ändå komma, och någonstans tyckte hon att det var skönt, som psykisk avlastning. De anade inte vad som verkligen var den tyngsta bördan just nu.

Mats var klarvaken. Enligt honom själv hade han bara lite paracetamol i blodet, inget annat.

I dag satt han helt upprätt i sängen, och på det lilla rullbordet bredvid låg dagens Aftonbladet.

»Har du varit och köpt tidningen själv?« frågade hon.

»Ja, jag gick ner till Pressbyrån vid entrén. Doktor Ashraf tror att jag kan skrivas ut om några dagar.«

»Var ska du bo?«

»Jag hade tänkt mig hos er. På hotellet.«

»Först måste vi prata.«

I går, när hon berättat att hon sett hans dator, hade han inte sagt annat än att han trodde att det var de som satte eld på lägenheten. Nu måste han förklara.

»Jag har dragits in i nåt som jag inte vill.«

»Berätta för mig, Mats.«

»Jag orkar inte. Jag kan inte.«

»Du måste.«

Han suckade och sträckte sig efter glaset. Ett sörplande ljud hördes när han sög i sig de sista dropparna saft.

»Mats, du måste, sa jag.«

»Vill du skilja dig?«

»Jag vet inte. Först vill jag prata om vad jag såg.«

»Det är för jobbigt.«

»Jag förstår det, men då vill jag säga dig två saker. För det första så älskar jag dig fortfarande.« Hon såg på hans spända ansikte att han slappnade av en aning. »För det andra så tror jag att du behöver hjälp.«

Utanför smattrade regnet mot fönsterblecket.

Nästa dag var hon där igen.

Hon tjatade på ett subtilt sätt.

»När?« sa hon, eller bara: »Mats?«

Han vred undan huvudet så som han gjort tidigare.

Timmarna gick. Någon tittade på teve eller lyssnade på radio i det angränsande rummet. Utanför de tunna gardinerna var vädret fortsatt tråkigt.

En sköterska kom in och tittade till honom. När hon gått ut böjde sig Cecilia fram och viskade: »Jag kommer att lämna in datorn till polisen om du inte förklarar för mig.«

Han blundade.

Men hon märkte att han inte sov.

Nästa dag pratade hon med sköterskan i korridoren. Mats var i princip bra nu. Kanske kunde han åka hem i morgon.

Så fort hon satte sig vid hans sängkant såg hon att han var vaken, fast hans ögon var slutna.

»Berätta nu«, sa hon.

Han fortsatte att blunda men sa: »Okej, jag ska försöka.«

Så började han. Det gick långsamt, han gjorde långa pauser och liksom bara stirrade rakt ut i ingenting. Cecilia visste inte om det var för att försöka minnas bättre, eller om han bara inte klarade av det här.

Enligt honom hade det börjat ett drygt halvår tidigare. Han hade känt sig stressad på arbetet, den nya chefen hetsade om organisationens effektivitet. Mats tvingades föra loggbok över alla sina möten, hantera e-posten på ett nytt sätt, avrapportera varje vecka. Han var nära utbrändhetens gräns. Och när han sökt närhet hos Cecilia kände han att hon stängde honom ute. De hade knappt pratat, de hade inte legat med varandra på över fem månader.

I stället hade han börjat surfa på nätet, på pornografiska sajter. På något sätt gjorde det att han uthärdade jobbet, han blev lugnare. Och dessutom var han ju tvungen att tillfredsställa sig själv eftersom det inte fungerade med henne. Efter några månader hade han hamnat på hemsidor där kvinnorna på bilderna såg yngre ut. Han visste inte varför, men han kunde inte sluta.

Sedan blev hans berättelse suddigare i konturerna. Han sa att han »fortsatte med det där dåliga«. Men inte bara det – tydligen hade han blivit kontaktad av andra som hade samma böjelser. Han sa inte hur eller när de hade kontaktat honom, men hon antog att det var över nätet det också. De ville utbyta »material«, som Mats kallade det, och guida honom att hitta andra nätverk som fanns på andra platser än de vanliga. Hon undrade vad han menade med »de vanliga«.

Han hade inte varit intresserad, han hade inte velat »sjunka djupare ner i det där«. Han funderade på att gå till en psykolog, han förstod att det inte kunde vara sunt, det han sysslade med. Flera gånger hade han sökt på olika terapeuter, till och med slagit deras nummer, men aldrig pratat med dem. Han visste inte om han riskerade att bli polisanmäld då. Otaliga gånger hade han försökt sluta av sig själv – det hade fungerat några veckor åt gången, men när de började sparka folk på jobbet och stressen återkom – satt han framför datorn igen.

Cecilia satt stilla som en skulptur. Hon hörde vad han sa, reagerade på varenda paus, inandning och stönande. Hon betraktade hur hans ögonbryn och resten av ansiktet rörde sig. Ändå förstod hon ingenting.

Mats avslutade med att berätta om branden. Han hade varit hemma tjugo minuter när han känt lukten av rök från köket. När han sprungit ut hade diskbänken och hyllorna redan varit övertända, och han hade skyndat tillbaka till sovrummet för att ta med sin mobiltelefon och plånbok. Men där slutade det, han hade blivit medvetslös av röken och gaserna.

Exakt varför han varit hemma vid den tiden sa han inte. Men han skulle göra något med datorn, fick hon ur honom till slut.

Av någon anledning trodde han att det var människorna med de dåliga sajterna som var ute efter honom. Att det var de som låg bakom att deras lägenhet brunnit.

»De kunde inte acceptera att jag till slut sa nej.«

Cecilia visste inte vad hon kunde tro på och vad som var Mats försvarsmekanismer. Men han hade i alla fall berättat. Egentligen hade hon inte ens trott att han skulle säga någonting.

Det var en början.

Ändå sa hon: »Jag vill att du anmäler dig själv till polisen.«

* * *

Klockan var två på natten, och det knackade på dörren till en lägenhet där en människa några dagar tidigare med stor sannolikhet hållits kidnappad. Någon ville in, men ringde inte på dörrklockan som hade varit det normala.

Två tankar for genom Emelies huvud. Antingen var det Philip som kom tillbaka, eller så var det polisen. Sedan slog det henne att Philip väl inte borde komma tillbaka hit, om de nu hållit honom fången här.

Hon gick mot hallen, men Teddy höll upp sin hand.

Han viskade: »Jag sköter det här.«

Han svängde runt och släckte i köket och sovrummet. Fast han bara stod två meter ifrån henne såg hon honom knappt i hans mörka jacka.

Han ställde sig rakt framför ytterdörren och sa med hög röst: »Vem är det?«

Sedan satte han sig på huk.

Emelie undrade vad han höll på med.

»Öppna.« Rösten på andra sidan lät som om den tillhörde en ung man, kanske med en lätt brytning på något främmande språk. Emelie kunde inte höra vilket.

»Varför?« frågade Teddy.

»Öppna bara.«

Teddy förde upp handen till låset.

Dörren öppnades snabbt.

Emelie såg silhuetter av tre mörkklädda personer som trängde sig in.

Den första personen snubblade över Teddy, som rörde sig snabbt nere på huk.

»Vem fan är du?«

Teddy svarade inte, Emelie såg hur han sköt upp från golvet och dunkade in i dem. Hon förstod med ens varför han valt att huka sig, det hade gett honom möjligheten att överrumpla.

En av personerna föll ner på golvet och skrek till.

En annan började mata slag mot Teddy.

Den första rörde sig in i lägenheten. »Vad fan gör du här, din fitta?«

Emelie hade slagit in 112 på displayen för att vara beredd. Men det var kanske försent. I ljuset från telefonen kunde hon se att den första killen glodde rakt på henne.

»Och vem är du?« väste han.

Emelie försökte förstå situationen. Runtomkring sig hade de tre okända personer, antagligen alla män. De hade sina luvor uppdragna. De var inte särskilt stora i växten, Teddy var betydligt större, men männen var tre och hon och Teddy var två. Killarna hade mörka täckjackor och träningsbyxor, ett par såg ut att vara Adidas. Hon kunde urskilja de tre vita ränderna längs benen.

En av dem höll i något, hon tyckte sig se ett basebollträ i aluminium.

Slagsmålet hade stannat upp.

En av killarna fräste till Teddy: »Vem fan tror du att du är? Jag ska knulla din mamma.«

»Bror, vi måste sticka. *Ajde*«, sa killen som stod vid henne.

»Min *dachro*, vilken skit. Knäck den här mammaknullaren nu så han inte får för sig nåt.«

»Ta deras lurar.«

Hon hörde Teddys lugna röst. »Vi kan förstöra våra telefoner, det är bättre. Och vi kommer inte gola ner er. Vi vet ju inte ens vilka ni är.«

»Fan snackar du om? Gola ner oss? Vi har ju inte gjort nåt, eller hur?«

»Nej, det är lugnt. Men jag rekommenderar att ni drar härifrån. Annars blir det UFC-fight här.«

»Han är kul, den här snubben. UFC, han snackar som en av oss. Ge honom en läxa nu.«

Teddy släppte sin telefon på golvet och krossade den med foten.

Emelie tittade ner på sin mobil igen. 112: siffrorna stod fortfarande redo på displayen.

Det var lönlöst att försöka något. Killen framför henne ryckte telefonen ur hennes hand innan hon hann göra något med den, och slängde den på golvet. Sedan gjorde han samma sak med den som Teddy just gjort med sin.

»Gå härifrån nu«, sa Teddy.

Mannen med basebollträet tog ett kliv fram mot honom. Hans ansikte var fem centimeter från Teddys.

»*Du* går härifrån.«

»Nej, jag går inte. Jag kan inte låta er härja fritt här inne.«

Det svischade när slaget kom. Teddy fick upp armen och träet såg ut att träffa honom på underarmen. Emelie hörde ett dovt ljud, som om någon tappat en blöt handduk på golvet.

Men i stället för att knuffa undan killen, slå eller sparka, stod Teddy stilla. Helt passiv. Ett slag med slagträet mot hans huvud och han skulle kanske aldrig resa sig igen.

Killen med basebollträet svingade det igen. Teddy vred sig undan, slaget missade.

Emelie tänkte: Varför gör han inget? *Vill* han få stryk?

Sedan hann hon inte riktigt uppfatta vad som hände mer än att Teddy gjorde en snabb rörelse mot en av killarna, som föll raklång i golvet.

En halv sekund senare föll killen med baseballträet också.

Den tredje ropade: »Vi sticker.«

Basebollträkillen stod på knä och försökte lyfta upp kamraten som Teddy först slagit ner, men Teddy kastade sig fram och låste honom i ett grepp i sitt armveck.

Killen med basebollträet försökte svinga mot Teddy. I stället måste han ha råkat träffa sin kamrat, för någon skrek till. Hon hörde också det metalliska ljudet av slagträet när det föll i golvet.

I stället försökte de slita i killen som Teddy hade i sitt grepp.

Teddy stirrade på Emelie.

Hans blick syntes knappt i mörkret.

Men det var tydligt: om Teddy knäckte till, skulle han bryta killens nacke. Med en enda rörelse skulle han kunna döda den här människan.

Emelie kunde inte slita blicken från honom.

De andra vrålade.

Killen väste, men fick inte fram några ord.

Då släppte Teddy taget.

Killen stapplade ut.

Emelie hörde deras snabba steg i trappan.

Teddy sa ingenting, bara vände sig om och sprang efter.

Hon började småspringa nedför trappan, hon också.

Ute på gatan hörde hon en bil rivstarta.

*

Ulrikagatan på Östermalm, där de bott i över tjugo år, ansågs av många vara en av de förnämsta gatorna i Stockholm. De andra två som brukade nämnas i sammanhanget var Danderydsgatan några kilometer längre bort i stadsdelen, och Tysta gatan som låg gömd bakom anrika Karlaplan. Alla tre var korta, blott några hundra meter, med begränsad trafik och insyn. Husen var också något lägre, tre, max fyra våningar, inte som byggnaderna längs de stora avenyerna, Karlavägen, Narvavägen och så vidare, där fem eller sex våningar var comme il faut. Framför allt utgjorde flera av husen så kallade townhouses, innerstadsvillor, något som var mycket sällsynt i Stockholm. Det här var inte New York eller London, och alla våningar som var större än 250 kvadratmeter sågs på med socialdemokratisk skepsis av stora delar av befolkningen. Strandvägen, paradgatan i söderläge längs vattnet, var säkert mer känd för gemene man, och våningarna hade onekligen en utsikt som få objekt i Stockholm kunde stoltsera med, men de riktigt exklusiva familjerna skydde offentligheten och brackigheten som den adressen signalerade. Ulrikagatan, Danderydsgatan och Tysta gatan låg i helt olika ändar av Östermalm men våningarna där beboddes av människor vars inkomster och förmögenheter tillsammans utgjorde en substantiell del av den svenska bruttonationalprodukten. Där bodde de som inte ville synas i olika artiklar och på vedervärdiga listor i onödan.

Är det därför det har blivit så här? tänkte Carl-Johan Schale i nattens mörker. Är det för att Philip syntes med sina pengar? För att han inte skämdes över att det gick bra.

Eller var det på grund av den Philip kanske var i övrigt? Den som Philip blivit, på grund av honom.

Carl-Johan kunde omöjligt sova. Han hade först försökt se på teve, men det gick bara massa skit på dumburken och han visste i ärlighetens namn inte riktigt vilka kanaler de hade.

Sedan hade han lyssnat sju gånger i rad på bankens inspelning av samtalet med Philip. Han lät så konstlat säker, hans son. Carl-Johan kunde inte föreställa sig hur det måste kännas att vara där Philip var just nu.

Han kände sig så maktlös.

Till slut hade han gjort sig en kopp av Mammas gröna te, burken garanterade att det inte innehöll något koffein eller annat som skulle hålla honom vaken. Dessutom skulle det vara lugnande.

Det fungerade inte. Han var för orolig för att sova.

Han gick ändå tillbaka till sängen. Titti låg tyst på sin sida, kanske sov hon eller så låtsades hon bara. Carl-Johan tyckte under alla omständigheter det var skönt att hon var lugn.

Han lade sig ner men kunde inte släppa funderingarna. Han tänkte att det var hans fel att det blivit så här. Att det var han som inte lärt Philip innebörden av begreppen stil och finess. Diskretion. Måttfullhet.

Men varför, egentligen? Philip hade tjänat sina egna pengar, visserligen med stöd från familjens tillgångar, men ändå. Dessutom var tiderna annorlunda nu: »Syns du inte så finns du inte«, brukade hans egen marknadschef upprepa som ett mantra på styrelsens genomgångar.

Och synts, det hade ju Philip gjort, men det var inte enkom hans eget fel. Tidningsjäveln som basunerat ut hans namn några veckor tidigare skulle få med Carl-Johan Schale att göra när det här var över, det var säkert.

Han behövde gå på toaletten, teet gjorde sig påmint. Han vred sig ur sängen och satte ner fötterna i tofflorna som han precis ställt nedanför. Pyjamasen var svettig på ryggen, det var för varmt här inne.

På toaletten satt hans examensbevis från Handels uppsatt i en liten guldfärgad ram. Alla som kände honom visste att han gått på Handelshögskolan och han behövde sannerligen inte skylta med det, men det var en skämtsam grej att spika upp små diplom och bevis på det här sättet. Bredvid satt diplomet från Columbia

Universitys MBA-utbildning som han gått året efter Handels.

Handelshögskolan var redan 1976 en speciell plats. Men det hade den nog å andra sidan alltid varit. Carl-Johan blev klar 1980 och började då på McKinsey, konsultbyrån som var mer känd för att dess miljö var hårdare än tjänstgöring hos Lapplandsjägarna.

Det hade förväntats av honom. Hans far hade varit advokat och drev först en egen liten firma på Kungsholmen där Carl-Johan växte upp, senare slog han ihop sig med några andra advokatgubbar och bildade en större byrå. Mest hade han sysslat med arvsrätt, men han hade också haft lite tur och kommit över en och annan fastighet till förmånliga priser av vissa klienter.

Familjen hade anor, Carl-Johans farmor var av grevlig ätt, men hade på grund av fideikommissbestämmelserna och annat inte fått ärva ägorna. Carl-Johans far hade därför varit fast besluten att återuppbygga någon form av finansiell lycka. Det fanns inga andra alternativ än en ekonomisk utbildning för Carl-Johan. Han trodde länge att fadern skulle acceptera att han blev läkare eller åtminstone jurist, men det var blankt nej.

Det hade visat sig lyckosamt, i varje fall rent ekonomiskt. Efter tre år på McKinsey blev han rekryterad som vd till Agratium AB, ett dotterbolag i Högbergkoncernen som sysslade med rederiverksamhet. Bolaget förvärvade efter några år ett förvaltningsbolag för fastigheter och värdepapper, och vips hade Carl-Johan fått ett verktyg för spekulationer på börsen.

Åren mellan 1983 och 1985 ökade handeln på Stockholmsbörsen från två miljarder kronor till cirka åttio miljarder – det var omöjligt att inte tjäna pengar.

Affärerna gick i och för sig inte alltid spikrakt och efter några misslyckanden fick han sparken 1985. Det gjorde inget. Trettiofyra år gammal startade han tillsammans med två före detta kursare från Handels bolaget Lucrum Invest. De lyckades sälja sina innehav när finanskrisen slog till i början på nittiotalet, och i slutändan blev det skattebetalarna som satt med Svarte Petter. Lucrum Invest hann göra vinster på mer än två miljarder kronor.

»Affärer är affärer, även om staten är inblandad«, brukade hans gamla partner, Tord von der Schner, säga när frågan kom på tal. Men generellt sett tyckte de inte om att diskutera den där gamla härvan, hur mycket journalisterna än försökte.

Ja, Lucrum Invest hade varit det som det var ämnat för – lukrativt. Och även om han lämnat bolaget för mer än tio år sedan för att göra andra typer av investeringar kunde han ibland sakna de där åren.

Men nu? Nu kändes alla pengarna bara som en förbannelse. Det var pengarnas fel att hans son var kidnappad.

På kvällen innan Titti gått och lagt sig hade de diskuterat vad som hänt under dagen. Hon förväntade sig att han skulle bära allt det här själv, men han visste att han inte skulle klara mycket mer. Han behövde dela det med någon, och det fanns ingen förutom hon.

Magnus hade rapporterat att Ian Crona berättat att även han hotats. De hade berättat om genomgången av telefonlistorna också, men tydligen hade de inte hittat något än, i vart fall inte klockan elva när de hörts senast.

»Vi måste gå till polisen«, sa Titti.

»Du vet att det inte går.«

»Det stämmer inte. Han har varit borta i flera dagar nu, kanske över en vecka. Jag accepterar inte att nåt sånt här händer min son. Jag accepterar inte att nån försöker skada honom och att vi bara sitter still.«

»Mamma, vi sitter inte still. Vi måste lita på rådgivarna. Går vi till polisen är risken överhängande att det läcker ut. Titta på hur det gick för familjen Andersson.«

Tittis ögon sprakade till. Carl-Johan hade bara sett det hända några få gånger förut. Han kom tydligt ihåg senast. Då hade en av skvallertidningarna publicerat en bild på honom bredvid Layla Yon, som var arvtagerska till Cilionkoncernen, och insinuerat att de skulle ha inlett ett privat förhållande. Titti hade ringt upp den ansvarige utgivaren och skrikit som en galning och även hotat honom, inte bara med rättsliga medel. Som tur var blev det inget efterspel.

Hon ställde sig upp och gick fram till honom och tog snabbt upp hans mobiltelefon som låg bredvid honom på bordet.

»Nu ringer jag.«

»Nej, det gör du inte.«

Han sträckte sig efter telefonen och tog den ur hennes hand.

»Vad gör du?« väste hon, och försökte rycka tillbaka mobiltelefonen.

Han tog tag om hennes handleder, och tittade in i hennes ögon igen. Hon stretade emot. Han höll emot.

Sprakandet, flammorna.

»Ett dygn till bara, snälla Mamma. Kan vi inte ge det ett dygn till?«

Hon fick loss en hand och gjorde ett utfall mot telefonen som han lagt i sin bröstficka. Han backade, men hon fäktade och klöste mot honom samtidigt som hon skrek: »Du gör fel!«

Han kände hennes naglar mot sin haka.

»Nu räcker det!« röt han.

Ändå fortsatte hon att riva och klösa.

Han tog tag i hennes armar och tryckte ner henne mot golvet.

»Är du galen?«

Titti satt kvar på golvet.

Hon grät inte.

Hon kurade bara ihop sig som ett barn.

Carl-Johan satte sig i soffan i biblioteket efter en stund. Den var fan inte skön, den där jättelika pjäsen, men Titti hade insisterat. Det mesta här hemma kom från samma butik, Svenskt Tenn, nere på Strandvägen.

Han visste inte vad han skulle göra med henne. Men så länge hon inte ringde polisen fick han väl låta det bero. Han var glad att Redwoodresursen inte verkade ha reagerat. Han hade väl teven på för hög volym.

Den där typen som varit där i dag och pratat med dem, han undrade var Magnus hade hittat honom. Teddy, eller vad han hette. Det hela hade mest känts som ett förhör, men både han och Titti hade svarat. Det var något med den där mannens blick, som att han redan förstod allt.

Men det var omöjligt – ingen förstod *allt*.

Han vilade ryggen mot kuddarna och lutade huvudet bakåt.

»Vi behöver prata.«

Carl-Johan ryckte till. Han måste ha somnat i soffan, där i biblioteket.

Framför honom stod Magnus. Han hade fortfarande ytterrocken på.

Carl-Johan satte sig upp. »Vad gör du här? Vad är klockan?«

»Det är mitt i natten. Och Titti släppte in mig. Jag ringde på dörren i säkert fem minuter, hon sov ändå inte, sa hon.«

»Du kunde ha ringt.«

»Titta i din telefon.«

»Jag slog faktiskt av den på grund av lite diskussioner med Titti.«

»Jaså. Jag tror att du ska låta den vara på just nu.«

»Jag vet, du har rätt. Sätt dig ner.«

Magnus Hassel tog av sig rocken och lade den på en av fåtöljerna.

»De har hittat en lägenhet. Och ett konstigt vykort.«

»En lägenhet?«

»Ja, precis.«

Magnus tittade upp och Carl-Johan vände sig om. Bakom honom, i dörröppningen, stod Titti.

»Hej, hur mår du?«

»Oförändrat.«

»Kan du inte sova?«

»Det går inte så bra, nej. Det var jag som öppnade för Magnus. Några nyheter?«

Magnus vände sig om mot Titti. »Jag tror att det är bäst att jag tar det här med Carl-Johan ensam, faktiskt.«

Titti stängde igen dörren med en smäll.

Magnus sa: »Hon hör inte nu?«

»Jag vet inte, men det spelar ingen roll. Berätta bara.«

*

Det hade varit dött på advokatbyrån när Teddy och Emelie kom dit för ungefär en timme sedan, men lamporna hade tänts automatiskt när de steg ur hissen. Emelie hade barrikaderat sig i ett av mötesrummen.

Han skymtade ett cigarettpaket bakom en hög med papper, han undrade om hon försökt gömma det. Hon ville verkligen verka perfekt.

Det första Emelie hade gjort var att försöka ringa upp Magnus från en telefon i mötesrummet.

När de vandrat från huset på Fatbursgatan hade Teddy frågat: »Kan vi inte hitta nån telefonautomat nånstans?«

Trots det som hänt hade Emelie flinat. »Låg ditt fängelse på nån annan planet? Stockholm kör inte med telefonautomater längre. Alla förväntas ha sina egna mobiler. Varför föreslog du förresten att vi skulle förstöra våra telefoner?«

»Hade du hellre velat att de skulle ha din lur?«

Under tiden som Emelie försökte få tag på Magnus tog Teddy av sig jackan och rullade upp tröjärmen, han måste titta, det gjorde jävligt ont.

»Inget svar, men telefonen är påslagen, jag lämnar ett meddelande och berättar vad som har hänt«, hade Emelie sagt.

De satte sig ner på varsin stol.

»Behöver du åka in?«

»Vad menar du?«

»De slog dig ju med basebollträet. Behöver du åka till sjukhus, eller?«

»Det är lugnt. Jag tog emot med mjukdelarna.«

Teddy verkade förvånad att hon ens frågat. Han pekade mot underarmens insida.

»Hade det tagit på utsidan hade den nog dinglat fritt nu.«

Underarmen var högröd. Rodnaden var två decimeter lång och

ungefär en decimeter bred, och det hade börjat svullna. Han var glad att han hade lånat en läderjacka av Dejan och dessutom behållit den på där inne i lägenheten, den hade skyddat en del.

»Hur vill du göra? Ska vi vänta här på att Magnus ringer tillbaka, eller gå hem och lägga oss?«

»Det enda jag vet är att det är nåt annat jag behöver göra först.«

»Vad?«

»Dricka en dubbel espresso. Jag vet att ni har fint kaffe här, när du låtsades att du skulle sanera mina skulder stod det framdukat, men jag antar att er servicepersonal inte jobbar så här dags.«

»De kallas värdinnor. Och jag låtsades inte att jag skulle hjälpa dig. Jag kommer att göra det.«

»Kan nattvärdinnan då visa mig var jag får tag på lite kaffe?«

Emelie reste sig och lade handen på Teddys arm.

»Jag är ingen värdinna. Jag trodde att jag var biträdande jurist, men nu verkar det snarare som att jag är nån jävla skådis i en b-actionfilm.«

Hon gick ut i korridoren.

Teddy satt kvar, det kändes som om det brändes på axeln där hon lagt sin hand.

Han tog upp det som han hade hittat på hallgolvet i lägenheten efter tumultet.

Det var en korthållare i läder. Han vände på den: Gucci stod det med små guldbokstäver i ena hörnet. Han plockade ut innehållet och lade på skrivbordet. Ett Swedbank Visakort, ett körkort, ett klippkort på Wayne's Coffee och ett gymkort på World Class.

»Titta här.« Teddy pekade på plastkorten som han lagt upp. »Det är inte samma namn på Visakortet som på körkortet och kafékortet, och på gymkortet står inget namn. Men det här ser ändå bra ut. I morgon hittar vi de där jävlarna. Vad fick du med dig?«

»Jag har allt i min väska«, sa hon.

»Då har vi lite att göra i morgon.«

Emelie slog på datorn. Hon lade Visakortet och körkortet framför sig. På Visakortet stod det Chamon Hanna och på körkortet och kafékortet Daniel Baylan. Hon slog in namnen på några söksidor på internet.

Hon fick åttioen träffar på Chamon Hanna. På Baylan hade de personnumret – det blev träff direkt. En tjugosexårig kille i Södertälje som verkade jobba på någon revisionsfirma.

Det är väl så här Södertäljekopplingen kommer in, tänkte Teddy.

Emelie lutade sig tillbaka i kontorsstolen, ryggstödet flexade, den såg skön ut. Teddy längtade efter en säng, till och med efter Dejans soffa.

»Hur mycket vet du om Philip egentligen?«

»Jag har gjort viss research.«

»Så vad vet du om honom då?«

Emelie skrev in Philip Schale på Google. Ett antal sidor från olika affärstidningars sajter kom upp som beskrev hans makalösa framgångar med olika investeringar. Emelie klickade på bildalternativet. Fotografier på Philip visades, några från samma tidningars artiklar, men de flesta från utelivet kring Stureplan.

»En del, faktiskt«, sa hon och berättade kort om Philips bakgrund.

»Sammanfattningsvis gör han investeringar, men han är *self made*, skulle han nog själv säga.«

»Pappa *made*, menar du?«

»Både och, pengarna kommer därifrån, och många av kontakterna. Men han hittar objekten själv.«

Hon berättade om några affärer Philip gjort, en var den där han sålde Pixel Flow.

Hon klickade upp ett porträttfoto som fanns i en av artiklarna.

De studerade båda Philips ansikte. Han hade mellanblont hår kammat i snedbena, hårstråna verkade ligga naturligt i den propraste av frisyrer. Ögonen var blå och vid mungipan syntes två små skrattgropar.

»Han ser snäll ut, tycker jag.«

Teddy skrattade till. »Tro mig, det går inte att stirra på ett foto och se en persons insida.«

»Säger du det?«

»Jag säger det.«

»Men går det att stirra på en artikel då?«

»Vad menar du?«

»Fotografiet är en sak, men läs artikeln.«

Teddy skummade igenom den.

Den unge entreprenören och framgångsrike investeraren Philip Schales bolag PI AppInvest har stämts av bolaget KA Products AB vid Stockholms tingsrätt. Tvisten gäller den investering som Schales bolag gjorde i Pixel Flow och som ledde till att KA Products, och dess ägare Kevin Andersson, vid försäljningen av bolaget gjorde en vinst som var betydligt lägre än Schales.

Schale gör det dock inte lätt för Kevin Andersson. Hans bolag, som är svarande i tvisten, har anfört att KA Products stämningsansökan skall avvisas på formella grunder.

»Han håller sig undan som en feg kriminell«, säger Kevin Andersson.

Dagens Affärer noterar att ett annat av Schales bolag agerade på ett liknande sätt vid en tvist förra året och på så sätt lyckades förhala ett krav tills fordringsägaren gick i konkurs.

Philip Schale har inte gått att nå för en kommentar.

»Varför har ingen sagt nåt om det här?«

Emelie pustade. »Jag fattar inte att jag inte sett det här förrän nu. Det är klantigt av mig. Kevin Andersson verkar ju ha anledning att vara ännu mer irriterad på Philip Schale än vad jag trodde. Vi borde ha kollat upp honom i dag.«

»Ja, men nu kan du göra det i morgon i stället. Jag tar tag i de här grejerna som vi hittade i lägenheten.«

Han tog upp hennes väska.

Emelie lade handen på hans axel igen.

Han tittade på henne. En kvinnas beröring, två gånger på en och samma natt.

Hon sa: »Låt de där grejerna vara. De får ligga här, så tittar vi på dem i morgon igen.«

*

»Vilka jävla fittor, vilka horor alltså«

»Alltså jag skiter i det. Spelar ingen roll. Om de har dragit dit nån jävla biff som ska ta ner oss så ska vi ge dem ännu mer skit. Biffen eller Bananen, vem fan tror de att de är?«

»Jag ska knulla hans mamma, hans syster, hans mormors faster. Jag ska knulla hans öra, hans öga.«

»Litar de inte på oss längre?«

»He he. De måste känna *trust* för oss. Vi ska ju samarbeta länge.«

Grabbarna hade satt igång igen, fast de kört omkring i mer än en timme nu. De kunde inte sluta, de måste få ur sig skiten.

Nikola försökte koncentrera sig på körningen, det var han som var chauffören. Vad som hade hänt i lägenheten fick han försöka lista ut genom att tolka de andras svordomar.

Först hade de snurrat runt i stan som galningar, slirat runt hörn, kört mot enkelriktat, kört mot rött, nästan mosat en hund. Allt för att skaka av sig eventuella förföljare.

Efter en kvart sa Yusuf: »Verkar inte vara nån som leker Beck faktiskt, jag tror inte vi har nån bakom oss.«

Det hade varit uppenbart i tio minuter, gatorna var ju tommare än i *I am Legend*, men vafan, de kunde lika gärna få åka av sig lite aggression.

Nikola hade suttit i bilen och väntat när de kom nedspringande för trapporna och ut ur porten. Först hade han inte fattat mycket, de gapade i munnen på varandra som dagisungar. »Kör för fan.« »Plattan i botten.« »Rally, *chabibi*, rally.«

Summa summarum i blixtfart: de måste därifrån. Något hade skitit sig. Någon var efter dem.

Han behövde inte vrida om nyckeln, bilens motor var redan igång. Han lade i drive och tryckte ner gaspedalen hårt. Snubbarna i baksätet for runt som stöldgods. Han såg aldrig personerna som de hade bråkat med, men enligt Yusuf hade en av dem varit överjävlig.

Grabbarna fnittrade, de drog några djupa på zuten.

»Nästa gång, he he, får de suga kantarellen.«

Yusuf satt i passagerarsätet bredvid Nikola.

»Du kör bra, mannen, vem har lärt dig?«

»Morsan.«

»Brudar kan inte köra.«

»Min mamma kör bättre än Bello i alla fall.«

De garvade. Bello, en av grabbarna, hade åkt fast i en rutinkontroll förra veckan. Inget att bråka om: visa kortet, blås i Evidenzern, tjafsa inte, håll låg profil – kom därifrån på fem minuter. Men inte Bello, han visste att han hade arton baxade Ipads i bakluckan och sex månader kvar på delen från sin förra volta. Fuck att han skulle sitta inne sin tredje sommar bara för några töntiga Ipads skull. Han tryckte upp rutan så att snutjäveln nästan fastnade med halva kroppen inne i bilen och gasade därifrån.

De jagade honom i mer än tjugo minuter på vägar som var halare än oljat snor. Han brakade igenom två vägspärrar och körde rakt över två villatomter. Han körde på gångvägar och över en skolgård. Till slut hade han ett koppel av sex målade bilar efter sig. Biljakten tog slut på vägen ner mot Trosa. Bello körde in i staketet som delade av vägen, studsade fram och tillbaka som en flipperkula några gånger, hamnade utanför vägbanan, körde upp på en snövall, voltade två gånger och stannade upp och ner. Bilens tak var buckligare än ett bilvrak i Amman, framdelen var intryckt och sidorna så deformerade att en bil i ett folkbilsrace såg finare ut. Bello däremot fick inte en skråma. Och det sjukaste av allt var att snutarna inte ens tittade i bakluckan.

»Okej, schyst. Då kör hon bra«, sa Yusuf.

Nikola kände sig nöjd. Yusuf var tre år äldre än honom och direkt underställd Isak.

De satt tysta en stund. Han skruvade på radion och fick in 105,9 The Voice. *Shine bright like a diamond. Shine bright like a diamond.* Rihanna, som vanligt.

»Vad har din morsa för bil då?« frågade Yusuf efter en stund.

»En gammal Merca.«

»Bra, inte nån skit i alla fall.«

Nikola sa: »Nästa gång får du fan ta med mig i stället för de där bak alltså.«

»Vi får se. Men då tar vi med varma grejer i stället. Förstår du? Basebollträ verkar inte räcka längre i den här stan. Man undrar ju vart allt är på väg. När jag började i det här räckte det fan med att visa sig så pissade de i brallan.«

Tio minuter senare stannade de i Geneta. De väckte baksätes-killarna, han som åkt på stryk gnällde på ont i nacken. Blodet hade torkat under hans näsa.

Den andre gnällde också. Han ville dra en spliff till – men det var blanknej på det.

Det var Yusufs bil egentligen, men han hade torskat körkortet. Han tänkte ändå parkera den själv.

De stod en stund i kylan och väntade på ingenting.

»Vilken jävla fitta, jag ska göra kaos med dem«, började de igen. Men ingen orkade lyssna längre på vad någon annan sa. Klockan var alldeles för mycket.

»Äh, vad fan, gonatt, killar. Vi får snacka i morgon«, sa Yusuf till slut, innan han ovant rattade iväg.

Nikola öppnade dörren. Det kom ljus från vardagsrummet.

Han hörde Lindas röst. »Var har du varit?«

Han orkade inte svara.

»Var har du varit, frågade jag.«

»Med grabbarna.«

»Nikola, du har varit borta i flera dar nu. Jag har inte haft en aning om var du har hållit hus, och du har knappt hört av dig. Det är inte okej, så kan vi inte ha det, det förstår du väl?«

»Var är Teddy?«

»Han har flyttat ut.«

»Varför?«

»Det ska du inte lägga dig i. Var har du varit, frågar jag?«

»Men vad fan är det med dig? Jag har varit med grabbarna. Vad bryr du dig om det?«

»Jag tycker inte om det här. Du bor här, inte hos dina kompisar. Jag blir jätteorolig, förstår du väl. Nu har du i alla fall fått tillbaka ditt eget rum igen.«

»Schyst. Men jag gillade när Teddy sov här. Är det du som har kört ut honom?«

»Gå och lägg dig nu. Vi får prata om det i morgon.«

Hon fattade inte mycket, hans mamma. Med Teddy var det annorlunda, den korta tid han bott hos dem.

Han förstod.

*

Tunnelbanan hade slutat gå för länge sedan, så Teddy hade tagit en taxi hem. Han sparade kvittot.

Hans fotsteg ekade underligt högt när han gick upp till våning tre, som om det satt någon förstärkare i taket som spelade tillbaka alla ljud på högsta volym. Han kunde inte låta bli att tänka på trapphuset på Fatbursgatan, slagsmålet och föremålen som de hittat. Om han inte hade varit borta från verkligheten i åtta år skulle han säkert ha vetat vilka de där killarna var.

Han hoppades att Dejan inte skulle vara hemma, eller i varje fall att han skulle sova så pass tungt att han inte vaknade. Han orkade inte svara på en massa frågor.

Han borde säga till Magnus direkt i morgon att han skulle kliva av, att det var sådant här han inte ville hamna i. Den här utredningen ledde åt fel håll på ett personligt plan. Dessutom var ju Emelie en enda stor *pain* i arslet.

Samtidigt kände han ett slags sug efter att titta på de där plastkorten igen, gå igenom allt som de fått med sig från lägenheten, jämföra kortens innehavares telefonnummer med numren på Philips telefonlista. Han ville prata med Ian Crona och Axel Nilsson, han ville få tag på Jarl Poljonen, och han ville definitivt prata mer med Philips föräldrar. Kort sagt, han hade börjat tycka att det här sökandet var viktigt. Inte bara för pengarnas skull, i kväll hade de inte drivit honom en millimeter. Nej, det var känslan av att göra något av betydelse.

Men våldet?

Han hade redan gått igenom år av ruelse för det han dömts för. Kanske var detta hans sätt att försona sig med sitt förflutna. Eller så var det bara oundvikligt. Vilken grek det nu var som sa att man aldrig går ner i samma flod två gånger hade haft rätt, men han hade glömt att säga att man alltid blir våt om fötterna.

Teddy öppnade Dejans dörr. Det var mörkt i lägenheten.

Hans kompis verkade inte vara hemma.

Han tog av sig kläderna och lade dem på fåtöljen.

I en plastpåse bredvid soffan låg hans tandborste och en tandkrämstub. »Vilken jäkla Hermèsnecessär du har«, hade Dejan retat honom.

»Och då har du inte ens prövat min Hästensäng«, svarade Teddy och pekade på Dejans soffa.

»Jodå, den har jag prövat många gånger, kan jag säga. Både med en och två, och en gång faktiskt tre slinkor i.«

»Du driver med mig. Inte tre.«

»Jag må vara ganska svensk av mig, jag gillar kaviar till exempel, men jag har lite serbisk heder kvar. En sak jag inte skämtar om är kvinnor.«

Teddy tände i hallen och gick i kalsongerna till badrummet. På väggarna hängde Dejans inramade filmaffischer: *Heat*, *Maffiabröder*, *The Usual Suspects*. Och så den obligatoriska *Scarface*-planschen, inte samma bild som i Nikolas rum, utan den när Tony Montana sprejar sina motståndare med sin M16 och sin granatkastare M230.

Teddy borstade tänderna, tvättade händerna och ansiktet. Han ville duscha, men det fick vänta, han var för trött och hade lovat att vara uppe tidigt i morgon.

Han tänkte att nu var det bara fyra dagar kvar tills Hillström skulle ha sina trehundra tusen. Det utlovade arvodet för det här så kallade jobbet han just nu sysslade med skulle nog dröja några dagar. Han hade ingen aning om vad han skulle göra.

På väg tillbaka till vardagsrummet och soffan lade han märke till Dejans bärbara dator som stod på bordet i köket.

Det var något han ville göra innan han gick och lade sig.

Han satte sig vid köksbordet, det knarrade om stolen. Han öppnade datorn och klickade in sig på internet och öppnade Google. Teddy var inte vidare van vid att navigera med en styrplatta, den lilla träning han fått på anstalten och under de senaste dagarna i ansökningsprocedurerna hos arbetsförmedlingen hade skett med vanlig datormus.

Han rörde försiktigt pek- och långfingret och tummen över den glatta ytan. Fingertoppens svepningar följdes av den lilla pilen på skärmen. Det var krångligt, en millimeters rörelse med pekfingret fick pilen att fara iväg så att han inte såg den längre. Han måste lära sig att behärska det här.

Sifferkombinationerna och webbadresserna som stått på papperslapparna som legat på soffbordet i lägenheten var svårtydda.

Men han hade memorerat så gott han kunde. Https://dreamremote.org var antagligen någon form av hemsida, men det enda han fick upp var ett vitt fält där man kunde fylla i egen text. Inget mer.

De tre sifferkombinationerna hade sett ut som telefonnummer. Teddy kom ihåg dem också, själva lapparna låg fortfarande kvar hos Emelie.

Nu knappade han in ett av numren i Googles sökruta.

Han fick upp en lista med förslag på var sifferkombinationen återfanns.

Det verkade vara ett telefonnummer i flera länder. Listan räknade upp hemsidor från Vodafone, South African Phone Numbers, France Telecom, några bokstäver som såg ut som arabiska eller hebreiska och en tysk sajt som hette Telefondetektiv.de. Han bläddrade vidare, men de utländska hemsidorna fortsatte.

Han knappade in det andra telefonnumret. Samma resultat.

Han knappade in samma nummer igen, men lade till ordet Sverige efteråt. Han fick upp helt andra förslag på hemsidor.

Det första var en sajt som hette Escort24.

Teddy klickade.

En bild på en halvnaken poserande afrikansk kvinna dök upp, men ansiktet var utsuddat. Uppenbarligen ett fnask som annonserade på internet.

Hi, my name is Cassandra. I am young and want to give you big pleasure.

Telefonnumret på papperslappen gick till henne.

20 februari

Philip stod på knä på golvet. För varje rörelse ilade obehag upp från anklarna där buntbanden satt, trots de smärtstillande grejerna han tog. Samtidigt hade han fått för sig att det var bra att han rörde på sig, att han tvingade ner blod i fötterna.

Dessutom var hans händer fria nu. Först hade han inte vågat sprätta upp buntbandet runt handlederna av rädsla för att Jokeransiktet skulle upptäcka det. Men för att kunna arbeta hade han till slut rispat sönder bandet. Han vred på händerna och det var skönt, kändes nästan som om han skulle kunna flyga. Men det skönaste av allt var att kunna sträcka ut armarna framför kroppen igen.

Han lutade överkroppen mot väggen. Han var så trött, så sjukligt trött. Tapeten kändes sträv och ojämn, den måste vara gammal. Men han visste vart han var på väg.

Hans känsla var att det var dag, han hörde ljudet av fåglar utanför. På något sätt tyckte han att det kändes ljusare i rummet där han var.

Dörren hade öppnats för en kort stund sedan.

»Inga pengar har kommit än, trots din jävla idé med kontraktet.«

Jokeransiktet behövde inte lysa på honom, det strilade in ljus från rummet utanför. Philip undrade om det var samma person han talade med hela tiden eller om de alternerade. För det mesta tyckte han sig känna igen rösten och ansiktet, men ibland blev han osäker. Som att den som bar jokerscarfen hade en pipigare, ljusare röst och andra ögon.

»Jag styr inte över det där«, försökte han säga, samtidigt som han höll armarna bakom ryggen och gömde metallbiten i den stora papperstussen som satt runt hans lillfinger.

Jokeransiktet sa: »Du får fixa det i så fall. Pengarna ska finnas hos oss om tio timmar. Och om du inte kan lösa det ...«

Han gjorde en gest med handen över sin hals.

Philip vände bort ansiktet.

Jokeransiktet stod kvar i dörröppningen.

»Vad fan håller du på med?«

»Vadå?«

»Varför står du på knä?«

Philip knöt högerhanden bakom ryggen och tryckte metallklämman mot papperet på andra handens lillfinger. Om Jokerfejset skulle komma närmare och lysa på hans händer kanske han skulle se att buntbandet inte satt där längre.

»Jag behövde gå på toaletten.«

»Det gör du när jag bestämmer.«

»Jag vet, men jag var tvungen att försöka själv, fast jag råkade välta hinken.«

Jokeransiktet var tyst en stund. Philip hörde honom mumla något. Kanske sa han »stackars jävel«.

»Kan jag inte få gå på en vanlig toalett?«

Jokerfejset lade huvudet på sned. »Tyvärr, jag är ledsen. Det går inte. Det finns värre saker, ska du veta.«

»Kan jag få toalettpapper då? Kan ni ta upp buntbanden en kort stund?«

Philip insåg att om Jokeransiktet rörde sig en meter åt höger skulle han se att buntbandet var borta.

»Lyssna, efter vad du hittade på när vi skulle flytta dig kan jag inte göra nånting. Vet du vad?«

»Nej.«

»Jag satt i en bunker en gång, i ett krig. Det var en betongklump som de byggt ihop med en tunnel, typ MG 12-modell. Det regnade sjukt mycket och hela systemet blev översvämmat. Fiendens jävla bombningar gjorde att vi typ blev instängda. Jag var bara nitton och det dundrade runtomkring oss dag och natt. Jag har fortfarande problem med tinnitus sen dess, förstår du, fast det var så länge sen. Hur som helst så funkade inte toaletten. Inte för att det var mycket till toalett från början heller, ett hål i golvet i tunneln, men det utrymmet var fyllt av en sjö av flodvatten, piss och skit. I åtta dagar satt vi där och väntade på att offensiven skulle upphöra. Hör du? Åtta dagar.«

»Å fan. Och du kunde inte …?«

»Just det. Jag kunde inte skita på åtta dagar. Jag tänkte skita i en plastpåse, men det fanns inga. Det enda jag kunde tänka på var hur jag skulle göra.«

Philip försökte långsamt vrida sig så att hans händer inte skulle synas.

»Jag ville göra det i min hjälm, men de andra förbjöd mig. Då sa jag att jag tar en kula i röven bara jag får gå ut och göra min grej. Men det gick inte ens att komma ut. Vet du vad jag gjorde till slut?«

»Nej.«

»Jag sket i min t-shirt. Virade ihop allting och slängde ut det från maskingevärsöppningen i övre planet.«

Han kände sig fram längs väggen, decimeter för decimeter. De borde inte öppna dörren på flera timmar nu. Han hade tid på sig att ta de små, små stegen på knäna fram till rätt plats.

Borde inte hans föräldrar ändå ha börjat undra vid det här laget? Även om de inte direkt hördes ofta så kanske de sökt honom på telefon? Om han varken svarade eller var på kontoret borde de ju bli fundersamma. Frågan var bara hur lång tid det skulle ta för dem att reagera.

Den som framför allt borde ha börjat fundera var Steffi. Hon måste undra varför han inte svarade, för hon försökte säkert ringa eller skypa. Fast kanske hade hon det för bra där borta på Mauritius för att verkligen bry sig. Eller så hade kidnapparna skickat något till henne från hans telefon. Det kanske de hade gjort till Ian också.

Stephanie var en söt liten snippa, men dum som en börsmäklare.

Hon babblade på om sina psykologsamtal och sitt gnabb med sin mamma, pappa och sina systrar. Men sedan åkte hon på tvåveckorssemester med samma familj – så några gigantiska problem rörde det sig ju uppenbarligen inte om. Han såg till att ge henne presenter och ta ut henne på middag några gånger i månaden för att hon skulle vara tacksam och glad. Så länge hon inte började prata om en seriös relation, flytta ihop eller något sådant, var han nöjd. Kanske förstod Stephanie hur han fungerade, kanske var hon för puckad för att fatta. Det spelade ingen roll – dealen var enkel: hon fick kalla sig hans flickvän och ta del av hans framgång. Hennes motprestation var att se bra ut och synas bredvid honom när det passade.

Han tänkte på tjejen på Clara's som han sett samma natt som de tvingat ut honom på isen. Anina.

De hade träffats några veckor tidigare. Axel hade presenterat en bekant som han pluggat med. Gabriel, hettc killen. Om han hade haft en annan hårfärg och lite mindre ögonbryn hade det kunnat vara ett okej namn. Philip kände ju till exempel Gabriel af Fuchs och Gabriel D'Otrante, men det här var ingen sådan.

Ian hade uppenbarligen funderat i samma banor. Han väste i Philips öra: »Han är syrian. Och om du frågar mig så är han en uppkomling. En blatte som i och för sig jobbar på Enskilda Banken – det är väl så han känner Axel – men ändå en blatte. Det är liksom fel anledning att heta Gabriel.«

Syrianen hade slagit sig ner en stund vid deras drinkbord, babblat om investeringar i BRIC-länderna och aktier med hög direktavkastning. Igen: det var inget fel på killen, på ytan sa han rätt saker, men det blev ändå fel. Han svor i varannan mening, han viftade med händerna som om han körde en squashmatch fast utan racket, han pratade om sina och andras inkomster.

Efter en stund hade syrianen rest sig och gått tillbaka till sitt sällskap vid ett annat drinkbord. Det var då Philip hade fått syn på en av tjejerna vid det bordet. Hon hade mörkt långt rakt hår kammat i en mittbena, och stora ögon med långa ögonfransar. Hon sneglade på honom.

Syrianen hamnade i en helt annan dager.

Philip knackade på Ians axel. »Har du sett den där lilla saken där borta?«

Ian log bara. »Söta osäkra tjejer är det bästa som finns. Jag blev oväntat intresserad av att gå och prata lite investeringar med Axels nysvenska polare.«

»Nej, jag går före dig«, sa Philip.

Han reste sig

Tjejen kollade fortfarande på honom.

En vecka senare hade Ian skrutit med att han minsann också hade satt på den där bruden. Det var exakt tio dagar innan de hade tvingat ut Philip på isen. Det kändes så avlägset nu, så banalt i jämförelse. Fast om det var samma män som gjorde det här, nu, mot honom ... Nej, han ville inte tänka mer.

Han var framme. Varje steg bara några centimeter med knäskålarna mot det kalla golvet. Hela tiden med händerna mot väggen för att inte falla.

Bara några timmar kvar.

Klämman i handen. Den lilla metallbitens skarpa ända.

Mellan tummen och pekfingret.

Den vassa ändan.

Han började göra det som han måste.

*

Det var förmiddag, och hon hade redan hunnit med en hel del. Men nu stålsatte hon sig.

Det var ett jobbigt samtal som hon måste ta med till Ian.

Magnus hade just ringt till henne och pratat snabbt. Hon hade aldrig hört honom så upprörd.

»Du måste ringa den där pojken asap«, var vad han ville ha sagt i sammanfattad form.

Under tiden som Emelie förberedde sig mentalt stod hon med sin strykbräda uppfälld och gjorde i ordning dagens blus.

Märkligt nog hade hon somnat direkt efter att hon kommit hem. Inte funderat på händelsen i lägenheten. Antagligen hade hon varit för trött och utmattad. Men nu såg hon killens panikslagna ögon när Teddy var nära att knäcka hans nacke. Hon hörde de andras skrik. Hon undrade varför Teddy hade *hållit igen*, som om han tog emot slagen med basebollträet med vilje.

Lägenheten hon bodde i hade kostat en förmögenhet. Hon hade betalat sjuttiosju tusen per kvadratmeter för ett år sedan för den lilla en och en halvan på trettiosju kvadrat. Hennes föräldrar hade undrat om hon drabbats av någon sjukdom. Deras villa var på hundrasextio kvadrat, hade garage, bergvärme och utsikt över Vättern, men de skulle aldrig kunna få ut ens i närheten av vad Emelie betalat för Rörstrandsgatan 36, 3 trappor. Sedan dess hade hon läst att priserna bara gått upp några procent, så någon vidare investering ur ett rent ekonomiskt perspektiv hade det inte heller varit hittills.

Hon tänkte så här. Hon var smart, hon var arbetsvillig och hon var anställd på en av Sveriges finaste byråer. Ingångslönen hade legat på tjugosex tusen kronor, vilket så klart var ett skämt med tanke på timmarna hon jobbade – det hade hon förstått redan innan Jossan börjat tjata. Men sedan skulle det gå fort uppåt. Nu, sitt tredje år på Leijons, tjänade hon fyrtiotvå tusen. Nästa år skulle lönen gå upp till minst femtio, byrån tillämpade en fast stege de första fyra åren. Sedan gällde individuell lönesättning med fokus på bonussystemet.

Med andra ord visste hon att hon skulle kunna betala avgiften och räntan för lägenheten under överskådlig framtid. Men det var klart, hon var belånad upp till hakan, åttiofem procent, och även om hon betalade av tio tusen i månaden på lånet – och det hade hon absolut inte råd att göra än – skulle hon inte bli av med sin skuld under de närmaste tjugo åren. Om räntan stack iväg före nästa löneförhöjning, eller om hon av någon sjuk anledning förlorade jobbet, så var det bara adjöss och goodbye, då måste hon sälja lägenheten. Om bostadsmarknaden dessutom just då hade den dåliga smaken att krascha – ja, då skulle hon få leva på vatten och knäckebröd resten av livet. Men hon älskade lägenheten. Och bostadsmarknaden i Stockholm var vad den var. De senaste tjugo åren hade priserna mer än fyrdubblats samtidigt som det bedrivits jakt på hyresrätter, de var numera en utrotningshotad art.

Hon hade gjort det enda rätta.

Redan klockan halv nio i morse hade hon ringt Kevin Andersson och sagt nästan som det var. Hon berättade att hon var jurist på Leijon advokatbyrå och att hon gärna ville träffa honom med anledning av hans tidigare krav mot Philip Schale efter Pixel Flow-affären. Sedan kom den vita lögnen – hon förklarade för Kevin att hon trodde att han behövde tala med en ordentlig advokatbyrå angående tvisten med Schale.

Han gick med på att ses redan efter lunch i dag.

När hon lade på ringde Magnus och de hade pratat mer om nattens händelser.

»Bra, men då jobbar ni vidare. Och suveränt att Kevin gick med på att träffas så snabbt.«

»Det är en grej till jag vill ta med dig«, sa Emelie. »Det gäller Teddy. Kan vi inte ...«

Magnus avbröt henne. »Är han svår att samarbeta med?«

Emelie undrade om Magnus förutsett det här samtalet.

»Minst sagt. Du missade hur han betedde sig mot Axel i går. Men jag berättade ju för dig. Och i natt, innan vi gick in i lägenheten, så tog jag upp det med honom. Men han bara skakade av sig allt och sa att jag får prata med dig i stället. Så nu gör jag det. Det funkar inte mellan oss.«

»Snälla lilla Emelie, kan du inte se honom som ett komplement till dig och mig? Han kommer från en värld som vi inte kan ett dyft om.«

»Jag vet inte. Det här kanske låter lite bryskt, Magnus, men jag kan inte jobba med en människa som tror att brutalitet hjälper oss. Och som tror att jag är en liten dumbom som tagit mig till den här byrån på andra meriter än mina egna.«

Hon ångrade genast att hon sagt det där sista.

»Handlar det om det?« sa Magnus med hårdare röst. »Det trodde jag inte om dig. Prestigesnack. Då får du faktiskt hantera situationen på egen hand. Ring mig så fort du har träffat Kevin Andersson.«

Hon satt kvar med luren i handen några sekunder och ångrade sig ännu mer. Men det gick inte att slösa tid på den där Teddy nu.

Hon hade ringt Jan och bett att han eller någon annan från Redwood skulle gå till lägenheten på Fatbursgatan för att undersöka den närmare. De behövde titta på vykortet med albinokaninen också, hon ville att de skulle kontrollera fingeravtryck och dna.

Efter det hade hon suttit vid datorn och gjort research om Kevins tvist med Philip Schales bolag och försökt hitta mer information om Daniel Baylan och alla olika Chamon Hanna. Sedan hade Magnus ringt henne igen och berättat det viktigaste just nu: Ett kontrakt som var till synes underskrivet av Philip Schale hade kommit in till Patric Öhrn. Till sist hade Magnus nämnt att hon måste kontakta Ian. Han hade hotat Magnus med att polisanmäla allt.

Hon måste ringa honom så fort som möjligt. Ändå strök hon vidare på sin blus. Det här samtalet var jobbigt.

Många av kollegorna på byrån lämnade in sina skjortor och blusar till kemtvätten som låg i samma hus som byrån. De kunde välja att hämta upp dem antingen vikta för tjugofem eller på galge för tjugo kronor skjortan. Det var så klart bekvämt, särskilt eftersom strykningen blev perfekt, vecken på ärmarna knivskarpa och manschetterna fint rundstrykta.

Emelie strök ändå själv. Hon tänkte bättre när hon stod där vid den uppfällda brädan. En lugn stund där hon bara rörde händerna, inte använde hjärnan. I vanliga fall låg den här stunden vid halvåttatiden på morgonen, men inte i dag. Inte efter nattens händelser.

De flesta av Emelies kompisar hade skippat alla andra lurar än mobilen, de flesta privata arbetsgivare stod ju för den räkningen. Därför var hon glad att hon var så gammaldags att hon fortfarande hade en IP-telefon hemma. Ändå kände hon sig naken utan sin mobil. Hon hade varit tretton när hon fått sin första mobiltelefon.

Teddy hade hon inte fått tag på. Att han skulle ha ett fast telefonabonnemang var nog för mycket att hoppas på. Men varför hade han inte skaffat en ny mobiltelefon och hört av sig? Han hade sagt att han skulle göra det.

Det var inget att tänka på nu.

Hon måste sluta fundera och ringa samtalet till Ian.

Hon tog av sig t-shirten och satte på blusen i stället. Den var fortfarande varm av strykjärnet.

»Hej, det är Emelie, på advokatbyrån.«

»Ja.«

»Jag hörde av Magnus att du hade lite synpunkter.«

»Ja, det kan man säga. Jag tänker anmäla det här till polisen nu.«

»Jag tror inte att det är så bra.«

»Nähä.« Han var så kort på rösten att hon knappt hörde vad han sa.

»Jag vill inte att du gör det.«

»Men snälla du, nån vill skada mig. Och nån har kidnappat Philip. Jag var helt rak med Magnus och sa till honom att eftersom ni inte har uppnått några resultat så tänker jag nu kontakta polisen och göra två anmälningar. En för mig själv och en för Philip.«

Ian fortsatte berätta hur rädd och orolig han kände sig.

Emelie ställde sig upp. Hon hade noterat att svåra samtal blev enklare när hon rätade ut kroppen.

»Jag kan inte låta det här gå längre.«

Hon tittade på sina naglar medan hon väntade ut honom. Frågan var vilken typ av argument som skulle bita bäst.

»Ian, så här är det. Vi har så god kontroll på det här som man kan ha. Och du ska inte ringa polisen. Det kan jag säga direkt. Jag vet inte vad du förstår och inte förstår om det här. Men när det läcker ut i medierna att Philip är borta så kan det påverka Carl-Johans huvudbolag, och du vet att det bolaget är noterat.«

»Jamen ...«

»Inga 'jamen'. Du och dina vänner skrev på ett sekretessavtal när ni var hos oss. Läste du igenom vad som stod där? Jag kan försäkra dig att om ditt agerande får nån som helst kurspåverkande effekt så kommer Schales att stämma skiten ur dig. Du är säkert ekonomiskt relativt stabil, men jag ska personligen se till att du aldrig hämtar dig efter en sån rättsprocess. Är jag tydlig nog, eller är det nåt mer jag måste förklara?«

Hon fingrade på den nya mobiltelefonen medan hon satt och väntade på Kevin Andersson i mötesrummet. Leijons hade en kvinna i femtioårsåldern anställd bara för att hjälpa folk med deras mobiltelefoner, synkroniseringen mellan mobiltelefon och Outlook, kalenderfunktioner och att göra-listor. Ingela hette hon, men bland alla anställda gick hon under smeknamnet Mobingela.

Jossan hade kommit förbi för en stund sedan.

»Det är inte dig det är fel på, det är mig«, sa Emelie och log.

»Ja, men vi kan väl fortsätta att ses, som vänner?« Jossan skrattade. »Vad är det för hemligt ärende ni håller på med egentligen? Ni beter er ju som Säpo.«

»Jag får inte berätta nånting om det här för Magnus, inte ens vad det är för sorts jobb. Men jag kan säga att jag har aldrig gjort nåt liknande. På gott och på ont.«

»Ja, ja, du får väl hålla ett inspirationsföredrag på måndagsmötet när ni är klara. Med power point-presentation och allt.«

»Kanske det. Men ingen skulle tro mig.«

Kevin borde ha varit här för tio minuter sedan, men ibland blev klienter försenade. Det var deras privilegium. Och i strikt mening var han inte en klient, inte ens i sina egna ögon.

Emelie undrade vad Johnny Swanell skulle säga om han fick höra talas om det här. Samtidigt var det han som rekommenderat henne att se hela bilden. Förstå offrets omgivning. Ringa in allt. Sedan tänkte hon på vad Advokatsamfundet skulle säga om syftet med det här mötet, om de någonsin fick reda på det.

De ringde från receptionen och sa att han var där.

Emelie rätade till blusens manschetter och reste sig. Det var dags att gå och hämta den enda person som de i nuläget faktiskt visste tyckte riktigt, riktigt illa om Philip.

*

Teddy vaknade.

Han undrade om han hade skrikit på riktigt, här i Dejans lägenhet. Han hade haft en av sina vanliga mardrömmar. Under vattenytan, utan att få luft.

»Hallå, Dejje, är du här?«

Han satte sig upp i soffan, Dejan svarade inte. Teddy tittade på klockan, den var ett på eftermiddagen.

Han tänkte på första gången han sett världen i undervattensläge. Det var i en simhall i Skärholmen, någon gång i mitten av åttiotalet. Han hatade simhallar, de var kalla och där fanns alltid en förväntan om att han skulle skratta, skvätta och älska vattnet. Mamma och pappa hade satt honom i simskola men den hade inte gett någon effekt. Han hade inte tyckt om att få vatten i ansiktet eller ens när vattnet gick honom upp till bröstet.

Dejan var uppenbarligen fortfarande inte hemma, Teddy gick in i köket och började göra i ordning något slags frukost. Han kontrollerade sin underarm igen. Den hade blivit rödblå, men förhoppningsvis var inget brutet, även om han nästan skrek till när han petade på den.

Dejan hade inte mycket i sitt kök. Lite knäckebröd, men inget smör, en kartong med sockerbitar, men inget pålägg. Han hade en kaffeapparat som liknade den Linda hade hemma, men för den behövdes något slags ampuller och några sådana hittade Teddy inte. Till slut upptäckte han en burk Nescafé, men den gjorde honom inte gladare eftersom mjölken som stod i kylen gått ut året innan.

Teddy satte sig ner vid köksbordet. Dejans dator stod fortfarande där han lämnat den i natt.

Han hade ringt till Cassandra från Dejans fasta telefon, efter att han gjort några kontroller på datorn. Det var en chansning, men hennes nummer hade ju faktiskt funnits på en lapp i lägenheten där Philip hållits.

Han tänkte på den mörka kvinnorösten som hade svarat på engelska. Klockan hade varit närmare fyra.

»*Yes?*«

Teddys engelska kunde ha varit bättre, men han var glad för alla filmer han sett inne på kåken, kanske hade de gett honom något. »Är det Cassandra?«

»Vill du ha Cassandra?«

»Ja, eller kan jag få dig?«

»Nej, inte mig. Men om du vill ha Cassandra, hon kan. Om ungefär en timme.«

»Okej, bra.«

»Har du träffat henne förut?«

»Är det hon som i vanliga fall har nummer 0736-474894?«

»Ja.«

»Ja, jag har träffat henne förut. Vad kostar hon?

»Det är som vanligt, hon gör *out calls*. Tre tusen per timme för vanliga saker, så länge det är i Stockholm. Tio tusen för en *all nighter*.«

»Oj, hon är dyr.«

Kvinnan på andra sidan skrattade till. »Du vet varför hon dyr, om du har haft henne förut. Men du får vad vi lovar.«

En knapp timme senare hade det knackat på dörren och Teddy öppnade.

Dejan hade fortfarande inte kommit hem, men han skulle inte bry sig, tvärtom, han skulle bli glad för Teddys skull om han upptäckte att han hade en Cassandra där.

Flickan som stod i farstun var definitivt inte samma kvinna som på bilden på internet, men det förvånade inte Teddy. Han hade aldrig i hela sitt liv varit på ett strippställe där tjejerna i annonserna såg ut som verklighetens brudar.

Hon var ungefär en och sextio lång, hade långt svart hår, möjligen med hårförlängningar. De höga lackstövlarna, den korta kjolen och den fuskpälsklädda läderjackan såg inte bara banala ut på henne, utan smutsiga. Hon kunde inte vara mer än sexton år.

Det var alltså skälet till hennes höga pris.

Han stängde ytterdörren bakom henne. Det verkade som om hon kommit själv. Kvinnan med den mörkare rösten, madamen eller vem hon nu var, syntes inte till. Teddy bad flickan sätta sig i soffan. Han gick fram till fönstret, drog för persiennerna samtidigt som han kikade ut på gatan. Det stod en Volvo V40 parkerad där nere som han inte sett tidigare. Han såg en silhuett i förarsätet.

Hon tittade upp på honom.

»*I only fourteen, mistah. You like dat, huh?*«

Han såg ingen glimt i hennes öga, inget inbjudande i hennes blick. Den här flickan gjorde sitt jobb dåligt, hon upprepade bara en inövad fras. Hennes engelska var sämre än madamens som han pratat med på telefon.

»*I fourteen, you ma' big man.*«

De flesta horor han träffat i sitt liv var inte direkt tvingade till sina jobb. De tyckte säkert inte om det de gjorde, de skulle garanterat ha valt andra sysselsättningar om de inte varit så förbannat fattiga och utsatta, men de gjorde vad de måste för pengarna eller för att de på något sjukt sätt älskade sina hallickar. Kanske kunde man säga att de var tvingade av omständigheterna, av situationen, av sin egen syn på kvinnor och män. Men han hade aldrig hört talas om att någon gjorde dem illa om de inte sålde sig.

Men den här flickan, Cassandra, eller vad hon nu egentligen hette, såg bara rädd ut. Teddy var övertygad nu: någon satt där nere i Volvon och väntade på henne.

Han satte sig i fåtöljen mitt emot.

»Du betala nu?«

Teddy plockade fram sin plånbok och räckte över sex femhundralappar. Han var glad att Emelie gett honom en handkassa.

Kontrasten i färg mellan utsidan och insidan på Cassandras hand var tydlig.

Hon tog av sig sina stövlar och sin blus. Sedan knäppte hon upp sin behå.

Teddy betraktade henne.

Han hade inte varit med en kvinna på så länge.

*

Kevin var kort och spenslig. Han hade en dunjacka på sig med North Face Summit Series över ryggen. Den såg ut att kunna hålla värmen i vilket klimat som helst.

De skakade hand och gick in i ett annat mötesrum än det hon disponerade för utredningen. Emelie såg hur Kevins blick svepte över Stockholms takåsar när han iakttog utsikten.

De småpratade en kort stund, drack kaffe och åt av chokladbitarna med Leijons logotype på omslagspapperet.

Sedan gick hon rakt på sak.

»Det här är kanske lite oortodoxt, men jag ville träffa dig för att jag läste om din situation med PI AppInvest i tidningen. Det här är helt förutsättningslöst för att höra om Philip Schale och din tvist med honom.«

Där kom det, hon hade tänkt på det hela förmiddagen: »För att höra om Philip Schale« – det var ju så det var, och Magnus bedömning hade varit att så länge hon förklarade detta så for hon inte med osanning.

»Jag förstår«, sa Kevin. Han stoppade in ett tuggummi i munnen, idisslade frenetiskt.

Emelie förklarade kort vem hon var och vad byråns specialiteter var. Kevin fortsatte smaska på sitt tuggummi.

Hon visste att han bara var en bit över tjugo. Ett par Beatshörlurar hängde runt hans hals, sådana med platt sladd som inte trasslade ihop sig. Hans lugg var sprejad och stod rakt upp som på en tonårsidol i Melodifestivalen och hans Iphone, som han lagt på bordet, hade en stor spricka rakt över skärmen.

Hon undrade varför han kom själv. Om han inte hade någon som stöttade honom, någon jurist, revisor, kamrat eller förälder.

»Jag har ju egentligen redan en advokat som hjälper mig, men jag lyssnar på vad du säger.«

Emelie visste att den stämningsansökan som hans bolag gett in till tingsrätten varit undertecknad av en jurist, men den juristen var inte advokat. Rätten att titulera sig så hade bara jurister som blivit antagna som medlemmar i Sveriges Advokatsamfund. Med ens tyckte hon synd om den här pojken, han förstod inte ens att den som företrädde honom inte var advokat.

»Då ska jag förklara hur jag ser på saken«, sa hon. »Jag har läst ditt bolags stämningsansökan och förstått dina krav så här. Ditt bolag KA Products och Philip Schales bolag PI AppInvest ingick ett kompanjonavtal när han gick in med sina första pengar i Pixel Flow. Enligt avtalet skulle de befintliga aktieägarna, det vill säga era respektive bolag, ha möjlighet att gå in med mer pengar om det behövdes för att verksamheten skulle kunna utvecklas. Så efter fem månader, när ni började förstå potentialen i er produkt, utfärdade Pixel Flow fler aktier, men det var bara Philips bolag som köpte dem. Du blev utspädd och Philip kom efter den och ytterligare efterföljande emission att äga ungefär nittio procent av bolaget.«

»Det stämmer, men grejen var den att ...«

»Jag kommer till det, vänta. Så långt var det inga konstigheter, ni var överens om att om det behövdes mer pengar kunde ägarna tillskjuta kapital och då också få en ökad ägarandel. Men frågan är ju på vilken värdering tillskottsemissionen gjordes. Enligt ert avtal skulle aktierna betalas i enlighet med bolagets värde. En ganska luddig formulering, om du frågar mig. Och om jag förstått dig rätt menar du att Philip lurade dig att tro att detta innebar en substansvärdering av bolaget.«

»Precis så var det. Då var vi ju vänner och allt var frid och fröjd, jag hade utvecklat programvaran och vi behövde anställa en säljare, en till programutvecklare och en vd. Philip sa till mig att eftersom bolaget än så länge inte drog in en krona skulle han inte betala mer för aktierna än vad han gjort i den första investeringen, det vill säga tio kronor styck.«

»Just det. Men du menar att vid det laget var bolaget värt oerhört mycket mer eftersom ni kommit så långt i utvecklingen. Han borde ha betalat åtminstone fem hundra kronor per aktie.«

»Exakt. Vi hade ju allt klart, det handlade bara om att expandera. Fyra månader senare såldes Pixel Flow för tjugo miljoner kronor till en riskkapitalist. Förstår du, FYRA månader. Philip fick fjorton miljoner, vd:n fick fem och jag fick en miljon. Det är helt sjukt. Det var ju jag som kom på allt.«

»Jag håller med. Så du stämde honom?«

»Ja, det är klart. Han utnyttjade mig som en galning, sen blåste han mig. Jag lade ner ett helt år av mitt liv på det där projektet, jag fick inte ens godkända betyg i gymnasiet, utan har fått gå Komvux för att ta igen allt. Jag blir helt tokig när jag tänker på det.«

»Men du fick ju en miljon ändå?«

»En miljon? När skatt och sociala avgifter var betalda fick jag ut ungefär trehundra tusen. Det här är ju Sverige vi bor i, skattetrycket är värre än i Nordkorea.«

»Det är inte fy skam med trehundra tusen i fickan, du kommer att slippa ta studielån, antar jag.«

»Vad sitter vi här och diskuterar egentligen? Han tjänade fjorton gånger så mycket och han lade kanske ner femtio timmars arbete på hela grejen. Fjorton miljoner för femtio timmar, mot mina trehundra tusen för ett helt års heltidsjobb, förstörda betyg och vetskapen om att man blivit knullad i röven. Plus att det ju var min idé.«

»Men hade det blivit nåt av idén om inte Philip gått in med sina pengar då? Jag är bara nyfiken, bli inte upprörd.«

»Man undrar ju varför du bjudit hit mig. Jag är säker på att jag hade kunnat hitta nån annan finansiär.«

»Och var det ingen som hjälpte dig att förstå kompanjonavtalet då?«

Kevin tog ut sitt tuggummi och lade det på kaffefatet.

»Nej, vem skulle det vara? Jag gick i skolan, hade inga pengar att anlita nån advokat. Min pappa jobbade på ett av Philips pappas företag och Philips pappa sa bara 'din son är i trygga händer, Philip tar hand om allt', ungefär så.«

»En sista fråga bara, av ren nyfikenhet. Varför dröjde det så länge innan du stämde honom? Det här hände ju för ett par år sen.«

»Vill du veta?«

»Ja, det är därför jag frågar.«

»Efter att bolaget sålts och jag och pappa insåg hur lite det blev över till mig så gick pappa upp till hans pappa och försökte diskutera saken. Men det blev bara skit av alltihop. Jag förstår pappa, han var lack. Till slut blev han avskedad. Inte direkt av Carl-Johan Schale, men det var tydligt att det var han som gav ordern. Pappa försökte stämma de jävlarna för att få skadestånd. Vi använde pengarna från Pixel Flow-försäljningen till den tvisten. Men pappa förlorade, det tog över två år. Vi lade över trehundra tusen på advokaternas arvoden och allt gick åt helvete, mer än bara jobbmässigt.«

»Hur då?«

»Pappa fixade inte det där. Han blev helt knäckt, framför allt mådde han taskigt för att det var han som drog in Philip och hans familj i mitt projekt från början och för att han inte hjälpte mig mer med att förstå kompanjonavtalet och allt. Han mår fortfarande pissigt, pappa.«

»Vad gör han?«

»Jobbar på ett nytt ställe, men det är inte bra.«

»Varför?«

»Han trivs inte där, men framför allt är det nåt annat.«

»Vad?«

»Du har väl tystnadsplikt fast jag inte anlitat dig än?«

Det var en direkt och jobbig fråga. Emelie hällde upp mer kaffe och sträckte sig efter mjölken. Hon hade tystnadsplikt, naturligtvis, men bara angående sina klienters angelägenheter. Och klienten i det här fallet var Carl-Johan Schale, det vill säga Kevins motpart.

Om hon svarade ja på Kevins fråga skulle hon ljuga honom rakt upp i ansiktet. Hittills hade han berättat för henne frivilligt, mer eller mindre som en följd av hennes första fråga. Och hon hade inte lovat att hon var på hans sida. Men nu frågade han något annat, nu frågade han om något som antydde ett klientförhållande dem emellan, och något sådant fanns ju inte.

Hon tittade rakt in i Kevins klarblå ögon. Han såg verkligen inte gammal ut, trots att han bara var fem, sex år yngre än hon.

»Uppriktigt sagt så har jag inte tystnadsplikt i det här läget. Du är inte min klient än och blir det kanske aldrig. Så du får välja själv vad du berättar för mig och inte.«

»Aha, jag förstår. Men då släpper jag det.«

Hela det här upplägget hade varit Magnus idé. Enligt advokatreglerna måste man alltid vara tydlig med vem man företrädde. Ändå hoppades hon att Kevin skulle vilja fortsätta prata med henne om andra saker.

»Hur som helst så skickade du nyligen in din stämningsansökan till Stockholms tingsrätt. Och nu har hans bolag kontrat med att enligt ert kompanjonavtal ska ni inte gå till vanlig domstol om ni vill tvista, utan till skiljedomstol.«

»Ja precis, han är så jävla feg, den där lilla råttan. Han vill inte ta fajten i domstolen. De påstår att avtalet innehåller en skiljedomsklausul, alltså att om vi blir oense så ska det lösas av en privat domstol.«

»Jo, jag vet vad en skiljedomsklausul är. Det ses som ett helt eget avtal i avtalet. Alltså även om resten av ert avtal skulle vara ogiltigt eller felaktigt så kan fortfarande skiljedomsklausulen gälla. Och då är det inte Stockholms tingsrätt som är rätt ställe att gå till.«

»Nej, jag har förstått det nu, kanske. Vilket as.«

Hans tonläge var skarpare nu.

Hon sa: »Får jag fråga en sista sak? När fick du besked om att han begärde att din stämningsansökan helt skulle avvisas på grund av det här?«

»När?«

»Ja, jag vill gärna ha exakt datum. Jag har ju begärt ut handlingarna från domstolen och där står det att hans bolags svaromål kom in den 5 februari. Men min fråga är, när fick du reda på det här?«

»Varför är det viktigt?«

»Det kan vara viktigt. Vet du när du fick information om att han ville avvisa din stämning? Fick du ett brev av domstolen, eller ett mejl? Eller var det din jurist som ringde eller mejlade?«

»Det var min advokat som mejlade mig en kopia på allt.«

Emelie höll återigen tillbaka lusten att säga att hans »advokat« inte var någon advokat.

»Och när var det då?«

»Vänta, ska jag kolla.«

Kevin plockade upp sin spruckna telefon och började scrolla.

»Jag fick mejlet den 10 februari.«

»Så den 10 februari förstod du att Philip inte ens tänkte försöka argumentera mot dig i domstolen.«

»Ja.«

»Hur kändes det?«

Kevin tittade upp på henne igen. Hon hade egentligen inte behövt fråga hur det kändes. Hon såg hur han sköt fram underkäken och fick andas genom näsan för att kontrollera sig.

»Du ställer en del skumma frågor, vet du det? Och sen säger du att du inte har tystnadsplikt. Jag vill ha minst tio miljoner kronor från Philip Schale eller hans bolag, det är mitt krav. Men jag undrar: vad är det *du* vill egentligen?«

Emelie kände hur hon skakade till. Hon trodde att en svettdroppe var på väg att rinna nedför pannan på henne. Det här var inte okej. Tog hon ett steg till nu bröt hon mot advokatreglerna så grovt att hon aldrig skulle beviljas inträde i Advokatsamfundet om detta kom ut.

Antagligen hade hon redan gått över den gränsen.

Hon måste avbryta. Magnus fick säga vad han ville.

Hon reste på sig. »Jag förstår att det inte är roligt. Men du, jag tror att vi ska runda av nu, jag har lite andra möten inbokade. Jag är väldigt tacksam över att du kunde komma hit redan i dag.«

»Var det här allt?«

»Jag hoppas att jag inte har tagit upp din tid i onödan. Jag kanske återkommer, man vet aldrig.«

Emelie använde sin mest formella röst, samtidigt som hon demonstrativt öppnade dörren.

Hon tyckte inte riktigt om sig själv.

En stund senare promenerade hon mot Norrmalmstorg. Hon var på väg för att träffa Jan under hans brottsplatsundersökning i lägenheten på Fatbursgatan.

Det kändes bra att få lite luft och komma ut en stund. Precis som när hon strök blusar var hennes tankeverksamhet som bäst när hon promenerade, joggade eller tränade slagserier på gymmet, något monotont som ändå fick igång kroppen och endorfinerna.

Olika trådar, olika cirklar som kanske eller kanske inte hade något med Philips situation just nu att göra. Hon måste formulera en struktur, en plan, en väg framåt.

Kevin hade fått reda på att Philip helt ville avvisa hans stämningsansökan den 10 februari. Philip försvann kort därefter. Killen var uppenbarligen rasande på Philip och hans pappa hade dessutom drabbats. Exakt hur illa det var med pappan hade hon ju inte fått reda på, men något var det.

Sedan var det händelsen i natt också. Varför var tre unga män på väg in i lägenheten där Philip troligtvis hållits kidnappad?

Och vykortet och Facebookmeddelandet från albinokaninen, vad betydde de?

Och slutligen: när tänkte Teddy höra av sig?

Det påtvingade samarbetet med honom fungerade inte ens. Teddy var arrogant, dryg och verkade tro att han kunde köra sitt eget race. Men vem var det som hade upptäckt adressen till lägenheten i natt? Han hade inte ens kommenterat den saken. Den självgoda jäveln.

På kåken

Tagg var borta igen. Nu låg han på sjukavdelningen, eftersom han fått blod i urinen.

Teddy och Loke garvade åt snabbheten i hans förflyttningar. Han hade kommit ut från isol för två dagar sedan, men inte kunnat hålla sig ifrån rökat ens tjugofyra timmar. När plitarna oväntat fick för sig att göra en generell pisskontroll fick Tagg köra det gamla tricket att skära sig i armvecket och blanda kisset med blod. Det blev ingen narkotikaanalys, i stället körde de iväg honom till sjukstugan där han fick ligga för utredning i två dagar, läsa motortidningar och sportmagasin och flörta med sjuksystrarna.

Teddy hade bokat träningstid. Han pressade axelmaskinens handtag utåt i en snabb distinkt rörelse och förde dem sedan tillbaka långsamt. Han lät aldrig vikterna slå i varandra, varje rörelse kontrollerad, armvecken i nittio grader när han påbörjade rörelsen igen. Muskelbyggande hade alltid varit en tekniksport, men här på anstalten var det dessutom en tjatsport. Fria vikter var förbjudna. På ett vanligt gym skulle Teddy, om han kört med maskin, haft minst sextiofem kilo på vardera sidan, men här tilläts inte det heller. Kriminalvården hade satt ett tak vid trettio.

Enligt den inplastade informationslappen med kriminalvårdens riktlinjer för träning, som satt upptejpad på väggen, skulle konditionsträning kombineras med fasta styrketräningsredskap med »begränsade viktpaket«. Dessutom skulle tydligen »en modern träningsutrustning användas – men som undviker möjligheter till överdrivet s.k. muskeluppbyggande«.

»De säger att man blir fräsch inne, är det sant?«

Det var Sara. Hon hade håret uppsatt i hästsvans i dag igen så att hennes lilla tatuering syntes, och han noterade hennes höga kindben. Det var något stramt och strikt över hennes ansikte som kändes ärligt.

Teddy hade inte talat med henne sedan hon kommit fram till honom ute på rastgården för några dagar sedan. Då hade hon också i princip smugit sig upp till honom.

Han undrade om hon undvikit honom. Han hade tittat efter henne, men bara sett henne på avstånd. Resten av grabbarna verkade gilla henne, hon tycktes inte ha försökt påverka någon av dem på samma sätt som honom. Han hade frågat en av de medelålders rutinerade plitarna vad han visste om henne.

»Inte mycket«, hade han svarat. »Hon har tydligen börjat plugga så min gissning är att hon är nån hotshot inom kriminalvården inom fem år. Men hon gör ett bra jobb, hon har fattat liret här inne.«

»Har hon familj och så?«

»Det tror jag inte, jag har inte sett nån bilbarnstol i hennes bil.«

Teddy hade känt för att fråga vidare, men någonting stoppade honom. Det var aldrig bra att visa sig för nyfiken.

Han torkade sig i pannan med t-shirten och svarade. »Man skulle bli ännu fräschare om man fick träna som man ville.«

»Du kan väl göra armhävningar med nån som sitter på din rygg?«

»Jag skulle inte tro det, vad skulle folk säga då? Jag har gjort sex gånger trettio nu på den här maskinen, det är som rena rama långdistansen. Vissa har fått nycklar till de här maskinerna och kan låsa upp dem.«

Vad hade han just sagt? De som hade nycklar hade ju fått dem av plitar som Emma. Han tänkte på att han hade snackat med henne för några dagar sedan, utan att ens ha pratat med Tagg först.

Budskapet hade varit enkelt. »Emma, jag vill säga att jag är tacksam för alla tjänster som du har gjort för oss, men nu räcker det. Vi behöver inte mer. Och du ska inte heller göra nåt för Tagg.«

Först hade hon sett förvånad ut, ögonen var stora som på en mangafigur. »Är det nåt som är fel?«

»Nej, inget är fel, vi är glada för vad du gjort. Men nu räcker det. Och som sagt, gör inget för Tagg. Och inte för Loke heller. Jag kommer att snacka med dem.«

Sara hade en kortärmad vårdarskjorta på sig i dag. Den lilla namnbrickan satt med kardborrband över bröstet. Huden på hennes underarmar var ren och vit som mjölk. Han undrade om hon lät bli att sola medvetet eller bara inte hade tid.

»Jag ville bara tacka«, sa hon tyst. »Schyst av dig att prata med Emma.«

»Lugnt«, sa han och tog ett steg närmare henne, han ville inte att någon skulle höra den här konversationen. Hon luktade nytvättat hår. Han visste egentligen inte varför han hade gått med på hennes begäran om att sätta stopp för Emma, han hade aldrig gjort något liknande i sitt liv, det var emot alla hans principer.

»Hon blev rätt förvånad, kan jag säga. Hon hade inte direkt väntat sig att avdelningens överkucku skulle be henne lägga av.«

»Överkucku?« Teddy kunde inte låta bli att le åt ordvalet.

»Eller ska jag kalla dig hövding?«

Teddy började skratta.

»Du pratar inte som en blivande kriminolog«, sa han.

»Och du beter dig inte som en kriminell. Det gillar jag.«

* * *

Philip höll metallbiten i ett hårt grepp mellan tummen och pekfingret och fortsatte skrapa med den vassa ändan där han slutat tidigare. Han visste vad han skrapade på – de hade satt upp en plywoodskiva på rummets kortsida. Han hade sett den redan första gången Jokeransiktet öppnat dörren hit in. Den måste vara ditsatt för att blockera ett fönster. Han hade letat sig fram med fingrarna tills han kände en liten yta som var hårdare och kallare än resten av skivan: ett spikhuvud. Sedan hade han följt skivans kant vidare med fingrarna. Sammanlagt satt den uppsatt med tjugotvå spikar. Han måste börja på ett av de ställena.

Hur många timmar kunde han ha bearbetat skivan nu? Han gissade på mellan fyra och sex. Det var vansinne. Jokeransiktet hade gett honom ett ultimatum, och det var bara några timmar kvar på det.

Vad fan sysslade Patric med? Vad var det som var så svårt att förstå – ett köpekontrakt för en våning. Philip behövde ju pengarna.

Sedan slog en annan tanke honom, kanske hade Patric fattat misstankar om att något inte stod rätt till. I sådant fall skulle de säkert hålla inne med överföringen för att försöka lokalisera honom.

Plywoodskivan var hård. Hans metallbit påverkade bara ytan utan att nämnvärt tränga in i träet. Men han fortsatte skrapa, och höll den på ett annat sätt så att han kunde trycka på mer med insidan av handen. Han lutade sig mot sitt verktyg, han pressade på för varje skrapning.

Små, envetna rörelser.

Nu hade han gröpt ur området i skivan kring sammanlagt tre spikar. De verkade sitta med två decimeters mellanrum. Ändå kom inget ljus in, det oroade honom. Om det satt ett fönster bakom skivan borde han vid det här laget se något, även om urgröpningarna bara var millimeterstora.

Han hade försökt dra ut en av spikarna med fingrarna, och sedan med tänderna, för att använda den i stället för metallbiten, men det var omöjligt. Spiken satt fast.

I stället arbetade han vidare på skivan. Skrapade. Pressade. Repade.

Tre spikar till, och han borde kunna få in fingrarna under och bända upp plywoodskivan för att se vad som fanns på andra sidan.

Ibland kröp han fram på knäna till dörren för att lyssna. Han måste veta vad de hade för sig där ute så att de inte överraskade honom igen.

Han tryckte örat mot dörren. För det mesta hörde han ingenting där utifrån, förutom tyst musik.

Men den här gången hörde han Jokeransiktets röst.

Den eller de han talade med hörde han däremot inte. Ljuden var svåra att uppfatta, den eller de andra som var där verkade alltid tala mycket lågt.

»Jag är trött på det här nu. Om jag inte får mina pengar i dag så blir det bara skit av alltihop«, gnällde Jokern.

Den tystare rösten kanske talade lugnande, men Philip kunde inte uttyda någonting.

Jokerfejset svarade: »Lägg av, för fan, du har sagt det i flera dar nu. Men jag har fortfarande inte sett en krona. Plus att jag inte kan hålla på så här längre. Jag börjar tycka synd om den här killen. Han mår ju för fan inte bra sen jag klippte av honom fingret.«

Den andra svarade något mumlande.

»Men det är inte du som måste gå in till honom hela tiden. Fast han får de där pillrena syns det på honom att han kanske inte klarar det här, och då blir det väl ingen deg alls.«

Återigen den otydliga tysta rösten.

Och nu höjde Jokerfejset volymen. »Okej, okej. Jag gav honom tio timmar. Nu är det fem kvar. Har inget kommit in då så vete fan. Då avslutar jag det här, på det ena sättet eller det andra.«

Sedan verkade deras diskussion försvinna bort i ett annat rum, han hörde inte mer.

Han undrade igen om Patric hade gjort någon överföring.

Han knep ihop ena handen om metallbiten.

Hur många fler spikar hann han gräva fram på fem timmar?

*

Dejans knäckebröd klibbade i munnen och Nescafét smakade skit, inte bara för att det saknades mjölk. Teddy granskade burken som stod framför honom. Bäst före-datumet var passerat med två år.

Han antog att han borde försöka höra av sig till Emelie eller Magnus på något sätt, det var redan eftermiddag. Men å andra sidan hade han inte kommit i säng förrän klockan sex, och det var inte hans fel att hans mobil mosats för att hindra snubbarna som attackerat dem från att ta den. Han skulle fixa en telefon och ringa – snart.

Hans tankar flöt tillbaka till natten igen.

»Kan vi prata lite innan?«

Cassandra hade stannat upp i sin rörelse, hennes behå låg bredvid henne på soffan.

»Absolut, vad du vill jag ska säga?«

»Ingenting, jag vill bara att du svarar på några frågor.«

Teddy höll upp behån framför henne. »Sätt på dig den här igen.«

Hennes bröst var små och huden knottrade sig på dem.

»Vad heter du egentligen?«

»Baby Belle.«

»*Fuck that*, vad heter du på riktigt?«

Han höll upp blusen mot henne och gestikulerade att hon skulle klä på sig den också.

»Det är mitt namn här, *mistah*. Men du får kalla mig vad du vill.«

»Okej, då kallar jag dig Cassandra. Du är för ung, du ska inte syssla med det här.«

»*Mistah?* Jag är bara för dig. Jag är nästan oskuld, jag öppna mig bara för dig.«

»Har du nåt pass med dig?«

»Nej.«

»Varifrån kommer du?«

»Edo. Du gillar svarta flickor?«

»Var ligger Edo?«

»Nära Benin, Nigeria.«

»Vet dina föräldrar var du är?«

»Varför du frågar?«

»Jag är nyfiken. Lyssna, du får två tusen extra om jag får ställa några frågor till.«

»Nej, jag tror inte det går.«

»Du får åtta tusen till. Du kan behålla dem själv, eller säga till den som väntar där nere att jag gjorde ditt arsle. Du gör som du vill.«

Teddy höll upp pengarna, sexton femhundringar. Hon måste undra vad han var för typ.

Men hon gick inte därifrån, och det betydde att hon inte trodde att han var snut. Och åtta lax var alltid åtta lax, dessutom hade hon redan fått pengar för ett ligg som inte blivit av. De hade säkert tagit hennes pass, och hon måste köpa loss det genom att dra in ett antal hundra tusen, så brukade de göra. Men dealen han erbjöd var inte dålig, det motsvarade till exempel mer än vad hon skulle ha tagit för en *all nighter*.

Hon var inte särskilt sminkad, det behövdes inte – hennes hy var ung och slät, förutom på vänstra sidan av pannan där hon hade en liten finne. Hennes ögon såg oförstående ut, som om hon fortfarande väntade på att han skulle be henne klä av sig och göra det som antagligen alla män hon träffat hittills i det här landet hade gjort med henne. Samtidigt fanns hela tiden också det där andra i hennes blick. Rädslan.

Hon sa inget, bara tog pengarna från honom och stoppade i jackans innerficka.

»Nu måste du svara på mina frågor«, sa han. »Har du träffat nån kund på Fatbursgatan på sistone?«

»Jag är ledsen, *mistah*, jag vet inte. Jag kan inte gatorna.«

»Har du träffat nån som heter Chamon Hanna eller Daniel Baylan?«

»Jag vet inte, jag kan inte kunders namn.«

»Hur mycket jobbar du?«

»Jag är speciell, *mistah*, jag är så ung. Jag gör nästan bara *out calls*.«

»Vem sitter i bilen där nere.«

»Min chaufför. Jag kallar honom Adia.«

»Vem var det som svarade när jag ringde på ditt nummer?«

»Jag kallar henne Big Mama, ibland Sister, hon tar hand om mig.«

»Var finns hon?«

»Jag vet inte, hon bor också i huset.«

Det var meningslöst. Flickan visste, eller ville inte veta, någonting. Kanske var hon bara listig, hon hade tagit emot hans pengar.

Då kom han att tänka på något.

»Vänta här«, sa han och reste på sig. I Dejans kök hade han två foldrar med alla handlingar han fått av Emelie. Telefon- och mastlistorna, artiklarna om Kevins tvist med Philip och en del andra papper.

Han tog fram telefonlistan. Sökte med fingret efter numret, 0736-474894.

Kolumn efter kolumn med telefonnummer. Sida efter sida med datum, tider, sifferkombinationer. Utgående samtal, ingående samtal, samtal som inte besvarats, ingående sms och utgående sms, och så vidare.

Cassandra rörde på sig borta i soffan.

Då såg han det. 0736-474894. Det var inte någon Chamon Hanna eller Daniel Baylan som sökt Cassandra. Det var Philips telefon som hade ringt henne.

Han fortsatte följa kolumnen med fingret.

Philip hade inte bara ringt henne en gång, han hittade numret vid sex olika datum, det senaste var den 12 februari i år.

Han plockade upp masttäckningslistan. Tittade på datumen och tiderna, följde kolumnerna och raderna.

Han hittade numret där också.

Alla sex gånger som Philips telefon ringt efter Cassandra hade den varit i närheten av Fatbursgatan.

Han gick fram till henne igen.

»Har du nånsin träffat nån som heter Philip?«

»Jag har sagt dig, *mistah*, jag vet inte kunders namn. De säger inte till mig.«

»Du har fått pengar för att svara, förstår du?«

»Jag ska försöka. Lovar.«

»Okej. Då vill jag veta om nån annan frågat eller pratat med dig om nån som heter Philip.«

»Jag vet inte.«

Nu fick det räcka. Hon undvek honom för enkelt.

»Jag tar tillbaka pengarna nu.«

Cassandras ansiktsuttryck förändrades. Rädslan för vad han skulle göra med henne övergick i oro över att bli av med femhundrasedlarna.

»Okej, *mistah*, de har frågat om en Philip. Precis som du.«

»De?«

»Först en kvinna.«

»När?«

»Jag minns inte riktigt. Hon sprang efter mig på gatan, några veckor sen. Den andre kontaktade mig också ungefär då, på datorn.«

»Vem var kvinnan på gatan?«

»Jag vet inte. Jag aldrig har sett henne förut.«

»Hur kontaktades du över datorn?«

»På chatten.«

»Vet du av vem?«

»Nej.«

»Vänta här, jag ska hämta datorn så kan vi titta på bilder på personer.«

Han reste sig upp och gick mot köket.

Han hörde ett ljud.

Sedan hörde han hur dörren slog igen.

Teddy sprang ut till vardagsrummet.

Cassandra var borta.

Han öppnade dörren, sprang efter henne, hörde hennes steg i trapphuset. Det var försent. Han tittade ut genom fönstret, såg henne hoppa in i baksätet på den gamla Volvon. Det var för mörkt för att se någon registreringsskylt.

Teddy satte sig på samma plats där han pratat med Cassandra i natt.

En kvinna och en annan person hade frågat henne om Philip. Det var det närmaste ett hett spår de hade just nu.

Ändå stördes han av att något fortfarande klingade falskt, något saknades. Han kände det instinktivt, eller kanske var det inte instinkt, kanske var det hans erfarenheter, hans liv i den värld han beslutat sig för att lämna.

Med ens visste han vad det var som kändes konstigt, vad det var som inte stämde – han misstänkte var Philip hade hållits, men hade inte en aning om vilken kopplingen var till lägenheten på Fatbursgatan. Men kanske hade han hittat svaret nu.

Han visste vem han måste träffa.

En gammal vän från kåken.

Han ringde efter en taxi.

*

På golvet i hallen låg något utrullat som såg ut som aluminiumfolie.

»Ta det jävligt försiktigt när du går där«, sa Jan, som mötte henne i dörren. Hon visste fortfarande inte vad han hette i efternamn, trots att de sedan mötet i går pratat i telefon flera gånger.

Han var ledigare klädd än senast, i en mörk fleecejacka, svarta byxor med sidofickor och samma typ av mörka kängor som Johnny

Swanell haft. Enda skillnaden var att han hade blå plastskydd över sina skor.

»Lilla gumman, jag försöker titta efter fotspår här, ser du inte det?«

Jan den Anonyme stod bredbent bakom den utrullade folien. Han räckte över skoskydd till henne också.

»Ta på dig de här. Har du varit med på nåt sånt här förut?«

»Nej, faktiskt inte.«

»Jag har ju varit i Philips våning på Östermalm, utan vidare framgång, men här har jag under den senaste timmen hittat en del intressanta saker. Fast kan inte du först berätta vad som hände här i natt?«

De stod kvar i hallen. Hon berättade snabbt vad som inträffat.

Hon tänkte igen på att Teddy medvetet *hållit tillbaka*.

Jan den Ouppfostrade ledde in henne i vardagsrummet.

»Sätt dig ingenstans och ta inte på nånting. Du och den där Nazdan har ju redan trampat omkring här inne som en skock yra elefanter.«

»Han heter Najdan, kallas för Teddy.«

»Jaja, men ni borde ha varit försiktigare, säkring av brottsplatsen och förhindrande av kontaminering tillhör några av grundprinciperna. Varför ringde ni inte oss direkt?«

»För att det var mitt i natten.«

Jan nonchalerade henne och pekade i stället på en apparat som stod på golvet. Den såg ut som en större modell av en hemmaskrivare, ljusgrå plast, några knappar på framsidan och något som såg ut som en skjutlucka nedtill.

»Vet du vad det där är?«

»Ingen aning«, sa Emelie.

»Det är RapidHit 200, senaste tekniken från USA. Inte ens Rikskrim har såna.«

»Vad gör den? Löser kidnappningar?«

»Det kan den göra. Det är ett portabelt snabblaboratorium för mänskligt dna. Specialframställd för att användas på plats av icke forensiskt akademiskt utbildad personal, som till exempel vanliga brottsplatsutredare eller för all del privata säkerhetsbolagsmänniskor som jag. Vi fick in den för två veckor sen. *Over there* har den här typen av labb använts i nåt halvår.«

»Vad kan den mäta?«

»Alltså, man delar in mätbart mänskligt dna i tre olika grupper utifrån kvalitet. När man topsar misstänkta direkt i munnen får man mycket saliv, hela processen är gjord för att kunna föra in deras dna i registret. Det tar kanske två timmar att få fram det. Men när vi gör brottsplatsundersökningar handlar det nästan alltid om de två lägre grupperna, de näst bästa dna-spåren och de sämsta.«

»Vad har du hittat här då?«

»Låt mig förklara. De näst bästa spåren hittar man i sekret på föremål, till exempel blod, saliv eller sperma. De är inte tagna direkt från kroppen, så det är mycket mindre mängder. Det kan också handla om snorkråkor eller hårstrån. Men då ska man ha tur, gärningsmannen ska ha lämnat nåt sånt på platsen. Och då brukar SKL ta nån vecka på sig att få fram dna:t. Den tredje gruppen ska vi inte ens prata om, den kallas för LCN, Low Copy Number dna, bara några få mitokondrier: hudceller på en tröja, partiklar från hårbotten på en kudde, fettet från en handflata på en mobiltelefon. Då får man vänta i veckor, ibland månader om de måste skicka det till England och så. Men med den här maskinen klarar vi i alla fall sekretspår på, simsalabim, nittio minuter. LCN klarar den också ibland, men inte alltid.«

»Och vad har du alltså fått fram?«

»Jag har säkrat upp spår i badrummet, där inne fanns ganska mycket. Golvet, toalettsitsen, handfatet. Väldigt fina ytor, jämna och bra. Sen har jag tittat i vardagsrummet, sängen, bokhyllan, soffbordet. Inte hunnit med köket än. Jag har precis analyserat färdigt fynden från badrummet. Det var mycket från Philip.«

»Nån annans dna?«

»Nej, inte där.«

De gick in i köket. Jan hukade sig och öppnade en portfölj. Han satte på sig ett par latexhandskar och tog sedan upp en lång tops som liknade de som Emelie använde för att peta sig i öronen med, men den här hade bara bomull i ena ändan. Han böjde sig över diskbänken och drog och petade med topsens udd mot blandarens handtag. Sedan tog han upp en ny tops ur bröstfickan, tog bort skyddsplasten och fortsatte leta efter för Emelie osynliga spår.

Efter att Jan svabbat med topsen på något lade han ner den i en liten plastbehållare och skruvade på ett lock. När han hade sex behållare gick han in i vardagsrummet och öppnade en lucka på RapidHitapparaten. Han stoppade ner tops efter tops i varsitt litet fack.

»Nu tar det fyrtio till nittio minuter att få svar.«

»Och vad kan du se då?«

»Då är dna:t analyserat, det vill säga då kan jag se om det fanns tillräckligt med material för att få fram ett dna-prov som är jämförbart med registren.«

»Vilka register?«

»I datorn har jag polisens register, nu för tiden tar de ju dna på alla som är misstänkta för brott med fängelse i straffskalan, dessutom har jag register från brottsplatser och dömda brottslingar.«

»Hur har du fått dem då?«

»Det ska vi inte prata om just nu.«

Jan fortsatte in i hallen. Samma procedur, han hukade sig, genomsökte rummet. Ibland tog han upp ett förstoringsglas och tittade på något, handtaget till dörren, en dammtuss på golvet, spegeln som stod lutad mot väggen. Emelie kunde inte bestämma sig för om det här var *CSI* på riktigt eller något som kändes gammaldags.

Hon tänkte på grejerna de hittat i papperskorgen och på golvet i natt.

»Kan det här vara nåt att kolla?« sa hon och hällde försiktigt ut det de hittat på soffbordet. Tuggummipapperen, två taxikvitton, reklamutskick, den hopknycklade tejpen, förpackningen från en Gorby. Hon lade också fram paketet med cigaretter, whiskyflaskan, tändaren, kondompaketet, kartan med Zoloft och handklovarna.

För första gången såg Jan den Nu Lite Trevligare glad ut.

»Det där är mumma för en sån som jag.«

Han började inspektera föremålen, höll upp dem mot ljuset, granskade med förstoringsglaset, petade med sina tops.

Det ringde på Emelies telefon. Det var Magnus nummer.

»Banken och Carl-Johan har kontrollerat namnunderskriften på överlåtelsekontraktet och den är äkta, det är Philip som har skrivit under«, sa Magnus direkt utan att vänta på att hon skulle svara.

Hon gick till vardagsrummet igen och talade med lägre röst. »Och säljaren, vem är det?«

»Bra fråga, jag har snabbkontrollerat säljarens namn och så vitt jag kan se finns det ingen människa med det namnet som bor på den aktuella adressen. Det är ett låtsaskontrakt.«

»Så hur ska de göra med överföringen nu då?«

Magnus suckade. »Jag rekommenderade Carl-Johan att vänta ytterligare ett dygn. Kidnapparna kan inte veta exakt hur fort Patric agerar och inte heller exakt hur fort en överföring på sexton miljoner kronor till Thailand kan ske. De kommer inte att skada honom bara för att de får vänta till i morgon med att få bekräftelse på att Patric tryckt på skickaknappen.«

»Och i morgon då, vad gör han då?«

»Det får vi ta då, var sak har sin tid, Emelie.«

Hon frågade inte mer om det. I stället pratade de vidare om andra saker. Hon väntade ändå på att Jans granskningar skulle bli klara.

Kevin och Jarl Poljonen måste följas upp. Magnus skulle titta på några saker kring Kevins pappa. Vad gällde Jarl Poljonen, mannen som stod på lägenheten på Fatbursgatan, hade Redwood redan fått fram att han var dömd två gånger till längre fängelsestraff. 1998 fick han tre år för grovt bokföringsbrott och 2003 ett år för grovt penninghäleri, men var sedan dess ostraffad. Han var fyrtioåtta år gammal och hade levt på staten de senaste tjugo åren eftersom han påstod sig ha ådragit sig en ryggskada på ett bygge när han var tjugoåtta. Jarl var den borne målvakten.

De måste få tag på honom. Det var högsta prioritet.

Till sist diskuterade Magnus och Emelie lägenheten i sig, Emelie undrade om han talat med familjen.

»De kanske känner till att han har vistats här förut? Eller om nån kamrat till honom har använt den?«

»Du har rätt, jag pratade med Carl-Johan om det där. Han skulle fråga Titti också. Hittar vi den som bor i lägenheten har vi definitivt kommit framåt.«

Emelie såg hur Jan kom in i vardagsrummet och gestikulerade åt henne.

»Jag måste sluta nu, brottsplatsutredaren vill mig nåt.«

Jan sa: »Jag har fått fram provresultat nu, både på det jag tog i köket och från det som du tog i lägenheten i natt. Men innan vi tittar på det vill jag visa dig nåt intressant i hallen.«

*

Teddy klev av vid Alby station.

Det här var inte hans område, men det låg på rätt sida om stan. Han mindes vagt att han varit här förut, någon gång för många år sedan tillsammans med Dejan eller Alex eller någon annan.

Alby Svarta Lötets Bar & Restaurant var en klassisk sunkpub. En typ av ställe han kände sig trygg på. Han tänkte på Leijons flådiga lokaler med panoramautsikt i världsklass och premiumkänsla till och med i hissknapparna. Ändå var det bara yta. Han undrade vad de dög till egentligen. Som Emelie, som försökte bossa runt med honom men hade missat att be om att få titta i Ipaden.

Teddy sökte med blicken i den halvtomma lokalen. Han verkade inte vara där än. Det var i och för sig inte konstigt, de hade bestämt med kort varsel.

Han skulle träffa Loke Odenson.

I taket och på väggarna hängde flaggor och halsdukar för Stockholms olika fotbollslag, AIK, Hammarby och Djurgården. På finaste platsen, ovanför bardisken, satt Syrianska FC:s rödgula emblem. Teddy kunde gissa vilka det var som ägde stället. I baren stod en ensam bartender och putsade glas, och bakom honom hängde en teve där någon match ur La Liga rullade. Längst in i lokalen stod som vanligt Jack Vegas-automaterna, de var standardinredning på alla svenska pubar av den här typen. En ensam gästs blick var magnetiserad vid knapparna som per definition skulle skinna honom innan den här dagen var slut. Det var som att titta på en zombie. Teddy såg små hållare med broschyren Sanningar och myter om spel, utgiven av svenska statens spelbolag. Han hade sett de där informationshäftena förut, på anstalterna. Storebror låtsades försöka minska spelandet, samtidigt som han drog in miljarder på folks spelknarkande.

Teddy gick och satte sig vid ett bord. Hans ben nuddade bordets underdel, han var för lång, och han kände hur knäna skrapade i gamla torkade tuggummin. Han snappade åt sig en av Svenska Spels broschyrer, han kunde lika gärna bläddra i den medan han väntade.

Vanligast är spelandet bland de unga männen i åldrarna 18–24 år. I denna grupp har spelproblemen fördubblats det senaste decenniet.

Teddy tänkte på hur det varit på anstalterna han passerat, där var det säkert mellan tjugo och femtio procent som var spelberoende.

Svenska Spels uppdrag är att arbeta förebyggande för att motverka spelproblem.

Märkligt, tänkte Teddy, att de då öste ut Vegasautomater i just de områden som var socialt utsatta. Enligt statistiken som tidningarna skrivit om för några år sedan, var antalet spelhålor lägst i Danderyds kommun, där Sveriges rikaste bodde, och högst i Botkyrka och Strömstad, där de fattiga människorna egentligen behövde sina sista kronor till annat.

Dörren öppnades och Loke klev in. Han skrattade till när han såg Teddy och gav honom en ordentlig kram.

»Min räddare, hur länge sen var det sen sist? Tre år?«

»Det borde stämma.«

»Hur länge har du varit ute då?«

»Fyra veckor.«

»Och du har inte bjudit mig på nåt muckkalas?«

»Jag har inte haft nåt party.«

De satte sig ner. Teddys knän gnuggade igen mot de fossila tuggummina. Loke hade skägg och en stor torshammare runt halsen. Den som inte kände Odenson skulle lätt ha tagit honom för något gammalt övervintrat skinhead, i synnerhet med tanke på att hans för- och efternamn passade väl in på en riksarier med faiblesse för Valhalla och midvinterblot. Dessutom gillade han mörka byxor, stora svarta boots och fotsida läderrockar. Men Teddy visste: det här var inget nassetrams, det här var bara Loke – halvvilsen hacker som älskade *Sagan om ringen* och avancerade dataspel.

»Vad gör du nu för tiden?« frågade han.

»Jobbar med datasäkerhet«, sa Loke och flinade. »Man får välja sida här i livet. Jag har gått över till Satan nu. Och Satan betalar bra, sätter av till tjänstepension och jag behöver inte få fötterna krossade på grund av min stora mun. De respekterar mig, fast jag är kaxig. Och så ska jag ju ha barn.«

Tjänstepension, tänkte Teddy, det vill jag också ha.

»Ska du ha unge?« sa han i stället. »Grattis.«

»Tack.«

»När?«

»I juli.«

»Fan vad trevligt. Vet ni kön?«

»Ja, det blir en kille.«

»Några namnförslag än?«

»Jadå, mina förslag i namnförhandlingen har varit Hugin eller Munin.«

»Hulken då, är inte det bra?«

»Vad pratar du om?«

»Jag tänker på den där filmen *Avengers*, då är ju Thor och Loke och det andra asafolket med. Och Hulken.«

»Du har ju noll koll. Hugin och Munin var Odens korpar, inte nån amerikansk smörja.«

»Nej, men 'Hugin och Munin, var morgon flyga ut över världen vida'. Kanske var de i USA.«

»Du är inte helt normal. Vad pratar du om?«

»Det var ur *Eddan*.«

Lokes ögon glittrade till, han såg ut att utvärdera Teddy. Hans kaxighet var som sagt som vanligt, trots att han tydligen bytt sida.

De fortsatte småprata en stund. Utbytte erfarenheter av livet utanför murarna, även om det var en helt annan grej för Loke som bara suttit åtta månader. De pratade om gemensamma bekanta från kåktiden, sina familjer, jobbmöjligheter och smaken av öl första gången efter muck.

Teddy sköt sitt urdruckna glas åt sidan.

»Jag skulle behöva lite hjälp«, sa han. »Men jag vill inte prata här inne. Kan vi ta en promenad?«

Det var otrevligt väder utanför dörren.

Snöblandat regn.

*

I teverummet satt fortfarande en man från Redwood och jobbade på en medhavd dator. Ibland ringde han lågmälda samtal på sin telefon, ibland verkade han mest luta huvudet bakåt och dåsa till. Carl-Johan visste fortfarande inte om han hette Jesper eller Jens eller något liknande enkelt namn.

Vissa saknade känsla för svensk tidlöshet, för namn som klingat likadant i generationer. Carl-Johans far hade hetat Carl-Philip och hans far hade hetat Carl-Johan. Carl-Johans farfars far hade hetat Carl-Fredrik Philip Schale.

Det var just de människorna, de utan känsla för värderingar, som frossade i andras olycka. Samma människor som älskade att invadera lyckliga individers privatliv och konsumera de medier, den tidning, som försatt Philip i den här situationen. Som listade människor som lyckats, som öppnade dörren för kriminella och pekade ut vilka de skulle ge sig på.

Han funderade på om personen i teverummet kanske mer var till för Titti. Hon höll sig mest i sängkammaren eller biblioteket. Hon drack sitt te, försökte titta på sin lilla teve, tog sina tabletter. Ibland gick hon promenader ute i vintervädret, hon behövde komma bort från allt, sa hon, hon behövde andas.

Ändå tyckte han att det var skönt att ha någon där. Han ville inte vara ensam med henne nu.

Han undrade vad Magnus egentligen pysslade med. Nu hade hans son varit borta i över en vecka. Det hade varit den värsta veckan i Carl-Johans liv, och än så länge hade varken Magnus eller Redwood kommit närmare någon lösning.

Titti satt med pläden uppdragen till hakan i soffan i biblioteket. Hon hade fått den i femtioårspresent av några goda vänner, den var en aning noppig, men eftersom den mest hade legat orörd på en fåtölj eller soffa de senaste åtta åren var den ändå förhållandevis fräsch.

Han ställde sig i dörröppningen. »Ska du inte ha lite lunch, nåt att äta ändå?«

Titti sjönk ner med ryggen i soffan. Hon påminde om Caroline när hon var yngre, hon brukade ockupera tevesoffan i just den positionen när hon fortfarande bodde hemma.

»Jag har ingen aptit.«

»Jag förstår, men jag tror ändå att det vore ...«

»Har Magnus hört av sig? Vet vi nåt mer?«

»Nej, men han rekommenderade att Patric inte betalar nåt i dag.«

»Vågar vi det?« suckade hon.

»Jag tror det. Enligt Magnus kanske de inte vet exakt hur fort en överföring ska gå. De verkar ju helt ha missförstått bankernas spärrsystem.«

Titti vred bort huvudet. Han hörde hur hon snyftade. Han var ändå glad att hon inte fick ett utbrott och började slå eller klösa.

Han sa: »Och Emelie har träffat Kevin Andersson. Han fick tydligen reda på att Philip struntade i hans tramsiga krav i domstolen ungefär den 10 februari.«

»Bara några dagar innan Philip försvann?«

»Precis. Så Magnus bad Redwood sätta nån personal på att bevaka den där Kevin och kontrollera honom ytterligare.«

»Och?«

»Inget än. Det här fick hon reda på för nån timme sen bara.«

Titti sjönk ner ännu längre i soffan. Hon grät inte lika mycket som de första dagarna, men hennes ansikte hade tappat all lyster och såg nästan genomskinligt ut. Håret var okammat och en begynnande utväxt syntes, hårstråna såg mörkare ut längst in. Det slog honom att han aldrig sett hennes verkliga hårfärg.

Han tänkte på hur hon sett ut när de hade gift sig, håret i en avancerad uppsättning som framhävde hennes smala, vackra hals, och med en liten krona högst upp.

De hade hållit vigseln i Djursholms kapell och den efterföljande middagen var på Grand Hôtel i Vinterträdgården. Livet hade tett sig enkelt, även om Tittis pappa kanske inte varit överlycklig över att hon träffat just honom.

Carl-Johan hade varit vd på Lucrum och allt gick spikrakt uppåt, även om han inte gjort de riktigt stora affärerna än. Men på något sätt hade Titti blivit gravid, hon väntade Philip, så de var tvungna att ingå det äkta ståndet. Det var inte så att han inte velat gifta sig. Catharina Adlercreutz, som hon hetat då, var ett bra kap. Hon var adlig och hennes far ägde stora landegendomar i Skåne. Hon var glad, söt och umgicks i samma kretsar som han. Men han kunde minnas hur han redan då funderat på hur det skulle bli om tio år.

Han var naiv, i dag visste han att begrepp som kärlek och att älska var mycket mer komplicerade än känslan av ett bankande hjärta och ett hettande huvud. Ibland kanske omgivningen till och med uppfattade den kärlek man kände som hotfull.

»Nåt mer då?« frågade Titti.

»Nej, inget mer.«

Carl-Johan sa inget om lägenheten som Teddy och Emelie besökt under natten och som Redwood just nu genomsökte. Han sa inget om männen som misshandlat Teddy. Han sa inte vad Magnus berättat för honom om Teddys andra förehavanden i natt. Tydligen hade Teddy inte hört av sig förrän precis nu.

»Jag har ringt Caroline«, sa hon tvärt. »Eller ringt och ringt, jag skickade henne ett mejl och hon ringde upp mig.«

»Varför då, vad har hon med det här att göra?«

»Jag ville höra att hon mådde bra, och jag ville att hon skulle komma hit.«

»Men varför?«

»För att hon är vår dotter och Philips syster. Hon måste få veta. Jag vill ha henne här, jag mår inte bra, det förstår du väl?«

»När kommer hon?«

»Hon kommer nu.«

I samma ögonblick hörde Carl-Johan dörrklockan.

Han, Mamma och Caroline satte sig i vardagsrummet. Det kändes ovant, men i och för sig bra att Mamma kommit upp ur liggläget. Han undrade verkligen varför hon ringt till Caroline. Kanske var det bara som hon sa, att hon ville ha hela sin familj nära när Philip saknades. Och nu när Caroline var här, var han glad att se henne.

De hade kramats länge i hallen innan han ens antytt vad som hänt. Men Titti måste redan ha berättat *något* för henne, även om hon sa till honom att hon inte sagt något. Caroline hade något bekymrat i blicken redan när de hälsade.

»Men vi vet inget säkert«, avslutade han med att säga efter att kort ha förklarat Philips situation. »I den bästa av världar har han fått nåt slags knäpp idé och håller sig bara undan av egen vilja. Inte för att jag har en aning om varför han skulle göra det.«

Caroline strök luggen från pannan, håret var mörkare nu än när hon varit barn. Hon såg trött ut, hon hade skuggor under ögonen och Carl-Johan fick intrycket att hon såg betydligt äldre ut än hon var. Hon hade på sig en grön stickad kofta och pösiga jeans. Ungefär samma stil som hon hade haft när hon bodde hemma. Redan då hade hon klätt sig som en fältbiolog, hon hade varit engagerad i olika miljöföreningar. Kanske var det inte så märkligt att det var naturvetenskapen som senare lockat henne på universitetet. Så vitt han förstod höll hon nu på att doktorera vid ett brittiskt universitet i något som de kallade hållbarhetslära. Det handlade mest om olika experiment.

Enligt Carl-Johans uppfattning behövde inte folk med stil de där specialintressena. Han hade försökt uppfostra sina barn enligt två enkla principer: etikett och disciplin. Med den första egenskapen klarade man sig i alla livets situationer, så länge man visste hur man skulle bete sig, behövde man aldrig känna sig malplacerad. Den andra egenskapen gav framgång på det rent ekonomiska planet, lade man manken till så lyckades man. Social stabilitet och ekonomisk trygghet, vad mer kunde man begära?

Det fanns inte utrymme för överdrivna musikaliska eller konstnärliga intressen, det fanns inte plats för alltför tidskrävande sportaktiviteter, med möjligt undantag för tennis och hästsport. Det gavs under inga omständigheter tillstånd att hålla på med suspekta verksamheter som politiskt engagemang, backpacking eller skateboard.

Det passade sig helt enkelt inte, en person som var alltför intresserad av något riskerade att tappa sitt sociala sammanhang.

Det fanns också en djupare anledning som Carl-Johan inte riktigt kunde sätta ord på. Risken att man började tänka i krokiga banor, att man genom att fördjupa sig i ett intresse började se världen ur konstiga, obskyra vinklar. Att man började ifrågasätta saker och ting i onödan.

Caroline hade inte varit riktigt där och nosat, men ibland hade han undrat.

Carl-Johan upprepade vad han redan sagt. »Alltså, allt tyder på en kidnappning. Men vi hoppas ju, det måste vi ju, att han bara håller sig borta.«

»Som jag då, menar du?«

»Men du håller dig väl inte undan medvetet?«

»Pappa, när ringde jag dig senast?«

»Men du har väl kontakt med Mamma?«

Han betraktade Titti.

Hon vände bort ansiktet.

Carl-Johan sa: »När pratade du med Mamma senast?«

»Hon ringde mig för en timme sen och bad mig komma hit.«

»En timme sen? Men hur kunde du komma hit så fort från London?«

»Jag var redan här«, sa Caroline. »Jag har varit i Stockholm ett tag.«

Carl-Johan kände sig än mer sorgsen. Hans dotter hade varit här i hemlighet, utan att han visste om det. Han undrade vad hon pysslat med. Han undrade vad Titti känt till.

Det var som om hon ville säga honom något.

Något han inte förstod.

*

Emelie och Jan gick tillbaka till lägenhetens hall. Hon försökte göra mentala noteringar över vad hon måste ta tag i när hon var klar här, det brann i huvudet.

»Titta på spegeln som står lutad mot väggen där. Det är inte meningen att den ska stå så, även om vissa kanske tycker att det ser estetiskt ut. Det sitter en ordentlig spik i väggen som den hängt på. Och på baksidan av spegeln är det en rejäl ståltråd som fortfarande sitter fast. Ingenting tyder på att spegeln rasat ner på grund av dålig spik eller dålig upphängningsanordning på baksidan. Den har rasat ner på grund av yttre påverkan, det är min kvalificerade gissning. Nån har dunsat in i den, rivit tag i den eller slitit i den på nåt annat sätt.«

»Vad betyder det?«

»Det är en fråga till dig. Var det här ni var i slagsmål i natt?«

»Ja.«

»I så fall kanske det är utan betydelse. Jag ska undersöka den senare. Låt oss nu titta på dna-resultaten.«

RapidHitapparaten stod på vardagsrumsgolvet. Jan pekade på den.

»Då kan vi se att vi har fått fram bra dna från en av kökslådornas handtag, och så hittade jag bra material på whiskyflaskan och på Gorbypaketet också.«

Jan hade ställt upp en laptop på soffbordet och kopplat den till RapidHitapparaten på golvet.

»Nu skickar jag in dna-provernas profil i datorn, och kommer att jämföra med registret.«

Han klickade på olika ikoner och Emelie såg hur datorn började söka.

Det tog några minuter utan att något hände.

»Så att jag förstår – bara för att vi har fått fram mätbart dna är det inte säkert att vi hittar vem den tillhör? Det krävs att personen finns med i polisens register?«

»Du har förstått rätt.«

»Får jag fråga om Jarl Poljonen finns med i registret?«

»Det kan jag titta på senare.«

Datorn fortsatte att jobba och dess fläkt gick igång på hög volym.

Efter en stund kom det upp ett meddelande: »En matchning funnen.«

Jan klickade på meddelandet.

Det stod: »3442: Najdan Maksumic.«

»Okej, det är alltså Teddy. På kökslådans handtag. Det var inte mycket värt, ni var verkligen överallt och pillade i natt, utan handskar.«

»Kan du se för vad han finns med?«

»Nej, tyvärr inte, bara att de har tagit dna från honom nån gång. Så det var inte så lyckat, ingen bra träff, helt enkelt«, sa Jan och knappade på datorn.

»Vad gör vi nu då?«

»Jag måste helt enkelt ta med mig de här proverna till mitt labb.«

»Kan du få upp andra träffar där som RapidHit inte klarar?«

»Kanske om det rör LCN, men det tror jag inte. Det är registren som är för smala. Jag har inte vissa register i den här datorn.«

»Varför?«

»Alla register är inte helt *kosher*, om jag säger som så. Men i de jag har på kontoret finns fler personer med, då kan det komma upp fler matchningar. Och jag kan kanske koppla den här whiskyflaskan eller Gorbypaketet till nån.«

Just då ringde det på dörren. Emelie märkte att hon spände sig, hon tänkte på natten igen, på inkräktarna.

»Följ med«, sa hon till Jan. De gick ut i hallen.

Hon övervägde att huka sig på samma sätt som Teddy hade gjort i natt, men ångrade sig. I stället öppnade hon snabbt dörren.

Där stod Teddy. Han såg grå ut i ansiktet, men försökte antagligen le.

Han sa: »Hur går det här då?«

Emelie kom på sig själv med att stirra på honom innan hon sa något.

»Varför har du inte hört av dig?«

»Måste jag ringa dig en gång i kvarten, eller?«

»Nej, men det skulle vara bra om vi vet vad den andre håller på med i alla fall. Eller hur?«

»Men nu är jag här. Nu ser jag vad du håller på med.«

Hårddisken

Det var mörkt i hotellrummet. Barnen sov, och eftersom det inte fanns någon annanstans för henne att sitta än i hotellsoffan i samma rum var Cecilia tvungen att ha släckt. Särskilt Lillan hade svårt att sova om någon lampa var tänd.

Hennes föräldrar hade åkt tillbaka till Umeå. De hade så klart märkt på henne att hon inte mådde bra. Att hon stigit upp på morgonen och sett ännu tröttare ut än kvällen innan. Att hon var okoncentrerad och tappade tråden i samtal. Att hon lätt blev irriterad på barnen fast de egentligen skötte sig exemplariskt. Det var som om barnen för första gången i livet förstått allvaret i ett problem som rörde vuxenvärlden.

Ändå visste ingen av dem vad som egentligen tyngde henne. Branden var jobbig, fixandet med försäkringsbolaget, saneringsfirman, grannarna som klagade och införskaffandet av nya kläder och hygienartiklar. Men samtidigt var det bara praktiska frågor. Det värsta som skulle kunna hända var att grannarna började tycka att branden på något sätt berodde på Cecilias eller Mats slarv, och blev så pass irriterade att de blev utslängda ur föreningen, men då fick de väl köpa en ny bostad. Dessutom borde de bara vara tacksamma, de som bodde under skulle också få totalrenovera sina kök och vardagsrum, utan kostnad. Försäkringsbolagen tog allt.

Men det enda hon kunde tänka på var Mats berättelse. Borde hon oroa sig för Lillan och Benjamin? Fanns det något han inte berättade?

Hon försökte spola tillbaka till samtal hon haft med Benjamin de senaste åren. Som den där gången när han kommit hem efter fotbollsträningen och berättat att han inte ville duscha med de andra killarna eftersom de höll på så mycket med varandras rumpor. »De snärtar med virade handdukar«, hade han sagt. Var det egentligen en signal? Hade han försökt säga något annat?

Eller när Lillan hade klätt av sin docka, lagt upp den på köksbordet och konstaterat att »den bajsar genom snippan«.

Hon öppnade hotelldörren försiktigt. Korridoren var tom och dunkelt belyst. Den blåa heltäckningsmattan påminde om ett stilla vatten.

Hon lät dörren stå på glänt, så att hon kunde höra ifall något av barnen vaknade.

Mobiltelefonen brände i handen. Hon slog in 114 14.

»Jag skulle vilja anmäla ett brott.«

»Okej, är det nåt som pågår just nu?«

»Nej, det är gammalt, eller ganska gammalt.«

»Vänta lite.«

De kopplade henne vidare. Nästa polis frågade ungefär samma sak.

Cecilia sa: »Min man har surfat på barnpornografiska sidor.«

Nästa dag förklarade hon för Mats vad hon hade gjort.

Han blev inte arg som hon hade väntat sig, snarare verkade han orolig. Han började vrida händerna om varandra och skaka med ena benet. Han gick upp i falsett när han pratade.

»Men jag ska skrivas ut i dag, sa doktor Ashraf. Jag mår mycket bättre. Andningen är nästan problemfri.«

»Jag vet, det var därför jag ringde till polisen.«

»Men jag har ju berättat för dig. Du hotade med att anmäla om jag inte berättade och så gjorde jag det. Och så gör du så här ...«

Hans fingrar rörde sig som trumpinnar på lakanet.

»Var har du datorn?« frågade han.

* * *

Jan den Faktiskt Helt Okej förklarade för Teddy vad han hittat och analyserat. En rad spår från Philip, något enstaka spår från Teddy själv, men inga andra matchningar. Dessutom dna från en okänd person på whiskyflaskan och pirogpaketet.

Teddy ställde några frågor: Fingeravtryck? Fotspår? Tecken på våld? Sperma?

Emelie undrade varför han frågade om det sistnämnda.

»Vad gör du egentligen här?« frågade hon honom när Jan var färdig.

Teddy tittade ner på henne. Han var verkligen lång. Åren på anstalt hade inte skadat hans utseende.

»Jag pratade just med Magnus, och han sa att du var här och att han verkligen vill att vi samarbetar nu. Sen vill jag få tag på killarna som försökte slå ihjäl oss i natt. Dessutom hade jag lite grejer att överlämna till Janne här.«

Emelie tittade på Jan, som stod längre bak i hallen i sina latexhandskar och skoskydd. Han var lite rar ändå, Janne Utan Efternamn.

Teddy räckte över en kasse till honom och sa: »Du kan väl se om du får fram nåt dna på de här glasen.«

De promenerade samma väg som de gjort i natt.

»Så vad har du haft för dig sen vi pratade senast?« frågade Emelie.

»Jag har gjort lite egna efterforskningar.«

»Vad har du kommit fram till då?«

»Det är inte moget att redovisa än.«

»Vad pratar du om?«

Teddy svarade inte.

I gathörnet de passerade satt en romsk tiggare på knä och vaggade fram och tillbaka. Teddy stannade upp och gav honom en tjugosedel.

Emelie släppte ämnet för en stund. Men det var irriterande att han var så kaxig.

Hon sa: »Har du fått reda på nåt mer om personerna som överföll oss än?«

»Både och. Daniel Baylan har vi ju personnumret på och jag har låtit en vän kolla upp honom lite extra. Jag har ett passfoto på honom, men kan inte säga att han är särskilt lik nån av killarna i lägenheten. Det var ju mörkt där och foton kan bedra. Vad gäller Chamon Hanna har samma vän fixat fram ännu fler passfoton. Bilder på alla som heter så. Jag har dem i påsen här. Vi får se om de ger nåt.«

Emelie kunde inte låta bli att studsa lite över hans ordval: »foton kan bedra«. Han talade inte alltid som den kriminelle han antagligen var.

Hon tittade ner, Teddy bar på en sladdrig Icakasse.

»Du kan få låna en ordentlig väska på kontoret sen.«

»Fint, men lyssna nu. Daniel Baylan är revisor på Kungsholmen och han jobbar i dag.«

Hon och han i en taxi igen.

De var på väg till en revisionsbyrå med namnet Ace Revision på Hantverkargatan på Kungsholmen.

»Så vad tror du?« frågade hon när taxin körde Centralbron över vattnet mellan Södermalm och Gamla stan. Det här var Stockholms stora kroppspulsåder. En trafikådra av betong och asfalt som skar rakt igenom fjortonhundratalskvarteren. Hon var förvånad att hon ens frågade honom.

»Det är många trådar att hålla reda på nu.«

»Minst sagt, och jag trodde ändå jag var van vid informationshantering. Men här kommer liksom allt live, inget kommer i pappersform som jag är van vid.«

»Som livet.«

»Du behöver inte vara djup nu. Säg i stället vad du tror.«

»Jag vet ingenting än så länge. Men du förstår vem lägenheten tillhör, antar jag?«

»Inte direkt. Jarl Poljonen?«

»Det tror jag inte. Det är Philips extralya.«

Emelie tittade ut genom fönstret. På ena sidan låg Riddarholmen med Svea hovrätt och Högsta förvaltningsdomstolen. På andra sidan Högsta domstolen. Rättssystemets yttersta slutpunkter. Med ens kände hon sig orolig. Vad var det hon gett sig in på egentligen?

»Varför tror du det?«

»Jag lägger ihop ett plus ett plus ett. Hans telefon har kopplat upp sig mot masten närmast där många gånger, hemma hos honom hittade du reklam adresserad till lägenheten. Dessutom finns hans dna i duschen. Om han bara skulle ha hållits där av kidnapparna borde han väl inte ha duschat?«

Det flammade till i hennes huvud.

Emelie och Teddy gick in på en 7-Eleven några kvarter bort på Hantverkargatan när de var klara uppe hos Daniel Baylan. Teddy mumlade något om att de här butikerna verkade vara vanligare än till och med frisörsalonger nu för tiden.

Åtta år, tänkte Emelie, när hon hörde honom. Hon måste begära ut hans dom, den var ju offentlig handling. Frågan var bara vilken tingsrätt eller hovrätt han var dömd av. Det fanns inget centralt register i Sverige med domar än så länge, även om vissa privata databaser försökte göra affär av att hänga ut folk. I värsta fall fick man ringa runt till domstol efter domstol tills man hittade rätt.

Inredningen var standard för 7-Eleven. Grönvitröda streck på väggen ovanför kassan och små runda bord. Bullar, wienerbröd, brownies, chocolate chip cookies och ett tiotal andra viktfientliga bakverk låg bakom glaset i kassan.

De behövde sitta ner, prata och gå igenom saker.

Teddy köpte varsin kaffe till dem och två korvar till sig själv.

»Ska du inte ha lunch?« frågade han när han satte sig mitt emot henne.

»Nej, jag går på en diet. NOSEF heter den.«

»Vad är det?

»No 7-Eleven Foods.«

Teddy skrattade till. »Du har ju humor, ju.«

Det var nog första gången hon såg honom le. Han hade skrattgropar.

Daniel Baylan var inte intressant längre. De hade fått tag på honom på hans kontor och hade ganska snabbt kunnat konstatera att han måste ha blivit bestulen på sitt körkort för en tid sedan. Baylan visade upp en kopia på en polisanmälan som var gjord redan i december.

Teddy tog upp sin påse och fumlade med en bunt papper. Det var kopior på passbilderna på de olika männen som hette Chamon Hanna. Han hade rensat ut de personer som var över trettiofem år och under tretton. Kvar var tjugosju bilder.

Han hade själv redan gått igenom dem.

»Jag tror att jag har hittat vår man Chamon, men jag är inte hundra. Jag får väl skylla mig själv som släckte där i lägenheten.«

Han höll fram bunten. »Men jag vill att du tar ställning till alla själv, innan du ser mitt val.«

Emelie tog papperen. Kopiorna var i samma storlek som de i ett pass. Egentligen skulle hon ha velat ha dem större och i färg, men kanske var det så här de lämnades ut.

Hon bläddrade långsamt igenom dem. Mörkhåriga unga män, vissa yngre än andra. Vissa med finnig hy och en sorts oskuldsfullhet i blicken. Vissa med snaggat hår eller längre hår i sidbena, väldigt få med långt hår. Hon tyckte att många av dem liknade varandra, men antagligen var det bara för att hon var ovan att iaktta bilder av en hyfsat homogen grupp på det här sättet.

Till slut fastnade hon för en bild. Killen på fotot såg relativt städad ut, renrakad, trevliga ögon, välkammad frisyr – det var inte så han sett ut i lägenheten – men på något sätt kände hon igen honom.

Hon pekade på bilden. »Jag tror att det här är han. Men jag såg ännu sämre än du.«

»Okej, då ska jag visa min bild.«

Teddy pekade på en annan kopia.

Emelie granskade mannen på sitt foto, sedan lade hon upp Teddys val bredvid sitt eget. Hennes hade kortare hår, halvstängda ögon. Hans hade skäggstubb, kort hår men öppnare ögon. Teddy hade en poäng – hans person var inte heller olik en av männen i lägenheten.

»Jag vet inte«, sa hon till slut.

Teddy sköt undan bilderna. »Inte jag heller. De här killarna skulle kunna vara syskon, det enda som talar emot det är att de heter Chamon Hanna båda två. Hur som helst så får vi gå på det vi har. Båda liknar den lilla jäveln från i natt.«

Han plockade upp ett annat papper med adresser och personnummer.

»Ditt förstahandsval är nitton år. Min kille är tjugoett. Din snubbe bor hos sin mamma i Södertälje. Min är skriven som utflyttad ur riket. Låt oss hoppas på din man.«

»Vi kanske kan kolla deras namn mot bilregistret, och se om de äger en mörk BMW? Det var väl en sån de stack i?«

Teddy glodde igen på de två fotona samtidigt som han tuggade på den sista biten på sin korv.

»Tyvärr, man kan inte få sån information från bilregistret om man inte kan bilens registreringsnummer. Och jag sätter två såna här varmkorvar på att den ändå inte är skriven på vår kille. Den här typen av snubbar som slogs mot oss i natt ändrar sig inte i första taget. De älskar tyska bilar, men står aldrig på dem.«

Det ringde i Teddys telefon.

Han svarade några korta ja och nej, sedan sa han: »Jag måste gå.«

»Vart då?«

»Jag nystar i en annan tråd i den här härvan, har jag ju sagt.«

»Det har jag förstått, men ska jag åka och hitta de här två Chamon Hanna-männen själv har du tänkt? Jag trodde att det var för den här sortens personer som Magnus ville ha med dig. Södertäljekoppling och allt.«

»Jag vet inte vad du tror, Emelie, men du får ta tag i Hanna själv. Men du ska inte besöka honom ensam, det tycker inte jag heller. Jag kan hjälpa till en bit på vägen. Jag känner en kille där som heter Isak Nimrod. Om du får tag på honom, kan han hjälpa dig. Jag har inte hans telefonnummer eller adress, men mitt tips är att du går via hans advokat, Ove Tiberg. Han har faktiskt sitt kontor här på Hantverkargatan, hundra meter bort bara.«

»Så passande. Men varför ska den här Isak hjälpa mig, och hur?«

»Lita på mig. *We go way back*. Om Isak kallar på nån i Södertälje så dyker de upp. Be advokaten få tag på honom. Och hälsa från mig. Säg åt honom att Björne behöver hjälp.«

Teddy ställde sig upp och började gå ut.

»Vänta.«

Han vände sig om. »Var det nåt mer?«

»Ja, innan du går måste du berätta vad det är du nystar i. Och så vill jag ha ditt nummer. För jag utgår från att du har fixat en ny telefon.«

»Det har jag. Men du borde överväga att fråga lite snällare.«

Emelie kände sig med ens omåttligt irriterad. Om nu Magnus ville att de skulle samarbeta kunde väl Teddy försöka skärpa sig.

»Varför ska jag göra det?« sa hon. »Du bara vände dig om alldeles nyss och var på väg att stega ut utan att ens säga hej. Vi ska jobba tillsammans, heter det.«

Teddy tog några steg mot henne. Emelie noterade igen att han verkligen behövde en ordentlig väska, men inte bara det, en ny jacka och ett par nya byxor skulle inte heller sitta fel. Egentligen var han i kraftfullt behov av en ny frisyr, nya skor och lite solbränna också. Dessutom borde han försöka sig på några fler av sina leenden. Då skulle han vara riktigt attraktiv.

»Vi jobbar parallellt, anser jag. *Inte* tillsammans. Du gör ditt så gör jag mitt. Om våra vägar korsas, som i natt, får det vara så. Men jag är jävligt trött på hur du försöker hunsa mig. Du beter dig som det vi brukar kalla en jättebitch från helvetet. Förstår du?«

Emelie ryggade nästan tillbaka. Hittills hade Teddy egentligen aldrig reagerat särskilt starkt på deras samarbetssvårigheter, även om han på telefonen i natt meddelat att det var Magnus som bestämde och inte hon. Men nu.

En tanke drog genom hennes huvud: släpp det här nu. Låt honom gå. Låt honom göra sin grej, han jobbar ändå för utredningen. Han har Magnus förtroende. Samtidigt var det inte okej. Han kom från ingenstans, betedde sig som om han ägde det här ärendet och var antagligen lika kriminell som killarna som försökt slå ner dem i lägenheten. Dessutom var hon jävligt trött.

Det fick räcka nu.

»En sak ska du ha klart för dig«, väste hon när de stod tillräckligt nära varandra. »Att ingen talar så till mig. Hör jag ett sånt ord komma från dig igen, så är du finito på det här jobbet. Och jag skiter i vad din kompis Magnus säger i så fall. Du är en sliten loser och ska bara hålla jävligt låg profil. Har *du* förstått?«

Teddy vände sig om och gick mot utgången.

»Numret. Du gav mig inte ditt nummer!« var hon tvungen att ropa efter honom.

Men det var försent, hon talade till hans nacke.

Tre minuter senare hade hon advokat Ove Tibergs exakta adress. Hon ringde, fick tala med hans sekreterare och förstod att han var inne, men i och för sig inte hade tid för ett möte.

»Kan jag få prata med honom bara, det är väldigt brådskande, det här.«

»Tyvärr«, sa sekreteraren. »Han är upptagen just nu.«

Strunt, tänkte Emelie.

Hon gick de hundra meterna till advokatens kontor. Bredvid porten satt en liten mässingsplakett: Advokatfirman Tiberg. En klassisk humanjuridisk firma. Hon googlade byrån på sin telefon. Advokat Tiberg själv och tre anställda. En advokat och två biträdande jurister – den här världen var som sagt en annan sport. På ett sätt kunde hon uppskatta den diskreta skylten och småskaligheten, det var så advokater jobbat i alla tider, innan de stora M&A-transaktionerna blev kassakon.

Hon tryckte på porttelefonen och hörde samma sekreterares röst, fast nu burkigare.

Efter någon minut satt hon i advokatens väntrum, som egentligen bara var två utplacerade fåtöljer i ett hörn i korridoren. Emelie hade sagt att hon behövde träffa Ove Tiberg omedelbart och att det gällde ett bra ärende, det sista hade tydligen gjort susen.

Byrån var inhyst i en gammal våning, högt i tak, stuckatur och parkettgolv överallt. Hon kunde se tre dörrar till höger ut mot Hantverkargatan, två av dem var öppna. Kontorsrum – utan någon advokat i dem just nu. De här advokaternas huvudsakliga arbetsplats var i rättssalen. De tjänade sina pengar på att processa, försvara tilltalade och ibland biträda brottsoffer, de hade inget för att sitta vid sina skrivbord och skyffla papper. Det var ren tur att Ove Tiberg var inne.

På väggen satt en halvkitschig tavla av Stockholms rådhus på Scheelegatan, så som det måste ha sett ut för femtio år sedan. Det såg i och för sig likadant ut i dag, stort, med en hög uppskjutande torndel där det ryktades att lagmannen höll ett hemligt arkiv med dåligt skrivna domar.

I ett rum till vänster låg receptionen: ett skrivbord och många aktskåp. Sekreteraren hade ett headset på huvudet och verkade svara på ungefär ett telefonsamtal i minuten samtidigt som hon frenetiskt knappade på ett tangentbord. Emelie lyssnade. Det här var så annorlunda. Bara antalet klienter som hon hört ringa under de senaste tio minuterna översteg hennes totala klientstock på ett år.

Hon hade lugnat sig ganska snart efter att Teddy försvunnit ut. Men nu undrade hon om han ens tänkte fortsätta jobba med den här utredningen. Det fick vara hans problem i så fall, då borde han ju inte få något arvode.

Hon hörde sekreteraren ropa på henne.

»Ove har fem minuter nu, sen måste han iväg till rätten.«

Ove Tiberg syntes nästan inte bakom alla aktbuntar, böcker, papper, datorer, pennor, block och brevpressar.

Han såg ytterst rekorderlig och tråkig ut, med sidbena, vit skjorta och mörkgrå kostym utan slips. Han hade kraftig haka och nyfikna ögon.

På väggen hängde två tavlor som såg ut som om någon låtit en baby kladda vilt med tjock färg, men de var minst lika fina som Damien Hirst. Där hängde också inramade rättegångsbilder från tidningar. På en av dem såg hon tydligt att det var Ove som avbildats. Tecknaren hade tagit fasta på hans haka och ritat den så att den närmast såg ut som en landningsbana för någon flygfarkost som behövde en plats att nedstiga på mitt i rättssalen.

Emelie räckte över sitt visitkort.

»Jag ska inte ta upp din tid i onödan.«

»Sa Katinka att jag bara har fem minuter?«

»Absolut. Så här ligger det till. Jag måste få tag på en av dina klienter, Isak Nimrod. Jag vet att du har tystnadsplikt, så jag har full förståelse för om du inte vill lämna ut kontaktuppgifter till mig, som du för övrigt inte ens känner. Men …«

»Du sammanfattade det ganska bra, tycker jag«, avbröt Ove Tiberg henne och började resa på sig. Han packade en sliten läderväska som stod bredvid honom på golvet och tog upp sin Iphone. Emelie lade märke till det något överraskande utseendet på telefonens skydd. Det var i rosa plast med långa Playboybunnyöron som stack upp.

»Vänta, låt mig säga två saker. Ett, mitt ärende rör inte Isak Nimrod över huvud taget, jag kan garantera att han inte kommer att drabbas av nån rättsförlust bara för att jag får prata med honom. Två, jag är relativt säker på att Nimrod skulle bli lätt irriterad om han fick reda på att du inte låtit mig komma i kontakt med honom.«

Ove frustade till, kanske var det bara en djup suck.

»Vad har det tagit åt er ungdomar nu för tiden? Du jobbar på en affärsbyrå. Vet du vad advokatetik är för nåt?«

»Tro mig.«

»Jag undrar, jag. Jag är alltid lojal mot mina klienter. Struntar jag i det, har jag inget som helst existensberättigande som advokat. Vad ska samhället med advokater till om de inte gör det som det är meningen att de ska göra i en rättsstat? Jag får inte ens bekräfta att Isak Nimrod är min klient. Jag får inte säga nånting om den personen, förstår du? Jag kan inte ens säga om jag nånsin har träffat honom.«

Emelie ställde sig också upp. »Jag respekterar din hållning, den är hedervärd. Men gör mig en tjänst, när jag har gått härifrån. Ring ändå Nimrod och hälsa från Teddy Maksumic, eller Björne. Säg att Björne behöver en tjänst. Ge sen mitt nummer till Nimrod.«

Ove Tiberg glodde på henne.

Hans haka såg ut som en baguette.

*

En timme kvar, det hade Jokerfejset informerat honom om för en stund sedan.

Philip visste inte exakt vad som väntade honom efter det. Skulle de klippa fler fingrar? Skulle de kräva mer? Om pengarna kom in så skulle de förstå att det här fungerade. Mardrömmen skulle aldrig ta slut. Tills de dödade honom.

Han stötte bort de värre tankarna. Om pengarna ändå inte kom. Om de skulle tortera honom. Ta hans liv. Jokeransiktets ord: »*Då avslutar jag det här, på det ena sättet eller det andra.*«

Samtidigt försökte han intala sig att de ju ville ha pengarna, så död var han till ingen nytta. I vart fall inte innan de fått vad de begärde.

De hade tvingat honom att försöka ringa till Patric igen, men bankmannen svarade inte och hans assistent svarade bara lakoniskt att han inte var tillgänglig just nu. Samtidigt antog han att de inte kunde hålla honom hur länge som helst. Till slut måste de göra ett val.

Han kallsvettades. Och kände hur panikångesten låg en millimeter innanför pannbenet. Han drog några djupa andetag.

Jag MÅSTE hålla ihop nu.

Han hade inte sovit en blund. Bara jobbat.

Rispat.

Han hade skrapat sönder plywoodskivan kring ytterligare två spikhuvuden.

Nu kunde han få in fingrarna under spånskivan och bända.

Han ryckte.

Försökte bända med sina bara händer så gott det gick. Han struntade i sitt lillfinger, det ömmade men i övrigt kände han bara det levrade blodet som en klump under det intorkade papperet. Hans båda pek- och långfingertoppar blödde av stickor från plywooden. Det värkte i armarna, axlarna och händerna.

Det måste gå, det fanns inte tid att misslyckas.

Han hade varit med om mycket skit i livet. Han måste ha lite tur nu.

Han fortsatte bända. Fingrarna slant. Han vägrade ge upp.

Han tog ett nytt grepp under skivan vid håligheterna som han gröpt ur med metallbiten, han lutade sig bakåt, hävde med hela kroppen.

Då kände han hur spikarna gav vika. Skivan böjdes upp och han föll bakåt.

Det var väntat, han föll inte handlöst. I stället rullade han ner på sidan och tog emot sig med armarna.

Han reste på sig och ställde sig på knä. Försökte känna efter.

Ja, det här var definitivt ett fönster. Han kände profilen i träet i fönsterkarmen. Han kände fönstrets kalla, glatta yta. Ändå var det mörkt, men en liten grå ljusstrimma syntes högst upp. Som han trodde: de hade spikat för utifrån också.

Han vände sig om. Lyssnade.

Inga ljud utifrån, de verkade inte ha reagerat på ljudet som uppstod när plywoodskivan rasade i golvet.

Han väntade några minuter.

Ingenting.

Han böjde sig ner och kände efter en av spikarna som fortfarande satt fast i plywooden. Han skavde snabbt av buntbandet runt benen med den. Han kände sig som en tiger.

Han ställde sig vid fönsternischen och öppnade försiktigt fönstret inåt.

Det gnisslade inte ens.

Sedan tog han sats och sparkade så hårt han kunde mot bräderna.

Smärta strålade upp genom hans ben. Han nonchalerade den.

Sparkade igen.

Ett brak. Det ljudet kunde inte undgå någon.

Han väntade inte en sekund utan tog sats igen.

Ett större brak. Och han kände hur en planka gav vika. Dunkelt ljus sipprade in, det måste vara kväll eller natt ute.

Han tog sats igen, den här sparken träffade ännu bättre. Han kände fler plankor ge efter. Han kastade sig fram och slet i dem.

Efter några sekunder såg han ut.

Det var mörkt där ute, men någonstans ifrån kom ett svagt ljus. Han var inte i staden längre, det var uppenbart. Mot natthimlen skymtade han trädtoppar.

Det luktade bekant.

Det måste gå fort nu.

Han fortsatte bryta i bräderna med händerna, struntade i smärtan i fingrarna och armarna.

Han var en maskin. En robot.

Han klättrade upp på fönsterblecket.

Tittade snabbt ner.

Han anade den vita marken, snön som låg där nere. Antagligen tre meter ner. Det skulle gå.

Han hoppade.

*

Kanske hade det varit fel att lämna Emelie, men det här borde inte ta lång tid.

Teddy hade lovat sig själv att göra detta i dag. Och numera tänkte han vara en man som höll sina löften. Det var exakt nitton år sedan mamma gick bort.

Han skulle hem till pappa för att minnas henne.

Dessutom hade han menat vartenda ord han sagt till Emelie. Hon hade betett sig som skit från första stund. Hon fick skylla sig själv. Och klara sig själv.

Han tänkte inte be om ursäkt, men han hade i alla fall skickat ett meddelande till Jan från Redwood och frågat hur det gått med hans dna-analys.

Vissa saker var nya i det här landet: e-cigaretterna, handspriten som stod framställd på alla handfat som komplement till tvålen, de privatiserade apoteken som inte längre verkade ägna sig åt att sälja medicin utan bara smink, bantningsmedel och munvatten.

Andra saker var sig lika, som om någon pausat tiden under åren han suttit inne. Heroin- och Subutexhandeln på Plattan, frånvaron av Stockholmslag som lyckades ta sig till Champions League, H&M-reklamen på de stora tavlorna på tunnelbanestationerna.

Teddy spanade just nu på en sådan Hennes & Mauritz-skylt, den föreställde en modell som var smalare än till och med de värsta horsepundarna han suttit med under sina år.

Reklamen skulle väcka habegäret, det var ju dess uppenbara syfte. Men för att lyckas verkade det som om betraktaren måste känna sig underlägsen reklamobjektet. Om den som tittade på den här modellen redan kände sig tillräckligt vacker eller vältränad, så fanns ju ingen anledning att köpa kläderna. Om den som tittade var för nöjd med sig själv, fanns ingen anledning att vilja förbättra sig genom konsumtion.

På så sätt hade kåken varit en detox, en plats utan reklam och varumärken som försökte trycka ner dig.

Linda hade redan varit hos pappa tidigare på dagen, det var det första Bojan sa när Teddy klev in genom hans dörr.

På byrån där fotografiet på mamma alltid stod uppställt hade Bojan också ställt en bricka med tre ljus. Två av dem brann redan. Glaset i fotoramen speglade de små lågornas rörelser.

På väggen satt några oljemålningar som Teddy mindes från när han var liten. En föreställde en liten stuga i ett höstlandskap. En annan ett gråtande barn, där de stora dropparna mer såg ut som hårgelé än tårar. Han mindes att han alltid undrat varför barnet inte snöt sig eller åtminstone använde ärmen på sin tröja för att torka av sig.

Pappa höll fram tändstickorna.

»*Izvoli.*«

Teddy slöt ögonen och såg mammas ansikte framför sig. Hennes hud var så slät och hennes ögon så glada. Men när hon blinkade och tittade upp på honom igen fanns något annat där. En oro, en rädsla. Kanske hade hon redan då sett vem han skulle bli. Vad han skulle råka ut för.

Han tände ljuset.

»Kommer du ihåg hur hon brukade göra med dig?« frågade pappa efter att de stått tysta en stund.

»Vad tänker du på?«

»När du hade öroninflammation och hon satt bredvid din säng.«

»Och jag sa olika områden på kroppen där jag ville bli klappad? Ryggen, kinden, håret. Det var det enda som kunde få mig att somna. Det glömmer jag aldrig.«

Pappa stoppade tillbaka tändstickorna.

»Vill du ha kaffe?«

»Nej tack, jag hinner inte.«

»Varför har du så mycket att göra helt plötsligt?«

»Jag har en grej som jag sysslar med sen några dar tillbaka.«

»Och vad är det?«

»Varför frågar du?«

»För att jag vill veta. Varför brukar människor fråga saker?«

»Du brukade aldrig fråga förut vad jag gjorde.«

»Jag visste vad du gjorde.«

»Varför sa du aldrig till ordentligt då?«

»Tala inte så till mig, är du snäll.«

Pappa gick och satte sig i fåtöljen. Den hade samma noppiga klädsel som den alltid haft. Den bruna fläcken där han spillt choklad när han var sju år fanns till och med kvar.

Teddy tänkte att det inte bara var pappas gång som blivit släpig, hans röst var också långsammare.

»Jag jobbar åt en advokatbyrå, pappa«, sa han.

»Vad säger du? En serbisk pojk som jobbar som advokat? Jag trodde bara vi blev gangsters, krogägare och fotbollsspelare.«

Teddy tänkte på hur pappa låtit Ivan äta gratis på sin restaurang under hela hans uppväxt.

»Jag är inte advokat, alltså.«

»Det vet jag väl, du kom ju nyss ut från Österåker. Men jag är glad att du jobbar ordentligt.«

Det ringde på Teddys telefon. Han svarade och hörde Loke Odensons lätt upphetsade röst.

»Jag har hittat intressanta grejer, jävligt intressanta.«

Han gick mot hallen.

»Jag måste gå nu«, sa han till Bojan. »Jag måste tillbaka till det där.«

På väggen hängde en inramad bild av ålderstrappan. Den hade kommit från mormor, tänkte Teddy. Kurbitsblommorna hängde över trappan där en människas liv beskrevs genom bilden av ett par som först steg uppåt fram till att de var femtio år, för att sedan kliva nedåt, steg för steg. Vid tjugo stod de raka i ryggen utan rynkor och besvär. Vid åttio var de böjda och krumma, och av någon anledning såg de sura ut. Eller kanske var de ledsna.

»Vill du följa med till kyrkan nån dag?« frågade Bojan.

»Kyrkan? Har du blivit religiös?«

»Inte religiös kanske, men det är trevligt där. Landsmän som jag inte har träffat på många år.«

Bojan satte sig ner på pallen nedanför tavlan med ålderstrappan. Han stånkade.

Teddy började knyta sina skor. Han tänkte på pappas liv.

»Teddy«, sa Bojan. »Går det verkligen bra?«

»Pappa, litar du inte på att jag fixar det?«

»Du måste vara sann mot dig själv. Annars kan du inte vara sann mot nån annan.«

»Du börjar låta som starets Zosima, religiös och allt.«

Bojan sprack upp i ett leende.
»Pojk, du kommer ihåg, hör jag.«
»Ja, du läste mycket för mig.«
»Och *Braća Karamazovi* var min favorit.«
»En av mina med. Men jag tyckte ännu bättre om *Brott och straff*, den var mer tajt.«
»Läste du nåt där inne?«
»En del.«
»Det är bra, pojk. Du kommer klara dig i så fall. Bara du håller dig undan från dem. Du vet vilka jag menar.«
»Det finns ingen jugoslavisk maffia längre, pappa, det är inte som förr där ute. Det finns så många andra nu. Och om den fanns så skulle jag inte ha nånting med den att göra.«
Teddy sa inte vad han tänkte om pappas relation till den.
Däremot tänkte han på vad hans pappa hade sagt.
Var sann mot dig själv.
Det fanns en grej till han måste prata med Loke Odenson om.
Det rörde en personlig fråga om *sanningen*.
En fråga som han inte hade velat röra vid de senaste åtta åren.

*

Väntan.
Hon väntade på Steakhouse Bar på Nygatan i Södertälje. Enligt introduktionstexten på menyn: *En amerikansk grillbar med kött- och fajitasrätter. Är du inte särskilt hungrig går det bra ändå, för då är du säkert törstig.*
Well, tänkte Emelie, jag *var* hungrig. Men inte längre. Hon hade ätit en trehundragrams ribeye steak. Det var det första ordentliga målet den här dagen. Hon undrade vilken diet som rekommenderade ett sådant kostintag, säkert fanns det någon.
Stället var inrett i mörka färger. Golvet och väggarna var svarta. Hade det varit en fredags- eller lördagskväll var hon säker på att det skulle ha varit mer folk här. Steakhouse Bar hade uppenbarligen inga ambitioner att vara någon finrestaurang, atmosfären skrek

rajrajställe. På golvet stod åtta kvadratiska mörkgrå bord och vid fönstren fanns fyra bås, tvåsitssoffor mitt emot varandra. Det fanns ett angränsande rum också, men det verkade tomt nu.

Det som framför allt upptog det här ställets yta var baren. Den var det enda som inte var i en mörk nyans, den var lila.

Väntan.

Slöseri med tid. Samtidigt var det här det bästa spåret de hade just nu. Chamon Hanna måste veta något, han måste ha med det här att göra. Varför skulle han annars ha varit på väg in i Philips lägenhet, där Philip också hade suttit kidnappad?

På ett sätt behövde hon den här väntetiden för att hinna med. Hon hade ätit sin enorma stek och druckit två koppar kaffe. Hon hade ringt Janne den Hemlige och hört om han kommit någon vart i sina dna-analyser.

»Ingenting viktigt, men jag har hittat mer dna från Philip. I köket, på några bestick i diskmaskinen. Jag har också hittat dna från okända personer, minst fyra stycken, som inte finns i nåt av mina register. Någon av dem är säkert du, Emilie.«

Restaurangen började fyllas på. Vid bordet bredvid henne satt en man och en kvinna. Hon iakttog kvinnan. Hon måste vara i fyrtioårsåldern. Hon hade fylliga läppar, rak näsa och långt blonderat hår. På fötterna hade hon Uggs och över en ganska urringad svart topp en mörkgrå kofta som såg ut att vara i kashmir. På golvet bredvid sin stol hade hon ställt sin handväska. Louis Vuittons brunaktiga monogrammönster täckte den. Den såg äkta ut. Allt talade för en välbeställd vanlig medelålders kvinna. Men det var en liten detalj som bröt av mot mönstret – på ovansidan av ena bröstet såg Emelie en tatuering: en dödskalle.

Hon kunde inte låta bli att undra vad det här var för folk.

Hon hade försökt googla Isak Nimrod, men inte fått några ordentliga resultat. Det fanns fyra personer i Stockholm som kallades så, men ingen som förekom särskilt mycket på internet.

Vem var det hon skulle träffa egentligen? Någon som kände Teddy sedan gammalt. Någon som folk i Södertälje uppenbarligen lyssnade på. Det kunde betyda många olika saker.

Hon googlade hans advokat, Ove Tiberg. Honom däremot fanns det en mängd artiklar om på olika nyhetssajter. Han var femtiofem år och tydligen en av Stockholms mest anlitade brottmålsadvokater. Advokat Tiberg hade agerat både offentlig och privat försvarare i alla möjliga typer av mål. Han var mest omskriven för sitt försvar i det stora rånet mot värdedepån i Täby och i fallet med mordet på den så kallade tobakskungen. Mest verkade det röra sig om mord, grova narkotikabrott och rån. En sedvanlig gangsteradvokat, med andra ord.

Ove Tiberg hade ringt tillbaka till henne efter femton minuter och sagt att Isak kanske kunde träffa henne. Ingen tid, inget telefonnummer. Bara en plats: Steakhouse Bar i Södertälje.

Ändå hade han hållit hårt på advokatetiken när Emelie varit där – kanske var det något med de här humanjuristernas gamla syn på yrket ändå.

Hon reste sig från bordet.

Hon gick ut där ingen kunde höra henne för att ringa Magnus.

Handsfreesnäckorna hade en förmåga att ploppa ut ur öronen vid de mest olägliga tillfällen men hon tryckte in dem ordentligt. Hon frös om händerna som vanligt, och ville inte behöva hålla i luren i onödan.

»Var har du varit?« frågade hon samtidigt som hon hörde hur barsk hon lät. »Jag har försökt ringa dig i två timmar.«

Magnus nös rakt i hennes öra. »Jag är så jävla förkyld.«

»Ja, prosit. Men vad händer?«

»Jag har suttit i möte med banken, Redwood, familjen. Tydligen har Philip försökt ringa Patric Öhrn i dag, men banken har inte svarat. Helt enligt min instruktion. Det här börjar likna Forsborgen-transaktionen. Var du med i den? På tre dagar hann jag med nitton möten med konsulter och köpare.«

»Vi kanske behöver nån mer än dig och mig på det här?«
»Vi har ju Teddy.«
»Jag vet inte ...«
Hon betraktade sin egen spegelbild i Steakhouse Bars fönster. Hade hon dålig hållning? Hon sträckte på ryggen, och kom ihåg vad hennes mamma brukade säga: »Tänk dig att det sitter en tråd på toppen av din hjässa som någon drar i – så ska du ha ditt huvud.«
»Just nu ska vi inte blanda in fler, i varje fall. Såna är instruktionerna. Vad gör du?«
»Jag väntar på nån i Södertälje som är en gammal kompis till Teddy och kanske känner till nåt om Chamon Hanna.«
»Okej, är Teddy inte med?«
»Nej, han gör nåt annat, jag vet inte vad.«
»Är det okej för dig att vara där själv?«
»Jag tror det.«
»Ska jag be nån från Redwood komma ut och hålla dig sällskap?«
»Det är lugnt.«
»Säkert?«
»Jag litar på Teddy.«
Hon sträckte på sig framför sin egen spegelbild i fönstret – hon hade just sagt att hon *litade* på Teddy. Trots att han var årets största idiot.
De pratade en stund om lägenheten på Fatbursgatan.
Vinden ven i lurarna.
Magnus lät frånvarande på rösten. Hon undrade om han gjorde något annat samtidigt eller om han bara tyckte att det här ärendet var för jobbigt.
»Hans syster har kommit hem nu också«, sa han.
»Vems?«
»Philips syster, Caroline. Hon var med på mötet jag hade med dem.«
»Vad säger hon då?«
»Inte mycket, hon har tydligen bott utomlands och verkar inte känna sin bror särskilt bra, men hon var väldigt frågvis om utred-

ningen och ville veta alla detaljer. Hon ville gärna se lägenheten på Fatbursgatan också, men jag sa att vi inte hade tid med det just nu.«

Mera väntan.

Två timmar på det här stället nu. Hur länge skulle hon ge Isak Nimrod? Det fanns ju onekligen andra saker hon också borde följa upp i kväll. Hoten mot Ian. Kevin och hans pappa. Poljonen.

Det plingade till i hennes telefon. Ett sms.

Det var från Felix: »Ska vi ses i morgon? Har du mindre på jobbet då?«

Hon började fingra på telefonen, funderade på om det var värt att svara honom.

Då kände hon en hand på sin axel.

Hon tittade upp.

En ung man med en keps i kamouflagemönster och mörk skäggstubb stod bakom henne. »Vill du träffa *honom*?«

Emelie reste på sig och sträckte fram handen. »Hej, Emelie Jansson heter jag ...«

Killen tittade på henne som om hon just försökt hångla upp honom mot väggen.

»Ey, ta det lugnt. Då är det du. Vill du träffa honom eller inte?«

Emelie tog ett steg tillbaka. »Det vill jag, om det är Isak du menar. Och jag ska hälsa från Björne.«

»Softa ner.«

Emelie förstod att hon hade pladdrat på.

»Gå in på toaletten. Damernas«, sa killen.

Hon tänkte säga något, men den unge mannen var redan på väg ut.

Emelie sneglade på paret vid bordet bredvid. Kvinnan med bröst-tatueringen log mot henne.

Inne på toaletten doftade det sanitetssprej med citruslukt. På ena väggen satt en inramad plansch med reklam för Steakhouse Bar: *What's cookin'*, stod det ovanför en bild på en majskolv och en stek.

I bakgrunden staten Texas kontur.

Det kom in en tjej som hade mössan långt neddragen över huvudet och svarta kläder med Adidasstripes på. Emelie antog i varje fall att det var en tjej.

Tjejen pekade på handfatsbänken. »Lägg upp din väska där.«

På något sätt kändes detta ännu overkligare än slagsmålet i lägenheten i natt. Mer planerat. Som ett Sverige Emelie läst om men aldrig varit i närheten av.

»Vad tänker du göra med den?« frågade hon.

»Kolla i den«, svarade tjejen på bruten svenska, »och sen måste jag kolla dig också.«

Emelie antog att de ville försäkra sig om att hon inte var buggad, men varför egentligen? Det var ju inget olagligt hon kommit för att diskutera.

Hon hörde sig själv säga: »Du får gärna kontrollera mig. Men i min väska har jag grejer som är sekretessbelagda, så den ger du fan i.«

Tjejen stirrade på henne med nästan hopknipna ögon. Pupillerna var svarta små prickar.

Lukten av fejkcitroner stack i näsan.

*

Han åkte direkt för att träffa Loke i Alby igen.

När Teddy mött honom tidigare i dag hade han bett Loke att göra allt som stod i hans hackermakt för att ta reda på vem som skötte om hemsidan som annonserade med Cassandra. Teddy visste tillräckligt mycket om horbusinessen i Stockholm – när han satt på Salberga hade han till och med delat korridor med två rumänska så kallade *lover boys* som i och för sig envetet förnekade att de styrt sina tjejer. Men det var aldrig tjejerna eller deras hallickar, madamer, *lover boys*, eller vad fan de nu ville kalla sig, som skötte webben.

Den här gången satte sig han och Loke inte ens ner vid de tuggummiknottriga borden, utan tog en promenad direkt.

»Tack för passfotona, jag tror det kommer lösa sig«, sa Teddy.

»Varsågod. Men nu har jag ännu bättre grejer. Här, ta den här.«

Loke höll ett litet rött föremål i handen.

Teddy tog emot det.

»Det är en usb-sticka«, sa Loke. »På den finns all information jag lyckats fixa fram om den där hemsidan, Escort24, som du ville veta mer om. Trevligt uppdrag, så att säga.«

»Hur gjorde du?«

»Jag kan berätta, men risken är stor att du förstår högst trettio procent av vad jag kommer säga.«

Teddy log. Det var typiskt Loke Odenson-snack, samma prat som fått hans fot krossad på kåken.

»Berätta, jag säger till när jag inte förstår.«

»Du kommer inte ens fatta själv vad du förstår och inte. Men okej.«

De gick längs Albyvägen. Det blöta snöfallet höll i sig och så fort flingorna nuddade marken smälte de, kvar på gatan strilade små strömmar i rännstenen. Det var antagligen någon plusgrad i luften.

»Om jag säger så här; tänk dig att det finns en stor byggnad. Byggnaden har flera dörrar, och jag vill in i byggnaden.«

»En byggnad?«

»Lyssna färdigt nu, så kan du fråga sen. Byggnaden är en server, en dator kan man säga. Jag sa ju att du inte skulle förstå.«

»Ta det lugnt nu, Loke.«

»Whatever. I alla fall, jag vet vilken server jag vill in i, nämligen den som har hand om Escort24. Och den byggnaden, så att säga, har som sagt många dörrar, men en av dörrarna har ett lås från femtiotalet. Nån jag råkar känna har tagit reda på hur såna lås är byggda och har tillverkat nycklar som kan fungera. Så jag går till den stora byggnaden, men vill inte riskera att åka dit för inbrott så jag maskerar mig. Jag prövar några av nycklarna i låset och vrider om. Dörren öppnas! Vår vän som äger byggnaden, alltså driver Escort24, har satt upp gömda kameror i taket, men det är lugnt eftersom jag är maskerad. Så när jag väl är där inne kan jag titta runt hur mycket jag vill. Och då ser jag en adress till vår vän.«

»Det låter bra hittills.«

»Tack, men den adressen visar sig vara en care of-adress.«

»Så vad betyder allt du gjorde? Att ingen vet att du varit där, ingen kan spåra dig, eller hur? Men adressen då?«

»Precis. I verkligheten hände det ungefär så här. Ett säkerhetshål, *vulnerability*, är som ett lås som inte längre fungerar som det ska. Vi, mina vänner och jag, råkar ha en hel del så kallade *exploits*, alltså nycklar, till såna gamla skräplås. Och vad gäller min egen maskering så gick jag via en proxyserver. Det är en dator i ett annat land som låter oss ansluta till internet via den. Men det här med care of-adressen är det svåra. Vår vän använder också proxyservrar, alltså hans ip-adress är inte hans verkliga adress.«

Lokes läderrock fladdrade i den kyliga vinden.

Teddy vände sig mot honom. »Så?«

»Alltså, det är inte så enkelt som det kanske låter när jag förklarar.«

»Börja inte nu igen.«

»Okej, jag kunde i varje fall se vilken proxy han använde, det var en server placerad i Mexiko. Så jag hackade den också. Du ska vara glad att jag inte är ensam där ute, jag och mina vänner fick hålla på några timmar. Till slut fick jag fram en ip-adress här i Sverige.«

»Toppen.«

»Det är inte slut än. Det var adressen till en företagsserver för ett bolag här i Stockholm som heter NetImport AB. Så då fick jag göra min tredje stöt i den här lilla sejouren. Jag hackade NetImports wifi och använde sen en *packet analyzer*, alltså en sniffer, man skulle kunna säga att jag avlyssnade deras wifinätverk som en riktig CIA-lirare. Först då kunde jag hitta trafiken till webbhostingen där Escort24-sidan ligger. På det sättet fick jag till slut fram ip-adressen till vår väns dator på NetImports AB:s nätverk. Det sista jag gjorde var att jag använde Arp Poisoning-appen för att hitta och ta över samma dators trafik till Gmail.«

»Okej, okej, det räcker. Kunde du se såna där chattar? Jag söker egentligen efter nån som har chattat med nån annan via sidan.«

»Ja, du nämnde det förut också. Tyvärr är det många chattar och det gick inte att söka i dem efter namn eller så för de ligger bara som loggfiler. Jag skulle i så fall rekommendera att vi går in i servern på vanligt sätt.«

»Hur?«

»Alltså, att vi får tag på datorn som den här bordellsajten drivs ifrån.«

»Okej, i så fall undrar jag vem som driver sidan. Vem är *vår vän*?«

»Det kallas för att han *administrerar* sidan. Han är nog bara en datanörd som de använder för att lägga upp bilderna, texterna och göra designen – som om du frågar mig är jäkligt ful. De skulle tjäna på ett lite mer genomarbetat gränssnitt …«

»Ingen har frågat dig. Vad heter administratören?«

»Han heter Lazar Guldman.«

Teddy stannade upp. En mamma och en liten pojke i overall passerade dem. Pojken trampade i en av de slaskiga pölarna så att det stänkte.

Teddy sa: »Hur hittar jag honom?«

»Det blir ditt problem. Men jag kan hjälpa dig på traven. Han är skriven på Nybohovsbacken 67.«

På avstånd kunde Teddy höra bilarna på Essingeleden. Han befann sig i mörkret, i skuggan av en klätterställning på en frusen lekplats, iklädd sin alldeles för kalla jacka som han lånat av Dejan. Han hade dragit upp huvan och dragit åt snoddarna så att den omslöt hans ansikte som en våtdräkt, han kunde bli här en stund.

Loke Odenson var en bra människa. Han var egentligen inte skyldig Teddy något, ändå hade han lagt flera timmar på det här och som han själv sa »tagit virtuella risker« för att hjälpa honom.

Innan de skilts åt hade Teddy bett honom om ännu en grej, på ett personligt plan. Det gick inte att undvika längre. Han hade bestämt sig för att vara sann mot sig själv.

Loke hade kollat upp företaget där Lazar Guldman jobbade och ringt dit och frågat efter snubben. Tydligen sysslade de med it-konsulting och Guldman var på något uppdrag i Örebro. Han skulle inte vara åter på kontoret förrän om några timmar.

Det betydde att vännen Guldman borde komma hem någon gång under den tidiga kvällen.

Därför stod nu Teddy här utanför Nybohovsbacken 67. Han hade kollat adresstavlan längst ner i huset och visste att Lazar Guldman bodde på tionde våningen.

Han kände sig som detektiven Porfirij Petrovitj. Han kanske inte mötte de misstänkta så ofta, men han var alltid närvarande på något sätt.

Nedanför honom syntes ljusen från fordonen på motorvägen och runtomkring tornade Nybohovs höghus upp sig som miniskyskrapor i en ministad. Just nu såg han inte många människor, men då och då öppnades någon av portarna och personer gick in. De var överbelastade med matkassar eller sköt vagnar med skrikande barn i framför sig.

Nybohov var som en ö på ett smutsigt hav, området låg på ett berg med motorvägen på ena sidan och branta kanter på de andra. Utsikten från någon av de högre våningarna på husen var antagligen i klass med den från Emelies och Magnus besöksrum en ljus dag, med den skillnaden att här befann man sig fem kilometer söderut. Vyn var en annan värld: inga restauranger där priserna på en förrätt åt upp en dagslön för en vanlig knegare, inga nytvättade Panamera-bilar vars fälgar kostade mer än en familj här drog in på en månad. Det här var mellanmjölks-Stockholm, inte miljonprogrammens kaosområden, men absolut inte heller innerstans elitreservat.

Han tänkte på Sara och barnet i Saras famn. Han hade stått stilla och väntat utanför hennes hus i går kväll, precis som han väntade nu. Han undrade vad han hade väntat på egentligen. Det som hade hänt gick inte att ändra på. Ändå kunde han inte låta bli att undra.

Vad *hade* hänt egentligen? Då, för några år sedan, när han suttit på Hall.

Det ömmade fortfarande i underarmen där han tagit emot slaget från basebollträet. Hans ben värkte av kylan, men han ville inte dra blickar till sig, så han rörde sig så lite som möjligt.

Mörkret var hans vän.

Port nummer 67, hela tiden höll han ögonen på port nummer 67.

Tyvärr hade Loke inte lyckats hitta några bilder på *vännen* på internet, så Teddy visste inte hur han såg ut.

Huset hade fyrtio lägenheter. Hittills hade tretton män passerat in. Han hade följt efter dem så gott det gick, lyssnat efter på vilken våning de gick av. Försökt höra vilken dörr som slog igen.

Ingen av dem gick till den rätta lägenheten.

Just då kom en person gående mot porten, det var en man som såg ut att vara i trettioårsåldern, med en svart mössa långt neddragen och en bag över axeln.

Teddy klev fram bakom klätterställningen.

*

Emelie satt framför Isak Nimrod vid ett bord i den inre delen av Steakhouse Bar. De var ensamma här inne.

Han hade rakad skalle, en mage som snuddade vid bordskanten fastän han skjutit bak stolen en bra bit, och en örn tatuerad på sin ena underarm. På den andra underarmen hade han ett två decimeter långt ärr, som antingen måste ha behandlats av en tafflig doktor eller av ingen doktor alls. Spåren av stygn syntes fortfarande som om små vita trådar höll samman huden och hindrade armen från att falla isär.

Emelie sneglade mot sin väska som hängde på en krok på väggen i andra ändan av rummet. Hon och den unga kvinnan som visiterat henne hade nått en kompromiss efter att tjejen ringt och konsulterat någon. Väskan fick inte stå nära Isak, men den behövde inte heller kontrolleras. Hon hade en massa handlingar i den som rörde Philipärendet. De var i varje fall hänsynsfulla som lät en kvinna sköta kroppsvisitationen.

I det yttre rummet skymtade hon killen med kamouflagekeps.

Servitören kom fram till bordet.

»Det vanliga?«

Isak svarade på ett annat språk. Sedan vände han sig mot Emelie. Hans blick såg halvslö ut. »Har fröken ätit?«

Emelie nickade. »Jag har väntat på dig i mer än två timmar, så jag blev hungrig. Men jag är glad att du kom.«

»Det var ju trevligt. Efterrätt då? De har en grym Oreopaj här.«

»Nej tack, det är bra.«

Isak rörde sig långsamt. När han vände på huvudet och pratade med kyparen gjorde han det i halva hastigheten, som om han hade ont. När han mötte hennes blick igen gick det i ännu mer slowmotion.

Men det var antagligen inte smärta det handlade om. Den här mannen spelade ut vartenda karaktärsdrag ur maffiahandboken: kontroll och lugn.

»Så du känner Björne?« sa Isak med släpig röst.

»Vi jobbar ihop.«

»Jobbar? Björne *jobbar*?«

»Ja.«

»Och vad jobbar ni med då, om jag får fråga?«

»Jag kanske får presentera mig först. Jag heter Emelie Jansson och är biträdande jurist på Leijon advokatbyrå. Teddy hjälper oss med ett ärende.«

Isaks mage guppade när han skrattade till. »BMW gör miljöbilar och Björne hjälper advokater. Tiderna är märkliga.«

»Jag vill inte stjäla din tid, jag kommer inte att bli långrandig. Vi behöver hjälp att hitta en person, och Teddy trodde att du kanske skulle kunna hjälpa till. Vi betalar naturligtvis.«

Servitören kom in med Isaks mat och dryck. Hans stek var ännu större än den Emelie tryckt i sig för en stund sedan.

Hon noterade att han drack Red Bull till maten.

Återigen tog han sig tid. Han vek upp pappersservetten och fäste den i t-shirtens linning. Han lyfte kniven och gaffeln som om det var en religiös ceremoni där varje rörelse hade en kosmisk innebörd. Han granskade steken framför sig och valde noggrant var han skulle skära sin första bit.

»Lyssna, fröken«, sa han och gjorde en paus. »Jag behöver inte pengar.«

Han spetsade köttbiten på gaffeln och stoppade in den i munnen.

»Och för att vara ärlig behöver jag inte fitta heller.«

Han blinkade mot henne samtidigt som han tuggade med munnen vidöppen.

Emelie kände hur adrenalinet rann till. Det här var fan inte okej – vågade han insinuera att hon erbjöd pengar och sig *själv*? Hon sköt bak stolen och försökte komma på något att svara.

Innan hon hann resa på sig svalde Isak köttmassan och sa: »Sitt kvar. Vad jag ville säga var bara att om jag gör nåt, så gör jag det för min vän Teddys skull, inte för egen vinning. Vi jobbar på ett annat sätt än resten av det här landet. Principer. Heder. Lojalitet. Det är ord som fortfarande betyder nåt i Södertälje.«

Hon tvingade sig att släppa hans snack om det kvinnliga könsorganet. Nu ville hon bara ha svar.

»Tror du att du kan hjälpa oss?«

»Kanske, men kan jag ringa Teddy och få det här från honom personligen?«

»Tyvärr har jag inte hans telefonnummer just nu. Hans telefon gick sönder i går. Men du kan ringa min chef som kan bekräfta allt jag har sagt.«

»Aha, nej, jag tycker inte om chefer. Men du hälsar från Björne, så nåt är det. Fast först måste vi lira på samma planhalva. Så här ligger det till. Teddy är en man. Vi växte upp här ute tillsammans, vi är lika gamla. Vi gjorde allt tillsammans fram tills han gick till de sina och jag till de mina. Men *no hard feelings*, jag respekterar honom. Har alltid gjort. Förstår du?«

Emelie förstod inte allt, men hon sa inget. Isak fick prata på en stund.

»Jag minns en gång när vi bara var arton år och fick problem med Screwbacks. De kom till vårt område och sa att vi inte fick sköta vissa grejer, viss försäljning. Vi trodde att Teddy skulle kunna ta hjälp av *Kum*. Men han jobbar inte så, vår vän Björne. Vet du det?«

Emelie försökte le, även om hennes ansikte kändes som om det var totalt Botoxbehandlat just nu.

Isak fortsatte: »Så Teddy sa *kbk* – kör bara kör – som braksvennarna säger. Han stämde träff med Screwbacks på grusanläggningen i Tuvängen. Och sen ville han ta med mig. Jag ska vara ärlig med dig, fröken, jag var så rädd att det luktade bajs i brallan redan innan vi kom dit. Vi gick, kommer jag ihåg. Ingen av oss hade körkort och vi kunde inte ta risken att bli stoppade för olovlig körning som vi brukade. Teddy hade precis varit uppe hos en släkting till mig och lånat en grej. Vi klättrade in på grustaget västerifrån över motorbanan. Vi var smutsiga som tvååringar.«

Isak lyfte upp majskolven som låg kvar på tallriken. Han höll den med händerna och betraktade den lika noggrant som han tidigare hade inspekterat steken. Ungefär som om det var av avgörande betydelse i vilket majskorn han satte tänderna.

»De hade en jävla line up, kan jag säga. Det var vicepresidenten, deras Sergeant at Arms, två gubbar till som var fullvärdiga medlemmar och sen sju åtta stycken killar från Black Dragons MC, deras underklubb. De måste ha trott att vi skulle komma hela ligan från Geneta. Men det var bara vi. Två små skitiga artonåringar som promenerat hela vägen. Och så Kalle i en bag så klart, för det var vad Teddy hade lånat av min släkting. Med fyra extra magasin.«

Isak stoppade in pekfingret i munnen och slickade av eventuella majsrester.

»Du förstår, det kommer en tid i livet när man måste välja. Antingen fortsätter man framåt, eller så stannar man, och då rör man sig egentligen bakåt. Antingen följer man bara sin tid, eller så tar man ledningen och *blir* sin tid. Vete fan om Teddy visste vad han gjorde, men han drog upp kalasjnikoven mitt framför näsan på Screwbacks vicepresident och sa som det var. 'Antingen lämnar ni oss ifred, eller så kör jag upp den här i röven på dig.'«

Isak slickade av nästa finger samtidigt som han betraktade henne.

»De kom aldrig tillbaka«, sa han.

I hans halvslutna ögon såg hon något annat nu. Han var en pratglad person, på gränsen till pladdrig, men det fanns en vass skärpa där. Kanske var allt det andra bara utstuderad yta.

»Vilken är din relation till Teddy?« sa han.

»Sa jag inte det. Vi jobbar ihop.«

»Inget mer?«

»Nej, inget mer.«

»Säkert?«

»Ja.«

»Helt säkert?«

»Ja, helt säkert. Men jag har en fråga, när du ändå pratar om honom. Vad satt han sina åtta år för?«

»Vet du inte det?«

»Nej.«

Isak slickade noggrant av ringfingret och lillfingret, det påminde om hur en katt slickade sin päls.

»Då får du fråga honom själv.«

Emelie höll på att tröttna nu. Mer än två timmars väntetid. Långsamma pondusuppvisningar och våldsförhärligande stories om Teddy. Det ledde ingen vart. Hon lade upp passbildskopiorna på bordet, de två ansiktena som hon och Teddy tyckte liknade personen som stormat in i lägenheten.

»Vi söker en person som vi tror heter Chamon Hanna, det är antagligen nån av de här två killarna.«

»Och varför letar ni efter honom då?«

Emelie betvivlade inte en sekund att hans prat om lojalitet omedelbart skulle få stryka på foten så fort motsatt koncept gynnade honom. Å andra sidan hade inget förändrats – det här var deras viktigaste spår hittills i Philipärendet.

»Det jag tänker berätta nu är konfidentiellt.«

Isak lutade sig bakåt.

Hon fortsatte: »Och jag utgår från att du inte sviker Teddy och sprider nån som helst information.«

»Jag har redan förklarat för dig hur vi ser på sånt. Jag har inget annat än mitt ord och mitt namn i den här stan.«

Emelie väntade en kort stund. Sedan tog hon ett steg ut i det okända.

»Vi utreder en misstänkt kidnappning av en man som heter Philip Schale. I natt hade en lägenhet på Fatbursgatan i Stockholm besök av Chamon Hanna. Vi tror att Philip Schale har hållits i just den lägenheten. Vi behöver få tag på Hanna och förstå mer.«

»Okej, och vet ni nåt mer om den här Chamon Hanna?«

»Vi vet inte var han är, om det är det du undrar. Men jag och Teddy var i lägenheten, så vi skulle känna igen honom.«

»Och är polisen inkopplad på det här?«

»Nej, familjen vill inte ha det så i nuläget.«

»Så om jag skulle hitta Chamon Hanna åt er, skulle han då riskera att få nåt med polisen att göra?«

»Du känner inte mig. Men du känner ju tydligen Teddy. Jag kan bara säga att du har vårt ord på att vi inte kommer att göra en polissak av det här för Chamon Hannas del, givet att han inte är inblandad i kidnappningen.«

Isak vinkade till sig servitören. Emelie tänkte att det var märkligt att han ens kom in i det här rummet eftersom det i övrigt var tomt på folk, men kanske var de extra uppmärksamma, kanske ville de inte missa minsta gest från mannen som satt mitt emot henne.

Isak böjde sig framåt, hans mage stötte i bordskanten igen.

»Jag ska ge dig ett samtal med Chamon Hanna, jag vet vem det är. Och jag vet att han var inne i Stockholm i natt och grejade lite. De frågar mig om lov ibland, grabbarna, innan de gör sina saker.«

Emelie sa ingenting.

Servitören kom in och ställde ner en tallrik framför Isak.

»Är du säker på att du inte också vill ha lite Oreopaj?«

*

Skuggorna igen.

Tristessen. Kylan. Klätterställningens glittrande plankor, porten i 67:an som öppnades då och då när någon gick eller kom.

Den senaste mannen som Teddy hade förföljt upp i huset för att se vilket våningsplan han åkte till, hade inte varit rätt person.

Teddy hade kunnat ställa sig på Guldmans våningsplan och vänta i stället för här nere, men han ville undvika att någon skulle börja undra vad han gjorde där.

Linda hade ringt för en stund sedan, det måste vara pappa som sagt till henne att han hade ett nytt nummer. De hade inte pratat på två dagar, sedan bråket på den grekiska restaurangen.

»Jag vill be om ursäkt«, sa hon med sin mjukaste röst. »Och så undrar jag var du bor.«

Teddy sa som det var. »Jag bor hos Dejan, eller snarare, jag sover på hans soffa. Det är inte som att bo hos nån, direkt.«

»Men kom hit till oss då«, sa hon. »Jag är så ledsen att det blev som det blev. Det är bara det att jag var orolig för det där messet och för Nikola.«

»Har han kommit hem?«

»Ja, kort. Han sov några timmar. Åt frukost och stack ut igen. Jag vet inte vad jag ska göra.«

»Jag förstår. Vill du att jag ska skicka ett sms eller försöka ringa honom?«

»Du kan ju alltid försöka, men inget snack om ditt förra liv och så. Det vill jag inte.«

»Okej, jag har en ny telefon med nytt nummer som du märkt, så han kommer inte känna igen vem som ringer.«

»Vad hände med telefonen då? Den fick du ju av oss i korgen.«

»Jag är ledsen. Jag tappade den.«

Hon skulle ändå inte förstå. I hennes värld betydde slagsmål den gamla Teddy.

»Sover du hos oss i natt då?«

Det var inte särskilt passande faktiskt, med tanke på det här ärendets tider. Skulle han komma hem framåt småtimmarna i natt igen skulle Linda definitivt börja undra.

»Jag vet inte.«

Han iakttog porten längre bort, hela tiden.

»Jag var hos pappa nyss, förresten.«

»Bra, jättebra, jag var där innan och tände ett ljus för mamma.«

»Jag orkar inte med honom.«

»Han vill bara väl. Och tänk inte på honom nu, tänk på mamma i dag.«

En sak hade bekymrat honom hela kvällen här: vad skulle han göra när Guldman väl dök upp? Han försökte se olika scenarion framför sig, komma på olika sätt att agera. Men alla slutade bara i situationer som han inte ville se sig själv i.

En man kom gående mot porten. Teddy rörde på sig, steg fram bakom klätterställningen och gick mot dörren.

I ljuset från portlyktan såg han mannen bättre, han hade ljust halvlångt hår som nästan nådde ner till axlarna, en tjock dunjacka och breda pösiga jeans.

Teddy ställde sig bredvid honom vid hissen. Mannen flåsade som om han var andfådd.

De gick in i hissen. Mannen tryckte på knappen för våning tio. Det kunde vara rätt.

Det lät som att hissens vajrar knakade den sista sträckan. Mannen stod nästan demonstrativt nära dörrarna, antagligen för att markera att han inte ville konversera eller riskera att möta Teddys blick.

Dörrarna öppnades.

Mannen vände sig åt vänster och gick mot sin dörr, det kunde vara rätt dörr, en av två.

Då vände han sig om. Teddy såg honom rakt i ögonen.

Han var röd i ansiktet som om han bränt sig i ett solarium och överläppen putade av en snusprilla som måste vara i trippelstorlek.

»Kan jag hjälpa dig med nåt?« sa han.

Teddy såg sig omkring. »Nej tack, jag tror jag måste vara i fel hus.«

»Vem söker du?«

»Stening.«

»Stening?«

»Ja, Nybohovsbacken 69.«

»Det här är 67.«

Mannen vände sig om och började öppna sin dörr.
Det var den *rätta* lägenheten.
Han stängde dörren efter sig.
Lazar Guldman.

*

De första sekunderna hade snön känts som en lindring. Den stickande känslan i fötterna efter för dålig blodcirkulation minskade av kylan. Hans förvirrade tankar blev skarpa. Vintern gjorde honom fokuserad.

Han sprang. Snön var decimeterdjup och mjuk, nästan slaskig. De hade tagit hans skor. En märklig känsla, barfotahud mot snö – han hade aldrig upplevt den förut.

Han tittade inte ens bakåt, bara rusade. Han såg inga hus framför sig, bara skogskanten längre bort.

Himlen var stjärnklar, han hade tur med det i alla fall.

Han hade bara en tanke i huvudet – att han måste hitta ett hus eller i vart fall en bilväg.

Han såg inga ljus längre fram, skogsbrynet var ett kompakt mörker. När han kom närmare granarna vände han snabbt på huvudet och stirrade bakåt. Huset han hållits i var stort, en villa, minst två våningar, kanske tre. Han såg att ett fönster lyste på undervåningen. Kanske var det där Jokerjäveln höll till.

Huset hade en ljus färg, men det var för mörkt för att urskilja detaljer.

Han fortsatte att springa.

In i skogen. Bort från huset, bort från det lysande fönstret. Träden stod inte så tätt som han hoppats på, de var mer utspridda, som om man nyligen huggit ut här.

Det kändes som om det var någon plusgrad. Ytterligare något han hade tur med. Philip hade samma byxor på sig som när de tagit honom, ett par 7 For All Mankind-jeans. Även skjortan och tröjan hade han på sig, en Borrelli och en kashmir från Loro Piana. Just nu var han extremt glad för tröjan, han frös faktiskt inte om kroppen.

Men han frös om fötterna.

Han stannade till en kort sekund och försökte vicka på tårna.

Han kände dem knappt.

Tanken på att hitta ett hus eller en väg byttes mot en annan: han måste hitta en yta som inte var is- eller snötäckt. Han måste bort från kylan på marken.

Han fortsatte att springa. Ljuset från fönstret i helveteshuset syntes avlägset.

Han kände desperationen växa. Han borde svänga tillbaka och titta på andra sidan huset. Det borde finnas någon väg någonstans. Men, det var så mörkt, trots månen och stjärnorna. Han var inte ens säker på att han skulle kunna urskilja en väg om det fanns en.

Han sprang tillbaka och försökte samtidigt göra en lov i terrängen. Han måste härda ut. Till ett sådant här stort hus körde man med bil. Och han visste ju att de tagit dit honom i ett fordon.

Efter någon minut skymtade han vatten, det låg snötäckt is där också, men längre ut var det fritt och glittrade i månskenet. På andra sidan, kanske någon kilometer bort, såg han fler ljus, antagligen från bebyggelse. Han undrade om han var på en ö.

Han vände tillbaka igen. Rörde sig åter mot huset, men i en ännu vidare cirkel.

Fötterna fanns inte. Ändå var hans huvud medvetet om att han måste få bort dem från det här underlaget.

Då såg han en lång gång bland träden avteckna sig mot himlen, som en allé. Det måste vara en väg. När han böjde sig ner skymtade han något som kanske var hjulspår i snön. Här hade någon kört mer än en gång den senaste tiden.

Han sprang som en elitidrottsman.

Framåt. Mot vägens slut, mot en korsning, kanske mot en större väg.

En väg där han hoppades att bilar körde.

Han stannade till. Var han dum som rörde sig längs vägen? Om de sökte efter honom, skulle de ju titta här först. Samtidigt var det hans enda chans nu, att komma bort. För om han stannade i skogen skulle han frysa ihjäl.

Hundra meter.

Två hundra meter.

Han flåsade.

Träden längs vägen såg ner på honom. Skrattade åt honom. En barfota idiot.

Han såg något längre fram. En ny väg korsade den han sprang på. Den var större, det kändes som asfalt under den tunna snön.

Han visste inte åt vilket håll han skulle springa, men valde vänster.

Ytterligare hundra meter.

Två hundra meter.

Då uppfattade han något längre bort längs vägen. En annorlunda silhuett mot den mörka himlen.

Det var ett jakttorn.

Någon hade ställt upp ett torn för älgjakt här. När han kom nära såg han att det såg ut som de brukade göra, en enkel byggnad med fyra träpålar ner i marken och själva sitsen ungefär två meter upp i luften. Den var klädd med träväggar och täcktes av ett tak.

Philip hade suttit i sådana torn många gånger. Han kände till fördelarna. Man såg bra över lågväxande träd och buskar, skottfältet blev renare. Dessutom minskade människovittringen när den spreds till högre luftlager.

Han klättrade upp. Sitsen var liten, han kunde inte sträcka ut sig. Men det ville han inte heller. Han ville bara kura ihop sig under taket och vänta tills någon bil körde förbi där nere. Här var det fritt från snö och is och det blåste mindre.

Å andra sidan: nu rörde han inte längre på sig.

Han drog ut ärmarna på sin tröja så långt det gick, ner över händerna, och försökte stoppa in fötterna i dem. Samtidigt masserade han tårna med sina fingrar. Det var en konstig sittställning.

Han kände sig som en apa.

*

»*Ajde*, nu.«

»Ähh, jag orkar inte komma ner.« Nikola spanade på Chamons

mekartallrik som stod framför honom på soffbordet. Han undrade hur många fetingar som tillverkats över den, fast Yusuf alltid sa att de måste lägga av. De spelade någon låt på Chamons brorsas dator från Spotify. Snoop Dogg hade bytt namn: Snoop Lion – reggae style.

Varför ringde Yusuf nu och pratade om att de måste ner till centrum? De chillade ju.

»Jalla brorsan, *han* vill att ni kommer ner.«

Chamon hörde samtalet, så högt gapade Yusuf. Han lade ner jointen på tallriken. Den var bara halvrökt. De hade ju hela kvällen kvar att låta skallarna ta rast.

Chamon rapade.

»Vi måste åka ner. Kallar Yusuf, så kallar Yusuf.«

»Fan, vi har ju inte gjort annat än jobbat för honom i dag. Fixat polisradion, snackat med det där cp:t som inte ville betala och allt.«

»Du vet hur det är, Nikola. En vacker dag är det vi som skriker 'jalla brorsan'.«

En kvart senare stod han och Chamon utanför Steakhouse Bar nere i centrum. Vädret var äckligt. Yusuf kom ut från restaurangen. Han hade på sig en kamo-färgad keps och solbrillor, som om det var värsta sommardagen ute.

»Ni måste träffa en tjej som har lite frågor.«

Chamon var fortfarande hög, det hördes på hans ljusare röst. »Vad snackar du om? Vadå har lite frågor?«

Yusuf var på snuthumör. Han klev fram och ställde sig med sitt ansikte fem centimeter från Chamons. »Vad är det med dig, har du problem, eller?«

»Nej, nej, sorry. Men vad handlar det om?«

»Den här bruden undrar om den där grejen som hände inne i stan i går natt, jag tror fan hon var med uppe i lägenheten, men jag är inte säker. Men det är lugnt, det finns inga risker.«

»Är hon gris, eller?«

»Knulla min mamma att hon är snut.«

»Vem är hon då?«

»Jag har fan ingen aning. Men han har godkänt allt, han litar på henne för hon jobbar med nån gammal kompis till honom, Nikola, din morbror är det faktiskt. Han vill att ni snackar med henne.«

»Om vad?«

»Hur ska jag veta? Jag går och hämtar henne nu. Och ni sköter er.«

Yusuf klev in igen.

Nikola lade handen på Chamons axel och smajlade. »Kompis, en dag är det kanske du som gapar knulla min mamma.«

Chamon ville fråga mer om hans morbror, men Yusuf kom inte tillbaka.

Nikola körde bilen som vanligt. Det var alltid han som fick köra, vakta, sticka, plocka upp de små cashbetalningarna och hämta pizzabeställningar. När skulle han ta steget upp? Chamon var jämnårig med honom, och även om han var en av hans bästa vänner kunde Nikola se problem – hans temperament fuckade upp hälften av alla grejer de gjorde. Nikola hade inte varit med uppe i lägenheten där det blivit tjafs, men han förstod ändå att det var ännu en Chamon-urkukning. Det borde fan inte spela någon roll om man var syrian eller inte – Yusuf surrade alltid om att det som betydde något var att de växt upp ihop. Att han sket i om någons föräldrar var födda i Örebro eller Midyat. Det som räknades var lojaliteten.

Chamon hade satt sig i baksätet bredvid den unga kvinnan. Hon hade typ kontorskläder plus kappa. Hon såg nervös ut, hela tiden tittade hon ut genom bilfönstret, kanske ville hon ha koll på vart de körde henne.

Nikola hade fått order att köra dem runt stan på en tur, det fanns ingen särskild riktning.

Men det var inte bara hon som såg nervös ut. Nikola hade sett Chamons ansikte när kvinnan kom ut från restaurangen. Små ryckningar vid ögonen, de som alltid kom när han var nära skitapåsig-gränsen.

»Jag känner igen dig«, sa hon nu.

Nikola tittade i backspegeln. Det spratt så kraftigt i Chamons ena ögonvrå att det såg ut som om någon fäst en fiskelina där och stod och ryckte.

Till slut sa han: »Jag var i lägenheten i natt. Jag känner igen dig också. Vi är ledsna för situationen som blev.«

Nikola körde långsamt. Han satte på bilradion och rattade in 105,9. Det lät som Justin Bieber.

Först försökte han lyssna på vad Chamon och kvinnan sa. Kanske skulle de nämna något om Teddy. Men de pratade bara om annat. Och det här var rätt okej ändå. Han tyckte om att cruisa runt på stan i bilen, även om den inte var hans. BMW X5, det var inga dåliga grejer.

Han slappnade av. Gick in i musiken. Slutade tänka på morsan och allt hennes tjat. Funderade på vad han skulle köpa för de fem laxarna han fått för besväret med indrivningen i morse. Han var sugen på en soft air gun eller en resa till något varmare ställe än Sverige. Fast kanske borde han köpa en present till Teddy i stället. Hans gamla morbror kanske inte var något teknikfreak, men inte skulle han väl behöva gå omkring med en lur som inte ens hade touchscreen.

Tjugo minuter senare var de färdigpratade i baksätet. Chamon hade blivit lite uppeldad vid ett tillfälle, men nu var det coolt.

Nikola parkerade vid Steakhouse Bar igen. Chamon hoppade ur och öppnade dörren för kvinnan som värsta limousinechaffisen. Nikola hade inte lyssnat mycket på deras samtal, men nu hörde han hur Chamon ringde till någon.

»Tjena, det är jag«, sa han. Nikola undrade vad det handlade om.

Han hörde Chamon säga: »Kan hon träffa dig? Jag vet att det är sent.«

Chamon gick fram till kvinnan.

»Det är lugnt«, sa han. »Hon går med på att träffas.«

Kvinnan sträckte fram något till Chamon. »Här. Och tack för hjälpen.«

»Vad var det där?« frågade Nikola.

Chamon tittade ner på det han hade i sin hand. »Ett visitkort, brorsan. Har du aldrig sett en advokat in action, eller?«

*

När hon först hade sett Chamon Hanna utanför Steakhouse Bar ville hon springa därifrån. Emelie förstod att han var en av dem som varit i lägenheten, kanske var det han som hade hållit i basebollträet. Hon kände en stark längtan efter Teddy. Hon föreställde sig hur han fridfullt gick fram och skakade Chamon Hannas hand och sa: »Den här gången tar du det lugnt, eller hur?«

Chauffören som kört bilen såg ännu yngre ut än Chamon, men honom kände hon inte igen. Han verkade inte heller bry sig om deras samtal, han var inne i sin egen värld. Han hade knäppt på stereon och såg ut som om han drömde om badstränder och palmer.

Chamon satt bredvid henne i baksätet. Han hade en mörkgrön vinterjacka med en karaktäristiskt gul rem uppe vid pälskragen – en Parajumpersjacka: halva Stockholms vinterplagg *par préférence* i år.

Hon sa: »Vad gjorde ni i lägenheten i natt?«

»Vi skulle träffa några snubbar.«

»Vilka då?«

»Vem är du egentligen?«

»Jag är jurist. Och jag letar efter Philip Schale. Har inte Isak berättat?«

»Inte så mycket. Snuten då?«

»Jag har inget med polisen att göra. Jag vill bara hitta Philip Schale.«

»Vi letar också.«

Justin Bieber spelade på radion. Det luktade nya lädersäten.

»*Ni* letar efter Philip?«

Chamon Hanna kliade sig på kinden, som om han behövde betänketid för att svara.

»Vi trodde att han var i lägenheten.«

Emelie kände hur hennes hud knottrade sig på armarna.

»Han har ju två ställen. Det ena är lägenheten på Östermalmsgatan, det andra är den där lägenheten på Fatbursgatan. I den ena är han med sin fina flickvän. I den andra är han smutsig. Han vill inte blanda världar.«

»Hur vet du det?«

»Vi har haft koll på honom i några veckor. Sen han gjorde vad han gjorde med min kusin.«

»Berätta mer.«

»Vet du inte om det?«

»Berätta för mig bara.«

Chamon blinkade. Emelie måste vara försiktig nu, hon ville inte skrämma honom. Samtidigt fanns det ingen tid att förlora – hon måste pressa på.

Nu sjöng Bruno Mars ur bilens högtalare. Killen som körde såg lika borta ut som tidigare.

»Så här är det. Min kusin, Anina, lever inte som hon borde. Hon har en svensk mamma. Inget fel på det, men jag tror att det är därför Anina inte riktigt har samma syn på saker och ting som vi har. Hänger du med? Hon har redan flyttat hemifrån fast hon inte ens har en sambo. Hon lever rullan på ett respektlöst sätt. Men för några veckor sen träffade jag henne och hon var helt förstörd. Hon hade råkat ut för ett riktigt svin.«

Bruno Mars trallade på i bakgrunden: *You bring me to my knees/ You make me testify/ You can make a sinner change his ways.*

»Först tänkte jag bara, skyll dig själv liksom. Lever du som en hora så blir du behandlad som en, om du förstår vad jag menar. Men sen började hon berätta för mig, och det var bara för mycket. Det finns gränser. Så jag snackade med Yusuf, som snackade med Isak. Och Isak sa att det var okej att jag tog tag i saken. Sen blev det som det blev.«

»Ni tvingade ut honom på den tunna isen?«

»Det är dina ord. Vi läxade upp honom. Han förtjänade det.«

»När var det?«

»Fan, jag minns inte. Anina ringde mig. Hon hade sett honom.«

»Och du sa alldeles nyss att ni har haft koll på honom i några veckor.«

»Exakt, så det här var väl några veckor sen då. Vi tog honom utanför ett av de där ställena, typ Clara's eller vad det heter. Men det räckte inte, vi ville ha betalt men han vägrade. Så därför gick vi till hans lägenhet. Men då var ni där i stället.«

Emelie tittade ut genom rutan. Hon såg radhus utanför. Hon hade ingen aning om var hon var någonstans. De kunde göra vad de ville med henne. Det enda hon hade var Isaks ord.

»Vad var det Philip gjorde mot din kusin?«

Chamon vände sig också mot fönstret. Emelie kunde se hur en ådra på hans hals pulserade.

»Jag förstår om det kan vara jobbigt att prata om.«

Chamon kastade sig plötsligt mot henne. Han tog tag om hennes kappa och tryckte upp henne mot bildörren. Ansiktet – hon kände igen hans ansikte från förra natten. Eld som vällde fram ur ögonen.

»Vad fan lägger du dig i det här för? Du har inget med det här att göra. Du fattar ingenting.«

Han pressade henne mot bilfönstret. Hon kände hur hon började andas häftigt. Han tryckte mot hennes axlar. Hon måste kontrollera sig. Få honom lugn.

Killen som körde bilen vände sig om. »Chamon, softa för fan!«

»Kan jag få träffa henne?« väste Emelie.

Anina Hanna Björklund såg verkligen ung ut. Om Emelie skulle ha fått frågan hade hon inte gissat på en dag över femton.

Hon hade svart långt hår som var kammat i en perfekt mittbena. Det rådde inget tvivel om att Anina enligt alla gängse mått var extremt söt. Men när hon satte sig ner på stolen inne på Steakhouse Bar och sneglade bort mot Chamon och de andra, så fick hon något nästan vildsint i blicken.

Emelie var glad att Anina hade kunnat komma så fort trots klockslaget. Tydligen hade hon varit ute och tagit en drink med några gamla kamrater från Södertälje, fast egentligen bodde hon inne i Stockholm.

Emelie presenterade sig och talade med låg röst. »Jag skulle vilja ställa några frågor till dig om Philip Schale. Känner du honom?«

Anina sörplade på teet som servitören ställt fram fast stället egentligen hade stängt nu.

»Känner och känner ...«

»Vet du vem han är då?«

»Ehh ... kanske.« Osäkerheten i Aninas röst hördes tydligt.

»Jag förstår att det här kan kännas konstigt. Men det har uppstått en besvärlig situation och det vore toppen om du kunde svara på mina frågor. Jag lovar att förklara mer för dig sen.«

Anina såg ut att slappna av en aning. Hon hade svarta byxor och svarta höga stövlar. På överkroppen bar hon en tunn dunjacka i glansigt material med en pälsväst över. Hon hade knäppt upp västen men inte jackan, hon måste koka här inne.

»Jag vet vem Philip är, lite grann.«

»Hur känner du honom?«

»Jag känner inte honom, det sa jag inte. Och han är ett äckel. Men vad är det du vill veta egentligen?«

»Som jag sa, det hela är lite komplicerat, men jag behöver veta så mycket som möjligt om Philip Schale. Mer än så är jag förhindrad att säga nu, faktiskt. Du måste tro mig, Anina, jag vill dig inget illa.«

Anina lyfte tekoppen igen. Emelie tyckte att hon såg en tår i hennes ena öga.

»De är vidriga. Du förstår inte ...«

Tårdroppen trillade ner i tekoppen. Anina gnuggade sig i ögat. Det märktes att hon ansträngde sig för att inte bryta ihop.

Hon förklarade i korta ordalag vad hon blivit utsatt för.

Emelie visste inte vad hon skulle säga. Hon hade aldrig varit den bästa psykologen bland sina kamrater. Vissa av hennes vänner var så bra lyssnare och sa så bra saker att det nästan var beroendeframkallande. Och då hade varken hennes eller deras problem någonsin varit i närheten av det här.

»Jag har rätt att få leva mitt liv, utan att en massa jävlar lägger sig i. Men det som hände mig förlåter jag dem aldrig för. Och jag har tänkt och tänkt.«

Hon stannade upp, det verkade som om hon funderade på om hon skulle säga mer.

»Vad har du tänkt?«

»Först var jag bara ledsen. Men jag såg honom i vip-rummet för några veckor sen. Då ringde jag Chamon. Han blev helt vansinnig och lovade att åka in till stan och 'plocka den jäveln', som han sa.«

»Vad hände?«

»Jag vet inte, Chamon och hans kompisar gjorde något, men han har inte sagt vad. Och sen blev jag arg.«

»Varför?«

»Jag pratade med en massa olika personer som fick mig att förstå att det inte var mitt fel, det som hände. Det är till och med en person som jag inte känner som har tagit kontakt med mig bara för att prata om Philip.«

»Vem var det?«

»Jag känner henne inte. En vanlig tjej, nånstans mellan tjugofem och trettio, skulle jag gissa. Hon verkade känna Philip på nåt sätt.«

Emelie tänkte att hon måste skicka bilder på några personer till Anina, för att se om hon kände igen någon.

»Hur tog hon kontakt?«

»Först var det via mejl eller Facebook tror jag, sen ringde hon och vi sågs en gång. Men hon var konstig. Hon blev irriterad på mig för att jag inte ville göra nåt åt saken. Den gången när vi sågs så skrek hon på mig, hon var nästan helt galen. Men hon fick mig ändå att komma fram till en sak.«

»Vadå?«

»Det finns tillräckligt med bevisning. Jag var till och med hos läkaren efteråt. Jag tänker polisanmäla honom i morgon. Jag har en tid bokad på Östermalms närpolisstation.«

*

De vanliga kvällsrutinerna gällde inte längre. Vid den här tiden brukade Carl-Johan smörja sina fötter. Han satte sig i rottingstolen i Mammas badrum, lade upp det ena benet på det andra och sprutade ut en klick i handen ur tuben med Dr Scholl's, Neutrogena eller vad hon nu införskaffat. Sedan masserade han långsamt in krämen. Först under främre delen av fotdynan och sidan av stortån. Sedan brukade han klicka ut lite mer och smörja in hälen. Han var alltid torr om hälen, och gjorde han inte det här varje kväll skulle självsprickorna komma som ett brev på posten inom några dagar.

För några år sedan, när han insett det oundvikliga – att han måste vara noggrann och systematisk med sina fötter – hade han tyckt att det här var en ytterligt långtråkig procedur. Han hade försökt kombinera den med tevetittande eller hade satt på en cd-skiva innan han började. Han hade bannat sin pedikyrist och sin privata hudläkare för att de inte lyckades lösa problemet.

Fast nu för tiden såg han det annorlunda, han tyckte faktiskt om de där tio minuterna i badrummets tystnad. Han behövde dem. Och i kväll saknade han dem.

För det mesta var han glad att han och Mamma hade gjort den indelning av livet som de gjort, redan tidigt. Och han var lyckligt lottad som hade sin sekreterare, assistent, chaufför och bankman. Livet skulle vara outhärdligt utan dem.

Men nu var det kaos ändå.

Caroline skulle sova hos dem i natt, hade hon sagt. Det var kanske bra. Titti behövde någon som såg till henne, som kunde prata med henne bättre än vad han själv kunde. Men just nu var hon inte där.

Han hade försökt förklara för Titta varför han tyckte att betalningen på sexton miljoner skulle gå först i morgon. Det skulle ge Magnus och hans folk mer tid att lösa det här. All statistik sa att det inte räckte med att betala en gång, sexton miljoner skulle inte få dem att släppa Philip. Titti tittade knappt upp, hon bara mumlade något ohörbart. Han ville också prata med henne om Kevin och Kevins pappa, men hon klagade och sa att hon inte orkade just nu. På ett sätt var han glad att hon inte lade sig i. Hon fick inte bli som hon blivit häromdagen.

Caroline däremot hade satt sig vid köksbordet och ville prata.

»Pappa, berätta nu från början till slut vad vi vet. Jag hängde inte med på allt som sas på mötet med Magnus Hassel.«

På något sätt kände sig Carl-Johan lite lugnare av frågan. Nu när Caroline var hemma var han faktiskt glad att hon fanns där för sin familj. Som hon alltid borde ha funnits.

Han berättade vad han visste. Om hur de trodde att Philip hållits en tid i lägenheten på Fatbursgatan, om hur han ringt till Patric Öhrn och bett om överföringar, men att det inte fungerat som kidnapparna antagligen hade planerat. Om att de därför nu fått Philip att skicka in ett påhittat köpekontrakt på en våning.

»Den här lägenheten på Fatbursgatan, vad har den egentligen för koppling till Philip?« frågade hon.

»Vi vet inte än. De tittar på det.«

»Vet de inte? Men det måste gå att få reda på.«

»Vi hoppas.«

»Och Stephanie då, har ni inte pratat med henne?« frågade Caroline när han var klar.

Carl-Johan glodde på henne. »Hur ska vi kunna prata med henne? Hon verkar vara en som sladdrar mer än Mamma skulle göra.«

Caroline vände bort ansiktet.

Men det var några timmar sedan. Nu var Caroline ute, antagligen tog hon en promenad. Han förstod inte varför hon skulle göra det när situationen var som den var och det var sent på kvällen, men hon hade insisterat på frisk luft.

Carl-Johan öppnade hörnskåpet i köket och tog ut en flaska Glenfiddich. Det här var hans egen lilla drinkhylla, vinkylen på andra väggen och vinlagret i källaren var lika mycket Tittis domäner. Men det som stod i det här skåpet drack bara han av.

Han hällde upp halva kristallglaset och fyllde sedan på med tre skvättar ljummet vatten. Glaset var arvegods efter Tittis farfar och farmor. Han älskade att dricka ur det, Adlercreutz vapensköld blänkte i ljuset från takbelysningen.

Han funderade på att smörja fötterna ändå, låta allt vara som vanligt i tio minuter.

Han tog en klunk av drycken.

Huvudet snurrade.

Världen var snurrig.

Han behövde sätta sig ner.

Han gick in i biblioteket och sjönk ner i soffan.

Han lutade huvudet bakåt och tog en klunk till av whiskyn.

Då hörde han sin telefon. Den låg på köksbordet. Han reste på sig och började gå dit, men innan han hann fram upphörde signalen. Han hörde Tittis tysta röst.

När han kom ut i köket höll hon fram telefonen mot honom.

»Det är Magnus«, sa hon. »Jag tog samtalet, men han vill prata med dig.«

Han hörde Magnus röst. »Carl-Johan, jag är ledsen. Titti svarade och jag bara pratade på.«

»Om vad?«

»Jag pratade just med Emelie, hon har stött på en sak.«

»Vad?«

»Hon har sökt upp en av männen som tog sig in i lägenheten i natt. Och han har slussat henne vidare till en ung kvinna från Södertälje. Av utländskt ursprung. Emelie har träffat henne nu för en stund sedan. Den här kvinnan påstår att hon har blivit våldtagen av Philip tidigare i år. Det kanske inte var så bra att jag berättade det för Titti. Hur verkar hon ta det?«

Carl-Johan tittade på sin hustru.

Hon hade satt sig ner.

Hennes blick var tom.

*

Körsbärsvägen. Studentbostädernas Mecka. Hundratals små ettor och tvåor, korridorboende och delade lägenheter. Här levde man på nudlar och köttfärs och spexplaneringen pågick till sent inpå nätterna. Ibland kunde Emelie sakna att hon inte deltagit mer i studentlivet när hon pluggade. Hon hade alltid varit inställd på betygen och sidomeriterna i stället. Och hon hade alltid velat bo i en vanlig lägenhet.

Det fanns värre ställen än Körsbärsvägen. Det här området låg ändå innanför tullarna, i stan. Många bodde i Frescati eller var tvungna att dela boende med tre andra i någon nedgången tvåa fyrtiofem minuter från stan.

Samtidigt visste hon att Sverige var lyxigt: här fick man betalt för att studera. Studiebidraget låg på närmare tre tusen kronor per månad, och till det kom förmånliga lån som staten gav till alla som utbildade sig på högskolenivå. Det blev inga jättepengar, men hade det varit England eller Frankrike hade det ju kostat åtskilliga tusen euro att gå på en bra skola. Hennes mamma skulle ha hållit med henne men uttryckt sig på ett annat sätt. Enligt henne var det inte lyx, utan något som var en naturlig rättighet i folkhemmet.

Emelie och Anina Hanna Björklund hade skilts åt på Steakhouse Bar för nästan två timmar sedan. Emelie hade ringt på en taxi och åkt tillbaka till kontoret, det hade tagit trettio minuter från Södertälje fast det var sent. Hon tänkte gå igenom material om Kevin, men även om Anina. Hon hade motiv att hata Philip mer än någon annan de stött på.

När hon suttit en stund ringde telefonen. Det var Anina.

»Är du i stan?«

»Ja.«

»Du måste komma hit.«

»Vad har hänt?«

»Jag tror att det är nån där nere som vill prata med mig om Philip.«

»Vem?«

»Jag vet inte. Nån som ringde och bad om att bli insläppt. Kom hit bara, jag tycker det känns obehagligt. Chamon är för långt borta. Jag bor på Körsbärsvägen.«

Anina gav henne den exakta adressen och portkoden.

»Jag kommer direkt.«

Emelie hade försökt ringa tillbaka när hon satt i taxin, men Anina svarade inte.

Hon närmade sig höghuset. Hon önskade att hon hade kunnat ringa Teddy, men ångrade sig snabbt. Han fick be om ursäkt innan hon tänkte ta kontakt.

Byggnaden kallades för Nyponet. Alla som pluggat i Stockholm visste vilket hus det var. Över tjugo våningar och hundrafyrtio studentlägenheter. Det var inte många bostadshus i Stockholm som var så stora.

Anina läste tydligen på universitetet fast hon bara var arton – en smart tjej, hon hade fått hoppa upp en klass i mellanstadiet.

Emelie var ungefär trettio meter bort från ingången nu.

Det var mörkt ute, hon såg på avstånd att lampan där inte verkade fungera.

Just då flög porten upp. En person rusade ut. Han eller hon hade en lång dunjacka med luvan uppdragen över huvudet. Hon kände igen märket. Det var en sådan där superdyr sak, Mountain Works.

Personen stressade mot en liten röd bil som var parkerad tjugo meter bort, mitt på trottoaren. Emelie hade inte ens tänkt på hur märkligt den stod förrän nu. Den blockerade hela gångbanan.

Bilen rivstartade och åkte i alldeles för hög fart nedför gatan.

Ljudet av de skrikande däcken fick henne att rycka till.

I farstun längst ner satt en lista på dem som bodde i huset. Emelie antog att många kontrakt var andrahandsuthyrda och så vidare, men det stod faktiskt Hanna A. Björklund på tolfte våningen.

Hon undrade vem det var som ville prata om Philip med Anina så här dags. Och hon undrade vem som slängt sig in i den röda bilen. Kanske borde hon ha tagit registreringsnumret, men nu var det försent.

Hon tryckte ner hissarna. Ett knakade ljud hördes från hissschaktet. Hon tryckte på tolvan och lät hissen påbörja sin gnisslande färd uppåt.

Hissdörren öppnades och hon klev ut. Taklampan blinkade. Det var tyst i huset.

Emelie ringde på.

Ingen öppnade.

Inget ljud inifrån.

Hon ringde på igen.

Inget hände.

Anina visste att hon skulle komma. Hon borde vara hemma.

Hon kände på dörrhandtaget.

Dörren var öppen.

»Anina!« ropade hon in i studentlägenheten.

Tystnad.

Hon tog ett steg in. Helvete, helvete.

Det låg en trasmatta på golvet och det hängde jackor och kappor på klädhängaren. Det här var antagligen en etta. Hon såg direkt in i det lilla köket, ett matbord med plats för två stolar. En tallrik med matrester stod framme på diskbänken.

»Hallå?« ropade hon igen, men den här gången med svagare röst.

Tystnaden här inne skrämde henne. Hon tyckte sig höra ljuden av sitt eget hjärta.

Hon vände sig om och tittade in i det dunkla rummet. Ljuset från hallen gav lite ljus.

Hon kände direkt att något var fel.

Sen såg hon.

På golvet, vid väggen, låg en kropp.

Hon tog ett steg in.

Det var Anina.

Helt stilla.

*

Jakttornet.

Han visste inte hur länge han skulle klara sig här uppe, två meter ovanför marken. Han funderade på att rista in något meddelande i väggplankan. Beskriva kort vad han varit med om. Vad han visste om kidnapparna.

Nej, det var bara dumheter. Han visste ju inget.

Kanske borde han rista in andra historier. Det han hade varit med om som barn. Det som hade gjorts mot honom. Det han hade gjort mot andra.

Det tjänade inget till.

Ingen skulle sakna honom.

Ensamheten var han van vid.

Även de gånger hans föräldrar faktiskt varit hemma hade han känt den. Det handlade inte om att de fysiskt skulle vara i våningen. Pappa satt ändå bara i telefon eller vid datorn. Mamma låg under en pläd i biblioteket eller satt i köket med ett glas vin, böjd över någon tidning.

Enda gångerna pappa verkligen talat till honom var när han körde sina uppfostringstal. Hans två enkla principer: etikett och disciplin. Som skulle präntas in, *no matter what.*

Han tänkte på en gång, han kunde inte ha varit äldre än åtta år. Han hade tyckt att det räckte.

»Pappa, jag struntar i det. Jag tuggar med munnen öppen om jag vill.«

Carl-Johan hade bara tittat på honom och långsamt skakat på huvudet.

»Du säger inte så.«

Resten av kvällen hade han varit på jobbet. Monica, deras barnflicka, såg till att Philip och Caroline borstade tänderna och kom i säng. Var mamma var någonstans visste inte Philip.

»Sov nu, lilla sötnos«, sa Monica när hon släckte lampan i hans rum. Klockan var alldeles för mycket och han hade spelat Game Boy tre timmar i sträck.

»Monica, tror du pappa kommer att prata med mig i morgon?« undrade han innan hon stängde dörren. Silhuetten av hennes huvud var enorm, men han visste att det var på grund av hennes burriga hår.

»Säkert«, sa hon. »Han är väl inte långsint?«

Men han var långsint, det visste Philip.

Han hade vaknat av att pappa satte sig på sängkanten och höll om hans mun. Dörren var stängd.

Han sa ingenting först, bara satt där och höll ett fast tag om Philips käkar.

»Du ska tugga med munnen stängd, har jag sagt. Öppna munnen.«

Philip såg honom som i en dimma. Han visste inte vad klockan var. Men en sak var tydlig. Pappa var hemskt arg, på det där tysta sättet.

»Öppna munnen, sa jag.«

Greppet om hans kinder gjorde ont. Han öppnade munnen.

»Mer.«

Philip gapade så stort han kunde.

Pappa tryckte in något i hans gom. Det kändes som en tändsticka eller något liknande. Den satt vertikalt så att han inte kunde stänga munnen.

»Det är en tandpetare. Och den ska vara där resten av natten. Om du tar ut den, blir det bara värre. Jag kommer att titta till dig och kontrollera att den sitter kvar.«

Philip kände hur han spände käkarna. Tandpetaren skavde i gommen.

Han mötte pappas blick.

»Det ska lära dig att det inte är så bra att ha munnen öppen.«

Klockan hade varit sju när mamma väckt honom. Han blödde både uppe och nere i munnen. Han var öm i käkarna i två veckor efteråt, och hade mardrömmar om att någon spetsade honom på en gaffel.

Pappa nämnde aldrig händelsen igen.

Och mamma? Hon var väl för hög på sina piller för att ens komma ihåg.

Språngmarschen hade hållit honom varm, men det var länge sedan nu. Han huttrade okontrollerat. Fötterna var fortfarande iskalla. Händerna skakade. Han hackade tänder.

Han började tappa koncentrationen, kunde inte fokusera tankarna.

Han väntade. Men visste knappt längre på vad.

Ljudet av en bil kanske. Helljus syntes på långt håll. Fel. Inget sådant, han bara fantiserade.

Han skulle dö här uppe om han inte gjorde något. Han måste klättra ner och försöka riva loss lite granris som han kunde täcka sig med.

Han kravlade mot stegen.

Klättrade baklänges ner.

När han åter nuddade den snötäckta marken förstod han att hans fötter fortfarande inte var helt förlamade. Det isade i hela kroppen.

Han sprang fram till närmaste träd och tog tag i den lägsta grenen. Den svävade som en mörk vinge över honom. Han huttrade fortfarande, men slet i den med all sin kraft. Han hängde sig i den, vevade på den, drog så gott han orkade.

Till slut gav den vika, en stor granruska.

Han lade den på marken och ställde sig på den. Sedan började han på samma sätt med nästa nedhängande gren.

Efter några minuter hade han åtta grenar. Han släpade upp dem två och två i tornet. De fick knappt plats, han stack sig på barren, men brydde sig inte.

Till slut: han låg under en hög med grankvistar. Kurade ihop sig, böjde återigen ner tröjans ärmar och trädde ytterdelarna över tårna.

Han var helt i lä nu. Men någon värme var det inte tal om.

Kylan trängde på precis som förr.

Tankar flöt ut och in. Hur låg kroppstemperatur kunde en människa ha utan att förlora medvetandet?

Det var något bekant med det här tornet, eller så var det bara likt alla andra torn han suttit i på olika jakter.

Det måste ha gått flera timmar.

Han var en förlorare.

Han hörde en röst.

»Vad trodde du?«

En ljuskägla träffade honom i ansiktet. Någon lyste på honom med en ficklampa.

»Din lilla fitta. Trodde du att du skulle komma undan?«

Philip kände igen rösten. Han tittade ut.

Jokeransiktet stod nedanför tornet.

*

Loke ringde och sa att han var på väg. Teddy var tacksam. Det var tredje gången det här dygnet som hans gamla kåkpolare ställde upp. Och nu var det mitt i natten. Loke var en vän av den gamla skolan.

Teddy tänkte på hur han stått i farstun utanför Lazar Guldmans dörr för några timmar sedan.

Han hade tänkt: vilket jävla namn egentligen.

Många liknande namn hade passerat hans öron de senaste åtta åren, skumma, uppenbart påhittade och tagna. Men Lazar Guldman plockade nog förstapriset. Ingen människa kunde vara döpt till Lazar Guldman, det var till och med värre än Loke Odenson.

Han hade tryckt på Guldmans ringklocka och väntat. Han hörde steg inifrån.

Dörren öppnades och där stod han igen.

Nu syntes det ännu tydligare hur rosaaktig Lazar var i ansiktet och nacken. En riktig bleking, tänkte Teddy, vars hud inte tål solariet eller en semester på Mallis.

Lazar Guldman hade en svart t-shirt på sig där det stod: *Harley Davidson. When the going gets tough, the tough get going.*

»Vad gör du här igen? Du skulle ju till 69:an, sa du.«

»Jag sa fel, jag är lite nervös.«

»Nervös? Det är väl bara att gå dit.«

»Kan jag komma in?«

»Min vän, skämtar du?«

»Nej, jag är helt allvarligt. Jag letar efter en kvinna, som jag, hur ska jag säga … Det känns inte bekvämt att stå här och prata.«

Guldman betraktade honom en stund, lät sin blick svepa över honom, uppifrån och ner.

Teddy kände hur det hettade i hans huvud.

Han stod mitt emot ett kryp just nu, ohyra.

Han kunde se sin egen näve genom luften, hur den knäckte den här hormannens näsa, han kunde känna lukten av järn när blodet sprutade. Han knöt handen, kände fingrarna spännas.

Han drog in luft genom näsborrarna.

»Okej, det är bäst att vi stänger dörren tror jag, eller hur min vän?« sa Lazar.

Teddy gick in i den dunkla hallen. Det luktade matos och smutstvätt. Kläder låg i högar på golvet. På en stol stod en verktygslåda, men merparten av verktygen låg utspridda runtomkring.

Lazar verkade avslappnad trots att han just släppt in en främmande storvuxen man som han dessutom måste tycka betedde sig märkligt. Eller så spelade han bara, Teddy ville inte blänga på honom för mycket.

I stället slog han ner blicken, fingrade nervöst med händerna. Han ville framstå som ängslig, vilket han på sätt och vis också var, men inte av det skälet som Lazar trodde.

»Alltså, det är så här«, sa han. »Det är pinsamt, men jag vill få tag i en tjej som jag träffade för ett tag sen och hon svarar inte när jag ringer.«

»Och hur ska jag hjälpa dig med det, har du tänkt?«

»Jag tror att du kanske kan hjälpa mig att få tag på henne. Jag vill verkligen träffa henne igen, om du förstår, det blev lite fel senaste gången vi sågs, en liten negress. Jag betalade henne bra och allt, men det blev inget. Jag har chattat med henne och tänkte att jag kunde få kolla lite i dina datorer bara. Och, och ...«

Lazar log snett. »Jag tror jag fattar, kompis. Men jag fattar inte varför du står här och berättar det för mig.«

Han gick fram mot ytterdörren. »Vännen, du får gå nu. Antingen drar du en handtralla i hissen ner, jag lovar att inte säga nåt till nån. Eller så googlar du negeranal, så kanske du hittar henne som du söker. Lycka till.«

Han öppnade dörren.

»Vänta. Ta en titt på det här bara. Jag vill inte att informationen hamnar i fel händer.« Teddy höll fram usb-minnet som han fått av

Loke. »Och säg om du verkligen inte kan hjälpa mig sen.«

Guldman snappade åt sig stickan och sa till Teddy att vänta utanför i farstun.

Fem minuter senare öppnade han dörren igen. Hans tidigare rosa fejs var nu mer rött.

»Hur i helvete har du fått tag i det där?«

»Det ska du skita i. Släpp in mig bara.«

De gick in i hallen igen. Lazar såg inte lika säker ut, axlarna slokade och han trummade frenetiskt med fingrarna mot byxbenet.

Teddy sa: »För det första vill jag få tag på en tjej som heter Cassandra, hon kallas också Baby Belle eller Honey Rose. För det andra vill jag titta på de chattar där hon ska ha deltagit.«

»Jag kan inte släppa in dig i min dator, det förstår du väl? Det går bara inte.«

Teddy bestämde sig för att än en gång byta angreppssätt.

»Jag ska vara tydlig med dig. Jag måste få tag på den här flickan Cassandras chattar, eller vad fan det heter. Jag vet att du inte bryr dig ett skit om en flickas liv, men jag är lite av en dinosaurie på det sättet. Förstår du, jag är gammaldags. Så nu berättar du hur jag får tag på det jag vill ha.«

Det var hans sista kort. Att köra hårt. Teddy visste inte vad han skulle göra om snubben vägrade.

»Vad är det du tänker göra egentligen?«

»Det ska du skita i.«

»Jag tror inte du förstår, om du har tänkt rädda henne eller så är du helt fel ute. Du har ingen aning, det går inte att rädda de här flickorna, tro mig. Jag kan förklara. Vet du nåt om juju?«

»Jag har inte tid med nåt skitsnack nu. Visa mig chattarna.«

»Okej, okej.«

Teddy noterade att Guldman slutat använda orden kompis eller vännen i varje mening.

»Kan du komma tillbaka i slutet av veckan så ska jag kopiera över de där sakerna på ett minne till dess?«

»Nej, jag måste se dem nu i kväll.«

»Det tror jag blir svårt. Men jag kan ju mejla dig, så kanske det går att lösa i morgon.«

Teddy exploderade. Han kastade Lazar Guldman mot väggen och tog tag om hans hals. Han tryckte med ena handen på mjukdelarna på båda sidorna om struphuvudet. Samtidigt snappade han åt sig en skruvmejsel som låg bredvid verktygslådan.

Guldman tjöt. »Vad fan gör du?«

Teddy klämde åt hårdare. Ansiktet framför honom blev åter rödaktigt. Lazar fäktade med armarna, men det fick bara Teddy att trycka med ännu större kraft.

Han pressade skruvmejselns spets mot den strama huden ovanför halspulsådern.

Guldman hostade och väste.

Teddy sa: »Här är problemet, just nu är du mer rädd för nån jävla Big Mama än för mig. Jag måste vända på det. Förstår du?«

Han höll fast Lazar i sitt grepp.

Sedan sa han: »Vet du vem jag är? Jag heter Teddy, Nalle, Maksumic. Hör du det? *Teddy.*«

Han såg Guldman spärra upp ögonen ännu mer, om det nu var möjligt.

Han släppte greppet. Lazar dråsade ner på hallgolvet, hans hyperventilerande flämtningar lät som om de var förstärkta med högtalarsystem.

Och nu, en trekvart senare, satt Teddy alltså bredvid Loke och Guldman vid Guldmans ostädade köksbord. Lazar hade skjutit undan askfat, gamla tidningar och cigarettändare och ställt upp sin dator.

Återigen, Loke var en hjälte som kommit hit.

Han hade diskuterat med Teddy vad han skulle söka efter i detalj. De kom fram till att i Cassandras chattar under de senaste tre månaderna skulle de söka på Philip, Schale och Fatbursgatan.

Orden gav ingen träff.

Antalet chattar var förvånansvärt stort, över tusen stycken. Och även om de flesta var mycket korta var det uppenbart omöjligt att den riktiga Cassandra låg bakom alla.

Teddy föreslog andra sökord. Östermalmsgatan, Porsche och Södermalm.

Ingen träff.

De testade att skriva in olika datum och Philips telefonnummer.

Ingen träff.

Teddy tänkte på kvinnan som ställt frågor till Cassandra på gatan. Han undrade om det fanns något sätt att få tag på henne i allt det här.

Lazar gnällde över att det tog tid och att klockan var mycket.

Teddy sa till honom att vara tyst och bara hjälpa till.

Sedan vände han sig till Loke. »Fångar sökningarna upp stavfel? Jag menar om nån till exempel skrivit Filip i stället för Philip?«

»Nej, det verkar inte så.«

De testade sina sökord igen fast i olika stavningsvarianter.

Teddy tittade bort från skärmen. »*Vet du vem jag är? Jag heter Teddy Maksumic. Hör du det?*« Han hörde sina egna ord i huvudet.

Sitt namn var det han alltid hade haft.

Sitt namn var det han ville komma bort ifrån nu.

»Här är nåt«, sa Loke.

De hade suttit i en och en halv timme.

Teddy blickade ner på skärmen. En kort konversation på engelska.

I am happy you got the money. I want to know whether he still buys you.

Yes he does. Him at Fatbrsgatan.

Thank you. Then I know.

Teddy läste konversationen igen.

»Kommer det upp nåt mer med den felaktiga stavningen?«

Loke skakade på huvudet. »Tyvärr, det här är allt.«

Sedan såg Teddy något. Han böjde sig närmare skärmen.

»Vad är det där?« sa han och pekade på en liten ikon bredvid konversationen.

»Det är chattarens profilbild«, sa Loke. Han zoomade.

Den som hade frågat om mannen på Fatbursgatan hade valt en vit kanin som sin bild.

Det var inte exakt samma bild som i det Facebookmeddelande de hittat i Philips Ipad eller på vykortet i lägenheten, men de röda ögonen gjorde det tveklöst. Den här kaninen var en albino.

Loke började frenetiskt knappa på tangentbordet.

Guldman stönade.

Efter några minuter konstaterade Odenson med trött röst: »Tyvärr går det inte att söka på profilbilden. Jag hittar inget mer.«

Ändå fortsatte han göra olika sökningar. Efter ytterligare några försök sa han: »Jag ska titta närmare på det här, jag lovar. Men ärligt talat, Teddy, jag behöver sova nu. Jag är en normalt arbetande man nu för tiden.«

Guldman såg nöjd ut.

»Självklart. Du ska ju bli farsa och allt«, sa Teddy, samtidigt som han inte kunde släppa kaninbilden ur tankarna.

De reste på sig och gick ut mot hallen.

Lazar Guldman såg ännu gladare ut, äntligen skulle han bli av med dem.

Ute på gatan ringde det på Teddys telefon.

»Hej, det är Jan.«

»Tjena.«

»Ledsen att jag ringer så sent och att jag inte svarat på ditt mess tidigare.«

»Natten är min vän.«

»Just vad jag tänkte. Jag har äntligen lyckats få dna från glasen som du gav mig i dag. Jäkligt bra jobbat, Teddy, måste jag säga. Förutseende att göra så. Det trodde jag inte.«

»Varför inte?«

»Jag vet inte, jag ber om ursäkt.«

»Vad har du hittat?«

»Det var inte lätt, ska jag säga, riktigt små mängder. Low Copy Number, som det heter. Min lilla älskling, RapidHit, klarade det inte, och stora apparaten på labbet fick jobba ordentligt. Men nu har jag lyckats extrahera från dem alla, Axel, Carl och Ian. Och jag har fått en matchning.«

»På vem?«

Teddy stannade till under en gatlykta. Det var fortfarande grisigt väder.

»Minns du whiskyflaskan som ni hittade i lägenheten på Fatbursgatan? På den fanns det dna från en okänd person. Nu vet jag att det kommer från Ian Crona.«

Hårddisken

Det hade gått en vecka sedan Mats kommit ut från sjukhuset.

Han hade blivit kallad till förhör av polisen och hade varit där en gång. Hon undrade vad han berättat för dem, och hur allvarligt de såg på saken. Barnpornografiskt brott – så rubricerades det.

Vad gällde datorn så hade varken hon eller Mats lämnat in den. Det visste hon, för den stod tillsammans med en massa annat bohag i ett Shurgardförråd i Fruängen, som bara hon hade nyckel till.

De satt i hotellets lobby med varsin kopp kaffe framför sig. Barnen var fortfarande i skolan och på dagis. Klockan var halv två och det var tomt här nu. En timme tidigare hade platserna varit fyllda, alla tycktes vilja äta lunch på det här stället. Nu kunde de prata ostört.

»Vad sa du till polisen, då?«

Han sörplade försiktigt för att inte bränna sig.

»Jag berättade samma sak som jag gjorde för dig, ungefär. Det var inte lätt.«

»Det förstår jag. Ville de hålla fler förhör?«

»Jag vet inte. Men de ville veta vilka jag haft kontakt med.«

»På internet?«

»Ja, och som jag misstänker.«

»Som du tror ligger bakom branden?«

»Fast jag har ju inga bevis.«
»Kommer de att vilja se datorn?«
»Antagligen, det är hårddisken i den som är det viktiga.«
»Kommer du att lämna in den?«
»Det är du som har låst in den.«
»Ja, men jag kan ge den till polisen.«
Mats tog en större klunk kaffe.
»Kan vi inte prata om nåt annat nu?«

Klockan elva hade hon en tid hos BUP, barn- och ungdomspsykiatrin, hon ville träffa psykologen ensam innan hon kanske tog dit barnen.

Mats kände inte till någonting om det.

Mottagningen låg i en vanlig lägenhet på Kungsholmen. Psykologen mötte henne i väntrummet och presenterade sig som Rikard. På ena väggen hängde två tavlor med barnmotiv, den ena föreställde Madicken och Lisabet på ett hustak, den andra Emil i Lönneberga och Lina på ett annat hustak.

På andra väggen satt en hållare med mängder av broschyrer och informationsblad från polisen, HOPP – Riksorganisationen mot sexuella övergrepp – och RFSU.

Rikard hade inget skrivbord i rummet, men Cecilia noterade att det stod små stolar och ett lågt bord för barn på golvet. I en hylla låg ritpapper och kritor och två dockor satt lutade mot varandra. Hon och psykologen slog sig ner på varsin sida om litet soffbord.

Rikard presenterade sig själv. Han hade jobbat här i fem år och kom tidigare från den allmänna BUP-mottagningen i stadsdelen.

Efter en stund satte han ihop handflatorna och lutade sig bakåt. »Berätta för mig, Cecilia, varför är du här?«

Hon hade tänkt en hel del på det här samtalet, men visste ändå inte riktigt hur mycket hon skulle säga om Mats.

»Jag misstänker att mina barn kan ha blivit utsatta för nåt.«
»Vad är det som får dig att misstänka det?«
»Jag vet inte ... jag vet inte om jag kan prata om det.«
»Okej, det behövs inte just nu. Men hur verkar dina barn må då?«

»Jag vet inte, ibland får jag bara för mig att jag är galen. Men ibland säger de konstiga saker och så.«

Rikard lutade sig fram i stolen. »En människa som har utsatts för övergrepp mår ofta mycket dåligt psykiskt. Det finns många olika exempel på symptom, och inget är generellt. Vissa kan få svårt att sova och drömmer mardrömmar. Andra får koncentrationsproblem i skolan eller tappar intresset för aktiviteter och annat som de tidigare gillat. Vissa blir arga och irriterade och vet inte vad de ska göra med sin ilska. Men allmänt kan man säga att de flesta barn som utsatts för övergrepp inte kan, törs eller vill berätta om vad de varit med om.«

»Så hur ska jag göra för att få reda på om nåt har hänt?«

»Det är inte alltid så lätt, särskilt inte när det är nån de känner som undrar. Men samtidigt är det viktigt att nån nära finns där och stöttar, hela tiden. Du vet, en del är rädda för att ingen ska tro på dem, att vuxna ska tro att de blivit tokiga.«

»Men om jag skulle komma hit med dem, vad skulle hända då?«

»Först och främst vill jag säga att det kan vara bra för den som blivit utsatt att genomgå en läkarundersökning. Så att vi kan se att kroppen är frisk. Då slipper man gå och oroa sig. Men det behöver vi inte göra direkt. Först kan vi bara träffa dina barn.«

Rikard var en god man. Hon kände sig bättre till mods med honom.

De pratade en stund till, innan besökstiden var över.

När de skakade hand för att avsluta mötet sa han: »En sak till bara. Om det framkommer att brott har begåtts så ska du veta att jag har en skyldighet att polisanmäla det.«

När hon gick därifrån tänkte hon att hon borde titta igenom Mats dator själv och se vad som fanns på den där hårddisken. Men hur skulle hon reagera om det fanns bilder eller filmer på barnen?

Hon måste släppa det nu, de tankarna var för outhärdliga. Först fick Rikard träffa barnen.

Ändå kunde hon inte sluta tänka på datorn.

I varje fall borde hon låsa in den på något säkrare ställe än förrådet, om inte annat för att Mats inte skulle ha någon som helst tillgång till den.

* * *

Det var sent på natten nu.

Packade sjuttonåringar svajade omkring och letade efter ställen där de skulle bli insläppta trots sin ålder. Packade tjugofemåringar dråsade runt och försökte hitta klubbar där de släpptes in fast de kom från landsorten. Packade fyrtiotreåringar rasade nästan ihop och sökte efter krogar där de inte skulle känna sig lastgamla.

Stureplans högsäsong hade just börjat.

Teddy hade ringt Ian Crona så fort han fått beskedet från Jan. Han hade svarat, men det gick inte att föra ett vettigt samtal. Musiken och oväsendet i bakgrunden var öronbedövande. Det enda Teddy kunde uppfatta var en sak: »Jag är på Clara's.«

Kön utanför Clara's såg mest ut som folkhopen längst framme vid stängslet på en Ibizaspelning. Folk tryckte på, vinkade med armarna, hoppade upp för att synas bättre och skrek på vakterna. Chefsdörrvakten hade ställt sig på en liten pall, han pekade ut de som välsignades med att bli insläppta, men den egentliga ordergivningen kom via den lilla hörsnäckan han hade i örat. De andra vakterna patrullerade långsamt fram och tillbaka, hela tiden med hakorna i vädret, utan att möta någons blick.

De riktiga bratsen gled utan problem förbi människoklumpen med platinablonderade brun utan sol-brudar i släptåg. Så hade det alltid varit här nere, det visste Teddy. Sedan fanns det wannabees som gjorde allt de kunde för att verka äkta, ändå fick de lova att boka drinkbord för sex tusen spänn, bedyra att de var kända, muta med svettigt hopknycklade femhundringar.

Desperationen lyste ur de flestas ögon. Översittartyperna härskade. Vissa saker ändrades inte i den här stan.

Han tänkte på Emelie. Hon skulle ha passat in bland de här människorna. Samtidigt kunde han inte låta bli att undra hur det gått med Isak. Körde hon sin kaxiga stil med honom kunde det bli problem.

Han såg två killar glida förbi kön med händerna nedstoppade i fickorna, vinterjackor med pälskrage och vaggande gångstil. Han kände igen en av dem, Daniel. Han hade suttit på B-flygeln i fyra år för grovt narkotikabrott.

Helst skulle han vilja glida förbi som Daniel just hade gjort, men det skulle bli svårare än att köra in en soffgrupp i anus på en av de där tajta brudarna som stod i kön, som Dejan skulle ha uttryckt det.

Han gick fram och tillbaka kring folkmassan utanför stället, han var glad att han var lång. Över huvudena på de partysugna människorna såg han chefsdörrvakten och de fyra andra vakterna. De hade tjocka Helly Hansen-jackor som bullade ut ännu mer på grund av skyddsvästarna som de antagligen bar under. Svarta handskar, mörka byxor, grova skor, svarta mössor – de körde hela utstyrseln.

Teddy trängde sig fram genom folkmassan, han försökte göra det så försiktigt som möjligt utan att provocera någon, men ändå tillräckligt bestämt för att komma ända fram till repet.

En meter från dörrvakten böjde han sig fram och sa den antagligen mest missbrukade frasen här omkring: »Känner du igen mig?«

Dörrvakten glodde på honom med ointresserade ögon. »Tyvärr.«

Teddy trycktes automatiskt bakåt av folkmassan.

Han tittade sig omkring. Han befann sig nu mitt på Östermalm, Stockholms gräddhylla. Det fanns antagligen inget område i Sverige som gav upphov till så olika känslor som den här stadsdelen. För vissa var det den enda delen i staden där de kunde tänka sig att bo eller ens ta en kaffe, för andra var den ett skällsord. Teddy kom ihåg när han och Dejan lärt sig hur man snabbt tog sig in i och tjuvstartade en Porsche Cayenne. Det var drygt tio år sedan och Cayennemodellen hade alldeles nyss kommit till Sverige, men på Östermalm hade den redan synts i stora stim. På fyra dagar hade de tjålat över femton bilar. Genom Ivans kontakter fick de ner Porscharna till Belgrad, registrerade om dem som tyskimporterade och sålde dem vidare via seriösa bilfirmor. Köparna stod på rad. Teddy tjänade en halv miljon på en vecka. Han kom ihåg hur han spenderat pengarna: en Breitling i guld och tre hårda veckor på Stureplan. Han önskade att han haft kvar klockan nu, den hade fungerat bra på pantbanken. Men sitt andra år inne hade han spelat bort den i ett parti Mulle.

Han på hur han skulle komma in.

Krognissen som Tagg nästan malt sönder handen på svarade efter tio samtalsförsök.

Först vägrade han förstå vem Teddy var. Men när Teddy försiktigt påminde honom om blendern och sin något aggressive vän, sa han till slut: »Okej, vad vill du?«

»Det är mycket enkelt. Gå ut till dörrvakterna och se till att jag blir insläppt.«

Tio minuter senare gick Teddy nedför trappan inne på stället. Han hade inte ens sett till krognissens rynkiga nuna, antagligen hade han bara sagt något i dörrvaktschefens hörsnäcka.

Det var nu en annan värld än hur det sett ut häromdagen. Nu vilade nattens skimmer över klubben. Magnumflaskor och vanliga champagneflaskor stod i ishinkar överallt. Unga män med sidennäsdukar i sina bröstfickor, bakåtslickade frisyrer eller fluffigare bakåtstruket hår satt i rader i båsen. De hade glansiga kavajer, uppknäppta skjortor och läderbälten med monogramformade spännen: Gucci och Hermès. Dessutom såg han en del slitna rocksnubbar med polisonger och truckerkepor som antingen bara var fejk eller som blivit insläppta för att ge lite känsla åt stället. Tjejerna satt bredvid de stekiga killarna och sörplade på drinkar eller lät snubbarna hälla upp bubbel.

På dansgolvet ekade housemusik som Teddy kände igen men inte kunde namnet på. På Hall och Österåker hade radion ofta skvalat i gemensamhetsrummet, men han hade sällan uppmärksammat vad som faktiskt spelades.

Teddy såg sig omkring, han såg Daniel, kåkkompisen, sitta vid ett bord fullt med flaskor och flickor. Men han kunde varken upptäcka Ian eller krognissen någonstans.

Han gick runt några minuter och glodde på varje ansikte på personerna som satt i båsen. Av någon anledning tänkte han på Paul Allens lägenhet i *American Psycho*.

Och fortfarande ingen Ian.

Till slut gick han fram till en servitris och frågade om det fanns något annat dansgolv här.

Hon hade ett förkläde med champagnereklam på: Taittinger. »Ja, där borta ligger vip-rummet.«

Bakom svängdörren låg en annan dörr, men där emellan stod en vakt.

»Jag är ledsen«, sa han. »Det här är vip-avdelningen. Bara stamgäster kommer in här.«

Klockan var snart fyra och det senaste dygnet hade varit intensivt. Teddy orkade inte hålla på och fjanta sig längre.

Han sa: »Jag är *Kums* man. Släpp in mig.«

Vip-rummets väggar var klädda i någon sorts röd sammetstapet och lamporna som hängde från taket glänste.

Det var proppat med folk, men uppe på balkongen, till vilken det gick en kort trappa, såg han Axel, Ian och Carl tillsammans med några andra killar och tjejer.

Han klev upp för trappan.

De såg honom inte, förväntade sig inte att han skulle vara här.

Han gick fram och lade handen på Ians axel.

Ian vände sig mot honom. Hans pupiller var stora som knapparna på hans kavaj och huden runt näsborrarna var irriterad.

»Hej«, svarade han, uppenbarligen fortfarande utan att känna igen Teddy.

Teddy böjde sig ner mot hans öra. »Kan vi gå undan en stund. Jag skulle behöva prata med dig.«

De ställde sig i baren, men fick inte något att dricka.

Ian dividerade med först den ena bartendern, sedan med den andra, om någonting som Teddy inte kunde uppfatta.

Efter några minuter klev han in bakom baren och pratade med något slags barchef. Teddy väntade snällt. Chefen log ansträngt.

Ian småsprang upp till balkongen där han suttit tidigare. Teddy såg på avstånd hur Axel räckte över något till honom.

Sedan kom han ner igen och lämnade över några sedlar till barchefen.

Efter ytterligare en minut ställde bartendern fram två stora drinkglas. Teddy såg de gröna bladen simma omkring bland isbitarna i den klara drycken.

De hade fått sina mojitos och Ian såg lättad ut.

Musiken i bakgrunden var på hög volym.

»Hur mår du?« frågade Teddy.

»Jag mår fint. Är det nåt speciellt du vill?«

»Är du påtänd?«

»Ursäkta?«

»Jo, jag frågade om du är påtänd.«

Ian tog en klunk av sin drink.

Teddy lutade sig fram så att hans läppar nästan rörde vid Ians öra. »Har du tagit kokain i kväll?«

Ian ställde ner glaset. »Vad har du med det att göra?«

»Egentligen ingenting, men jag vill att du förstår vad jag säger. Att du är tillräckligt klar i huvudet.«

»Det är jag, ingen fara.«

»Jag vill prata med dig om Philip.«

»Jag misstänkte det. Har det hänt nåt? Har ni fått veta nåt mer?«

»Jag kan tyvärr inte gå in på det.«

»Ni borde gå till polisen. De är ju ute efter mig också. Du vet att din kollega, den där lilla Emelie, hon hotade mig i morse med stämning om jag gick till polisen. Men vet du? Det skiter jag i, jag kommer att gå till polisen senast i morgon COB om ni inte gör några drastiska framsteg tills dess.«

»COB?«

»*Close of Business*, efter arbetsdagens slut, alltså.«
»Jag förstår. Men säg mig, har de varit på dig igen?«
»Faktiskt, jag fick ett mycket hotfullt samtal senast i går. Från dolt nummer. De skrek och höll på, men jag är säker på att det är samma personer. De skulle ta mig, skjuta mig och jag skulle komma till en viss plats en viss tid.«
»Gick du dit?«
»Vad tror du?«
»Nej, det vore dumt. Berätta mer om Philip. Ni driver väl företag ihop?«
»Javisst, men det vet ni väl redan. Vi är rätt oberoende av varandra och hörs på mejl och via telefon när det behövs. Vi sköter våra egna investeringar i egna bolag. Företaget är mest för att kunna ha lite personal anställd och kontorslokaler och så.«
»Har det varit nåt speciellt med Philip på sistone?«
»Inte vad jag kan komma på.«
»Har han verkat rädd?«
»Nej, det tror jag inte. Förutom att vi snackade om de där äckliga hoten som vi fick, då. Vi har ju redan pratat om allt det där.«
»Har han betett sig konstigt?«
»Nej.«
»Ge mig nåt Ian, vad som helst som du kommer att tänka på.«
Ians pupiller åkte fram och tillbaka.
»Ja, alltså, Philip har ju alltid varit lite speciell, om du frågar mig.«
»Hur då?«
»Jag vet inte, det är svårt att förklara. Aldrig nöjd med sig själv. Lite osäker, dålig självkänsla.«
»Pressad hemifrån?«
»Ja, kanske. Men vem är inte det?«
»Fick han ovänner?«
Ian flinade. »Nej, men ibland gav han sig på andra. Det var som att han behövde kompensera sitt dåliga självförtroende med att trycka till folk. Jag hörde honom skälla på Linnéa, vår receptionist, i förra månaden. Hon sjukskrev sig i tre dagar efteråt.«

»Okej. Hon blev ledsen?«

»Ja, som fan. Men hon börjar bli van.«

»Nån mer sån händelse som du kan komma på?«

»Nej, inte som jag kan påminna mig just nu.«

Musiken fortsatte dunka ur de stora högtalarna längs väggarna.

»Du, det är en annan sak också«, sa Teddy.

Ian tog ännu en stor klunk av sin drink.

»Vi har hittat platsen där Philip hållits, men han är inte kvar där nu. På den platsen har vi påträffat ett föremål med ditt dna på.«

»Va?«

»Har du nån förklaring till varför ditt dna finns på ett föremål i en lägenhet där Philip hållits?«

Dj:n bytte låt i bakgrunden till något med ännu högre volym än den tidigare musiken. De borde egentligen gå ut, där det var tystare, men Teddy ville få svar först. Han iakttog Ian.

Philips affärspartner och kamrat stod inte stilla en sekund, han bytte fot och sköt sitt glas fram och tillbaka på disken.

Efter en stund sa han: »Hur fan har ni fått tag i mitt dna?«

»Det spelar ingen roll. Men partiklar från dig fanns på ett föremål i lägenheten.«

»Vilket föremål?«

»En whiskyflaska.«

Ian ryckte till. Hans jättelika pupiller snurrade runt i ögonen.

»Jag har ingen aning. Det låter mycket konstigt. Kan det vara nåt som Philip har fått av mig nån annan gång?«

Teddy funderade på följdfrågor. Ian var uppenbarligen hög som en skylift. Det var svårt att värdera hans reaktion, mer än att han inte hade kunnat ge en vettig förklaring.

Den öronbedövande musiken bankade mot hans trumhinnor. Det fanns en hel del ny information som han borde diskutera med Magnus, eller kanske med Emelie. Men det var försent.

Någon trängde sig fram mellan honom och Ian.

Det var Axel Nilsson. Han vände sig till Ian och ropade så att Teddy också hörde: »Vad gör *han* här?«

Teddy hörde inte Ians svar.

Sedan vände sig Axel mot Teddy. »Du får gå härifrån nu. Ingen tycker att det här med Philip är kul. Vi försökte faktiskt bara ha lite trevligt i kväll och glömma såna tråkigheter.«

Teddy försökte säga något, men Axel lyssnade inte.

»Ian har just kommit hit, så låt honom vara. Jag vet inte hur du blev insläppt, men det här är vip-rummet, här stänger vi ute verkligheten en stund. Det är inte till för alla.«

På kåken

De snackade flera gånger varje dag.

Teddy sökte varje möjlighet att få träffa henne. När han såg henne i vaktkuren ignorerade han förbudet mot att knacka på rutan och bankade och vinkade till henne att komma ut, bara för att ställa någon idiotfråga. »Vet du när det är min städdag i korridoren? Vad blir det för mat på söndag? Ska du vara med och spela innebandymatchen mellan oss och er?« När han såg henne gå iväg för att låsa upp besöksrummet för någons flickvän ställde han sig och väntade tills hon var klar. Hon var noggrann, kontrollerade så att inga metallföremål fanns på fikabrickan de ställde in. Plastmuggar, en plasttermos med te- och kaffevatten, plastskedar, sockerbitar, mjölkpyramider, småkakor och servetter. Teddy kunde rutinerna. Linda, Darko och de andra besökte honom ungefär en gång i månaden. När han såg Sara söka igenom någons rum efter narkotika eller gömda mobiler satte han sig ner mot den ljusgröna betongväggen i korridoren och spanade på henne.

Det var som om de befann sig i ett enda långt samtal, det fanns inga startsträckor. Även om de bara fick en minut kändes det alltid viktigt.

De pratade om allt. De diskuterade Saras studier, matlagning, vad som hände i Stockholm och i Sverige medan han satt här och ruttnade, politik, nobelpriset i litteratur. De pratade om teveserier, fast han aldrig hade sett de senaste, på fängelset fick de låna en dvd i veckan. *Sopranos, Six Feet Under* och 24. Hon älskade 24. Teddy tyckte bäst om *Sopranos*, men de enades om andra säsongen av *The Wire*, den med hamnarbetarna, var överlägsen allt annat de sett.

Framför allt delade de humor. De skrattade åt samma saker, Taggs uttal av ordet snorta, han sa det så snabbt, liksom »snårtta«, och pliten Haglunds töntiga tatueringar: spindelväv över armbågen. Humorn var en huvudingrediens i deras cocktail, hennes skratt var det bästa ljudet han visste.

Tagg tacklade honom i sidan när han kom in i gemensamhetsrummet en dag. »Du håller på att kära ner dig, mannen, du ger henne inte en lugn stund, för fan.«

»Du vet inte vad du snackar om«, var det enda han kom på att svara.

Veckorna gick.

Han kunde inte släppa henne ur tankarna.

En morgon i början av september kom hon in i hans cell. Det hörde inte till vanligheterna att en plit gick in själv i en intagens cell om det inte rörde en specialinspektion.

Teddy hade inget emot det.

Han satt på sängen och bläddrade i en bok av Sofi Oksanen, fortfarande i t-shirt och boxershorts. Genom fönstret lyste sensommarsolen, och på den motstående väggen syntes skuggorna av de vitmålade metallbårderna. Gallret.

Golvet var i plast, strukturtapeten på väggarna var orangemålad och det lilla skrivbordet, sängen och stolen var i ljust trä. Cellen kändes ändå som ett hem.

Han lade ner boken, satte fötterna i golvet och rättade till täcket bredvid sig. »Vill du inte sitta ner?«

Sara satte sig bredvid honom, hennes ansikte var bara femtio centimeter från hans.

»Jag har sagt upp mig«, sa hon.

Teddy slutade andas några sekunder. Det snurrade till i huvudet, han tittade ut genom fönstret, men såg inget annat än murens grå-vita betong femton meter bort. Han vände sig mot henne igen, såg cellen runtomkring. Väggarna pressade sig mot honom.

Han skulle inte klara sig här inne utan henne.

»Blir det för mycket med studierna eller?« klämde han till sist ur sig.

Sara fipplade med fingrarna, han hade aldrig sett henne nervös på det här sättet.

»Nej, det är inte det. Jag klarar studierna fint trots att jag jobbar här. Det är ditt fel, Teddy.«

»Mitt fel?« Han svalde tre gånger. »För att vi började använda Emma? Men det har vi ju slutat med nu.«

»Det har inget med det att göra. Jag skulle vilja fortsätta här, gärna på heltid till och med. Men det går inte.«

Hon tystnade några sekunder.

»Jag har nått en punkt där jag vill nåt som jag inte kan, Teddy, det är det som är problemet.«

Han hörde Loke flåsa i cellen bredvid – han försökte göra situps där inne, även om han aldrig skulle bli en bitig typ hur mycket han än försökte.

»Jag trodde att jag hade blivit knäpp, men nu har jag förstått. Det handlar om mig i förhållande till dig. Det är svårt, jag vet inte hur jag ska säga det här. Jag kan inte koncentrera mig när du är nära. Jag önskar mig saker som jag inte kan få. Förstår du vad jag försöker säga?«

Teddy visste inte vad han skulle svara. Hans hjärta slog i dubbla hastigheten, hans ansikte var antagligen ett enda stort leende, samtidigt ekade hennes ord i öronen – hon tänkte sluta.

»Det funkar inte, jag kan inte jobba under de premisserna. Jag blir en dålig kriminalvårdare.«

Han satte sin hand på sängkanten, kände hur den snuddade vid hennes fingrar.

Han vände ansiktet mot henne.

Hon tittade på honom.

Teddy sa: »Jag är inte typen som blir kär, visste du det?«

21 februari

Det här var ett annat rum i huset. Det såg han på golvet. Här var det stenplattor av något slag.

Hans händer var snörda med buntband igen. Fötterna var också fjättrade.

Han hade placerats på knä och tvingats att lägga huvudet på en stol. Ögonen var förbundna. Sedan lindades han med tejp runt halsen som samtidigt virades runt stolen. Han byggdes ihop med den, så att om han skulle lyckas resa på sig skulle stolen fortfarande sitta kring hans huvud. Som ett inopererat träfängelse.

Han hörde också hur något rasslade när han rörde på sig. Jokeransiktet hade informerat honom om att från och med nu satt han fastkedjad. Philip visste inte vid vad.

Trots ögonbindeln, trasan eller vad det nu var, kunde han, om han tittade ner, skymta en del av väggen. Den hade inga tapeter och han såg inga fönster.

Han försökte röra på armarna, men kände genast att de hade snört åt mycket hårdare den här gången än tidigare. Banden skar in i de gamla skavsåren. Vinkeln fick axlarna att smärta precis som förut.

Jokerfejset hade lett honom till bilen under tystnad. I bilen hade han satt bindeln på honom och erbjudit honom något att dricka.

Philip hade knipit igen munnen.

»Pengarna har inte kommit. Tiden har runnit ut. Och du försöker dessutom smita ifrån ditt ansvar.«

Jokeransiktet lät upprörd på riktigt. Philip kände något vått landa på sin nacke. Var det saliv?

Han var groggy och det stack i fötterna. Kanske hade han fått köldskador. Han huttrade och antog att han hade feber – han måste ha varit utomhus i flera timmar.

Däremot var han nästan förvånad över att han inte hyperventilerade och fick panik. Kanske var det för att han inte sovit på så länge.

Han hade bara varit dum som trott att det skulle gå.

Han tänkte på hur de tagit honom och när de flyttat honom från lägenheten. Spyan som pressats mot trasan de proppat in i hans mun. Bagageluckan där han tryckts in.

Han tänkte på annat också.

Stephanie hade frågat honom en gång om han älskade henne. De låg i hans säng. Hon runkade honom långsamt, hon böjde sig ner och drog bak hans förhud. Kysste hans ollon och smekte honom under pungen. Men inget hände, han fick inte stånd.

Hon sög av honom så gott det gick. En slak kuk. Hon smekte honom över rumpan, på ryggen, men inget hände. Hon lade hans hand på sitt bröst och hjälpte honom att massera det.

Hon slickade undersidan av hans kuk, hans pung. Hon drog med ett finger runt hans anushål. Inget hände.

Hon kröp upp mot hans ansikte för att kyssa honom. Han vek undan huvudet. Han ville inte ha sin egen kuksmak i munnen.

Det var då hon hade frågat. En knasig fråga att komma med mitt i förspelet, om det här nu var ett sådant.

»Ja, självklart«, svarade han med ett leende.

Steffi släppte honom. »Jag tror dig inte.«

Philip rullade upp på sidan och lade armen om henne. Silkeslakanet frasade, han hade köpt det på NK, Schlossberg. Han tittade ner på hennes lilla uppåtnäsa och blåa ögon.

»Varför inte?«

»Jag tror inte att du kan älska på det sättet.«

Jokeransiktet fräste. »Din lilla svikare. Din fitta. Vad trodde du om oss?«

Philip visste inte om han förväntades försöka svara något. Det fanns ju ingen förklaring till varför han försökt rymma som skulle göra Jokerfejset nöjd.

»Du måste få ett straff nu. Det förstår du?«

Det hamnade spott på hans nacke igen.

»Nu jävlar tar jag dig. Du har ju ändå inte fixat några pengar till oss.«

Philip kände hur han började kallsvettas. Han måste komma på något nu. Något som fick den här galningen att lugna sig. Han började andas snabbare.

Jokeransiktet drog bak hans huvud och satte något mot hans hals. Något som kändes vasst.

Som skar in.

Philip kunde inte kontrollera sig längre. Han började darra i benen. Sedan armarna. Stolens ben skallrade mot golvet. Buntbanden skar in värre än han trott var möjligt. Bara han inte rörde på halsen.

Hans huvud snurrade, det brast nu, han rasade igenom fördämningen.

Han försökte skrika, men det de hade stoppat i hans mun svalde alla ljud.

Han ville vråla. Spränga sitt huvud.

Det gick spasmiska vågor genom honom. Han föll.

Fick panik.

Skakade.

Störtade.

Jokeransiktet sa: »Nu är det slut.«

Då kom han på något. Philip stannade upp. Kontrollerade sig.

Han skakade på huvudet, försökte slita bort tejpen genom att riva kinden mot stolen.

Jokerfejset förstod gesten och rev bort den.

Philip vrålade: »Nej! Jag ringer bankmannen. Jag fixar pengarna nu direkt.«

»Vad snackar du om? Det har vi ju redan försökt minst tio gånger, men din fitta till bankman vägrar svara.«

»Men jag menar till hans privata nummer. Jag ringer hans privata mobiltelefon. Inte jobbnumret. Han kommer att svara där.«

Han hörde Jokerfejsets tunga andetag. Han drog fortfarande Philips huvud bakåt. Han kände kniven ligga mot sin hals.

Han var helt stel nu.

Sedan hörde han en tyst konversation mellan Jokeransiktet och någon på telefon.

Till slut sa Jokerfejset: »Om du tror på honom, så låter vi honom försöka. Men det är fan i mig sista chansen.«

*

Han vaknade alldeles för tidigt för sitt eget bästa, men han var tvungen.

Teddy hade sovit hemma hos Dejan de få timmarna sedan han kommit tillbaka från Clara's. Eller sovit och sovit, han hade trott att han skulle slockna snabbt, men i stället låg han och tänkte. Dejan var inte hemma, antagligen sov han hos någon kvinna eller var ute och »hårdjobbade«, som han brukade kalla det.

»Vet du vem jag är? Jag heter Teddy Maksumic. Hör du det?«

Hans egna ord ekade i huvudet. Han kunde inte släppa vad han gjort i natt. Han hade lovat sig själv att lägga sitt tidigare liv bakom sig, ändå kröp det i honom som en kackerlacka.

Han hade säkert fem missade samtal från Magnus och lika många sms.

»Var är du, ring mig?«

»Hur går det, ring mig eller Emelie snarast.«

»Teddy, varför hör du inte av dig? Är allt som det ska?«

Men Magnus och Emelie fick vänta nu. Hon måste be om ursäkt först, och det fanns mer brådskande saker. Han behövde få tag på Cassandra igen. Någon hade intresserat sig för Philip, dels på chatten, dels i verkligheten, på ett sätt som måste utredas mer.

Guldman hade till slut klämt fram hur han fick betalt. Och det var den vägen Teddy nu tänkte försöka hitta Cassandra.

Stockholms centralstation.

Pressbyrån, SJ-butiken, kaféerna och McDonald's var fulla med folk. Till och med de manliga hororna vid Spottkoppen som stod böjda över räcket var på plats.

Teddy var långt ifrån någon globetrotter, han hade varit några gånger i Serbien och Kroatien under uppväxten, tre gånger i London, två gånger i Holland, några gånger på Ibiza och en gång på Mallorca med Dejan och Alex, men då fick de åka hem i förtid för att undkomma den lokala polismyndighetens påståenden om att de massakrerat en pubanläggning vid stora marinan i Palma. Sedan hade hans liv tagit slut i åtta år. Men en sak hade han förstått, det var likadant i Belgrad och London som i Amsterdam – centralstationer drog till sig gatans folk som växlingskontor drog till sig svarta pengar. De var magneter för dem som befann sig utanför ramarna men ändå inte toppade någon pyramid. Han undrade varför.

Enligt Guldman betalade flickornas madam honom genom att lägga kontanter i en påse i förvaringsbox nummer 422 på Centralen. De hade tydligen en *standard operation procedure*, om den boxen var upptagen tog hon nummer 421, och om den var upptagen blev det 420, och så vidare. Koden var alltid densamma: 1982, enligt Lazar var det madamens födelseår.

Teddy ställde sig vid en pelare och väntade. Han hade tvingat Lazar att messa madamen och be henne lägga dit veckans betalning.

En halvtimme senare kom en mycket lång afrikansk kvinna i obestämbar ålder gående mot boxarna. När Teddy såg henne ställde han sig vid raden på andra sidan mittgången och låtsades titta in i en förvaringsbox.

Kvinnan var klädd i en mörk vinterkappa i dun som nådde ända ner till hennes knän. På huvudet hade hon något slags svart hatt, kanske var det en för stor basker. Hon tittade sig snabbt omkring innan hon gick mot box nummer 422, böjde sig fram, knappade på koddosan och öppnade den.

Han såg hur hon lade in något litet med ena handen, antagligen var det kuvertet med sedlar.

Hon stängde dörren, slog in en kod och började gå därifrån.

Teddy klev ut ur gången mellan boxarna, han hann precis se kvinnan försvinna bort mot rulltrapporna som gick upp till själva huvudhallen. Han höll sig några meter efter henne. Hon verkade vara ensam här, men han kunde inte vara säker. Teddy tänkte på Volvon som lämnat och fört bort Cassandra.

Kvinnan gick med bestämda kliv rakt över det enorma golvet i stora hallen. Trots att det vimlade av folk här var hon inte svår att följa. Den svarta huvudbonaden guppade som en liten vimpel högst upp på hennes högresta figur.

Hon gick ut genom huvudingången mot Vasagatan. Hon höll sin mobiltelefon mot örat, madamen pratade med någon.

Utanför såg Teddy hur hon stannade till vid taxistationen, men hon ställde sig inte i kön till bilarna. Han misstänkte vad som skulle hända.

Han iakttog henne. Hennes ansikte var fyllt av koppärr och näsan var trubbig. Han tänkte på en fritidsledare han haft i början av mellanstadiet, precis innan fritids blivit något som han och polarna tyckte var töntigt.

Larissa, så hade hon hetat, och hon var adopterad från något afrikanskt land.

»Teddy, vad ska du bli när du blir stor?« hade hon frågat honom en gång.

»Jag ska driva en restaurang för barn«, mindes han att han svarat. »Med enbart rätter som är modifierade varianter på köttfärssås med spaghetti.«

Kompisarna runtomkring hade tittat på honom. »*Modifierade*, liksom. Du snackar så skumt.«

Larissa sa: »Där skulle jag gärna vilja äta, fast jag inte är barn.«

Teddy hade haft rätt, fem minuter senare hoppade madamen in i en halvsunkig Renault som svängde upp precis bredvid kön av taxibilar. Några taxichaufförer glodde ilsket.

Teddy var beredd. Han hade redan gått fram till en Taxi Stockholm-bil med en massa reklam på om hur miljövänlig den var, och diskuterat en körning med chauffören.

När Renaulten svängde förbi pekade han bara och sa de klyschiga orden: »Följ den där bilen.«

Renaulten hade kört upp på Centralbron och fortsatt genom tunneln som löpte under Södermalm.

Teddys taxichaufför sa ingenting, den här körningen verkade vara som vilket normaljobb som helst, och han tycktes förstå att han inte fick ligga för nära bilen de förföljde. Hans händer hängde avslappnat i ratten och då och då drog han ljudligt upp snor i näsan.

Långt borta syntes Hammarbybacken som en vit maräng. Stockholm var speciellt på många sätt, det fanns en skidbacke mitt i stan. Teddy hade aldrig åkt slalom i hela sitt liv, men han visste människor som gjort det som barn – de kom alla från andra områden än han. Det var något med skärgården, skridskor och skidåkning som verkade förbjudet för sådana som hans föräldrar och vänner.

Han satt mitt i baksätet för att se framåt så bra som möjligt och samtidigt synas utifrån så dåligt som möjligt.

Renaulten fortsatte förbi Globen och vidare ut på Nynäsvägen söderut. Det var helt okej trafik.

Teddy började känna sig orolig, tänk om kvinnan noterat i backspegeln att mannen som gått efter henne i tåghallen klivit in i en svart Taxi Stockholm-bil? Kanske höll hon ögonen på den bilen och såg att den hela tiden låg tjugo till hundra meter bakom henne? Hittills var det kanske inte så konstigt, vägen de kört var fortfarande en av de mest trafikerade lederna i stan, men om de tog av på någon mindre väg skulle det kunna verka märkligt.

Han förstod ju varför Magnus ville ha honom till det här uppdraget, utöver Södertäljekopplingen, men att förfölja bilar på det här sättet var ändå första gången för honom.

Han tog upp telefonen och ringde ett nummer som han sett på en av de andra taxibilarna i kön.

»Hej, är alla era bilar gula?«

»Ja?«

»Okej, perfekt. Skulle en bil kunna vänta på mig på Nynäsvägen vid avfarten till Tyresövägen så snart som möjligt, inom högst fem minuter?«

»Men det är ju mitt på motorvägen?«

»Jag vet, men det är rätt lite trafik just nu och det är extremt viktigt, går det att ordna, tror du? Jag betalar dubbla taxan.«

»Vänta ska jag se efter.«

En stunds tystnad i luren. Teddys chaufför tittade snabbt mot honom samtidigt som han drog in snor igen, hans ansiktsuttryck var tydligt: Vad fan var det där om?

Det klickade i luren. »Jag tror vi kan ordna det. En bil kommer att vänta på dig där.«

»En gul?«

»Ja, håll utkik efter en gul.«

Tre minuter senare bad Teddy sin chaufför att stanna vid den gula taxibilen som stod längs vägkanten. Taxametern stod på tvåhundrafyrtio kronor, Teddy räckte över en femhundring. »Jag behöver inget kvitto«, sa han och öppnade dörren.

Det låg grusig snö utmed asfaltskanten.

Han kastade sig in i den nya bilen.

»Kör på. Jag vill att vi följer efter en annan bil längre fram.«

Teddys nya taxichaufför försökte småprata.

»Såg du matchen i går då?«

»Utan Zlatan är vi noll alltså.«

»Den där nya arenan, jag vet inte, den har ingen feeling, tycker jag. Och vilket namn alltså, Friends. Förlåt, men när var man senast friend med nån från andra laget?«

Teddy stirrade framför sig, glad att personerna i Renaulten inte längre var förföljda av en svart taxibil.

Efter två minuter svängde madamens bil av mot Skarpnäck. De röda jättetegelhusen låg som mörka legobyggen runtomkring dem.

Renaulten stannade på en mindre gata.

»Vad heter den här vägen?« frågade Teddy chauffören samtidigt som han höll fram betalningen.

»Det är Horisontvägen.«

Teddy var redan utanför bilen. Madamen hade klivit ur bilen sextio meter bort och gick mot ett av radhusen. Renaulten körde iväg.

Nu var det bara de.

Teddy och Big Mama.

*

Stämningen i rummet var inte bara ytterst allvarlig, den var på gränsen till aggressiv. På ena sidan bordet satt Emelie och Magnus, mitt emot dem satt Jan. Snart skulle Carl-Johan ansluta och eventuellt någon från banken.

Polisen hade också varit tydlig med att de ville träffa Emelie igen, kanske redan i dag.

Jan hade först inte ens velat ses på byrån, men Magnus hade insisterat. »Vi sitter närmare familjen«, hörde Emelie honom väsa när frågan avhandlats på telefon. »Dessutom ser det inte konstigt ut för nån utomstående om Carl-Johan traskar in hos oss, men skulle han öppna porten hos er och nån känner igen honom, ja, då kan folk börja undra.«

De satt i mötesrummet där Emelie hade träffat Teddy första gången, när hon börjar hjälpa honom med hans skuldsanering. Han var för övrigt ytterligare ett skäl till den dåliga atmosfären just nu – ingen visste var han höll hus.

Han hade varken svarat på Magnus telefonsamtal eller sms. Jan hade pratat med honom i natt, men han hade ingen aning om var han var.

Fast egentligen var Teddys frånvaro en bisak nu. Den stora källan till den usla stämningen var nattens händelse. Det här var ett krismöte i ordets rätta bemärkelse.

Emelie kunde inte släppa bilderna i huvudet. Hon hade tänt lampan och rusat in i rummet där hon sett kroppen.

Hon hade uppfattat en bäddad säng längs ena väggen, några bokhyllor, en liten soffa, ett soffbord med några magasin på – Elle, Vogue, ungefär samma som hon själv köpte ibland.

Och Anina.

Hon låg på rygg med armarna rakt ut åt sidorna. Hennes mörka långa hår var utsläppt.

Hon hade ett sår i tinningen som fortfarande blödde.

Anina stirrade mot henne. Ögonen var fästa på Emelies ansikte.

Nej, hon stirrade rakt upp i taket.

Emelies minnen av timmarna därefter var vaga. Hon som brukade minnas detaljer – som brukade kunna återskapa konversationer, hur någon var klädd, inredningen i ett rum, se allt för sitt inre – kunde inte ens komma ihåg vad hon sagt när hon ringt till polisen.

Hon kunde inte minnas varför hon reagerat med att skrika som en galning, varför hon inte agerat lugnare och coolare. Hon borde ha kontaktat Magnus eller Teddy först. Hon borde ha stängt ytterdörren ordentligt och tänkt över situationen.

Men hon hade vrålat rakt ut.

Kanske hade hon kräkts, kanske hade hon satt sig ner på golvet och skrikit på den döda kroppen, hoppats att allt bara var ett vidrigt practical joke, att den livlösa kvinnan på golvet skulle torka av sig blodet i pannan och resa sig upp.

Polisen kom mycket snart. En uniformerad kvinna föste henne åt sidan, men Emelie kunde inte minnas om de sedan pratat med henne där i lägenheten, ute på gatan eller i bilen.

Efter ett tag hade de i varje fall kört henne till en polisstation och börjat förhöra henne.

Hon mindes en del av frågorna. Hon kom ihåg färre av svaren.

»Kände du Anina Hanna Björklund?«

»Har du haft nån kontakt med henne tidigare?«

»Varför var du i lägenheten?«

Emelies alla varningsklockor ringde. Hon ville inte berätta om utredningen angående Philip. Men hur skulle hon förklara vad hon gjort hemma hos Anina mitt i natten?

Hon sa som det var fast inte allt. »Jag var hos henne för att hon ringde mig. Jag hade träffat henne ett par timmar tidigare för att prata om en utredning som jag håller på med på advokatbyrån. Ni kan säkert se samtalet i min mobil.«

Det var inte poliskvinnan som skötte förhöret. Det var en manlig polisinspektör, men hon mindes inte namnet på honom. Han hade skäggstubb och glasögon. Han såg ut som vilken biträdande jurist som helst skulle se ut på fritiden.

»Och vad är det för utredning?«

Det måste ha synts på henne att hon var ovillig att svara.

»Det gäller en försvunnen person, men jag kan inte gå in på detaljer för jag har tystnadsplikt gällande det.«

Polisinspektören lyfte på glasögonen.

»Den tystnadsplikten gäller väl inte nu?«

Hon visste uppriktigt sagt inte vad de advokatetiska reglerna sa om det.

»Har jag inte rätt att ha en advokat här?«

Polisinspektören skakade på huvudet. »I nuläget hör vi dig bara upplysningsvis.«

»Kan jag få ringa ett samtal?« sa hon.

Samtalet fick vänta, ansåg polisen. Men Emelie behövde tala med Magnus nu.

»Det är nog bäst att du berättar om den där utredningen för att vi ska förstå varför du var där. Det är viktigt, både för oss och för dig. Det förstår du, eller hur?«

Emelie hade ingen aning vad hon skulle svara. Hon hade vetat bättre om hon arbetat på en annan typ av advokatbyrå – kanske hade hon då kunnat navigera mellan sina skyldigheter och rättigheter inför polisen.

Det var på ett sätt märkligt. På den tiden när hon valde utbildning var det enda hon kände till om vad en advokat sysslade med det hon fått från media. Hon älskade böcker som *The Lincoln Lawyer*, filmer som *På heder och samvete* och teveserier som *Shark* och *Boston Legal*. Jobbet verkade spännande och intellektuellt stimulerande. Det verkade innebära, i varje fall ibland, en chans att stå upp för principer och rättigheter värda att kämpa för. Att faktiskt hjälpa andra människor.

Det var en av anledningarna till att hon sökte sig till juristlinjen på Stockholms universitet – hon ville bli en advokat som stod upp för individen.

Men under utbildningens fyra och ett halvt år hände något. Samma sak tycktes inträffa för alla hennes studiekamrater. Kanske var det att försvararbyråerna aldrig dök upp på marknadsdagarna, kanske var det tjatet om hur mycket pengar man kunde tjäna på affärsjuridik. Kanske var det att utbildningen brydde sig så lite om människoperspektivet och hur det i praktiken gick till att försvara någon. Eller så var det helt enkelt insikten, när studenterna började fundera på framtiden, om hur svårt det var att få jobb på någon av försvararbyråerna. Hur som helst hade det varit självklart för Emelie och de flesta av hennes kursare att antingen söka sig till domstolen eller till de stora affärsbyråerna när de var färdiga juris kandidater. Endast hennes kompis Johanna Näsström fortsatte tjata om att hon ville biträda individer, utsatta människor, försvara rättssäkerheten. Syssla med kött och blod.

På nio terminer omvändes Emelie. Det hon haft som utgångspunkt, hennes bild av en advokat, hennes drivkraft, var utraderat. I stället tyckte hon att det verkade jobbigt och obehagligt med människor. Nu var det big business som gällde.

Och nu satt hon här, mitt i en situation som tagen från en teveserie, och hade inte en aning om vad hon skulle svara.

Polismannen pressade henne inte, ställde bara samma frågor om och om igen, lugnt och systematiskt.

»Och *varför* var du i lägenheten? Vad exakt ville du Anina?«

»Vad var det första du såg i lägenheten?«

»Tog du på nåt i lägenheten?«

»Hörde du några ljud när du var på väg upp till lägenheten?«

»Vad är det för utredning du håller på med?«

Emelie försökte så gott hon kunde. »Ni måste prata med min chef, Magnus Hassel, om utredningen. Och när jag träffade Anina i går kväll var det första gången någonsin. Jag hade inte tänkt åka hem till henne men hon lät orolig. Ni kan nog se samtalet som hon ringde till mig i hennes telefon. Jag såg ingenting till en början, för det var mörkt. Jag gick först in i köket. Jag minns inte vad jag tog på, tyvärr. Men säkert dörrhandtag, säkert annat också. Jag hörde inga ljud ...«

Hon tänkte efter.

»Men jag såg nån rusa ut ur porten, uppenbart stressad, och kasta sig in i en bil.«

De frågade vidare om personen som sprungit ut. Emelie kunde inte minnas nu vad hon svarat, mer än att hon berättat att hon eller han haft en dunjacka på sig. Hon önskade att hon hade varit bättre på bilmärken, det enda hon visste var att bilen varit röd.

De ställde många andra frågor också, men just nu kunde hon inte komma ihåg vad de rört sig om.

Till slut släppte de henne. Klockan hade varit halv sju på morgonen när hon lämnat polishuset på Kungsholmen. De måste ha förhört henne i ungefär fem timmar.

De hade topsat henne, tagit hennes fingeravtryck och beslagtagit hennes blus och kappa. Det var hon som ringt till polisen. Allt hon sagt kunde de kontrollera med fakta, och det skulle stämma. Hon hade inga blodstänk på sig någonstans. Kanske hade de sett spår i lägenheten av någon annan? Det var kanske inte så konstigt att hon inte var misstänkt.

»En av grundförutsättningarna för det här uppdraget var att polisen inte skulle blandas in. Det är för stor risk«, sa Jan och spände ögonen i Emelie.

Magnus rätade på sig i fåtöljen. »Ja, det var jag som satte den grundförutsättningen. Och den har ändrats nu. Det rör sig inte längre bara om en kidnappning. Nu handlar det om att en människa har dött. Emelie har handlat helt i enlighet med sunt förnuft och god advokatsed. Dessutom har hon inte röjt Philips situation för polismyndigheten.«

»Jag måste höra med min ledningsgrupp.«

»Du är ledningsgruppen, Janne. Nu får vi jobba vidare utifrån förändrade förutsättningar.«

»Jag vill vänta på Carl-Johan innan vi pratar om nånting.«

Magnus höjde rösten en aning. Men det var inte främst volymen som gjorde det. Emelie hade hört det en gång förut, under en förhandling mellan två banker som brakat samman. Det var något med själva tonläget. Hur han betonade, den långsamma hastigheten, eftertrycket. Pondusen.

»Vi har *inte tid* att vänta på Carl-Johan.«

Emelie fick ta en whiteboardpenna och stå upp och anteckna.

Hon skrev en rubrik i vänstra hörnet: Personer under utredning.

Under rubriken skrev hon: Jarl Poljonen. Kevin. Ian. Chamon Hanna, m.fl. Anina Björklund. Albinokaninen. Annan.

Jan började. Han berättade att de inte hittat några spår efter Jarl. Han stod skriven på lägenheten, det var allt. Sedan redogjorde han för hur Kevin åkt på korta besök till Moskva. Emelie gjorde några anteckningar under Kevins namn på vita tavlan.

»Dessutom har vi fått reda på att Kevin hämtade ut ett vapen på FPK, Fridhemsplans Pistolskytteklubb, den 9 februari i år, det vill säga kort innan vi tror att Philip kidnappades«, fortsatte Jan.

Emelie såg hur Magnus käkar spändes. »Berätta mer.«

»Vi har nära kontakter med många av skytteklubbarna i länet och gick ut med en förfrågan om nya medlemmar det senaste året, samt vilka som kvitterat ut vapen. Kevin blev medlem i FPK för sju månader sen.«

»Kan vem som helst som är med i en skytteklubb köpa vapen?«

»De flesta klubbar tillåter att man köper tävlingsvapen efter sex månaders medlemskap. Sen ska man uppvisa ett blankt brottsregisterutdrag och lite annat också för att ens få bli medlem.«

»Så vem som helst kan bli medlem så länge man inte är straffad, och sen få köpa pistol?«

»Det är polisen som meddelar vapenlicensen, inte klubben. Men om klubben rekommenderar en person så är det aldrig några problem.«

»Jaha, jag förstår. Det trodde jag inte om Sverige. Och var är Kevin Andersson just nu?«

Jan sa: »Vi har övervakat honom det senaste dygnet och han har inte betett sig märkligt. Vi har haft tapp två eller tre gånger, men inte mer än tjugo minuter per gång. Just nu är Kevin på KTH och har lektion.«

Himlen utanför fönstren var blå och utsikten betydligt mer hänförande än i går. Värmen i rummet var som den brukade, klimatsystemet såg till att alltid hålla en jämn 21-gradig temperatur. Ändå huttrade Emelie till. Det var inte bara sömnbristen – hon blickade ut över hustaken igen. Långt borta, bakom den här grå staden, såg hon Kaknästornets topp. Det var en av Stockholms högsta byggnader, det gamla tevetornet från sextiotalet. Hon kom ihåg hur hon längtat efter att få gå upp i det på Stockholmsbesöken de gjort när hon varit barn. Hur hon älskat den här staden redan då och vetat att hon en dag skulle flytta hit.

Hon ryste till igen. Den här platsen var henne främmande. Hon kände inte det här stället längre.

Hon ville ta en paus från utredningen. Från jobbet.

Hon ville hem.

De diskuterade Kevinfrågan en stund till innan de gick över till nästa namn på listan.

Magnus redogjorde för sina tankar kring Ian. Hotbilden mot honom och hur han betett sig på mötet med dem. »Och jag har förstått att du lyckats få fram dna från Ian på ett av våra dricksglas som du fick av Teddy i går, och det dna:t matchar det som du hittat på en whiskyflaska i lägenheten. Då inställer sig frågan, varför finns Ians dna på ett föremål i lägenheten?«

»Vi har tittat på hans förehavanden bakåt i tiden, vi har ju viss tillgång till hans och Philips kontorskalendrar, men kan inte se nåt uppseendeväckande«, sa Jan. »Och vi ska komma ihåg att en flaska är ett flyttbart föremål. Det betyder att den kan ha hamnat i lägenheten på nåt sätt som är fullt förklarligt.«

De pratade om Ian en stund. Han var ju också den som mest pressat på för att polisanmäla kidnappningen.

»Borde vi bevaka honom?«

»Vi vet inte var han är just nu«, sa Jan.

Magnus sa: »Vad sa Teddy när du berättade om dna-träffen?«

»Inte så mycket.«

»Men var i hela fridens namn håller han hus då? Jag har sökt honom i flera timmar.«

Emelie höll sina händer i knäet under bordet. Hon trummade med ena tummen mot sitt lår. Hon tittade ner – hela benet skakade. Hon måste lugna sig nu.

Magnus tittade på henne.

»Emelie, har du nån aning?«

Hon höll fast sitt ben under bordet med handen. Spände sig.

»Nej, men vi hade ett ordentligt tjafs i går.«

»'Ett ordentligt tjafs'. Igen? Menar du att ni bråkade?«

»Ja, jag är ledsen, Magnus. Vi har inte hörts sen i går eftermiddag.«

Magnus ögon spärrades upp. De var rödsprängda. Hon undrade om han kanske inte heller hade sovit något i natt eller om det var förkylningssymptom.

»Men snälla lilla du, varför har du inte sagt nåt? Nu ser du till att få tag på honom, och du löser er konflikt. Vi kan inte tappa honom. Ska det vara så svårt att förstå för dig?«

Emelie kände det som att hon höll på att sjunka genom stolen och golvet. Ända ner till gatuplanet.

Som tur var lugnade sig Magnus snabbt. Han ansåg att de behövde diskutera det mest dramatiska just nu. Anina Hanna Björklunds död. Frågan var om och hur det var kopplat till kidnappningen.

Emelie stängde ute sin egen reaktion på hans utskällning. Hon sa: »Jag har tittat i hennes Facebook, och hon har en vän som heter Anton Antonsson och som har en vit kanin som bild.«

Magnus mun såg ut som ett stort svart hål. »Verkligen? Hade hon?«

»Yes.«

»Men då måste ju Facebook ge ut information om användaren av den profilen.«

»Jag gör ett nytt försök. Jan, har ni hittat nåt på kaninvykortet?«

»Tyvärr inte.«

Magnus sa: »Det där är det viktigaste spåret just nu, tycker jag.«

Längre kom han inte. Han avbröts av att det ringde på hans telefon.

»Å fan«, sa han efter en stund i samtalet.

»Okej, nu händer det grejer. Det var Patric Öhrn«, sa han när han lagt på. »Philip har ringt honom från dolt nummer till hans privata telefon. Han tog samtalet.«

Jan spärrade upp ögonen. »Och?«

»Och Patric sa till honom att han var upptagen just nu, men att han kunde återkomma om drygt två timmar. Det är enligt mina instruktioner till honom utifall Philip skulle lyckas komma igenom med ett samtal.«

»Vad ville han då?«

»Det var något med överföringen igen, men Patric fick inga detaljer. Men en sak är säker, jag vill helst att Teddy är där när Philip ringer igen, för att hjälpa Patric. Och jag vill att du, Jan, är där och försöker ta reda på varifrån samtalet kommer.«

*

»Känner du till Mogge Viking?«

Kum tittade upp från den trippla espresson som stod framför honom.

Det var förmiddag och Dejan var trött som ett svin. Massa grejer som strulade nu, som han fick hantera dygnet runt. Men Dejan hade känt att han behövde ta det här snacket med *Kum*.

»Jag har börjat en ny diet, förstår du *mali* Dejan«, sa *Kum* som om han inte hört Dejans fråga. »Jag äter bara två gånger per dag. Middag som vanligt vid tiotiden på kvällen. Och till frukost kör jag en stor entrecote. Varje dag. Jag har gått ner tre kilo sen jag började. Men den gör mig jävligt kaffesugen hela tiden. Som en kontorsmänniska.«

De satt ensamma vid ett bord på Nikström & Hansson, ett kafé på Karlavägen som ägdes till hälften av gudfadern genom bolag och bulvaner. Det var i princip tomt runtomkring dem.

Kum fick egentligen inte äga någonting eller bedriva någon näringsverksamhet efter en liten olycka för två år sedan: han dömdes till villkorlig dom och samhällstjänst för bokföringsbrott och försvårande av skattekontroll. Själva samhällstjänsten var inget problem – *Kum* mutade någon på parkförvaltningen att meddela kriminalvården att han var en av Sveriges främsta lövräfsare. Men näringsförbudet – det var en riktig käftsmäll. Och skatteskulden var en spark på en som redan låg ner. Alla pengar han tjänade måste därefter gå via målvakter. Det var förresten det som strulat till det för Dejan, när han blivit ombedd att stå för Restaurang Solberget och en massa saker sedan hade skitit sig.

»Klart jag känner till Mogge Viking«, sa *Kum* och sörplade kaffe så ljudligt att det antagligen hördes ut på gatan. »Har du hört historien om när han vägrade komma till en rättegång?«

Dejan kände som vanligt ett lätt obehag tillsammans med *Kum*. Helst ville han bara därifrån. Det gick aldrig att veta hur ett möte skulle sluta. Ivan, underbossen, var betydligt lättare att deala med, men han var inte ens här nu.

»Viking var kallad till förhandling, det rörde nån knarkgrej med två, tre andra tilltalade. Men han dök inte upp, så de fick ställa in förhandlingen och fortsätta nån annan dag, fast då dök han inte heller upp. Du vet ju hur domare blir när folk skiter i att komma, så de beslutade om polishämtning av stackars Viking. I alla fall, dagen efter kom ett fax in till domstolen med ett läkarintyg från Rumänien. I faxet stod det att Viking befann sig där nere men inte kunde komma hem eftersom han var sjuk. Exakt vilken sjukdom det rörde sig om stod också i intyget, men det var på rumänska så ingen förstod.«

Dejan iakttog *Kums* händer som låg stilla på bordet. Han hade sin beryktade guld-Rolex på sig med briljanter vid varje siffra. Enligt Ivan och alla andra snackare hade den kostat över en mille nere i Antwerpen. Observera: det var ingen äkta Rolex. Men varorna var äkta. På andra armen hade gudfadern ett armband med små barnpärlor som det stod World Childhood Foundation på. Det var prinsessan Madeleines välgörenhetsgrej för sjuka barn.

Kum fortsatte: »I alla fall, till slut fick de hjälp av rumänsk polis att få hem Moggemannen, så tre månader senare satte de igång rättegången. Vikings advokat bråkade som en galning, tjafsade med domstolen och höll på. Det var högst olämpligt att tvinga hem en så svårt sjuk man, tyckte han, och enligt läkarintyget kunde Morgan Viking bara delta i rättegången på mycket speciella villkor, och så vidare. Det var ett fitthår ifrån att han fick hela rättegången inställd.«

»Vad var han för sjuk då? Vad sa intyget?«

»Vänta nu ska du få höra, *mali* Dejan. Domstolen var inte dum, så de översatte ju det rumänska lilla intyget. Enligt läkaren där nere kunde Morgan Viking inte delta i en förhandling om han inte fick tillstånd att stå upp hela tiden. Har du hört, va? Det var nämligen hemorrojder han hade, lille Mogge. I nio rättegångsdagar stod han upp så att tarmen inte skulle trilla ut där bak. HEMORROJDER!«

Kums skratt ekade i det tomma kaféet.

Det var ett schyst ställe, det här. Glassig inredning blandad med industrikänsla. Träpaneler längs väggarna, lamporna i taket såg ut som om de kom från någon nedlagd fabrik.

»I alla fall«, sa Dejan, »så försöker Mogge Viking driva in en skuld från Teddy.«

»Från Teddy? Han har ju just kommit ut?«

»Ja, tydligen är det en asgammal grej. Nåt pengatjafs som Robert Hillström var inblandad i där Teddy tyvärr klantade sig så att några hundra tusen försvann och några blev dömda.«

»Hillström? Jag trodde han bodde i Marbella.«

»Det gör han också, men finanskrisen har tagit hårt på snubben, så nu bråkar han om den där gamla historien och skickar Viking på Teddy.«

Kum sköt undan sin kopp. Den slog i hans vattenglas så att det klingade till.

»Men varför berättar du det för mig? Det har inget med oss att göra. Och jag tror nog Teddy klarar sig själv. Han har väl varit med om värre grejer?«

Dejan tog ett djupt andetag. »Det är inte det. Jag trodde också att Teddy skulle fixa det där på nåt snyggt sätt. Men han håller på med konstiga saker. Jag tror han på nåt sätt jagar pengar för att betala till Viking. Han frågar runt efter horor och så. Han vill veta saker, rotar i verksamheter som inte borde vara intressanta för honom.«

»Horor?«

»Ja, tydligen. Det ringde en jävligt stissig snubbe till mig för en stund sen, Guldman. Sjukt namn, förresten. Han har tidigare betalat för mitt beskydd. Han gör typ hemsidor och sån skit för fnasken och förut, innan han fixade till sin datasäkerhet, behövde han mig ibland. Du vet, nån hora vill inte bli smiskad och vägrar och torsken blir lack och känner sig lurad. I alla fall, den här killen fick besök av Teddy i natt. Jag vet inga detaljer, men Teddy ville tydligen veta en massa saker om vissa av tjejerna. Nigerianska fnask, liksom. Jag undrar vad fan han håller på med.«

Kum spärrade upp ögonen. »Nigerianska fnask?«

»Ja, fan, du ska se dem alltså, en del är riktigt schysta.«

»Du snackar skit. De kan aldrig vara läckra. Men svara nu, vad vill Teddy? Varför håller han på och frågar runt?«

»Jag vet inte exakt. Jag vet inte ens vad han jobbar med, han berättar inte för mig.«

Kum tog upp en cigarill ur silveretuiet som låg på bordet. Det var rökförbud här, men det tycktes inte störa honom.

»Man kunde alltid lita på Teddy. I alla fall förr i tiden. Men Dejan lille, gör mig en tjänst.«

Kum tände cigarillen och drog ett djupt bloss.

»Håll koll på din vän. Låt honom inte hitta på nåt dumt.«

Han blåste ut röken i tre långsamma puffar.

»Dejan, *moj vojnik*, lova mig det. Låt honom *inte* hitta på nåt dumt.«

*

Radhusen på Horisontvägen såg nybyggda och fräscha ut. Vartannat var rött och vartannat grått, men alla fönsterkarmar var gula. En lägre utskjutande del vid varje hus var i grått tegel, antagligen var det förråd: vinterdäck, gamla möbler, cykel- och pulkaförvaring. Gulnade vinterskrala planteringar syntes utanför de flesta husen, men vid nummer 141 såg Teddy inga växter.

Radhuset såg öde ut. Rullgardinerna var neddragna på undervåningen. Han gick runt hela huslängan och kollade in den från baksidan, varje hus hade ett litet däck utanför med glasdörrar som gick att öppna mot en minimal gräsplätt. Det fanns också en liknande utskjutande del på framsidan som verkade tjäna som avdelare mellan de små uteplatserna. 141:an var det enda huset som varken hade utemöbler eller ens gammalt bråte ute på däcket.

Det kunde inte vara ett stort hus, två våningar i och för sig, men det var smalt, kanske fyra meter och inte mer än tio, elva meter långt. Han uppskattade den totala kvadratmeterytan till runt åttio kvadrat.

Det var nästan tomt på gatan. Längre bort såg han två kvinnor med barnvagnar promenera förbi. Han hörde inte några ljud från radhuset. Men i båda fönstren på övervåningen såg han lampor som var tända. Någon eller några var kanske där uppe.

Han ställde sig femtio meter bort och glodde mot huset.

Han kände hur det vibrerade i fickan och han tog upp sin mobiltelefon. Det var Emelie. Han hade inte gett henne sitt nya nummer, men han antog att hon hade fått det av Jan. Kanske borde han svara och berätta vad han höll på med.

Men inte just nu.

Han klickade bort samtalet, sedan dödade han telefonen och stoppade ner den i jackfickan.

Vad borde han göra nu? Antingen körde han samma variant som med Lazar Guldman, när han bara stegade fram och plingade på. Hur och på vilket sätt han sedan tog sig in i huset fick han lösa på plats. Ett annat alternativ var att ringa på förstärkning, men efter vem skulle han ringa? Emelie och Magnus var ju knappast några att luta sig mot i den här situationen. Kanske Tagg eller Dejan hade kunnat vara bra att ha just nu, men han ville inte blanda in dem för mycket i det här.

Han gick fram mot huset.

En minut senare låg han på mage uppe på förrådet som hörde till huset, och försökte göra sin kropp så platt att ingen förbipasserande skulle lägga märke till honom. Han ville inte heller bli sedd om någon tittade ut från huset, men det var en risk han fick ta.

Han lyfte på huvudet och kikade snabbt in, fönstret satt bara några decimeter ovanför honom, men det var tomt där inne. Bara två bäddade sängar mot varsin vägg och en hög med kläder på golvet.

Kylan och fukten som trängde in mot magen och benen påminde honom om det kalla arrestgolvet han sovit på de första nätterna för åtta år sedan.

Då uppfattade han ett ljud från fönstret, kanske en dörr som öppnades där inne. Han lyfte på huvudet igen och såg något röra sig.

Det var två flickor som kom in i rummet och båda tog av sig peruker. Den ena hade ett långt svart svall och den andra kortare rödaktigt hår. Han glodde in.

Flickan som just tagit av sig den rödaktiga peruken var Cassandra.

Det här var galenskap, tokigt.

Men han gjorde det han gjorde, han hade inget val.

Han knackade på fönstret.

Flickorna vände sig mot honom. Han tryckte sitt ansikte mot rutan.

Cassandra spärrade upp ögonen. Hon måste ha känt igen honom. Han satte fingret för sin mun och hyschade.

Den andra flickan öppnade fönstret en centimeter, Teddy såg att det satt en spärr på insidan.

»*Wha' you want?*«

Samma pidgin-engelska som Cassandra pratade.

»*Get Cassandra to the window*«, viskade han genom springan.

Hon kom fram till fönstret.

Teddy fortsatte på sin knackiga engelska: »Jag vill så gärna träffa dig. Kan jag komma in?«

Cassandra spärrade fortfarande upp ögonen, som om det var ett spöke hon såg där ute.

»Nej, du får prata med Big Mama i så fall. Jag kan inte prata mer med dig nu, *mistah.*«

Hon stängde igen fönstret och drog ner rullgardinen.

Teddy klättrade ner från förrådets tak.

Det fanns ingen tid att förlora nu.

Han öppnade dörren till huset, märkligt nog var den inte låst. Han undrade vem som höll ett antal unga horor i ett hus utan att låsa om dem.

Han stängde den bakom sig så tyst han kunde.

Han tänkte på något som Lazar Guldman sagt: *»Det går inte att rädda de här flickorna.«*

Det var tyst och tomt i hallen. Det luktade cigarettrök.

Det fanns krokar uppsatta på väggen och på dem hängde några kappor, han skymtade den som madamen haft på sig. Han stod stilla och bara väntade på att något skulle hända, men det var fortfarande tyst i radhuset, möjligen hörde han svaga röster uppifrån någonstans. Ingen kom för att hälsa honom välkommen, så han kunde lika gärna fortsätta in.

Det stod inga skor på golvet som i vanliga svenska hallar. Lukten var speciell här inne, kanske var det någon krydda, kanske luktljus, kanske bara lukten av bordell.

Sedan undrade han om det ens var en bordell. Han hade bevakat huset en stund nu, utan att se några män komma dit. Möjligen gjorde de här flickorna bara *out calls.*

Hallen ledde direkt in till ett kök. I dunklet såg han odiskade tallrikar ligga i en hög i vasken. På andra sidan köket låg ett litet vardagsrum, med en gammal tjockteve och en matta på golvet. Rullgardiner var neddragna för det stora fönstret ut mot uteplatsen. Längre in längs ena väggen stod en bäddsoffa som var utfälld till säng, han tyckte sig skönja att någon låg i den. Han stannade upp igen, stod orörlig och hörde sin egen andning. Hade de verkligen inga horvakter här? Låg tjejerna och sov i öppna rum, med öppna dörrar ut till friheten?

Han tänkte igen på vad Guldman sagt om flickorna.

Runt hörnet låg trappan upp till övervåningen. Han tog varje steg försiktigt för att den inte skulle knarra. Hela tiden beredd på att någon skulle skrika på honom eller kasta sig över honom.

I slutet av trappan låg en liten hall. Här var det ännu mörkare eftersom alla dörrar var stängda. Men Teddy visste exakt vilken dörr som ledde till rummet där han sett Cassandra, det var därifrån han hörde det stillsamma mumlandet.

Han öppnade den försiktigt.

Flickorna var kvar där inne, de hade en sänglampa tänd och satt på varsin säng. De var inbegripna i en diskussion med viskande röster.

När de såg Teddy tystnade de och såg ännu mer chockade ut än när de sett honom utanför fönstret.

Han såg nu tydligare vad klädhögen på golvet innehöll. Flera peruker, höga stövlar och olika sorters korsetter och andra kläder. I övrigt fanns ingenting här inne, inga tavlor på väggarna, inga bokhyllor eller mattor. Inga stolar eller nattygsbord. Bara sängarna och lampan.

Han sa med låg röst: »Cassandra, jag behöver ställa lite frågor till dig.«

Hon knep ihop ögonen, skrynklade pannan och satte händerna för ansiktet, som om hon hoppades att Teddy bara var en storvuxen hallucination som skulle försvinna om hon ansträngde sig tillräckligt hårt.

»*Mistah*, vet Big Mama att du är här?«

»Nej, men jag vill bara prata, inget annat.«

Cassandra höjde rösten, från viskande till normalare samtalston. »Jag kan inte prata om inte Big Mama säger okej.«

Den andra flickan gick mot dörren.

»Nej, nej, sitt ner. Jag betalar er.« Teddy försökte återföra viskandet, men det var försent. Den andra flickan öppnade dörren och tillkallade någon på ett främmande språk.

Tio sekunder senare stod madamen i dörröppningen.

Hon var verkligen en stor kvinna, i Centralhallens höga rum och på gatan utanför hade han inte uppfattat det lika tydligt som nu. Big Mama var inte bara lång; allt var stort på henne, hennes hals var tjock och bred, huvudet såg nästan uppsvullet ut, händerna liknade mest en tungviktsboxares och fötterna måste vara i samma storlek som hans.

Hennes ögon såg oförstående ut, inte ilskna eller rädda. Kanske var en man på de här flickornas rum inget konstigt egentligen, förutom att de hade kläderna på sig.

Big Mamas engelska lät likadan som Cassandras. Teddy kände igen hennes röst, det var henne han talat med på telefonen förra natten när han beställde flickan.

Hon hade en tänd cigarett i handen.

»*Mistah*, du kan inte vara här, är jag rädd.«

»Förlåt att jag inte ringde på. Men jag vill ha Cassandra.«

»*Mistah*, hon gör bara *out calls*. Om du vill går det bra, tre tusen kronor timmen. Men inte just nu.«

»Varför?«

»Varför har *du* gått in i mitt hus?«

Madamen tog ett bloss på sin cigarett. Det var ofattbart hur lugn hon var.

Teddy tog ett steg närmare henne, de var ungefär lika långa.

»Jag vill ha Cassandra med mig nu. Jag betalar bra. Hur mycket ska du ha?«

Madamen mötte inte hans blick. Han såg i ögonvrån hur Cassandra stirrade på honom.

»Var det du som bara ville prata med henne i går?«

»Ja. Jag behöver ställa några frågor.«

Big Mama drog ett djupt bloss. »Så du vill inte lära känna henne på nåt annat sätt?«

»Nej.«

»Ställ dina frågor till mig.«

Teddy lät några sekunder gå. Kanske borde han ställa sina frågor till madamen i stället, det var inte omöjligt att det var hon som i verkligheten skötte chatten. Han trodde inte för en sekund att det var Cassandra som skrev alla meddelanden där. Men en kvinna hade talat med henne på gatan och någon hade gett henne pengar för att berätta om Philip, så Cassandra själv måste ha träffat den eller de personerna.

Det var henne han behövde tala med.

Han sa: »Nej, det är ingen idé. Jag kan tänka mig att köpa Cassandra av dig här och nu. Säg ett pris.«

Madamen fnös som om han lagt ett skambud. »Du förstår inte vad en flicka som Honey Rose är värd, i hennes ålder. Det finns inget pris du kan betala som räcker för mig. Gå härifrån nu.«

»Jag tänker ta med mig henne.«

»Försök.«

»Jag ser ingen som kan hindra mig?«

Madamen tittade mot Cassandra.

Teddy vände sig också till henne. »Jag tar med dig och allt ordnar sig. Du slipper det här, och jag lovar, jag kommer inte att lämna dig att bli skeppad till nåt jävla harem i Abu Dhabi.«

Sedan tittade han på madamen. »Jag kommer inte att störa din verksamhet igen.«

Cassandra bet sig i underläppen, hon sa ingenting.

Madamen tog ett steg mot henne.

»Du förstår inte, *mistah*. Hon kommer aldrig att rymma från mig.«

Hon lyfte sin cigarett.

»*Little bird*, ge mig din hand.«

Teddy tänkte igen på Guldmans ord. Det var verkligen något här som han inte förstod.

Cassandra räckte ut handen. Madamen tog tag om hennes handled och fimpade cigaretten i hennes handflata.

Cassandra skrek inte eller kved ens. Hon bara bet ihop tänderna.

Teddy tittade i madamens ögon, där syntes ingenting.

Sedan reagerade han, han knuffade undan madamen samtidigt som han med andra armen grep efter Cassandra.

Big Mama tumlade bakåt, fastän hon var stor så var hon inte vidare stabil, hon hade inte varit beredd. Teddy famnade om Cassandra med båda armarna och lyfte upp henne på axeln.

»Du kan inte göra så här, *mistah*«, sa Cassandra med skarp röst, men samtidigt hörde han gråten i hennes hals.

Han slet upp dörren och sprang nedför trappan med flickan som en säck över axeln.

Kvinnan som legat i bäddsoffan där nere satt upp och stirrade nyvaket.

Han fortsatte genom hallen. Madamen stod på översta trappsteget och tittade efter honom.

»Du kommer aldrig lyckas med det här«, skrek hon.

Teddy visste inte vad han gjorde eller varför. Han visste bara att hans hjärta dunkade som på ett lejon.

Han bar ut Cassandra i kylan och fortsatte springa bort mot stora vägen.

Han behövde en bil.

*

Emelie hade faktiskt slumrat till vid datorn när hon satt och försökte hitta information om Jarl Poljonen, Kevin och Anina Hanna Björklund. Ögonlocken var tunga som bly. Hon måste få sova.

Magnus hade också förstått hennes läge och mer eller mindre beordrat henne att åka hem och lägga sig några timmar. Hon tänkte att redan i taxin skulle hon dåsa till, men så blev det inte.

Taxichauffören började dessutom fråga vad hon jobbade med,

vad hon trodde om alternativa körvägar genom stan, om hon även åtog sig migrationsärenden. I vanliga fall skulle hon ha snäst av en frågvis taxichaffis. Men inte nu: faktiskt kändes det skönt att prata om alldagliga saker för första gången på flera dagar.

Det ringde på hennes telefon.

Hon såg sin mammas telefonnummer i displayen, och var glad för Mobingelas hjälp att synkronisera alla hennes kontakter i Outlook med den nya mobiltelefonen.

»Hej, mamma«, sa Emelie.

»Hej, gumman. Hur mår du?«

»Jag mår bra. Hur mår du?«

»Finfint, du har inte ringt på länge.«

Alltid denna skuld. Det var kanske tio dagar sedan de pratat sist, visserligen ett mycket kort samtal när Emelie suttit i en annan taxi på väg hem från jobbet en kväll, men ändå.

»Jag har haft supermycket på jobbet.«

»Som vanligt då?«

»Ja, fast nu är det nästan mer än vanligt. Jag kan inte förklara, men det är ett mycket speciellt ärende.«

»Vi blir ju lite oroliga, det vet du.«

»Mamma, vi har pratat om det här tusen gånger. Det är lugnt, om man inte gör några hundår så har man inga chanser senare, och jag tycker om mitt jobb.«

Hon tänkte att just i dag var det nog en lögn.

Hon åkte förbi Norrmalmstorg. Där borta låg Vinge och MAQS, två av Sveriges största byråer. Hon visste vad mamma skulle säga nu, att tillvaron borde innehålla annat än jobb, att det fanns andra mål i livet än att bli delägare, att man måste vara i nuet, för sedan kunde det vara försent.

»Men Emelie då«, sa mamma och gick ner i slutet på ordet »då«, för att markera ett slags besvikelse. »Livet är kort. Det finns mycket att uppleva när man är ung. Känner du att du hinner det?«

»Jag hinner med det jag vill, jag lovar. Det är andra tider nu, du och pappa ville göra som ni ville, och jag vill göra som jag vill.«

»Jamen självklart, gumman. Självklart. Men jag diskuterade en grej med Ingrid som jag tänkte fråga dig om. En superbra idé. Vi hade så trevligt i går, Ingrid och jag.«

Mamma fortsatte berätta om sin middag med Ingrid, Emelies moster. De fick ofta idéer.

Det var inte så att Emelie föraktade sina föräldrar, absolut inte, de hade varit bra under hennes uppväxt. Alltid uppmuntrat till bra prestationer i skolan utan att pressa henne och samtidigt stöttat henne i hennes val. Men de hade en annan syn på livet. Kanske var det för att de under de år som de själva studerat och jobbat alltid vetat att samhället var på väg uppåt och framåt. De var båda födda på femtiotalet, hade börjat högskolestudier i slutet på sjuttiotalet, startat sina karriärer i början på åttiotalet. Det var gyllene år ur ett ekonomiskt perspektiv, år då alla visste att de skulle få det bättre än deras egna föräldrar hade haft det. Det verkade också ha varit år då idéer och ideologier spelat roll, åtminstone för hennes föräldrar och deras vänner. Båda två hade varit engagerade i olika organisationer och föreningar som kämpade mot diktaturer i Latinamerika, främst Chile. Senare gick de med i Isolera Sydafrika-Kommittén. Hon mindes än i dag planschen som suttit i deras kök, innan de flyttat till villan. Det var en tecknad bild på ett äpple som också föreställde ett ansikte. Under bilden stod det: »Bit ej i det chilenska folket.« Man skulle inte köpa frukt från Chile, var tanken.

Men föräldrarnas politiska engagemang hade sedan länge klingat av och i dag verkade det mest handla om olika former av självförverkligande. Idéerna om större sammanhang hade krympt ihop till tankar om hälsokostmat, mindfulness och heminredning – med den skillnaden från Emelies eget intresse för det sistnämnda att pappa snickrade allt själv.

Till slut kom Emelies mor till saken. »Jag och Ingrid har beställt en yogaweekend i Stockholm. Och vi tänkte att du och Molly skulle följa med. Det blir jättehärligt.«

Emelie svalde en suck så att den inte hördes i telefonen.

»Det låter trevligt, när är det?«

»Om två veckor, fredag till söndag. Yogastudion ligger på Södermalm nånstans, där bor ju Molly, det vet du väl?«

»Absolut, jag var över hos henne på middag för några månader sen.«

»Ja, och du har ju prövat ashtanga, eller hur?«

»Det var tre år sen, men visst. Jag tränar mest thaiboxning. Yogar Molly?«

»Faktiskt, men hon håller på med kundalini, hon är jätteduktig, tränar tre gånger i veckan och går en instruktörskurs, men hon kan tänka sig att köra med oss även om det blir ashtanga. Och gud vad kul att du vill följa med! Då kan vi verkligen gå in i lektionerna, det är fem timmar per dag. Jag tror det blir mäktigt. Bara vara ett med energierna.«

Emelie tänkte på senast hon varit och tränat. Det var mer än två veckor sedan nu, men då hade hon gått en ordentlig sparringrond.

»Jag ska titta i kalendern, mamma. Jag tror att det kommer att bli tajt, men jag ska verkligen försöka.«

Hon tog av sig skorna i hallen, men lät bli att tända.

Hon stod så i några minuter och försökte att tänka på ingenting.

Hennes lägenhet var välplanerad, ett litet kök, ett vardagsrum där hon också hade ett klaffbord som kunde rymma åtta personer när det var utfällt, och en sovalkov. Eftersom hon lagt alla sina och även en stor del av mammas och pappas besparingar på det här boendet, hade det inte funnits mycket över till inredning. Fast lägenheten hade varit renoverad och fixad när hon köpte den. Golven utgjordes av vitsåpade furutiljor. Väggarna var också vita, Stockholmsvita, förutom i den lilla halldelen där det satt en blommig tapet. Gardinerna, som hennes mamma varit uppe och hjälpt henne att fålla, var vita de med och hängde ända ner till golvet. På det stora hela såg lägenheten fortfarande mycket ut som den gjort i annonsen när hon köpte den.

Ovanför soffan hade hon satt upp två kohuvuden som var gjorda av gamla plastdunkar, korkar och lock. De kom från Afrika och var tillverkade av återvunna plastgrejer, åtminstone sa de så i butiken

Afroart där hon köpt dem. Mattan hade hon fått av mamma och pappa. Den bestod av olika rektangulära färgytor. I den ärvda soffan låg två håriga kuddar av alpacka. Hon hade hittat dem på Marché aux Puces i Clignancourt när hon bodde i Paris efter gymnasiet. De var hennes enda fysiska minne från det året, men i huvudet hade hon desto fler bilder.

Hon försökte hålla det städat och fräscht här, trots att hon ju nästan aldrig var hemma. Jossan sa att hon hade en grym städhjälp, så de senaste månaderna hade faktiskt Emelie också prövat. Det kändes konstigt att ha en främmande människa hemma hos sig varannan vecka, men alla andra på byrån hade det mycket oftare än så. Folk som tvättade och strök deras kläder, lagade deras mat, lekte med deras barn – det verkade kanske lyxigt, men i själva verket handlade det bara om att frigöra mer *debiterbar* tid. Emelie ville inte låta som sin mamma, men hon kunde ändå undra ibland: skulle människor inte ha någon närkontakt med sina hem längre? Och vad var tanken med att folk inte längre tog hand om sin egen smuts, sin egen mat, sina egna ungar?

Hon ställde mobiltelefonens alarm och slog av ljudet på den.

Hon lade sig raklång på sängen utan att ta av sig kläderna. En och en halv timmes sömn borde räcka. Sedan fick hon köra på kaffe och energidrycker resten av dagen. Då kunde hon försöka ringa till Teddy igen.

Tankarna snurrade. Bilder från natten. Kroppen. Ansiktet.

Det ringde på dörren.

Kanske hade hon slumrat till ändå.

Rullgardinen var neddragen.

Hon orkade inte öppna. Ville bara vara ifred.

Det ringde på dörren igen.

Hon masade sig upp.

En tilltagande huvudvärk bankade sakta i skallen.

Vem ringde på hennes dörr mitt på dagen?

*

Först svarade hon inte när han ringde och nu öppnade hon inte sin dörr. Teddy var nittio procent säker på att hon var hemma. Han hade åkt till hennes adress efter att ha försökt ringa till hennes telefon igen utan att få svar. Sedan hade han ringt till advokatbyrån. Receptionisten hade gett honom beskedet att Emelie hade åkt hem.

Han undrade om hon blivit sjuk, eller om hon bara fortfarande var sur på honom.

Teddy för sin del visste inte vad han kände. Å ena sidan borde hon be om ursäkt. Å andra sidan hade det gått nästan ett dygn sedan de rykt ihop. Det var som att han redan hade fått distans till det hela, det kändes inte så viktigt längre.

Dessutom hade han ingen annanstans att ta vägen. Han behövde Emelie.

Bilen, som nu stod felparkerad nere på gatan, hade han tagit i Skarpnäck. En Ford Escort som måste ha minst femton år på nacken, från tiden innan tändningslåsen hade elektroniska spärrsystem.

Samtidigt som han hade micklat med bildörrens lås hade han hållit ögonen på Cassandra som han beordrat att sätta sig på marken nedanför honom. Han hade haft tur som hittade den här bilen, han kunde hantera Fordar av den här modellen med förbundna ögon.

Väl inne hade han slitit bort panelen, ryckt ut tändningslåset och kört in skruvmejseln – som han tagit med sig från Lazar Guldman – och startat bilen på mindre än en minut.

De hade kört upp på motorvägen. Cassandra hade suttit i passagerarsätet, hon sa ingenting. Ansiktet var blankt, som om det här var vilken liten utflykt som helst.

Han lät henne vara, det var förståeligt om hon behövde smälta det som hänt.

Det behövde han själv göra i alla fall.

»Vill du inte prata med mig? Vill du inte prata om hur vi ska göra nu?« sa han när de körde över Skanstullsbron.

Cassandra svarade inte.

»Oroa dig inte.«

Hon stirrade bara rakt framför sig.

»Ingen kan skada dig nu, jag lovar.«

Hon vände sig mot honom. Hennes ögon var mörka.

»*Mistah* ...«

Teddy tittade på vägen igen. De körde förbi Åhléns på Ringvägen.

»Jujumannen.«

»Vad?«

»Juju-mannen«, sa hon igen.

»Vem är det?«

Hon svarade inte.

Teddy försökte förstå vad hon menade, men hon vägrade säga något mer.

När Emelie till slut öppnade dörren på glänt såg han direkt att något hade hänt. Hon var vit i ansiktet. Skuggorna under ögonen berodde inte bara på ljuset som strömmade in från farstun, de såg ut som om de funnits där redan innan.

Han slogs av hur attraktivt sättet hon rörde sig på var. Hur hon strök håret bakom örat genom att använda lång- och ringfingret. Hur hon bytte vikt från fot till fot så att det såg ut som om hon vaggade sig själv till en inre rytm.

»Vad gör du här?«

»Får jag komma in?«

»Jag försökte sova. Och vem är det?«

»Släpp in mig så berättar jag.«

Hon öppnade dörren och tände lampan.

Den här hallen var raka motsatsen till Lazar Guldmans äckliga kvart. Vita rena väggar och ett antal par skor, pumps och stövlar uppställda i en perfekt rad på hallmattan. På klädhängaren hängde några kappor och jackor i färgkoordinerad ordning.

Han föste Cassandra framför sig och de satte sig i köket. Där stod ett runt vitt bord med Myranstolar. Det var lika städat här som hemma hos Linda, men allt kändes ännu mer fixat, som om varenda möbel var uttänkt för att passa med de andra möblerna, färgen på väggar och golv och lägenhetens allmänna vibb.

Teddy orkade inte beröra deras bråk. I stället berättade han kort om kvällen, natten och morgonen. Emelie visste redan om att man fått fram dna på dricksglaset från Ian och att det matchade dna på whiskyflaskan, det hade Jan berättat. Men hon visste inte att Teddy hade åkt och pratat med honom i vip-rummet eller vad han då hade sagt. Teddy förklarade också om chattarna han fått fram som visade att någon betalat Cassandra för information om Philip.

Sedan nämnde han kort att han hämtat flickan på ett ställe utanför stan.

»Vart ska hon ta vägen nu då?« frågade Emelie.

»Jag har ingen aning. Men hon vet ju nåt viktigt.«

Det var fortfarande som om Emelie nästan inte lyssnade. Hon hade heller inte nämnt att de struntat i att kommunicera med varandra på närmare ett dygn. Hon vilade huvudet i sina händer, med armbågarna mot bordet. Ögonen till hälften stängda.

»Hur mår du egentligen?«

Hon lyfte upp huvudet.

»Jag hittade en död kvinna i natt.«

Teddy visste inte vad han skulle säga. Han frågade bara: »Vem?«

»Anina Hanna Björklund hette hon, och hon har också med Philip att göra.«

Emelie berättade kort vad Anina berättat och hur hon senare hade hittat henne. Sedan blev hon tyst.

Teddy förstod varför hon såg så färdig ut.

Han reste sig och gick fram till henne, hukade sig tills han hade huvudet i höjd med hennes. Sedan böjde han sig fram och omfamnade henne, så försiktigt han kunde.

Cassandra satt stilla.

Emelie ryggade inte tillbaka. Bara grät i hans famn.

En stund senare satte sig Teddy på en stol igen.

»Philip kommer snart att ringa sin bankman. Magnus vill att du eller jag sitter med och coachar Patric Öhrn under samtalet«, sa Emelie.

»Jag kan åka till banken, men kan du vara här med Cassandra då? Låt henne inte gå härifrån.«

Emelie gick bort till vattenkokaren och slog på den. Teddy hörde vattnet börja bubbla.

»Det är knäppt. Det här är inget fängelse, om hon vill gå får hon gå.«

Cassandras ansikte var fortfarande uttryckslöst. Hon såg trött ut, men satt med rak rygg på Myranstolen.

Teddy frågade om Emelie hade en dator hemma.

»Kan du ta fram en bild på Philip och en bild på två andra personer«, bad han när hon ställde sin dator på köksbordet.

»Varför två andra personer?«

»Det blir en form av vittneskonfrontation, jag vill inte att hon bara ska svara ja eller nej, jag vill kunna kontrollera hennes svar.«

Emelie fingrade på musplattan. Efter en stund dök foton på Philip och på två okända män på skärmen.

Teddy vände sig mot Cassandra. »Känner du igen nån på de här tre bilderna?«

»Släpper du mig då?«

»Vart tar du vägen då?«

»Jag vet inte.«

»Okej«, sa han. »Vi skjutsar dig.«

Han sköt datorn närmare henne.

Philip log på bilden. Han såg så oskyldig ut.

»Jag känner igen honom.«

Hon pekade på Philip. »Det var honom de frågade om.«

»Vilka var 'de'?«

Teddy studerade Cassandras uppdragna axlar, hennes koncentrerade ögon. Det var inte särskilt konstigt att hon var spänd, givet situationen hon befann sig i. Men det fanns något mer där.

»Är du rädd?«

»Ja, *mistah*. Mycket rädd.«

Emelie böjde sig fram. »Vill du ha en kopp te?«

Hon fyllde en tesil och lade ner i en kopp. Sedan hällde hon på det rykande vattnet och ställde koppen framför flickan.

Teddy sa: »Cassandra, jag vet inte vem jujumannen är som du pratar om, men jag kan lova dig att jag ska göra mitt yttersta för att inget ont ska hända dig. Säg mig bara om du vet vilka det var som kontaktade dig om Philip.«

Cassandra betraktade honom, och för första gången tyckte han att det verkade som om hon verkligen såg honom.

»Jag vet inte vem personen på chatten var. Jag inte sköter den. Men jag fick pengar av en man en gång.«

»Och vem var det?«

»Jag vet inte.«

»Och kvinnan som frågade dig om Philip ute på gatan, vem var det?«

»Det var ...« Hon såg ut att tveka en kort sekund, sedan sa hon: »Hans syster.«

»Hur vet du det?«

»Det såg jag. Och hon sa det.«

När Teddy väntade på taxin ute på gatan plockade han upp ett cigarettpaket som han köpt på vägen hit. Forden fick stå där den stod, men han gjorde en anteckning i huvudet om att ringa ägaren senare.

Han var på väg till Patric Öhrn för att finnas där om Philip skulle ringa.

Emelie var kvar hemma med Cassandra.

Det var första gången på åtta år som han rökte. Senast hade han suttit i en stuga och tittat på film. Tjugo minuter senare hade han legat på mage med handklovar kring händerna och insett att han antagligen skulle tillbringa åtta till tolv år bakom galler.

Caroline Schale. Anina Björklund.

Cassandra.

En märklig triangel. Men en given mittpunkt.

*

Nikola visste inte vad saken gällde. Bara att Yusuf messat honom och Chamon och bett dem komma ner till Steakhouse Bar.

För Nikola var det här morgon. De hade gått ner till O'Learys i går kväll och tagit några öl efter att de träffat den där skumma advokatbruden som ställde massa frågor. Han undrade verkligen hur Teddy var indragen i det här. Han borde fråga om Yusuf visste.

Nu tog de bilen ner.

Stämningen var bra. De spexade, skämtade.

»Har du hört den här då?« frågade Chamon. »Det var en kurd som var på zoo och tittade på gorillorna. Då började en gorilla vifta att kurden skulle komma närmare. Kurden tittade sig omkring för att kolla om det var honom som apan menade. Till slut gick han fram till buren. Då viskade gorillan: 'Bror, hur kom du ut härifrån?'«

Nikola garvade. Sedan skrynklade han näsan. »Fan, vad det stinker här.«

Chamon flinade. »Alltså jag hade värsta brakaren på gång men jag shawshankade den. Trodde inte du skulle märka nåt.«

De parkerade bilen rakt framför restaurangen. Ingen egentlig p-plats där, men p-lisorna i Södertälje brukade vara försiktiga. En lapp på fel killes bil och det kunde sluta trist.

Yusuf bad dem lägga telefonerna i en låda vid ingången när de klev in.

Han ledde dem längre in i lokalen.

Vid ett av borden satt Isak ensam. Han åt en stek – till frukost. En riktig man.

Varken han eller Yusuf sa någonting.

Isak bara skar sin mat noggrant.

Nikola tänkte på Teddy igen, undrade vad han sysslade med egentligen.

Yusuf glodde på dem.

Till slut tittade Isak upp.

»Har ni hört vad som hände i natt?«

Chamon skakade på huvudet.

»Sätt dig ner, Chamon.«

Chamon drog ut en stol och satte sig.

»Du har inte rökt eller så, väl?«

»Nej, nej, det är ju morgon.«

»Okej, jag kommer berätta nåt jävligt jobbigt.«

»Vadå?«

»Nån har dödat Anina.«

Isak blinkade inte.

Chamon såg oförstående ut.

»Nån gick hem till henne i natt, kort efter att hon varit här, och släckte henne.«

»*La, la. La afham!*« Chamon skrek.

»Jag är ledsen.« Isak försökte trösta på syrianska. Han lade handen på Chamons hand. Yusuf kom fram och kramade om Chamon.

Chamon stönade, grät. Han vevade med armarna, spottade omkring sig. Han slängde sig på golvet. Dunkade huvudet i bordet.

Det gick inte att få honom lugn. Till och med Isak försökte hålla i honom.

Till slut bara böjde han sig fram och lade sig på golvet och grät. Snyftade.

»Har det med den där juristtjejen att göra? Var det hon?«

Isak böjde sig ner på golvet. Lyfte upp Chamon på stolen igen.

»Nej, det var det inte. Men det var hon som ringde polisen. Nån annan.«

»Var det den där andre, Nikolas morbror?«

»Björne? Det tror jag inte. Han gör inte så.«

Chamon ställde frågor på syrianska.

Isak svarade så gott han kunde.

»Vi måste få reda på vem det är som gjort det.«

Isak kramade honom igen. »*La taqlaq*. Jag kommer ordna det.«

Yusuf ledde ut Chamon.

Han skulle köra honom hem till hans släktingar.

Isak vände sig mot Nikola.

Han hade aldrig varit ensam med Isak förut. Han visste inte om han skulle stå upp eller sätta sig ner, om han skulle möta Isaks blick eller slå ner ögonen. Han visste inte om han borde vara förbannad eller gråta.

»Vi vet kanske vem som gjorde det. Det är inte han som ni tog ut på isen nere på Stureplan«, sa Isak.

»Vem är det då?«

»Jag ska berätta det för dig. Men först vill jag veta om du är med honom.«

»Med?«

»Är du med Chamon? Han kommer få ta hand om det själv. Så är det i Sverige nu för tiden.«

»Du har rätt.«

»Så är du med?«

Han ville fråga om Teddy, men visste inte hur han skulle formulera sig.

Isaks stubb var så tät att den såg ut som en svart skugga, inte som skägg.

»Förlåt, men är min morbror inblandad på nåt sätt?« sa Nikola efter att han insett att det inte fanns något försiktigt sätt att fråga på.

Isak klappade honom på axeln. »Han har inte gjort det här mot Anina, det är jag säker på. Oroa dig inte för honom. Svara bara på om du är med.«

»Ja.«

»Chamon kommer vara evigt tacksam. Så fort vi får reda på var den där *kahben* finns, så får du ett mess från Yusuf med en plats.«

»Okej.«

»Lämna din mobiltelefon där du är och gå till platsen. Ta med handskar, balaklava och kläder som du kan bränna efteråt.«

»Okej. Ska jag göra nåt nu?«

»Yes, gå till Gabbes och hämta ut en Glock 17 eller en Makarov, ta samma vapen som Yusuf använde när ni tog ut det där svinet på isen. Gabbe vet vilket det var. Och han vet att du kommer.«

»Hur kan han veta?«

»Nikola, *chabibi*, jag har alltid litat på dig. Du är en av oss.«

*

Han kände lukten av tobak på sina fingrar när han sträckte fram handen för att hälsa på Patric Öhrn.

Det hade tydligen gått cirka två timmar sedan Philip ringt och Öhrn hade bett honom att ringa tillbaka ungefär nu.

Mitt emot honom, på andra sidan ekbordet, satt Jan. Han såg också trött ut. Teddy blinkade åt honom, han var tacksam att Janne ringt honom i natt.

En mobiltelefon låg mitt emellan dem, och den var kopplad till något slags dosa i vilken det satt två sladdar till varsitt par hörlurar.

De hade utsikt över Sveavägens kraftiga trafik, mestadels taxibilar. Det här var City, hjärtat av Stockholm.

Teddy tänkte på vad Cassandra sagt om Philips syster. De hade bestämt att Emelie skulle försöka prata med Caroline Schale.

Patric Öhrn var uppenbart hypernervös. Hans handsvett nästan droppade från händerna och ringarna under hans skjortärmar var mörka. Han stammade när han försökte förklara innehållet i samtalet som han fått tidigare på morgonen.

De satte sig ner och väntade.

Jan jobbade frenetiskt på sin medhavda dator, tanken var att han skulle försöka spåra telefonsamtalet.

Patric Öhrn satt också med en dator framför sig som han knappade på.

Teddy lutade sig bakåt. Han borde tänka på uppdraget, fundera på hur allt hängde ihop. Den mördade flickan, Cassandra, syrianerna.

Patric knackade honom på axeln.

»Nu är det antagligen han som ringer.«

Teddy sträckte sig efter hörlurarna. »Spelar ni in då?«

Patric nickade, och svarade sedan på det inkommande samtalet.

»Tjena, Patric, det är Philip här igen. Du sa att jag skulle ringa ungefär nu.«

Teddy kände direkt igen rösten.

Patric Öhrn försökte låta avslappnad. »Absolut, jag satt i kundmöte förut. Vad bra att du kunde återkomma.«

»Det gäller den här överföringen som vi pratade om häromdagen. Har du fått kopian på köpekontraktet från mig?«

»Ja, den kom. Och hur mycket rörde det sig om nu igen?«

Patric hade fått instruktioner av både Teddy och Jan att försöka dra ut på samtalet så mycket som möjligt. Han hade ett manus framför sig med frågor.

Teddy blundade och fokuserade på Philips röst.

»Sexton miljoner kronor var det.« En suck.

»Just det, och pengarna skulle till en thailändsk bank, eller hur?«

»Allt står i kontraktet. Har pengarna förts över?«

»Vänta lite så ska jag titta här.«

Patric prasslade med några papper. Teddy visste att kontraktet redan låg framför honom. Jan knappade på sin dator.

I tystnaden som uppstod i telefonen hörde Teddy fågelkvitter. Inga bilar, bussar eller stadsbuller. Bara kvitter. Platsen de hade flyttat honom till måste ligga utanför stan eller vid någon park.

»Ja, här ser jag det.«

»Och?«

»Pengarna har tyvärr inte skickats än. Du vet klockan tio varje dag är vår stopptid. Eftersom jag fick kontraktet i går så borde det ha gått i dag, men det måste ha blivit nåt fel. Jag är ledsen.«

»Patric, det är ohållbart. Varför gick inte pengarna i dag?«

Teddy tyckte sig kunna höra stegringen i Philips röst, paniken som antagligen kom över honom.

»Jag är hemskt ledsen. Vi måste ha missat det. Men jag ska se om det går att göra nåt. Häng kvar en stund.«

Patric tryckte ner muteknappen på telefonen. Han vände sig till Jan.

»Hur går det?«

Jan tittade inte ens upp från sin dator. »Kanske, kanske«, sa han. »Håll bara kvar honom i samtalet några minuter till.«

Patric reste på sig och gick ett varv runt bordet. Svetten glänste på hans överläpp.

Efter två minuter sa Teddy till honom att plocka upp samtalet igen. »Säg att det kanske går, men att du behöver kolla med en person till. Hur mycket mer behöver du, Janne?«

»Två minuter max, jag är nära nu.«

Patric klickade upp samtalet. »Hallå, jag pratade just med den som kan det här och det kanske kan gå att få iväg pengarna i dag trots allt, men då måste du stå för både överföringskostnaden och mottagarkontots kostnader. Hon skulle bara dubbelkolla vilket belopp det rör sig om, hon återkommer om nån minut.«

»Okej.«

»Annars då, när har du tillträde till nya våningen?«

»Ehh ... jo ... så fort jag har betalat.«

»Trevligt. Ska du renovera den eller är det bara att flytta in?«

»Den är bra som den är. Har hon fått nåt svar än?«

»Hon återkommer snart.«

Patrick sneglade på Jan.

Ljudet av fågelkvitter tystnade. Antingen höll de för luren eller så tryckte de på muteknappen, precis som Patric nyss gjort.

Philips röst hördes igen. »Du, jag kan inte vänta mer på det här. Kan du skicka över pengarna till ett europeiskt konto i stället?«

Teddy såg hur Patric spärrade upp ögonen.

»Men Philip, det är inga problem. Vi skickar det till Thailand så fort vi kan, i morgon efter klockan tio.«

»Nej, jag har ändrat mig ... jag vill att du för över pengarna till det här kontonumret. 45433455-4. Det är i Citibank, i England. IBAN är 43434. Då bör de finnas hos mottagaren inom några timmar väl?«

»Philip, vänta här nu ...«

Teddy försökte gestikulera med händerna att han skulle lugna ner sig.

Jan skakade på huvudet, han behövde mer tid.

»Vi fixar Thailand, absolut ...«

Philip lät som om han skulle börja gråta, rösten nästan stockade sig. »Nej, Patric, för över pengarna till det engelska kontot. Nu.«

Kort paus.

Jan gestikulerade, höll upp ett finger: håll honom kvar en minut.

Patric sa: »Det kanske finns nåt annat konto jag kan skicka pengarna till?«

»Snälla Patric, jag ber dig. Skicka bara pengarna nu.«

»Okej, då ordnar jag det. Men jag måste fråga dig en sak...«

De hörde ett klick.

Sedan blev det tyst.

*

Den här gången visste hon mer om tekniken hon behövde för att placera sig i den svårsuttna soffan. Ändå var det en balansakt.

Emelie var hemma hos familjen Schale, i biblioteket. De uppstoppade djuren på väggarna såg obehagliga ut, tyckte hon nu.

Mitt emot henne satt Caroline Schale.

Carl-Johan hade precis lämnat rummet med en djup rynka mellan ögonbrynen.

»Vill du träffa Caroline i enrum, varför då?« hade han frågat när han öppnade för Emilie.

»Det bara är så«, svarade hon. Hon orkade inte komma på något svepskäl.

Precis innan hon åkte hit hade hon lämnat av Cassandra inne på Vasastans närpolisstation. Emelie visste inte vad som var rätt och fel här. Cassandra hade protesterat, men inte högljutt. Bara med en klagande röst bett om att bli släppt på gatan i stället. Emelie hade vägrat.

Caroline hade mörkblont hår som nådde ner till öronen. Det låg i sidbena och hon verkade inte ha tvättat det på länge, Emelie kunde se hur det glänste. Hon hade på sig en stickad tröja som såg sladdrig ut.

Emelie visste inte hur hon skulle börja.

»Du känner till det som har hänt Philip, antar jag.«

»Ja, tyvärr.«

»Hur länge har du varit hemma i Sverige?«

»Ett tag.«

»Men du har inte bott här i våningen så länge?«

»Nej, jag kom i går.«

»Var bodde du innan då?«

»Hos en kamrat, på Artillerigatan.«

»Har du träffat Philip på sistone?«

»Nej, faktiskt inte.«

»Men ni är i ungefär samma ålder, umgås ni inte?«

Carolines ögon var gröna, inte blå som Philips. De såg röda och fuktiga ut, nästan som om hon nyss hade gråtit. Det var kanske inte konstigt.

»Så vad är det du vill egentligen?« frågade hon tvärt.

Emelie granskade henne igen. Hon var antagligen i hennes egen ålder. Av klädstilen att döma var Caroline varken lika konservativ eller flott som sin bror. Jeansen hon bar var stora och fransiga längst ner och den stickade tröjan såg sliten ut vid armbågarna.

Det enda hon egentligen visste om Caroline Schale var att hon i normala fall bodde i England. I ett annat land än sin bror.

»Jag undrar om du har haft nåt särskilt intresse av att veta saker om Philip?«

Caroline drog ett djupt andetag.

»Nej, varför skulle jag ha haft det?«

»Har du frågat andra människor om honom?«

»Inga andra än mamma och pappa kanske, varför undrar du?«

»Jag har fått information om att du skulle ha kontaktat en ung kvinna, hon kommer från Nigeria, för att förhöra dig om din brors leverne.«

Det såg ut som om Caroline kippade efter andan.

Sedan sa hon, »Jag vet inte vad du pratar om.«

Emelie stannade upp. Caroline ljög. Men hon visste inte hur hon skulle göra för att få henne att berätta sanningen. Det här var hennes klients dotter. Hon funderade på att lägga fram alla kort och berätta om vad Cassandra hade sagt. Men hon måste rådfråga Magnus först.

Hon diskuterade några andra mer väntade saker, om Caroline hade någon aning om vad som kunde ha hänt Philip, och så vidare. Sedan tackade hon för att hon fått komma förbi med så kort varsel.

Caroline ställde sig upp. »Får jag fråga en annan sak?«

»Javisst.«

»Var det du som hittade den där döda kvinnan i natt?«

»Ja.«

»Vad hade hänt egentligen, såg du det?«

»Det får du fråga polisen om.«

Emelie reste också på sig. Caroline gick bakom henne ut mot hallen.

Carl-Johan mötte dem vid ytterdörren. »Är ni redan klara?«

»Jag tror det. Och Teddy är på banken nu, han återrapporterar nog när som helst.«

Caroline log ett ansträngt leende. »Jag är ledsen att jag inte kunde hjälpa till mer.«

Carl-Johan skakade Emelies hand.

Caroline sträckte fram sin hand för att göra detsamma.

Hennes tröjärm gled upp över handleden.

Då såg Emelie den.

En tatuering, några centimeter stor.

Den föreställde en vit kanin med röda ögon.

*

Teddy stod utanför porten på Fatbursgatan. Det var eftermiddag nu och han hade åkt hit direkt efter banken. Han behövde samla sig.

Han hade tänkt på tumultet i lägenheten med Lazar Guldman i natt och flykten från radhuset i Skarpnäck nu på morgonen.

Det var så han fått den här idén. Han oroade sig för om grannarna skulle ha hört hur han attackerade Guldman. Men varken han, Emelie eller Jan hade kollat med några grannar på Fatbursgatan.

Det var därför han stod här nu.

Han hade låtit tankarna löpa fritt i taxin.

Sara och han medan hon fortfarande arbetade som plit, på rastgården en vårdag. Teddy skämtade om att de intagna gärna ville ha en kurs i bergsklättring, med rep, karbinhakar och kilar. »Och ni vill öva på murarna, antar jag?« sa Sara och skrattade sitt typiska kluckande skratt som lät som om hon fått hicka.

Linda, Darko och han tillsammans med pappa på Serbiska föreningens julfest. Pappas konstanta leende när han gick omkring med en cigarett i munnen och spanade in maten. Det var en högtidsstund för pappa på mer än ett sätt.

Sedan kom andra minnen.

Pappa som försökte i simhallen. »Jag bär dig.« »Jag tar emot dig när du hoppar från kanten.« »Titta på hur Darko gör, han tycker det är kul.«

Det fungerade inte. Teddy ville inte få vatten i ansiktet, än mindre över huvudet. Det var kallt i simhallen.

»Kom upp här så ska jag visa dig nåt«, sa pappa.

Teddy klättrade upp på kanten, pappa tog tag om hans händer och drog honom den sista metern. Darko låg där nere och skrek. »Hoppa, hoppa.«

Pappas simbyxor var små och tajta. Han hade varit smal då, men Teddy kom ihåg hur han alltid imponerats av hans håriga rygg. En riktig pappa kunde inte vara kal.

Sedan tog pappa tag i honom och slängde honom långt ut i bassängen.

Minnena hade avbrutits av att det ringde i hans telefon, och han hade känt igen Nikolas nummer.

Han hade kollat framåt, taxichauffören var inbegripen i något eget telefonsamtal.

»Tjena, Teddy, det är jag.«

»Niko, hur mår du? Har du pratat med Linda?«

»Det är lugnt. Hon bara överdriver. Men jag måste prata med dig om nåt viktigt.«

Teddy tittade ut och såg gatuskylten för Fatbursgatan.

»Yusuf säger att du gett mina polare stryk i förrgår natt.«
Teddy kände hur hans mage blev kall.
»Var det dina kompisar? På Fatbursgatan?«
»Ja, och vi träffade den där advokattjejen i går också. Lyssna, Teddy, jag vill säga en sak. All respekt åt dig, men snälla, sluta rota i det där. Jag vet inte vad du vet och vad du inte vet, men vi måste göra det vi gör.«
»Och vad är det?«
»Det kan jag inte snacka om, jag ber dig att inte fråga mer. Du vet vilka regler som gäller.«
Teddy kände det som att han tappat talförmågan.
»Nikola, jag älskar dig«, fick han fram efter några sekunder. »Men jag måste också göra det jag gör.«
»Snälla.«
»Nej. Det finns inget snälla här. Lova mig bara en sak.«
»Vad?«
»Gör inget dumt, var inte lika idiotisk som jag var.«

Det fanns fyra dörrar på våningsplanet och en av dem ledde till Philips lägenhet.
Han ringde på dörren bredvid.
Ingen öppnade.
Han ringde på nästa dörr. Namnet på brevinkastet var Persson.
En kvinna med rufsigt hår som bar på en baby öppnade. Teddy kunde inte låta bli att tänka på Sara igen. Hon var klädd i mjukiskläder och tittade på honom med ett sådant ogillande uttryck i ansiktet att han först trodde att hon skulle smälla igen dörren direkt.
»Hej, Teddy heter jag. Ursäkta att jag ringer på så här, men jag skulle behöva ställa lite frågor till dig.«
»Ehh … vad gäller saken?«
Ett barn, kanske tre år gammalt, sprang in i hallen och slingrade sig runt kvinnans ben. »Mamma, mamma, kom.«
»Jag kommer från förvaltaren och jag undrar om du under tiden

mellan den 11 februari och i dag har hört några märkliga ljud från den där lägenheten? Vi har fått lite såna rapporter.«

Han pekade på Philips dörr.

Barnet drog i kvinnans ben igen. Babyn på armen började pipa.

»Nej, det kan jag inte säga, jag tror inte det bor nån där. Jag ser aldrig nån i alla fall.«

Hon började skjuta igen dörren. Signalen var tydlig: jag har inte tid med dina frågor.

Teddy tackade.

Han ringde på den sista dörren. Det stod Pascal på brevinkastet.

En medelålders kvinna öppnade, hon var klädd i morgonrock.

Det var betydligt lugnare stämning här, men också hon såg förvånad ut att se Teddy.

Teddy ställde sin fråga.

Kvinnan såg ut att tänka efter.

»Det är oftast väldigt tyst här, ska du veta. Tystnaden finns överallt. Det enda som hörs brukar vara ljudet av bussarna som stannar och startar nere på Swedenborgsgatan.«

»Hör du inte Perssons barn då?«

»Nej, vi bor inte vägg i vägg. Och det är inte särskilt lyhört här, som tur är.«

»Och där då? Poljonen?«

»Jo, jag har varit sjukskriven några dagar, influensa du vet. Så jag ligger mest här hemma och dricker te och tycker synd om mig själv. Jag är nyskild, förstår du.«

»Jaha.«

»Ja, så tystnaden blir extra tydlig för mig.«

»Har du hört nåt då?«

»Faktiskt så har jag det.«

»Berätta.«

»Två gånger. En gång på dagen och en gång på natten.«

Teddy tänkte att de nattliga ljuden kanske var när han och Emelie blev överfallna där.

»Berätta om dagen«, sa han.

»Jo, för två dagar sen var det nåt, det kommer jag ihåg. Det var nån som höll på och förde oväsen i lägenheten här mitt emot, men som sagt, det är rätt tjocka väggar här så jag brydde mig inte. Men sen hörde jag en duns kring lunch. Det lät som om ytterdörren skallrade till. Så jag tänkte: vad är det för spring i trappen? Jag mådde fortfarande kymigt, men hade precis börjat ta penicillinet så lite bättre var det. Till slut gick jag ut i hallen för att titta efter. Då kom ytterligare en duns, ungefär som om nån slog mot min dörr. Jag undrade om det var nån som försökte komma in. Varför de inte använde dörrklockan. Jag kommer ihåg att jag ställde ifrån mig tekoppen på hallbyrån och den skallrade. Det dundrade i hela hallen, och det skreks där ute. Jag tittade genom titthålet, det var ganska mörkt ute i farstun, men jag kunde se tre personer. Det såg ut som om de brottades, två av dem låg ner på golvet och kastade sig hit och dit.«

»Hur såg de ut?«

»Det såg jag faktiskt inte, och efter en stund försvann de in i lägenheten igen. Men ett par minuter senare tror jag att de gick, för jag hörde dörren slå igen. Jag funderade på att ringa till ordföranden i föreningen och klaga. Fast sen tänkte jag, varför ska jag lägga mig i?«

»Så du såg inget mer?«

»Kommer du från förvaltaren, sa du?«

»Ja, vi har fått klagomål.«

»Jaha. Kunde du inte bara ha ringt då?«

»Jo, men vi vill gärna vara på plats. Såg du nåt mer?«

»Jo, det gjorde jag ju. Ljud från gatan. Så jag gick fram till fönstret och tittade ner på trottoaren. Det verkade vara städdag på gatan för den var relativt tom på bilar. Sen kom det ljud igen. Jag lutade mig fram och tittade ner. Det var en svart bil som rivstartade och körde iväg längs gatan.«

»En svart bil?«

»Ja, en Volvo, om jag inte minns fel.«

»Tittade du närmare på den?«

»Jag tog registreringsnumret. Vill du ha det?«

*

»Du får aldrig anmäla en klient, det vet du.«

De satt inne på Magnus kontor. Så fort Emelie sagt hej då till Caroline, efter att ha sett hennes tatuering, hade hon åkt till byrån.

Hon sprang genom receptionen och upp till Magnus rum.

Han satt i telefon med Carl-Johan när Emelie stormade in.

Lägg på, skrev hon på en papperslapp och höll upp den framför Magnus.

Hon förklarade direkt vad saken gällde.

»Caroline Schale är inblandad på nåt sätt.«

»Vad pratar du om?«

Emelie förklarade. Tatueringen med en albinokanin. Sannolikheten att det bara var en slump var väldigt liten.

Magnus sa inget. I vanliga fall skulle han ha vippat på en penna eller trummat med sina fingrar på bordsskivan. Men nu satt han helt stilla.

»Jag tar det med Carl-Johan«, sa han.

»Vad ska du säga?«

»Att Caroline måste gå till polisen och berätta om hon har med det här att göra.«

»Och om hon vägrar?«

»Då får vi avsäga oss det här uppdraget. Hon måste till polisen.«

»Och om hon går till polisen, kommer inte Philipärendet att blandas in då?«

»Jag vet, jag vet. Men vad ska vi göra då?« suckade Magnus.

»Det finns andra saker som gör henne misstänkt också.«

»Vad?«

Emelie förklarade kort att Teddy pratat med en flicka som blivit kontaktad av Caroline. Av någon anledning gick hon inte in på detaljer, hon kunde inte förklara det själv, men hon kände sig obekväm med att säga allt detta till Magnus.

»Jag förstår«, avbröt han henne nästan. »Vi tar en sak i sänder. Jag ringer Carl-Johan nu och pratar med honom.«

»Ska jag vara med?«

»Vad tycker du själv?«

»Kanske. Jag såg ju vad jag såg.«

»Men jag tror att det är bättre om jag tar det utan dig. Han kan känna sig pressad om vi är flera. Och för att vara rak med dig, Emelie, så måste jag nog linda in det på ett sätt så att det fungerar att berätta och då bör du inte vara med.«

Hon undrade vad han menade.

*

Patric Öhrn hade lovat att skicka över pengarna, den här gången till ett brittiskt konto. Philip kände igen bankens namn. Han hade hört med egna öron i telefonen hur Patric knackade på tangenterna och slog in transaktionen. Sexton miljoner kronor av hans pengar.

De borde vara nöjda. Pengarna skulle inte dröja mer än några timmar nu.

Klockan borde vara någon gång mitt på dagen. Han hade fortfarande feber. Han hade inte återfått känseln i fötterna och inte heller i några av fingrarna.

De hade lämnat honom här på stengolvet, böjd över stolen som en förfrusen hora.

Fnask, slynor ... han hade träffat så många. Utomlands var det lättare att få tag på de riktigt unga, så som han ville ha dem. I Sverige fick man vara noggrannare, både rent säkerhetsmässigt och för att de alltid försökte blåsa en. Straffet för att köpa sig en tjej var inhumant högt i det här landet, det var sjukt att det ens var kriminaliserat. Vad var det för jävla feministtrams. Och hallickjävlarna trodde ofta att man var dum i huvudet och inte såg skillnad på fjorton och tjugotvå.

Han tänkte på den där negerhoran han väntat på i lägenheten när de stormat in och tagit honom. Först hade han trott att det var hennes folk som försökte sig på ett rån. Men de som brottade ner honom var inte svarta, och han hade aldrig sett henne komma med någon vit chaufför.

Honey Rose, så kallade hon sig. Det var nog ett påhittat namn, även om de kunde ha vilka fåniga namn som helst där hon kom ifrån. Men hon var i en bra ålder, det var han rätt säker på.

Hon hade varit hos honom vid några tillfällen förut.

Han mindes första gången.

»*I like you. You handsome.*«

Hon hade väl blivit instruerad att prata så.

Men han orkade inte med låtsasprat. »*Shut up*«, sa han och satte sig i fåtöljen. Det var viktigt att de inte var alltför högljudda här inne, även om väggarna var tjocka.

»Klä av dig.«

Hon hade inte gjort det här särskilt många gånger förut, det syntes. Tafattheten och osäkerheten var tilltalande.

Hon stod naken framför honom. Brösten var så små att de knappt syntes och på några ställen var revbenen synliga. Flickaktigheten var kvar i kroppen. Precis så som han tyckte om det.

Återigen började hon hålla på. Försökte smeka honom över nacken. »*You big boy.*«

Han ställde sig upp och knuffade ner henne på sängen.

Hon tittade på honom med stora ögon. »*Mistah?*«

Han tryckte ner hennes kropp mot madrassen med ena handen och tog fram sin kuk med den andra.

Han tryckte in den i henne bakifrån.

Hon var tyst, bra så.

Han knullade henne hårt.

Han slog henne på rumpan. Hårdare och hårdare. Hennes mörka hud blev lilaaktig.

Han drog ut kuken och körde in den i hennes anal.

Sängen gungade.

Hon försökte säga något, men han hörde inte vad. Han behövde ändå inte hennes fula ljud.

Han tog tag med ena handen runt hennes hals och böjde hennes huvud uppåt.

Han klämde hårdare. Hörde hur hon flämtade. Såg hennes darrande läppar och tårarna i ögonvrån, det tände honom ännu mer.

Han stoppade in sina fingrar i hennes anal bredvid sin kuk.

Fingrade, pressade, grävde.

Han slog henne på ryggen. Över rumpan. Han drog henne i håret. Han klämde ännu hårdare runt hennes hals.

Han knullade henne som hon förtjänade.

Som de alla förtjänade.

Han tryckte.

Pressade.

Dunkade.

Han hörde henne rossla till. Hon segnade ner på kudden.

Han kom i hennes rumpa.

Efteråt behövde han inte ens ta Zoloft. Han låg bara kvar på sängen i någon timme och slumrade. Hon skulle få komma tillbaka.

Fast lugnet varade inte länge. Så var det jämt.

Nästa dag skulle han må piss.

Han kunde sitt eget mönster vid det här laget.

Ljudet av en dörr som öppnades och stängdes.

Gummisulor som gnisslade mot golvet. Dessutom andra sulor, läder, eller något hårdare. Philip kände igen det ljudet, själv gick han aldrig i gummisulade skor annat än på gymmet.

Den bekanta rösten. Jokeraset.

»Tack, Philip.«

Han såg bara taket genom glipan i ögonbindeln. Men han hade försökt vrida något på huvudet och stolen samtidigt när de varit ute. När Jokerfejset kom närmare såg Philip hans ben. Mörka jeans, blåa Nikeskor.

»Pengarna har kommit nu.«

Philip försökte svara, men det kom bara ett kraxande ljud. Han hade inte fått något att äta eller dricka på hela dagen. Ändå kände han en djup lättnad.

»Men du kan ju inte berätta om det här för nån, eller hur?« sa Jokeransiktet och det lät nästan som om han sluddrade. Philip undrade om han hade druckit.

»Så nu måste vi avsluta det här.«

Han kände någon lyfta på ögonbindeln. Han såg två personers ben.

Sedan böjde sig Jokeransiktet ner. Philip stirrade in i ett par ögon. Han försökte utläsa något, men såg varken vrede eller hat, glädje eller ångest. Bara tomhet.

Jokern höll i en hammare.

Sedan drog de ner ögonbindeln igen.

»Ta den då«, hörde Philip honom säga. Räckte han över hammaren till den andra?

Sedan kände han hur hans axel exploderade.

Det måste ha varit hammaren som träffat honom. Smärtan slog upp som eld i hela överarmen och strålade mot bröstet.

Ett slag träffade igen. Den här gången över ryggen.

Philip vädjade. »Snälla, sluta.«

Han försökte röra på sig, komma undan slagen. Men i stället rasade han ner på stengolvet, stolen fortfarande fasttejpad kring huvudet, som en bisarr hjälm.

Ett slag träffade hans fot. Något gick sönder där nere.

Han kände smuts i sitt blod.

Det blev tyst.

Han hörde gnisslande steg igen. Bort.

Den knarrande isen på Nybroviken. Honey Rose. Ian nere i pisshålet på högstadiet. Mörkret i Carolines ögon.

»Vilken jävla röra. Det är fan inte klokt.«

»Vem slog?« fick Philip fram till sist.

»Skit i det. Men du ska tydligen flyttas till ett annat rum. Och jag är ensam igen. Men det är lugnt. Nu ska jag få betalt.«

*

»Magnus har hjälpt mig i så många affärer att jag inte ens minns alla, han är också god vän privat till Mamma och mig, det vet du ju. Han är med i Nya Sällskapet. Han är Philips gudfar. Han och jag har varit i samma jaktlag i över tjugo år. Vi kan lita på honom, jag lovar.«

Carl-Johan tittade på sin dotter som satt i soffan mitt emot honom. Från väggen blickade de uppstoppade djuren ner på dem.

Hon tittade ner i knäet där hon lagt sina händer, till synes helt avslappnat. Hur nu någon i hans familj kunde vara avslappnad i tider som dessa.

»Du har inte berättat för mig vad Emelie frågade dig om«, sa Carl-Johan.

»Vi kan ta det senare.«

»Nej. Emelie upptäckte den stackars döda flickan i natt, och nu ringde Magnus och berättade för mig att Emelie säger att du kan vara inblandad.«

Han väntade på en reaktion, men Caroline fortsatte att sitta stilla som en staty.

Sedan suckade hon. »Varför?«

»Får jag se på din högra arm?«

Caroline sträckte fram sin arm och drog upp ärmen.

Den lilla vita kaninen satt hopkrupen ungefär en decimeter upp från hennes hand.

»Du vet vad det här handlar om, gör du inte?«

Hon satt tyst.

»Säg nåt då, Caroline. De kommer kanske att ta det här till polisen om vi inte kommer med ett tillfredsställande svar. Förstår du inte det?«

Ingenting.

»Säg att du inte är inblandad i det här, snälla Caroline.«

Hon reste sig långsamt.

»Var är mamma?« frågade hon tyst.

»Mamma sover, hon var mycket trött och uppjagad över det som händer nu. Jag har aldrig sett henne så, håret på ända och allt. Nu har hon tagit en hel del Propavan, så hon lär inte vakna på flera timmar.«

Caroline var längre än han mindes henne. De var faktiskt ungefär lika långa, hon och han. Tänk att hon bott utomlands så länge. Det var säkert fyra år sedan han såg henne senast.

»Caroline, nu får det vara nog med det här tramset. Vad ska jag säga till Magnus, tycker du?«

Hon tog ett steg mot honom.

»Säg vad fan du vill.«

»Vad menar du? Har du med det här att göra eller inte?«

»Det struntar väl du i, pappa? Har du nånsin brytt dig om varför jag gör det jag gör? Har du nånsin tänkt ens en sekund på saker som hänt mig? Du brydde dig knappast när jag fick ligga på sjukhus med dropp efter att du låst in mig på rummet i två dygn. Och har du nånsin frågat mig varför jag flyttade utomlands?«

Carl-Johan ryggade tillbaka. Så här hade han aldrig hört henne prata. »Du var som du var hela tiden«, fortsatte Caroline. »Var det för att jag skulle fostras i traditionen? Eller för att det skulle härda mig och göra mig starkare? Vet du vad, det gjorde mig faktiskt starkare. Till slut. Men vägen dit var inte värd det.«

»Men snälla lilla gumman, lugna ner dig en aning. Jag vet inte vad du pratar om.«

»Du vet. Gör mig åtminstone tjänsten att sluta med dina lögner och självbedrägerier. Det är slut nu. Jag har tagit tag i det själv.«

»Vad menar du nu? Jag ber dig, Caroline, säg att du inte har med det här med Philip att göra.«

Carolines gröna ögon var så fina. Han kom ihåg hur han när hon var liten brukat älska att ta kort på henne i profil, så att hennes fantastiska ögonfransar skulle synas extra bra på bilderna.

»Jag är inblandad, pappa.«

Carl-Johan drog efter andan.

»Men inte som du tror.«

Hans hjärna stod still.

»Men hur?«

Hans dotter vände sig om och gick utan att svara.

Han hörde hur hon smällde igen ytterdörren.

Han tänkte: Du är så fin, min flicka.

Så fin.

*

Teddy hade ringt henne för en stund sedan och rapporterat om Philips samtal med Patric Öhrn.

»Kan du kontrollera om du hittar nånting på Citibank i London. Kontonummer 45433455-4. Philip vill skicka pengarna dit nu, inte till Thailand längre.«

Emelie tänkte att det ringde en klocka.

Citibank.

Hon kunde bara inte komma på vad det var.

Sedan berättade han om grannen han just besökt. Kvinnan som hade sett registreringsskylten på den bil som antagligen flyttat Philip.

»Jag har kollat upp numret och det är en hyrbil som ägs av Avis Sverige AB. Jag har ringt och bilen i fråga hyrs främst ut av Avis Sveavägen. Jag har ringt till det uthyrningskontoret också, och bilen är uthyrd just nu, men förväntas in under dagen. Var är du?«

»Jag är på byrån.«

»Bra, du är närmare än jag. Funkar det för dig att sticka dit omgående?«

Hon såg Avis lilla kontor på långt håll. Röda skyltar i fönstren och röda markiser. Biluthyrning: Avis MiniLease Center.

Hon gick längs Sveavägen. Det var en av Stockholms längsta gator och om man blickade längs den kunde man en klar dag se hela vägen till Norrtull. En artär som pumpade liv genom staden.

Hon kunde inte glömma Aninas bleka stirrande ögon.

Bort. Hem.

Träffa mamma och pappa.

Äta med någon hon kände sig trygg med.

Felix. Jossan. Molly. Teddy.

Teddy?

Sedan kom hon på att det nog inte skulle bli något ledigt när det här var klart. Hon var fortfarande biträdande jurist på Leijon advokatbyrå.

Emelie klev in på biluthyrningskontoret. Inredningen gick i grått och vitt. Bakom disken satt stora skyltar med Avislogotyper och små teveskärmar med reklamfilmer som rullade. På golvet låg mattor med samma logga på.

»Hur kan jag hjälpa dig?« frågade kvinnan bakom disken. Hon hade vit skjorta och en röd pullover med Avis skrivet över bröstet.

»Jag är på jakt efter en bil.«

Emelie förklarade att hon ville ha information om en Volvo med ett särskilt registreringsnummer och att hon visste att den skulle komma tillbaka i dag.

Kvinnan verkade inte tycka att det var en märklig fråga. Hon började slå i datorn.

»Ja, den har kommit in.«

»Tack, går det att se vem som hyrde den runt den 19 februari?«

»Tyvärr kan vi inte lämna ut såna uppgifter.«

»Okej. Kan jag hyra den nu då?«

»Det går bra. Men den står inte här, tyvärr. Den står i garaget i Täby. Men om du har bråttom så har jag en likadan bil här.«

»Nej, jag skulle vilja hyra just den bilen. Kan jag åka och hämta den nu direkt?«

Dessa ändlösa taxiresor. Trafiken var långsam. Det tog tio minuter bara att köra runt i rondellen vid Roslagstull. Hon tänkte på när president Obama varit här, då hade gatorna varit nästan tomma. Stockholmarna tog varningarna om avstängningar och trafikkoas på allvar och åkte kommunalt eller samåkte i sina bilar. Det visade ju att det gick – om alla bara ville. Man behövde inte sitta en person i varje bil och köa som ett pucko.

Hon ringde till Jan – den Hemlige men Kompetente mannen.

De pratade en stund om förutsättningarna att hitta spår i en hyrbil. Enligt Jan brukade bilarna rengöras och städas ur efter varje användning, men något fanns kanske kvar.

Han sa: »Du borde vara hemma och sova, Emelie, efter det du upplevde i natt.«

»Jo, men det går inte nu.«

»Vet vi nåt mer om vad polisen säger om det där?«

»Nej.«

»Vet de hur hon dog?«

»Jag tror inte det, hon hade ett sår vid tinningen. Jag vet inte hur det kommit dit. Kanske hade hon fallit?«

»Det är svårt att säga. Om de hittar blodspår brukar man kunna se på dem om offret stått upp eller legat ner när det attackerades. Bloddroppar ser olika ut beroende på hur de träffar en yta. Det kan vara viktigt. Om Anina stod upp när nån slog eller knuffade henne är det en helt annan sak än om hon låg ner. I det första fallet kan det ha varit ett slagsmål eller liknande som urartat. I det andra kan det bara vara gjort med berått mod.«

Hårddisken

Han bodde i ett eget rum på samma hotell. Försäkringsbolaget betalade inte för det, men det var villkorslöst ur Cecilias perspektiv. Mats fick betala det själv och de var båda medvetna om att deras ekonomi inte skulle uthärda många hotellnätter till. Men hon trodde att han förstod, även om hon inte sa det uttryckligen. Hon vågade helt enkelt inte ha honom i samma rum som barnen.

Tiden gick. Mats var sjukskriven i ytterligare några dagar, han hade kunnat hämta Lillan på dagis, men hon var lika tydlig där. Han fick inte vara ensam med vare sig henne eller Benjamin en enda sekund. Hon sa till honom att han måste gå till en psykolog. Han sa att han behövde landa efter sitt brandtrauma.

»Vill du skiljas?« frågade han en kväll när de ätit room service-middag i Cecilias och barnens rum. Benjamin tittade på någon barnförbjuden våldsteve som vanligt, men han var ändå tolv år så kanske var det inte så farligt. Lillan satt uppflugen i Cecilias säng och trädde ett pärlband. Lakanet skulle garanterat vara fyllt av de färgglada plastpärlorna när det var dags att lägga sig.

Hon visste inte vad hon skulle svara. På något sätt älskade hon honom fortfarande, hans varma händer på hennes axlar, skrattgropen som var djupare i ena kinden än i den andra, hans självklara sätt att hantera allt praktiskt i hemmet.

Samtidigt måste han vara sjuk på ett ondskefullt vis. Han måste ha känt det komma krypande, och han borde ha kunnat förhindra att sjukdomen bröt ut.

Hon tänkte att hon borde vilja skiljas. Att hon aldrig någonsin skulle våga låta honom vara ensam med barnen. Att hon aldrig mer skulle kunna känna tillit till honom.

Hon svarade honom ärligt. »Jag vet inte, Mats, det känns tungt just nu. Jag tycker att du ska försöka bli botad.«

Hon tänkte att hon måste vänta och se vad BUP kom fram till. Barnen hade varit där en gång hittills. Om han hade gjort något mot dem fanns det ingen återvändo.

Mats började arbeta.

Han behövde full lön, inte minst för att kunna betala hotellrummet. De försökte få ersättning igen från försäkringsbolaget, men de ställde sig frågande: Varför kan han inte bo tillsammans med resten av familjen?

Han vägrade fråga någon kamrat om han kunde få bli inneboende några veckor tills saneringen av lägenheten var klar. »Vad ska de säga då, tror du? De kommer ju att börja undra.«

Cecilia undrade hur det skulle bli när de kunde flytta tillbaka. Hon ville fortfarande inte ha honom under samma tak som barnen.

Han började gå hos en psykolog. Två gånger i veckan gick han, och när han varit där sex gånger sa han: »Jag tror att nåt hände när jag var barn. Jag tror att det är därför jag har hållit på så här. Jag måste bearbeta det.«

Cecilia var förvånad över att polisen inte agerade starkare.

De borde hålla fler förhör med honom. Kanske med henne också. Begära in datorn.

Sedan slog det henne att hon faktiskt inte visste vad Mats hade berättat för polisen. Visste de ens om datorn?

Bilderna i hennes huvud satte igång igen.

Benjamins frågor för två år sedan om man kunde äta djurs pungkulor. »Kan man äta en människas pung också, tror du, mamma, liksom bita av den?« Eller den gången förra året när Lillan absolut inte hade velat bli torkad av Mats. Hon hade ställt sig i duschen och skrikit rakt ut efter mamma.

Det var bara det att hon var och handlade just då, i fyrtiofem minuter hade Lillan hållit på. Bara mamma. Fast ändå: det var Mats själv som hade berättat den här historien för henne.

Det var dags att flytta tillbaka till lägenheten. Det hade gått ungefär två månader sedan branden nu. Hon visste fortfarande inte hur de skulle göra med boendet.

Klockan två skulle de träffas i lägenheten tillsammans med en besiktningsman. Cecilia hade varit där med Mats vid två tillfällen tidigare och bestämt ny färg och nya tapeter på vissa av väggarna. De hade också diskuterat köksinredning, de var båda ense om att de inte ville ha något som liknade det de haft före branden.

Besiktningsmannen kom fem minuter försent. Han hade en folder för sina papper som såg onödigt flott ut, den var i någon form av krokodilläder. Mats verkade också vara försenad.

De väntade tio minuter och Cecilia försökte ringa honom, men hon fick inget svar.

De satte igång. Köket hade blivit riktigt bra. Kökslådorna, luckorna och bänkarna var från Ikea, gräddvita med beslag och handtag i gammal stil. Blandaren ovanför vasken hade stora vita porslinshandtag, det kändes lantligt. Ugnen hade fått en induktionshäll. »Det är säkrare också«, sa besiktningsmannen.

Mats dök inte upp. Lägenheten hade blivit fin, på ett sätt kändes det för lyxigt att få den helt renoverad, de hade ju bara bott där i tre år.

När de var klara försökte hon ringa honom igen. Han svarade inte.

Hon var tvungen att ta tag i vardagen.

Barnen var extra struliga i dag. Benjamin ville absolut inte följa med hem efter träningen och Cecilia blev mer än fyrtio minuter försenad till dagishämtningen. Lillan kissade på sig på väg till hotellet. När de kom upp på rummet kom Benjamin på att han glömt sin väska på tunnelbanan.

Mats kom inte till middagen heller. Det var inte ovanligt att han jobbade över, men han brukade alltid ringa. Cecilia försökte skicka ett sms.

Det kom inget svar.

De tittade på Barnkanalens mer milda program den kvällen, eftersom hon själv satt med framför teven. Vid sjutiden gick hon ut i korridoren och knackade på Mats dörr.

Nästa morgon hade hon fortfarande inte hört av honom. Hon hade lämnat mer än tio meddelanden på hans svarare.

De åt frukost som vanligt nere i frukostmatsalen. Kanske var det sista gången med hotellfrukostbuffén, i morgon skulle de flytta in.

Hon undrade vart han hade tagit vägen.

Tankarna snurrade. Kanske hade han bestämt sig för att lämna henne. Kanske klarade han inte av sig själv längre. Hade han förstått någonting om sig själv, där hos psykologen?

Men han kunde väl ändå höra av sig. Ett sms åtminstone: »Jag tar en paus några dagar« eller »Jag måste tänka igenom allt för mig själv ett tag«.

Men inget sådant hände.

Bara tystnad.

Tre dagar senare hade hon fortfarande inte hört av honom. Hon ringde hans chef och frågade om han kommit till jobbet, men det hade han inte. Hon frågade hotellpersonalen om de sett till honom, men de hade ingen aning. De öppnade hans rum, men han var inte där. Hon ringde till och med Viktor Blomgren, hans bästa vän – som hon inte ens tyckte om – och frågade om han visste något. Men han svarade som hotellpersonalen.

Mats Emanuelsson var försvunnen.

Och ingen visste vart han hade tagit vägen.

* * *

»Ska vi gå ner och titta på bilen direkt?«

Jan hade en stor bag hängande över axeln. »Jag har med mig en hel del utrustning, faktiskt.«

De gick alla tre mot garaget där bilen stod parkerad. Emelie hade berättat att hon just skrivit på hyreshandlingarna för bilen. Nu gick hon bredvid Teddy några meter bakom Jan.

Täby centrum var fullt med folk, och trots att det här stället var helt enormt kändes det som om människorna trängde sig fram. Golven glänste och på reklamskyltarna skröt man om att södra flygeln hade utökats med 14 000 kvadratmeter. I taket hängde något som såg ut som stora kristaller. Antagligen var det belysning av något slag.

Teddy speglade sig i de stora skyltfönstren. Han såg ut som skit, och det var även den mest passande beskrivningen på hur han mådde.

Han hade försökt ringa Linda för att be henne göra allt som stod i hennes makt för att få hem Nikola, men hennes telefon var inte påslagen. Då försökte han ringa Nikola själv, men han svarade inte. Det enda han kunde göra var att hoppas på att hans systerson lyssnat på hans råd.

Emelie såg också sliten ut. Ändå var han imponerad av att hon inte bara somnat om efter att han varit hemma hos henne.

Det ringde på hennes telefon.

Han hörde hennes svar. »Hej.«

»Nej, jag jobbar.«

»Nej, tyvärr, jag hinner inte riktigt prata nu.«

»Nej, jag vill gärna, men just nu är det lite mycket annat.«

Hon saktade ner stegen för att hamna några meter efter Teddy, men han hörde ändå fortsättningen på hennes samtal.

»Snälla Felix, jag vill ju, men kanske nästa vecka. Jag kan inte säga nåt säkert just nu, kan vi höras om några dagar?«

»Nähä, okej, jag förstår. Du, jag måste sluta prata nu. Vi pratar snart.«

»Nähä, okej då. Okej. Hej.«

Han vände sig om och såg hennes ansikte, munnen som ett streck, blicken stint framåt. Givet hennes senaste dygn var det oklart om anledningen till hennes sammanbitna min var samtalet hon just avslutat, upplevelsen hon haft i natt eller den sammantagna effekten av hela skiten just nu.

Oavsett så förstod han henne.

Avis del av parkeringshuset skilde sig inte från resten av garaget på annat sätt än att det satt skyltar på väggarna med deras logotype.

Teddy såg hur Emelie klickade med den svarta bilnyckeln hon hade i handen. Det hördes ett ljud och en av bilarnas sidoljus blinkade till.

»Vi borde köra undan den innan du börjar, Jan«, sa hon.

Teddy sträckte ut armen och hejdade henne.

»Nej, det tror jag inte. Vi ska nog röra så lite som möjligt i den, vi var ju inte så bra på det i lägenheten. Eller vad säger du, Jan?«

»Ju färre främmande avtryck och spår desto bättre. Det borde ni veta vid det här laget.«

Jan ställde sin bag bredvid bilen, böjde sig ner och plockade upp ett par latexhandskar som han drog över händerna.

»Den där tar jag hand om«, sa han till Emelie och tog bilnyckeln ifrån henne.

Jan den Kompetente satte på sig en pannlampa, öppnade bildörren och kröp in i baksätet.

Teddy såg inte vad han gjorde där inne, mer än att han då och då böjde sig ut och grejade med tops, små påsar och pincetter. Han undrade vad människor runtomkring tänkte, men ingen verkade bry sig. Antagligen trodde de bara att Janne var Avis mest noggranna städare någonsin.

Emelie hukade på det gråa betonggolvet med sin dator i knäet.

Efter tio minuter gick Teddy själv fram till bilen. Han rörde inte vid något men försökte se in i den. Det var en Volvo combi av nyare modell, mörkblå, men utan extra finesser. Tygsätena borde betyda att dna-spår fastnade bättre. Bagageutrymmet kunde enkelt rymma en människa. Teddy gick runt, bad Jan om lov att öppna förardörren, och tittade in på förarsätet, ratten och instrumentbrädan. Han tänkte på Dejans profilbil som han blivit upplockad i. Nu för tiden innehöll bilar mer dator än motor. Nu körde Dejan också en sådan kärra. Kompisen hade skrutit om det streamade ljudet, tevemöjligheterna och navigationspaketet.

Teddy stannade till med näsan nästan framme vid instrumentbrädan.

Navigationssystemet.

»Jan«, sa han, »finns det nån inbyggd gps eller så i den här bilen?«

Jan tittade upp från baksätet. »Du är ett geni.«

Teddy och Jan satte sig i bilens framsäten. Emelie böjde sig in från sidan. Teddy kände hennes lukt, schampo blandat med hud. Antagligen hade hon varit oduschad många timmar, hon doftade människa.

Jan sa: »Den har ett minne i navigationssystemet. Men jag vet inte hur många körningar den kommer ihåg. Och vi vet ju inte ens om de använde gps.«

Han tryckte på knapparna på instrumentpanelen. Texten *Senaste resplan* kom upp på skärmen.

De såg ett antal adresser. Jan scrollade i listan. Han tryckte på knapparna. Scrollade ner.

Där. Ett datum: 19 februari.

Adressen stämde: Fatbursgatan.

Jan tryckte vidare på knappen.

Destination: Lövtuna gård, Enbacken 1, Sörmland.

Emelie körde Volvon.

De var på väg mot adressen dit kidnapparna enligt navigationssystemet åkt den 19 februari klockan 12.07. Med största sannolikhet var det då de flyttat Philip Schale till en ny plats. En plats där man inte hörde bussar eller annan trafik, utan i stället fågelkvitter.

Emelie körde lugnt.

Hon sa: »Jag lyckades hitta nåt på det där kontonumret i Citibank, dit Philip nu har flyttat pengarna.«

Jan hade åkt iväg för att analysera sina fynd. Om den här adressen var ett villospår var det bättre att han inte slösade sin tid där.

»Jag har ju fått många dokument digitalt som rör Philip, och lagt in i min dator. Sen har jag gjort en egen liten due diligence på allt ihop.«

»En vad?«

»En undersökning, genomlysning. Och den där banken, jag tyckte att jag kände igen den. Inte en liten bank, men heller inte en vanlig bank för svenska företag.«

»Och?«

»Jag har upptäckt att den där banken används för flera av bolagen som Philip investerat i. Den används också av vissa bolag som tycks tillhöra Carl-Johan. Den användes även för Pixel Flow, Kevins bolag.«

De satt tysta och försökte förstå.

På kåken

November: mörkret, kylan och vetskapen om att våren ligger ungefär ett halvår bort gjorde den till Sveriges vidrigaste månad näst februari. Och februari var sämre bara på grund av att man varit trött på vädret och mörkret sedan november, men ändå hade ett bra tag kvar.

Men den här november var ett undantag. Sara hade fått besökstillstånd.

Hon hade varit orubblig i sitt beslut att sluta på Hall. Men det hade han inte ens tänkt på då. Att sitta i cellen den där morgonen och titta in i hennes ögon och känna det han kände hade varit unikt. Deras läppar hade mötts, bara hastigt, hans celldörr var oläst från utsidan, men smaken av hennes mun satt kvar i veckor efteråt.

Någonstans beundrade han hennes beslut. En bra plit måste vara objektiv, inte favorisera och bry sig mer om vissa intagna än andra. Ändå fick han nästan en gråtattack när Hasse, den äldsta vårdaren på flygeln, två dagar senare formellt meddelade att Sara sagt upp sig med omedelbar verkan.

En bisarr känsla. Det var samma besöksrum där han så många gånger suttit med Linda, Darko, pappa och ibland Dejan. Till och med vissa av de gamla vännerna hade varit här. De flesta av dem fick i och för sig inte tillstånd till besök på den här anstalten, deras straffregister var ungefär lika populära här som medlemskap i al-Qaida för den som vill flyga in i USA.

Men nu var det Sara som stod där och väntade på honom. Hon hade blivit sökt i inpasseringen, fått skorna skannade, lämnat ifrån sig sin mobil, sitt skärp och sin klocka.

Pliten som öppnade dörren, Boris, blinkade åt honom. »Skumt att hon är tillbaka på det här sättet, men du är väl glad?«

Teddy kunde inte göra annat än le.

Han hade tänkt på det här mötet varje dag sedan hon slutade. Om de skulle kramas eller kyssas. Om de skulle slänga sig på den galonklädda soffan som typ alla på korridoren dragit sina knullhistorier om. Om de skulle säga något eller bara tysta möta varandra.

Ändå släppte alla funderingar när han kom in i rummet. Sara gick fram mot honom och han lade handen om hennes midja. Blodet inte bara rusade genom hans kropp. Det bubblade.

Hon drack kaffe och han drack te. De första åren inne hade han druckit sju, åtta koppar svart kaffe per dag, antagligen hade det med tristessen att göra. Vad som än bröt den monotona vardagen på kåken var bra, och att gå de tolv meterna från cellen till kaffeautomaten blev en välkommen rutin. Men det var inte bra för hans mage, så han tryckte upp en penna i mynningen på automaten och bröt sedan av den. Apparaten var ur funktion i tio dagar och resten av avdelningen höll på att explodera, men Teddy var nöjd. Han blev av med sitt koffeinberoende.

De pratade oavbrutet. Om hennes studier och hennes nya extrajobb på häktet Kronoberg i Stockholm. Om de senaste nyheterna från korridoren på Hall. Det mesta hade de redan diskuterat – de hade hörts på telefon innan. De talade om när han kunde få permission, om vad alla de andra plitarna tyckte om att de var ihop, om vad hennes kamrater hade sagt när hon berättat att hon dejtade en intagen.

Det kändes nästan som att hon var tillbaka som vanligt.

Till slut hamnade de på soffan. De hade aldrig varit med varandra tidigare, och det här rummet och den här soffan kändes på ett sätt riktigt sunkigt, men på ett annat sätt var det deras mest naturliga plats.

De gick inte hela vägen, kanske på grund av rummet, kanske på grund av att besökstiden begränsats till trettio minuter. Saras besök var på prov den här gången, innan hon blev godkänd för entimmespassen. Det var ett hån.

Dessutom knackade det på dörren efter exakt en halvtimme och Boris stod där med plirande ögon.

»Time's up.«

Saras ögon glittrade. »Boris, kom igen nu, ge oss femton till. Det vet jag att du brukar göra med andra.«

»Fjorton och en halv då«, mumlade hennes forna arbetskamrat.

Veckorna gick. Hösten blev till vinter, den kallaste sedan millennieskiftet, och anstaltens värmecentral klarade inte av påfrestningen. Temperaturen låg konstant på sjutton grader i cellerna och golven var så kalla att Hasse delade ut dubbla raggsockar från Överskottsbolaget till alla. De flesta menade att han köpt dem för egna pengar, han var sådan.

Tagg pratade om en medveten köldstrategi från justitieministerns sida för att förlama dem och han påbörjade en egen hungerstrejk. Plitarna svarade med att slänga honom i isol i fyra veckor. När han kom ut såg han värre ut än Saddam Hussein i jordhålan.

Teddy och Sara hördes varannan dag, det var så ofta reglerna tillät. Hon besökte honom en timme två gånger i månaden, det var också max. De utvecklade egna rutiner, hällde upp kaffe och te åt varandra, höll varandras händer, pratade om böcker de hade läst, teve de tittat på och kåkskvallret. De lade sig på soffan som alla andra.

Men så hände något oväntat.

Vid ett av hennes besök i mars märkte han att hon var okoncentrerad.

»Tänker du på nåt?« frågade han.

Först svarade hon nej, men när han frågade igen tio minuter senare sa hon: »Du vet att Mats Emanuelsson har tagit livet av sig?«

Teddy frös till, det kändes som att allt runtomkring honom också stannade. Världen stod stilla.

Hon hade aldrig tagit upp det där, det han var dömd för. Kidnappningen av Mats Emanuelsson. Eller människorov och grov misshandel, som det stod i domen.

»Hur vet du det?« sa han.

»Jag såg det i tidningen.«

»Hur vet du att det var självmord då?«

»Det stod i tidningen, det var en artikel alltså, inte bara en dödsruna.«

»Och hur vet du att jag har med honom att göra?«

»Det har jag vetat länge, jag läste din dom redan när jag jobbade här.«

»Gjorde du? Det har du aldrig berättat.«

»Men varför skulle jag säga det? Det förändrar ingenting mellan oss.«

»Gör det verkligen inte det?«

Sara skakade på huvudet, men samtidigt fick hon en rynka mellan ögonbrynen.

Ventilationstrumman brusade i bakgrunden. Teddy tittade ner. Han fokuserade blicken på Saras fötter, hennes skor. De var i svart läder utan skosnören, bara ett spänne över ankeln.

Det knackade på dörren och Boris öppnade. »*Busted!*« ropade han och flinade. Men de låg inte på soffan.

När Teddy leddes tillbaka till cellen mådde han illa.

Dagarna flöt på i sin vanliga rytm.

Klockan sju väcktes de av att plitarna gick runt och knackade på celldörrarna. De flesta var trevliga och försökte säga god morgon med så mjuk röst som möjligt. Sedan fanns det alltid rötäggen.

Efter frukosten brukade Teddy jobba i verkstaden, han trivdes nästan bara där nu när Sara slutat. Just nu höll han på att tillverka några parkbänkar. Det svåra var att svarva till de långa trästavarna så att de fick exakt rätt profil.

På eftermiddagen brukade många gå iväg till sina grupper, som de kallades. Det formella namnet var kriminalvårdens behandlingsprogram. Det var krök- och knarkgrupperna, fighters och fruboxarna och gängkillarna. Sexförbrytarna hade så klart också grupper, men det fanns inte många sådana på den här avdelningen. Det hade Tagg sett till.

Teddy hade gått igenom tre olika kurser under sina år. ART: Aggressive Replacement Training. BSF: Beteende Samtal Förändring. Och slutligen ETS: Enhanced Thinking Skills. Det var inget fel på programmen – det var bara det att de inte bet på en jävel här inne.

Just nu gick han inte på något. Ändå fick han inte vara i cellen. När de intagna var i sina grupper satte plitarna igång att visitera cellerna och de allmänna utrymmena.

Han brukade spela pingis mot några andra veteraner, folk som han, för vilka det inte längre fanns några kurser kvar.

Senare tog han sin promenad. De hade rätt till en timme utomhus varje dag. Ibland kunde han hinna med ett pass till i verkstaden, ibland var det han, Tagg och Loke som lagade maten.

Efter middagen fick folk sina besök. Teddy räknade dagarna tills nästa gång Sara skulle komma, även om det blivit konstigt sist. Men när han pratat med henne på telefon en dag efteråt hade allt känts fint igen.

»Jag har kollat upp lite mer grejer om honom«, sa hon en kväll två veckor senare när de pratade på telefon.

»Vem då?«

»Mats Emanuelsson, han som du kidnappade. Jag hoppas du tycker att det är okej.«

Det var första gången som han kände något som liknade irritation i förhållande till Sara. Han kunde inte förstå vad det var med henne. Hon tjatade om något som bara sårade honom. Om hon hade läst domen så visste hon vad han påstods ha gjort, hon visste hur rått allt hade varit. Hon visste hans inställning till åtalet, att han hade erkänt kidnappningen men förnekat tortyren. Om hon hatade honom för vad han hade gjort, borde hon aldrig ha börjat dejta honom över huvud taget. Om hon gillade honom för att han var en »farlig jävel«, som vissa av brudarna till intagna här gjorde – så var hon knäpp, och då var hon inte kvinnan för honom.

Sara sa: »Jag tyckte allt verkade så konstigt. Sen du och jag började träffas har jag inte kunnat släppa den där händelsen som du var inblandad i.«

»Varför?«

»Den stämmer inte. Mats Emanuelsson stämmer inte. Jag var på ett seminarium om kidnappningsbrott, de är ju väldigt ovanliga i Sverige, och sen pratade jag med lektorn efteråt. Han rekommenderade lite litteratur som jag har läst. Typiskt sett kidnappar man för pengarna, eller så är det vårdnadstvister det gäller, en pappa som tar med sitt barn utomlands. Sen finns det så kallade trafficking-kidnappningar, alltså när kvinnor förs till andra länder. Och så finns det uppgörelser mellan kriminella. Men var passar Emanuelsson in?«

»Hur menar du? Måste vi prata om det här? Jag skäms fruktansvärt mycket för allt som hände. Det har inte gått en dag utan att jag ångrat det, inte bara för att det gick åt helvete för mig, utan framför allt för familjen Emanuelssons skull. Och jag vet att du inte tror mig, men jag var inte inblandad i tortyren, även om jag fälldes för den.«

»Men var passar Mats in, det vill jag veta. Enligt dig? Du kidnappade honom ju.«

»Sara, måste vi?«

»Vi måste inte. Men jag tror att det är bra för dig. Snälla Teddy, jag tror verkligen det. Jag gör det för din skull.«

»Okej, okej.«

»Alltså, jag menar så här. Mats Emanuelsson var inte kriminell, eller hur? Du hade inget otalt med honom? Och din vän, som du inte vill namnge i domen, hade väl heller inget emot den där mannen?«

Teddy tänkte på Dejan. Nej, så klart Dejan inte hade haft något emot Mats Emanuelsson. Varken Teddy eller Dejan hade träffat honom innan de tog honom. Och vad gällde Ivan så trodde Teddy verkligen inte att han heller hade något med Emanuelsson att göra. Och *Kum*? Teddy hade ingen aning – men han hade uppfattat det som ett rent beställningsjobb som hade urartat.

Han tänkte på samtalet han hade ringt till Mats fru. Hur han hade sett henne stressa genom regnet vid Stadshuset och förvirrat stirra på honom. »Om du eller någon annan går till polisen så dödar vi honom«, hade han sagt. Ibland kändes det som i går.

»Och traffickingbortförandet eller vårdnadstvisten kan vi stryka direkt. Då återstår bara den klassiska kidnappningstypen, för pengar. Men det stämmer ju inte heller«, sa Sara.

»Varför stämmer inte det? Vi skulle få mycket pengar. Han var rik, han hade cash.«

»Nej, han var inte rik.«

»Jo, jag vet att åklagaren i rättegången påstod att jag ljög, men det är skitsnack. Han var rik, jag och min kumpan skulle få tre miljoner för jobbet. Så nu vet du det, det är inget jag är stolt över. Jag kidnappade en annan människa för tre miljoner kronors skull. Jag skulle aldrig göra om det. Jag har ångrat den där skiten varje dag sen dess, men då var pengar det enda som betydde nåt för mig. Jag har försökt få kontakt med Mats Emanuelsson och hans fru för att kunna be om ursäkt och förklara vilken idiot jag var. Men det var vad jag gjorde. För pengarna.«

»Då blev du lurad i så fall kan jag säga, för Mats Emanuelsson var en medelinkomsttagare utan förmögenhet. Jag har kollat hans taxeringsuppgifter.«

»Har du?«

»Det har jag.«

»Men då hade han pengar i nån annan form, svarta cash kanske.«

»Jag tror inte det. Jag har även fått tag på bodelningshandlingen nu när han avlidit. Det vill säga vad han efterlämnar till sin hustru och sina barn. Det är i princip ingenting. Jag har också varit ute där han bodde och kollat hans bil och hur huset dit de flyttat såg ut, det är inga fancy saker. Dessutom var villan belånad till åttio procent. Mats Emanuelsson hade varken vita eller svarta pengar.«

Teddy såg sin egen reflexion i glaset som omgärdade telefonbåset.

Han gapade.

Höll Sara på att bli galen?

Eller hade han blivit helt vettlöst lurad?

* * *

Ett annat rum igen.

Det låg plast under honom, och under den kändes det som en matta.

Hans kropp gjorde så ont.

Det hade gått en lång stund. Jokerfejset hade släpat honom uppför en trappa till det här rummet.

Han kunde inte beräkna tiden längre. Bara koncentrera sig på att klara av smärtan i foten, axeln och ryggen.

Han var trasig.

Han uppfattade hur Jokeransiktet hälsade på den andra.

»Varför tog det så lång tid? Har du allt?«

De prasslade. De talade tyst med varandra.

Han hörde Jokeransiktets röst igen. »Jag är nöjd nu. Du får göra som du vill.«

Philip kände sig lite lugnare. Han tänkte att de nu hade fått någon form av betalning.

Men sedan hörde han Jokern säga: »Okej, gör som du vill då. Men du vet vad jag tycker om det.«

Philip lyckades få en glimt genom glipan i ögonbindeln. Personen med rånarluva höll i hammaren.

Han rörde sig som en mask. Slängde med huvudet och kroppen fram och tillbaka så gott det gick för att undvika att få skallen krossad. Han försökte kasta sig åt sidan.

Han kände hur hammaren ven förbi honom och det brakade till i öronen när den slog ner bredvid honom.

Hans fot gjorde så ont att han höll på att förlora medvetandet, han önskade nästan att hammaren skulle ta ut honom helt nästa gång.

Nästa slag träffade inte hans ansikte eller skallen, men det träffade hans öra. Smärtan sköt direkt upp i huvudet, han trodde att det skulle sprängas. Han tjöt rakt ut. Inga ord, bara ett långt skrik. Han kunde inte se hammaren, bara ana hur personen ovanför honom stod bredbent och försökte krossa hans skalle. Han fortsatte kränga med kroppen. Det tjöt i hans ena öra som om en siren opererats in i örongången.

Nästa slag träffade överarmen. Kanske bröts något där.

Han kände ett slag mot det andra örat. Smärtan tog över honom helt nu.

Huvudet blödde.

Han rann ut på den skrynkliga plasten.

Han låg stilla. Det ringde i båda öronen. Han visste inte om han hörde verkliga ljud.

Inga slag.

Inget knakande golv.

Det kändes som om hans huvud hade spruckit på båda sidorna. Som om han hade gapande hål där öronen suttit.

Han hörde en röst. Den lät avlägsen och dämpad.

»Den här delen av ditt liv är slut nu.«

Han kunde inte höra om rösten kom från nära håll eller långt bort. Tjutet i hans öron fortsatte. Det var meningslöst att försöka lokalisera personen som talade.

»Det här handlar inte bara om pengar. Det här handlar om livet.«

Någon drog av honom ögonbindeln.

Philip tittade upp på personen som höll i hammaren. Hans syn var suddig, som om någon tryckt hopknycklad gladpack mot hans hornhinnor.

Det var inte Jokerfejset som böjde sig ner över honom, det var han rätt säker på. Han syntes någon meter bakom. Det var den andra, med rånarluvan.

»Först hade jag tänkt låta dig gå, nu när vi fått pengarna. Men fan vet vad som kan hända då. De letar efter dig, vet du det? En hel liten armé av amatörer. Och förr eller senare kommer de att hitta dig. Och vad berättar du för dem då? Vi kan inte lita på nån lojalitet från dig, det är inte din starka sida.«

Philip var osäker på om han hört allt personen sa. Rösten lät så dov, och tjuten i hans öron var fortfarande bedövande. Var det en man eller en kvinna som pratade? Samtidigt tyckte han att det var något bekant över den här galna människan.

»Du var viktig för mig, Philip. Oerhört viktig. Har alltid varit. Men det känns rättvisare så här. Det du har gjort kan inte sonas på vanligt sätt. Pengar räcker inte.«

Personen höjde hammaren igen.

»Du har förstört mitt liv. Så nu måste jag förstöra ditt.«

*

Det var en klar dag. Emelie stängde munnen och tog ett djupt andetag med näsan. Lugnt och stilla. Drog in så mycket luft hon orkade, noggrann med att använda magen, inte bröstet.

Teddy vände sig om och tittade på henne.

Hon repeterade övningen tre gånger till.

Djupandning. Två gånger per år kom en ergonomisk konsult till byrån som utöver att hon gick runt och såg till att kontorsstolarna var rätt inställda, även erbjöd kortkurser i musarmsstretching och kontorsmindfulness. Medvetenhet är nyckeln till förändring – avslappning genom djupandning. Det här var första gången Emelie faktiskt försökte göra det som coachen lärt dem.

Hon hade varit galet stressad många gånger i sitt hittills ganska korta yrkesliv. Men aldrig känt sig lika orolig som nu.

Till vänster såg hon en hög orange silo med en skylt på: Saltå Kvarn. På andra sidan bredde fälten ut sig. Snön låg tunn men gnistrande ren och vit här ute. De var på landet nu. Om några minuter borde de vara framme vid Lövtuna gård, Enbacken 1.

Platsen dit Philip antagligen hade förts från lägenheten.

I just den här bilen.

De svängde av från motorvägen och körde två kilometer på en liten asfalterad väg innan de tog av igen. Den här gången på en grusväg. På ett ställe passerade de ett jakttorn som stod ensamt och vakade över den obefintliga trafiken.

De kala träden i allén var vackert planterade. Antagligen var de mer än hundra år gamla, stammarna var tjocka och grenverket väl beskuret. Hon trodde att det var ekar, men det var svårt att säga på vintern.

Ägaren som stod skriven på adressen var ett brittiskt bolag, Meadow Management Ltd, det hade Emelie kollat upp. Men hon hade inte fått fram något mer än det än.

Hon saktade in. »Teddy, borde vi vänta på Jan eller nån av hans killar?«

»Tror du att det finns tid?«

»De har redan haft honom i flera dagar, vi borde kunna vänta nån halvtimme.«

»Men det är först nu de har fått pengarna, och kanske vill de ha mer, men kanske tycker de att det räcker.«

Han behövde inte säga mer, Emelie förstod vad han menade.

Gps:ens vägbeskrivning tog slut. De passerade en hemsnickrad träskylt med texten *Lövtuna gård. Välkommen.*

De såg ett stenhus längre fram. Framför huset låg en stor grusad vändplan med någon form av staty i mitten. Redan på två hundra meters håll såg hon att det stod två bilar parkerade där.

Hon stannade vid vägkanten och klev ur.

Det kom ånga ur hennes mun. Teddy gick före med långa steg.

Emelie kontrollerade så att hon hade täckning på mobilen.

De promenerade längs vägen, bredvid de tjocka ekstammarna. Det såg ut som att ytterdörren stod vidöppen.

När allén tog slut vek Teddy av åt höger och började traska ut i terrängen. Emelie följde efter. Det halvhöga torra och frostiga gräset frasade. De gick vid sidan av några buskage. Kanske var det hassel, syren eller några andra sorter som hon inte kände igen.

Teddy stannade till bakom en av de avlövade buskarna. Han hukade sig, och hon gjorde likadant. Grenverket var tätt. I den här positionen syntes de antagligen inte från huset.

»Känner du igen nån av bilarna?« sa han.

Hon skakade på huvudet.

Det lät som om någon skrek på avstånd. Ljudet kom från andra sidan huset, långt borta.

»Vad var det?«

»Det får vi säkert snart veta«, sa Teddy.

De fortsatte gå i en vid cirkel. Emelie förstod hur han ville ta sig fram utan att bli sedd. På husets högra kortsida såg hon en mängd låga fruktträd. Längre bort låg skogen med höga granar och tallar. Bakom fruktträden såg hon en dörr i huset. Kanske var det en källaringång eller liknande.

Nu när de kommit närmare förstod hon hur stort huset faktiskt var. Det var två våningar högt, men vardera planet var på minst tvåhundrafemtio kvadratmeter. Det hade ett svart sluttande plåttak, flera skorstenar och en glasveranda på vardera plan i sydlig riktning. Kanske kunde man tala om en mindre herrgård.

De sicksackade mellan träd och buskar. På vissa ställen gick de i motsatt riktning i femtio meter bara för att komma i rätt vinkel in mot träden.

Till slut stod de tjugo meter från källardörren, bakom en välklippt enbuske, vars barr inte påverkades av årstiden.

Om någon stått och spejat i något av de övre fönstren på kortsidan skulle de vara upptäckta. Det fanns ingen hundraprocentigt skymd väg fram till huset. Men det gick inte att få allt perfekt nu.

Emelie tittade ner på sin mobiltelefon som hon hela tiden hållit i. Hon drog lätt med tummen över skärmen och slog sedan in 112. Det här var hennes enda vapen. Den gröna ring-ikonen lyste i hennes hand, som en omvänd varningssignal. Hon var beredd.

Teddy sa med låg röst: »Jag går fram och du stannar här.«

Hon försökte protestera. »Kan vi inte ha telefonkontakt i alla fall?«

»Okej, men jag kommer inte att säga ett knyst, jag vill inte att nån ska höra mig.«

»Men hur ska du komma in?«

Teddy höll upp en skruvmejsel. »Jag lånade den här av Lazar Guldman.«

Han väntade inte på att hon skulle kommentera det sista, utan hukade sig och sprang ut på gräsmattan.

Sex, sju stora kliv, fram till trappstegen som ledde ner till trädörren. Hon såg inte riktigt vad han gjorde. Men femton sekunder senare öppnade han den.

Teddy försvann in i huset.

Emelie väntade.

Hon var mer sensoriskt medveten än någonsin förut. Från mobilen kom bara sporadiska ljud, något som lät som en dörr som öppnades, ett skrapande ljud när något kom åt mikrofonen. Däremot hörde hon varenda gren prassla runtomkring henne. Hon kunde nästan se atomerna i barken på trädet som hon stod bakom. Luftpartiklarna i vinden som slog emot henne kändes som gruskorn.

Hon tittade upp mot husets fasad igen. Hon noterade att det satt trasiga plankor framför ett av fönstren. Sedan kom hon av någon anledning att tänka på första gången hon träffat en klient själv, utan delägare. Hur hon förberett sig i timmar innan, granskat handlingarna minst fyra gånger extra, skrivit ett manus över vad hon skulle säga och hur hon skulle säga det. Övat med Jossan kvällen innan. Klienten var en assistent till CFO:n på ett medelstort svenskt bolag i vårdsektorn. När de väl träffats och klienten ställt frågor hade Emelie i princip svarat samma sak hela tiden.

»Jag är ledsen, men det måste jag kolla upp med delägaren i det här ärendet.«

»Tyvärr kan jag inte svara på det utan att dubbelkolla med delägaren.«

Men nu stod hon här själv.

Hon var ansvarig just nu.

Hon och ingen annan.

*

Att få upp dörren till källarentrén hade inte varit svårt. Teddy tänkte på hur han kommenterat dörren till Philips lägenhet på Fatbursgatan så att Emelie tittat misstänksamt på honom.

Den gamla knycken med handleden satt fortfarande i, och på de dryga femton år som gått sedan han gjort det här senast, hade låsen inte förändrats nämnvärt. Det här var dessutom gammalt och dörren var klen, annars hade det inte räckt med skruvmejsel.

Han stod i ett källarförråd. Golvet var av sten. I taket satt en alarmanordning. Den upptäckte han intuitivt, fast den var dold bakom en ventil – som sagt, de gamla takterna satt tydligen i. Systemet borde vara avstängt eftersom någon eller några antagligen var i huset, men han stannade ändå till och lyssnade i några sekunder utan att höra något pipande. Längs väggarna stod enklare trähyllor och i dem låg hundratals vinflaskor. Fönstren satt högt upp mot taket. Det var bara några grader varmare här än utomhus.

När han tittade sig omkring såg han att det enda som fanns i rummet förutom vinhyllorna var tre cyklar som såg trasiga ut. Han stannade upp och lyssnade igen. Det var tyst.

Han gick genom nästa dörr. Ett liknande rum, men i stället för vinhyllor stod två stora kylboxar längs ena väggen och längs den andra en lång bänk i rostfri metall. Golvet var likadant som i vinkällaren. Han lyssnade återigen och tittade sig omkring. Det hängde krokar, kedjor och något som såg ut som galgar i takbjälkarna.

Kanske såg han blodspår på en stenplatta.

Mitt på golvet stod en stol med maskeringstejp över ryggstödet och sitsen.

Vad var det här? Det bleka ljuset från källarfönstren blänkte i bänkskivan. Han såg en stor köksmaskin i en back på golvet. Det måste vara någon form av köttkvarn. Då förstod han – det var här de förberedde och styckade djur. Ett kylrum där viltet kunde hängmöras.

Det fanns två dörrar till. Han valde den till höger.

Det här rummet var varmare. Stora klinkerplattor i ljus sten klädde golvet och väggarna. En inbyggd jacuzzi stod i ena hörnet och en enorm duschkabin mot en vägg med två duschblandare bredvid varandra. Han såg en glasdörr och bakom den skymtade han de ljusa träbänkarna i en bastu. Det här var antagligen vad som kallades spaavdelningen.

Han gick ut och hamnade i en liten korridor med ytterligare fem stängda dörrar. Han öppnade den ena och såg slaktrummet igen. Bakom den andra låg ett pannrum. Den tredje dörren ledde till en tvättstuga. När han öppnade den fjärde tittade han rakt in i ett överfullt förråd. I hyllorna stod skidor och pjäxor, några gamla pulkor, verktyg, en tjockteve och en platteve, flyttlådor med olika text på, lampetter och en massa annan bråte. På golvet stod en soffa, några fåtöljer och ett klaffbord. Allt såg gammalt och slitet ut.

Han öppnade den sista dörren i korridoren.

Bakom den fanns en trappa som ledde uppåt.

Han befann sig i en stor hall. Mitt på golvet stod ett träbord med två höga ljusstakar på. I taket hängde en ljuskrona i mässing. En bred trappa ledde vidare uppåt i huset. Ytterdörren var mycket riktigt öppen, som de sett redan när de rört sig mot huset. Gardinerna för fönstren var fördragna och pardörrarna som ledde in till resten av våningsplanet var stängda.

Han öppnade pardörrarna försiktigt och såg in i ett stort rum, en salong. Återigen fördragna tunga gardiner med guldtofsar. En eldstad i ena hörnet med ljusstakar på och ett uppstoppat rådjurshuvud ovanför, två soffgrupper med soffbord i glas och några fåtöljer runt. På golvet låg två röda mattor som såg äkta ut. Den ena var till stor del täckt av vit plast.

På plasten låg två människor.

De rörde sig inte.

*

Emelie hade hållit telefonen mot örat hela vägen genom huset. Teddy hade viskat till henne att komma in, inget mer. Han guidade henne genom en vinkällare, genom några andra rum i källarplanet, uppför en trappa, genom en hall och in i ett slags salong.

När hon tittade sig omkring tappade hon nästan luren i golvet.

Teddy stod böjd över en livlös kropp. En bit bort ifrån den låg en annan kropp.

»Det är Philip«, sa han med en hög viskning från andra sidan rummet. »Och den andre är Ian.«

Emelie såg tydligt de röda blodstänken på den vita plasten under Philip. Det påminde henne om Aninas öppna ögon. Men det här var så klart inte hon, det här var den mannen som Anina velat polisanmäla för våldtäkt.

Hon stapplade fram, hon böjde sig över plasten på golvet och kände magen krampa. Under några sekunder visste hon inte om hon skulle kräkas.

En sur uppstötning fyllde gommen.

Hon tog upp en servett ur handväskan och torkade sig om munnen. Det här fungerade inte – hon hade ett jobb att sköta. Och det låg livlösa människor här inne som behövde hennes hjälp.

Hon gick fram och hukade sig vid Philip.

Han låg med huvudet på sidan. Hans ansikte var svårt att känna igen. Näsan såg ut som en stor blodig klump och ögonen var så svullna att de bara var springor. Örat var trasigt och blodigt och läpparna spräckta. Det hade runnit blod ur munnen och öronen. Kanske låg det något som såg ut som tänder en halv meter bort.

»Han andas och lever, det har jag kollat.« Teddy vände sig mot henne. »Och det är jag som har lagt honom i framstupa sidoläge. Men jag vet inte om han klarar sig. Min gissning är att han har fått en kraftig hjärnskakning och kontusioner i huvudet. Nån har gått riktigt hårt åt honom. Jag har ringt efter ambulans, men sjukhuset ligger en bra bit bort så det kan ta en stund innan den är här.«

Emelie kände hur hon andades häftigare.

»Kan vi göra nåt mer?«

»Jag tror inte det. Han blöder inte så mycket, men jag vet inte vad som förstörts och inte. Det kan vara farligt att försöka lyfta honom. Det viktiga är fria luftvägar, det sa de på 112. Ian lever också, han är inte lika illa däran.«

Emelie insåg att det inte fanns något hon kunde göra för att hjälpa Philip just nu. Hon gick fram till Ian.

Han låg på sidan med benen uppdragna mot kroppen. Håret var rufsigt. Han hade ett litet sår vid ögonbrynet och var röd på kinderna. Någon hade uppenbarligen gett sig på honom också, men han blödde inte, vad hon kunde se.

Hon böjde sig ner.

Hans stirrande ögon mötte hennes.

»Hur mår du?« frågade hon.

Han satte sig långsamt upp och spottade en blodig loska på plasten.

»Jag klarar mig. Men Philip, hur är det med honom?«

Teddy svarade. »Han klarar sig. Tror jag.«

Ian masserade sina handleder.

»De tog mig också.«

Emelie frågade: »Vilka?«

»De som kidnappat Philip.«

»Var är de nu?«

»Jag vet inte. De rusade härifrån.«

Emelies fråga avbröts av ett skarpt ljud. Det kom utifrån.

Det lät som ett skott.

Hon gick fram och lyfte på gardinen och tittade ut över trädgården och snön. Hon såg inga människor.

Då kom ljudet igen, ännu ett skott som avlossades.

Teddy sa: »Jag går ut och tittar efter vad det är som händer. Vänta här.«

*

Våningen var ett fängelse.

Och världen utanför var en krigshärd.

En olidligt grym plats. En plats där allt måste ställas tillrätta nu.

Annars visste Carl-Johan inte hur det skulle sluta. Vad han skulle göra med sig själv.

För tjugo minuter sedan hade Magnus ringt och berättat att Emelie troligen identifierat ett hus där Philip hölls fången. Han gav Carl-Johan adressen och sa bara: »Ta hand om varandra nu. Jag ringer när jag vet mer.«

Titti satt bredvid Carl-Johan när han lade på. Hon var blekare i ansiktet än snön på fönsterblecket utanför. Hon ville uppenbarligen inte ta hand om honom i alla fall, inte prata. Det passade honom bra. Han visste ändå inte vad han skulle säga.

Och det som Caroline hade berättat för honom om sin inblandning i allt det här?

Han brydde sig faktiskt inte om det just nu.

Faktum var att Carl-Johan kände igen husets adress. Det låg en gård där som varit till salu i säkert ett halvår. Han visste tyvärr inte vem som ägde den, men hans gode vän, Tom Crona, hade nämnt försäljningen för inte så länge sedan.

Någon mil därifrån hade nämligen Tom och Christina sitt eget ställe. De bodde på Lagerby säteri sedan tio år. Carl-Johan tänkte på när han varit där på pyrschjakt i höstas.

Carl-Johan älskade pyrschen. Vid den vanliga drevjakten senare på året jagades djuren framåt i skogen, jägarna satt bara på sina arslen och väntade – det var liksom mindre sport. Men vid pyrschjakten var det du själv som smög efter råbocken, inte den som sprang rakt in i dig.

Cronas fastighet var på drygt tusen hektar, och taxerad som jordbruksfastighet. Det gav lägre skatt och möjlighet till vissa EU-bidrag. Ungefär tre fjärdedelar av ytan var skogsmark och resten fin ängsmark och betesmark. De hyrde ut stallen och hästhagarna till några uppfödare och grustaget till SWE Schakt, men den avverkningsbara skogen tog Tom Crona själv hand om. Dessutom var jaktmarken fantastisk.

Carl-Johan visste att Titti egentligen alltid velat bo på en gård. Kanske de skulle förvärva det där stället som Tom pratat om ändå, hade han tänkt.

Carl-Johan mindes hur han stått där bredvid Tom. Skogen var tät och på en liten upphöjning i marken låg den bock som Tom hade fällt. Skottet hade ekat över ägorna.

Tom hade lagt djuret på höger sida. Han hade redan gjort ett jack i halsen och höll på att passa djuret.

»Det här var en riktigt trött gammal jävel«, sa han. »Bra för urvalet. Det är just såna här man ska fälla på pyrschen.«

Carl-Johan nickade. »Jag kan bara inte ta att jag var så nära att skjuta när du sköt.«

»Sånt är livet.«

Tom böjde sig ner och skar av djurets könsdelar. Sedan snittade han längs buken.

Han sa: »Men det blir sista gången.«

»Varför?«

»Vi ska sälja Lagerby.«

»Va? Det visste jag inte.«

Toms handske var röd av blodet som vällde ur djuret.

»Det är pinsamt, Carl-Johan, jag vill helst inte att du pratar om det med nån, inte ens med Titti. Men vi har faktiskt inte råd längre. Vi har rätt stora lån på det här stället och skogsavverkningen och grustaget har inte gått som jag ville. Det är sorgligt. Ian vet inte ens om det än. Jag klarar inte riktigt av att berätta.«

Carl-Johan hade aldrig varit religiös. Självklart var han medlem i Svenska kyrkan och båda barnen var döpta och konfirmerade. På rätt konfirmationsläger med rätt präst och i rätt kyrka. Han och Titti gick i Oscars kyrka på julottan i snitt vartannat år, men det var bara för att hon ville.

Ändå funderade han på att be nu.

Be för att de skulle hitta hans son. Oskadd.

Och Caroline.

Han ville be för att hon inte hade gjort något som hon inte borde.

*

Teddy tog den redan öppna huvudutgången. Så fort han kom ut hörde han skrik. Det var flera mäns röster.

På förstubron såg han fotspår i den tunna snön.

Ett vrål hördes igen. Det kom från skogsområdet till höger om huset, motsatt sida från vilken han och Emelie kryssat fram.

Han började springa ditåt.

Solen glittrade i snön och han såg fotspår även här.

Sjuttio meter framför honom tornade granar och tallar upp sig. Husets trädgård tog slut där, och han hoppade över ett slitet trästaket.

Inne bland träden såg han människor röra sig.

Stammarna tornade upp sig runtomkring honom och ljuset försvann när himlen skymdes.

Det var tre män som gick mot en fjärde, som i sin tur stod på knä längre in bland träden.

De tre hade rånarluvor över ansiktena och var svartklädda.

Han hoppades att de inte var de han trodde. Han bad till den gud han inte trodde på att Linda hade fått tag på Nikola och hållit honom hemma.

Den fjärde verkade också ha något för ansiktet. Teddy kunde inte riktigt urskilja honom i dunklet bland träden, men han hängde betänkligt med kroppen. Som om han var skadad.

Teddy ställde sig tjugo meter ifrån dem. Han talade tydligt. »Vad ni än håller på med, så lägg av.«

Personerna stannade upp. De vände sig om.

Med högre röst frågade han: »Har ni skjutit honom?«

Han hörde en av männen säga något på ett främmande språk, det lät som arabiska, persiska eller syrianska.

Han såg en av dem hålla i något, en mörk silhuett, det såg ut som ett vapen.

Personen som stod på knä föll ner på marken. Teddy undrade hur illa skadad han var.

Två av männen gick långsamt mot Teddy.

Den siste stod kvar och vakade över personen som fallit.

»Det vete fan vem du är, men stick härifrån«, ropade en av dem.

Teddy rörde sig inte ur fläcken.

Männen kom närmare, nu kunde han se deras kläder bättre. Träningsbyxor, svarta täckjackor. Han hoppades fortfarande.

»Grabbar, jag vet inte om ni jobbar för Isak eller inte. Men jag vill veta vad ni har gjort med honom där borta, och vad ni gör här«, sa Teddy.

De var fyra meter ifrån honom nu. Skogen kändes mörk och ensam.

Han såg på de urklippta ögonen i rånarluvorna.

De stannade till två meter ifrån honom. Han såg nu att vapnet som den ene höll i handen var en svart Glock 17.

»Va fan, är det du igen?« fräste mannen med vapnet.

Teddy höll upp handen mot dem.

»Stanna där.«

»Var du i lägenheten på Söder med juristen?« frågade den andre killen.

»Ja.«

Han såg ut att slappna av.

»Björne? Teddy?«

»Det är jag.«

Men mannen med pistolen reagerade tvärtom. Han höjde vapnet och siktade på Teddy.

»Din fitta. Du höll fan på att strypa mig där i lägenheten. Och nu håller du på igen. Allt är ditt fel.«

Teddy tittade rakt in i mynningen på vapnet. Den maskerade mannen med vapnet var uppenbarligen instabil.

Han kände sig yr. Av någon anledning började han tänka på blomsterbuketten som han lagt vid mammas kista på hennes begravning. Den hade varit så stor att han knappt kunnat bära den. Sedan tänkte han på den grå cementväggen på häktet där han suttit som sjuttonåring första gången. Han kände sig som en insekt som kröp på världens yttersta kant.

Killen bredvid sa: »Chamon, ta det lugnt. Det är fan din kompis morbror. Och Isaks gamle polare.«

I bakgrunden skymtade Teddy den tredje killen komma gående. Han stannade och tog av sig rånarluvan. Håret stod på ända och hans ögon var stora.

»Nikola«, sa Teddy utan att röra en millimeter på huvudet. »Jag önskade att det inte skulle bli så här.«

»Teddy, fan alltså. Jag sa ju till dig«, sa Nikola tyst.

Glocken var fortfarande en decimeter från Teddys ögon. Han stirrade in i den svarta mynningen.

Killen med vapnet var uppenbarligen Chamon Hanna.

Nikola sa: »Kom igen, Chamon. Han är på vår sida.«

Teddy lyfte blicken från vapnet till Nikolas ansikte. Det ryckte i hans systersons öga.

»Hur fan ska jag veta det?« väste Chamon. »Han försökte döda mig där i lägenheten. Och efter att han och den där juristen blandat sig i hände det med Anina.«

Teddy försökte tala kontrollerat. »Jag vet vem du är, Chamon. Du är min systersons polare. Du är en av Isaks män. Jag förstår om du är upprörd efter vad som har hänt. Men jag är din vän.«

Nikola sa saker på syrianska i bakgrunden. På tonläget lät det som att han försökte övertyga Chamon. Men Teddy kunde inte fokusera på det nu.

Han tittade in i döden.

Chamons blick syntes genom hålen i rånarluvan.

Den var mörkare än pistolens svarta öga.

*

Emelie stirrade på Ian.

Hon hade inte hört några fler skottsalvor eller skrik där utifrån. Men Teddy hade inte kommit tillbaka.

Philip låg kvar på golvet, utan att visa några tecken på förbättring. Men han andades fortfarande. Hon hade böjt sig ner och lyssnat och tittat på hans bröstkorg. Den hävde sig långsamt upp och ner.

Ian satt i en av fåtöljerna. Han såg normalare ut nu, rodnaderna i ansiktet började lägga sig.

Emelie vände sig mot honom. »Hur hamnade du här?«

Ian rörde sig i fåtöljen och drog en suck.

»De tog mig, samma personer som har hotat mig och som har kidnappat Philip, antar jag. Jag var hemma, de ringde på dörren, sen blev allt nattsvart tills jag vaknade här. De misshandlade oss. Jag vet inte om de ville döda mig, men mest var de på Philip. Det är så sjukt, alltså. Tur att han lever.«

»Var Philip vid medvetande när du kom hit?«

»Jag vet inte, han låg där han ligger nu. Hela tiden.«

»Och de rusade ut?«

»Ja, de sprang ut, allihop. Teddy måste ta det försiktigt.«

Emelie tittade ut genom ett av fönstren igen.

Träden stod som en mörk vägg längre bort.

På kåken

Värmen inomhus var tillbaka, men Tagg jobbade fortfarande med sina protestlistor mot Nedkylningsprojektet, som han nu kallade problemen de haft i november.

Teddy och Sara pratade som vanligt varannan dag på telefon, men det kändes annorlunda nu. Han visste att hon inte hade släppt det han hade dömts för, att hon grävde i den där gamla skiten. Men hon berättade inte mer för honom just nu.

Om fyra veckor skulle han få sin första obevakade permission, tio timmar på fri hand att göra vad han ville. Förutom ett efterlängtat tandläkarbesök skulle han tillbringa resten av dagen med Sara, hon skulle till och med få följa med och bli presenterad för hans pappa.

Han och Sara planerade timmarna i detalj. Hur hon skulle plocka upp honom i sin Fiat Punto klockan nio på morgonen och låta honom köra en bit på skogsvägen fast han inte hade körkort längre – bara för känslans skull. Sedan skulle de äta frukost tillsammans hemma hos henne. Hon hade redan visat bilder på sin lägenhet, men att verkligen få se den på riktigt, att få sitta i hennes soffa, kolla in hennes bokhylla och ligga på hennes säng, kändes nästan overkligt. Efter frukosten skulle de åka till tandläkaren. Teddy hade minst två gamla lagningar som jävlades med honom plus det gapande hålet i underkäken som helst borde ersättas med något i typ porslin, det borde inte ta mer än en timme, tyckte han. Sedan ville han gå på stan med Sara en stund, bara strosa, ta en kaffe – hon skrattade åt honom.

»Jag trodde inte du drack kaffe längre.«

»Jo, på min fria dag vill jag berusa mig«, svarade han.

Han ville köpa musik och kläder. Sedan tänkte de äta på McDonald's.

»Det är ju sjukt, varför vill du äta där?«

Teddy var benhård. »Vi tar middagen på nåt finare ställe. Men för mig är Donken lika med frihet. Det är en symbolgrej liksom, jag kan inte förklara det bättre än så.«

På eftermiddagen skulle de besöka Teddys pappa och sedan åka hem till Sara igen. Klockan fem hade hon bokat ett tidigt bord på Sturehof. Han skulle få slänga i sig maten på finrestaurangen, men han måste kliva in genom centralvaktens grind prick klockan sju, annars kunde nästa permission vara i fara.

När de pratade tre dagar före permisen sa Sara: »Du vet att jag inte kan släppa det du dömdes för?«

»Jag har förstått det, men varför? Att Mats Emanuelsson inte hade några pengar spelar ingen roll i dag. Det var att jag ens gick med på den där skiten som var mitt misstag. Bara det.«

»Inte bara.«

»Vad är det mer då? Jag vill helst inte prata om det där. Jag har gått vidare, jag hade hoppats att familjen Emanuelsson också kunde göra det.«

»Jag vet, och jag respekterar dig för det. Men jag känner att jag måste titta närmare på det här. För din skull, Teddy. Jag tror att jag kommer att få reda på mer saker i morgon. Jag ska faktiskt träffa Cecilia Emanuelsson, Mats änka.«

»Sara, jag tycker inte du ska rota mer i det där.«

»Men jag är säker. Det är nåt som är ruttet i allt det du dömdes för. Jag vet inte exakt vad det är än. Men jag kommer att ha mer saker att berätta när vi ses.«

Teddy räknade timmarna.

Så kom dagen före dagen. I morgon skulle han få se världen utan murar och plitar för första gången på mer än fyra år. Röra sig fritt, gå dit han önskade, krama Sara hur länge han ville.

Tagg var så avundsjuk att han höll på att bli galen. »Snälla Teddy, när du knullar med Sara, kan du inte hälsa från mig precis när du kommer? Jag vill så gärna vara en del av din fina stund.«

»Gärna skämta och vara glad, Tagg, men inte prata om vad jag gör när jag är med Sara. Vi kommer inte att knulla. Vi älskar.«

»Har ni gjort det då?«

»Det ska du skita i.«

De skulle höras en sista gång för att planera detaljerna inför morgondagen.

»Hej. Det är jag.«

Han hörde Sara snörvla i telefonen, och kände direkt att något var fel.

»Vad är det?«

»Vi kan inte ses i morgon«, sa hon.

»Vad pratar du om?«

»Vi kan inte ses mer över huvud taget. Det är över.«

»Skärp dig, Sara, sluta nu. Vad är det med dig?«

»Jag skojar inte, det här blir det sista samtalet mellan oss. Vi kan inte träffas i morgon och aldrig mer. Det går inte. Vi måste bryta.«

Teddy förstod ingenting. Hon var inte sig själv. Han kände henne tillräckligt bra för att höra det på hennes röst.

Hon var inte bara ledsen.

Hon var livrädd.

»Har det med Emanuelsson att göra?« frågade han.

»Jag kan inte prata mer ... de har ... jag får inte ...«

Hon kom inte längre innan hon började gråta okontrollerat. Han hörde inte ens vad hon försökte säga.

Det var sista gången han hörde ifrån Sara.

* * *

Träden såg ut som om de höll på att falla över honom.

En pistol mot hans huvud. En petning på avtryckaren från döden.

En ung Södertäljekille förblindad av ilska. Lika galen som han själv hade varit en gång i tiden.

Teddy försökte med sin lugnaste röst: »Kan du inte i stället berätta för mig vad ni gör här?«

Chamon snäste av honom. »Va fan? Tror du jag är dum?«

Teddy betonade varje stavelse. »Säg mig bara vad ni gör här. Jag är Nikolas morbror. Isaks barndomskamrat. Jag har inget emot dig. Jag har inget med din kusins död att göra.«

Det ryckte i Chamons ansikte.

Han höll sin arm rakt ut, med pistolen några centimeter från Teddys öga. Teddy såg hur mynningen började skaka. Det var ett tecken på att Chamon började bli trött i armen. Han var också uppenbart påverkad av det Teddy sagt och Nikolas vädjanden. Den tredje killen bad honom också sänka vapnet.

»Brorsan ... du gör ett misstag.«

Teddy andades in luft genom näsan och fyllde sina lungor. Han kände sin egen kropp, sina armar, sin rygg, sitt huvud. Han tittade rakt in i pistolmynningen, sedan på handen som höll i vapnet. Han ville egentligen inte skada den här pojken igen.

Men det var nu eller aldrig. Han exploderade.

Chamon hann aldrig fatta vad som hände. Teddy gjorde det han gjorde i en enda rörelse, där varje vinkel och varje vridning var del i en perfekt kroppslig manöver.

Han grep tag om Chamons hand samtidigt som han vred den i en vinkel så att vapnet pekade ner mot marken. I samma rörelse pressade han med all sin styrka mellan killens tumme och pekfinger och tryckte handen bakåt mot handleden.

Ett skott brann av, ner i marken.

På mindre än en tiondels sekund hade Chamons arm hamnat i en så onaturlig och smärtsam vinkel att han släppte taget om pistolen.

Teddy hade kontroll på hans arm, hand och vapen.

Sedan gjorde han något som han var tvungen att göra. Han knäade Chamon i mellangärdet så att han flög två meter bakåt. Han hamnade på den snötäckta mossan och utstötte ett tyst stön.

Nikola stod med vidöppna ögon.

Teddy höll vapnet i sin hand.

Den tredje killen stirrade också.

»Berätta nu vad ni gör här«, sa Teddy.

Nikola blinkade. »Vi förföljde en person hit ut och såg honom gå in i kåken.«

»Var det Ian Crona?«

»Ian Crona, ja.«

Chamon fräste: »Ianfittan har haft ihjäl min kusin.«

Teddy andades ut genom näsan. »Jag beklagar. Men hur vet du det?«

»Jag vet det bara. Han har varit på henne förut. Och den andre också, Philip.«

»Så vad hände?«

Nikola fortsatte. »Vi kom in och tog hand om Ian inne i huset. Men han som ligger på marken där borta hann sticka. Vi hann upp honom en bra bit in i skogen. Han vägrade stanna så Chamon sköt honom. Sen kom du.«

»Så han som ligger där borta var också i huset när ni kom, tillsammans med Ian och Philip?«

»Yes, och han hade den där skumma head face-bandanan över munnen då också. Jag har ingen aning om vem han är, men han borde inte ha försökt smita. De har alla nåt att göra med vad som hänt Chamons kusin.«

Han såg hur Chamons ansikte förvreds av sorg.

Teddy gick bort mot mannen som låg ner.

Han såg ut att vara medvetslös och snön under hans ena ben var rödfärgad.

Han hade huvan på sin huvtröja åtsnörd. Över munnen hade han något slags scarf knuten. Den såg konstig ut, Teddy sneglade på den, den föreställde ett brett obehagligt grin. Ett slags jokerleende.

Det var något bekant med det där leendet. Det var faktiskt något bekant med allting.

Teddy sa med hög röst: »Hallå?«

Mannen rörde på sig.

Efter en stund satte han sig långsamt upp, han verkade ha ont, och Teddy tyckte sig kunna se att byxorna var fuktiga av blod.

»Är du okej?«

Mannen hostade.

»Vad har hänt?«

Mannen vände bort ansiktet.

Teddy kramade pistolens handtag. »Vad har hänt, undrar jag.«

Han tog ett kliv fram och slet bort jokerscarfen.

Senare tänkte Teddy på det som en punkt i hans liv som innebar en förtätning av alla hans val. En punkt som sammanfattade hans historia och länkade till hans framtid på ett obönhörligt tvingande sätt. En punkt som han kanske inte ville nå men som han inte kunde undvika.

Han förstod varför han hade känt igen något med mannen bakom den märkliga scarfen.

Det var Dejan.

Han väste: »Teddy, vete fan vad du gör här, men försvinn härifrån. Lägg dig inte i det här.«

Teddy mötte Dejans blick. Hans bästa vän. Som lånat ut sitt hem till honom.

En kort sekund funderade han på om han någonsin riktigt tittat på Dejan på det här sättet. Men nu när han gjorde det, letade han efter någon själ bakom sin väns ögon.

Han upptäckte ingenting.

»Är du fortfarande i den här branschen?« var det enda han kom på att fråga.

Dejan såg ut som att han höll på att börja gråta. »Döm mig inte, Teddy. Du och jag har alltid gjort sånt här. Och du vet inte vad du blandar dig i.«

»Jag har slutat för länge sen. Vilka mer är inblandade? Vem var med dig och gjorde det här?«

»Det är inte läge att prata nu, min vän. Du tänker väl inte ta hit polisen? Du är inte sån.«

Teddy sänkte blicken.

Dejan upprepade vad han nyss sagt. »Teddy, du är inte en sån. Eller hur? Säg att du inte har blivit sån.«

Teddy vände sig om.

Han började springa tillbaka mot huset.

*

En smäll från skogen. Men nu var det tyst igen.

Philips andning hördes inte, hon gick fram till honom en gång till bara för att kontrollera att hans bröstkorg rörde sig. Det gjorde den.

Ian ställde sig upp. »Jag kanske skulle ta och åka härifrån. Jag borde nog besöka en doktor.«

»Kan du inte vänta tills ambulansen har kommit?« frågade

Emelie. Hon hade inte varit beredd på att Ian skulle vilja lämna huset så fort.

»Vi får höras sen, när jag blivit omplåstrad«, sa han och log snett.

Hon tittade på honom. Behövde han verkligen bli omplåstrad? Han måste ha utsatts för lättare våld mot huvudet, kanske slag mot kinden och pannan. Men något mer än så kunde hon inte upptäcka på honom.

Då såg hon något som hon inte lagt märke till när han legat ner på golvet eller suttit i fåtöljen.

Hans skjorta var fläckig. Av blod.

Han var kanske allvarligare skadad än hon sett tidigare.

»Du bör nog ändå vänta på ambulansen. Du verkar vara rätt illa däran«, sa hon, och pekade på hans skjorta.

»Nej, det är lugnt. Det där måste ha kommit när de slog mig.«

Men skjortan var blodigare än så.

»Ian, jag vill att du stannar här en stund till.«

»Vad menar du?«

»Jag menar ingenting. Jag undrar bara om du kan stanna här tills Teddy är tillbaka.«

Han blev som en annan person inför henne. Det sprutade saliv om munnen när han fräste: »Jag går nu, och ringer polisen på vägen.«

Han tog upp sin telefon och började slå in ett nummer.

Emelie sträckte snabbt fram handen och tog den ifrån honom. »Kan vi inte ringa polisen tillsammans?«

»Är du sjuk i huvudet, eller? Du hotade mig med stämning senast jag ville kontakta myndigheterna. Varför vill ni skjuta på det hela tiden? Det här är ju grov brottslighet.«

»Snälla, vänta här bara några minuter, tills ambulansen har hämtat Philip. Vi kan ringa polisen nu, du och jag.«

Ian ryckte i sin mobiltelefon. Hon trodde inte att hon höll så hårt, det här fick inte bli galet. Ändå blev det en dragkamp, de slet fram och tillbaka.

Ians telefon flög genom rummet. Den slog i mattan fem meter bort.

Samtidigt öppnades pardörrarna och Teddy kom in i salongen.

Ett kort ögonblick såg han overklig ut, som ett spöke som trädde fram ur det här herresätets inre. Solstrålar flödade in från hallen och spreds kring honom.

Han stod stilla och iakttog scenen.

Emelie kunde inte se hans ansikte i motljuset.

*

De tittade på varandra och till slut började Yusuf att garva.

»Brorsan, din familj, alltså. Ni är för sjuka. Vad fan håller Teddy på med?«

Nikola andades ut, det var så skönt att Yusuf tog det så.

»Det är kanske morsans fel. Hon har ju slängt ut honom och skällt på honom som om han var jag.«

Yusufs blick mörknade. »Och Chamon, hur mår du?«

Chamon grimaserade. »Min kuk är fan upptryckt i lungan på mig.« Han spottade blod. »Och den där horan som dödade Anina är kvar i huset.«

Himlen var knappt synlig. De höga barrträden stod tysta runtomkring dem, som om de väntade på att de skulle fatta ett beslut. Nikola tänkte på en historia som Teddy berättat om hur han sovit under en gran en gång på flykt undan snutarna.

De tittade på varandra. Yusuf var äldst och hade Isaks förtroende i det här, men det var Chamons kusin som dödats.

Yusuf sa: »Isak älskar Teddy. Han brukar dra så många stories om honom att man skulle kunna göra en teveserie. Han golar inte ner oss, eller hur, Nikola?«

»*Fuck no.*«

»Och Chamon, vi släpper inte det här med din kusin. Det har Isak lovat, *walla.*«

Chamon reste på sig.

»Okej, vi drar.«

»Och den där liraren med jokersmajlet då?« undrade Nikola.

De tittade bort mot platsen där mannen som Chamon skjutit i benet legat.

Han var försvunnen.

Inte ens blodfläcken i snön syntes längre. Jokerkillen måste ha borstat över den.

De småsprang mot X5:an. Chamon stannade till på ett ställe och svor och spottade mer blod.

Det stod ingen ytterligare bil här nu. Jokermannen måste ha stuckit med den andra.

Kylan i luften hade gjort Nikolas kinder stela. Samtidigt kände han hur trött han var. Att bo hos Chamon och de andra polarna, flytta runt som en luffare, aldrig ha en egen garderob med sina egna saker. Aldrig veta när han skulle kunna tvätta sina kalsonger nästa gång. Rädslan att snuten skulle göra husrannsakan och plocka in dem för något de själva knappt kom ihåg.

Hela den här grejen med Anina. Och Teddy.

Kanske var det dags att flytta hem till mamma igen.

*

»Ian, du sätter dig ner.«

Teddy talade så klart och tydligt han kunde.

Den här eftermiddagen hade tagit på krafterna.

Men Ian satte sig inte, i stället böjde han sig ner mot sin mobiltelefon som låg någon meter bort.

Teddy tog tag och klämde åt runt underarmen på honom. Killen var smal men inte på något sätt klen. Antagligen tränade han duktigt med en PT på något lyxigt innerstadsgym.

»Sätt dig, sa jag.«

Ian stannade upp, och i stället böjde sig Teddy ner och plockade upp luren. Den hade inte gått sönder, efter vad han kunde se.

»Ni är galna båda två«, morrade Ian, och Teddy hann se i ögonvrån hur han snappade åt sig en hammare som låg på soffbordet.

Instinktivt kastade han sig åt sidan. Men det var försent, han kände något träffa honom över käken.

Allt blev svart.

En tunnel, en tunnel med en svag bris i. En känsla av att allt snurrade. Att tunneln rörde på sig.

Ett ljus längre bort. Ett starkt ljus som påminde om de första solstrålarna över muren inne på anstalten om våren.

Ett ljus som smekte ansiktet samtidigt som det påminde om något bättre där borta.

Teddy vred på sig. Han måste ha tuppat av i några sekunder. Från sitt golvliggande läge såg han hur Ian tog upp sin telefon och klev ut mot pardörrarna. Han hade fortfarande hammaren i andra handen.

Emelie ställde sig i vägen.

Teddy försökte resa på sig, det snurrade. Sedan fick smärtan i käken honom nästan att falla igen. Han kom inte längre än till knästående. Huvudet dunkade och han trodde att han skulle kräkas. Det kändes som att han stod på de märkliga rulltrapporna upp till Lustiga huset samtidigt som någon tryckte en kniv in i hans käke.

Emelie satte upp handen mot Ian. »Du stannar.«

Ian försökte komma runt henne.

Hon tog tag i hans arm.

Ian svingade hammaren mot hennes huvud, men hon lyckades ta ett kliv åt sidan och han missade.

Nu kunde hon inte hålla honom längre.

Teddy kunde knappt öppna munnen för att det gjorde så ont. »Var försiktig, Emelie«, sa han ändå, rosslande.

Hon ignorerade honom och gick på nytt rakt mot Ian.

Han höjde hammaren igen. Men den här gången verkade Emelie veta vad hon skulle göra. Hon satte ner vänsterfoten snett framför sig och rörde höger ben blixtsnabbt.

Teddy hade aldrig sett en så perfekt utförd muay thai-rundspark i sitt liv. Han visste killar som tränat i femton år och aldrig skulle kunna göra samma grej. Snabbhet kunde bara läras till en viss nivå, resten var talang.

Emelies högra fot träffade Ians bröst med full kraft. Han tappade hammaren av kraften och stapplade bakåt.

Emelie å andra sidan landade i fight stance, stadig som en klippa.
»Nu tar du det lugnt«, sa hon.

Motvilligt satte sig Ian i en av fåtöljerna. Han höll sig för bröstet, kanske hade han brutit något eller några revben. Emelies spark hade inte bara varit välriktad, det hade varit schvung i den också. Men Ian kommenterade inte med ett ord vad som just hänt. Han lutade bara huvudet bakåt och tittade upp i taket.

Teddy reste sig mödosamt upp till hälften och kravlade på alla fyra mot soffan mitt emot. Han bad att få Ians telefon från Emelie.

Ian, Emelie, den medvetslöse Philip och han själv – det måste ta slut nu.

Teddy behövde få sitt arvode och ta hand om sin systerson.

Han harklade sig.

»Ian, du vet hur det ligger till. Och det vet jag också.«

»Vad fan pratar du om? Du är ju sjuk i huvudet. Och hon där«, han pekade på Emelie, »är helt rubbad. Kan jag få tillbaka min telefon?«

Teddy tittade ner på Ians Iphone igen. Det gjorde vidrigt ont i hans käke.

»Nej, inte nu. Du är skyldig till i vart fall människorov, grov utpressning och försök till mord, alternativt synnerligen grov misshandel.«

»Är du nån jävla polis, eller?«

»Tyst bara. Du anlitade mannen som just lyckades försvinna ut i skogen för att hjälpa dig att kidnappa Philip. Låt oss kalla honom Jokern. Han har gjort såna här saker förut, det råkar jag veta.«

Ian tittade upp och stirrade på honom nu. Teddy kunde inte avläsa om det var hat eller förvåning som sprutade ur hans blick.

25 februari

»I vanliga fall skålar vi i champagne när vi har avslutat ett ärende, men jag tyckte att det skulle kännas olustigt.«

Magnus Hassel ställde fram varsin kopp kaffe till Emelie och Teddy. Hon visste inte om han försökte vara lustig eller om han helt enkelt bara ville informera Teddy.

Magnus såg ut som vanligt i dag. Håret var bakåtstruket och kinderna välrakade. Mörkblå kostym, ljusblå skjorta, en kornblå slips och en orange näsduk i bröstfickan. På det stora hela kändes det här som en alldeles vanlig arbetsdag, men tillståndet var fortfarande långt ifrån normalt.

De senaste dagarna hade både Emelie, Teddy och Magnus suttit i polisförhör. Hon hade upprepat alla sina svar sedan tidigare, men försökt vara ännu mer detaljerad. Vad gällde utredningen om kidnappningen berättade hon nästan allt.

Nu ville Magnus ha sin lilla debriefing, som han kallade deras möte.

»Vi får runda av det här ärendet på nåt annat sätt. För att vara helt ärlig så ska det bli skönt. Jag älskar att jobba, det vet ju du, Emelie, men det här var inte min typ av arbete. Dessutom är det så hemskt, det som hände med flickan. Och ja ... Philip och allt.«

Magnus sörplade på sitt kaffe.

Teddy drack sitt med sugrör, det såg konstigt ut. Han hade fått operera käken efter Ians hammarslag, men enligt doktorn skulle det läka snabbt. Annars verkade Teddy mest vara intresserad av konstverken som hängde på väggarna. Det slog Emelie att han nog bara varit i mötesrummen tidigare, aldrig inne hos Magnus.

Hon antog att det betydde att Teddy nu var fullständigt betrodd av firman.

Det mesta som Magnus ville diskutera var redan klarlagt. Ändå lyssnade hon uppmärksamt på hans sammanfattning och försökte besvara hans frågor.

Polisen hade anlänt kort efter ambulansen. De hade tagit med sig Ian och Emelie från huset. Philip och Teddy hade fått åka ambulans.

I salongen hade det stått en bag, som varken Teddy eller Emelie först tänkt på. Polisen hade bara snabbt öppnat den, men Emelie hann se vad som låg i. Travar med sedlar.

Magnus gissning var att det var betalningen som Ian hämtat ut. Betalning till den som Teddy kallat för Jokern.

Alla de som Teddy träffat på ute i skogen hade däremot försvunnit. Han var mycket förtegen med vad som hänt där och Emelie kunde bara gissa vilka de var som han mött. På något sätt kände hon att det var hans ensak om han ville berätta eller inte. Hon undrade bara om han var lika tystlåten när polisen frågade.

Philips läge var inte längre kritiskt. Han hade vaknat upp i förrgår, på Huddinge sjukhus.

Ians olika investeringar och även hans privata tillgångar var så gott som utraderade, det hade Emelie kunnat konstatera efter en egen ordentlig due diligence. Hon hade granskat hans bolag, men nu även fått en unik inblick i hans och hans bolags skuldförhållanden, bankkonton, checkkrediter, kreditkortsräkningar och så vidare. Det var ju sådant som banken i vanliga fall hellre skulle dö än att lämna ut, men i det här fallet gjorde de ett undantag.

Bland annat fick hon fram att en person vid namn Jonas Svensson varit inne på ett Handelsbankskontor i City den 21 februari på eftermiddagen och gjort ett kontantuttag på femhundra tusen kronor. Uttaget hade varit förberett sedan några dagar och alla papper hade skickats in till banken i enlighet med regelverket. Det var bara det att den Jonas Svensson vars legitimation visats upp för banken när uttaget gjordes, satt på Kumlaanstalten sedan tre år tillbaka. Han var dömd för grovt narkotikabrott.

Emelie fick till och med tillstånd att titta på bankens övervakningskameror. Personen som klev in på bankkontoret hade solglasögon och en djupt neddragen keps. Det skulle bli svårt att identifiera vem det var, men kanske polisen kunde göra specialanalyser för sådant. Hennes gissning var att Ian helt enkelt köpt den här Svenssons personuppgifter och själv gått in på banken. Kanske var de lika till utseendet.

Ians ekonomiska problem blev tydligare nu. Både han och hans företag hade varit hårt belånade. Hans investeringar hade inte gjorts med egna pengar.

Sammantaget handlade det om kreditunderskott på närmare hundra miljoner kronor i bolagen men även tio miljoner kronor för honom privat. Emelie hade fått fram vad några av privatskulderna gällde. Två bilar, en Ferrari och en Maserati. Men framför allt konsumtion. Hotellnätter, champagneflaskor för fem tusen euro styck på klubbar i London och New York, klockor, middagsnotor på trettiofem tusen kronor, kläder och resor i första klass. Till detta kom ytterligare en mängd märkligt stora kontantuttag.

Hon rotade ytterligare. På platser som inte ens Magnus skulle ha samtyckt till. Hon kom fram till att hans föräldrar, Tom och Christina Crona, inte var i närheten av att kunna hjälpa honom ekonomiskt. Konsten att leva över sina tillgångar verkade gå i arv.

De sexton miljonerna från Philip hade kanske kunnat rädda hans privata ekonomi. Men Ians övriga affärer var totalt utraderade.

Teddy sa: »Polisen har tagit hand om hans telefon. Har de frågat er om sms som de hittat?«

Både Emelie och Magnus nickade.

Det hade funnits sms från Philip i den. »Skulle du ha tid att titta på ett projekt jag har? De heter CashFinans. Kollade deras ÅR, sjukt bra kassaflöde.«

Det var skickat samma kväll som Philip blev kidnappad, den 12 februari. Ian hade svarat på det, även det hade Teddy sett i hans telefon. »Kan vi höras i morgon om det?«

Men när Ian, Axel och Carl varit uppe på byrån hade Axel berättat att han också fått sms från Philip om att Philip var sjuk, något med halsfluss.

Emelie mindes hur Ian hade instämt.

»Ja«, sa Magnus. »Det kommer jag också ihåg. Han sa att han fått ett sånt sms, och det sa jag till polisen också.«

»Men nåt sms om att Philip var sjuk fanns alltså inte i hans telefon«, förklarade Teddy. »Philip messade aldrig Ian om halsfluss, för Ian hade inget behov av att få ett sånt meddelande, han visste ju hela tiden varför Philip inte hörde av sig. Det är antagligen han som skickat messen om halsfluss till Axel och andra kamrater plus en del övriga samtal som ringts för att förvilla vid eventuella kontroller av telefonen. Allt för att folk inte skulle börja undra.«

Varken Emelie, Teddy eller Magnus visste något om vad Ian sagt i polisförhören som hållits med honom. Men de kunde konstatera att han hade häktats av tingsrätten för några timmar sedan. Polisen skulle i alla fall hålla kvar honom under utredningen. Han var på sannolika skäl misstänkt för människorov, grov utpressning och synnerligen grov misshandel. Vilket var ungefär vad Teddy hade sagt till honom där i huset.

Blodet på hans skjorta, som antagligen kom från Philip, dna:t på flaskan i lägenheten på Fatbursgatan, väskan med sedlarna och den märkliga kommentaren om halsflussmesset räckte gott och väl för häktning.

»Men räcker det för att få honom fälld i slutänden? Då krävs det ju att hans skuld är ställd bortom allt rimligt tvivel«, frågade Magnus.

»Vi får se vad polisen hittar mer. Transaktioner, överföringar, dna, fingeravtryck, ytterligare kontroll av hans telefon. Det finns ju mycket som de kan få fram«, svarade Teddy. »Men det är klart, han kanske säger att blodet stänkte på honom när nån annan misshandlade Philip. Och att flaskan ställts dit av nån, den måste ju inte betyda att Ian varit i lägenheten.«

Magnus såg betänksam ut.

Ians misstag i hela kidnappningsupplägget tycktes ha varit att han inte förstått sig på bankens spärrar. Om bankerna inte haft takbelopp för utlandsöverföringar utanför EU skulle de ha kunnat föra över de tio miljonerna redan genom att använda bankdosan. Enligt Philip hade Ian aldrig varit duktig på de praktiska sakerna.

Dessutom hade ju Carl-Johan av en slump börjat ana oråd när Philip inte hörde av sig om gåvan av jaktgeväret. Det var inget som Ian och den andre kidnapparen hade räknat med.

I stället hade de uppenbarligen trott att de skulle kunna få över pengarna inom någon dag, men när det drog ut på tiden hade de börjat leta efter ett alternativt ställe att hålla Philip på. Lövtuna gård hade legat ute för försäljning på marknaden en längre tid. Ägaren hade nu bekräftat att en Jonas Svensson kontaktat honom på telefon för några dagar sedan och fått hyra stället omgående. Samma person igen. Ian hade aldrig skyltat med sitt eget namn.

»Och killarna från Södertälje var där för att de ville åt den eller de som förgripit sig på Anina Björklund? Det har jag väl förstått rätt?« fortsatte Magnus.

Teddy och Emelie nickade.

»De förföljde Ian av samma skäl som de varit på Philip. För att båda två hade *våldtagit* Anina. Misshandeln när de tvingade ut Philip på isen var början på deras vedergällningsaktion«, svarade Emilie.

»Ja, det är inte lätt det där. Schales är klienter till mig. Jag vill helst inte prata om just den delen av det här ärendet. Det räcker för mig att konstatera att Södertäljemännen inte var kidnapparna.«

De lyfte sina kaffekoppar samtidigt och drack.

Magnus tittade över kanten på sin kopp på Emelie och Teddy.

»Det är så jävla sjukt alltihop«, sa han.

Emilie hade aldrig hört Magnus svära så förut.

»Har ni berättat allt för polisen?«

»Det mesta«, sa Teddy.

Magnus suckade. »Jaha, ja som sagt, det är en tråkig historia det här. Men vi levererade till klienten i alla fall. Polisen får utreda det hemska med flickan Anina. Det är inte vår sak.«

Han lade upp ett kuvert på sitt skrivbord.

»Jag tänkte att du ville ha ditt arvode«, sa han och sköt över kuvertet till Teddy.

Teddy öppnade det och tittade ner på innehållet.

Han knep ihop läpparna några sekunder. Sedan sa han: »Jag jobbar inte så längre. Låt trehundra tusen stå kvar på nåt av era klientmedelskonton eller vad de kallas. Och resten av arvodet vill jag ha direkt till mitt personkonto. Och jag vill ha allmänt pensionssparande på det.«

Magnus log skevt och tog tillbaka kuvertet. »Är du säker?« sa han.

Teddy reste på sig och skakade först Magnus och sedan Emelies hand.

»Tro mig, efter det här ärendet är jag säkrare än nånsin.

Han vände sig mot Emelie: »Förresten, vem är din tränare i muay thai? Hälsa att hon eller han gör ett bra jobb.«

Emelie och Magnus satt tysta en stund efter att Teddy hade stängt dörren. Det fanns inte mycket att säga, men desto mer att fundera över.

Hon måste släppa det här nu. Komma in i post closing-stämning. Känslan av absolut lugn och harmoni som alltid infann sig dagarna efter att en stor transaktion avslutats, då man faktiskt ibland inte hade någonting att göra.

Fast så skulle det nog inte bli efter det här ärendet. Kanske måste hon träffa en psykolog för att få ordning på tankarna.

Hon kunde inte släppa Anina.

»Jaha du, Emelie«, stönade Magnus. »Vilken förfärlig härva. Jag hoppas bara att tidningarna inte skriver för mycket om vår inblandning, det kan bli *bad will* för byrån. Vi ska ju inte syssla med sånt här.«

»Magnus, jag tänkte faktiskt gå hem lite tidigare i dag, om det är okej.«

»Absolut, det är du värd, lilla gumman.«

»Jag har bara en fråga till dig.«

»Ja?«

»Varför kopplades egentligen Teddy in på det här från början? Jag vet att han kommer från Södertälje, men det var väl inte hela anledningen? Jag har äntligen fått ut domen mot honom. Han dömdes ju för nåt liknande som det här. För åtta år sen. Kidnappning, misshandel. Var det därför du ville ha honom. Som expert, så att säga?«

»Delvis, Emelie, delvis. Men en annan faktor var nästan viktigare. Som du måste ha sett i domen mot Teddy var andra inblandade i den där hemska händelsen också. Men bara Teddy dömdes. Vet du varför?«

»Jag har inte tänkt på det.«

»Svaret är enkelt. Han … för att använda ett för mig ovant ord … *golade* aldrig. Teddy höll tyst. Sa ingenting om nån annan. Han höll på tystnadsplikten, så att säga, som en advokat. Min magkänsla sa mig att vi skulle stöta på saker i det här ärendet som krävde en man som aldrig nånsin läcker. Inte ens när han själv riskerar åtta års fängelse.«

Emelie blinkade.

Magnus visste inte hur rätt han hade. *Hennes* magkänsla sa att Teddy aldrig skulle berätta om Isak Nimrods pojkar i skogen.

Det enda hon själv inte visste var vem den där Jokern var.

Det kunde hon leva med.

1 mars

Steffi hade kommit hem från sin resa men han hade förbjudit henne att komma till sjukhuset.

Philip hade bara sett sig själv i spegeln två gånger sedan han vaknat upp, men det han såg fick honom nästan att börja gråta. Han hade någon sorts kraftig tejp över näsan och överläppen. Två framtänder saknades och några andra tänder i överkäken satt ihop med något som liknade en tandställning, han var blå under ögonen, öronen var bandagerade och han hade en gul plastkrage runt nacken.

Allvarlig hjärnskakning, frakturer på näsan, käkbenet, öronen och foten samt kraftiga hematom, sa doktor Alvnäs. Dessutom hade han köldskador på fötterna och kinderna. Han skulle bland annat genomgå datortomografi och magnetröntgen, men de kunde inte säga vilka de framtida menen skulle bli.

Huvudvärken höll på att spränga honom.

Han ville inte ha Stephanies medlidande. Och han orkade inte dra allt skit han varit med om ytterligare en gång. Polisen och hans föräldrar hade redan pumpat honom mer än tillräckligt.

Han ville bara bli hel igen.

Komma härifrån.

Allt här inne andades offentlig billig miljö. Golvet var av plast och gardinerna som hängde för fönstren såg ut att vara i polyester. Lampan som hängde över det lilla fåtöljbordet var en kopia på en PH-pendel. Till och med chokladkakan som en sköterska ställt in för en stund sedan var av något okänt märke. Den såg ut att komma från Nordkorea.

Polisen hade förhört honom tre gånger. Första gången var han så borta att det var ett under att han ens kunde prata. De borde veta bättre än att försöka förhöra en person som inte ens kunde återge sitt eget personnummer.

Han var i och för sig glad att doktor Alvnäs skrivit ut en ordentlig cocktail med piller till honom. Morfin Meda, flunitrazepam och Propavan.

Andra gången hade han ansträngt sig för att minnas. Överfallet i hallen på Fatbursgatan. Dagarna inne i badrummet. Hur han genom den stängda dörren hade hört Jokeransiktet prata, men aldrig hört den andres röst. Att de uppenbarligen trott att allt skulle gå så fort i början. Hur de stressats av att det inte fungerade och att han fått dem att flytta honom till huset. Att de dolt sina ansikten.

Poliskvinnan som förhörde honom hade ställt samma frågor om och om igen. Många handlade om mannen med jokerscarfen. Philip ville verkligen också kunna peka ut vem han var, han hade ju trots allt sett hans ögon. Men det spelade ingen roll, när han tänkte på den där jäveln var det som att Jokerfejsets ögon bara var flammande eldar som bländade honom. Han kunde inte minnas ett ordentligt utseende.

Tredje gången backade polisen historien och ville att han skulle ta allt från början igen. När de började ställa frågor om varför han befunnit sig i lägenheten på Fatbursgatan blev det jobbigt.

»Jag brukar vara där ibland.«

»Vems lägenhet är det då?«

»En kompis, Jarl. Jag känner honom inte särskilt bra.«

»Vad heter han mer än Jarl?«

»Jag vet inte, men det står ett namn på dörren tror jag. Polj... nånting.«

»Har du nåt telefonnummer till honom.«

»Kanske. Jag måste titta i min telefon och den är inte här.«

»Jaha. Vad *gör* du när du är där då?«

Poliskvinnan, som han glömt namnet på, mötte hans blick med stora runda ögon. Hon försökte säkert bara vara snäll, eller hade hon haft en kritisk underton i sin fråga?

»Inget särskilt«, svarade han. »Du, är det långt kvar på förhöret i dag? Jag mår inte särskilt bra.«

De avbröt efter några minuter. Han var ju ett brottsoffer, utsatt för ett fruktansvärt övergrepp och misshandlad bortom all sans. Han kunde begära att de tog en paus.

Helst skulle han vilja ha en paus från de där frågorna för alltid.

De erbjöd honom att tala med en psykolog. PTSD, sa de – posttraumatiskt stressyndrom. »Kognitiv beteendeterapi, det tror jag att du behöver«, sa doktor Alvnäs, och klappade honom på axeln. Men Philip tänkte fan inte sitta med någon hjärnskrynklare som skulle riva upp minnena igen.

Han ville glömma.

Han ville hem.

Han hade affärer att ta hand om. Investeringar. Affärsplaner.

Och Ian?

Det var svårt att förstå.

Han kunde knappt tro det själv. Men vid det tredje förhöret hade polisen berättat att det var just hans vän och affärspartner som var misstänkt. De kunde inte dölja det längre: varenda dagstidning skrek om häktningen av Ian Crona.

Polisen hade berättat att Ians ekonomi var i sank. Han hade spelat ett högt spel. Belånat sig mycket aggressivare än vad Philip någonsin förstått. Så här i efterhand kunde han kanske tänka att Ian gnällt mer och mer på att vissa av hans bolag gick värdelöst. De bolag de ägde gemensamt hade också drabbats, insåg Philip nu. Ian hade bara fifflat med siffrorna inför honom.

Ian hade agerat som ett dumpucko och fick skylla sig själv. Han hade behövt pengarna. Så långt var det förståeligt.

Men det hade handlat om något annat också. Något mörkare. Det kunde Philip känna i hela sin sönderslagna kropp.

Hat.

Och ja, han och de andra killarna hade varit hårda mot Ian ibland när de växte upp. Stämningen hade varit sådan. Den hade drabbat alla, även om Ian oftare hamnat i skottgluggen. Philip tänkte på gropen där de pissat honom i ansiktet i femman. Han kom ihåg den där gången i åttan när de tvingat Ian att svälja sin egen sperma. Han såg låtsasfesten i första ring framför sig, när Ian trott att han skulle få ligga, men då de i stället hade spelat in hur tjejen skrattade ut honom.

De hade bränt ner filmsnutten på tjugo cd-skivor och distribuerat till kompisarna på skolan.

De hade varit råa. Men Ian hade ju alltid återkommit, varit en i gänget efteråt.

Att det skulle bli så här. Det gick inte att ta in.

Philip kunde inte förstå varför Ian ens hade fortsatt att vara hans kamrat efter gymnasiet om han tyckte så illa om honom. Varför han hade valt att starta en firma tillsammans med honom. Han kom bara på ett svar.

Ian ville fortfarande vara en av dem. Men förnedringen hade funnits kvar i honom. Som en elakartad tumör som ingen hade vetat om. Som ingen hade förstått sig på.

Mamma och pappa hade varit där och besökt honom några gånger. De sa inte mycket. Tog bara med tidningar, strök honom över pannan och sa att allt skulle bli som vanligt igen.

Det var bullshit. Inget skulle någonsin mer bli som vanligt.

Men han ville inte tänka på det nu.

De hade berättat i korta ordalag om teamet som hittat honom, och hur det hade gått till.

De nämnde också något om en annan tragedi. En ung kvinna som hittats död. En kvinna som vissa sa att han hade varit med.

Anina – han kommenterade inte det.

Det var inte hans sak vad som hänt henne. Men kanske var det Ian som låg bakom det också. Han hade varit på henne lika mycket som han själv.

Sköterskan kom in. Hon kunde knappt prata svenska, den här, men förväntades inge förtroende. Hur tänkte de egentligen?

»Dy ha bejsök.«

»Vad sa du?«

»Flicka her. Bejsök.«

»Ett besök? Låt henne komma in.«

Det var Caroline. Hon var klädd som han kom ihåg att hon brukade. Pösiga gråa byxor och en stickad tröja. Hon lade sin dunjacka på bordet och satte sig i fåtöljen vid fönstret. Hon var riktigt snygg i dag, tänkte han.

»De vill inte prata med mig längre«, sa hon.

»Ska du inte fråga hur jag mår först?«

»Jag ser väl hur du mår. Betydligt bättre än när de hittade dig, antar jag.«

»Varför vill mamma och pappa inte prata med dig då?«

»De har förstått att jag var albinokaninen.«

»Hur då?«

»Advokatbyråns folk kontaktade Facebook som först vägrade svara. Men eftersom en polisutredning nu inletts så frågade den här Emelie igen och begärde information om identiteten på användaren med en albinokanin som profilbild, Anton Antonsson. Facebook gav ut vissa uppgifter, bland annat att min e-postadress var kopplad till kontot, så de kunde se att det var jag som skickade meddelanden till dig. Och de har hittat samma användare kopplad till Anina också. Sen kanske det var det här också.«

Hon höll upp armen. Philip kunde skymta en liten tatuering ovanför handen: en liten kanin med röda ögon.

»Jaha, du får skylla dig själv. Du har varit så jävla tröttsam med dina meddelanden och vykort och allt vad det har varit.«

»Och ändå ändrade du dig inte och lät dem vara.«

»Varför har du kommit hit? För att gnälla?«

Philip försökte sätta sig upp i sängen, men det gick inte särskilt bra. Det gjorde ont i käken och nacken när han rörde sig.

Caroline ställde sig upp och gick fram till honom.

»Jag undrar varför Ian gjorde det han gjorde.«

Hon stod böjd över honom nu, och långsamt drog hon ut den understa kudden som han hade under huvudet.

»Snälla Caroline, du ställer konstiga frågor. Jag har ingen aning om varför. Ian måste vara galen, svårt sjuk. Han hatar mig för saker jag gjorde när jag var fjorton år gammal. Det går inte att förstå.«

Philip kände sitt huvud sänkas en decimeter när hon fick ut kudden.

»Hatar han dig för saker du gjorde när du var fjorton år?«

Caroline höjde kudden ovanför honom. Han såg henne inte nu, bara kuddens smörvita örngott en decimeter framför sitt ansikte.

Vad tänkte hon göra?

Han hörde hennes röst. Den lät avlägsen. »Ville han ha ihjäl dig för nåt du gjort för så länge sen?«

Men ens kände Philip sig så trött. Om hon skulle trycka ner kudden över hans ansikte var han inte säker på att han skulle kunna kämpa emot. Inte med de ilande smärtorna i nacken och käken som värkte värre än tidigare. Inte med alla mediciner som han hade tryckt i sig de senaste timmarna.

»Jag vet inte, Caroline.«

Han svalde.

»Och du då? Hade du velat att han skulle ha ihjäl mig?«

Hon sänkte kudden ytterligare några centimeter.

Det gjorde ont i hela ryggen när han försökte få upp handen från under täcket för att stoppa henne. Det gick långsamt. Han var verkligen svag.

Kudden nuddade vid hans nästipp.

Han hörde hennes röst: »Det enda jag vill är att du ändrar dig och låter bli kvinnorna, flickorna, barnen. Kom ihåg att jag vet varför du är som du är, vi fick samma behandling hemma, du och jag. Men man måste inte bli som du.«

Han försökte få fram ett svar, men munnen kändes för stel.

Caroline ryckte till.

Hon slängde ifrån sig kudden, som hamnade i fåtöljen.

Sedan tog hon upp sin dunjacka och började gå ut.

Philip tänkte att jackan såg oväntat fin och varm ut för att vara hennes. Caroline brukade inte bry sig om årstiden. Hon brukade klä sig lite hur som helst.

Hon var en idiot.

*

Teddy bodde fortfarande hos Linda, men han sov inte i Nikolas rum, det hade han lovat henne när han flyttat tillbaka.

Han använde soffan.

Till Lindas och Teddys glädje hade Nikola sovit hemma i princip varje natt sedan incidenten i skogen. Mer än en vecka nu. Bara en gång hade han inte kommit hem på kvällen, men då hade han i varje fall ringt och berättat var han var någonstans.

Han och Teddy hade bara pratat om händelsen en gång.

De hade setts i köket på morgonen efter att Linda gått till jobbet. Nikola tittade ner i golvet. Teddy hade stått vid kaffebryggaren som Linda var så stolt över. »En Nespresso«, hade hon sagt. »Det är som att vara med i en kaffeklubb. Och själva kaffet hålls alltid färskt i de där små ampullerna.«

Det hade tagit Teddy en halvtimme första gången att klura ut hur den fungerade.

»Ska du säga nåt, eller?« Teddy log.

Nikola öppnade kylskåpet och hällde upp ett glas juice.

»Förlåt.«

»Du behöver inte säga förlåt. Jag vet hur det är. Och det är synd om Chamon. Hur mår han?«

»Skit.«

»Jag förstår. Men lova mig en sak.«

Nikola ställde ner sitt glas på bordet.

»Lyd inte bara order blint, Nikola. Tänk själv. Kom ihåg det. Jag tror inte att det var rätt person ni jagade.«

»Hur vet du det?«

»*Gut feeling*. Ian kidnappade den andre killen ni jagade. Men han dödade inte Chamons kusin. Det var nån annan.«

»Vem?«

»Jag vet inte än.«

»Tänker du ta reda på det?«

Teddy visste inte vad han skulle svara.

»Jag undrar en sak. Varför lät du oss gå?« sa Nikola.

»Niko, det är inte så enkelt.«

»Men varför?«

Teddy stoppade in en ampull i bryggaren.

»Jag vet inte, det är mitt svar. Jag vet helt enkelt inte.«

Hans käke läkte snabbt och svullnaden lade sig. Han kunde äta vanlig mat nu, men blåmärket var fortfarande kraftigt och grönaktigt.

Soffan hos Linda var bekvämare än den hemma hos Dejan, han puffade till kuddarna varje dag. Ändå kände han i ryggen att den var för kort. Han kunde aldrig sträcka ut sig ordentligt, och en natt lade han sig faktiskt på golvet för att åtminstone få ligga raklång. När Linda hittade honom där på morgonen trodde hon att han trillat ur i sömnen och började tycka synd om honom.

Nästa kväll låg en uppblåst luftmadrass nedanför soffan. Teddy lade sig på den i stället. Han upptäckte att den faktiskt var skön.

Han hörde Nikolas och Lindas tysta diskussioner på morgnarna när han låg kvar och inte orkade gå upp.

Hon försökte fortfarande tygla sin son.

Teddy hade besökt handläggaren på arbetsförmedlingen igen, men fick samma besked som förut. »Det tar tid, Teddy, men alla vägar bär till Rom, som jag brukar säga.«

Det var inte riktigt sant, förra gången han varit där hade hon sagt »Rom byggdes inte på en dag.«

Teddy tyckte att det lät bättre nu. Ändå fick han inga jobb.

Arvodet från Leijon advokatbyrå hade, efter skatt, landat på ungefär femtio tusen kronor. Det betydde att han skulle hålla sig flytande i några månader. De resterande trehundra tusen satt kvar på något av Leijons konton, enligt hans begäran.

Han ringde Mogge Viking en eftermiddag efter att han tagit en promenad med Nikola.

»Teddy, du är en hedersman. Det hade jag aldrig trott«, sa Mogge efter att Teddy berättat att han tänkte betala. Mogge lät uppriktigt förvånad.

»Men på ett villkor. Pengarna kommer att föras över från konto till konto.«

»Men snälla du, det går ju inte. Det är helt *impossible*, som det heter på franska. Vi jobbar inte så.«

»Då får det vara.«

»Åhmen skojar du? Har du verkligen cashen tillgänglig på ett *konto*?«

»Yes, och inte vilket som helst. Det är en advokatbyrås konto.«

Mogge Viking skrattade till.

»Okej, *for you only, my friend*. Världen kan tydligen förändras. Vi fixar det.«

På dagarna försökte Teddy träna eller umgås med Nikola. De åkte och simmade, satt två timmar i bastun och bara snackade om Bojan, Linda, hur det var att sitta inne. De åkte in till stan och tittade på grejer som de inte hade råd att köpa. De pratade om vad Nikola skulle göra med sitt liv. Han var intresserad av datorer och träning, sa han.

»Juridik då«, sa Teddy. »Du tycker inte att det verkar spännande?«

Nikola flinade. »Jag kommer inte få godkända betyg i ett enda ämne. Chanserna att jag ska bli jurist är ungefär lika stora som att du ska bli snut.«

Teddy höll upp händerna och försökte dölja sitt breda smajl.

En kväll sa Linda att Dejan ringt henne och bett Teddy kontakta honom.

»Jag tror inte att det är bra att vi ses just nu«, försökte Teddy skriva i ett sms. »Vi bör nog hålla oss ifrån varandra ett tag.«

Men Dejan gav sig inte. Han låg på, nu när han fått numret, ringde och bombarderade med sms. Teddy svarade inte men lyssnade av meddelandena. Dejan bedyrade att han bara ville ta en öl och snacka ut. Inget annat.

Teddy visste inte hur han skulle tolka det hela. Antingen ville Dejan träffa honom för att släcka honom för gott. Teddy hade nystat i skit han inte borde ha vidrört, det förstod han också. Eller så ville han på riktigt förklara sig. Båda sakerna var oroväckande, även om det förstnämnda verkade mer logiskt.

Till slut svarade Teddy med ett till sms: »Okej, låt oss träffas. Men inte just nu, kan vi ta det i sommar? När allt lugnat ner sig.«

Han fick ett svar från Dejan. »Bara så att du vet. No hard feelings. Det var bara business as usual, han kontrakterade mig. Den snåla sjuka jäveln.«

Sedan kom ett till sms: »Och jag kan gå nu. Ingen krycka längre. Men vet du vilka svinen var som poppade mig?«

Dejan avslutade med en smiley.

Teddy lät bli att svara.

3 mars

Zebran överraskade Emelie fast hon varit i den här hallen flera gånger.

Catharina Schale såg betydligt bättre ut än hon gjort förra gången de sågs. Håret måste vara nyslingat, för det hade en perfekt blondgrå nyans och antingen hade hon solat eller bara använt en fantastisk foundation för hon såg brun och kry ut.

Emelie sträckte ut handen för att hälsa, men Catharina tog ett steg närmare, lutade sitt huvud framåt och pussade henne en gång på vardera kinden.

»Välkommen«, sa hon medan hon tog hand om Emelies kappa, som Emelie nu insåg var alldeles noppig.

»Vad trevligt att du kunde komma hit. Kom in.«

De gick in i biblioteket.

Emelie noterade att Catharina snubblade till när hon klev över tröskeln.

De satte sig i soffan. Den djupa möbeln var lika svår att sitta i som tidigare, det krävdes ett stort mått av kroppslig koncentration för att placera sig ordentligt. Emelie tänkte att vissa saker lär jag mig aldrig.

»Ett ögonblick, så hämtar jag Carl-Johan«, sa Catharina.

Emelie hade jobbat som vanligt på byrån sedan några dagar tillbaka. En ny transaktion hade påbörjats där hon ansvarade för due diligence-rapporten. Ingen överraskning, men den här gången kunde hon i varje fall delegera vissa arbetsuppgifter till två biträdande jurister som var henne juniora. Ändå hade hon tillbringat trettio av de senaste fyrtioåtta timmarna i det lilla datarummet. Luften var instängd, pärmarna fylldes på med handlingar dubbelt så fort som de hann granska dem och de två yngre bitisarna förstod inte exakt vad de letade efter.

Men på något sätt var det skönt. Det var känt territorium. Ingen risk att några galna gängkillar skulle slita upp dörren och börja vifta med något basebollträ. Ingen fara att hon skulle stöta på en död kvinna bakom någon av pärmvagnarna. Hon behövde det här för att undvika att tänka på det andra.

På Anina.

Hon hade dessutom hunnit träffa Felix en kväll och ta ett glas vitt.

Han kunde för sitt liv inte förstå varför hon varit så frånvarande den senaste tiden. Han var också jurist, precis nybliven advokat på en mindre byrå som mestadels sysslade med små civilrättsliga tvister och obeståndsjuridik. Det var en arbetsplats av en helt annan kaliber än Leijons. Felix tyckte att han hade jobbat mycket när han kom hem klockan nio två kvällar på en vecka.

Efteråt gick de hem till henne och låg med varandra.

Det kändes inte som vanligt. Emelie kunde inte njuta som hon brukade.

Hennes tankar var på annat håll.

Carl-Johan såg inte lika fräsch ut som sin hustru. Han var orakad och röd i ögonen.

»Hej, Emelie.« Han lät trött.

Catharina sa: »Vi ville egentligen bara tacka dig för vad du gjort. Eftersom jag ogärna går utanför dörren just nu med alla dessa hemska journalister som vill ställa opassande frågor, så tyckte vi att det var fint att du kunde komma hit.«

Emelie undrade om de inte hade tänkt tacka Teddy också, men hon sa inget.

Catharina lade ett inslaget paket på bordet. Det såg ut som om hon ansträngde sig för att se glad ut. »Öppna.«

Det var en stor rund glasskål. På en liten lapp som satt fäst vid kartongen läste Emelie: Vas Dagg.

Den var fin, även om den var överdimensionerad för hennes lilla lägenhet. Hon läste vidare på lappen: »När Carina Seth Andersson formgav vaser för Svenskt Tenn utgick hon ifrån de exotiska föremål som Estrid Ericson tog med sig hem från sina resor.«

Det var vårkänsla utanför fönstret, fast Emelie visste att det fortfarande var kyligt. Solen lyste in och fick silkestrådarna i mattan att glänsa.

»Hur mår Philip?« frågade hon.

»Det blir bättre för varje dag«, svarade Carl-Johan. »Men han är nog fortfarande i nåt slags chock.«

De pratade några minuter om Philips tillstånd och om allt som skrivits i tidningarna om fallet.

Emelie hade fortfarande svårt att koncentrera sig. Hon tänkte hela tiden på Anina och Cassandra. Vad gällde den sistnämnda hade Emelie ringt polisen som hade meddelat att Cassandra nu befann sig i förvar hos Migrationsverket.

Efter en stund reste Carl-Johan på sig. »Du får ursäkta mig, Emelie, men jag har några ärenden att uträtta. Återigen, stort tack för allt du gjort. Vi vill också att du framför våra varmaste hälsningar till din partner, Teddy.«

Emelie ställde sig upp. »Då kanske jag också ska tacka för mig, då.«

»Nej, nej, inte än. Du måste dricka kaffe med mig först«, sa Catharina. »Efter allt som hänt hatar jag att göra det ensam.«

Emelie hörde hur dörren i hallen slog igen efter Carl-Johan.

På soffbordet stod en bricka med äppelkaka, en såssnipa med vaniljsås, en tårtspade, två assietter och kaffekoppar. Det låg även några päron och en fruktkniv på en liten skärbräda. Hon såg att det stod Porsche på kniven.

»Får det lov att vara lite kaka?« sa Catharina.

Hon skar försiktigt upp en bit.

Emelie kunde inte undgå att notera att hennes hand skakade.

Catharina lade upp kakbiten på ett fat och räckte över det till henne.

»Och päron, kanske?« Hon började noggrant skära i ett av päronen med den lilla kniven.

»Nej tack«, sa Emelie.

Catharina tog en tugga av päronbiten. »Själv äter jag inte kolhydratprodukter just nu, så päron får duga.«

Hon plockade upp kniven igen och skar ytterligare en bit av päronet.

*

Teddy hade velat träffa henne i flera dagar nu. Även om Magnus varit tydlig med att ärendet var avklarat för deras del, hade han lämnat fem meddelanden.

Hon ringde inte tillbaka på flera dagar, men till slut kom ett sms. »Kan vi ses i närheten av mig?«

De bestämde att träffas utomhus, vid Djurgårdsbron. Han och Caroline Schale.

Det var en fin dag och många stockholmare var ute och flanerade. På uteserveringen bredvid bron satt till och med några optimistiska människor och fikade. Så fint var det väl ändå inte, tänkte Teddy.

Han antog att det måste vara lördag. En sorglig tanke i sig att han inte riktigt var säker, det förstärkte bara bilden av honom själv som en arbetslös förlorare.

Längre bort skymtade Nordiska museets höga spiror. Det såg ut som ett sagoslott. Men han visste att inga sådana sagor fanns i den här staden.

Han såg henne redan på avstånd när hon kom gående på andra sidan bron. Hon hade en stor bullig dunjacka på sig.

När hon kom närmare kunde han läsa logotypen på ärmen. Mountain Works.

De skakade hand och började promenera utan att säga något.

Det hela kändes märkligt. Under en del av utredningen hade hon varit misstänkt, hennes meddelanden och vykort till Philip var ju uppenbart besynnerliga.

Och nu, tänkte han, var hon misstänkt nu?

Jackan.

»Innan du börjar ställa dina frågor, för jag antar att det var därför du ville ses, skulle jag vilja tacka dig«, sa Caroline när de gått en stund.

På höger sida låg Djurgårdskanalens blanka vatten, några isflak flöt fortfarande omkring vid strandkanten.

»Vad vill du tacka för?«

»Att du räddade flickan.«

»Vem? Cassandra?«

»Ja, tack för det. Jag ska hjälpa henne. Försöka se till att hon får uppehållstillstånd i Sverige.«

Teddy såg madamens glödande cigarett framför sig.

Caroline sa: »Hon ringde mig och förklarade vad du gjort. Men jag tror att det blir svårt. Cassandra är livrädd för ett slags jujuförbannelse som de lagt på henne i Nigeria. Det är tydligen vanligt att de gör så där, som en del i människohandeln. Tar en hårlock eller en nagel och går till en medicinman. Om kvinnan sedan försöker rymma eller inte betalar tillbaka skulden som de hittat på, så råkar hon ut för hans besvärjelser.«

»Juju? Afrikansk voodoo?«

»Precis. Det är sjukt. De behöver inte ens vakta eller hota flickorna, de är så rädda för jujuförbannelsen. Och jag lyckas inte få Cassandra att förstå att det bara är hittepå. Hon vågar inte säga nånting.«

»Jag märkte det. Och jag märkte att de inte behövde bevaka flickorna. Det var till och med olåst i huset där de höll dem.«

De gick vidare. Ljudet av porlande, droppande vatten hördes överallt. Det var verkligen töväder i dag.

»Men det var inte för att få ett tack som du ville ses.«

»Nej. Min del i den här utredningen är över, advokatbyrån är färdig med det här. Så det här är helt privat. Jag kan helt enkelt inte släppa den här historien. Jag ville höra varför det blev som det blev.«

»Jag förstår. Mamma och pappa har betalat Leijons faktura, allt är ordnat och klart. Polisen har tagit över utredningen. De kommer säkert att luska en del, hålla fler förhör och så.«

»Säkert. Men jag ville höra från dig«, sa Teddy. »Bara du kan svara på varför du gjorde som du gjorde.«

Hon öppnade munnen men tystnade och inväntade en joggare som svischade förbi dem.

»Jag hatar mina föräldrar. Och jag hatar min bror. Ändå kan jag inte sluta bry mig.«

Caroline vände sig mot honom och låste hans blick. Ett kort ögonblick kände han sig obehaglig till mods.

»Varför?«

»Jag vet varför min bror är som han är. Vi fostrades på samma sätt.«

»Vad menar du?«

»Vi skulle bli ordentliga och hårda anförare av vår pappas ideal. Och han hade sina egna uppfostringsmetoder. Jag kommer aldrig att glömma hans bestraffningar. Det var inte så att han använde knytnävarna eller ett bälte eller så. Nej, allt hängde ihop. Om vi inte gjorde våra läxor som vi skulle med barnflickan fick han oss att skriva meningen 'Jag ska bättra mig och bli en duktig elev' över tusen gånger i en av hans små bruna anteckningsböcker. Det kunde ta en hel lördag. Om vi inte bockade och neg ordentligt när vi hälsade på nån av deras gäster, fick vi ligga i fosterställning med en snara runt nacken fäst i benen i ett halvt dygn efteråt. Han har fortfarande kvar det där jävla repet, jag såg det i en garderob när jag bodde hos dem. För vår pappa gällde bara två saker. Etikett och disciplin. Han älskade oss nog båda två på sitt sätt, men att visa mänsklig värme och ömhet ingick inte i hans föreställningsvärld. Och det formade Philip.«

»Hur menar du?«

»Han kan inte heller visa värme eller empati. Har aldrig kunnat. Han har inverterat de egenskaperna. Därför har jag försökt hindra honom. Jag har försökt rädda människor från att hamna i hans våld. Och du kanske är den enda i den här härvan som verkligen har förstått vad han gjorde.«

»Jag vet vad han sysslade med. Det finns många såna människor i den här stan. Tro mig.«

»Jag har förstått det. Nu. Under tre års tid försökte jag få honom att ändra sig. Jag ringde honom, skickade meddelanden, brev. Allting. De senaste månaderna har jag varit helt uppslukad av det här. Jag tog tjänstledigt och flyttade hem till Sverige, utan att berätta nåt för vare sig Philip eller mamma eller pappa. Jag började bevaka honom, kontrollera hans liv. Jag gjorde allt som stod i min makt för att stoppa honom, rädda flickorna. De jag inte kunde hindra honom från att ge sig på tog jag kontakt med i efterhand. Alltifrån de han träffade på nattklubbarna till de prostituerade som han våldtog.«

»Hur träffade du Cassandra?«

»Jag upptäckte efter ett tag att Philip hyrde en lägenhet på Fatbursgatan. Han hade skaffat den genom nån bulvan så att hans namn inte skulle förekomma nånstans. Det enda syftet med det där stället var att han skulle kunna ta dit kvinnor. Han ville inte göra sånt i sin andra våning, han var rädd att Stephanie eller nån granne skulle upptäcka honom. Men på Fatbursgatan var väggarna tjocka och grannarna verkade inte bry sig. Jag såg Cassandra komma ut därifrån en gång för några veckor sen. Så jag gick fram och pratade med henne.«

»Och Anina? Vad hände med henne?«

Carolines andedräkt blev ett ångmoln som snabbt upplöstes i den fuktiga luften.

»Jag vet inte. Men hon var den sista jag pratade med av de flickor som Philip gett sig på. Hon var svår, Anina. Hon ville inte riktigt förstå.«

»Vad var det hon inte ville förstå?«

Teddy tänkte på vad Anina sagt till Emelie. Att den som hade kontaktat henne hade blivit helt galen.

Caroline svarade inte på hans fråga.

Deras steg knastrade när de svängde upp mot Rosendals trädgårdar. De små rännilarna och vattenpölarna gjorde att de fick kryssa sig fram över grusvägen.

Vädret var inte klarblått längre. Gråa moln hade snabbt invaderat vårhimlen.

Teddy hade begått många brott i sitt liv. Stulit, ljugit, bedragit. Så många våldshandlingar att han inte ens mindes en tiondel av dem. Han hade varit nära att ha ihjäl människor. Han hade rövat bort och utpressat ett halvt dussin personer under sina aktiva år, en av dem var Mats Emanuelsson. Men han hade aldrig ens tänkt tanken att ge sig på en kvinna på det sättet.

»När började han med det här?« frågade han.

»Tidigt, jag minns en händelse jag fick höra talas om redan när han gick på gymnasiet. En flicka som sa att han gett sig på henne på en fest. Det blev aldrig nån polisanmälan. Men jag berättade för mamma. Vet du vad hon sa?«

Teddy tänkte av någon anledning på Catharina Schales välmanikyrerade händer.

»Hon sa att ingen skulle försöka svärta ner Philip på det sättet, inte ens hennes egen dotter. Tre månader senare flyttade jag hemifrån. Internat i England. Jag var femton år.«

De kala träden hade börjat vaja i den tilltagande vinden.

Teddy upprepade sin fråga: »Och varför är Anina död?«

Vinden ökade i styrka. Små isiga regndroppar slog emot hans ansikte.

Caroline började gråta. Teddy letade i sina jackfickor efter någon servett eller liknande, men de var bara fulla med ludd.

Stockholm hade glittrat alldeles nyss.

»Jag vet inte«, snyftade Caroline. Hon plockade upp ett avlångt gult papper ur sin egen jackficka och snöt sig flera gånger, sedan slängde hon det i en papperskorg. »Det är så jäkla hemskt.«

Efter en stund lugnade hon sig.

»Jag önskar att jag hade kunnat rädda henne. Det är mitt fel, jag borde inte ha pressat henne.«

»Nej, ta inte på dig skulden. Du gjorde inget fel. Men kan du bara svara mig på en sak«, sa Teddy. »Du har en fin jacka på dig. Är den din?«

Caroline tittade på honom med en min som om han var helknasig. Hennes tårar var helt borta nu.

»Vad har den med det här att göra?«

»Jag vet inte. Men är den din?«

»Ja, den är min. Varm och skön.«

»Var bodde du den 20 februari?«

»Hurså?«

»Jag vill veta.«

»Jag bodde hemma hos mamma och pappa, men jag kom hem sent. Jag var inte hemma på kvällen. Försöker du antyda nåt?«

»Nej, jag tror inte det. Jag bara undrade. Bodde nån annan där förutom du och dina föräldrar?«

»Ja, kanske en person från Redwood. Nu får du förklara varför du frågar.«

»Vi tar det nån annan gång.«

De vände om. Gick under tystnad.

Teddys hjärna försökte analysera situationen.

Regnet fortsatte.

Vid bron stannade Caroline och skakade hans hand. »Jag hoppas du fick svar på dina frågor. Ring om du undrar nåt mer.«

Hon promenerade bort mot Strandvägen.

Teddy stod kvar. Hans hår var blött och längs pannan rann vatten. De glada kafégästerna hade flytt någon annanstans.

Borde han ringa polisen? Borde han ringa Emelie?

Det måste finnas något mer. Något mer än bara en jacka. Något mer med personen Emelie sett komma springande ut från höghuset på Körsbärsvägen. Något med bilen som rivstartat.

Då kom han på det.

Han sprang tillbaka i regnet.

*

Carl-Johan kände sig olustig när han tänkte på Mammas beteende. Hon var alldeles för påverkad av alla mediciner hon petat i sig de senaste dagarna. Hon darrade och hade vajat som en flaggstång när hon lett in Magnus biträdande jurist i salongen. Han hoppades att Emelie inte hade hade märkt det.

Han satt i bilens tystnad och tänkte. Chauffören, som i vanliga fall var pratsam, ställde inga frågor. Det hade han inte gjort sedan allt det här hemska hade satt igång.

Han undrade vad som höll på att hända. Faktum var att sedan de hittat Philip hade Titti blivit ännu mer frånvarande än under tiden när han varit försvunnen. Det var som om minnet av historien var smärtsammare än själva händelsen i sig.

Hon höll sig hemma så klart, det gjorde de båda två i stor utsträckning. Dels för att de, som de sagt till Emelie, inte orkade bli påhoppade av journalister. Philips kidnappning hade varit förstasidesstoff i de smutsiga kvällstidningarna i flera dagar. Det bekräftade bara vad han vetat hela tiden. Så fort polisen tagit tag i ärendet öppnades en direktlina till journalistasen. Dels för att han själv helt enkelt inte orkade möta verkligheten där ute. Han kände sig orolig, till och med rädd. De var så sårbara. Hans barn. Hans fru. Han själv.

Han hade aldrig sovit så dåligt i hela sitt liv som under de senaste dagarna.

Men med Mamma var det inte bara det. Hon låste in sig i något. Hon vägrade träffa psykologen som Carl-Johan själv hade suttit med två gånger. Hon ville inte prata med någon om händelsen. Titti hade knappt ens velat få en debriefing av Magnus när han varit hemma hos dem för att gå igenom allt. Hon ville bara åka och träffa Philip en gång per dag, eskorterad av några unga killar från Redwood, och titta på teve.

När han kom fram skulle han sitta i ett möte, fast det var lördag. Det rörde en vd i ett av koncernbolagen som behövde sig en uppsträckning. Han undrade om han skulle kunna koncentrera sig. Men han behövde vara där nu. Han fick inte gömma sig.

Mammas röst hade låtit spänd och obalanserad.

Hon var verkligen inte sig själv i dag.

*

Papperskorgen var av stockholmsk standardmodell. Grön metall och med ett lock som kunde fällas upp om någon ville proppa ner större saker.

Teddy fällde upp det och stoppade ner armen.

Han drog upp det hopknycklade papperet som Caroline snutit sig i, vecklade försiktigt upp det och konstaterade att det var en felparkeringsbot. Den typiska lappen som alla stockholmare hatade att få inklämd under vindrutetorkaren.

Den gula färgen, tänkte han – det var den som fått honom att reagera. Ett märkligt papper att snyta sig i.

På boten stod adressen där en bil stått felparkerad: Körsbärsvägen 9.

Där stod datum och ett klockslag: 20 februari. Klockan 22.45.

Där fanns ett registreringsnummer: MFG 637.

Utanför huset där Anina bodde.

Några minuter innan Emelie hade hittat henne död.

Registreringsnumret kände han inte igen. Han skickade ett sms till Transportstyrelsen, det hade han lärt sig av Tagg. Misstänkte du att du hade snuthäng, eller att en civilare stod parkerad utanför din port, körde du det knepet.

Han visste att bilen som Emelie sett hade stått dåligt parkerad mitt på trottoaren. Någon borde ha sett den, hade han funderat, och han hade utgått från att polisen skulle knacka dörr i området. Men lapplisorna i Stockholm var mer nitiska än sina kollegor i Södertälje; bilen hade hunnit få en parkeringsbot. En bot som den som hoppat in i bilen slitit bort och stoppat ner i jackfickan.

Det pep till i hans telefon. Han lyfte upp den och stirrade på meddelandet.

Regndropparna lade sig på skärmen som små pärlor.

Det hade kommit in ett svar.

Han visste inte vad han skulle göra.

Han ringde Emelie.

*

Hon borde ha gått för länge sedan.

Ändå satt hon kvar. Hon visste inte varför.

Kanske var det för att Catharina Schale verkade så extremt förvirrad, hon som hade sett så välmående ut när de först hälsat. Som om hon behövde hjälp att förstå tillvaron efter det som hänt hennes son. Kanske var det för att den här soffan var nästan omöjlig att resa sig upp ur.

Det ringde på Emelies telefon. Hon såg att det var Teddys nummer. De hade inte talats vid sedan debriefingen hos Magnus.

»Ursäkta mig, jag måste ta det här«, sa hon.

»Det är jag«, sa Teddy.

»Jag är hos Catharina Schale, kan vi höras om en stund?«

»Nej, lyssna.«

»Okej, vänta.« Emelie ställde sig upp och gick ut från biblioteket, Teddy skulle aldrig be henne avbryta ett besök hos Schales om det inte var något viktigt.

»Vad har hänt?«

»Kan hon höra dig nu?«

»Nej.«

»Jag har just träffat Caroline.«

Emelie tryckte luren hårdare mot örat.

Han berättade snabbt om vad som just hänt. Vilken jacka Caroline hade haft på sig, vad hon hade slängt i en papperskorg.

Emelie blev kall. Hon kände sitt hjärta banka galet hårt i bröstet.

»Jag kan ju alltid ställa några frågor till Catharina«, sa hon.

»Då vill jag vara med och lyssna. Lägg inte på.«

Emelie satte sig långsamt ner i soffan igen, ändå tappade hon nästan balansen när hon försökte luta sig bakåt.

»Vem var det?«

»Teddy«, sa Emelie. Hon hade lagt sin telefon i kavajinnerfickan utan att avsluta samtalet.

»Han är så lång.«

Emelie undrade vad hon pratade om.

»Ja, han är rätt stor.«

»Men är han stor så att säga själsligt?«

»Jag är inte säker på att jag förstår dig nu.«

»Nehej. Men vad ville han då?«

»Ingenting, bara stämma av några saker.«

»Jobbar ni fortfarande tillsammans med honom?«

»Egentligen inte. Men du, jag har tänkt på några saker. Är det okej om jag ställer några frågor?«

»Jadå.«

»Har ni nån bil med registreringsnummer MFG 637?«

»Ja, det är vår andra bil. En Golf. Den som vi använder när inte chauffören kör.«

»Vem har nycklar till den?«

»Tja ... bara vi.«

»Ursäkta om jag frågar, men kan resurspersonen från Redwood ha lånat den bilen på kvällen eller natten den 20 februari?«

»Den 20 februari?«

»Ja.«

»Hurså?«

»Jag bara undrar.«

»Låt mig tänka ... nej, jag tror faktiskt att vi hade kört ut den där pojken då. Han gjorde ingen nytta. Men nu vill jag veta vad du far efter.«

»Jag har några frågor till. Kan jag fortsätta?«

»Jag vet inte om jag är så road av det här, faktiskt.«

»Var bodde Caroline den 20 februari, kan du komma ihåg det?«

»Få se nu, då hade hon inte flyttat härifrån. Hon bodde här hos oss. Men jag tycker att du frågar om nåt helt annat än vad jag hade tänkt mig. Det får räcka nu.«

»Men var hon hemma på kvällen och natten?«

»Hörde du inte vad jag sa? Du tjatar om februari och om min dotter. Det här handlar inte om vad som hände min son, eller hur?«

»Nej, egentligen inte. Det handlar om det som hände på natten den 20 februari.«

Catharina flyttade sig närmare Emelie i soffan.

»Jag accepterar verkligen inte dina frågor längre.«

Emelie försökte flytta några centimeter åt sidan, men Catharina lade handen på hennes lår.

»Då kanske det är bäst att jag går ändå«, försökte Emelie.

Men det var försent. Catharinas ögon sprakade.

Hon väste: »Jag vill att du ska veta att vi som Philips föräldrar gör vad som helst för honom. Och ingen, varken nån liten svartskalleflicka, eller du, har rätt att förtala honom. Och nu kommer du in här i mitt hem och antyder saker om min dotter också.«

Emelie undvek hennes blick, samtidigt som hon försökte hasa sig bakåt. Hon borde ha satt sig i fåtöljen när hon kom tillbaka från samtalet med Teddy, inte i soffan.

Catharina böjde sig över henne nu. Fortfarande ena handen på hennes lår.

Med ens insåg Emelie att hon höll fruktkniven i den andra handen.

Catharina fräste: »Din lilla subba.«

*

Teddy lyssnade uppmärksamt i telefonen medan han sprang. Djurgårdsbron låg bara några hundra meter från Tittis och Carl-Johans våning.

Hans käke värkte av någon anledning värre nu. Som om varje steg i asfalten transformerades till små smällar mot hans haka.

Men den här gången tänkte han inte bli överraskad av en dåre med hammare så att han inte kunde hjälpa Emelie. Regnet kom nästan vertikalt i luften nu.

Han flåsade.

Han var en kidnappare. Han hade gjort så många dåliga saker för pengar.

Men han hade suttit av sin tid.

Och han hade hjälpt en människa som varit kidnappad.

Ett slags balans var återställd. Han behövde inte göra några fler hjältedåd.

Ändå måste han nå fram nu.

Han hade hört Catharina Schales röst i telefonen.

Kvinnan var galen.

*

Blodådrorna på hennes magra arm var blå och utspända.

Emelie fick inte fram ett ord. Hon halvlåg på rygg. Catharina mer eller mindre låg över henne.

Den förbannade soffan.

Hade hon stått upp skulle hon ha sprungit därifrån, eller hanterat den här vansinniga kvinnan som hon hanterat Ian. Men det gick inte nu.

Inte i det här läget.

Inte med en fruktkniv fem centimeter från ögat.

Det sprutade saliv ur Catharinas mun. Hon skrek: »Du vet inte hur det är att vara nåns mor. Man gör allt. Man *måste* göra allt.«

Emelie vågade inte röra på huvudet. Hon höll blicken fäst på knivens spets, och kände hur hon spände kroppen så att det gjorde ont i axlarna.

Catharina skrek och viskade om vartannat. Hon talade osammanhängande om en moders plikt och om hennes sons oantastlighet. Hon gick på om lojalitet och ansvar. Om omgivningens förakt för hennes familj.

Till slut hejdade hon sig. Tystnade.

Emelie uppfattade att hon stirrade på henne, men vågade fortfarande inte lyfta huvudet.

»Säg nåt då«, snäste hon.

Spott träffade Emelies panna.

Hon ville svara, men det kändes som om någon proppat hennes mun full med tidningspapper.

Hon hade fortfarande knivens spets vid sitt högra öga.

»Vad vill du att jag ska säga?« fick hon fram till slut.

»Säg vad du tror om mig.«

»Jag vet ingenting.«

»Men vad tror du?«

Emelie visste inte varför hon svarade som hon gjorde. Hon nästan viskade.

»Var du på Körsbärsvägen under natten den 20 februari? Det är vad jag undrar. Hade du en tjock dunjacka på dig, rusade du in i er Golf efteråt? Jag undrar vad som inträffade där uppe, hos Anina Björklund. Jag vill veta vad som hände. Du var där, eller hur?«

Hon vrålade. Hon skälvde i hela kroppen. Våningen fylldes av hennes skrik. Det lät som om det kom från ett skadat djur.

Emelie uppfattade hur hon drog bak handen för att hugga.

Hon försökte sätta upp sin egen hand för att skydda sig.

Kanske var det försent.

Hon borde aldrig ha tagit det här ärendet.

Då: något hindrade Catharina.

»Det räcker nu.«

En mans röst.

*

Teddy hade flåsat.

Stönat.

Han borde vara i bättre form. Han var ju ute. Fri. Med alla möjligheter att träna upp sig igen.

Den vita marmorn hade blänkt i trapphuset. Hissen var för långsam, tänkte han, så han sprang upp. Han hade knappat in koden där nere, han mindes den från när de varit på besök hos Carl-Johan och Titti.

Det kändes som en oändlighet sedan – det var mindre än två veckor.

Det hade plingat till i hans telefon mitt under det pågående samtalet med Emelie.

Han tittade ner på skärmen. Det var ett mms från Caroline, men han var osäker på om han kunde öppna det och fortfarande ha kvar samtalet med Emelie.

Det fick vänta.

Han tog trappstegen fem och fem i taget.

Högst upp.

Det satt ingen namnskylt under familjen Schales dörr, den hade de uppenbarligen tagit bort sedan händelsen med Philip. Det var förståeligt.

Han tog sats och slängde sig med all kraft mot dörren.

Han mindes att de hade en gallergrind innanför, dörren kunde alltså inte vara alltför tjock, då hade de inte behövt det extra skyddet på insidan.

Det dånade i trapphuset.

Han tog sats igen. Hans axel kändes som om den skulle krossas.

Han tänkte på Ians hammarslag igen.

Han kastade sig mot dörren ytterligare en gång.

Något hände. Det kraschade i den och träet verkade spricka.

Den gick upp.

Gallergrinden var öppen innanför. Han stod öga mot öga med zebran.

Han hörde skrik från biblioteket.

Han tog långa kliv.

»Det är över nu.«

Teddy såg Carl-Johan hålla om sin hustru i ett fast famntag. »Du måste vila«, sa han till henne. De halvlåg i soffan.

Teddy klev fram till Emelie som stod upp vid soffbordet, på behörigt avstånd från Catharina.

»Är du okej?«

*

»Hon påstod att jag skulle ha kört till den där flickan Anina och dödat henne.«

Catharina hade lagt sig ner i soffan med baksidan av handen över ögonen. En teatralisk pose. Carl-Johan hade släppt henne. Hennes röst var lugnare, men hes och på gränsen till gråt. Hon hade kollapsat totalt. Nu var hon som ett barn.

Emelie betraktade henne och Carl-Johan. De hade så klart blivit förvånade när de hört braket i hallen och Teddy stormat in. Men nu var det som om de inte brydde sig om honom.

»Jag påstod inte det. Men jag undrade vissa saker«, sa Emelie.

Fruktkniven låg på ett sideboard längre bort. Carl-Johan hade vridit den ur Catharinas hand.

Själv satt han på soffkanten och klappade hennes kind.

»Såna extrema dumheter«, sa han och tittade förebrående på Emelie. »Det får vi ta upp med Magnus. Vilken tur att jag kom hem då. Mötet blev inställt så jag vände tillbaka direkt.«

Emelie visste inte vart hon skulle ta vägen. Teddy stod bredvid henne och fipplade med sin telefon. Hans hår var blött och han andades högljutt. Andfått. Hon undrade vad han sysslade med.

»Men varför, Carl-Johan? Varför säger hon så?« klagade Catharina.

Carl-Johan ställde sig upp och fortsatte blänga på Emelie.

»Jag vet inte, Mamma. Men du kan ju inte köra bil. Du har ju inget körkort. Du har aldrig kört.«

Teddy fortsatte stirra på sin telefonskärm.

Sedan lyfte han på huvudet.

»Då var det du som gjorde det, Carl-Johan. Du träffade Anina Björklund den där natten.«

Epilog

Teddy bodde fortfarande hos Linda. Käken var helt återställd nu.

Det hade gått flera månader utan att han hittat någonstans att bo som han skulle klara av ekonomiskt. Och fortfarande inget jobb. Men han var åtminstone i något bättre form rent fysiskt. Sysslolösheten gav tid för träning.

Han hade följt utredningen så gott det gick via tidningarna. Rättegången mot Carl-Johan Schale hade hållit på i fyra dagar. Efter att polisen hittat hans fingeravtryck i Anina Björklunds lägenhet hade han börjat berätta.

Teddy hade inte hört av Emelie eller Magnus, men visste att de hade förhörts av åklagaren i domstolsförhandlingen.

I dag, den 22 maj, skulle domen komma.

Meddelandet han hade fått till sin telefon från Caroline hade avgjort saken. Han hade öppnat det när han stått där bredvid Emelie och hört Carl-Johans förebrående röst. Det var en bild på Caroline och en okänd kamrat. De drack varsitt glas vin och såg allmänt nöjda ut. Under bilden stod det: »Det här är vad jag gjorde mellan nio och midnatt den 20 februari. Inget annat. Bara så att du vet. /C«

Uteslutningsmetoden: Caroline kunde inte ha varit på Körsbärsvägen den 20 februari om mms:et stämde. Carl-Johan bekräftade att Titti varken hade körkort eller kunde köra bil. Kvar blev Carl-Johan själv.

Kvar blev den enda som haft rimlig tillgång till dunjackan och samtidigt kunnat ta sig dit i deras bil.

Teddy ringde domstolen. Han använde Nikolas dator, de lovade att skicka domen till hans mejladress.

Intresset från media var galet stort. Först kidnappningen av Philip och nu det här. Kanske var det inte så konstigt, familjen Schale tillhörde Sveriges finansadel, den procent av befolkningen som ägde ungefär hälften av landet.

Den del av befolkningen som alltid vistades i samhällets vip-rum.

I normala fall.

Stockholms tingsrätt

Tilltalad:	Carl-Johan Philip Schale, 510324-0034 Ulrikagatan 5 115 23 Stockholm
Privat försvarare:	Advokaten Ulrik Hansson Hantverkargatan 78 112 38 Stockholm
Saken:	*Mord* alternativt *dråp* alternativt *vållande till annans död*

Förhör (i utdrag)

Carl-Johan Schale har i huvudsak berättat följande:

Han hade fått reda på att Anina Björklund gjort ett antal påståenden avseende hans son, Philip Schale. Bland annat hade Anina Björklund sagt att hon tänkte anmäla honom till polisen för våldtäkt. Han försökte då kontakta Anina Björklund för att tala med henne om detta. Det kändes inte rätt att Anina Björklund kom med de här anklagelserna, det var som att hon försökte svärta ner Philips rykte. Carl-Johan ville ändå höra Anina Björklunds version. Situationen var extra känslig eftersom Philip i det skedet var kidnappad. Carl-Johan var inte i balans. Eftersom han inte fick tag på Anina Björklund åkte han till hennes bostad. Han lånade sin dotters jacka, hon bodde just då hos dem. Den var av märket Mountain Works.

Han tog sin egen bil, en Golf, med registreringsnummer MFG 637. Han parkerade den utanför porten, ganska slarvigt, det var antagligen inte en laglig parkeringsplats eftersom han senare hade fått en parkeringsbot. Det var mitt i natten, men han tänkte inte just då på att det var en märklig tid på dygnet att besöka någon.

Han blev insläppt i huset och lägenheten av Anina Björklund. I lägenheten hade de ett samtal om de påståenden som Anina Björklund gjort. Det var bara de två där. Stämningen var god först, men sedan började Anina Björklund att bete sig underligt. Det blev en hetsig diskussion. Carl-Johan kan inte i detalj minnas vad som sades. Sedan knuffade Anina Björklund Carl-Johan och hon betedde sig som om hon var galen. Carl-Johan kände sig trängd och tyckte att det var obehagligt. Han tog tag i Anina Björklund. Det blev något slags dragkamp. Han minns inte exakta detaljer. Han var mycket upprörd och arg. Till slut knuffade han Anina Björklund. Då föll Anina Björklund till golvet. Hon måste då ha slagit i huvudet mycket illa. Det var inte Carl-Johans mening att skada Anina Björklund. Carl-Johan var bara upprörd och rädd. Han hade ingen som helst aning om att hans knuff kunde leda till ett sådant olyckligt fall. Han är drygt sextio år gammal och inte särskilt stark.

Domskäl (i utdrag)

Genom förhören med den tilltalade Carl-Johan Schale, rättsläkaren Eva Grenlund samt polisens brottsplatsutredare Per Torulfson, är det utrett att den knuff som Carl-Johan Schale utdelade måste ha varit mycket kraftig. Anina Björklund har slagit huvudet i ett element och omedelbart avlidit av hjärnskadorna.

Det har dock inte framkommit något som talar för att Carl-Johan Schale skulle ha haft för avsikt att skada Anina Björklund. Avsikten syns i stället ha varit att uttrycka missnöje med Anina Björklunds påståenden. Inte heller kan skadan anses vara en säker eller praktiskt taget oundviklig följd av knuffen. Carl-Johan Schale måste emellertid ha insett att det förelåg en avsevärd risk att en så kraftig knuff skulle medföra en skada av det slag som drabbade Anina Björklund. Av utredningen framgår vidare att Carl-Johan Schale handlade i en mycket upprörd sinnesstämning. Han har själv vidgått att han var arg. Av grannen Saman Hassans vittnesmål framgår även att han genom väggen hörde en mansröst skrika bland annat »din förbannade slyna« och »nu håller du tyst«. Det måste ha varit Carl-Johan Schale som skrek dessa saker även om han själv inte minns dem i dag.

Carl-Johan Schales handlande visar enligt tingsrättens mening att han var likgiltig för om Anina Björklund skulle åsamkas skada. Han skall därför fällas till ansvar för uppsåtligt brott, det vill säga mord eller dråp, och inte vållande till annans död.

Frågan om gärningen skall bedömas som mord eller dråp är i hög grad beroende av om provokation förekommit från Anina Björklunds sida eller inte. Denna fråga måste i huvudsak bedömas med utgångspunkt från vad Carl-Johan Schale själv berättat om händelseförloppet eftersom andra vittnen saknas till förloppet i dess helhet. Anina Björklund hade gjort vissa påståenden om Carl-Johan Schales son och även knuffat Carl-Johan Schale vid ett antal tillfällen. Carl-Johan Schales handlande har därför inte varit oprovocerat. Gärningen synes därför böra bedömas som dråp.

Domslut

Tingsrätten dömer Carl-Johan Schale jämlikt 3 kap 2 § BrB för dråp till fängelse i 6 år.

Hårddisken

Cecilia hade lämnat barnen hos sina föräldrar och återvänt själv till Stockholm. De trodde att hon fortfarande var överkänslig på grund av branden i lägenheten, att det var därför hon grät sig till sömns varje kväll och grät ännu mer när hon sa farväl till Lillan och Benjamin. Hur skulle de kunna förstå.

Mannen som ringt henne utanför Stadshuset hade varit tydlig. Hennes familj var i fara om hon kontaktade polisen. Ändå kunde hon inte sluta fundera. Mats hade begått ett av de värsta brott hon kunde tänka sig. Kanske förtjänade han att bli kidnappad, kanske var det ett gudomligt straff. Å andra sidan var han fortfarande hennes man, och hennes barns pappa. Han hade gått till polisen när de kallat honom och träffat en psykolog för att få hjälp. Han var inte värd det här.

Hon satt helt ensam i den nyrenoverade lägenheten. Det fanns ingenting där som gjorde den hemtrevlig än. Inga mattor, gardiner eller tavlor. Det fanns inte ens någon teve.

Det blev så tydligt: barnen saknades. Tystnaden var obehaglig. Hon tänkte på det svedda taket som hon betraktat innan hon kommit in i sovrummet och upptäckt datorn.

Hon försökte läsa men kunde inte koncentrera sig. Det slutade med att hon bara satt och stirrade rakt framför sig.

Då ringde hennes telefon.

»Det gäller Mats.«

Hon kände inte igen rösten. Det här var inte mannen som stått med neddragen mössa utanför Stadshuset. Men attityden var densamma.

»Vad vill du?«

»Vi har honom.«

»Jag vet. Men snälla, vad vill ni egentligen?«

»Du har väl inte pratat med nån?«

»Nej.«

Det kändes som om hennes mage krampade. Hur skulle hon klara det här?

»Vi behöver en sak som tillhör Mats.«

»Vad?«

»Jag tror att du vet vad vi vill ha. Och kom ihåg, om du går med den till polisen dödar vi honom. Det handlar om hans dator. Förstår du? Du måste ge oss hans dator.«

Ljusen tändes automatiskt när hon slog in koden och öppnade ståldörren.

Det här var en kuslig plats.

Shurgardförrådet i Fruängen där hon förvarade en del av deras bohag. Bland annat Mats dator.

Den långa korridoren framför henne var mörk, men lamporna i taket tändes successivt. Dörren smällde när den slog igen bakom henne. Det satt övervakningskameror i taket.

Hon tänkte på Benjamins ansiktsuttryck när hon kramat om honom där uppe hos hennes föräldrar. »Du kommer väl tillbaka, mamma?« hade han frågat.

Metalljalusierna var neddragna framför förrådsutrymmena hon passerade.

Betong. Metall. Plexiglas.

Hon hade åkt kommunalt hit, men tagit en promenad innan hon gick till förrådet. Allt för att se till att hon inte var förföljd den här gången. Hon måste vara ensam här.

Hennes steg ekade mot betonggolvet. Hon höll den lilla nyckeln till hänglåset i handen.

Nummer 151.

Det skramlade när hon drog upp jalusin till sitt förråd.

Kartongerna stod packade som tegelstenar i en mur.

Det här skulle kanske ta en stund.

Hon hade hittat den. Datorn hade inte legat så otillgängligt som hon trott.

Hon satte sig ner i soffan. Tillbaka i lägenheten.

Skulle det här någonsin kännas som ett hem? undrade hon.

Hon hade tagit en lov runt kvarteret på tillbakavägen också. Hon kunde inte upptäcka att någon följde efter henne.

På soffbordet stod datorn. Bredvid den hade hon ställt en separat hårddisk som hon köpt på Elgiganten i Kungens Kurva. Hon var inte helt borta när det gällde datorer, men hon hade ändå bett expediten förklara för henne ungefär hur hon skulle göra.

Obehaget kröp i henne. Hon ville inte se vad datorn innehöll.

Men allt skulle över.

* * *

En kväll ringde det på Teddys telefon. Han undrade vem det kunde vara, han hade bytt abonnemang. Så vitt han kom ihåg var det bara Magnus, Emelie, Linda, Nikola, pappa och Dejan som kände till det nya numret.

»Tjena, det är Loke.«

»Hur fick du mitt nummer?«

»Det är Loke, sa jag.«

»Du är för skön.«

»Du frågade ju om en personlig grej också, minns du det?«

»Ja.«

»Det var ett betydligt svårare uppdrag än det andra, kan jag säga. Det är därför det har tagit mig så lång tid att återkomma.«

Det kändes som om Teddys hjärta slog dubbla slag. Han hade helt glömt bort att han också frågat Loke om detta när de setts där på Lötet och han fått hjälp med att ta reda på hallicksajten. Det var mer än tre månader sedan.

Men han mindes vad hans pappa hade sagt: »Du måste vara *sann* mot dig själv.«

»Jag har tittat på Mats Emanuelsson«, sa Loke. »Han dog för mer än fyra år sen, visste du det?«

»Ja, Sara berättade det då. Han tog livet av sig.«

»Och det *vet* du?«

»Det var vad Sara sa.«

»Men du kidnappade honom flera år innan dess.«

»Ja.«

»Och varför gjorde du det?«

»Jag trodde att jag gjorde det för stålar.«

»Men han hade inga pengar.«

»Nej, jag förstod det. Senare. Det var också Sara som sa det, efter att Mats dött.«

»Mats Emanuelsson var med i Dreamboard, vet du vad det är?«

»Ingen aning.«

»Det är ett av världens största nätverk för pedofiler.«

»Va?«

»Det är en pedofilring på internet. Det är det sjukaste jag stött på. Och de har olika nivåer. Super VIP dot, den högsta, kräver att medlemmen själv utför övergrepp. För att hamna i den ligan krävs enligt Dreamboards regler att det syns tydligt på bilderna att barnen lider och gråter. De anordnade liveträffar också. Även i Sverige.«

Teddy visste inte vad han skulle säga.

Loke fortsatte: »Men Emanuelsson fick tydligen dåligt samvete och höll på att gå till polisen. Han kunde ha avslöjat hela jävla ringen eftersom hans dator var en av servrarna som ringen använde. Han var på väg att lämna in den där datorn till polisen. Men då kidnappades han ...«

Teddy kände magontet växa.

»... av dig.«

»Men jag visste inte, det var ett rent beställningsjobb.«

Han tänkte på Dejans ord. *Business as usual.* Så hade det varit då också.

Sedan tänkte han på Ian Crona – som nyss hade dömts. Fjorton års fängelse.

Loke sa: »Nej, du kanske inte visste vad det egentliga syftet var med det du gjorde. Men resultatet blev att Emanuelssons dator aldrig lämnades in till polisen. Ni tvingade hans fru, Cecilia, att överlämna den till er i stället.«

»Jag tvingade ingen ... jag kidnappade honom, vaktade honom ...«

»Kanske inte just du, men den eller de som pressade honom.«

Teddys mage krampade. Han tänkte på hur Ivan och en okänd

man kommit till huset där han och Dejan hade hållit Emanuelsson, hur de stängt dörren, hur han hört Mats Emanuelsson skrika av smärta därinifrån.

Han lade sig ner på luftmadrassen.

»Jag visste inte«, sa han med tyst röst.

Åtta år.

»Jag tror dig, Teddy. Men inte desto mindre kunde den här sjuka pedofilringen fortsätta som vanligt eftersom den aldrig avslöjades. Eftersom datorn försvann. Jag tror att den har aktiva medlemmar överallt i Sverige, på alla nivåer.«

Teddy andades långsamt. Han tänkte på hur Sara helt abrupt gjort slut med honom, hur hon hade varit skräckslagen då. Fyra år efter kidnappningen, som hon hade börjat rota i.

Han sa: »Går det verkligen inte att göra nåt?«

»Tro mig. De är försiktiga, de där äcklen. Se bara hur lång tid det tog för mig att få fram den här informationen. Men ett sätt att komma närmare dem vore att få tag på en server. Till exempel den där datorn som ni fick Mats Emanuelssons fru att lämna över till er. Eller en spegling av den datorn. Det hade varit nåt, det.«

»En spegling?«

»En kopia.«

Han visste inte vad han skulle säga.

Han hade bara en tanke i huvudet.

Att åtta år av hans liv hade stulits för de där sjuka jävlarnas skull.

Rovdjuren.

Nästa dag ringde det från Leijon advokatbyrå. Han var ensam hemma hos Linda.

»Hej, det är jag, Emilie. Det var ett tag sen, hur är läget med dig?«

De hade bara talats vid som allra hastigast efter händelsen i Schales våning.

Teddy sa som det var. »Så där. Jag har fått dåliga nyheter.«

»Vad?«

»Det har att göra med det jag satt inne för.«

»Åh fan. Vill du prata om det?«

»Nej, inte nu.«

»För jag ringde nämligen för att höra om du skulle vilja äta middag nån kväll.«

»Middag? Det är väl ingen ny debriefing, som Magnus kallar det? Nu med domen mot Carl-Johan och allt.«

»Nej, inget sånt. Magnus följer inte med. Bara du och jag, tänkte jag. Vill du?«

Hon lät så självsäker på rösten.

Han såg hennes ansikte framför sig när hon försökte hindra Ian där i salongen på Lövtuna gård. Ljuset som föll in från hallen och skimrade i hennes hår.

»Gärna«, sa han. »Mycket gärna.«